Você Acredita em Destino?

Eileen Goudge

Você Acredita em Destino?

2ª edição

Tradução
Ana Betraiz Manier

Copyright © 1997, Eileen Goudge

Título original: *Trails of Secrets*

Capa: Leonardo Carvalho

Editoração: DFL

2012
Impresso no Brasil
Printed in Brazil

CIP-Brasil. Catalogação na fonte
Sindicato Nacional dos Editores de Livros – RJ

G725v 2ª ed.	Goudge, Eileen Você acredita em destino?/Eileen Goudge; tradução Ana Beatriz Manier. – 2ª ed.– Rio de Janeiro: Bertrand Brasil, 2012. 478p. Tradução de: Trails of secrets ISBN 978-85-286-1196-0 1. Romance americano. I. Manier, Ana Beatriz. II. Título.
06-2316	CDD – 813 CDU – 821.111 (73)-3

Todos os direitos reservados pela:
EDITORA BERTRAND BRASIL LTDA.
Rua Argentina, 171 — 2º andar — São Cristóvão
20921-380 — Rio de Janeiro — RJ
Tel.: (0xx21) 2585-2070 — Fax: (0xx21) 2585-2087

Não é permitida a reprodução total ou parcial desta obra,
por quaisquer meios, sem a prévia autorização por escrito da Editora.

Atendimento e venda direta ao leitor:
mdireto@record.com.br ou (21) 2585-2002

*Para meu bom amigo Andrew,
que luta a boa luta.*

Agradecimentos

Este livro foi um verdadeiro trabalho de amor sob vários aspectos. Acima de tudo, porque me permitiu explorar o mundo fascinante — e também diferente — da equitação profissional... e viver uma das minhas fantasias favoritas: sair para patrulhar com a Guarda Montada de Nova York. Um agradecimento especial para a subinspetora Kathy Ryan e para o sargento Brian Flynn, por esta aventura inesquecível. Muito obrigada também a:

Tom Smith, da Guarda Montada de Nova York, um verdadeiro policial e cavalheiro, que muito me ensinou, não somente sobre a unidade, mas sobre a cavalaria moderna e nossos heróis, poucas vezes reconhecidos.

"Scotty", antigo membro da unidade da Guarda Montada da cidade de Nova York, que goza, hoje, de uma aposentadoria bem remunerada num pasto onde pode comer até não agüentar mais.

Michael Page, medalha de prata nos Jogos Olímpicos na prova de três dias, muito cortês em me dar informações preciosas sobre equitação... e mais cortês ainda em me dar uma aula de salto da qual não me esquecerei tão cedo.

Lindy Kenyon, amazona por excelência, que teve a gentileza de verificar a acuidade dos capítulos sobre cavalos e saltos.

Dra. Lucy Perotta, diretora da Unidade Intensiva Neonatal do Hospital Beth Israel, por achar uma brecha em seu horário apertado para responder às minhas perguntas e por me permitir passar uma manhã com ela, observando-a trabalhar. Para cada bebê doente neste mundo, desejo uma médica tão compassiva e sábia quanto ela.

Dr. Robert Grossmark, por suas informações valiosíssimas... e, em particular, por sua orientação no que diz respeito à terapia de grupo.

Bill Hudson, da Hudson, Jones, Jaywork, Williams & Liguori, por ter sido o máximo como vizinho e por ter me ajudado com sua perícia sobre os pormenores das audiências de custódia de filhos (sacrificando suas próprias férias!).

Pamela Dorman, Audrey LaFehr e Al Zuckerman, pelos úteis comentários editoriais.

Dave Nelson, que trabalha incansavelmente por trás dos bastidores para que tudo aconteça.

Angela Bartolomeo, minha leal assistente, que facilitou a redação deste livro durante um período especialmente difícil da minha vida.

Nancy Trent, minha amiga e editora, por fazer um megatrabalho de divulgação.

John Delventhal, cavalariço-chefe do Gipsy Trail Club, por me ensinar que não há atalhos para quem quer se tornar um bom cavaleiro ou amazona... e por me instruir quanto à arte de comprar cavalos. Agradeço-lhe, principalmente, por advogar insistentemente por aqueles que não podem falar por si mesmos.

"As famílias felizes são todas iguais; cada família infeliz é infeliz à sua maneira."

— Leo Tolstoy, Anna Karenina

Prólogo

Cidade de Nova York, novembro de 1972

Ellie tiritava de frio em meio àquela agitação constante do distrito teatral de Nova York, segurando a gola do casaco emprestado, enquanto se apressava do trabalho para casa. *E fez-se a luz*, pensou. Luz por todos os lados, reluzindo nos letreiros de néon, refletindo-se nas paredes espelhadas das boates, emanando ofuscante da fila de carros descendo a Broadway.

No entanto, era uma luz fria. Até mesmo em Euphrates, Minnesota, no auge do inverno, com o bebedouro do gado congelado e os pastos parecendo uma grande salina de neve, nunca sentira um frio assim. Com o uniforme de náilon barato e o casaco excessivamente curto da irmã, imaginou seus ossos se quebrando como galhos numa tempestade de gelo.

Apenas seus seios, inchados por causa do leite, pareciam irradiar algum calor. Sentiu-os começando a comichar; estava na hora de amamentar seu bebê. Apressou o passo e, com o corpo inteiro agora clamando por ele, virou a esquina para a Rua 47, em direção ao prédio malcuidado e sem elevador, quase no fim do quarteirão, onde dividia um apartamento minúsculo com a irmã.

Teria deixado potes de papinha suficientes com Nadine? Sabia que não passaria pela cabeça da irmã sair para comprar mais. Imaginou Bethanne contorcendo-se nos braços da tia, seu rostinho de boneca ficando vermelho e enrugado. Abraçou-se, fazendo de conta que abraçava e confortava a filha. Na verdade, durante toda aquela noite que passara empoleirada no banco alto da bilheteria pouco ventilada do Teatro Loew's State, na Broadway com a 45, carimbando ingressos e passando troco pelo guichê, tivera esse sentimento — uma inquietação persistente que lhe ficara martelando na cabeça.

E se aquele leve rubor que percebera mais cedo nas bochechas da filha significasse que estava para ficar doente? Sarampo, caxumba ou... ou talvez até mesmo varíola? Estremeceu por dentro, recompondo-se logo em seguida.

Não se pega mais varíola hoje em dia, pensou categórica. *Além do mais, ela já foi vacinada. Portanto, fique calma e pare de se martirizar. Você tem coisas mais sérias com que se preocupar, como, por exemplo, quando é que vai conseguir juntar dinheiro suficiente para se mudar para sua própria casa.*

Com o que recebia como bilheteira, mesmo guardando cada centavo não gasto com comida ou com sua parte do aluguel, provavelmente só conseguiria realizar o sonho de pendurar as cortinas na própria cozinha na virada do próximo século. Mas o simples fato de pensar num lugar para ajeitar, com espaço para um bercinho de segunda mão e um colchão de verdade (não aquele sofá-cama encaroçado onde dormia na casa de Nadine), levantou-lhe um pouco o astral. Chegou até mesmo a ter a sensação de que se elevava na calçada, como se seus tênis tivessem, repentinamente, adquirido uma elasticidade extra.

Daria um jeito de conseguir. Arrumaria um emprego melhor, uma forma de entrar para a universidade. Talvez até arrumasse um marido (apesar de não estar disposta a investir toda a sua energia *nesse* projeto). Só que demoraria um pouco, era verdade. Mas se havia uma coisa que Ellie tinha de sobra era tempo, pois, embora não se lembrasse da última vez em que sequer chegara perto de se sentir como uma adolescente, pelo amor de Deus, tinha apenas dezoito anos!

Ao passar por baixo de um poste de iluminação, deparou-se com o próprio reflexo na vitrine de uma loja. Viu uma garota alta, com o rosto largo, maçãs do rosto salientes e cabelos claros — traços herdados dos seus antepassados escandinavos. Parecia uma daquelas garotas de saia rodada, corpete justo e blusa de mangas bufantes que aparecem nos outdoors da Interestadual 94 saudando os turistas nos ônibus da linha Minnesota-Wisconsin e aconselhando-os a apertar os cintos para ficarem seguros.

Deu um sorriso triste, desviando-se dos cacos de vidro de uma garrafa quebrada na calçada. Nossa, estava tão distante daquela imagem de camponesa corada ordenhando vacas que nem conseguia achar graça. Há pouco mais de um ano, fora oradora na formatura da sua turma do ensino médio e, agora, lá estava ela no papel de *mãe*. Independentemente do quanto amasse a filha, às vezes lhe parecia impossível ser mãe de *alguém*.

Lembranças confusas da noite em que dera à luz Bethanne lhe afloraram à mente: a sala de emergência com seus lamentos, o empurra-empurra rumoroso das pessoas, a ala da maternidade com fileiras de leitos isolados por cortinas, o ataque violento de mãos ágeis e instrumentos frios. Na seqüência, apenas o ritmo crescente da sua dor, até a hora em que, para seu imenso alívio, o bebê escorregou de dentro do seu corpo num jorro de proporções bíblicas.

Tão logo lhe entregaram a filhinha, enrolada numa manta branca de algodão como um presente dos céus, Ellie rompeu em lágrimas. O sentimento que a dominou foi tão intenso como os ciclones que, vez por outra, eclodiam em Euphrates, arrancando a cobertura dos galinheiros e levantando os caminhões a três metros do chão como brinquedos de plástico. Sua alegria foi ao mesmo tempo maravilhosa e aterrorizante.

Naquele instante, o futuro de Ellie foi selado, tão completamente quanto um vidro de conserva emborcado na água fervente. Era agora uma mulher adulta. Estava na hora de parar de chorar sobre o leite derramado. Jesse não iria se casar com ela, nem os pais implorariam que ela voltasse para casa — não depois do escândalo da mãe, ao citar todas as pragas da Bíblia, antes de, literalmente, atirar o Livro Sagrado em cima dela. Com exceção de Nadine, que mal conseguia dar conta de si mesma, que dirá de ajudá-la, Ellie estava sozinha.

No entanto, apesar da autoconfiança recém-conquistada, uma pontinha de medo crescia em seu peito com o passar dos dias. Deixar a filha com a irmã, seis vezes por semana, para trabalhar no turno da noite do Teatro Loew's não era vida. Mas que escolha tinha? Não podia pagar uma babá, e Nadine, ao menos, não deixava nada de mal acontecer a Bethy.

Será mesmo? E quando ela estiver com seus "amigos"? Será que vai sequer ouvir o bebê chorar?

Ellie sentiu um gosto acre na boca ao se apressar para casa, o coração parecendo apertar a cada passo. Tentou imaginar a filhinha de quatro meses dormindo tranqüilamente no berço provisório... mas não adiantou. Não conseguia afastar aquele sentimento horrível e persistente de que alguma coisa ruim tinha acontecido... ou estava prestes a acontecer.

A última vez que se sentira assim, lembrou-se, fora no dia em que contara a Jesse sobre a gravidez. Tão logo passou o choque, ele jurou por tudo e por todos que a amava, e Deus sabia como a amava mais do que qualquer outra coisa ou pessoa na face da Terra... mas o que poderia fazer? Desistir de ir para West Point e ficar em Euphrates pelo resto da vida? Prometeu que se casariam assim que se formasse. Em quatro anos teria seu diploma e poderiam viver em qualquer lugar — talvez até mesmo na Alemanha. Viajariam por toda a Europa. A filha deles cresceria falando diversas línguas. Tudo ficaria melhor assim, ela veria.

Mas Ellie percebeu o olhar de desespero do namorado e, por mais que desejasse embarcar naquele sonho, sentiu um bloco de gelo se formando entre eles. *No dia de São Nunca,* pensou.

A verdade é que, a partir do momento em que os faroletes do seu Corvette tremeluziram sobre o elevado onde a Aikens Road se bifurcava em direção à Interestadual, Jesse afastou-se dela em todos os sentidos. Respondeu a apenas uma de suas cartas, e a única vez em que lhe telefonou, logo após ela ter chegado do hospital com Bethy, nem sequer lhe pediu desculpas, apenas prometeu vagamente um dinheiro ainda por receber.

Para o diabo com Jesse, pensou num rompante de raiva. Ele e todos os outros — todas aquelas almas hipócritas de Euphrates que lhe viraram as costas e, dentre elas, seu pai e sua mãe. Há um ano, quando subira ao pódio da Loja Maçônica, em Bloomington, para receber o primeiro prêmio num concurso de poesia em Minnesota, não precisara de ninguém para lhe dizer quem era ou o que fazia ali. Não era agora que iria precisar.

Ellie percebeu um homem corpulento, com um chapéu de feltro puxado para baixo, apressar-se em sua direção ao longo da calçada quase deserta e reduzir o passo para estudá-la com o olhar. Com o coração acelerado, Ellie passou em disparada por ele. Aquela região, bem a oeste da Times Square, pensou desolada, não era lugar para uma moça andar sozinha, no meio da semana, às onze da noite. Tremeu de frio e apertou mais o casaco contra o corpo.

Você poderia requerer salário-maternidade, disse-lhe uma voz interior. Uma voz tão calma e racional que foi difícil contestá-la.

O dinheiro não seria tão menos do que estava ganhando no momento. E seria apenas por um período curto, até conseguir um emprego melhor, no qual ganhasse o suficiente para custear uma creche para Bethanne e um curso superior à noite, como o que escolhera num folheto todo amarrotado, sempre dentro da bolsa, como um talismã.

Sem mais nem menos, o rosto da mãe veio-lhe à mente: aqueles olhos azuis semicerrados sempre que avistava a vizinha, a Sra. Iverson, levando o lixo para fora ou mandando um dos filhos de cabelo desgrenhado para a escola; a forma como olhava com desprezo para aquela mulher de ombros curvados e robe surrado, como se raspasse restos de comida de um prato.

"Não me importo de ser pobre", pensou alto, deixando escapar um soluço, "mas o dia em que alguém me vir pedindo esmola para o governo pode muito bem apontar uma arma para a minha cabeça e apertar o gatilho."

Isso seria até mesmo mais humilhante do que pedir dinheiro ao pai do Jesse, pensou. Estremeceu ao lembrar-se do coronel Overby oferecendo-lhe um cheque, as palavras saindo como tachas dos seus lábios estreitos e tilintando no assoalho encerado do seu escritório. Sabendo que morreria de vergonha em aceitar sua ajuda, reuniu todas as suas forças para criar coragem e olhá-lo diretamente nos olhos. Pediu apenas o suficiente para a passagem de ônibus para Nova York e mil dólares para se manter até o nascimento do bebê. Vendo-o preencher o cheque com movimentos rápidos e bruscos da caneta e uma expressão de desprezo evidenciando a pouca consideração que lhe tinha — não tanto por ter engravidado, mas por ser tão ignorante e orgulhosa a ponto de não exigir mais —, Ellie sentiu-se tão enojada que teve vontade de vomitar o café-da-manhã ali mesmo, bem em cima da sua escrivaninha de nogueira torneada.

Não, salário-maternidade estava fora de cogitação. Não iria pegar nem mais um folheto. A única coisa pior do que isso seria depender de vários namorados, como Nadine.

Namorados? Admita, sua irmã é uma prostituta.

Bem, Nadine, pelo menos, não se deixava engravidar, lembrou-se em seguida. Além do mais, a irmã fora a única pessoa que lhe dera apoio, quando todos os outros lhe viraram as costas; portanto, que direito tinha de julgá-la? Seria como o roto falando do esfarrapado.

Não obstante, lá no fundo, Ellie sabia não ter nada em comum com a irmã. Não era o próprio pai que dizia serem elas tão diferentes quanto água e vinho? Quando criança, Ellie passava todo o seu tempo livre na Biblioteca Municipal de Euphrates, com o nariz enfiado num livro, enquanto Nadine, por sua vez, era geralmente vista numa perfumaria na Main Street, experimentando batons e falando sobre cores de esmalte de unha com nomes tipo Coral Aurora e Chocolate Loucura.

No entanto, no dia em que Nadine entrou no ônibus para Nova York, nem mesmo uma camada espessa de base facial conseguiu esconder o olho roxo que o pai lhe deixara ao flagrá-la à beira do riacho, com as calças arriadas, e Clay Pillsbury montado nela como um touro no cio. Isso acontecera há quatro anos, e seu único sinal visível de arrependimento era o fato de agora não dar mais de graça.

Não era assim com o Jesse, Ellie lembrou-se em seguida. Mas será que isso a fazia melhor do que a irmã?... Ou apenas muito mais tola?

Estava passando em frente a uma loja malconservada, com o nome "Madame Zofia" já meio apagado acima da silhueta malfeita de uma mão, quando percebeu uma caminhonete preta passando em marcha lenta ao longo do meio-fio, a uma pequena distância dali. Ao reconhecer a placa do carro, sentiu um frio na espinha.

É o Monge, pensou.

Aquele negro, estranhamente sereno e com a aparência de um frade, aparecia uma vez por semana, raramente demorava mais do que uma ou duas horas e saía levando um envelope cheio de dinheiro — sua porcentagem do salário de Nadine.

O homem lhe dava arrepios. Não era apenas o seu ofício que o reduzia a menos do que um verme, mas também a forma como *olhava* para ela — com aqueles olhos escuros e sombrios, que tudo extraíam e nada davam em troca. Olhos que diziam: *Não sei exatamente para que você serve, mas, assim que descobrir, estarei por perto para pegar a minha parte.*

Ellie hesitou por um momento, respirando aliviada quando viu o carro afastar-se do meio-fio. Pelo menos não seria obrigada a falar com ele. Graças a Deus.

Mesmo assim, seu coração bateu forte ao subir os degraus de pedra quebrados do prédio onde morava e cruzar a fachada, marmorizada com pichações. Subiu as escadas até o sexto andar, tomando cuidado para não enfiar os bicos dos sapatos na proteção de borracha descolada dos degraus e ouvindo o barulho que se propalava por trás das portas aferrolhadas: vozes abafadas, murmúrios de televisões, o rangido dos pés de uma cadeira sobre um linóleo.

A porta do apartamento estava entreaberta, como se o Monge tivesse saído às pressas.

— Nadine? — chamou com a voz num tom mais alto do que o normal.

Ellie examinou cuidadosamente a sala banal, a poltrona reclinável de napa remendada com fita adesiva e o sofá gasto, responsável pela dor permanente que sentia na altura da lombar. Num dos cantos, havia pendurado um lençol franzido, em nada parecido com cortinas de quartinho de criança, mas que teria de servir até se mudar para a sua própria casa.

Estava abrindo a cortina para dar uma olhada no bebê quando foi atraída pela figura da irmã, em pé no umbral da porta do quarto, com uma das mãos em concha mal tocando o lado direito do maxilar. Desgrenhada, com um dos olhos fechado de tão inchado, Nadine encarou Ellie com o olhar petrificado de alguém em profundo estado de choque e deixou a mão cair com força para o lado. Ellie abafou um grito diante do calombo arroxeado que desfigurava o rosto fino e bonito da irmã.

— Aquele filho-da-puta — desabafou Ellie, numa raiva crescente. — Foi ele que fez isso com você, não foi?

Aproximou-se da irmã, que, soltando um gemido baixo e gutural, recuou segurando a frente do quimono vermelho-fogo, como se fosse a única coisa que a mantivesse de pé.

— Eu não... consegui... impedir. Eu tentei, mas ele não...

A voz entrecortada, que então emergia dos seus lábios inchados, a fez lembrar-se dos verões, quando eram crianças e chupavam picolé até ficarem com a língua gelada.

No entanto, foi ela quem ficou gelada naquele momento, ao fixar os olhos em Nadine, tentando entender as palavras emboladas.

— *Ele me bateu quando tentei tirá-la dele... ele disse que ia machucá-la também se eu não parasse... Ellie... eu juro... eu juro que não foi culpa minha...*

Com a mesma rapidez do murro brutal que deformara o rosto da irmã, Ellie finalmente compreendeu tudo: *Bethanne... alguma coisa aconteceu com o meu bebê.*

Partindo para cima de Nadine com um grito selvagem, agarrou-a pelos ombros e afundou os polegares nas clavículas, que pareciam prestes a se partir em duas, como o ossinho da sorte de um frango. Pouco se importou se a estava machucando; tudo o que interessava, agora, era a sua filha.

— O que você está tentando me dizer? *O quê?* — gritou.

Nadine revirou o olho bom como um animal pego numa armadilha.

— O bebê — balbuciou.

Com o coração apertado, Ellie deu um passo para trás. Tomada por uma vertigem, viu o quarto piscar e ficar turvo. Involuntariamente, levou os nós dos dedos à boca e os mordeu até sangrarem. A dor trouxe-a de volta à plena consciência.

Com um grito contido, correu até a cortina improvisada, puxando-a com força suficiente para arrancá-la do trilho que a sustentava de um lado a outro na parede. A cortina despencou com um suspiro, revelando a cesta de vime no chão, a mesma que ela havia forrado com flanela e decorado com laços de fita de uma combinação antiga de Nadine.

A cesta estava vazia.

Ellie ficou parada, incrédula. Sentiu a sala girar e se inclinar lentamente, como se estivesse em um carrossel. Caiu para o lado e apoiou uma das mãos na parede para não perder o equilíbrio. Isso não está acontecendo, disse para si mesma. Isso não é...

— *Onde ela está?* — As palavras irromperam num grito de terror.

Rodopiou a tempo de ver a irmã deslizando lentamente pelo batente da porta e aterrissando com uma pancada no cóccix, as pernas espalhadas como as de uma boneca jogada num canto.

— O Monge — respondeu, arquejante. — Ele disse que conhece um cara... um desses advogados que arrumam bebês para quem não consegue ter filhos. Ele disse que os bebês de olhos azuis dão mais dinheiro. — Ela começou a chorar.

— Onde ele está? *Para onde ele a levou?* — Ellie estava tão enlouquecida que só se deu conta de estar quase esmurrando a irmã quando ela se esquivou, tentando afastar as costas o máximo possível.

— Não sei — guinchou.

— *Como assim?* Você sabe onde ele mora, não sabe?

Nadine balançou negativamente a cabeça.

— Ele não me levava lá... dizia que podia ser perigoso. — O quimono se abriu, deixando pender os seios que ela não se preocupou em cobrir: não passava de uma bonequinha idiota e inútil.

Ellie afastou-se da irmã. A polícia. Iria chamar a polícia. Eles a ajudariam. Encontrariam Bethy para ela.

Mas a intenção de ligar e tentar explicar tudo para uma voz impessoal, talvez até mesmo suspeitosa, desencorajou-a, no momento em que tentava desesperadamente pegar o telefone ao lado do sofá.

Uma onda de terror restituiu-lhe as forças — terror misturado com ódio, ódio daquele monstro ter chegado a *pensar* que poderia fugir levando a sua filha. Jogou a cabeça para trás e soltou um gemido angustiado, que pareceu fender o chão sob seus pés. Em seguida, saltou em direção à porta, empurrando uma cadeira para o lado e derrubando uma luminária, que rodopiou como um bêbado, antes de tombar no chão acarpetado.

Minutos depois, ainda não de todo consciente, com o rosto gelado pelas lágrimas que não sentira cair, lá estava ela correndo pela Broadway, à procura de... não sabia de quê. Ajuda. Salvação. Qualquer coisa. Qualquer pessoa.

Mal percebendo as mangas dos casacos roçando contra o seu corpo, o tumulto das vozes, o barulho do tráfego, as luzes de néon vindas de todas as direções, Ellie sentiu um líquido quente e pegajoso encharcando-lhe a frente da blusa.

Sangue, pensou com estranha indiferença. *Então é isso que a gente sente quando leva um tiro no coração.*

Mas era apenas o seu leite que escorria.

Em algum lugar, em meio a toda aquela loucura, um bebê estava chorando. Um bebê que devia estar com fome. Um bebê que ela rezou para que fosse o seu.

Capítulo Um

Northfield, Connecticut, 1980

Em certas ocasiões, era possível esquecer. Momentos. Horas. Às vezes, um dia inteiro se passava e Kate percebia, ao escovar os dentes ou ir para a cama, não haver pensado no assunto uma só vez — o segredo terrível tão enterrado dentro de si, como os pinos de aço no fêmur da perna esquerda praticamente esmigalhada; uma fusão de segredo e vergonha que, como a dor na perna e nos quadris, fluía e refluía no escuro.

E assim fora aquele dia.

Debruçada na cerca do centro de treinamento da Fazenda Stony Creek, observando Skyler, de oito anos, montada no seu pônei baio, voar sobre uma seqüência de obstáculos em X, oxers e barras verticais, Kate Sutton não se sentia apenas orgulhosa, mas... abençoada.

Minha filha, pensou. *Minha.*

Lembrou-se de Skyler aos dois anos, pela primeira vez em cima de uma sela, seus pezinhos mal alcançando os estribos ajustados no furo mais alto. Dali em diante, ninguém mais poderia detê-la. *E como poderia? Olhe só para ela!* Era como se tivesse nascido predestinada para aquilo. Ser *sua* filha e crescer na Orchard Hill, com sua estrebaria de pedra centenária, quilômetros e quilômetros de campo verde para galopar e sebes para saltar.

Sem falar na sorte de a Stony Creek, uma das melhores escolas de equitação do país, ficar a apenas alguns quilômetros de casa, ao norte da campina, onde a estrada se bifurcava em direção à cidade. Praticamente morando lá no verão, e nos finais de semana durante o resto do ano, Duncan MacKinney era quase um segundo pai para ela — assim como fora para Kate —, embora não passasse essa impressão ao gritar:

— Relaxe! Ombros para trás! Você está pendurada na droga do pescoço dele!

O antigo campeão olímpico, medalha de ouro, alto, com o porte de um galgo e uma cabeleira ruiva agrisalhada adornando-lhe a compleição cada vez mais majestosa com o passar das décadas, estava empertigado como um mastro no centro do picadeiro.

Skyler, com o rostinho extremamente concentrado, moveu-se um pouco para o lado e encurtou a rédea esquerda, direcionando Cricket numa diagonal através do picadeiro. Com um metro e quarenta e cinco centímetros de altura, aquele pônei fogoso — agressivamente atirado, e sempre tentando se livrar da embocadura — daria trabalho para alguém duas vezes maior. Mas a menina tinha-o sob perfeito controle. Ereta, com o dorso estreito ligeiramente levantado, guiava o pônei com tamanha sutileza que seus gestos passariam despercebidos a olhos menos experientes do que os de Kate.

O jeito de Skyler — botas, culotes e os cabelos enfiados por baixo do capacete protetor — despertou um sorriso de reconhecimento na mãe ao lembrar-se das fotos guardadas em casa, entre coleções de troféus e faixas desbotadas, onde aparecia montada em seu primeiro pônei, exatamente como a filha agora: pernas compridas, magra como um bambu, a cabeça erguida e o olhar fixo no horizonte distante, como se antecipando algo maravilhoso à sua espera.

Mas, quando se olhava no espelho, em dias como aquele, em vez de examinar, ansiosa, as ruguinhas e os fios grisalhos, como qualquer outra mulher de trinta e seis anos faria, tudo o que via era o castanho banal dos seus cabelos, em contraste com os da filha — dourados como os das crianças nos contos dos irmãos Grimm —, e o verde-acinzentado dos seus olhos, comuns nos quadros de John Singer Sargent, também em nada parecidos com os de Skyler.

Achei que sabia o que iria acontecer, mas vejo que não tinha a menor idéia...

— Ele ficou a meia passada naquele último salto. — A voz clara e aguda de Skyler pontuou o calor do mês de agosto, assentado sobre o picadeiro como uma tigela emborcada. — Parecia que ele iria se jogar em cima das varas.

— Tente de novo. Traga-o num trote de trabalho — instruiu Duncan, seu braço comprido fendendo o ar num gesto enfático de maestro, agitando a poeira à sua volta, tão estática quanto a sombra da faia sob a qual Kate se encontrava.

— Devagar se vai ao longe. Fique calma e controle-se. Você está dependurada na embocadura. Solte.

— Vou tentar aquele lá. — Skyler apontou para um oxer do outro lado do picadeiro: três varas horizontais ascendentes, distantes umas das outras não mais do que quinze centímetros.

Prendendo a respiração, Kate calculou a altura da última vara entre um metro e um metro e meio.

— Só por cima do meu cadáver! — O rosto de Duncan, comprido como o restante do corpo e curtido como a correia de uma cilha velha, estava corado de indignação.

— Eu consigo. — Não havia nada de desafiante na forma como Skyler o confrontara. Estava apenas afirmando que era capaz de fazê-lo. — Já saltei todos os outros. Ele não é muito mais alto que uma barra tripla.

— Somente quando eu *disser* que você está pronta é que vai saltar por cima de qualquer coisa mais alta do que a minha rótula — retumbou o treinador.

Skyler riu, fazendo Kate sentir um frio na espinha. Ela conhecia aquele sorriso; não era um sorriso insolente, como as professoras na escola insistiam em dizer. Era apenas o jeito de a filha mostrar — quando algum adulto cauteloso, mas claramente equivocado, duvidava dela — que conhecia melhor do que ninguém a própria capacidade.

No entanto, quase sempre havia uma distância muito grande entre o que julgava ser capaz de fazer e o que realmente *podia* fazer. Uma lembrança aflorou à mente de Kate: Skyler, aos seis anos, correndo e esquivando-se dos carros e dos táxis, numa avenida no centro de Manhattan, bem na hora do rush, para salvar um pombo ferido, apesar dos gritos da mãe, desesperada, atrás dela.

Agora, eram os gritos de Duncan que ignorava ao posicionar Cricket em linha reta na direção do obstáculo. Com a cabeça ereta, contou os lances do cavalo e transmitiu-lhe os sinais corretos — como era *boa* nisso! Não seria justo detê-la. Mesmo que, instintivamente, gritasse "Não!", Kate já sentia aquele formigamento percorrendo-lhe o corpo, um vislumbre do fluxo de adrenalina tão comum quando chega a hora de saltar.

E enquanto revivia aquela emoção, sentiu o velho pavor atirar-lhe uma flecha gelada no peito. Agarrou-se com tanta força à borda áspera da cerca de madeira que sentiu as farpas entrando-lhe nas palmas das mãos.

Inspirou fundo aquele ar temperado de esterco e serragem. *Quase um metro e meio,* pensou alto. No mês anterior, na categoria abaixo de doze anos no rali do Pônei Clube, Skyler saltara uma vertical quase daquela altura e recebera uma faixa vermelha, que fora se unir à azul já conquistada na prova de *cross country*.

Mesmo assim, preferiu desviar o olhar para a bengala encostada no esteio da cerca. Feita de mogno maciço e sem enfeites, era sólida e despretensiosa. Não chamava a atenção para suas limitações físicas, apenas servia de lembrete do acidente sério que resultara, numa estranha reviravolta do destino, na adoção de Skyler. Era uma espécie de talismã.

Mas nenhum talismã iria protegê-la agora, pensou, ao observar, aflita, a filha apressar o pônei em direção ao oxer. Com o coração quase saindo pela boca, viu Skyler curvar-se ligeiramente para a frente, uma das mãos segurando um punhado da crina, a outra formando um arco com as rédeas ao longo do pescoço do pônei. Seus calcanhares estavam posicionados para baixo e suas pequeninas nádegas levantadas apenas o suficiente para acomodar, confortavelmente, a mãozinha fechada de uma criança entre a sela e o assento de couro de suas calças de montaria.

Mas o desgraçado do pônei não estava concentrado. A meia passada do obstáculo, ele acelerou numa explosão repentina de velocidade... e correu...

até frear a centímetros da primeira vara e dar uma virada brusca para a esquerda.

Em pânico, Kate observou a filha de oito anos ser jogada para fora da sela e cair de cabeça, com um estrondo violento, na quina da arquibancada.

Após um instante longo e aflito sem se mexer, Skyler, num movimento rápido, mais semelhante a um espasmo, girou o corpo até conseguir se sentar. Estava sem o capacete. A queixeira devia ter se soltado com a força do impacto.

Com o coração quase parando, Kate gritou:

— Não se mexa!

Mas ela já estava de pé, vacilante, até dar dois passos para a frente e voltar a cair, o corpo esguio se curvando com uma graça estranha, como um vestido escorregando do cabide.

Atarantada, Kate abriu o trinco do portão e, ignorando a dor que se propagava feito fogo pela perna esquerda, pôs-se a correr; sua sombra vacilava na serragem. E correu... mais rápido do que julgava possível, mais rápido até mesmo do que Duncan, que via pelo canto do olho, vindo ao seu encontro.

Quando chegou até a filha inconsciente no centro do picadeiro, sentiu a perna e o quadril em brasa e, embora o simples ato de abaixar-se até uma cadeira já fosse um suplício, não hesitou um momento sequer em se ajoelhar diante dela.

Skyler, estirada de costas no chão, parecia estranhamente achatada... e pálida, os lábios como impressões digitais cinzentas num rosto descorado como cera. Um nódulo vermelho e inflamado, do tamanho de uma maçã, brotara-lhe na testa. Kate, abalada demais para chorar, pôs-se de cócoras e levou a mão ao peito.

Meu Deus... por favor, faça com que ela fique boa... por favor...

Mal percebeu a presença de Duncan abaixando-se ao seu lado, enquanto acariciava os cabelos da filha que haviam se soltado do rabo-de-cavalo, afastando de suas têmporas as mechas finas como a penugem de um ganso.

— Sky, ouça a mamãe, querida. Você vai ficar boa, está me ouvindo? *Você vai ficar boa.*

Ficou olhando para o rosto inexpressivo da menina, desejando vê-la torcer a boca no sorriso que sempre dava fim àquela brincadeira de fingir-se adormecida.

— Me deixe dar uma olhada.

Ao ouvir o comando rápido do treinador, desviou o olhar para sua figura ossuda, sentada de cócoras ao seu lado. Observou-o passar habilmente a mão pelo braço inerte da menina, apalpando a manga da camiseta azul e amarela, o uniforme da Fazenda Stony Creek. Os olhos azul-claros, em contraste com a pele castigada, estavam brilhantes e duros como contas de vidro.

— Não tem nada quebrado. — A voz rouca e cadenciada, ao estilo das Terras Altas da Escócia, não revelou um milésimo sequer do pânico que devia estar sentindo.

Da mesma forma que passava as mãos pelas patas de um cavalo, à procura de um joelho ou machinho inchado ou de um casco quente que poderia levá-lo a mancar, Duncan dava batidinhas leves no tórax e nas pernas de Skyler. Kate, tranqüilizada pelos movimentos gentis das mãos nodosas e morenas do treinador, sentiu o coração se acalmar um pouco.

— Ela vai ficar boa. *Vai sim* — disse Kate, tentando desesperadamente acreditar no que dizia.

Sabendo, no entanto, que nenhuma garantia podia ser dada naquele momento, optou por se ancorar no olhar firme de Duncan.

— Ela é uma cabeça-dura — disse ele, com sua gentileza rude. — Exatamente como a mãe. Mas vai se sair bem dessa.

E foi a esta promessa que Kate se apegou ao ouvir a sirene da ambulância ecoando na estrada, passando pelas sombras sonolentas dos carvalhos e deixando para trás uma paisagem típica de John Constable, com cavalos e vacas pastando em campos cobertos de sol.

Deus, não a tire de mim, rezava enquanto maldizia a estrada sinuosa, com alguns trechos de terra batida, que ainda mantinha o charme rústico preservado pelo seu avô e pelo avô do marido, Will, quando construíram as propriedades vizinhas.

Olhando para o corpinho pálido e imóvel da filha na maca, as lembranças voltaram-lhe à mente — transportando-a para a manhã, oito anos atrás, em que passara inocentemente pela mercearia para comprar leite... e voltara para casa com um fardo que a acompanharia pelo resto da vida. Ao sair da loja e dar uma olhada na primeira página dos jornais empilhados sob o quadro de avisos, fora atraída por uma manchete assustadora: POR FAVOR, NÃO MALTRATEM O MEU BEBÊ!

Lendo furtivamente a história de uma mulher transtornada, cujo bebê fora seqüestrado na semana anterior, Kate ficou tão zonza que uma das funcionárias, Louise Myers, insistiu em levá-la até a área reservada aos empregados. Mesmo após ter se sentado e posto uma folha de papel-toalha encharcada de água fria na testa, Kate sentiu a cabeça girar ao negar o que seu coração já havia compreendido: o bebê, por eles adotado há poucos dias — aquele anjinho loiro e de olhos azuis pelo qual tinham se apaixonado instantaneamente —, na verdade, não lhes pertencia. Embora o advogado tivesse afirmado que a menina fora encontrada num cortiço no Lower East Side, sem certidão de nascimento ou qualquer outro documento de identificação, aquela criança era, na realidade, filha de uma mulher desesperada para tê-la de volta.

Ao dar uma olhada mais cuidadosa na foto desfocada de mãe e filha que acompanhava o artigo, Kate apenas confirmou suas suspeitas.

Como haviam sido tão facilmente enganados! Ficaram tão deslumbrados com a sorte de encontrar aquela doce garotinha enrolada numa manta cor-de-rosa que nem sequer fizeram perguntas; perguntas que talvez tivessem levado a respostas indesejáveis. Além do mais, por que desconfiar do advogado? Grady Singleton não era um daqueles advogados de porta de cadeia; além de possuir um escritório em Wall Street e ter sido altamente recomendado pelo seu pai, mostrou-lhes também um documento aparentemente legítimo — uma ordem assinada pelo juiz.

Em vez de fazer perguntas, Kate olhou encantada para aquele pacotinho cor-de-rosa em seus braços e disse para si mesma: *"Ela estava predestinada a ser nossa."*

Quatro anos antes, ao cair do cavalo, saltando uma vertical no Hampton Classic, Kate não apenas despedaçara a perna, como também perdera o bebê em seu ventre. Após a cirurgia, ao ser informada da impossibilidade de ter filhos novamente, caiu numa depressão tão profunda que passou dias inteiros de cama. Naquela época, teria sido incapaz de acreditar que algum dia viria a se sentir tão abençoada.

Chamaram o bebê de Skyler, em homenagem à sua avó, Lucinda Skyler Dawson.

Uma guinada brusca jogou Kate contra a lateral da ambulância, onde bateu forte com o ombro. Endireitou-se no banco e, olhando pela janela, avistou a cidade com suas lojas e restaurantes graciosos no estilo vitoriano. Seguiram rapidamente para o sul, onde o jardim do Hospital Municipal de Northfield se delineava como um oásis.

Tão logo a ambulância parou em frente à faixa vermelha da entrada de emergência, várias mãos, incontáveis mãos, deslocaram o ar à sua volta, ajustando as tiras, abaixando a maca, elevando, empurrando, aparando-a pelo cotovelo, enquanto o corpo imóvel de Skyler era levado, às pressas, para dentro de um corredor iluminado por lâmpadas fluorescentes.

Vendo a filha desaparecer de vista, Kate sentiu uma pontada de dor no quadril e parou bruscamente, como um passarinho ao bater numa vidraça.

Apoiando todo seu peso sobre a bengala, arrastou-se pelo corredor até a recepção, e, com a mesma dificuldade de quem atravessa uma vala com água pelos joelhos, passou por cerca de meia dúzia de pacientes em volta do balcão. Ao ver a funcionária corpulenta de jaleco azul-claro demorando-se a ajudar um idoso com sérias dificuldades para preencher um formulário, sentiu vontade de gritar.

Felizmente, foi poupada de fazê-lo pela chegada de outra recepcionista — uma jovem de cabelos encaracolados e um dente da frente lascado — que, ao ouvi-la proferir o sobrenome Sutton, "sim, *este* Sutton", em resposta a suas sobrancelhas erguidas, conduziu-a rapidamente para o interior do hospital.

Quando mais nova, aquela obsequiosidade dos moradores da cidade incomodara-a bastante, mas, agora, além de já estar acostumada, sentia-se muita grata ao bisavô de Will, Leland Sutton, por ter deixado de herança para o município, junto com uma doação de trezentos milhões, o terreno onde o Hospital Municipal de Northfield havia sido construído.

Mas nenhuma influência familiar poderia protegê-la do temor crescente que a acompanhou até a sala de espera do departamento de radiologia.

Kate manquejou por entre sofás e poltronas confortáveis e deixou-se cair sobre o assento de plástico próximo à cabine telefônica, como se fosse um bote salva-vidas.

Will. Precisava dar um jeito de encontrá-lo.

Esforçou-se para lembrar-se dos códigos complicados da Inglaterra, mas desistiu e ligou para a telefonista, para quem ditou o número do escritório da Sutton, Jamesway & Falk, em Londres.

Não havia ninguém. Lembrou-se da diferença de cinco horas de fuso horário e ligou para o Hotel Savoy, mas ele também não estava lá. Ao desligar o telefone, sentiu vontade de abaixar a cabeça e chorar.

Se ao menos alguém pudesse lhe dizer o que estava acontecendo. Sabia que era sério. Mas até que ponto?

O medo veio na contramaré. *Deus está me castigando. Fiquei calada mesmo depois de saber que Skyler tinha sido raptada e, agora, Ele a está tirando de mim.*

Kate não fazia a menor idéia de quanto tempo esperara lá, com calças cáqui sujas de serragem, camisa quadriculada vermelha e branca e as mãos curvadas sobre o cabo da bengala. Poderiam ter sido minutos, horas. Quando o médico loiro com um jaleco branco finalmente apareceu, ela piscou os olhos, surpresa, como se tivesse sido pega cochilando.

O ferimento de Skyler, soube pela voz grave do médico, tinha resultado num hematoma epidural. Seria necessário operá-la imediatamente para aliviar a pressão em seu cérebro.

Assim que partiram às pressas num helicóptero da emergência, Kate sentiu-se como se abatida por um ciclone; pareciam estar sendo levadas para alguma terra fabulosa, habitada por bruxas e monstros, e não para a Pediatria do Hospital Langdon, na 84, em Manhattan.

O Dr. Westerhall, o neurocirurgião pediátrico, já estava à sua espera. Baixo e gorducho, com os cabelos curtos e grisalhos, Kate o imaginou como um general andando a passos largos pelo corredor do Pentágono. Seu aperto de mão, firme e reservado, foi como a injeção de um sedativo poderoso. Tranqüilizada pelo tom de confiança de sua voz, teve dificuldade em memorizar tudo o que ouvia sobre as técnicas e os riscos envolvidos naquele tipo de cirurgia. Apenas assentia, como se entendendo cada palavra, enquanto pensava: *Não me importa como o senhor vai fazer, apenas salve a minha filha. Pelo amor de Deus, salve-a.*

Duas horas depois, ainda sentada no sofá da sala de espera em frente ao posto de enfermagem na 11 Oeste, tomava, a contragosto, uma xícara de café da máquina automática — era tudo o que podia fazer.

Tentou ligar para Miranda, mas acabou falando apenas com a droga da secretária eletrônica. Então se lembrou do leilão em Greenwich, onde a amiga planejava arrematar uma cadeira Hunzinger que lhe chamara a atenção numa revista semanal sobre arte e antigüidades. Devia estar indo para lá agora, correndo feito uma louca, após esperá-la até o último momento, pois Kate prometera voltar a tempo de fechar a loja.

Por um instante, chegou a pensar em ligar para a mãe, mas não teria forças para isso. A mãe apenas tornaria tudo mais difícil, indagando sobre o que estava sendo feito e por quem. Quem era esse tal de Dr. Westerhall, *alguém conhecido*? Em outras palavras, ele fazia parte da elite dos especialistas da Park Avenue, procurados por seu círculo de amigos?

Kate não iria agüentar. Tinha forças somente para Skyler.

— Ou a senhora é masoquista ou tem um estômago de ferro.

Kate observou os olhos azuis e brilhantes da bela jovem de cabelos loiros e vestido verde-claro. Com as maçãs do rosto proeminentes, seu rosto quadrangular não lhe era estranho. Será que trabalhava lá? Não usava jaleco ou crachá, mas seu jeito bem-humorado e o calor do seu sorriso distinguiram-na, imediatamente, da imagem dos pais extremamente agitados perambulando à sua volta, como fantasmas.

Dando um suspiro cansado, pôs a xícara de café sobre a mesinha de centro.

— Para falar a verdade, eu não ia mesmo beber.

— Posso lhe oferecer alguma outra coisa? Um refrigerante, talvez?

Kate intuiu estar prestes a receber algum tipo de notícia... e rezou para não ser ruim. Por que outro motivo aquela mulher estaria rondando-a de forma tão solícita?

— Não, obrigada — respondeu.

— Sou Ellie Nightingale... do departamento de psiquiatria. A senhora é a Sra. Sutton, não é? — A jovem ofereceu-lhe a mão, firme e competente, na opinião de Kate. — O Dr. Westerhall achou que a senhora talvez estivesse precisando conversar.

Kate sentiu o corpo ficar tenso. Será que o neurocirurgião sabia de alguma coisa e não lhe havia contado... algo que a faria despencar?

A razão falou mais alto. Em caso de uma notícia ruim, o Dr. Westerhall falaria pessoalmente com ela.

— Não estou preocupada *comigo*... mas com a minha filha — respondeu, sem conseguir evitar um toque de estridência na voz.

— No seu lugar, eu também estaria.

A resposta de Ellie Nightingale, embora longe de ser encorajadora, foi tão inesperadamente sincera que Kate chegou a relaxar um pouco.

— Você não parece uma psiquiatra — disse, esboçando um sorriso.

Pensando bem, Ellie não parecia mesmo ter idade suficiente para a profissão. Não devia ter mais do que vinte e seis ou vinte e sete anos.

Ellie fez uma careta debochada.

— Estou estagiando aqui no hospital, para o meu mestrado. E se algum dia eu começar a falar como psiquiatra, prometo considerar a hipótese de trocar de carreira... por qualquer uma em que o *P* de Ph.D. não signifique *pomposo*. — Sentou-se na cadeira em frente a Kate, afastando os cabelos loiros e brilhantes da cor de carvalho encerado. Seus pingentes balançaram nos lóbulos das orelhas. — Gostaria de companhia?

— Na verdade, não — respondeu Kate, ligeiramente surpresa com a própria falta de educação.

Ellie deve ter percebido sua expressão, pois logo sorriu e disse calmamente:

— Não se preocupe, não estou ofendida.

— Eu não quis ser indelicada.

— E não foi. Você é mãe, isso explica tudo. Além do mais, você deve estar muito apavorada.

Kate olhou para ela como se acabasse de vê-la. Era surpreendente encontrar alguém tão sincero num hospital, onde todos falavam olhando para os lados ou por cima da sua cabeça.

— Minha filha vai ficar *boa* — afirmou. E, para contemporizar, acrescentou: — Mas obrigada mesmo assim. Obrigada por se preocupar.

— Ajudaria saber que acho o Dr. Westerhall, sem sombra de dúvida, o melhor de todos os médicos? — Ellie parecia realmente sincera. — Ele fez esse mesmo tipo de operação num dos pacientes do meu marido na semana passada, e o garotinho está indo para casa amanhã.

Kate observou-a, confusa.

— O Paul é médico residente na UTIN, Unidade de Terapia Intensiva Neonatal — explicou.

— Ah, sim.

Viu Ellie olhar para sua bengala. Diferentemente das outras pessoas, rápidas em desviar o olhar, mais constrangidas do que curiosas, a jovem examinou-a atentamente.

— O que aconteceu? — perguntou.

Por uma fração de segundo, Kate pensou que ela se referia a Skyler, mas logo percebeu que perguntava sobre *sua* perna.

— Foi uma queda do cavalo — respondeu lacônica, mas, ao perceber que Ellie estava realmente interessada e não perguntando por perguntar, continuou: — Eu estava competindo no Hampton Classic. Seria a minha última apresentação por um tempo. Eu estava grávida de quatro meses. — Suspirou fundo. — Tinha chovido muito, o chão estava molhado, então meu cavalo escorregou e foi direto para cima da cerca. Não me lembro bem do que aconteceu depois... Me disseram, mais tarde, que ele caiu em cima de mim, esmagando praticamente todos os ossos da minha perna.

— Foi um milagre você não ter perdido o bebê.

Kate abriu a boca para corrigir o mal-entendido e dizer que Skyler não era o seu bebê, quando julgou já ter falado muito mais do que o necessário para aquela perfeita desconhecida. Em vez disso, simplesmente concordou.

Alguma coisa lhe martelava na cabeça; não sabia exatamente o que, mas não conseguia deixar de pensar que *conhecia* aquela mulher, e não era de lá. De alguma outra época...

— Você tem filhos? — perguntou, tentando ser educada, embora não fizesse muita questão de saber.

Uma sombra pareceu cobrir o rosto bonito e anguloso da psiquiatra.
— Eu tive... uma filha. — Não entrou em detalhes. Limpando a garganta, recostou-se na cadeira e disse, animada: — Paul e eu temos planos de constituir família, assim que ele terminar a residência dele, e eu o meu mestrado, mas isso ainda vai levar algum tempo.

De repente, uma imagem aflorou à mente de Kate. Visualizou o recorte do jornal, agora uma relíquia amarelada pelo tempo, enfiado dentro de um livro raramente aberto em sua biblioteca. O nome enterrado tão fundo na memória veio à tona, como uma ferroada.

Ellie. O nome daquela jovem mãe também era Ellie. O sobrenome era outro... mas ela não era casada na época.

Eu tive uma filha...

Deus do céu... seria *possível*?

Não, claro que não, disse para si mesma. Coincidências assim só acontecem em filmes ou romances baratos. Embora houvesse alguma semelhança, a foto do jornal não estava clara e já haviam passado oito anos desde então. Aquela garota, cujo sofrimento fora tão bem transmitido pela foto, não devia ser nada parecida com aquela moça de agora.

Ainda assim...

Kate pensou nas orações silenciosas ao longo dos anos, em que pedia perdão a Deus pelo seu erro, aquele pecado terrível de manter Skyler longe da sua mãe verdadeira. Mas como desejava saber o que fora feito daquela moça!

À medida que observava Ellie Nightingale, percebeu aquele formigamento familiar se espalhando por sua cabeça e levou a mão à garganta, agora latejando incontrolavelmente.

Pare com isso, repreendeu-se. *Você está estressada, imaginando coisas. Só nesta cidade deve haver centenas de mulheres na casa dos vinte anos com o nome de Ellie.*

Kate chegou ao absurdo de lembrar-se daquela velha história de horror, comum nas festinhas do pijama durante seus anos de colegial: numa noite escura, uma garotinha sozinha em casa ouve um barulho, e corre para trancar todas as portas e janelas... apenas para descobrir que o lunático fugitivo *já entrou*.

Teria se iludido, achando que poderia fugir de uma situação sem escapatória? Algo, provavelmente, já destinado a acontecer?

Tomada por uma necessidade mórbida e repentina de saber, perguntou sem pensar:

— Você se importaria de dizer o que aconteceu com a sua filha? — Prendeu a respiração, trêmula como uma criaturinha indefesa enfiada debaixo da asa da mãe.

Ellie demorou a responder. Cruzou e descruzou as pernas. Por fim, cruzou os braços sobre o peito e disse em voz baixa:

— Ela foi seqüestrada.

Kate sentiu o coração parar de bater.

— Sinto muito — respondeu num fio de voz. — Deve ter sido horrível para você.

— Foi como o fim do mundo. — Ela parecia tão sofrida que Kate quis desesperadamente voltar atrás. Era como se tivesse provocado um incêndio e não conseguisse mais controlá-lo.

Ellie passou a mão no rosto, como se arrumasse uma máscara fora do lugar. Enquanto Kate permanecia imóvel, com o coração prestes a se despedaçar, a jovem de vestido verde-claro, que muito provavelmente era a mãe de sua filha, levantou-se com o olhar arrependido.

— Desculpe, mas preciso ir. Se você precisar de mim, seja para o que for, estarei por aqui pelo resto do dia. Você pode me bipar, se quiser.

Uma serenidade estranha, relaxante como éter e semelhante ao início de um possível ataque de histeria, tomou conta de Kate, que precisou reunir todas as suas forças para não desmontar por inteiro.

— Obrigada, eu ligo se precisar — mentiu.

Embora tomada de remorso em virtude do que roubara daquela mulher, pensou: *Se ela tentar pegar a Skyler de volta, farei qualquer coisa para impedi-la.* Tinha agora comido o fruto da Árvore do Conhecimento, não poderia mais fingir que a mãe verdadeira de Skyler se ocultava em algum lugar distante. Teria de proteger a filha daquela loira sorridente que... *ah, como não percebi logo?...* era mesmo a cara da sua filha. Se por um lado desejava cair de joelhos em frente a Ellie e implorar-lhe perdão, por outro queria vê-la pelas costas para sempre... bem longe da vida deles.

Contraiu-se ao ouvir Ellie dizer, inocentemente:

— Se eu não a vir mais, darei uma passada aqui amanhã para ver como a sua filha está passando. Com certeza, ela já estará no quarto.

Antes que pudesse protestar, ela já havia ido embora. Observando-a dobrar o corredor, alta e de pernas compridas, como Skyler seria um dia, Kate deixou-se cair de volta na cadeira, exausta, achatada, pálida como uma silhueta em giz no carpete.

Se ao menos o Will estivesse aqui, pensou.

Sim, mas de que adiantaria?, perguntou-se, irritada.

Lembrou-se do passado distante, do dia em que confrontara o marido com suas suspeitas sobre a mãe verdadeira de Skyler. Ele, homem de princípios — tendo uma vez expulsado uma visita de sua casa, por lhe ter contado uma piada racista —, ficara tão transtornado com a possibilidade, a real *possibilidade*, de Skyler pertencer a uma outra pessoa que, sem nada dizer, dera-lhe as costas e fora embora. Retornara na manhã seguinte, despenteado, barbado, olhos vermelhos, culpando-a por um crime que não se lembrava de ter cometido.

— Nunca mais vamos tocar nesse assunto — disse-lhe, numa voz baixa tão implacável que ela sentiu o sangue congelar-se nas veias.

E nunca mais tocaram no assunto. Will dedicou-se ao trabalho e, sob sua administração competente, a imobiliária fundada por seu pai triplicara os lucros na última década. Sob a maior parte dos aspectos, era um bom marido, fiel e prestativo... embora a deixasse frustrada com sua falta de disposição para falar sobre os problemas que a afligiam, e para os quais não tinha uma solução imediata e concreta.

Dessa forma, precisou lidar sozinha com a chama eterna daquele crime hediondo. E assim o fez.

Cabia-lhe, agora, desviar o curso do destino, que encontrara uma forma de transpor a porta trancada do seu silêncio, ameaçando o que mais prezava na vida.

Lá pelas oito horas, como um anjo cansado num avental verde amarfanhado, surgiu o Dr. Westerhall para tirar Kate de seu purgatório. Skyler reagira bem à cirurgia e dava todos os sinais de uma perfeita recuperação. Kate, chorando de alívio e cansaço, ligou mais uma vez para Will em Londres. Quase antes de ela terminar de lhe contar sobre Skyler, ele já estava correndo para pegar o próximo avião para casa.

Ele chegou logo cedo na manhã seguinte, e tão logo entrou no quarto, no nono andar do Pavilhão Thompson, todo acarpetado e decorado com móveis antigos, Kate sentiu o corpo relaxar de alívio. Havia passado a noite numa cama dobrável encaroçada ao lado do leito da filha, e todos os seus ossos e músculos doíam. Agora, ao olhar para o rosto preocupado do marido, percebeu, de repente, ser incapaz de suportar aquele peso sozinha.

— Ah, Will, graças a Deus você está aqui. — Abraçou-o, sem se importar com o odor forte de quem não tomara banho após oito horas em pânico num avião.

Os olhos do marido estavam vermelhos, seu terno tão amarfanhado quanto as roupas com que ela dormira. Mas que visão mais abençoada! Aquele rosto querido, os traços marcantes e uma cicatriz ganha aos nove anos quase apagada acima da sobrancelha — resultado de um ancinho manejado pela vizinha dois anos mais nova com quem viria a se casar um dia.

— Meu Jesus, e pensar que eu estava sentado na droga daquele clube, tomando conhaque com o lorde não sei das quantas, pensando apenas em fisgá-lo para o projeto da City Island... — Parou, esfregando o rosto com uma das mãos.

Kate sabia que o projeto City Island Riverview — um empreendimento multimilionário que implicaria a demolição e a reconstrução de uma área fluvial muito grande — era um dos maiores desafios já enfrentados pela empresa de Will, agora numa situação financeira muito difícil. Sabendo também da possibilidade de o grupo de investidores britânicos com o qual contavam até então dar para trás, imaginou como deveria ter repercutido mal sua saída às pressas, bem no meio das negociações. Somente agora, com Skyler fora de perigo, ousou imaginar o que significaria para a firma — e para eles — um possível fracasso daquele empreendimento.

Ao ajudá-lo a tirar o paletó, disse baixinho:

— Você não poderia ter feito nada. O importante é que ela vai ficar boa. — Kate não conseguia nem mesmo repetir as palavras do Dr. Westerhall, frases como "nenhum dano permanente" e "tudo indica que o sistema motor não foi afetado". A mera *possibilidade* de qualquer perda ou dano estava fora de cogitação.

Will olhava ansioso para a filha adormecida com soro no braço e turbante de gaze na cabecinha, parecendo o mais jovem rajá do mundo.

— Ela já acordou? — perguntou baixinho.

— Há umas duas horas, mas estava muito tonta. Eu apenas a abracei, e ela voltou a dormir.

Will foi para o outro lado e afundou na cadeira próxima à cama. Acariciou-lhe delicadamente a testa, inclinou-se para a frente e repousou o rosto em sua mãozinha bronzeada de sol. Seus olhos estavam cheios de lágrimas. Kate esperou alguns minutos, antes de se aproximar e pôr as mãos em seus ombros.

— Lembra da primeira vez em que a coloquei em cima de um cavalo? — perguntou-lhe. — Ela não devia ter mais do que dois anos. Pela expressão dos seus olhos... parecia Natal em pleno mês de julho. E como gritou quando tentei tirá-la de lá. Teria ficado horas naquela sela, puxada pela corda comprida ao redor do picadeiro.

Olhando para a esposa, Will piscou os olhos com força.

— Kate — disse, com a voz embargada.

Ela agarrou com a mão trêmula a camisa do marido.

— Eu sei, eu sei. Mas ela está bem agora.

Chegou a pensar em lhe falar sobre Ellie, mas mudou de idéia rapidamente. Ele apenas a acusaria de estar imaginando coisas e, mesmo que *acreditasse* nela, de que adiantaria se preocuparem agora? Não, era melhor deixá-lo fazer o que fazia melhor: cuidar das coisas concretas, fazer as perguntas certas e receber respostas diretas.

Agora, a julgar pela expressão subitamente determinada em seu rosto, Kate percebeu ser exatamente isso o que pensava fazer.

— Eu gostaria de falar com esse Dr. Westerhall — disse no seu tom mais autoritário. — Liguei para o neurologista-chefe do Hospital Pediátrico de Boston, quando estava vindo do aeroporto. Talvez devamos chamá-lo para uma consulta. — Precipitou-se em direção à porta.

— Não sei se isso é realmente neces... — ela começou a protestar.

Num gesto familiar, Will levantou a mão.

— Escute, Kate, tenho certeza de que o Dr. Westerhall é competente, mas não vejo problema algum em ouvirmos uma segunda opinião — disse-lhe calmamente, com uma segurança conquistada ao longo dos anos, típica de quem sabe o que quer e quase sempre encontra meios de conseguir.

Se ele fosse tão bom e tão forte assim com relação a outras coisas, pensou. *Se soubesse que uma palavra de carinho vale por cem soluções.*

Assim que Will saiu do quarto, Kate esticou-se na cama dobrável para relaxar. Estava muito cansada, mais cansada do que ficara após suas quatro operações, quando mal acreditara ainda ter ossos na perna e nos quadris para todos aqueles pinos de aço.

Já quase adormecendo, pensou: *Mas sobrevivi... e a Skyler vai sobreviver também.*

Sobressaltou-se ao ouvir uma voz familiar — voz que desde o início, quando não passava de um choro, nunca deixara de acordá-la do mais profundo dos sonos.

— ... Oito — ouviu-a dizer. — Meu aniversário é uma semana antes do aniversário da Mickey. Ela é a minha melhor amiga — disse, com a voz pastosa, como se ainda não estivesse totalmente acordada.

Kate levantou-se bruscamente, retornando à plena consciência ao ver a filha recostada sobre uma pilha de travesseiros... conversando com a loira longilínea sentada na cama, ao seu lado.

Enquanto Skyler tentava tomar um gole de água do copo que Ellie Nightingale encostava em seus lábios, Kate pensou: *Isso é um sonho.* Mas nenhum sonho jamais a afetara daquela forma, apertando-lhe o coração, deixando-lhe com um gosto acre na garganta.

Skyler viu a mãe aproximar-se e sorriu, abatida.

— Mamãe. — Estava muito pálida e com olheiras, a voz pouco mais do que um murmúrio rouco.

— Ah, querida. — Kate correu em sua direção, abafando o choro e abraçando-a com toda delicadeza possível.

— Está doendo, mamãe, me machuquei. Meu corpo todo está doendo. — Skyler tremia em seus braços, esforçando-se para não chorar.

— Está tudo bem, querida — Kate acalmou-a, quase chorando também. — Você vai ficar boa. Eu prometo. Tudo está bem agora. Você caiu e se machucou, mas vai ficar boa logo.

— Eu sei. Foi o que *ela* disse. — Skyler sorriu para Ellie e recostou-se de novo nos travesseiros.

Kate tentou não encará-la, mas não foi possível. *Como são parecidas! Meu Deus, será que ela não vê? Como é possível?*

— Ela estava acordando quando entrei — disse Ellie. — Eu não queria incomodar.

— Foi muito gentil da sua parte se lembrar de nós — agradeceu, mentalmente abençoando a mãe que, desde cedo, lhe ensinara a esconder até mesmo os seus sentimentos mais profundos, hábito seu agora tão natural quanto o ato de respirar.

— Foi um prazer. — Ellie colocou o copo de plástico sobre a mesinha ao lado da cama e olhou para Kate, por cima da cabeça de Skyler, com um sorriso quase melancólico. — Ela é mesmo uma garotinha muito especial. Você é uma mulher de sorte.

O coração de Kate despencou numa queda longa e vagarosa.

— Sou mesmo. — Viu que Skyler tentava dizer alguma coisa, então se aproximou para ouvi-la.

— Mamãe, o Cricket está bem?

— Ele está ótimo. — Não fazia a menor idéia se o pônei estava bem ou não; não pensara nele um minuto sequer.

Satisfeita, Skyler fechou os olhos.

— Mamãe...? — murmurou, sem acabar a frase.

— Estou aqui — respondeu Kate com a voz embargada. — O papai também. Ele vai voltar daqui a um minuto.

Ellie levantou-se e ajeitou a saia. Estava usando uma blusa dourada e uma saia azul que combinavam perfeitamente com seus olhos. Ao inclinar a cabeça para o lado e pôr uma mecha solta de seus cabelos atrás da orelha, a luz se refletiu em uma de suas argolas douradas.

Skyler murmurou alguma coisa... algo parecido com "não vá" e, por uma fração de segundo, Kate não soube dizer a quem ela se dirigia.

— Fico feliz por tudo ter acabado bem para vocês — disse Ellie, já de saída.

Kate aceitou sua mão firme e arriscou olhar em seus olhos francos e cativantes. O círculo estava se fechando, estreitando-se ao seu redor como um nó. Estavam unidas agora, de uma maneira horrível e imutável, exatamente da forma como sempre temera.

Mesmo com cada poro seu gritando para aquela mulher deixá-las em paz e nunca mais voltar, Kate afirmou numa voz contida e emocionada:

— Ela é muito especial para mim e para o pai. Eu *morreria* se a perdesse algum dia.

— Não, não morreria — disse Ellie com a simples convicção de quem sabia o que falava. — Mas fico feliz por você não precisar descobrir isso.

Kate deu um sorriso forçado e, odiando a si própria mais do que a qualquer outro ser humano, enterrou uma faca que somente ela podia ver no coração de Ellie.

— Não se eu puder evitar.

Capítulo Dois

1989

Duas coisas aconteceram no aniversário de dezessete anos de Skyler Sutton.

A primeira: ela perdeu a virgindade na casa de barcos da casa de veraneio dos pais, em Cape Cod, com Prescott Fairchild, estudante de Yale e filho de velhos amigos da família. Chorou um pouco e sangrou muito... mas, no todo, achou a experiência satisfatória, considerando-se que não estava apaixonada pelo rapaz.

A segunda, embora sem qualquer relação com a primeira (pelo menos assim o achava): parou de fazer pedidos ao assoprar as velinhas do bolo. Em vez disso, fez uma promessa: descobriria toda a verdade sobre sua mãe biológica.

Consumida ao longo dos anos pelo desejo ardente de descobrir o paradeiro da sua mãe verdadeira, Skyler tinha fantasias com uma mulher estranha batendo à sua porta, soluçando e dizendo tudo ter sido um lamentável engano, pois ela apenas a deixara em casa sozinha, por alguns minutos, para dar um pulo numa loja. Inventara, também, a história de que a mãe fora atropelada a caminho de casa por um motorista de táxi, para, após meses em coma, descobrir que seu bebê havia sumido para sempre.

Uma época, tentou até seguir algumas pistas... mas nada conseguira além de reações de indiferença. A mãe adotiva a olhava com olhos frios e dizia que sua mãe biológica jamais a procurara, *jamais*.

De qualquer forma, precisava saber a verdade por trás da história que os pais, carinhosa e cautelosamente, lhe contaram, aos seis anos de idade: fora abandonada pela mãe num cortiço, sem qualquer endereço para contato.

Quando pequena, tinha pesadelos em que acordava num casulo forrado com lençóis úmidos e embolados, debatendo-se e soluçando. Pesadelos em que se via abandonada... vagando por uma rua escura, chamando pela mãe... e sendo perseguida pelos espectros de figuras sombrias. Embora superados, os sonhos ruins foram substituídos por algo ainda pior: a terrível suspeita de que os pais estavam lhe escondendo algo, algo terrível demais para ser traduzido em palavras.

E era isso o que via nos olhos da mãe, alguma coisa séria, furtiva e carregada de dor; era também o que percebia no comportamento do pai, ocupado demais para conversar sempre que tocava no assunto da sua adoção.

Por pior que seja a verdade, não pode ser tão ruim quanto ficar na escuridão, pensou, enquanto, sentada de cócoras, amarrava os protetores para viagem na pata esquerda do cavalo no chão de concreto da estrebaria da Stony Creek. O sol ainda não havia nascido e, embora o tempo estivesse ameno, estava arrepiada de frio. Passara-se exatamente uma semana do seu aniversário e, dentro de três horas, estaria competindo na categoria júnior do Campeonato Beneficente de Saltos Eqüestres de Ballyhew, em Salem, a meia hora de carro de Northfield.

No entanto, não era o campeonato que a estava deixando tão nervosa, e sim a forma de abordar o assunto com a mãe.

Com os nervos à flor da pele, preferiu não arriscar uma situação constrangedora e adiou a conversa para a noite, depois da apresentação. Havia esperado todos aqueles anos. O que seria mais um dia?

Mesmo assim, suas mãos se moviam com uma inépcia atípica e o estômago parecia um pano molhado sendo torcido. Não conseguia pensar em outra coisa.

O que acontecera com Prescott, admitia agora, talvez tivesse mesmo agravado o desejo de conhecer a própria mãe. Lembrou-se do momento, logo após fazerem amor no frio da casa de barcos, em que ficou contemplando o reflexo da água no teto inclinado e sentiu uma estranha conexão com aquela mulher. Será que *sua* primeira vez também tinha sido assim? Teria ela, por algum descuido, cometido o único erro de se deixar engravidar quando ainda adolescente?

Ajustou a proteção logo abaixo do jarrete, levantou-se e deu um tapinha na anca do cavalo. Àquela hora, a não ser pela presença de Duncan e um dos cavalariços assobiando lá do paiol de feno, a estrebaria estava praticamente deserta.

A luz da manhã ainda tremeluzente de sereno se infiltrava pelas fendas entre as tábuas mal encaixadas da porta da estrebaria, e a janela empoeirada acima dos latões de forragem irradiava uma cor âmbar-pálido. Ouviu um balde retinir por perto e, do outro lado da fileira dupla de baias, junto com um bater de cascos, Mickey praguejando com seu cavalo — famoso por sacudir a cabeça sempre que ela lhe colocava o cabresto.

Limitada pelas correntes que pendiam de cada uma das divisórias gastas da cavalariça e se uniam ao cabresto, Skyler andou num lento círculo ao redor de Chancellor. Com a crina bem trançada e o pêlo castanho escovado até a exaustão, o cavalo lançou-lhe um olhar reprovador quando ela se aproximou para ajeitar os arreios. Sabendo o significado de todo aquele movimento, e não havendo nada que odiasse mais do que ficar preso num trailer e ser levado para uma competição a quilômetros de distância, por uma estrada cheia de curvas, o animal, indignado, raspou o casco no chão de concreto e sacudiu a cabeça com força suficiente para balançar as correntes que o prendiam às paredes.

— Olhe aqui, não adianta ficar furioso... você vai e pronto — repreendeu-o carinhosamente. — Além do mais, você não é o único que está nervoso. Por acaso você acha que *eu* não estou nem aí?

O nível A do Campeonato de Ballyhew era o mais importante do qual já participara. Ela e Mickey estariam competindo com os melhores atletas da região e não poderiam cometer um erro sequer.

— Os trailers estão lá na frente. Você já está pronta? — Mickey surgiu no corredor escuro, entre as duas fileiras de baias, guiando seu Appaloosa. De culotes, camisa jeans com mangas arregaçadas e um cigarro apagado, brejeiramente posicionado no canto da boca, a amiga aparentava mais do que dezessete anos.

— O Chance está com cara de que quer desistir — disse-lhe Skyler, observando-o murchar as orelhas assim que sentiu a manta de viagem por cima dele.

— Eu também estaria. — Mickey a desafiou com uma risada rouca, ao acender o cigarro com um isqueiro Bic velho e manchado. — Ele sabe que o Carrossel vai dar uma surra nele. — Seu cabelo, como sempre, estava desgrenhado e seus olhos negros, azulados como ameixas, olhavam divertidos para Skyler.

— Ah, é? Quem foi que chegou primeiro na categoria *hunter*, em Twin Lakes?

— Isso só aconteceu porque o Carrossel perdeu uma ferradura.

— Se bem me lembro, não foi só isso que ele perdeu.

Skyler riu ao lembrar-se do Appaloosa corcoveando e lançando Mickey contra uma cerca viva.

Mas o sorriso largo de Mickey, longe de envergonhado, brilhou desafiante.

— É *você* quem está ficando apavorada, admita. Sabe que vou deixar você comendo poeira.

Viviam assim desde os tempos do Pônei Clube, mas, se alguém mais se atrevesse a escarnecer de uma delas, teria de brigar com as duas. Tinham praticamente sido criadas juntas na Stony Creek, e Skyler adorava a amiga como se fosse sua irmã.

— Pode falar à vontade. Talvez você acabe se convencendo — Skyler disse por cima do ombro, enquanto escancarava a larga porta de duas folhas e guiava seu cavalo para o pátio.

Os dois caminhões-trailer aguardavam em ponto morto no estacionamento, logo após a área de cascalho, enquanto seus motoristas fumavam e tomavam café em copos descartáveis, recostados na cerca.

Skyler parou para inspirar o cheiro de grama aparada, olhando para o horizonte tricolor onde o sol nascia espalhando luz pelo pasto orvalhado e emprestando aos antigos prédios anexos o dourado suave de torradas com manteiga. Dentro do picadeiro, onde um garoto de shorts e camiseta regava a serragem no chão, uma fina cortina de água formava um arco-íris perfeito, como o dos livros infantis.

Skyler experimentou um momento de extrema serenidade até a imagem da mãe importuná-la novamente, como uma bolha roçando no calcanhar.

— Eu gostaria de saber se ela ainda está viva.

Só percebeu ter falado alto quando Mickey lançou-lhe um olhar de esguelha por trás da fumaça do cigarro.

— Quem?

— Minha mãe verdadeira — disse Skyler com a voz mais áspera. — A mulher que gostava tanto de mim que me deixou de presente para o proprietário da casa.

— Por que você pensou *nela* justamente agora?

— Não sei — hesitou, sentindo novamente aquela sensação estranha no estômago. — Não consigo parar de pensar no que ela sentiria se pudesse me ver agora. Será que ficaria orgulhosa? Daria alguma *importância*?

Mickey estudou a amiga demoradamente, enquanto tragava o cigarro e soltava uma longa baforada de fumaça no azul frio do céu, que anunciava um calor escaldante lá pelo meio-dia. Não era a primeira vez que Skyler lhe confidenciava seus pensamentos mais íntimos sobre a mãe... e não seria a última. Mas Mickey não tinha respostas para perguntas sem sentido.

— Podia ter sido pior. Pelo menos você saiu lucrando — disse, otimista. — Meus pais, sangue do meu sangue, não dão a mínima para mim, enquanto os seus acham que você caminha sobre a água.

Pensativa, Skyler acariciou o pêlo curto e sedoso do pescoço de Chancellor.

A triste verdade era que, a cada salto, a cada faixa que perseguia, não era apenas o desejo de vencer que a impulsionava, mas o de impressionar a mãe. Como se, de alguma forma, pudesse provar para a mulher que a amamentara, trocara suas fraldas, acalentara-a... e depois simplesmente sumira... que ela *valia* alguma coisa.

Quando as duas meninas guiaram seus cavalos em direção aos trailers, Chancellor começou a dar para trás.

— Desista, Chance — resmungou Skyler ao puxar a rédea com força.

Mas, quando chegaram à rampa de alumínio encostada à porta traseira do primeiro caminhão, Chancellor empacou e ficou olhando para ela. Dando um suspiro, Skyler remexeu o bolso, pegou um toco de cenoura e o agitou na frente do cavalo, até persuadi-lo a entrar.

Então pensou em Kate. Será que também seria fácil, assim, persuadi-la a revelar um segredo tão bem escondido ao longo de todos esses anos? Ao sentar-se com Mickey no banco traseiro da caminhonete de Duncan, rezou para conseguir convencer a mãe a se abrir.

A caminho da Rota 22, passando pela rua principal da cidade, com suas lojas de lambris brancos e luminárias no estilo vitoriano, Skyler acenou para Miranda, diante da antiga cocheira onde hoje era a loja de sua mãe. Regando os beijos-americanos nas jardineiras de ferro fundido, Miranda, magra e sempre tão bem-vestida como as modelos do catálogo da J. Crew, acenou de volta. Estava acostumada a administrar a loja durante o verão e o outono, enquanto Kate — que naquela manhã já se adiantara para arrumar um bom lugar nas arquibancadas — acompanhava suas apresentações como única integrante da sua torcida organizada.

Skyler sorriu, incapaz de lembrar-se de uma só ocasião em que não tivera o apoio da mãe. Como o dia em que ela lhe oferecera praticamente todas as flores do seu belo jardim para a balsa que sua tropa de bandeirantes confeccionara para o desfile do Dia dos Veteranos; como a época, logo após a operação que a deixara mais de uma semana de cama, em que passara horas e horas lendo e ajudando-a a montar um álbum com recortes de cavalos tirados de revistas.

A Mickey está certa, sou mesmo uma garota de sorte, pensou. E não somente por ter pais maravilhosos, mas também por ter crescido ali, com todas as vantagens possíveis, e não ter ficado mimada.

Northfield, a apenas dezenove quilômetros a noroeste de Greenwich, com suas mansões com garagens para quatro carros, era o tipo de lugar onde o dinheiro se escondia, em vez de aparecer.

Nenhum dos pais das ex-colegas de escola de Skyler dirigia carros europeus luxuosos ou usava roupas de grife. Torciam o nariz para a decoração ao estilo country inglês, então moda corrente, e preferiam ficar em casa a despachar uma pilha de malas com monogramas para a Europa. Chapavam vidros de ketchup em cima das mesas de jantar finas e antigas e entravam em casa com as botas enlameadas, passando por cima de tapetes turcos com duzentos anos de idade.

Não proibiam os cachorros de subir no sofá após horas refestelados nos celeiros e nas pastagens; nem tampouco especulavam sobre a situação financeira dos vizinhos. Preferiam falar sobre uma égua de três anos com futuro promissor, sobre o campeão da copa em Gladstone ou sobre se o torneio de Lake Placid seria ou não cancelado novamente aquele ano por causa da chuva.

Para Skyler, o que fazia da mãe uma pessoa diferente não era o fato de usar bengala, mas o de ter sofrido muito. E embora a dor estivesse sempre presente nas linhas finas ao redor dos olhos e da boca, manifestando-se por trás de cada sorriso, como a ponta de uma faca afiada, ela nunca reclamava, nem mesmo falava sobre isso... era boa em guardar segredos.

Que segredo ela esconde sobre a minha mãe verdadeira? O que há de tão tenebroso por trás daquele olhar sombrio cada vez que toco no assunto?

Com os olhos fixos na paisagem campestre que logo ficava para trás com o passar do carro, Skyler desejou, do fundo do coração, não estar cometendo um erro ao abrir aquela caixa de Pandora.

O Campeonato Beneficente de Saltos Eqüestres de Ballyhew, que sempre acontecia no mês de agosto, era famoso por apresentar novos talentos. E até o meio-dia, tanto Skyler quanto Mickey já haviam se apresentado bastante bem nas preliminares para passarem para o já previsto desempate da categoria proprietário-amador júnior.

Quando Skyler saiu com o cavalo da arena de treinamento, estava menos nervosa do que imaginara. Passou os olhos pelas arquibancadas lotadas, na esperança de avistar Kate, mas, como havia gente demais, e Chancellor dançava de um lado para outro, não conseguiu fixar o olhar num ponto.

Levou-o a trote até o picadeiro com cercas brancas, com seus obstáculos bem projetados, e sentou-se mais para trás na sela, pressionando-o com as pernas, até afastá-lo um pouco da agitação do portão de entrada — meia dúzia de cavalariços apertando cilhas e checando bridões, treinadores dando conselhos de última hora e cavaleiros andando em círculos com seus cavalos nervosos.

O ar era uma nuvem suja de poeira marrom revolvida pelos cascos e pelo pisar das botas no chão, e o calor, embora ainda não fosse meio-dia, já beirava o insuportável, as construções antigas e os pastos verdes e ondulados da Fazenda Ballyhew brilhando ao longe, como uma tentadora miragem no deserto.

Skyler se inclinou para acariciar o pescoço de Chancellor. Ele estava impaciente... e ela também. Sentiu uma veia pulsar na têmpora e fechou os olhos na esperança de não sentir dor de cabeça. *Escute, Chance, essa é a nossa grande oportunidade. Precisamos arrasar... portanto, mande brasa, combinado?*

Skyler já o montara na última temporada, ganhando faixas nas apresentações nível A e tirando o quarto lugar na categoria *hunter* do Campeonato Maclay nas Regionais do Nordeste. Mas, com apenas seis anos, aquele cavalo ainda era jovem e tinha tendência a se assustar. Era pequeno também. Com um metro e cinquenta e seis, não passava de um pônei grandinho.

Mas a verdade é que Chancellor sabia saltar. Nossa, e como sabia!

Skyler sorriu, lembrando-se do dia, há dois anos, em que ele chegara a Orchard Hill. Aquele capão puro-sangue holandês, seu presente de aniversário de quinze anos, que derrubara a cancela da baia, disparara para o pátio e saltara por cima de uma cerca de um metro e oitenta centímetros.

Mas saltar no campo ou na arena de treinamento era muito diferente de competir. E os campeonatos dos quais tinham participado até então eram fichinha em comparação com este.

Nas preliminares, Chancellor tinha cometido apenas três faltas por causa de um refugo nas seis barras e ficado entre os nove classificados para o desempate, entre trinta e sete competidores. Se ganhassem essa prova — *ah, Deus, for favor!* —, acumulariam pontos suficientes para as finais das preliminares de South Hadley, em setembro.

— Número 18, Lucky Penny, montado por Amanda Harris...

A estridência do alto-falante deixou Chancellor extremamente agitado. Skyler puxou as rédeas, mantendo-o seguro entre as pernas. Não havia necessidade de checar a ordem dos saltos no quadro de avisos ao lado do portão da entrada. Tinham-na divulgado há uma hora, e ela seria a segunda a se apresentar.

— Somos os próximos — murmurou.

Sua cabeça parecia pegar fogo sob o forro aveludado do capacete protetor. Aquele acidente idiota que sofrera na infância de alguma forma danificara sua parte elétrica; muita excitação logo sobrecarregava o sistema.

O tempo também não ajudava muito. Não era nada fácil ficar sob o sol escaldante de agosto, com um traje de montaria desenhado para o frio úmido inglês: culotes e botas pretas, blazer de gabardine azul-marinho e camisa branca engomada com monograma bordado no colarinho alto, onde prendera um brochinho de brilhantes em forma de ferradura.

Respirou fundo e deu uma olhada em Duncan, plantado em frente ao quadro de avisos, analisando o diagrama do percurso com os olhos azuis quase fechados de tão apertados e passando os dedos ossudos pela gaforinha grisalha, que, segundo ela, mais parecia uma nuvem de fumaça saindo de uma chaminé. Como se ainda não soubesse o percurso de trás para frente... como se já não tivesse feito o trajeto a pé com ela, medindo o número de passadas a galope antes de cada salto, testando as varas em seus suportes, ajoelhando-se para verificar a homogeneidade do solo.

Agora, mirando-a nos olhos, Duncan aproximou-se a passos largos e, sem dizer uma palavra sequer, pôs-se a reajustar a barbela da cabeçada de Chance. Skyler já estava ficando irritada, quando então se lembrou de que, não fossem as instruções cuidadosas de Duncan e sua atenção para com os detalhes, ela provavelmente não estaria ali.

— Ele estava com problemas naquela última combinação tríplice, na prova de desclassificação por falta — disse-lhe Duncan. — Ele vai procurar o canto, no oxer 9-B. Se puder, mantenha-o exatamente no centro. — Analisou-a por um momento, com olhos penetrantes e então, como se estivesse satisfeito com o que via, assentiu firmemente com a cabeça.

— Vou fazer o melhor que puder — disse Skyler.

No entanto, não era a combinação tríplice que a preocupava, e sim o obstáculo 7, um muro seguido por um pequeno rio — um retângulo de um azul brilhante, com mais de três metros e meio de comprimento por setenta centímetros de largura. Uma moleza, se o seu cavalo não tivesse pânico de água.

Quando era um potrinho, Chancellor quase se afogara num açude para gado. Desde então, tudo o que cheirasse, parecesse ou soasse como água fazia-o refugar — exceto a água que pudesse beber de dentro de um balde. Conhecendo-o bem, Skyler treinara-o durante todo o verão, levando-o várias vezes até o riacho próximo à cocheira, até o dia em que as águas de junho subiram e cobriram as pedras do seu leito. Ainda assim, tudo podia acontecer... Na prova de estréia, Chancellor se recusara a saltar o obstáculo rio. O mesmo salto que Lucky Penny fazia, agora, com muita facilidade.

O baio só cometera duas faltas até então, ao derrubar um obstáculo no triplo, com a pata traseira. Um saltador limpo, mas não necessariamente rápido. Assim que livrou o último salto e passou pelo sensor no portão de saída, seu tempo reluziu no placar eletrônico: 40.789 segundos.

— Número 38 — o locutor gritou assim que Lucky Penny saiu da arena cabriolando e sacudindo a cabeça. — Skyler Sutton montando Chancellor...

Skyler estava tão consciente de cada olhar nas arquibancadas e na cabine dos juízes que parecia haver um refletor virado em sua direção. Dois mil espectadores voltados para ela, esperando que fizesse o diabo com o seu cavalo.

Preciso vencer, pensou. Não somente para provar que era boa... mas como um bom augúrio. Se levasse a faixa azul para casa, nada do que viesse a saber sobre sua mãe verdadeira seria tão terrível.

Duncan andou em torno de Chancellor uma última vez, checando desde a focinheira até a patilha, antes de assentir com a cabeça. Presenteando Skyler com um dos seus raros sorrisos, disse-lhe com seu jeito brusco:

— Lembre-se, é preciso dar duro para ter sorte; você já deu duro, agora, boa sorte.

Não só sorte, mas velocidade, pensou. *Preciso ser mais rápida do que todos os outros.*

Ao soar da sirene, Chancellor explodiu feito um míssil pela porteira. O primeiro salto, uma cerca de quase um metro, foi tão fácil para ele quanto é fácil para uma criança pular corda. Um obstáculo em X, um oxer duplo: o alazão levitou sobre os dois obstáculos com bons centímetros de folga.

Você consegue, Chance... é isso aí. Mais um... agora outro...

Ele livrou o número 5, uma vertical patrocinada pelo Mercado Grand Union, que mais parecia um quiosque. Seus cascos mal tocaram o chão, quando ela o impeliu para frente, apressando-o para o salto seguinte, uma mureta encimada por duas varas. Ao saltá-la, Chance bateu com a pata traseira na vara superior, que chocalhou no suporte. Skyler ficou em pânico, mas a vara se manteve no lugar. *Isso!*

Aproximando-se do próximo obstáculo, num ângulo muito fechado, Chance tombou bruscamente para a direita e, conforme se desequilibrou, Skyler precisou puxá-lo para trás e colocá-lo de volta no ritmo do galope. Mais um tempo precioso era perdido. Com os sentidos aguçados, da mesma forma que percebia o sol transformar sua blusa numa massa molhada e enrugada de papel machê, ela sentia cada fração de segundo se esvaindo como o sangue de uma veia rompida.

Fixou o olhar no salto seguinte — o número 7. *Certo, lá vamos nós, apertem os cintos...*

Mas, ao se aproximarem do obstáculo do rio, Skyler sentiu a cadência dos cascos de Chance diminuindo, as patas se embolando. *Ele sabe...*

ele está freando. Deus do céu. A água surgiu, e ela pensou: *Vamos lá, Chance, você consegue. Vamos lá.*

Recorrendo a músculos das coxas e panturrilhas que nem sequer imaginava possuir, Skyler pressionou-o o mais que pôde, inclinando-se por sobre seu pescoço e impelindo-o para a frente com um desejo quase físico — desejo que o cavalo pareceu perceber tão claramente como as botas pressionando seus flancos, pois, de repente, para seu alívio, lá estava ele acelerando de novo. Então, ao elevar o lombo e saltar por cima do retângulo brilhante de água, com as patas dianteiras encolhidas, saíram ilesos da prova.

O restante do percurso pareceu fácil em comparação com este salto. Até mesmo a combinação tríplice, sobre a qual Duncan já lhe tinha avisado — um obstáculo em forma de escada, seguido por dois oxers alternados —, não foi problema para Chancellor. Ele deslizou por cima delas e passou galopando pelo sensor, como se arrebatado pela vibração dos brados do público.

Um percurso limpo!

Skyler vislumbrou os números vermelhos flamejando no placar eletrônico: 32.845 segundos. Se ninguém mais limpasse o percurso em menos tempo, ela seria a primeira colocada.

— Ele é danado! — gritou um dos cavalariços no portão de saída, o corpulento Russ Constantini. — Vai ser difícil alguém bater esse bicho.

Skyler, ainda sob o efeito da adrenalina, rezou para que tivesse razão... para ninguém bater o seu tempo.

Allison Brentner e seu garanhão branco, o puro-sangue Silver Spurs, vieram em seguida, com 34.032 segundos e seis faltas. Nate London, o quarto candidato, montando Good e Plenty, foi eliminado com três refugos. Anna MacAllister, montando Merry Maker numa corrida veloz, ficou arrasada ao cometer dezesseis faltas e caiu em pranto tão logo desmontou.

Assim que Duncan e seu cavalariço-chefe, Craig Losey, levaram Chancellor para a estrebaria, Skyler permaneceu próximo à cerca. Mickey devia estar por perto, e ela não podia perder essa oportunidade.

Mas havia algo de errado — aquele capão preto trotando para dentro do picadeiro não era Carrossel, e o cavaleiro com um jeito afetado *definitivamente* não era Mickey. Ansiosa, examinou os cavalos e cavaleiros na arena de treinamento. Pelo amor de Deus, onde ela se metera?

Após uma olhada rápida pelo estacionamento e arredores, localizou a amiga numa das tendas que serviam de cavalariça improvisada. Mas ela não estava sozinha, estava com a veterinária, a Dra. Novick — uma mulher corpulenta, com uma trança ruiva tão comprida e espessa quanto o rabo de um palomino —, sentada sobre os tornozelos, de frente para Carrossel, apalpando gentilmente seu machinho direito.

— Parece tara mole — disse a veterinária.

Lívida, Mickey encarou a médica como se acabasse de se levantar de um tombo feio. Skyler sabia que a pata de Carrossel iria ficar boa, mas uma exostose séria poderia deixá-lo meses sem competir.

Skyler pousou a mão gentilmente no flanco de Appaloosa e fez a pergunta que Mickey, abalada, não conseguia fazer:

— É muito grave? — Não precisava perguntar como isso tinha acontecido; ferimentos de fadiga eram mais comuns do que se imaginava em cavalos que treinavam quatro ou cinco horas por dia antes de uma competição.

— Eu o manteria em repouso até o fim da temporada. — A Dra. Novick levantou-se com esforço, as articulações estalando. O ar entrava quente e sufocante pela tenda aberta, e o burburinho abafado da multidão se propagava até lá.

— E se a gente estourar as bolhas? — Como passara os últimos verões trabalhando meio expediente na clínica veterinária de Northfield, Skyler tinha uma certa experiência no assunto.

— Poderia ajudar, mas o que ele precisa mesmo é de um bom descanso. — Contraiu o rosto castigado pelo sol, acentuando ainda mais a teia de rugas. — Desculpe. Eu gostaria de poder oferecer uma cura milagrosa.

Skyler encostou o rosto no pescoço do cavalo com cheirinho de óleo de bebê que Mickey usava para lustrar seu pêlo malhado.

— Ouviu essa, rapaz? Você vai para o Club Med — murmurou, sentindo-se extremamente desapontada pela amiga, mas sabendo que Mickey se ofenderia com qualquer demonstração de solidariedade capaz de levá-la às lágrimas.

O capão bufou, virando a cabeça e lhe dando uma cutucada afetuosa. A Dra. Novick sorriu e disse:

— Você tem jeito para o negócio... Vi você com o seu cavalo. Mas tem uma garotada... — O sorriso fugiu do seu rosto. — Bem, talvez você não chegue ao extremo de chamar isso de abuso, mas tem uma garotada que, a julgar pelo jeito como trata os cavalos, deve sair por aí cantando os pneus do carro do pai.

— Vou estudar veterinária depois do curso de Letras — disse-lhe Skyler. O pai havia insistido para que cursasse a Universidade de Princeton primeiro, argumentando que um diploma em Letras lhe daria uma formação mais abrangente.

— Se você não acabar se matando antes. — A Dra. Novick pegou sua valise. — Vocês são todos completamente malucos, vivem se arrebentando e querendo mais.

E quem melhor do que eu para saber disso?, pensou, com pesar. Uma imagem vaga veio à tona, um quarto branco de hospital, enfermeiras entrando e saindo.

Olhou para Mickey, que exibia uma expressão por ela apelidada de "proibido ultrapassar" — o rosto fechado, os olhos escuros deixando transparecer muito pouco do que se passava por baixo daqueles cachos negros, tão pouco quanto o que se poderia ver por trás dos vidros fumê de uma limusine.

Sabia que a amiga não iria chorar. Fumaria um cigarro, como se prestes a atear fogo num celeiro com ele, para então praguejar como um cavalariço, até dar fim ao que a consumia por dentro.

— Ele estava coxeando quando entrou na arena de treinamento — Mickey contou à amiga, sentindo-se péssima. — Pedi que me trocassem de lugar com o Evan Saunders para eu pedir a alguém para dar uma olhada na pata dele.

Com sua velha jaqueta de caça ainda muito apertada na altura do busto, mesmo depois de alargada, Mickey curvou-se para a frente e apoiou o cotovelo na palma da mão, roendo a unha do polegar. Havia feito dois percursos limpos nas categorias preliminares e era uma excelente candidata a uma faixa no desempate. Mas, agora, seu verão inteiro estaria arruinado. E esta seria a última temporada delas, pois logo completariam dezoito anos e não poderiam mais competir na categoria júnior.

— Droga! — Skyler praguejou.

— Droga é apelido — resmungou ela. — Agora tudo o que me resta é convencer meu pai a pagar seis meses de alojamento para um cavalo que não pode ser montado. Ele já está fazendo o maior auê por causa da pensão alimentícia que os advogados de mamãe estão cobrando dele.

Skyler evitava olhar para Mickey. Sabia muito bem o quanto isto significava para a amiga — não apenas ganhar uma faixa, mas mostrar para aquele idiota do pai dela que sabia montar bem o suficiente para se classificar para as categorias abertas e concorrer a um prêmio em dinheiro... que, se ela ganhasse, faria o pai parar de reclamar da fortuna que gastava com ela.

De repente, Skyler teve uma idéia, mas esperou um pouco antes de falar, preferindo pensar em todas as possíveis conseqüências do que iria dizer. Podia acabar se prejudicando. Mas para que serviam as melhores amigas? Será que Mickey não faria o mesmo por ela?

— Você poderia montar o Chance — sugeriu suavemente.

Mickey olhou-a, espantada. A esperança brotou em seus olhos, extinguindo-se em seguida.

— Esquece.

— Cale a boca e me ouça! Você já o montou antes, portanto, já o conhece. Tudo o que tem a fazer é tomar cuidado com o obstáculo do rio.

Mickey cerrou os punhos ao lado do corpo.

— *Você* me conhece — disse numa voz dura como diamante. — Eu salto para vencer. Farei tudo o que for preciso.

Skyler olhou-a com o mesmo olhar desafiador.

— Pois prove.

Um longo momento se passou, durante o qual Skyler considerou a real possibilidade de Mickey ganhar a faixa azul. Ela queria aquela faixa tanto quanto a amiga. A diferença era que ela não *precisava* vencer, pelo menos não por questões financeiras, pois tinha tudo — um ótimo fundo de investimento, uma cabana deixada de herança pela avó e um cavalo no mesmo valor de uma boa casa num bairro chique.

Tinha tudo, só não tinha história.

O som reverberante do alto-falante ecoou no picadeiro:

— Número 32, Black Knight, montado por Melody Watson...

Black Knight, o nono competidor, seria o último a saltar, caso Mickey não levantasse o traseiro de lá em quinze minutos. E este era o tempo que levaria para equipá-lo de novo.

Skyler observou Mickey em guerra consigo mesma, até respirar fundo e concordar:

— Está bem, você tem razão.

Na verdade, isso não era muito comum. Mas até onde Skyler sabia, não havia nada nos regulamentos da Associação Americana de Hipismo que impedisse um cavaleiro de trocar de cavalo no meio da competição, nem mesmo no último momento. Embora alguns juízes tenham arqueado as sobrancelhas ao ver Mickey passar com Chancellor pelo portão de entrada, a única dúvida de Skyler foi quanto ao seu próprio bom senso. Seu tempo com Chancellor ainda era o melhor, e Mickey era a única amazona do circuito júnior que costumava lhe roubar faixas.

Devo estar maluca, resmungou. Pensou na mãe, em algum lugar na arquibancada, e imaginou o que estaria pensando.

Mesmo se lembrando, mais uma vez, de que a amiga também teria feito o mesmo por ela, não pôde deixar de sentir uma pontinha de superioridade quando Chancellor bateu a pata traseira na vara superior da primeira cerca, a mesma que saltara tão bem com *ela*. Mickey, como sempre, estava pronta para a guerra. Saltou como ninguém, o queixo quase roçando na crina do capão, os cotovelos apontando para os lados, as nádegas elevadas o suficiente para aparecerem na tela do radar de uma torre de controle aéreo. Sorte a dela este esporte não levar em consideração a posição do cavaleiro ao saltar. O importante é saltar bem.

E Mickey estava voando.

Meu Deus, olhe só para ela! Chancellor já estava na metade do percurso, saltando o obstáculo do rio praticamente sem hesitar. Na cerca da Grand Union, quando parecia prestes a irromper pelas varas adentro, Mickey puxou-lhe a cabeça bruscamente para cima, fazendo-o quase voar pelo obstáculo. A última combinação tríplice quase lhe custou mais um derrube, mas, conforme deslizou por cima do terceiro elemento, passando em seguida pelo sensor, o resultado de seu percurso limpo apareceu no placar com o mesmo brilho do sorriso confiante estampado em seu rosto: 32.805.

Menos de um décimo de segundo mais rápido do que a amiga.

Skyler não sabia se ria ou chorava.

Minutos depois, na premiação de pista, entre Chancellor e Mickey com a faixa nas mãos, lembrou-se claramente delas, aos treze anos, curvadas em cima do vaso sanitário do banheiro do seu quarto, pondo os bofes para fora depois de uma dose exagerada de vinho de maçã e cookies de chocolate.

— Isso é para você aprender a não ser boazinha da próxima vez — Mickey murmurou, ofegante, diante dos flashes e das filmadoras, com os olhos marejados ao sorrir para a amiga.

Skyler pegou um lenço no bolso da jaqueta e o deu para Mickey.

— Seu nariz está escorrendo.

— Obrigada — resmungou, enxugando os olhos furtivamente.

— Não me agradeça. Eu só queria ter certeza de que você iria competir nas finais para eu poder dar uma surra em *você*.

Embora não lamentasse seu ato de desprendimento, não sabia ao certo se estava feliz com aquela vitória. Preferia *ela* mesma estar levantando a faixa azul diante das câmeras. Mas ser a segunda melhor não era o fim do mundo.

Onde não podia perder era na conversa que teria com a mãe naquela noite. E *nesta*, pensou desanimada, não haveria nenhuma faixa azul...

apenas mais sofrimento. Sabia ainda que, neste caso, a verdade seria mais cruel do que a mentira.

Skyler mal conseguiu jantar naquela noite.
Na grande sala de jantar com pé-direito alto, à qual Kate dera um toque mais descontraído estampando as paredes com estêncil e acrescentando um armário de pinho com vistosas cerâmicas mexicanas, Skyler estava tão tensa que mal podia acreditar na falta de percepção dos pais quanto ao seu estado de espírito. Mas, a julgar pela forma como o pai falava sobre o seu último projeto — um antigo distrito policial no SoHo a ser transformado num prédio de apartamentos de luxo — e pela expressão de interesse no rosto da mãe, concluiu, um tanto a contragosto, que não era o centro do universo deles.

Sabia, pela voz do pai, que ele estava estressado. Sabia, também, tratar-se de um projeto arriscado e problemático: já haviam enfrentado uma greve sindical, mancadas dos empreiteiros e, agora, pareciam ter surgido também problemas referentes ao zoneamento.

Ultimamente, e cada vez com mais freqüência, Skyler pegava os pais sussurrando sobre problemas financeiros. A empresa parecia estar no vermelho, mas, como o próprio pai sempre dizia que no mercado imobiliário a incerteza fazia parte do negócio, não conseguia imaginar nada de muito terrível acontecendo.

Parou então de prestar atenção à conversa deles e começou a ensaiar mentalmente o que diria, mais tarde, à mãe.

Já havia decidido não conversar com o pai, pois de nada adiantava falar-lhe sobre assuntos pessoais... como medos e preocupações. Ele a amava sem reservas, jamais duvidara disso nem por um momento, mas era sempre a mãe a sua confidente.

Sem mais nem menos, interrompeu-os:

— Vocês ouviram alguma coisa sobre a Torey Whitaker?

— Só sei que ela vai se casar — respondeu Kate, desviando os olhos do salmão pochê com arroz de açafrão.

— Mas não é só isso... ela está grávida. — Skyler observou os pais se entreolharem, surpresos. — Falei com a irmã dela hoje, durante a apresentação. A Diana me disse que a mãe está correndo feito uma louca para preparar logo o casamento.

— Se eu fosse elas, não correria tanto. — O pai limpou a boca com o guardanapo engomado. — Acho que o namorado está muito feliz com a idéia de ter sogros ricos.

— Vi a Marian Whitaker no mercado, outro dia — disse a mãe, pensativa. — Ela realmente me falou que estavam comprando uma casa para dar de presente de casamento para a filha... mas, nossa, um *bebê*! — Balançou a cabeça, esboçando um sorriso. Com ironia, acrescentou: — Não sei por que a Marian não me contou.

— Não tem problema, já que eles vão se casar mesmo — disse Skyler.

— Depende do ponto de vista. — O pai disfarçou o riso. — Aposto que o velho Dickson fez uma úlcera.

Skyler não entendia como o pai podia ficar cada vez mais bonito com o passar dos anos. As amigas sempre diziam que ele parecia um ator de cinema, o que lhe despertava risos. "Daqui a pouco, vão me colocar num museu de cera", gostava de brincar. Seus traços angulosos e cabelos espessos, da cor das canecas de estanho sobre o console da lareira, faziam-no muito mais atraente do que velho. Embora cinqüenta anos não fosse uma idade tão avançada assim.

— Skyler, você não comeu quase nada! — A mãe deu uma olhada no prato praticamente intacto da filha. — Você está se sentindo bem?

— Só um pouco cansada — disse, baixando os olhos. — A apresentação acabou comigo.

Durante o trajeto de carro para casa, a mãe comentara sobre as dificuldades do percurso, quais cavaleiros os juízes pareciam ter favorecido e por quais motivos, e como muitas pessoas tinham se lembrado dela, de sua época áurea.

— Fiquei muito orgulhosa de você hoje.

— Eu poderia ter me saído melhor — retrucou Skyler. — Eu estava um pouco devagar naquele primeiro salto.

— Eu me refiro ao que você fez pela Mickey — Kate disse carinhosamente.

Skyler ficou vermelha e murmurou:

— Não foi nada demais.

O pai, como sempre, não estava ligado na conversa delas; em vez disso, olhava pelas portas de vidro, para alguma coisa diferente perto do pátio. Franzindo a testa com ar distraído, observou:

— As desgraçadas daquelas toupeiras estão fazendo o maior estrago no gramado, Kate. Você não pediu ao jardineiro para colocar mais armadilhas?

— Vou falar com ele de novo — respondeu tranqüila e, num esforço óbvio para mudar de assunto, dirigiu-se novamente à filha, para quem perguntou, animada: — Você vai se encontrar com o Pres hoje à noite?

Pelo seu tom de voz, a mãe nem sequer desconfiava de que haviam se tornado amantes.

— Ele disse que iria passar aqui — respondeu Skyler, indiferente. — Um amigo dele nos convidou para ir a uma festa, mas não sei se estou com vontade.

Naquele momento, também não sabia se ainda estava disposta a confrontar a mãe. Na verdade, estava mais do que cansada: estava morta de medo.

Seria justo chutar o balde? Abalar a harmonia familiar com dúvidas e acusações?

Para Skyler, seu lar era quase encantado, como os lugares para onde as pessoas fogem nos livros de histórias. Ela adorava a Orchard Hill, com seus quilômetros de campo aberto e sua estrebaria de pedra — que as visitas sempre confundiam com a casa principal, até percorrerem o caminho comprido e sinuoso, de cerca de oitocentos metros, até o solar colonial. Não contava com quartos imensos, mas vários quartos aconchegantes onde os sofás e poltronas macios, decorados com almofadas bordadas e mantas de crochê, eram convidativos como uma infinidade de colos quentinhos e gorduchos.

Para onde quer que olhasse, Skyler via o toque hábil e afetuoso de Kate — um vaso repleto de gladíolos refletido no espelho acima do console, um lindo relógio georgiano tiquetaqueando no aparador, uma coleção de latas de biscoitos antigas ocupando uma prateleira inteira no armário das porcelanas — e, de repente, sentiu mais medo pelo que poderia perder do que pelo que teria a ganhar.

Percebendo algo lhe roçar a perna, abaixou-se e acariciou a orelha sedosa de Belinda, que logo enfiou o focinho preto e gelado por baixo da toalha engomada. Ela era mesmo uma pidona muito mal-acostumada, pensou ao partir um pedaço de pão para a cadela labrador.

Neste momento, Vera — com oitenta quilos espremidos dentro de uma bata florida — apareceu para tirar a mesa, franzindo o rosto rechonchudo e moreno, ao recolher o prato intacto de Skyler.

— Acho que vou mudar de roupa, só por desencargo de consciência — anunciou Skyler, pedindo licença. Na verdade, não estava com vontade de sair... mas, dependendo do andamento da conversa com a mãe, talvez, mais tarde, também não quisesse ficar em casa.

Tão logo subiu para o quarto, tirou os shorts, a camiseta, vestiu uma blusa de seda roxa e calças Levi's esbranquiçadas na altura dos joelhos. Enquanto Belinda a observava de cima do seu trono de almofadas bordadas, no sofazinho aos pés da cama, Skyler recuou para se olhar no espelho da penteadeira.

Independentemente do ângulo em que se olhasse, via sempre a mesma imagem — o rosto quadrado, o maxilar proeminente e curvo, o corpo delgado com quadris tão estreitos que quase parecia um menino. E seus cabelos! Tão espessos que as pontas não ficavam retas por nada, nem à custa de muita musse.

Perguntou-se, como sempre fazia, se seria parecida com a mãe — e, em caso positivo, se a reconheceria caso a encontrasse na rua.

Após uma batidinha discreta, Kate apareceu no umbral da porta, anunciando:

— Seu pai e eu estamos pensando em ir ao cinema em Greenwich. Se você e o Pres quiserem vir conosco, serão bem-vindos. Vamos sair daqui a uma hora.

Skyler observou o reflexo de Kate no espelho, sentindo uma onda de amor por aquela mulher que, nos assuntos do coração, nunca lhe negara nada.

— Não, obrigada. Acho que vamos chamar uns amigos e dar uma festa de arromba; estamos planejando abrir todas as garrafas de vinho da adega — disse-lhe, impassível.

— Desde que não derramem nos tapetes — respondeu Kate, tranqüilamente. — Ah, e o Montrachet 72? Deixe um pouco para o seu pai. Ele disse que só tem mais uma caixa.

— Você não tem jeito mesmo! — Skyler riu, virando-se de frente para Kate.

— Você não é a primeira a me dizer isso.

Kate atravessou o quarto e sentou-se no sofazinho, ao lado de Belinda, que, insatisfeita com a invasão, recusou-se a abrir espaço. Skyler percebeu que a mãe quase não usara a bengala naquela noite. Estava num dos seus bons dias — e, portanto, estaria bem para conversar. Sentiu um bolo no estômago e ficou olhando para os seus olhos cândidos e verde-acinzentados, para seu rosto levemente sardento que parecia não envelhecer nunca.

— Mãe... — começou de mansinho, aproximando-se dela. — Você não esconderia nada de mim, não é? Se houvesse alguma coisa realmente importante que eu precisasse saber.

Kate sorriu e inclinou a cabeça.

— Por que você está me perguntando uma coisa dessas? Alguma vez já lhe escondi algo?

— Que eu saiba, não.

— Bem, então... aí está. — Kate fez um carinho na orelha de Belinda, sedosa como uma luva de seda preta, dobrada sobre um dos joelhos.

— Você me contaria qualquer coisa, mesmo achando que iria me magoar?

Kate olhou para ela, curiosa, e um leve rubor subiu-lhe pelo rosto. A resposta, desta vez, veio mais devagar, mais estudada:

— Depende da situação. — Hesitou e perguntou delicadamente: — Sky... por que isso agora? O que você quer saber?

Por um momento, Skyler travou uma batalha consigo mesma, sem saber se deveria continuar. *A curiosidade matou o gato*, pensou, sufocando um riso desamparado. E como um copo que transborda, explodiu num misto de esperança e amargura, há tanto retidas:

— Fale sobre a minha mãe.

Ela percebeu quando Kate empalideceu e arregalou os olhos, e, olhando para aquele rosto pálido e querido, sentiu um ímpeto avassalador de engolir as próprias palavras. Mas já era tarde demais.

No entanto, Kate parecia calma e paciente, até um pouco surpresa.

— Meu Deus, o que mais posso falar?

— Está bem, eu sei. Você disse que fui abandonada... mas quero saber *por quê*. — Para sua aflição, sentiu-se prestes a chorar. — Como uma mãe simplesmente vai embora e abandona o seu bebê, sem ao menos deixar um bilhete? Como alguém simplesmente... simplesmente desaparece sem deixar vestígios?

Numa voz estranha e sem entonação, Kate respondeu:

— Às vezes, é difícil entender a forma como as pessoas agem. — Lançou um olhar penetrante para a filha. — Querida, por que tudo isso assim, de repente? Alguém lhe disse alguma coisa?

— Ninguém me disse nada. Nada de nada. E isso não surgiu assim de repente. Desde que você me contou — quantos anos eu tinha? Seis? — nunca mais parei de pensar nisso. — Uma lágrima escorreu-lhe pelo rosto.

— Sky... tenho certeza de que ela teve seus motivos.

— Ela me *abandonou*!

— Duvido que a gente consiga imaginar as circunstâncias que levariam qualquer mãe a fazer uma coisa dessas.

Mas Skyler não conseguia imaginar nenhum tipo de circunstância tão desesperadora que pudesse levar Kate a fazer o mesmo.

Num soluço, caiu de joelhos em frente à mãe, afundando o rosto naquele colo macio que nunca a recusara. Apesar da onda de amor e gratidão que sentiu, teve certeza também, como nunca tivera antes, de que Kate lhe ocultava alguma coisa.

— Mãe... por favor... me conte. Não vou culpar você por ter escondido de mim. Prometo. Seja o que for, eu agüento. Nada pode ser tão terrível quanto não saber.

Kate inclinou-se para a frente e abraçou-a forte. Skyler sentiu a mãe levemente trêmula, como cordas de um violão vibrando após o toque.

Quando, por fim, afastou-se com um sorriso cansado e doído, Kate ajeitou com capricho quase exagerado as almofadas no sofá e sentou-se de novo.

— Querida, por que você não me procurou antes? Eu não sabia que você se sentia assim. Não é de estranhar que fique imaginando coisas. Há tanto ainda a ser esclarecido...

Ao analisar a expressão inocente e sincera da mãe, sentiu uma pontinha de dúvida crescendo em sua mente. Ah, meu Deus, e se *não houvesse* mesmo nada mais para saber?

— E quanto à polícia? Eles não procuraram por ela? — Já haviam conversado sobre isso antes, muitas vezes ao longo dos anos, mas era a primeira vez que sentia tamanho desespero na voz da filha.

— Naturalmente, houve uma investigação — disse-lhe Kate, sem mostrar qualquer sinal de impaciência por ter de explicar tudo novamente. — Soubemos que a polícia interrogou os vizinhos, mas ninguém sabia de nada. Parece que o apartamento não estava em nome dela. Ela morou lá com uma amiga, ou uma irmã, não tenho certeza. E depois foi embora... e a amiga desapareceu também.

— Nenhum bilhete? Ela não deixou *nada*? — Skyler estava consciente do tom da sua voz, cada vez mais alto e estridente.

— Nada que pudesse servir de pista, sinto muito. — Kate enroscou os dedos no colo, e seus olhos se encheram de lágrimas. — Mas, se quiser saber, confesso que rezei muito para ela nunca ser encontrada. Não havia um dia sequer em que eu não agradecesse àquela mulher por não voltar para buscar você. Sei o quanto pode ser duro... mas, entenda, eu a amava demais e não conseguiria ficar sem você. *Esta* é a verdade, querida, a única verdade que importa.

Skyler percebeu ter chegado o mais perto possível da verdade. A estrada terminava ali. Se houvesse algo mais a saber, não ouviria de Kate.

Sentiu-se profundamente desapontada e também estranhamente aliviada. Talvez fosse melhor não saber mesmo, independentemente do quanto quisesse. Talvez...

Por fim, explodiu em lágrimas.

A mãe tomou-a nos braços e, embalando-a como se fosse uma criança, preencheu o vazio em seu coração, aliviando-lhe a dor.

Pelo menos naquele instante, pois, no fundo, Skyler sabia que nunca se livraria inteiramente do desejo de conhecer a história que, no momento, somente sua mãe verdadeira poderia lhe contar.

Um dia, pensou. *Um dia eu vou encontrar você... ou você vai me encontrar. Um dia eu vou saber.*

Capítulo Três

Nova York, 1994

Ellie Nightingale estava na sala de reuniões da GMHC, uma organização de apoio aos portadores do vírus da Aids, na 20 Oeste, onde todas as terças-feiras se reunia com seu grupo, de seis às oito e meia da noite. Ainda faltavam alguns minutos para as seis e nem todos os participantes tinham chegado.

Ajeitando-se na cadeira, olhou à sua volta. Deteve-se na cafeteira em cima de uma mesinha bamba, no canto da sala, onde Roy Pariti tentava, sem sucesso, equilibrar na mão trêmula a xícara que enchia, e nos sofás e cadeiras arrumados num círculo malfeito, onde os mais adiantados conversavam baixinho.

Embora a sala já estivesse bastante aquecida — algo incomum para o final de outubro —, o aquecedor silvava suavemente às suas costas. Na parede à sua esquerda, um pôster de duas mãos, unidas em fraternidade, anunciava a próxima marcha contra a Aids.

Ellie formara o grupo há quatro anos, pouco depois de abrir o próprio consultório. E após cinco anos exaustivos no Hospital Bellevue e dois no Hospital St. Vincent, onde trabalhara meio expediente para ganhar experiência, isso era tudo de que precisava.

Às vezes, com a agenda tão apertada a ponto de perder de vista o verdadeiro sentido do seu trabalho — hoje com trinta pacientes particulares e um grupo de casais às quintas-feiras à noite —, era lá, naquela sala, que suas crenças e conhecimentos se encaixavam em perfeita comunhão. Havia algo de especial naquele grupo de homens desenganados, todos soldados de uma guerra sem vencedores. Uma guerra encarada com tanta coragem, dignidade e bom humor quanto lhes era possível.

Tudo começou nos idos dos anos 80, durante o seu pós-doutorado no Hospital Bellevue. Ao testemunhar, logo de início, o tratamento dispensado aos portadores do vírus HIV nas enfermarias abertas, Ellie ficou tão impressionada com o que viu que acabou tomando ciência da realidade da situação: a morte lenta e excruciante daqueles homens infectados, sem uma única visita de amigos ou parentes; homens deixados no ostracismo por outros pacientes temendo contágio, e atendidos a meio metro de distância por funcionários do hospital.

Em seu posterior artigo "Morrendo na Lua: um estudo sobre as questões éticas no tratamento de pacientes portadores do HIV", publicado pela *American Psychologist*, suas opiniões acabaram resultando numa branda controvérsia entre a comunidade médica: de um lado, médicos indignados com os paralelos traçados com as colônias de leprosos do século XIX; de outro, médicos estimulados a adotar uma abordagem mais compassiva.

Pois foi neste fogo cruzado que surgiu aquele grupo, que, mesmo sem contar com a quase totalidade dos doze membros fundadores — mortos desde então —, somava, agora, dez participantes. Embora os rostos mudassem de ano para ano, as emoções lá partilhadas todas as semanas permaneciam inalteráveis. Aquele era um lugar seguro, sem julgamentos ou condenações, onde qualquer novo membro logo se sentiria à vontade. Um lugar que oferecia conforto para os que morriam ao ensinar-lhes a viver melhor.

Naquela noite, ao passar os olhos atentos pela sala, Ellie viu-se contando cabeças. Apenas uma pessoa não estava presente. Lembrou-se então de que Evan Milner fora hospitalizado na segunda-feira. Fez um esforço mental para não se esquecer de dar uma passada no Hospital Beth Israel, mais para o fim da semana, e ver como ele estava passando.

Ao mesmo tempo, imaginou uma cena de hospital completamente diferente, uma cena que envolvia vida, vida nova, e não morte.

"Qualquer dia, a partir de hoje", dissera-lhe a obstetra de Christa. Um bebê. Após todos aqueles anos de sofrimento e decepção, isso finalmente iria acontecer. Ellie sentiu uma breve onda de alegria, como uma pipa ao sabor do vento... até cair em espiral de volta à realidade.

Se ao menos conseguisse relaxar e parar de se preocupar! Christa não era como as outras garotas. Nestes últimos meses, tinham se telefonado praticamente dia sim, dia não, e a adolescente espevitada não demonstrava qualquer sinal de dúvida. Mas só teria *mesmo* certeza depois que estivesse com o bebê em seus braços...

Calma, disse a si mesma. O ditado favorito de Georgina, sua amiga e supervisora no Hospital St. Vincent, veio-lhe à mente: "Não coloque o carro na frente dos bois." *Sábio conselho*, pensou. Já não tinha problemas suficientes para se preocupar?

Sorriu para o grupo, na intenção de transmitir-lhe encorajamento. Aqueles homens tinham suas próprias pragas do Egito. Não seria justo ainda terem de se preocupar com os seus gafanhotos.

Nicky Fraid, com uma boina vermelha de banda sobre a cabeça quase careca, foi o primeiro a falar. Olhando ao redor, notou a ausência de Evan Milner e fez um comentário sarcástico:

— ... nove no pequeno bote.

— Nove indiozinhos soropositivos... e pode apostar que ninguém vai cantar *esta* versão no jardim-de-infância. — Adam Burchard deu uma risadinha, projetando o queixo tão bem barbeado que parecia lustrado, enquanto afrouxava o nó da sóbria gravata listrada.

Ouviram-se algumas risadinhas abafadas e, a seguir, um silêncio, quebrado apenas por um acesso de tosse seca. Peter Miskowski, ex-cardiologista, com um peito encovado que relembrava Ellie das fotos dos prisioneiros dos campos de concentração de Bergen-Belsen, na Alemanha, estava curvado, quase dobrado ao meio, com uma das mãos sobre a boca, como se fosse a única coisa que o impedia de cair no chão. Embora os colegas observassem-no pesarosos, ninguém se aproximou para lhe bater nas costas ou pôr o braço sobre seus ombros trêmulos. Por fim, a tosse cedeu.

Na seqüência, uma voz roufenha se fez ouvir no canto da sala:

— Ontem à noite, sonhei de novo que estava no palco. Estava dançando. Era noite de estréia, e todos os ingressos tinham sido vendidos... mas, quando eu olhava para a platéia, não havia ninguém. Apenas filas de poltronas vazias. Então eu não sabia se me sentia aliviado, porque, assim, ninguém ia perceber se eu me estrepasse... ou se me sentia um perfeito idiota por ter entrado na maior roubada desse mundo.

Ellie olhou carinhosamente para aquele ruivo, na casa dos trinta anos, sentado na cadeira à sua direita. Mesmo antes de adoecer, pensou, poucos pensariam em Jimmy Dolan como bailarino. Espirituoso, com nariz curto e chato, filho de um policial irlandês que morava em Canarsie, ele mais parecia um daqueles garotos da vizinhança do tipo que ficam rondando a quadra de basquete, loucos para entrar na partida. Mas o rapaz tinha estilo e garra. Anos atrás, Ellie o vira dançar no Joyce Theater, e ainda trazia na lembrança a imagem do pequeno Jimmy Dolan voando, sorridente, pelo palco, seu corpo alvo e musculoso brilhando como uma opala de fogo sob a luz dos refletores.

— E aí, o que aconteceu? — Daniel Blaylock sustentava um sorriso nervoso. Dan, mais ou menos quarenta anos, gordo e barrigudo, como todo trabalhador que gosta de tomar umas cervejinhas depois do expediente, era o menos sintomático do grupo, mas o que mais temia adoecer seriamente.

— Nada. Eu acordei. — Embora Jimmy estivesse sorrindo, Ellie percebeu sua expressão perturbada e as bolsas arroxeadas sob os olhos. — Todas as manhãs é a mesma coisa. É só eu abrir os olhos e... pronto. Mais ou menos dez segundos, e já *sei*... — Os olhos se fecharam, a mandíbula se contraiu.

— Sabe o quê? — Ellie perguntou gentilmente.

Jimmy abriu os olhos e sorriu... um sorriso lento, quase beatificado, que iluminou seu rosto cativante e abatido. Apesar da distância profissional que conseguia manter a maior parte do tempo, ela sentiu-se arrasada.

— Que estou morrendo — respondeu categórico.

Roy Pariti firmou a xícara com as duas mãos, antes de levá-la à boca.

— Às vezes, fico me perguntando que diabo estamos fazendo aqui — exclamou com a voz incendiada de raiva. — A gente desabafa... para quê? O que a gente ganha com isso? Um parágrafo no obituário do jornal, se der sorte.

Todos os olhares se voltaram para Roy, ex-ativista no confronto do Stonewall Inn em Nova York. Com uma bandana vermelha sobre os cabelos grisalhos presos num rabo-de-cavalo, como uma atadura manchada de sangue, tinha a aparência de um sobrevivente da mais antiga guerra do mundo.

Mas foi o olhar intenso de Jimmy — calmo, inabalável e concentrado, de uma forma que chamava a atenção para si — que levou todos a rapidamente se inclinarem alguns centímetros em suas cadeiras.

— É como dançar — disse, com uma voz tranqüila que combinava com a intensidade de sua expressão. — Você dança porque não consegue ficar *sem* dançar. E, na maioria das vezes, isso dói, dói mesmo, mas você continua, continua dando o couro, porque senão não valeria a pena nem *viver*. — Em seus olhos azuis e ferozes brilhou um tipo de resignação que despertou um sentimento de inveja e admiração em Ellie.

Todos esses anos, pensou, *e ainda não superei a minha desgraça.*

A imagem de Christa, grávida, mais uma vez lhe veio à mente. Ellie fez uma oração curta e ardente: *Senhor, perdoe-me por colocar as coisas dessa forma, mas o Senhor está em dívida comigo. Ninguém mais do que eu merece esse bebê. Ninguém.*

Em seguida, Brian Rice começou a chorar baixinho, escondendo o rosto nas mãos. Calado e queixudo, os óculos com armação de chifre e o terno clássico faziam dele alvo da implicância brincalhona dos colegas. Há dois meses no grupo, raramente falava, exceto para tecer um ou outro comentário perspicaz.

Ellie voltou-se alerta e solidária para ouvi-lo.

— É o Larry. — Soluçou. — Ele se mudou ontem. Disse que não agüentava mais. Eu não o culpo. Também não sei se iria querer morar comigo agora, se tivesse opção.

A expressão de amargura era visível no rosto de vários colegas. Todos ouviam, atentos, à descrição hesitante de como Brian e Larry tinham se conhecido e se apaixonado; como Larry lhe dera apoio ao saber que estava com Aids, sem nunca o recriminar pela forma como tinha pego a doença, e como, agora, o abandonava por causa de uma outra pessoa... alguém jovem, bonito e *saudável*.

Era como se todos tivessem uma história semelhante de rejeição ou traição... todos, exceto Jimmy, calado o tempo todo.

As pessoas no grupo sabiam sobre o seu amigo... o amigo heterossexual que sempre o amparara, desde a infância partilhada no Brooklyn, e que ficaria ao seu lado até o final. Todos sabiam que, independentemente das traições de que fora vítima, sempre poderia contar com Tony.

Nicky, que recentemente se mudara para a casa dos pais, após romper com o amante, foi o primeiro a evocar o seu nome. Brincando com a fitinha vermelha, símbolo da luta contra a Aids, presa à sua jaqueta jeans, virou-se para Jimmy, com um brilho duro nos olhos, e perguntou:

— O seu amigo, o policial, *ele* nunca fica de saco cheio também? Tendo que te levar toda hora ao médico, resolvendo as suas pendengas, sempre preocupado se você está bem?

Jimmy deu de ombros, numa estranha mistura de delicadeza e irritação.

— O Tony? Ele age como se nada tivesse mudado. Como se tudo isso — esticou o braço — fosse passar um dia. Ele vive dizendo coisas como: "Jimmy, quando você ficar bom, vamos acampar, do jeito que combinamos, só você, eu e os mosquitos." — Suspirou. — Às vezes, é difícil, né? Ficar do lado dele, fazendo de conta que algumas picadinhas de mosquito seriam os meus piores problemas.

— O que aconteceria se você contasse para ele o que está nos contando? — perguntou Erik Sandstrom. A única excentricidade daquele professor alto e articulado de Fordham, até onde Ellie tinha percebido, era a sua coleção aparentemente infinita de relógios de pulso. O modelo desta semana era um relógio de aviador com um aviãozinho minúsculo bem na ponta do ponteiro dos minutos.

Um débil sorriso brotou nos lábios de Jimmy.

— Abrir o jogo com o Tony? Escute aqui, você está falando de um cara que anda no meio da merda todos os dias e nunca sai sujo. O cara é um *tira*, pelo amor de Deus! Não um guardinha qualquer, mas um tira da *Guarda Montada*. Quando criança, eu tinha um desses soldadinhos a cavalo. Era como... como um *faz-de-conta*. Só que ele está vivendo esse faz-de-conta. E você acha justo ficar martelando na cabeça de um cara como esse que o melhor amigo dele está morrendo? — Os olhos de Jimmy se encheram de lágrimas.

Ellie pensou no homem que, há oito meses, desde que Jimmy começara a freqüentar o grupo, não tinha perdido uma única terça-feira. Quando a reunião acabava, lá estava Tony na recepção, seu Ford Explorer verde estacionado no meio-fio.

— Tem certeza de que é o Tony que você está protegendo? — perguntou ela.

Jimmy ficou calado.

— Há um certo risco envolvido aqui — ela continuou. — O risco de desapontar um ente querido.

— Deixa eu te falar uma coisa sobre o Tony. — Jimmy se inclinou para a frente e, por um instante, Ellie percebeu claramente o seu porte de dançarino — flexível, atlético, quase reluzente em sua paixão. — Quando descobri que estava com Aids, sabe o que o meu velho amigo disse? Ele disse que a culpa era toda minha. Que eu tinha me metido nessa por causa da vida que levava. Ele fez de tudo, só não cuspiu na minha cara. — O grupo já conhecia a história, mas permaneceu calado, deixando-o terminar. — E aqui está ele, indo ao hospital comigo todo dia, *todo santo dia*, enquanto a minha família de verdade não me manda nem um buquê murcho de flores. E sabe o que eles querem dizer com isso? *"Aquele veado que se foda!"* — Recostou-se, exausto e bufando, na cadeira. — Jesus, para que tudo isso? Recebo da minha família exatamente o que esperava: nada. Os meus antigos vizinhos? Tudo farinha do mesmo saco. Lá em Canarsie, eles ainda falam em "dar um pau nas bichas".

Os homens ficaram em silêncio, cada um perdido em suas próprias lembranças amargas.

— O negócio com o Tony é o seguinte: — Jimmy estendeu as mãos frágeis — as pessoas vêem a gente junto e logo acham que... — Engoliu em seco, o pomo-de-adão se deslocando para cima e para baixo no pescoço pálido. — Mas o Tony não liga para isso não. Ele fica totalmente na dele. Deixa pensarem o que quiserem, mesmo que isso o incomode.

— O cara é legal, o que mais posso dizer? — Armando Ruiz, o único porto-riquenho do grupo, ofereceu-lhe um sorriso que de tão escancarado pareceu forçado em contraste com seu rosto de traços finos. Indubitavelmente falando em nome de todos, exclamou: — Porra, cara, *todos nós* devíamos ter um amigo assim.

— É isso aí. — O sorriso genuíno de Jimmy estava de volta. — Mas, mesmo assim, eu me preocupo em saber como ele vai ficar quando eu não estiver mais por aqui.

Uma cena passou pela cabeça de Ellie: um pequeno cobertor cor-de-rosa revirado no fundo de um berço de vime. Era sempre a mesma imagem, nunca mais do que isso; apenas aquele cobertor enfiado ali, como o lastro de uma história muito mais complexa ainda não contada. Às vezes, em seus pesadelos, desafiando a razão e a esperança, agarrava, desatinada, o cobertor, à procura da filha. Mas ela apenas crescia de tamanho, engolindo-a com suas dobras que formavam uma espécie de labirinto horrendo de onde não conseguia escapar e que sempre a fazia acordar com os olhos marejados e um grito estrangulado na garganta.

Esforçou-se para tirar a imagem da cabeça. Depois que o bebê nascesse, o bebê de Christa, os pesadelos iriam acabar. E a dor da sua perda, embora longe de se extinguir totalmente, iria diminuir.

— Acho que tenho sorte — continuou Jimmy. — Veja bem, das pessoas que conheço... algumas passam a vida inteira sem nunca saber o que é ter um amigo.

A discussão passou, a seguir, da sensação de ser abandonado para a de abandonar. Falaram sobre honestidade, sobre até onde ser sincero com amigos e familiares com relação à morte e sobre a conveniência de, às vezes, representarem, de fingirem que tudo acabaria bem.

Como de costume, Ellie terminou a reunião percorrendo o círculo e dando um abraço rápido em cada homem. Sabia que muitos dos seus colegas psicanalistas, na melhor das hipóteses, considerariam aquela prática muito heterodoxa, e, na pior, totalmente antiprofissional. Mas, além de considerar o contato físico mais terapêutico do que qualquer palavra que pudesse oferecer, também não se importava nem um pouco com a opinião de qualquer pessoa do lado de fora daquela sala.

Jimmy acompanhou-a até a saída, contando-lhe a respeito de uma nova companhia de dança com a qual se sentia particularmente animado e achava que ela iria gostar. Prometeu tentar conseguir ingressos para ela e o marido na noite de estréia.

Tony, como sempre, aguardava na sala de espera e, assim que os viu, levantou-se do sofá, largando uma revista.

Com calças de sarja ocre e camisa desabotoada no colarinho, não deixava dúvida sobre sua origem humilde no Brooklyn. Também não havia jeito de Tony Salvatore, moreno e grandalhão, ser confundido com algum parente do ruivo Jimmy, embora seu abraço amigo mostrasse uma afeição tão familiar e natural como a de qualquer irmão.

Águas paradas, águas profundas, pensou Ellie ao observá-los. Enquanto Jimmy, com sua energia frenética, parecia rodopiar em todas as direções, Tony permanecia estável como uma estaca ancorando um barco.

Tudo em relação a ele era sólido, denso, definido. A forma como os músculos se moviam em seus braços, firmes como numa engrenagem, ou como seus cachos negros emolduravam seu crânio bem esculpido. Tinha os traços fortes, uma expressão alerta e tranqüilizadora. Não intimidava, não fazia gênero, não pedia nada a ninguém. Não precisava.

— Oi, Dolan. Você não vai acreditar, mas agora mesmo apareceu um guardinha querendo me multar porque estacionei em fila dupla. — Gesticulou, indignado. — Então eu disse que era policial também, da Tropa B, Guarda Montada, e sabe o que ele respondeu? Ele curtiu com a minha cara: "Sim, o senhor e aquele cavalo falante, o Sr. Ed", e foi logo pegando o bloquinho para anotar. Aí então eu falei: "Pois é, a filha do delegado adora os nossos cavalos. Ela sempre leva uma cenoura para eles, e o senhor conhece o Sr. Ed... ele não fica de bico calado."

Jimmy riu.

— Você está brincando. E ele te liberou?

— Não só me liberou, como ficou dando uma olhadinha no carro, enquanto eu vinha te pegar aqui.

— Você é hilário, cara.

— Devo ser mesmo, pela forma como a Paula me assalta toda vez que recebo meu salário... Não era para as ex-esposas darem no pé depois que arrancam tudo o que podem da gente? — Tony revirou os olhos, mas continuou sorrindo, bem-humorado.

— Você tem sorte de não ter tido filhos... senão estaria pagando pensão alimentícia e devendo até as calças — zombou Jimmy.

Tony ficou sério por um instante. Então deu de ombros, como um perfeito filho do Brooklyn, e disse:

— É, você tem razão.

Ellie sentiu um calafrio. Sorte por não ter tido filhos? Santo Deus. Não conseguia se imaginar algum dia pensando assim.

Sentiu, de repente, todo o peso daquelas palavras... dos anos de testes de fertilização e de cirurgias, seguidos por mais anos de agências de adoção, impasses, decepções.

Desta vez, não vou sair de mãos vazias, pensou com uma confiança que gostaria de estar sentindo de verdade.

Concentrando-se novamente em Jimmy, sorriu.

— É melhor vocês irem logo, antes que o seu amigo caia em desgraça no departamento. Vejo você na próxima terça.

— Se eu ainda estiver por aí — disse Jimmy, com um largo sorriso.

— O quê? E você ainda brinca com uma coisa dessas? Quem você pensa que é, algum gótico? — Ellie ouviu Tony repreender carinhosamente o amigo, conforme iam embora. — Esses remédios que você está tomando estão afetando o seu cérebro. O que você está precisando, meu compadre, é de um pouco de ar fresco. Quando a gente for acampar... — As palavras sumiram com o bater da porta.

Ellie foi embora logo depois, preferindo andar a pegar um táxi. O consultório ficava a apenas oito quarteirões de lá, e a caminhada lhe faria bem, talvez até lhe acalmasse um pouco os nervos. Mas, embora não tivesse mais nenhum compromisso, exceto alguns textos para ler, cruzou, apressada, a Ladies' Mile, por onde normalmente caminhava sossegada.

Mesmo adorando aquele trecho da Sexta Avenida com o shopping que há cem anos fora o preferido da alta sociedade e que recentemente vira a transformação de suas lojas de departamentos, verdadeiros elefantes brancos, em butiques caras e luxuosas, ela praticamente não olhou nenhuma vitrine.

Pensava apenas na secretária eletrônica sobre a mesa do seu consultório. Já podia ver sua luzinha vermelha piscando. Será que uma das mensagens seria de Christa? A adolescente prometera telefonar-lhe assim que entrasse em trabalho de parto...

Parando ao sentir uma pontada nas costas, ficou olhando para a vitrine bem decorada de uma loja de artigos de cama e mesa, até recuperar o fôlego e passar a dor. Quantas vezes já se afeiçoara a um bebê, apenas para se decepcionar no final? Desta vez, seria sensata e não se animaria muito até ter certeza de que a adoção seria para valer.

O Paul está certo, pensou, *já sofremos demais para nos expormos a mais uma decepção.*

Mas ele não sabia o que era ter um filho roubado. Não tinha a menor noção do que era ter o coração despedaçado, sangrando pelo resto da vida. Como ela poderia *não* desejar preencher aquele grande vazio em seu íntimo?

As lembranças transbordaram novamente, como óleo escuro em águas mais escuras ainda. Semanas. Tinha levado semanas para conseguir uma única pista sobre o paradeiro do Monge — uma pista perdida que a levara a um apartamento vazio, um senhorio ingênuo, não, ele não deixara nenhum endereço. A polícia, sem mais ninguém para interrogar, passou a suspeitar dela. Teria mesmo contado *tudo* o que se lembrava daquela noite? Não estaria alcoolizada ou drogada? Teria ela feito mal à própria filha e, desesperada, tentava agora encobrir seu ato simulando um rapto?

Então um bebê, já em estado avançado de decomposição, foi encontrado embrulhado em jornal, dentro de uma lixeira.

Ainda hoje, mais de vinte anos depois, ela tremia incontrolavelmente ao reviver aquela terrível jornada pelos corredores do necrotério, onde examinara aquele corpinho queimado, tempo suficiente para se certificar de que não era Bethanne, e depois vomitar na lata de lixo.

E então, não mais de um mês depois, como uma piada de mau gosto ou um pesadelo recorrente, voltou a cruzar aqueles mesmos corredores gelados. Desta vez, para reconhecer, positivamente, o corpo em questão.

Nadine, morta por causa de uma overdose.

Sua única e última testemunha. A única pessoa capaz de ajudá-la a identificar o Monge.

Não vomitou desta vez, embora tenha se arrependido mais tarde. Em vez disso, tomou uma atitude que a assombraria pelo resto da vida, mais ainda do que a visão daquele rosto lívido e imóvel, à mostra dentro da mortalha de plástico.

Ellie deu-lhe um tapa.

Ainda hoje, anos depois, sentia o impacto gelado da carne morta da irmã na palma da mão; carne que, embora parecesse mármore, produzira um terrível estalo, até hoje ecoando em sua mente, da mesma forma que ecoara naquela câmara azulejada e assustadora e nos rostos chocados das pessoas à sua volta.

Como eu te odiei, Nadine. Odiei porque você foi fraca e escolheu o caminho mais fácil. Eu mal podia levantar da cama de manhã e ler as manchetes dos jornais dizendo que o seqüestro era uma farsa; atender telefonemas agressivos me acusando de ter assassinado o meu bebê. Pelo amor de Deus, você não acha que eu também quis morrer?

Mas não tinha morrido, tinha? Sobrevivera... embora mal. Ellie sorriu debilmente ao se lembrar do chefe careca e de olhar dócil no Teatro Loews, apropriadamente apelidado de Sr. Amigo, que de tão comovido com seu infortúnio promovera-a ao cargo de gerente noturno. O que não se lembrava, porém, era de como conseguira dar conta do trabalho e da batelada de matérias da faculdade. Insônia, pensou. Não conseguia dormir, pensando em Bethanne. Pouco se recordava daqueles anos; eles lhe pareciam enevoados, encobertos pela neblina da madrugada que ronda a cabeça de quem estuda das duas às quatro da manhã.

Ao apressar-se pela Sexta Avenida, naquela noite quente e agradável de outubro, mais de vinte anos depois, começou a ficar aborrecida com o marido por não querer mais acompanhá-la naquela reta final. Sentiu vontade de gritar, mesmo ele não estando lá para ouvi-la. Ah! Já haviam conversado, discutido, brigado, chorado. Mas Paul estava irredutível. Aquela seria a última tentativa. Estava farta. Se, desta vez, não desse certo, não conseguiria passar por tudo novamente.

Ah, mas vai dar certo, argumentou, entusiasmada. *Você não está vendo, Paul? Nós finalmente vamos ter o que sempre desejamos. Uma família.*

Já estava praticamente sem fôlego quando chegou ao prédio estreito, um verdadeiro clássico dos anos 30, próximo à esquina da 12 com a Sexta Avenida, onde alugara um conjugado que lhe servia de consultório. Pegou o elevador velho, que rangeu até o quarto andar, entrou no consultório, largou a bolsa em cima do sofá e foi até a mesa, uma velha escrivaninha de tampo corrediço — em perfeito desacordo com a cadeira de acrílico de Charles Eames e os pôsteres de Paul Klee —, para ouvir as mensagens da secretária eletrônica.

Os dois primeiros recados eram de pacientes pedindo para remarcar suas consultas. A seguir, um recado de Paul, dizendo para não esperá-lo cedo em casa, pois estaria preso numa cirurgia — algo com relação a um caso de emergência vindo de helicóptero da cidade de Roslyn. A última mensagem era de Christa.

"Ellie, sou eu." Parecia estar chorando. "Não deu tempo de ligar para você antes de o bebê nascer, foi tudo muito rápido. Ellie, você precisa vir para cá..."

Mesmo antes de a secretária eletrônica cortar o último soluço da menina, Ellie já havia saído porta afora. Alguma coisa tinha dado errado. Terrivelmente errado. O mero tom de sua voz, hesitante, assustado, suplicante, já lhe despertara pressentimentos. Ao precipitar-se pela escada de incêndio, sentiu o pânico instalar-se em seu coração como uma bala e pensou: *Ah, meu Deus... está acontecendo tudo de novo...*

Embora o St. Vincent ficasse a apenas uma quadra dali, tão logo chegou à entrada de emergência, sentiu o corpo queimando, os pulmões em brasa.

O quarto de Christa — quarto particular, já antecipadamente reservado por ela — ficava no quinto andar. Assim que irrompeu, ofegante, porta adentro, ficou impressionada com a alegria do lugar. Havia um buquê de crisântemos amarelos dentro de um vaso na mesinha-de-cabeceira e um balão com a inscrição "É um menino!" amarrado ao pé da cama. Seu olhar, então, pousou na adolescente e no rapaz mal-humorado, inclinado na cadeira ao lado da cama.

A menina estava sentada com os braços cruzados com força sobre o peito, o rosto inchado e vermelho de tanto chorar. Ao avistá-la, abriu um sorriso trêmulo.

— Ellie. — As lágrimas assomaram. — Você precisa ver, ele é tão bonito. Dá para acreditar? Três quilos e setecentos gramas! — Mudou a posição do corpo, estremecendo de dor ao fazê-lo. — Eu queria ter ligado para você antes, mas, depois que a bolsa estourou, não deu mais tempo.

— Não tem problema — tranqüilizou-a. — O importante é que você e o bebê estão bem.

Um menino! Ah, espere só até o Paul saber! Sentiu-se exultante, apesar do olhar ameaçador do rapaz.

— Só que tem uma coisa...

Ellie olhou para os olhos castanho-escuros de Christa, para seu rosto macio e redondo como os bolinhos prontos que tentara convencê-la a não comer durante a gravidez. Eles pareciam suplicantes. Num cacoete nervoso, a menina enrolou uma mecha dos cabelos desbotados no dedo indicador. As unhas pintadas de rosa estavam descascadas, e os costumeiros anéis prateados, distribuídos pelos dedos.

— O que a Christa está tentando dizer é que eu e ela vamos nos casar — disse Vic, o namorado, empinando o queixo espinhento. Numa postura arrogante, pôs-se de pé, apoiando uma das botas, puída no dedão, em cima da cadeira onde estivera sentado.

Pela primeira vez olhando em seu rosto, Ellie sentiu uma súbita antipatia. Tinha a mesma idade da namorada, apenas dezesseis anos. Mas havia alguma coisa naqueles olhos estreitos e naquele rosto amarelado que lhe dava um ar mais velho. Alguma coisa que a fez pensar num pistoleiro se preparando para um duelo.

Então aguardou, calada, ciente de que uma discussão ou um conselho fora de hora apenas daria a oportunidade de briga que ele estava procurando. Em vez disso, virando-se uma vez mais para Christa, disse afavelmente:

— Tenho certeza de que vocês tomarão muitas decisões importantes com relação ao futuro... assim que você se levantar da cama. — Sorriu. — Afinal de contas, você acabou de ter um bebê.

Christa mordeu o lábio inferior e assentiu com a cabeça, deixando-a em dúvida se concordava com as decisões importantes ou com o fato de ter acabado de ter um bebê.

— Não apenas *um* bebê. O *nosso* bebê. Nós vamos ficar com ele.

Percebendo a fúria mal disfarçada na voz do rapaz, e procurando não tirar os olhos de Christa, Ellie arriscou:

— O que *você* quer? — perguntou à menina, a mesma menina que, mais vezes do que podia se lembrar, sentara-se com os pés em cima do seu sofá, lendo avidamente revistas de moda e torcendo o nariz ao receber um copo de leite, em vez da Pepsi que pedira.

Christa baixou os olhos e começou a brincar sem ânimo com o cobertor que lhe cobria as pernas.

— Não sei — disse num fio de voz.

— O que você quer dizer com "não sei"? — explodiu Vic. — Nós já combinamos tudo. Você vai ficar com a minha mãe, até a gente arrumar um canto pra morar. Merda, pra que então vou acabar os estudos... posso aceitar aquele emprego no posto de gasolina do meu cunhado! — Vic andou de um lado a outro ao lado da cama, passando os dedos grossos, repetidas vezes, pelos cabelos louros e opacos.

Ellie lançou-lhe seu olhar mais calmo e disse-lhe:

— Se a Christa também pensa assim, tenho certeza de que não terá problema nenhum em falar por si mesma.

Vic curvou-se até ficar praticamente na mesma altura da namorada.

— Saca só, não quero que você pense que isso é uma coisa que sou *obrigado* a fazer — disse numa voz baixa e persuasiva. — Se não está a fim de mim, é só falar que dou o fora daqui. — Fez uma pausa e encarou a namorada com um olhar magoado. — E aí... quer ou não casar?

Christa permaneceu com a cabeça baixa; uma lágrima pingou-lhe no pulso.

— Acho que sim — murmurou.

Ellie permaneceu totalmente imóvel, o coração parecendo cada vez maior dentro do peito, cada batida uma pancada tão forte que sacudia seu tórax. De repente, cada pequenino detalhe naquele quarto começou a aumentar também, como se por meio de um poderoso microscópio — a mancha amarelada e desbotada no travesseiro de Christa, a pele irritada acima do pulso, junto à pulseirinha de identificação, onde, distraída, a menina esfregava o dedo, o jarro de água em cima da revista, marcando a cara de Donald Trump com uma auréola molhada e enrugada.

Então sentiu vontade de gritar, de agarrá-la pelos ombros e sacudi-la por ser tão sugestionável. Por onde Vic andara durante toda a sua gravidez? Quem a levara de carro a todas as suas consultas médicas? Quem ela chamara, quando acordou no meio da noite com dores alucinantes?

Precisando reunir todas as forças para permanecer calma, olhou duro para Christa, tão duro que a menina acabou levantando a cabeça ao encontro dos seus olhos.

— É isso mesmo o que você quer? — perguntou-lhe.

— Acho que sim — repetiu sem convicção.

— Quero apenas que você tenha certeza absoluta de que sabe no que está se metendo. Você só tem dezesseis anos, Christa! Pelo amor de Deus, não tome decisões precipitadas! — Fez uma pausa, percebendo que deixava transparecer outras preocupações além do bem-estar de Christa.

Não, não era verdade! *Realmente* se preocupava com ela. Mas pensava mais no bebê... e no seu próprio interesse nesta história. E quem poderia culpá-la por isso?

Christa encarou-a com os olhos inchados e balançou a cabeça, apática.

— Eu sei — disse ela. — Mas é que agora, eu e o Vic... somos uma família — murmurou, em tom de desculpa. — Sinto muito, Ellie. Sinto mesmo. Nunca imaginei que as coisas pudessem acabar assim.

Ellie ficou tonta. Aquilo não estava acontecendo. Não podia ser verdade. Aquela palerma estava roubando o bebê que já considerava como seu. Com um bercinho em casa e um quartinho com paredes azul-claras e nuvens pintadas no teto.

— Não tome nenhuma decisão agora — insistiu, sem disfarçar suas emoções. — Você acabou de ter um bebê! Você está muito emotiva e isso é compreensível. Mas um bebê... é uma responsabilidade enorme. Eu sei. Eu... eu tive uma menina quando tinha mais ou menos a sua idade. — Sentiu as lágrimas escorrendo pelo rosto, sem se importar em enxugá-las.

— O que aconteceu com ela? — Christa arregalou os olhos, que agora pareciam enormes naquele rosto amarelado, da cor de soro de leite. Ellie não lhe contara sobre Bethanne, não queria sobrecarregá-la com toda aquela história.

— Ela foi tirada de mim. — Tão logo lhe contou, soube que não devia tê-lo feito. Viu Christa virar-se, surpresa, para Vic, com quem trocou um olhar assustado.

Eles estão pensando que a culpa foi minha... que eu não era boa mãe. Ah, meu Deus, por que não fiquei calada?

Naquele instante, uma enfermeira gorducha, de cabelos grisalhos, entrou no quarto empurrando um carrinho com o bebê enrolado numa mantinha branca. Ellie deu uma olhada naquele rostinho vermelho e amassado, coroado por uma cabeleira escura. Sentiu seu coração tombar como uma taça transbordando um líquido quente por todo o seu peito.

Então viu Christa desviar o olhar, temendo enfrentar algo para o qual não estava pronta ainda, sua expressão cada vez mais distante e sombria. Ellie sentiu uma pontinha de esperança. *Talvez não seja tarde demais...*

— Muito bem, veja só! A família toda reunida aqui para receber você — disse a enfermeira numa vozinha cantada para o bebê adormecido. Com um sorriso alegre e sincero, empurrou o carrinho até a cama da menina.

— Quer segurar o seu filhinho agora ou vamos dar esse primeiro gostinho para a vovó?

Embora pudesse deduzir que a enfermeira já estava acostumada a ver muitas mães adolescentes, com mães ainda jovens o bastante para dar à luz, Ellie precisou prender a respiração para não gritar *"Você não sabe de nada... ele é meu!"*.

O clima estava tenso. Ellie olhou duramente para Christa, que, ainda imóvel, evitava olhar para o bebê, as mãos cruzadas no colo.

Então aconteceu o inesperado.

Vic, o rosto duro tomado abruptamente por uma rara doçura, deu um passo à frente e, cuidadosamente, tirou o bebê do carrinho. Segurando aquele embrulhozinho branco no braço magrelo, olhou encantado para o filho e esboçou um sorriso.

Ao vê-los juntos, Christa explodiu em lágrimas.

Vic acariciou o rosto trêmulo da namorada.

— Porra, Christa. Você não tá vendo? Não dá pra gente entregar o bebê pra uma estranha qualquer, como... como se ele fosse uma coisa — disse com a voz desafinada, como se fosse um pré-adolescente.

Em resposta, ela soluçou mais forte ainda.

O bebê abriu os olhos e explodiu num choro entrecortado.

— Será que ele está com fome? — disse Vic, franzindo a testa, inseguro.

Christa, tão nervosa quanto uma criança testando um brinquedo pelas costas do gerente de uma loja, aceitou o bebê em seus braços.

— Não sei o que fazer — choramingou. Olhou para Vic e para Ellie, que, ainda parada ao pé da cama, mal conseguia respirar, menos ainda se mexer.

O namorado abriu um sorriso e apontou para o seu busto.

— Você tem o que ele quer, não tem?

Christa mordeu o lábio e, desta vez, manteve o olhar fixo em Ellie. O rosto macio e redondo trazia um olhar suplicante, desesperado, mas, no fundo, desafiador.

Ela quer a minha bênção, percebeu, chocada. *Mas ela não iria... ela não poderia.*

Ellie abriu a boca para protestar, para gritar que *ela* merecia aquele bebê mais do que qualquer um. Que tipo de lar eles teriam para lhe oferecer? Ela o destruiria, assim como destruiria suas próprias chances de um futuro decente. Para não falar no que isso acarretaria a si mesma e ao marido.

Não sei se vamos conseguir superar mais essa, pensou com tanta clareza como se tivesse falado em voz alta.

Como um animal surpreendido pela luz ofuscante dos faróis de um carro, Ellie observou, impotente, a menina abaixar a camisola e levar o bebê, inquieto, até o peito. Deslumbrada, acariciou-lhe a bochechinha com a unha ainda com restos de esmalte. O bebê farejava, sua boca procurando o seio. Vic curvou-se sobre os dois, mãe e filho, com o rosto transfigurado.

Ellie parecia invisível.

Como num sonho, imaginou-se ficando assombrosamente elástica e esticando os braços, cada vez mais, até elevar o bebê nas mãos em concha. Os seios comicharam com o leite há muito tempo seco, como o fantasma de um membro amputado. Chegou mesmo a *sentir* o peso do bebê na palma da mão, os bracinhos e as pernas compridos, o tufinho de cabelos escuros e sedosos em contato com sua pele, como o pêlo de um gatinho.

Uma angústia devastadora crescia-lhe por dentro; um sentimento sobre o qual não tinha controle, assim como não o teria sobre um trem vindo em sua direção. Uma dor acumulada ao longo de anos e anos de procura, de desejo, culminando, agora, com mais uma perda.

Ellie fez o que jamais imaginara fazer, nem em um milhão de anos. Ela correu.

Ao extravasar toda essa emoção, com as mãos sobre a boca, correu para não sucumbir. Correu para a frente, sem ver aonde ia; jalecos brancos, macas, cadeiras de rodas, tudo ficando para trás como um borrão.

E durante todo o tempo apenas um pensamento vinha à sua mente: *Como vou contar para o Paul? Como vamos superar isso?*

No verão em que Ellie e Paul se conheceram, ela já completara créditos suficientes para se formar. Era o ano de 1979, e como sempre fizera desde a sua tragédia, comemorava não o seu aniversário, mas, mentalmente, o de Bethanne, que teria quase sete anos.

Aos vinte e cinco, trabalhando de dia como recepcionista de uma firma de advocacia e estudando à noite, Ellie levava a vida de uma mulher de noventa anos. Sua rotina parecia um relógio de ponto onde batia o cartão na entrada e na saída. Sem namorado, sua vida social se limitava, ocasionalmente, a um sanduíche e um café com uma colega de trabalho.

Com Paul, as coisas se transformaram.

Tudo começou quando Alice Lawson, cuja mesa ficava em diagonal à sua, convidou-a para ir à comemoração do Quatro de Julho na casa dos pais, em Forest Hills. De início, Ellie não aceitou o convite, dando a desculpa de ter muita coisa para estudar. Mas, por fim, Alice conseguiu convencê-la. Somente quando chegou à casa da amiga, equilibrando uma tigela de salada de batatas no antebraço, foi que percebeu o motivo da sua insistência.

— Venha cá... quero te apresentar uma pessoa. — Com os olhos brilhando como se ocultassem algo, agarrou-a pelo braço.

O quintal estava cheio de convidados, divididos em grupos, bebericando à volta de mesas desmontáveis e cadeiras espalhadas pelo gramado e pelo pátio. Junto à alta cerca de madeira, havia uma mesa cheia de gulodices cobertas por plástico. O cheiro delicioso de churrasco pairava no ar abafado.

Paul Nightingale, um velho amigo de escola de Alice, estava perto da churrasqueira com um grupo de homens. Encostado na parede lateral da casa, com o mocassim surrado sobre uma jardineira, segurava uma garrafa de cerveja apoiada sobre o joelho. A primeira impressão de Ellie, tão logo foram apresentados, foi a de um homem magro, simpático, com cabelos loiros e feições um pouco irregulares. Numa segunda olhada, percebeu a armação de metal dos seus óculos, que lhe dava a aparência de um radical de Berkeley — lugar onde, conforme descobriu depois, ele se formara.

Após alguns minutos de conversa formal, Paul mergulhou a mão no isopor ao seu lado e ofereceu-lhe uma cerveja gelada.

— Você não está gostando muito da festa, não é? Ficar no meio de um monte de gente que você não conhece — observou suavemente.

— Não — ela confessou.

Paul sorriu, e Ellie percebeu que o pequeno vinco abaixo do canto direito de sua boca, que julgara ser uma covinha, era, na verdade, uma cicatriz.

— Para ser sincero, nem eu. — Aproximou-se dela e confidenciou-lhe: — A Alice torrou a minha paciência para vir aqui hoje pelo mesmo motivo que torrou a sua.

Sentindo-se ruborizar, como se tivesse ficado muito tempo sob o sol, não soube o que dizer, então disse a primeira coisa que lhe veio à mente:

— Normalmente, não gosto dessas coisas.

Paul inclinou a cabeça e abriu um sorriso.

— De quê? Churrascos... ou encontros?

— Nenhum dos dois — ela respondeu, sem se importar em parecer rude.

No entanto, diferentemente dos outros homens que já haviam tido o desprazer de levar um fora seu, Paul, mais intrigado do que qualquer outra coisa, ficou sorrindo para ela, como que tentando decifrar uma placa de trânsito numa língua estrangeira. Finalmente, após tomar um bom gole de cerveja, voltou seu olhar sorridente para aquele rosto em brasa:

— O que você preferiria estar fazendo? — perguntou.

Ellie ficou tão desconcertada com o que parecia um interesse genuíno de sua parte que, por um momento, não soube o que responder. Por fim, sorriu, hesitante.

— Eu sempre quis assistir aos fogos de Quatro de Julho em Coney Island.

Sem hesitar, Paul respondeu:

— Você venceu. — Tomou-lhe a garrafa da mão, ainda pela metade, e colocou-a junto à sua na grama, ao lado do isopor.

Surpresa, ela nem sequer teve tempo de resistir quando ele a puxou gentilmente pela mão e, passando pelos convidados, piscou o olho para Alice.

Na longa corrida de metrô até Coney Island, ela ficou sabendo que Paul estava no segundo ano de residência no Hospital Pediátrico Langdon, na 80 Oeste. E, assim como ela, também dera duro para se formar. Graduara-se em Berkeley e, a seguir, na faculdade de medicina da Universidade de Cornell, à custa do crédito educativo, empregos de meio expediente e litros de café.

Também como ela, mal tivera tempo para folhear uma revista, e menos ainda para namorar. Ellie riu ao ouvi-lo contar que, na última vez que levara uma mulher ao cinema, caíra no sono no meio do filme e só acordara quando ela já havia ido embora.

Tinham outras coisas em comum. Paul adorava jazz e, sempre que conseguia uma brecha no seu horário apertado de trabalho, ia para o Vanguard Village. Ellie então lhe contou como se sentira quando, aos catorze anos, ouviu Billie Holiday pela primeira vez... como se tivesse descoberto um tesouro enterrado. E como seus pais, obviamente, não aprovavam aquele tipo de música, era obrigada a ouvi-la baixinho no gravador do quarto que dividia com Nadine. Confessou-lhe, também, algo que jamais dissera a ninguém — como costumava apagar as luzes, com o gravador ligado, e deixar um cigarro queimando no cinzeiro só para fazer de conta que estava numa boate enfumaçada.

Paul riu tanto que Ellie julgou-se escarnecida... até o momento em que ele segurou-lhe a mão e apertou-a com força.

Quando chegaram a Coney Island, Ellie sentiu-se como se sempre o tivesse conhecido. Mas somente após perder os sentidos, enquanto caminhavam pelo deque, foi que se apaixonou por ele.

Ainda estavam recuperando o fôlego, após uma volta na montanha-russa, e atravessando o parque comprido em direção à carrocinha de cachorro-quente, ao lado da barraca do jogo de argolas, quando Ellie viu uma mulher passar correndo, gritando pela filha: "Betsy, cadê você? Betsy, *Betsy! Ai, meu Deus, alguém viu a minha filhinha?*"

A mulher, lembrava-se bem, vestia shorts rosa-choque e tinha as coxas trêmulas, mais rosadas ainda do que os shorts, em razão do sol. Os cabelos tingidos de loiro se eriçavam como rabiscos frenéticos ao redor do rosto lívido. Com uma das mãos, apertava o peito, como se atingida por uma faca. Na outra, segurava as sandálias havaianas da menina.

De repente, Ellie foi acometida por uma revoada de lembranças que espiralaram feito corvos debandando de um poste de telefone. Lembrou-se de como o mundo ficara granulado, como as fotos antigas em sépia que acabara de ver anunciadas num cartaz. Então todas as luzes de Coney Island, até mesmo os fogos, se apagaram ao mesmo tempo.

Ao recuperar a consciência, viu-se deitada de costas numa das tábuas quentes do deque, em meio a um grupo de curiosos. Estava prestes a entrar em pânico quando um rosto surgiu em primeiro plano. Era um rosto familiar, um rosto *bom*. Paul. Ele estava enxotando as pessoas dali, dando um jeito de protegê-la daqueles olhos especuladores. Ellie lembrava-se de estar deitada no chão, olhando para os calcanhares dos seus mocassins — com aparência bem gasta, do ângulo em que os via —, sentindo-se extremamente grata pela sua presença.

Paul ajudou-a a levantar-se e a chegar até um banco. Foi só então que se sentiu constrangida. Seguindo suas instruções, embora mais preocupada em esconder o rosto rubro do que espantar a tonteira, pôs a cabeça entre os joelhos. Nem mesmo o toque suave de Paul em sua nuca contribuiu para aliviar aquele sentimento terrível de exposição.

— Quer conversar? — perguntou-lhe gentilmente, como se tivesse lido seus pensamentos.

Ellie negou com a cabeça, as pontas dos cabelos roçando nos joelhos. Para aumentar ainda mais sua humilhação, cobriu o rosto com as mãos e começou a chorar. Paul, bendito fosse, não tentou consolá-la. Apenas permaneceu ao seu lado, firme e solidário, os dedos pousados em sua nuca.

Quando finalmente foi capaz de levantar a cabeça e encarar a expressão de perplexidade, certamente estampada em seu rosto, deparou-se com um semblante preocupado e amigo, e um brilho triste, vagamente cúmplice em seus olhos azul-escuros. Ellie percebeu, então, que Paul também conhecia a dor da perda. E, por isso, sentiu-se à vontade para lhe confiar o terrível segredo que lhe ardia no peito.

Contou-lhe sobre Bethanne... e como se sentira culpada. Jamais devia tê-la deixado sob os cuidados de Nadine. Devia ter previsto que alguma coisa ruim poderia acontecer. Se não tivesse sido tão orgulhosa e tivesse aceitado o seguro-maternidade, sua garotinha ainda estaria com ela.

A culpa, há tanto tempo guardada, irrompeu como os fogos de artifício que explodiam num estrondo abafado do outro lado da água serena. E, durante o tempo todo, Paul não tentou, uma vez sequer, argumentar com ela ou aliviar-lhe a culpa com palavras de encorajamento.

Simplesmente segurou-lhe a mão, vez por outra apertando os dedos dela. Quando ela terminou, ele beijou-lhe gentilmente a palma da mão, num gesto que ela apenas poderia descrever como cavalheiresco.

— Eu logo senti que você era forte, mas não sabia por quê — disse ele. — Agora sei. É todo esse peso que você carrega nos ombros. — Ficou olhando para ela, com um olhar fixo e pensativo. — Talvez esteja na hora de você ser forte também para se livrar dele.

Ellie olhou-o novamente nos olhos, através das lentes dos óculos, agora refletindo os raios vermelhos de uma explosão de fogos de artifício. Paul a compreendia... sem que ela precisasse entrar em maiores detalhes sobre tudo de terrível por que passara.

Em vez de desviar o olhar, tomou uma atitude que até aquele momento jamais imaginara tomar, nem em um milhão de anos. Pegou-lhe a mão e, levando-a até seu rosto, confiou-lhe o seu silêncio da mesma forma que lhe confiara seu segredo.

Não se lembrava de quanto tempo ficaram de mãos dadas naquele banco, mergulhados nos próprios pensamentos.

Muito depois, veio a saber que Paul perdera um irmão com leucemia. E que um dos motivos pelos quais decidira se especializar em neonatologia fora, em parte, o desejo de privar tantas famílias quantas pudesse do sofrimento que a sua conhecera de perto.

Contudo, a lembrança mais clara daquela noite de verão foi uma revelação surpreendente: o coração, que julgara morto há tanto tempo, ainda apresentava sinais de vida.

Em meio à algazarra de milhares de foliões, Ellie nunca se sentira tão próxima de alguém como de Paul. E, embora maravilhada com sua descoberta, como se tivesse quebrado o galho de uma planta morta há muito tempo e descoberto um vestígio de vida em seu âmago, sentiu dor também... a dor de acordar de um sono longo e intermitente, e cair no mundo dos vivos, onde certamente sofreria de novo.

No entanto, acima de tudo, sentiu-se aliviada.

Não teria mais de carregar aquele peso sozinha. Tinha certeza de que Paul e ela seriam amantes. Melhor ainda, seriam amigos.

E Deus sabia que o que ela mais precisava no mundo, depois de uma longa e solitária jornada por caminhos agrestes, era de um amigo.

Ellie estava ainda vestida, enrolada na colcha como uma bruxa velha em seu xale num conto de fadas, quando ouviu Paul enfiar a chave na porta da frente do apartamento térreo na 22 Oeste. Embora já passasse da meia-noite, ainda não tinha pregado os olhos, nem por um minuto sequer. Estava sentada na cama, trêmula.

Paul surgiu no umbral da porta, uma silhueta esguia que pareceu hesitar antes de atravessar o quarto e sentar-se ao seu lado. Ele a pegou em seus braços e abraçou-a forte. Não disse nada, apenas ouviu o ocorrido e emitiu um som gutural, talvez um lamento... ou um soluço reprimido. Quando ela finalmente já havia desabafado, viu os olhos marejados do marido e, carinhosamente, tirou-lhe os óculos e os colocou na mesinha-de-cabeceira.

Ainda temos um ao outro, pensou. Uma frase piegas o bastante para ser bordada em ponto de cruz e emoldurada, mas, ainda assim, verdadeira, muito verdadeira. Então, por que isso não lhe servia de conforto? Por que aquela tristeza em seus olhos acinzentados a aterrorizava mais do que nunca?

Olhou, desesperada, à sua volta, como se aquele ambiente familiar pudesse banir o pavor. O quarto, a cama clássica no estilo colonial, a penteadeira de cerejeira, suas cores vibrantes — os pôsteres de Picasso, um antigo carrossel de brinquedo em cima da mesa de costura ao canto, um vaso de vidro artesanal, azul-cobalto, decorado com estrelas.

Quando olhou novamente para o marido, ficou surpresa de ver como parecia cansado; não era só falta de sono, como na época da residência no hospital, mas um cansaço profundo, uma exaustão. Seu rosto comprido, sempre sorridente, não apresentava qualquer vestígio de humor. E seria apenas sua imaginação ou havia mais fios grisalhos do que castanhos nos cabelos ondulados por cima da gola da camisa amarrotada?

Desta vez, foi Ellie que o consolou, envolvendo-o em seus braços.

— Eu gostaria de ter uma resposta — sussurrou próximo ao seu ouvido, com a voz embargada. — Mas tudo o que tenho são perguntas. Por quê? Por que *conosco*?

— Parece que, quanto mais queremos alguma coisa, mais longe ficamos dela — ele respondeu, descrente e áspero.

— Você fala como se não valesse a pena ir adiante. — Ellie sentiu as lágrimas assomando de novo.

Paul rebateu:

— Vale sim, claro que vale. Eu amo você. Meu Deus, Ellie, amo tanto você que, às vezes... — Sua voz falhou. Respirando fundo, continuou: — ... sinto saudade. Saudade de como as coisas eram antes, antes de entrarmos nessa paranóia. Todos aqueles fins de semana que passávamos juntos, comprando antigüidades nas cidadezinhas do interior... lembra daquela hospedaria em Vermont onde a cama quebrou e rimos tanto que mal conseguíamos levantar? Mas vamos esquecer os fins de semana... agora, por exemplo, eu gostaria de sair. Quando foi a última vez que fomos ao Vanguard ou ao Blue Note, sem você sumir, de repente, para checar as mensagens na secretária eletrônica? Pelo amor de Deus, quando foi a última vez que fomos ao *cinema*?

Ellie não podia culpá-lo por estar frustrado. Quem poderia? Não depois de tudo o que haviam passado — uma sucessão de problemas sem qualquer saída aparente.

Os médicos constataram que não havia qualquer razão clínica para sua infertilidade, o que só serviu para levá-los a alimentar esperanças por mais tempo do que deveriam. Então, um novo tipo de ultra-som acusou cistos uterinos que os outros exames não tinham mostrado. Paul ficou ao seu lado, enquanto era levada para a sala de cirurgia, e lá ficou até ela acordar. Seguindo orientação médica, esperaram três meses e tentaram novamente. Em vão. Quando começaram a falar sobre adoção, oito anos já haviam se passado.

Então surgiu a primeira possibilidade concreta, Susie, uma menina tímida e sardenta do Kentucky, com quem conversaram várias vezes por telefone, até se conhecerem pessoalmente. Ellie lembrava-se de ter ficado nervosa, mas o encontro fora bom, ou pelo menos assim lhe parecera. Uma semana depois, conforme o advogado dissera, Susie tinha se decidido por um outro casal — um casal religioso, com uma casa espaçosa e um quintal grande o bastante para acomodar um balanço.

Mas aquela fora apenas a primeira de uma série de decepções. Depois disso, seguiram-se semanas, meses, anos de anúncios e entrevistas rápidas com adolescentes hesitantes, e acima de tudo... de espera.

Essa era a pior parte. A dúvida sobre se o que tanto esperavam chegaria um dia.

Então, um ano e meio atrás, Denise aparecera em suas vidas como uma dádiva. Grávida de seis meses, a estudante alegre, criteriosa e sensata queria o melhor para o bebê, do qual ainda se achava muito jovem para cuidar sozinha. Deram-se tão bem desde o início que, ao entrar no sétimo mês, a menina até mesmo pediu a Ellie para treiná-la no método Lamaze... e Ellie, de tão animada, apressou-se a encomendar um berço e uma cômoda para o quarto do bebê.

Então, duas semanas antes da data prevista para o nascimento, a mãe de Denise, com quem a menina tivera alguns problemas, entrou em cena repentinamente. A mãe persuadiu-a a ficar com o bebê, oferecendo-se para ajudá-la a cuidar dele até terminar os estudos. A adolescente se manteve irredutível no início, fiel à sua decisão, dizendo que não voltaria mais atrás. Então, vieram as súplicas do pastor da igreja, das tias, dos tios e primos. E Denise, por fim, acabou cedendo.

Ellie, de tão arrasada, nem sequer conseguiu chorar. Levou uns bons seis meses para se sentir forte de novo, colar os caquinhos e tentar novamente. Oito semanas depois, conheceu Christa.

— Paul, não vai ser assim para sempre — disse-lhe na penumbra do quarto.

— Como você sabe? — perguntou ele, sem a intenção de desafiá-la.
— Onde está escrito que a gente precisa passar por tanta dor e sofrimento para conseguir o que merece? Quase todos os meus pacientes, nem completamente formados ainda, sofrem mais do que a maioria de nós durante a vida toda. Mesmo com toda a tecnologia de hoje, muitos deles não sobrevivem. — Fez uma pausa, seu pomo-de-adão se movendo. — O bebê que nós operamos ontem à noite, de vinte e seis semanas, provavelmente não vai sobreviver até amanhã.

— Mas muitos deles *conseguem*.

— Mas a que custo? Fico olhando para aquele pinguinho de gente na mesa de cirurgia e me pergunto o que pode ser pior do que aquilo. Aí chego em casa, louco para encontrar o nosso bebê saudável, este bebê para quem já fizemos tantos planos... *já sabíamos até mesmo em que escola ele iria estudar!* E todos os nossos sonhos se tornam apenas mais uma ilusão.

Recostou-se na cabeceira de barras verticais da cama, suspirando profundamente, e colocou a mão dela sobre o seu joelho, na parte gasta e desbotada da calça de brim. Passou o polegar sobre os nós dos seus dedos, pressionando-o levemente entre eles.

Ellie tremeu de frio... frio que nenhum aquecedor ou cobertor poderia espantar.

— Ah, Paul...

Ele a abraçou mais uma vez, embalando-a, enquanto ela chorava. Assim como o cheiro de pão quentinho trazia-lhe lembranças gostosas da infância, mesmo não tendo sido muito feliz em pequena, o perfume do marido, almiscarado, aveludado, com um toque de sabonete, fazia com que se sentisse amada, profundamente, incondicionalmente amada.

Lembrou-se da primeira vez em que fizeram amor, exatamente um mês após seu coração dar sinais de vida no deque de Coney Island; a forma como, momentos depois, abraçara-o chorando, a última das suas defesas se derretendo. Abrir-se para Paul, ficar vulnerável novamente, era como virar a chave e destrancar a câmara gélida onde suas emoções estavam trancadas.

Agora, com o rosto encostado no pescoço do marido, murmurou:

— Ele pesava quase quatro quilos.

Em resposta, ele abraçou-a ainda mais forte.

Sob a forte pressão do seu abraço, Ellie respirou o mais fundo que pôde e disse:

— Paul, quero continuar tentando. Não quero acabar assim... desistindo.

O marido afrouxou os braços.

— Ellie, acho que agora não é o momento para...

— É sim — respondeu mais convicta do que se sentira até então. — Senão, não vou conseguir suportar.

— Engraçado — disse ele, afastando-se. — Eu estava pensando exatamente a mesma coisa, só que ao contrário. Que eu não conseguiria suportar passar por tudo isso de novo

— Ah, Paul, como você pode falar uma coisa dessas?

— É como eu me sinto, Ellie.

— E quanto a como *eu* me sinto?! — ela gritou. — Mas que droga, Paul, estamos falando sobre algo que vai nos afetar pelo resto da vida!

— Ellie, estou cansado — murmurou ele, com os olhos vermelhos. Analisou-a por um momento, antes de pegar os óculos na mesa-de-cabeceira, como se lhe servissem de escudo. — Não é só por causa de hoje, não é só porque a Christa mudou de idéia. Eu apenas... estou cansado. Esgotado. Acabou o gás.

— O que você está dizendo? — Já haviam conversado sobre isso antes, mas agora não se tratava mais do que *poderia* acontecer. Tinham chegado a uma encruzilhada e não havia caminho de volta.

— Estou dizendo que, se você quiser continuar tentando adotar uma criança, vai ter que fazer isso sozinha — informou-lhe com evidente pesar.

Ellie ficou olhando para ele, para aquele rosto que era capaz de reconhecer no escuro apenas pelo tato, para as rugas fininhas ao redor dos olhos, que não estavam lá há um ano, para a sua bela boca descaída, que parecia sorrir cada vez menos nos últimos dias. Não estava assim somente por causa dos problemas familiares, mas também porque era diretor da UTI Neonatal do Hospital Langdon, onde nem o mais heróico dos seus esforços podia salvar aqueles bebezinhos; onde passava horas consultando o comitê de ética e fazendo o papel de Deus num lugar onde manter o espírito de humanidade já era uma grande luta. Não que ele não se preocupasse; na verdade, ele se preocupava *demais*.

Ellie reconhecia tudo isso e, ao mesmo tempo em que se lastimava por ele, em que via claramente o seu lado, nada disso lhe parecia importante. Se, para ter o seu apoio precisasse abandonar toda esperança de ter um filho, preferia ficar em pé, no meio de uma estrada, e ser atropelada por uma carreta.

Não era mais uma questão de escolha. Nem mesmo muita força de vontade — o que todos a acusavam de ter em demasia — conseguiria impedi-la de reviver o pesadelo repetidas vezes e de afundar num atoleiro de ansiedade cada vez que via um bebê na rua ou no supermercado.

Embora tentasse convencer-se de que Bethanne já era adulta, e procurasse pensar nela como uma moça, não adiantava. Para Ellie, a filha sempre seria aquela imagem que lhe vinha à mente cada vez que sentia o cheirinho de talco de bebê, ouvia a risada alegre de uma criança ou via uma mãe segurando firme a mão do filho antes de atravessar a rua.

— Sonhei com ela ontem — disse baixinho. — Eu a vi de verdade, Bethanne. E *aquele* homem também. Eu estava correndo atrás dele, mas, sempre que chegava perto, ele já estava um quarteirão adiante. Então eu o perdi no meio da multidão. — Seus olhos se encheram de lágrimas, mas ela as reprimiu. — Eu nunca lhe contei, mas, às vezes, quando sonho com ela, sinto leite escorrendo dos seios.

Paul tocou sua mão.

— Ellie. — Foi tudo o que disse, o nome dela, suave como uma carícia, porém triste, carregando todo o sofrimento do mundo.

— Não consigo parar — disse-lhe ela. — Mesmo se eu quisesse. Preciso continuar tentando.

— Você não pode substituir a Bethanne.

— Agora não é mais uma questão *só* da Bethanne — disse, impaciente. — Paul, eu tenho quarenta anos. Não tenho mais muito tempo. Se eu parar agora...

— "Não te sou eu melhor do que dez filhos?" — Seus lábios tremularam, num vestígio do que fora seu antigo sorriso irônico.

— Primeiro Livro de Samuel, capítulo 1, versículo 8. — Tendo sido criada em Euphrates, sabia as Escrituras de cor, mas jamais imaginara que o sofrimento da pobre e estéril Ana, um dia, seria o seu.

— Eu odeio esta situação — disse ele, cerrando os dentes. — Parece que estou pedindo para você escolher, e sei que isso não é justo. Mas não consigo pensar de outra forma. Será que se eu também mergulhar de cabeça nesta história... não vou acabar como um mero pano de fundo do seu drama?

Ela sentiu o sangue gelar-lhe as veias.

— Você não está falando sério — respondeu, quase sussurrando. — Meu Deus, como você pode *dizer* uma coisa dessas!

— Quando foi a última vez que fizemos amor? — perguntou ele, inflamado. — Só por causa da Christa, ficamos tão estressados no último mês, com tanto medo de ela mudar de idéia se não ficássemos à sua disposição o tempo todo, que só ousávamos sair de casa para trabalhar. Ellie, nós nem conseguimos mais conversar sem que eu tenha a impressão de você estar com o ouvido atento ao telefone!

Ellie sentiu uma onda de remorso... e de medo também.

E se Paul cumprisse sua ameaça? Como seria acordar todos os dias numa cama vazia... correr para casa para partilhar o sucesso obtido com um paciente e não o encontrar lá... sentir falta do seu corpo na solidão da noite?

Eu preciso de você, Paul, sentiu vontade de dizer. *Você está sempre do meu lado... consolando-me quando estou deprimida, nem que seja apenas para massagear as minhas costas e fazer com que eu me sinta melhor... dando conselhos quando tenho dúvidas, mas apenas quando peço... até mesmo nos seus pequenos gestos, como me trazer café na cama, lembrar-se de virar as meias para o lado correto quando é o meu dia de lavar roupa.*

Não tinha dúvida quanto à profundidade do vínculo dos dois. Ao mesmo tempo, porém, entendia, agora, como alguns dos seus pacientes se sentiam, aqueles tomados por uma obsessão inexplicável. Estaria ficando como eles, perdendo as rédeas da própria vida, afastando-se daqueles que mais amava?

De jeito nenhum, ponderou-a uma calma voz interior. *O que você quer é a coisa mais natural do mundo. O que praticamente toda mulher quer.*

— Não posso prometer que vá ser diferente — respondeu ela. — Apenas que isso não vai durar para sempre. *Vai* haver um ponto final.

— Quando? *Quando?* — Toda a angústia que ela sentia refletia-se nos olhos do marido e na pressão quase dolorosa de seus dedos cravados nos ombros dela.

De repente, tudo ficou muito claro. Quando cai o pano, tudo fica simples e puro como um desenho de criança. *Elementar, meu caro Watson*, pensou, com um sorriso brotando nos lábios. Por que o Paul não conseguia enxergar? Como tudo ficaria perfeito se eles pudessem agüentar só mais um pouco?

— Quando eu conseguir um bebê.

Capítulo Quatro

Nenhuma janela dava vista para a UTI Neonatal Henry Carter Deacon, do Hospital Langdon.

Assim que entrou apressado pela porta de vaivém, o Dr. Paul Nightingale abençoou mentalmente, e não pela primeira vez, a bondosa alma que tinha colocado aquela UTI um andar acima do berçário regular. No momento, a unidade tinha sob seus cuidados quinze bebês prematuros, cada um deles exigindo uma pequena unidade portátil de monitorização, muita tecnologia e grande perícia médica.

A vida era tênue para aqueles pequenos pacientes, dura para os médicos e enfermeiras que tomavam conta deles, e mais dura ainda para os pais. Mas estes, pelo menos, ao visitarem os filhos, eram poupados da visão dos bebês saudáveis no andar de baixo.

Paul foi até as pias de aço inoxidável, à direita de quem entrava, onde havia um cartaz afixado à parede, acima do dispensador de gel anti-séptico, dizendo: "Antes de visitar seu filho, retire jóias ou bijuterias e esfregue as mãos e os braços até os cotovelos por dois minutos com a escovinha."

Enquanto se escovava, avistou uma das mães, Serena Blankenship, diante da incubadora número 3. Assim como as enfermeiras do Deacon, ela não estava usando jóias ou bijuterias. Com certeza, após três semanas, isso já havia virado rotina.

— Noite ruim — murmurou Martha Healey, inclinando a cabeça em direção a Serena.

Martha estava próxima às mesas, do outro lado da faixa vermelha que dividia o pavimento em duas seções — não-esterilizada e razoavelmente esterilizada. Nenhuma pessoa, ainda não submetida à escovação, poderia cruzar aquela linha, que as enfermeiras vigiavam como uma fronteira.

— A bilirrubina do Theo está alta — ela acrescentou, preocupada. — Ele não parece bem.

— Ela ficou aqui a noite inteira? — perguntou Paul, olhando em direção a Serena.

Martha concordou. Magrela, como uma menor abandonada, cabelos ruivos de elfo num corte *à la* Louise Brooks, ela mais parecia uma daquelas bandeirantes que vendem biscoitos de porta em porta.

No entanto, na opinião de Paul, ela era a enfermeira ideal para uma unidade de terapia intensiva infantil: apaixonadamente devotada aos "seus bebês" e um terror para com internos relaxados. Com as mães viciadas, tinha menos paciência ainda. Cuspindo fogo pelos olhos verdes e cumprimentando-as com uma frieza em que nem um anticongelante daria jeito, fora preparada para preservar até a morte a norma de segurança afixada à incubadora dos seus bebês.

— Insisti para que descansasse um pouco — disse-lhe a enfermeira. — Pelo menos para que sentasse por alguns minutos lá na sala de reuniões. Mas ela não arredou o pé daqui.

Paul passou pelo corredor de incubadoras em cima das mesas móveis, cada uma acompanhada por uma unidade quase aterrorizante de equipamentos computadorizados — monitores cardíacos, oxímetros de pulso, respiradores —, e acenou com a cabeça para as enfermeiras de uniforme vermelho-cereja ocupadas em fazer anotações, administrar remédios, alimentar os bebês, trocar fraldas e pesar os pequenos pacientes para medir o débito urinário. Parou então na incubadora de Theo Blankenship, para checar os dados no computador que monitorava o fluxo de oxigênio. Cinqüenta por cento — dois por cento a mais do que o dia anterior.

Droga. Era o velho dilema. O respirador responsável pela displasia broncopulmonar que tanto fragilizara seus pulmõezinhos do tamanho de um dedal agravaria ainda mais a situação com o aumento do oxigênio, mas, sem ele, o bebê não conseguiria respirar.

— Ele está pior, não está? — Uma voz baixa sobressaiu-se em meio ao ruído dos respiradores.

Paul voltou-se para aqueles olhos ansiosos, claros como seu jaleco azul já desbotado por sucessivas lavagens. Não obstante, nada em Serena Blankenship sugeria qualquer sinal de desequilíbrio. Minha nossa, além de parecer não ter dormido mais de doze horas desde que o filho fora para lá, há três semanas, aquela mulher, sem o marido para se revezar com ela, ainda estava se recuperando de uma cesariana! Devia estar mesmo esgotada.

Ele, com certeza, estava. Embora nas últimas semanas, desde o incidente com Christa, tanto ele quanto a esposa tivessem voltado à rotina, fingindo que tudo estava bem e evitando o assunto simplesmente por não haver mais nada a ser dito, Paul sentia que, se respirasse um pouquinho mais fundo, não encontraria oxigênio suficiente na atmosfera. Era como se tentasse deter um ciclone fechando a porta com um ferrolho. Frágil demais, tarde demais.

O que fazer quando você já não agüenta mais fazer concessões? Quando ama tanto a sua esposa que faria qualquer coisa por ela — qualquer coisa, exceto assinar a sentença de morte do próprio casamento?

Se ao menos pudesse persuadi-la a desistir. Salvá-la, num certo sentido.

Paul concebeu a imagem insólita da esposa presa numa torre, e ele, nas vestes do Príncipe Valente, escalando a fortaleza, arriscando-se a despencar e morrer. Levantou os lábios num sorriso amargo. As probabilidades de resgatar alguém como Ellie eram mínimas. Ela o dispensaria ali mesmo no parapeito da janela.

Mas ainda assim — talvez como um vestígio dos seus dias de ativista no Movimento Estudantil dos anos 60, quando incitava passeatas pela paz, greves brancas e a queima de formulários para recrutamento no Exército, acreditando, do fundo do seu coração de estudante, que a Guerra do Vietnã poderia acabar se todos gritassem alto o bastante pelo seu fim — persistia o pensamento de que aquela idéia fixa, aquela *obsessão* de sua esposa, era o dragão do seu conto de fadas capenga. E se conseguisse derrotá-lo, Ellie ficaria livre daquele feitiço cruel.

Ciente de que Serena observava-o educadamente, aguardando uma resposta, voltou-lhe a atenção, pela primeira vez vendo-a como mulher, e não como mãe. Embora bonita, não lhe chamava a atenção. Com traços harmoniosos e queixo arredondado, parecia-se com as mais de mil mulheres que, ao longo dos anos, sorriram-lhe do outro lado de um balcão, ajudando-o a preencher um formulário, a descontar um cheque ou a fazer um seguro. Seus cabelos cor-de-mel, num corte do tipo pajem, pareciam ser escovados religiosamente centenas de vezes todas as noites. Usava um vestido de lã bege e sapatos de salto baixo e, como único adorno, uma bolinha de ouro em cada orelha. Era fácil imaginá-la usando exatamente a mesma roupa para ir a uma reunião de pais e professores ou para acompanhar o filho numa aula expositiva no Museu de Arte Moderna. Mas, se Theo não sobrevivesse, não haveria reuniões de pais nem aulas expositivas.

Paul checou o prontuário do menino: VMI a 60%, pressão 20/5, bilirrubina acima de 8 mg/dl, débito urinário pouco abaixo de .7 ml/hora. Examinou aquele montinho de pele e osso, tão pequeno para poder ser considerado humano, menor ainda para ter o nome grandioso de Theodore Haley Blankenship. A icterícia dera uma cor de chá fraco à sua pele, e o tecido em volta do umbigo, por onde entrava uma sonda que o alimentava, parecia inchado e irritado. Seu quadro, segundo as anotações de Amy Shapiro, a médica plantonista da noite anterior, não era nada encorajador: "14º dia: bebê prematuro de vinte e seis semanas, setecentos gramas, com DBP aguda e duas ocorrências de oligúria nos últimos dez a doze dias, agora sob ventilação mecânica, com pressão 20/5 e 50% de oxigenação."

Paul sentiu um aperto no coração. Quase sempre conseguia manter uma distância emocional dos seus pacientes, mas, desta vez, era diferente. Havia algo naqueles olhos que pareciam segui-lo como dois pequeninos faróis azuis. Ou talvez fosse Serena, dia após dia ao lado do filho, mesmo não podendo fazer mais nada além de prender fotografias viradas para dentro da incubadora — fotos dos avós, da casa em Roslyn com seu jardim florido e um Golden Retriever de cara simpática; tinha até uma foto do ex-marido, que, até onde Paul fora informado, não fizera uma visita sequer ao filho.

— O quadro não está muito bom — admitiu ele, olhando para seu rosto estático e ansioso. — Por que não saímos para conversar um pouco? — Serena o acompanhou até o corredor e ao longo do hall que dava acesso à sala de reuniões, mais comumente usada como refúgio para que pais e residentes exaustos pudessem dormir um pouco.

Pintada em tons pastéis por algum otimista equivocado, a sala contava com paredes amarelo-claras, mesas e cadeiras escandinavas, um sofazinho listrado de verde e azul todo respingado de café — certamente derramado por mãos trêmulas. No momento, contava também com uma incubadora encostada na parede e um arquivo de metal enfiado num canto e encimado por uma caixa cheia de tubinhos plásticos.

Paul viu quando Serena se acomodou no sofá, as pernas cruzadas cerimoniosamente na altura dos tornozelos. Seu único sinal de tensão eram as costas excessivamente eretas. Mesmo na penumbra, percebeu os círculos azulados em torno dos seus olhos, e pensou em Ellie. Em como andava abatida nesses últimos dias, como se tivesse sido vítima de um assalto violento. E, de certa forma, tinham sido mesmo. Meu Deus, teria ela pensado, por um minuto sequer, que ele não queria o bebê?

Talvez fosse isso que fazia de Theo alguém tão especial. Assim como o bebê de Christa fora o fim da linha para Paul, aquele bebezinho no quarto ao lado era a última esperança para Serena.

Sabendo por ela mesma que, após anos de infertilidade, sua gravidez tinha sido um milagre — o resultado positivo da fertilização *in vitro* que tanto Paul quanto Ellie sabiam ter apenas trinta por cento de chances de sucesso —, Paul imaginou se todo aquele vai-e-vem de especialistas, exames, terapia hormonal, procedimentos cirúrgicos e espera, interminável espera pelos resultados dos testes de gravidez, negativos um atrás do outro, não teriam contribuído para a deserção do marido de Serena.

— Ele está com uma aparência horrível — disse-lhe ela num tom de voz mais alto do que o normal. — Seja honesto comigo. Quais são as reais chances dele?

Paul considerou suas palavras com muito cuidado. Queria ser bem claro, direto... mas não cruel.

— O Theo não está agüentando — disse-lhe gentilmente. — Os pulmões não estão desenvolvidos o suficiente. Ele também está mais fragilizado por causa da cirurgia. Mesmo assim, embora operado, o coração não está conseguindo manter o ritmo, o que está causando a falência dos rins.

Serena ficou tensa.

— Estamos falando sobre a ONR? — Durante as últimas semanas, tornara-se quase tão versada na terminologia médica quanto qualquer um dos internos.

Os códigos eram muito mais fáceis do que as palavras. "Ordem para Não Ressuscitar." A realidade, por sua vez, aguardando a pele quase transparente ficar azulada, o coraçãozinho palpitante parar de bater, era bem pior. E neste caso em particular, profundamente dolorosa para ele.

Paul tentou não se deixar levar pelos pensamentos sombrios que o acometiam desde que o menino chegara ali — como o de que a coincidência de ele ter nascido no mesmo dia do bebê de Christa fora um aviso dos céus. Ou, pior ainda, um aviso dado pela voz de Charlton Heston, amplificada por uma câmara de eco, mandando-o salvar aquela criancinha doente, em vez de agir emocionalmente como pai.

Meu Jesus, que dramalhão!

Não obstante, foi rápido em responder:

— Não acho que a ONR seja indicada neste exato momento. Eu gostaria de esperar mais um ou dois dias. E, então, talvez, partir para o Protocolo 1, que quer dizer...

— Eu sei. Deixe-o no respirador, mas sem RCP, sem drogas — ela interrompeu-o, ficando vermelha. — O senhor está me pedindo para pensar no assunto, não está, Dr. Nightingale? E se quiser saber a verdade, não tenho pensado em outra coisa nos últimos três dias. Penso tanto que, mesmo que tentasse, não conseguiria dormir.

— Mas deveria — ele advertiu-a. — Posso prescrever um remédio, se você quiser.

Serena sacudiu a cabeça.

— Não, quero ficar acordada para o caso de ele... — Parou de falar, seus olhos azuis se enchendo de lágrimas. Paul percebeu como ela lutava para manter o controle e ficou comovido. Finalmente, numa voz embargada, perguntou ainda: — Há mais alguma coisa que o senhor possa fazer por ele, qualquer coisa?

Ela estava lhe pedindo uma porcentagem de esperança, não importava o quão pequena fosse. Mas a esperança, infelizmente, era um analgésico quase sempre em falta no Deacon. Sem mais nada a fazer, Paul inclinou-se para a frente e pegou-lhe a mão, tentando aquecer-lhe os dedos gelados com os seus.

— A única coisa que posso dizer é que já me surpreendi antes — respondeu, tomando cuidado para não atribuir às palavras mais do que seu real valor. — Às vezes, bebês desenganados por toda a equipe médica sobrevivem. Não acontece com freqüência... mas acontece.

— O senhor está dizendo que o Theo poderia se curar sozinho?

— Tudo é possível.

Serena franziu a testa, cruzando as mãos sobre o colo.

— Por que o senhor simplesmente não diz *"o Theo não vai sobreviver"*? — Derrotada, Serena desabou para o lado e, escondendo o rosto no braço, chorou compulsivamente. Seus ombros sacudiam-se convulsivamente, acompanhados por arquejos tão desesperados que Paul chegou a estremecer. Quando ela finalmente ergueu a cabeça, ele tentou não se acovardar diante daquele semblante devastado pela dor.

— Na minha opinião profissional — disse-lhe o mais gentilmente possível —, ele tem poucas chances de se recuperar.

— Eu quero a ONR — disse ela num murmúrio embargado. — Não quero que ele sofra mais. Ele tem sido tão corajoso. — Deu um soluço entrecortado, mas, ainda assim, conseguiu prosseguir: — Ainda *há* alguma coisa a fazer por ele sim: quero acabar com esse sofrimento. Quero que ele tenha este direito.

Uma imagem veio à mente de Paul: o Dr. Merriweather, seu professor de clínica diagnóstica, em Cornell, já idoso e fumante de cachimbo. "O que as pessoas mais temem na vida?", perguntou ele à classe de noventa alunos de medicina, todos com os olhos arregalados. "Quem acha que é a morte?" Uma floresta de mãos ergueu-se na sala. Mas o danado do professor deu uma risadinha e disse: "Vocês têm muito que aprender, meus jovens amigos."

Com o passar dos anos como estagiário e residente, Paul entendeu o que Merriweather quis dizer. O bicho-papão não era a morte, mas o sofrimento. Quando a dor simplesmente se tornava insuportável, a perspectiva da morte podia ser tão bem-vinda quanto uma mão amiga acenando de dentro de uma caminhonete, oferecendo carona no acostamento de uma interminável estrada empoeirada.

O instinto profissional de Paul recomendava que ele a apoiasse no que seria a decisão mais importante da sua vida. Mas havia alguma coisa martelando-lhe na cabeça — algo tão pequeno e tão irrelevante como uma mosca batendo no vidro de uma janela —, dizendo-lhe para não desistir. Pelo menos por enquanto.

— Eu gostaria de esperar mais um dia. Se não houver nenhuma melhora, voltamos a conversar amanhã. — Ele percebeu que ela hesitava, querendo crer em suas palavras, a despeito de seu próprio julgamento do que seria melhor.

Será que também estou agindo assim com a Ellie? Esperando que ela mude, quando sei que a possibilidade de isso acontecer é tão remota quanto a de Theo sobreviver?

— Está bem. — Serena deu um suspiro, enxugando os olhos com o lenço de papel que ele lhe oferecera.

— Neste meio-tempo, eu gostaria que você descansasse um pouco. — Levantou a mão em oposição ao seu protesto. — Apenas por algumas horas. Vou pedir a uma das enfermeiras para acordá-la, se houver alguma alteração.

Há anos que Paul não saía da sala se sentindo tão perturbado assim. Justo ele que sempre fora tão escrupuloso em não deixar seus sentimentos interferirem no que era melhor para seus pacientes... sempre atento à linha tênue entre uma guerra árdua e o que poderia se tornar uma batalha quixotesca... Teria mesmo perdido toda a objetividade neste caso? Estaria ele cometendo o pecado imperdoável de deixar a vida privada interferir em suas decisões profissionais?

De volta à unidade, Theo, sobre um colchãozinho de lã de ovelha aquecendo seu corpo privado de qualquer gordura, parecia censurá-lo. Paul retirou-lhe cuidadosamente a atadura do peito e, com um estetoscópio menor do que os de brinquedo, ouviu aquele coração que ajudara a consertar. *Escute aqui, rapazinho. Vamos fazer um acordo. Mostre para mim que você consegue. Mais um centímetro cúbico de xixi e eu prometo não desistir de você.*

Paul estava examinando o bebê Melendez, de vinte e nove semanas, viciado em metadona, quando ouviu o alarme do monitor cardíaco. Não deu maior importância. Sempre havia alarmes disparando no Deacon, e um mero tapinha experiente no monitor ou no próprio bebê era suficiente para resolver o problema. Pelo canto dos olhos, viu Martha correr para a incubadora de Theo. Mesmo com as devidas providências, a linha do monitor cardíaco permanecia plana. O coração de Theo tinha parado.

Jesus.

— Código Azul? — perguntou Martha, seus olhos claros indo ao encontro dos dele.

Paul correu para ver se o respirador estava funcionando. Estava.

— Vamos ter certeza de que o tubo está no lugar. — Ele o extubou e, com um laringoscópio e um estilete, enfiou um tubinho novo de plástico. Passando-o para a ventilação manual, que lhe forneceria uma maior pressão de oxigênio, ficou à espera da respiração. Nada. — Pegue uma seringa de epinefrina — ordenou. — E traga os raios X aqui. Também quero outra gasometria. Você fica ventilando o garoto — disse a uma enfermeira que se uniu a eles, uma jamaicana corpulenta com mãos largas e competentes.

Removendo as ataduras e os esparadrapos, com destreza e atenção, Paul colocou as mãos naquele peitinho com uma cicatriz vermelha e dentada e, sem muito lugar para escolher, começou a fazer pressão com os polegares num movimento rítmico e delicado. *Devagar e sempre.*

Contou as compressões, mantendo os olhos fixos no monitor, onde podia ver as ondas da atividade que estava gerando.

Ele tem todo o mundo em suas mãos, ouviu uma voz interior repetir o verso do famoso *gospel*. E, neste momento, parecia mesmo que todo o universo estava em suas mãos. Nada mais do que aquilo — uma cartilagem fininha e flexível sob seus dedos; as batidas que contava ofegante; a linha vermelha artificialmente ondulada no monitor.

Decorridos alguns minutos, parou e aguardou cinco segundos. *Vamos lá, droga. Não posso ficar fazendo isso para sempre.*

Mas a linha ficou reta novamente. O peitinho miúdo, onde se podiam ver as marcas avermelhadas dos seus dedos, tinha parado de se mover.

Paul começou a pressioná-lo de novo, cento e vinte compressões por minuto. *Vamos lá, vamos lá.*

Seus polegares começaram a doer e a ficar dormentes. Sentiu uma gota de suor na têmpora. Fez mais uma pausa. Nada. Droga.

— Quer que eu assuma, doutor? — perguntou Martha. Sua voz indicava que já era hora de desistir por completo.

Ele ignorou a pergunta.

— Me dê mais um décimo de cm³ de epinefrina — falou secamente.

Percebendo a troca de olhares entre as duas enfermeiras, quando Martha injetou a epinefrina no tubo endotraqueal de Theo, ele perguntou-se, em alguma parte remota do seu cérebro, se tinha realmente ultrapassado os limites da viabilidade médica e estava, agora, no reino de *deus ex machina*. Até mesmo Jordan Blume, o residente que agora acompanhava o procedimento por cima do ombro de Paul, sacudia a cabeça, parecendo dizer "Chega. Deixe o menino ir".

Paul não tinha como explicar — assim como Ellie também não podia explicar a necessidade ardente de continuar com a busca por um bebê —, isso era apenas algo que ele precisava fazer.

Mas, se dentro de um minuto não houvesse qualquer reação, seria forçado a abandonar o código. Independentemente do que sentia, não podia submeter Theo a um esforço tão vão e cruel.

Agora. Levantou os polegares. *Bata, droga, bata.*

Nada.

Os pensamentos passavam acelerados em sua mente. Teria deixado alguma coisa escapar? Haveria algo mais a fazer? Alguma coisa relacionada diretamente com a parada cardíaca, em vez da falência geral dos seus sistemas?

— Pode ser um pneumotórax — conjeturou alto. Num último e desesperado esforço, gritou: — Acenda as luzes e me dê o transiluminador. — Segurando o aparelho de aço inoxidável no peito de Theo, finalmente avistou o nódulo vermelho brilhante que estava impedindo a passagem do oxigênio. Segurou o angiocateter e enfiou a agulha. Em questão de segundos, a bolsa mortal de ar se rompia.

Paul não sabia que estava prendendo a respiração até ver o peito de Theo contrair-se levemente e a linha do monitor começar a ondular sozinha. Então, esvaziou os pulmões com tanta rapidez que ficou zonzo.

Martha soltou um grito de entusiasmo, ficando séria de repente, diante do olhar de Jordan Blume, com seu rosto amarelado de sabujo.

— Não estamos lhe fazendo favor algum — murmurou o jovem residente. — Ele vai morrer de qualquer jeito.

— Talvez — disse Paul, assim que conseguiu proferir algumas palavras. — Mas vamos deixar que ele decida sozinho.

Lembrou-se da promessa que fizera a Serena, mas não viu razão para acordá-la. A crise, por ora, havia passado. Falaria com ela depois do expediente.

Uma hora mais tarde, Paul a encontrou dormindo profundamente no sofá da sala de reuniões, um dos braços colocado protetoramente em torno de uma almofada, como se, em sonho, abraçasse o seu bebê. Com um nó na garganta, sentiu-se assustadoramente perto de um colapso nervoso. *Reação retardada*, pensou. Não se permitira sofrer, nem uma vez sequer, desde o telefonema emocionado de Christa confirmando que ia ficar com o bebê. Talvez temesse que a esposa interpretasse qualquer sinal seu de sofrimento como uma prova de que também estava tão envolvido quanto ela.

Acordando assustada no instante em que ele pôs a mão em seu ombro, Serena sentou-se e piscou os olhos, envergonhada e assustada, como uma sentinela pega dormindo no posto. Passando os dedos pelos cabelos, perguntou:

— Theo?

— Ele teve um probleminha — disse-lhe Paul brandamente. — Há mais ou menos uma hora. Não deu tempo de avisá-la. O coração dele parou, mas conseguimos ressuscitá-lo. Ele está bem no momento.

— Ah, meu Deus. — Serena tapou os olhos com as mãos, como se para protegê-los de uma luz que repentinamente se tornasse forte demais. No entanto, ao mirar o rosto do médico, a luz parecia sair dela. — Amanhã — disse-lhe, desencorajando-o com o olhar brilhante e angustiado. — Se ele piorar, ou se continuar do mesmo jeito, quero dar um fim a esta situação. Eu me recuso a deixá-lo continuar sofrendo.

De repente, Paul viu-se com dez anos de idade, brincando no quintal com seu irmãozinho caçula, até vê-lo curvar-se sobre o gramado, como se fosse vomitar, segurando o estômago. "Billy, seu bunda-mole!", gritou. "Eu disse para você não comer a caixa inteira." Foi então que percebeu que aquilo era mais do que um mal-estar por causa de uma caixa de passas com cobertura de chocolate. Ao mesmo tempo em que olhava para o rosto pálido e convulsionado do irmão e gritava pela mãe, sentiu uma sombra passar por sobre sua cabeça, sombra semelhante à que corria sobre a grama a seus pés.

Sem conseguir expressar a sensação em palavras, na época, lembrou-se dela um ano depois, quando Billy morreu de leucemia.

Somente agora a indecifrável sensação se manifestava, sob a forma de um sussurro: *Espere, espere.*

— Amanhã — prometeu.

— Ela levou um ano para reunir todas as obras — informou-lhes Georgina, falando tão de perto que encostou a borda molhada do copo na manga da camisa de Paul. Em seguida, voltou o rosto enrugado e os olhos azuis e vivazes para o amigo. — A danadinha viajou por toda a Europa e acampou nas calçadas com uma Nikon. Você já viu alguma coisa parecida?

Paul nunca tinha visto. E se a amiga de Ellie não tivesse insistido na visita deles à exposição de fotos da sobrinha, teria passado muito bem sem ter visto. No entanto, além da facilidade de poderem ir a pé de casa até o local da exposição, um loft entre as ruas 25 e 26, Ellie argumentara que não custava nada fazer um favor para Georgina. Não que ele não estivesse achando a exposição interessante e vanguardista — todas aquelas fotos criativas de manequins de lojas de departamentos nos mais diferentes trajes e composições. O problema era que estava tão cansado que, se pudesse se recostar num dos pilares do salão, pegaria no sono em menos tempo do que se leva para tirar uma foto.

Olhou ao redor, para o grupo de mais ou menos sessenta convidados — na maioria, pessoas que ele não conhecia — em volta de pedestais de alturas diferentes onde ficavam manequins estilizados. Georgina comentava, orgulhosa, a maravilhosa idéia da sobrinha de ter pedido ao dono daquele showroom de manequins para lhe emprestar o espaço para sua exposição, mesmo que o endereço *démodé* tivesse afugentado algumas pessoas.

— Gosto daquela lá, a da Harrods — disse Ellie. — Faz mesmo com que me lembre de Londres.

— Exatamente. — Georgina prendeu uma mecha da longa trança prateada atrás da orelha. — Você sabia que a Alice praticamente foi obrigada a subornar um policial, para poder parar no meio da rua e tirar esta foto? O marido dela quase teve um ataque do coração. Eles estavam em lua-de-mel. — Deu uma risadinha e tomou um gole do seu drinque.

Georgina estava usando uma das suas costumeiras túnicas bordadas, esta de seda dourada, com uma estamparia em batique, parecendo uma pintura pré-histórica. Usava também brincos indianos pesados, que esticavam o lóbulo das orelhas, e um grande colar de flores de moranga, que parecia pesar o bastante para fazê-la cair. Paul, no entanto, sabia que as aparências enganam. No verão passado, em comemoração aos seus oitenta anos, Georgina tinha ido para o Himalaia.

— Esta aqui me faz lembrar da *nossa* lua-de-mel — disse Ellie, virando-se para Paul com um pequeno sorriso melancólico. — Lembra do motorista do táxi que pegamos para ir ao Louvre? Aquele que resolveu fazer um pega com o colega?

— Eu me lembro de você dando uma bronca nele num péssimo francês.

— Sorte a dele que eu não dei a bronca em inglês.

Paul ficou observando a esposa e pensou: *Deus, será que ela faz idéia de como é linda?* Com seu terninho clássico na cor chocolate e uma blusa de seda bege queimado, Ellie passava apenas por uma profissional elegante, mas da mesma forma que persianas entreabertas bloqueiam parte da luz, sua elegância revelava apenas uma fração da sua beleza.

De repente, apesar de tudo o que havia acontecido entre eles nas últimas semanas, Paul desejou-a ardentemente. Desesperadamente. Parecia um adolescente no seu primeiro encontro, ambicionando alguém inatingível. Será que ela o desejava também? Há quase um mês que nem sequer se beijavam... hoje, porém, ela estava mais parecida com seu verdadeiro eu. Relaxada, até um pouco insinuante. Deus, ele daria qualquer coisa para tê-la na cama.

— Ah, eu já ia me esquecendo — exclamou Georgina, gadunhando Ellie pelo pulso. — Você vai com a gente àquele simpósio em Lucerna mês que vem? Por favor, diga que vai. Eu estava conversando com o Harry sobre o seu grupo de soropositivos. Ele acha que seria um tópico maravilhoso.

— Posso confirmar com você mais para o fim da semana? — respondeu Ellie, evitando comprometer-se. — Estou com o meu horário todo tomado no momento, mas vou ver se consigo ir.

— Isso é desculpa sua — disse Georgina, e, por um momento, Ellie se sentiu desmascarada. Mas relaxou um pouquinho, quando a velha senhora bronqueou: — Há quanto tempo vocês não tiram férias? Esta seria uma ótima oportunidade para uma escapada numa pousada reclusa nos Alpes.

— Neste exato momento, eu não desprezaria nem uma pousadinha em Secaucus — brincou Paul, percebendo que Ellie não tinha acreditado nele.

Mesmo assim, talvez ainda acreditando que poderiam juntar os caquinhos e tocar a vida para frente, abriu um sorriso brilhante.

— Acho uma ótima idéia. Prometo que vou fazer o possível, Georgie.

— Ótimo. Agora vamos lá, só mais uma volta, por educação, e vocês estão liberados. Já cumpriram com a sua obrigação só de virem para cá, presenteando a minha maravilhosa sobrinha com a única coisa que ela deveria esperar da sua primeira exposição: calor humano suficiente para espantar o frio.

— Nossa, está tão óbvio assim? — murmurou Paul, enquanto passavam no meio das pessoas agrupadas em frente a cada obra. — Acho que poderia dormir por um mês, mas detestaria pensar que estou circulando por aqui com cara de celebridade, como ele. — Fez sinal com a cabeça na direção do manequim ao seu lado, com cara de entediado.

Ellie recuou para vê-lo melhor e elogiou-o com um olhar cintilante, o primeiro brilho genuíno que via em semanas:

— Você está numa elegância aristocrática. Particularmente, gosto do seu blazer com um botão faltando. Dá um toque de moderação.

— Não tive tempo de pregá-lo — disse, dando uma olhada carinhosa no blazer quadriculado, carinho que sempre dispensava às suas roupas mais antigas.

Ela tocou o lugar onde deveria estar o botão e sorriu.

— É assim que você pretende me levar para jantar no restaurante mais chique do bairro?

Paul lutou ao máximo para conter o seu desejo. Exatamente como nos velhos tempos, Ellie estava se insinuando para ele, e ele sucumbindo a ela. Parecia até que as marcas de cansaço ao redor de sua boca estavam mais brandas. Também não dissera nem uma palavra sequer sobre adoção, desde a noite em que discutiram. Seria muito otimismo pensar que estava mudando de opinião? Ou estaria ele apenas se iludindo?

Segurando-a pelo braço, com seu sorriso mais sexy, ao estilo de Jean-Paul Belmondo, comentou:

— Achei que você nunca mais iria perguntar. — Teria ela idéia de que ele a desejava o suficiente para esquecer o jantar e ir direto para casa naquele exato momento? Talvez, mas Paul sabia muito bem que deveria ir devagar, fazer com que a esposa se sentisse apropriadamente seduzida.

Foram a um restaurante espanhol, a dois quarteirões dali; comeram *tapas* até não agüentarem mais e tomaram um pileque de sangria, ouvindo música flamenca ao violão. Paul se esqueceu de como estava cansado e até conseguiu parar um pouco de pensar em Theo. Simplesmente permitiu-se ficar alegre, mesmo sabendo que a manhã seguinte teria mais a oferecer do que uma boa ressaca e a correspondência de sexta-feira.

Mantendo o bom humor, foram andando abraçados para casa, até uma chuvarada repentina fazê-los correr pelo último quarteirão, até a entrada do prédio.

— Droga! Meus sapatos novos vão ficar um lixo! — gritou Ellie, olhando consternada para os escarpins de camurça.

Paul não pensou duas vezes. Vendo uma poça d'água abaixo do meio-fio, virou-se para Ellie e, com um único e poderoso esforço, pegou-a no colo. Dando um gritinho tanto de satisfação quanto de advertência — afinal de contas, não era nada levinha —, ela agarrou-se ao pescoço do marido e enterrou o rosto em seu ombro.

Ao mesmo tempo em que se recriminava por não aproveitar o desconto que a carteirinha da Associação Cristã de Moços lhe dava nas academias de ginástica, Paul ficou extasiado com o seu ato de heroísmo. Sabia que não era uma bobagem, mas sentia-se como um cavaleiro da Távola Redonda. O importante era que realmente podia ter aquela sensação maravilhosa de carregar Ellie em seus braços, sentir seu calor ultrapassando as camadas de roupa molhada. Teria ela noção do quanto a desejava?

— Você é maluco, sabia? — Ellie riu até perder o fôlego, quando ele a pôs de volta no chão, já no alto da escada do edifício. — Você podia ter acabado com as suas costas.

— O que seria uma pena, considerando o que tenho em mente — ele provocou-a, maliciosamente.

— E posso saber o que é? — perguntou ela, com um sorriso brotando nos lábios.

Assim que entraram, Ellie tirou os sapatos às pressas, sorrindo ao sacudir os cabelos que o açoitaram com respingos de água fria. Tomando-a em seus braços e beijando-a, Paul sentiu o sabor do seu batom, do tempero das *tapas* que havia degustado... e de algo mais, da doce rendição que o fez recuperar o fôlego.

Atrapalhou-se com os botões do blazer da esposa, sentindo-se como da primeira vez em que beijara uma menina na porta de casa — Jean Woollery, de Holy Cross, que, de tão assustada, acabou grudando o chiclete que escondera na palma da mão nas costas do paletó do seu terno azul. Mas, agora, ele não era apenas um garoto excitado. Além do calor úmido que exalava de suas roupas molhadas, estava também mergulhado em recordações — da vez em que fizeram amor dentro do banheiro apertado de um Boeing 747 rumo a Orly; de quando a encontrara na cozinha, completamente nua, às duas da manhã, comendo um pêssego com ar de êxtase, os seios melados por causa do sumo que lhe pingava do queixo; do dia em que ficaram sentados de mãos dadas na janela da sala de estar, durante a última nevasca do inverno, observando a luminosidade dos raios transformar a rua numa cúpula de vidro.

Ellie tirou as roupas se contorcendo, rindo, amontoando-as em frente à porta numa pilha ensopada. Ao vê-la apenas com um colar de pérolas, com água escorrendo pelo pescoço e pelos seios, ele a desejou mais do que nunca. Mais do que podia expressar.

Afundou a cabeça em seus seios e lambeu uma gota de chuva que tremeluzia como uma pedrinha preciosa num dos seus mamilos. Ellie estremeceu. Com a proximidade, Paul viu que estava toda arrepiada. Ela acariciou-lhe a cabeça, e o toque gentil dos seus dedos parecia dizer-lhe: *Isso, assim, exatamente como antes...* Paul, extasiado, fazia contornos com a língua.

Como antes de se envolverem até a cabeça na luta contra moinhos de vento; como antes de perderem de vista aquilo que, em primeiro lugar, encorajara-os a constituir uma família. Antes de começarem a contar os dias do seu ciclo menstrual. Antes que a secretária eletrônica, mesmo em seu volume mínimo, deixasse-a tensa sob o corpo dele. Antes de se esquecerem de fazer o que faziam agora... *brincar.*

— Aqui? — Ellie arqueou a sobrancelha ao ver-se arrastada para o centro da sala de estar, em frente ao sofá, agora ocupado com as roupas do marido, jogadas estabanadamente sobre o encosto.

— Está com frio? — perguntou Paul, beijando-lhe uma pálpebra e depois a outra.

— Hummm... não mais. — Aconchegou-se no corpo dele, como se para tapar qualquer brecha por onde o frio pudesse entrar.

Ele percebeu o reflexo fragmentado de seus corpos deslizando sobre o tampo envidraçado da mesinha de centro assim que a deitou no carpete. Deitada de costas, com os cabelos molhados espalhados pelo rosto parcialmente na sombra, em razão da luz que vinha do hall, Paul quase, *quase*, acreditou que tudo ficaria bem novamente, que seria possível colar todos os caquinhos.

Ele a possuiu antes do que pretendia, não porque não pudesse ter se controlado, mas porque Ellie, assim que o sentiu descendo a boca pela sua barriga, segurou-lhe a cabeça com as duas mãos e puxou-o gentilmente para cima, abrindo as pernas e elevando os quadris, a fim de tê-lo dentro dela. Ela estava tão molhada por dentro quanto por fora, descobriu ele com um arrepio de prazer — gloriosamente, suntuosamente pronta para recebê-lo.

Paul arremeteu devagar, cauteloso. Agora *era ele* quem estava se controlando. Deus, como era bom. Como era bom querer uma coisa, querê-la muito e saber que ela estava a um palmo de distância, que poderia consegui-la a hora que quisesse. Ellie o abraçava com as pernas, movendo seus quadris maravilhosos — mas que ela sempre achara muito largos —, com uma nova urgência que o apressou em direção ao final.

De tão intenso, foi quase doloroso o último movimento. Ainda assim, Paul fez o possível para se controlar quando, ao segurá-la num arroubo, com o rosto colado em seus cabelos molhados, sentiu-a contorcer-se sob seu corpo e ouviu aquele gemido rouco de prazer se misturar ao seu.

Mais tarde, com os corpos entrelaçados e um dos joelhos imprensado, desconfortavelmente, contra o pé da mesa de centro, Paul sentiu Ellie tremer.

— Está com frio? — sussurrou, sentindo-a balançar a cabeça em resposta. Então, aterrorizado, percebeu que ela estava chorando. Apoiou-se sobre um cotovelo e observou-a, seguindo com o dedo o rastro de uma lágrima que se perdia em meio aos seus cabelos úmidos. — Ellie?

— Desculpe — respondeu, agressiva, exatamente como falava nos momentos em que se odiava mais do que a qualquer outra pessoa no mundo. — Jurei que não ia fazer isso. Deus, eu sou um fracasso.

Paul ficou tenso. *Ah, não, agora não.*

No entanto, em vez de responder, abraçou-a forte.

— Não consigo, Paul. Eu tentei. Até conversei com a Georgina. Mas não adianta — ela falou com a cabeça encostada em seu pescoço, as palavras abafadas. — Não consigo parar de pensar nisso.

— Ellie, não. Agora não.

O marido afastou-se, colocando-se de joelhos. Trêmulo, sentou sobre os tornozelos e olhou para a esposa, sem gostar do que via: aquela expressão obstinada em seus lábios, o olhar confuso perante sua total incapacidade de ver o que era tão claro para ela.

— Paul, falei com o Leon, hoje. Ele disse que ia fazer uns contatos...

— Você falou com ele sem falar comigo antes? — Leon era o advogado que havia descoberto Christa para eles.

Levantou-se tão rápido que chegou a ficar tonto. Conscientizou-se de sua nudez de uma forma desconfortável, de uma forma que o fez sentir-se constrangido e exposto. Apanhou as calças e vestiu-as apressadamente, sem perceber que ainda estavam molhadas. Estava rubro de raiva.

Não conseguia afastar aquele sentimento de que, de alguma forma, estava sendo... enganado.

Ellie sentou-se de pernas cruzadas, evocando nele a imagem absurda de uma hippie anacrônica num protesto.

— Estou falando agora. — Sua calma o enfureceu mais ainda.

— Falando, em vez de *discutindo*? Claro. Entendi. O que eu penso não importa nem um pouco.

— Eu gostaria que você não encarasse dessa forma — disse ela, desesperada e magoada.

— Por quê? — cobrou ele. — Porque você quer que eu me envolva junto com você... ou porque seria muito mais fácil se eu simplesmente concordasse?

Ela teve um sobressalto, e Paul viu um brilho sombrio em seus olhos.

— Isso foi uma pergunta... ou apenas uma patada?

— Desculpe, eu exagerei. Mas que se dane, Ellie, você não percebe? Se isso diz respeito a nós dois formarmos uma família, como você pode ignorar a forma como me sinto?

Por um longo momento, ficou preso no olhar fixo e pensativo da esposa, até que ela finalmente falou:

— Achei que você também *queria* uma criança — disse-lhe baixinho — e não apenas me fazer feliz.

— Eu quero... mas não tanto quanto você. — Paul sentiu alguma coisa mudar por dentro, uma conscientização muito além do que conseguia expressar em palavras. — Por favor, Ellie, então é assim? Simplesmente estamos num beco sem saída?

— É o que parece. — Ela esforçou-se para não chorar.

— E o que vamos fazer?

— Você decide.

— Como se fosse tão fácil quanto atravessar aquela porta. — Ele ouviu a ironia da própria voz.

— Quem sabe? — O olhar dela era duro, firme.

— Você está me *pedindo* para ir embora?

— Talvez seja melhor.

Paul ficou olhando para ela, sem entender suas palavras de imediato. Não podia ser verdade, não depois do que tinham acabado de partilhar. Não depois de todas as vezes que tinham feito amor, que, se alinhadas como pérolas, formariam um colar dez vezes maior do que o que ela tinha em volta do pescoço. Observou, incrédulo, a esposa pôr-se graciosamente de pé, os olhos brilhando de raiva e ressentimento.

Lançou-lhe um último olhar, longo e ressentido. Seus olhos estavam turvos, não de exaustão, como seria fácil supor, mas por causa das lágrimas que, de modo machista, evitara até então.

Pensou em Serena Blankenship, tomando uma decisão que devia estar lhe corroendo por dentro, mas que parecia a única saída possível: ONR, *Ordem de não ressuscitar.*

— Se precisar falar comigo, estarei no hospital — disse, pegando a camisa, o blazer e indo embora.

Não havia diferença entre o dia e a noite no Deacon. O sol nunca nascia ou se punha, e as enfermeiras, os fisioterapeutas respiratórios e os residentes nunca iam para casa, apenas trocavam o turno. No entanto, sempre que entrava lá, naquela sala iluminada por lâmpadas fluorescentes, Paul tinha a impressão de que os bebês, até mesmo aqueles, frágeis e pequenininhos, sabiam a diferença. Às três da manhã, pareciam dormir mais profundamente, com a respiração menos comprometida, os monitores mais silenciosos.

Provavelmente uma ilusão, pensou, fruto das poucas horas de sono no quarto dos residentes. Ao aproximar-se da incubadora de Theo, começou a ficar tenso. O que encontraria? A bilirrubina nas alturas? A oxigenação alta?

Theo estava acordado. Seus olhos azuis brilhantes, sublinhados por ruguinhas que o faziam parecer o menor professor do mundo, pareciam encará-lo com uma expressão otimista, como se dissesse: *Bem, o que faremos agora?*

— Olá, amiguinho — Paul murmurou, tocando a palma daquela mãozinha que se dobrou ao toque do seu dedo, como o embrião de uma estrela-do-mar. Sentiu uma sementinha de esperança brotar-lhe no peito.

A cor de Theo estava melhor, não tão amarelada, e Lee Kingsley, a enfermeira de plantão, registrou no prontuário um débito urinário de um centímetro cúbico e meio por hora — maior do que o do dia anterior. A gasometria estava melhor, os resultados do ultra-som eram encorajadores. Nenhum sangramento. Paul ficou olhando para os números piscando, como se tentando focá-los. Simplesmente não conseguia acreditar no que estava vendo.

Inacreditável. Não exatamente um milagre, mas uma melhora significativa. Seus rins estavam funcionando. A bilirrubina estava baixa. O oxigênio, sem alterações.

Theo, por conta própria, estava melhorando.

Paul sentiu-se como se sua taxa de oxigênio tivesse subitamente disparado, fazendo-o sentir-se leve, quase feliz.

— Agüente firme, companheiro. Você está indo bem.

Theo o fitou com aquele olhar sábio de professor. *Ah, é?*, pareceu responder. *Está bem, mas e você? Você parece acabado.*

Paul sentiu os lábios se abrindo num sorriso bobo ao mesmo tempo em que seus olhos se enchiam de lágrimas. *E como você quer que eu me sinta, quando acabo de me separar da minha esposa?*

Na verdade, estava fazendo um esforço supremo para não telefonar para Ellie e dizer que a separação deles seria um erro desastroso.

Mas todos também tinham achado que salvar Theo seria um erro... e olhe só para ele, não totalmente fora de risco, mas caminhando para isso.

De repente, uma lembrança veio-lhe à mente: a mãe, em vigília, na cabeceira da cama de Billy, tricotando uma manta que parecia não ter fim. Ele praticamente podia ouvir o roçar das agulhas, enquanto ela arrematava e costurava incessantemente, como se, por meio de sua atividade sem fim, mantivesse o filho vivo.

No final, nada poderia salvá-lo. Mas a manta, ah, a manta! Uma mistura de fios da cor do sol poente, uma obra quase celestial, que jamais se poderia esperar de uma mulher que comprasse mistura pronta para bolo e usasse um casquete para ir à igreja todos os domingos. Aquela mesma manta que o mantinha aquecido nas noites de febre, quando suas cobertas não eram suficientes para espantar o frio, e que agora, em suas lembranças, podia ver dobrada no encosto do sofá da casa de praia dos pais em Montauk, onde moravam desde a aposentadoria do pai.

Não iria ligar para Ellie. Mas também não iria deixar de acreditar que alguma coisa boa surgiria dali.

Ela ainda podia mudar de idéia.

Ou ele.

— Dr. Nightingale? — Uma voz suave e chorosa o fez virar-se rapidamente.

Serena Blankenship, com um vestido estampado um pouco amarrotado, olhava-o atordoada. Com os cabelos cor-de-mel revoltos por causa da posição em que dormira, trazia as mãos apertadas sobre o peito, como uma noiva relutante, segurando o buquê.

— Paul — ele a corrigiu gentilmente. — Por favor, me chame de Paul. — Parecia ridículo manter alguma formalidade depois de tanto tempo.

— Certo, Paul. — Seus lábios tremeram num sorriso hesitante. — Houve... houve alguma alteração?

Paul respirou fundo, ciente de que seria um grande erro deixá-la muito otimista, quando o quadro de Theo ainda estava longe de ser bom. No entanto...

— Na verdade, houve sim — disse com a voz contida. — Ele está melhorando. Mas ainda é cedo para comemorar... vamos esperar mais um ou dois dias. Mas, com base no que estou vendo, é bem provável que o pior já tenha passado.

Serena o encarou por um longo momento, até explodir em lágrimas.

Paul aproximou-se e confortou-a em seus braços fortes, pensando em Ellie, lembrando-se de como se sentira inútil diante do desespero da esposa.

As lágrimas de Serena, no entanto, eram lágrimas de comemoração por finalmente avistar uma luz no final do túnel e prever um futuro que até então nem ousara imaginar. Seria egoísmo de Ellie querer o mesmo? Não, lamentou-se. Ela tinha tanto direito à maternidade quanto Serena. Mais até. Gostaria de poder lhe satisfazer aquele desejo da mesma forma como conseguira manter Theo vivo. Mas não podia. Fisicamente, mentalmente, emocionalmente, apenas não podia. Ah, meu Deus, que dor.

Abraçando Serena sob a luz das lâmpadas fluorescentes, embalado pelo bipe suave dos monitores e o zumbido dos respiradores, perguntou-se por um momento quem estava confortando quem.

Surpreso, pegou-se pensando no bebê que sua mulher havia perdido... a garotinha que já seria uma moça, caso tivesse sobrevivido. Concebeu-a em sua mente como uma mulher muito parecida com a esposa quando a conhecera. Seria ela tão determinada quanto a mãe? Tão forte, afetuosa e impetuosa?

Pediu a Deus que, independentemente de onde estivesse e de quem fosse, aquela moça soubesse, no fundo do seu coração, que Ellie a desejara tanto quanto aquela mãe, agora, chorando em seus braços.

Capítulo Cinco

Junho de 1994

— Olha! Olha só os cavalinhos! — A garotinha de shorts cor-de-rosa e camiseta dos Ursinhos Carinhosos puxou Skyler pela mão e apontou para o centro da parada que passava majestosa pela Quinta Avenida, sob o sol escaldante de junho.

Skyler sorriu para Tricia, de cinco anos, admirada com a maneira como se parecia com Mickey em pequena; com seus cachos negros e grandes olhos castanhos, mais parecia filha do que sobrinha de Mickey.

Acompanhando o olhar rápido da menina, Skyler, entre Mickey e Derek, o irmão de sete anos de Tricia, avistou os cavalos: quatro baios enormes, montados por policiais em mangas de camisa e calças de montaria, movendo-se em fila única, rentes às placas de madeira azuis que abriam espaço para o desfile.

Assistindo à aproximação da banda de uma escola secundária, com seu uniforme carmim e amarelo, tocando, sofrivelmente, o que julgava ser o Hino Nacional polonês, Skyler, espremida no meio-fio da Rua 50 com a Quinta Avenida, incentivou a escola, junto com o restante da multidão que lotava as calçadas.

Quando Mickey lhe pedira ajuda para mostrar a cidade aos sobrinhos neste sábado, Skyler, sentindo que lhe prestaria um favor, resolveu aceitar — caso contrário, a amiga se veria louca ao tomar conta sozinha de duas crianças pequenas. Mas, se lhe coubesse escolher, preferiria estar passando aquele dia sem fazer nada.

Além de estar se recuperando da rodada de festas e celebrações familiares pela sua formatura em Princeton, há duas semanas, dentro de dois dias ingressaria na Clínica Veterinária de Northfield, onde trabalharia meio expediente durante o verão. Isso sem falar, ainda, no treinamento duro que a aguardava para o Wilton Classic, dali a quinze dias.

No entanto, aquela excursão — já haviam ido ao Empire State Building, ao Rockefeller Center e iriam para a F.A.O. Schwarz ao saírem dali — estava se revelando mais divertida do que imaginara. Por dois motivos. Primeiro, porque Tricia e Derek eram crianças adoráveis, pequenos e rápidos como dois macaquinhos; segundo, ao se ocupar com as crianças, não pensava tanto em Prescott.

Pres... ah, meu Deus, o que vou dizer a ele?

Protegendo os olhos contra o sol ofuscante, Skyler assistia a um contingente de dançarinos folclóricos, com fantasias brilhantes de mangas bufantes, passar rodopiando à sua frente. Mas, na verdade, não os estava vendo; estava era pensando na expressão de mágoa por trás do sorriso forçado de Prescott quando a deixara em casa, no último sábado à noite.

O que lhe dissera, assim, de tão terrível? Ele é que devia tê-la preparado antes, em vez de, repentinamente, pedi-la em casamento. O que ele queria? Assim que se recuperou do choque inicial (na verdade, não era para tanto, pois já estavam namorando há cinco anos), Skyler teve uma reação típica — e que Mickey, há muito tempo, apelidara de febre da falta de papas na língua terminal —, ao perguntar bruscamente "Para quê?".

Naquele momento, sentiu-se tensa novamente, imaginando como sua resposta devia ter soado. Claro que fez tudo, exceto enganar a si mesma, para explicar que não o estava rejeitando, apenas não esperava casar-se tão *cedo*. Eles tinham acabado de se formar, e ela ainda iria começar o curso de veterinária na Universidade de New Hampshire no outono. Ele começaria a especialização em Direito. Por que a pressa?

Não havia pressa alguma, assegurou-lhe Prescott, do seu jeito calmo e categórico. Nem precisariam marcar a data do casamento, que poderia ser dali a alguns anos, se assim preferisse. Ele apenas se sentiria melhor sabendo que estavam noivos. Nada precisaria ser diferente... ela apenas estaria usando uma aliança.

Skyler prometeu pensar no assunto.

Ficou de dar-lhe uma resposta naquela noite, mas ainda não se decidira. Sabia apenas que, após uma semana ruminando o assunto, estava um pouco enjoada, com uma dor de cabeça fraquinha e persistente.

Ah, por que Prescott tinha de bagunçar um relacionamento que estava bom do jeito que estava? Ela o amava, sem dúvida. Melhor ainda, os dois amavam as mesmas coisas — cavalos, cachorros, ópera e tudo o que se referisse à França. Sem considerar que as respectivas famílias eram tão íntimas que até pareciam aparentadas. A família Fairchild viajava com a família Sutton todos os verões para Cape Cod, e a família Sutton assistia à ópera no camarote da família Fairchild.

Mas alguma coisa não lhe parecia bem. Algo que não sabia explicar, nem para si mesma. Lá no fundo, persistia o pensamento de que se casar com Prescott seria o mesmo que... digamos, casar-se com um *irmão*.

Embora estivesse percebendo Tricia puxá-la pela mão, demorou ainda alguns instantes até prestar atenção em seu rostinho vivo e azeitonado.

— Quero fazer carinho no cavalo! Por favor, Skyler, *deixa* eu fazer carinho nele? — choramingou a menininha tão logo avistou mais dois policiais.

— Agora não... talvez depois do desfile — respondeu.

Mickey, ao seu lado, com calças jeans cortadas acima dos joelhos e camiseta de malha, esticava-se o quanto podia, apoiando as mãos nos ombros bronzeados do sobrinho, em busca de uma visão melhor. Derek, uma versão um pouquinho maior da irmã, de shorts largos e blusa de malha do New York Knicks, olhava boquiaberto para os policiais a cavalo, com o mesmo assombro que lhe inspiraria a encarnação do seu super-herói predileto.

Mickey olhou divertida para Skyler e disse baixinho:

— Desde que aprendeu a falar, ele vive dizendo que quer ser policial. Aquele meu irmão nervosinho e todo engravatado está começando a ficar preocupado. Espere só até o Derek chegar com essa história de Guarda Montada.

— Não ria... se eu não passar para o curso de veterinária, acho que também vou me candidatar ao cargo — brincou Skyler.

Mickey deu uma risadinha gutural.

— Está bem, já posso até imaginar a cena: "Oficial Sutton a serviço." Você combina tão bem com esse cargo quanto caviar com sanduíche de mortadela.

Skyler não respondeu. Mickey estava apenas brincando, é claro... mas, às vezes, ela cortava fundo, quase no osso. Neste caso, fora direto ao alvo. *Não tenho mesmo nada a ver com esse mundo*, pensou, tristonha.

E por que isso a incomoda? Uma voz arrastada ecoou em sua mente, uma voz bem nítida e modulada ao estilo do Condado de Fairfield. *Você sabe que, mais dia, menos dia, vai acabar se casando com Prescott. E não vai fazer nada mais extravagante do que cuidar de cavalos com esparavão e laminite.*

Skyler queria rebater aquela voz. Embora tivesse passado a maior parte da vida sem questionar o que muitos consideravam ser um direito seu de nascença, Princeton mudara a sua cabeça — passara quatro anos dividindo o quarto com garotas que ostentavam sua amizade com gente famosa, quatro anos de restaurantes esnobes e conservadorismo exacerbado. Até mesmo a cidade de Princeton a irritara. Com suas lojas luxuosas, restaurantes caros e residências graciosas e arborizadas, parecia mais uma versão de Northfield. No entanto, ao formar-se, questionara-se se o que o dinheiro trazia de mais importante era o ingresso em um parque temático onde tudo parecia perfeito e todos pareciam contentes — um parque com franquias espalhadas por todo o país, mas apenas nas áreas mais exclusivas, de modo que alguém poderia ir de cidade em cidade sem jamais se sentir deslocado.

Mas não era isso que queria para si mesma. Ultimamente, vinha sentindo uma inquietação, um estremecimento interior que não sabia explicar. E talvez fosse por isso que não estivesse ansiosa para ficar noiva. Talvez também por isso estivesse sentindo um desejo repentino de se unir ao grupo de espectadores à sua direita, dançando espontaneamente naquele momento.

— Quero fazer xixi — avisou Tricia.

— Pode deixar que eu a levo — Skyler ofereceu-se. — Sei onde ficam todos os banheiros na Saks. Eu sempre me escondia neles quando a mamãe me levava para comprar roupas.

Mas Mickey não estava ouvindo nem uma palavra sequer do que Skyler lhe dizia; estava muito ocupada olhando para um guarda montado que parava o cavalo em frente ao cordão de isolamento, a uns quinze metros de onde estavam. Assobiou baixinho.

— Nossa, dê só uma olhada nos braços daquele ali. Parece que o cara come tijolo no café-da-manhã.

Embora Skyler já estivesse acostumada aos comentários da amiga, acreditava, no fundo, que seu interesse pelo sexo oposto era um tanto excessivo. Não obstante, espichou os olhos para o policial em questão. *Minha nossa*, pensou. Seu porte a fez lembrar-se de Marlon Brando, ainda jovem, num dos seus filmes antigos prediletos, *Um Bonde Chamado Desejo*. Além do mais, ele tinha a pele bronzeada, os braços escuros por causa do sol (braços que, foi obrigada a admitir, eram realmente impressionantes). Embora não pudesse ver muito do seu rosto sob o visor do capacete e dos óculos escuros, ele não parecia ser do tipo que tivesse problemas para arrumar namorada.

Aquela impressão, apesar de rápida, ficou gravada em sua mente mesmo após dar as costas, puxando Tricia pela mão, e atravessar a multidão, rumo à entrada de mármore da Saks, a não mais do que uns quatro metros de onde estava.

A apenas alguns passos dali, Skyler deu uma olhada por cima do ombro... e deu-se conta do que Mickey, hipnotizada pelo espetáculo, deixava de ver: o pequeno Derek passando por baixo do cordão de isolamento e indo em direção ao cavalo que o jovem Marlon Brando tentava virar de lado para conter uma horda de adolescentes desordeiros. O policial não conseguiria ver o menino se aproximando.

Ai, meu Deus, ele vai ser pisoteado. O coração de Skyler pareceu saltar pela garganta.

Sem pensar, empurrou Tricia em direção a Mickey e correu atrás do garotinho já prestes a quebrar um osso ou levar um coice na cabeça. Uma mulher, carregada com sacolas de compras, passou-lhe à frente, e um homem enorme deu-lhe uma cotovelada ao acender o cigarro. Para completar o quadro, Skyler ainda pisou com o calcanhar do seu mocassim nos dedos do pé de um espectador, que soltou um grito de dor. Tão logo conseguiu avistar uma brecha em meio àquela muralha de corpos, enfiou-se por baixo das placas de madeira que isolavam a área.

Alguém mais deve ter visto Derek, pois uma mulher gritou de repente: "*Cuidado!*"

Skyler viu o policial virar-se na sela à procura do que estava causando aquela comoção e, ao mesmo tempo, perder momentaneamente o controle sobre as rédeas do cavalo. O velho baio moveu-se rapidamente para trás. Deus do céu, Derek já estava *embaixo* dele.

Foi então que um dos adolescentes, um garoto alto e desengonçado de cara comprida, obviamente ignorante acerca de cavalos, decidiu dar uma de Arnold Schwarzenegger.

Berrando e agitando os braços como um caubói, ele tentou espantar o animal para longe do menino. *Idiota*. O cavalo murchou as orelhas e sacudiu a cabeça, mas, como o policial o estava mantendo com a rédea curta, tudo teria acabado bem se um dos amigos bobocas do Schwarzenegger não tivesse escolhido aquele exato momento para atirar uma lata de refrigerante no pobre animal assustado.

Skyler viu a lata quicar com força na anca do baio, como uma bala iluminada pelo sol, e sentiu um espirro de Coca-Cola no rosto tão logo se atirou para a frente e arrancou o menino, agora petrificado de medo, debaixo das patas traseiras do cavalo.

Derek gritou apavorado e o cavalo empinou. Neste mesmo instante, Skyler olhou para o policial. Então, o reflexo do sol deslizou sobre o seu capacete azul e branco, os músculos dos seus braços morenos e poderosos se contraíram, e uma fração de segundo após jogar todo o seu peso para a frente, lá estava ele estirado de costas no chão.

Skyler observou, aterrorizada, o cavalo investir de cabeça em direção à ala dos veteranos do Exército, que, com bandeiras em punho, atravessavam a avenida entre as ruas 49 e 50. Assustados, os homens uniformizados saíram de suas posições e se dispersaram; um deles tropeçou na grade de um bueiro e quase caiu de cara no meio-fio. Outro, este um pouco mais ágil, correu atrás do cavalo, mas ficou sem fôlego após mais ou menos dez segundos.

Skyler virou-se para uma loira chique, usando um vestido de aspecto caro.

— Fique de olho nele — disse ao soltar os braços de Derek do seu pescoço e entregar-lhe o menino.

O grande baio já estava a meio quarteirão de distância, com os estribos balançando e as rédeas voando, quando Skyler pôs-se atrás dele. Sorte a dela que o animal, cercado de gente por todos os lados e sem conseguir disparar num galope, ficou andando freneticamente em círculos. Com o coração acelerado, ela abriu caminho ziguezagueando por entre os presentes.

Quando conseguiu aproximar-se, o cavalo já havia reduzido um pouquinho o ritmo, embora ainda estivesse arfando e espumando um pouco pela embocadura. Respirando profundamente e fazendo uma oração silenciosa, Skyler arremessou-se para a frente e quase, quase, conseguiu pegar as rédeas. Movida pelo instinto de quem cresceu no lombo de um cavalo, agarrou um punhado de crina e, num salto veloz, pulou para a sela. Acomodando-se, posicionando o corpo para trás, soltou o ar pela boca.

— Ooopa, isso... calma, devagar — murmurou. Pegou as rédeas e apertou-o entre as pernas. O cavalo, obviamente bem treinado, logo reduziu o ritmo para trote de trabalho.

Skyler, observando a multidão abrir-lhe caminho como o Mar Vermelho perante Moisés, ouviu o clamor da população e perguntou-se sobre o porquê de toda aquela agitação. Nossa, parecia até que tinha feito algo incomum!

Ruborizada, direcionou o baio ofegante e ensopado de suor numa diagonal pela Quinta Avenida, até encontrar o policial desmontado, que, encabulado, mancava agora em sua direção. Seus lábios se curvavam num misto de sorriso com esgar, e nas lentes escuras de seus óculos de aviador refletiam-se dois sóis em miniatura, girando, faiscantes.

Somente quando desceu do cavalo e pisou descalço no asfalto quente como brasa, percebeu que tinha perdido o sapato no meio de toda aquela agitação. *Ótimo, muito bom*, pensou, conforme o cavalo reconhecia o dono e se desvencilhava para ir-lhe ao encontro, deixando-a sobre um pé só, de shorts e camiseta da faculdade, sentindo-se tão ridícula quanto um flamingo de cerâmica.

— Isso foi uma verdadeira proeza! — reconheceu o policial, soltando a queixeira do capacete. — Você me deixou pasmo, e olha que isso não é fácil. — Percebendo que ela estava descalça, perguntou numa voz alta o bastante para ser ouvida por toda a Quinta Avenida: — Ei, alguém viu o sapato da moça?

Momentos depois, um homem barbado de bermuda quadriculada veio correndo com seu mocassim na mão, como a prova vital de um crime. O policial abriu um sorriso para ela e, piscando o olho, ajoelhou-se numa só perna e colocou-lhe o sapato, sem afrouxar as rédeas do cavalo. A população aplaudiu entre vivas e assobios.

— E aí, Cinderela, serviu? — gritou um dos presentes.

— Estou me sentindo ridícula — ela murmurou.

— E eu, um idiota, por ter caído; portanto, acho que estamos empatados. — Olhou-a de esguelha, mostrando seu orgulho de macho mais do que ferido. Daquela distância, Skyler dava-lhe uns vinte e poucos, talvez trinta anos. Mas as agruras da vida que devia levar, sem falar da arma à cintura, de alguma forma, faziam-no parecer mais velho.

— Não foi culpa sua — assegurou-lhe —, poderia ter acontecido com qualquer um.

— Para você é fácil falar. Você não é da Guarda Montada.

— Não, mas, se recebesse dez centavos cada vez que já caí do cavalo, daria um pulo na Saks e compraria um novo par de mocassins.

Ele a observou sem esconder a hilaridade:

— Em vez disso, você tomaria uma cerveja? Estarei livre daqui a duas horas. Bem, é o mínimo que posso fazer. — Não parecia convencido, apenas seguro de si. E ela gostava disso.

Ao vê-lo tirar os óculos e o capacete, Skyler deu-se conta de uma sensação estranha percorrendo-lhe o estômago. De perto, a semelhança com Marlon Brando era ainda maior. Num segundo exame, no entanto, percebeu que a semelhança não tinha tanto a ver com a aparência física, mas com o ar que irradiava de si. Seu charme beirava o rústico.

Não que ele lhe despertasse interesse, pensou em seguida. Afinal, Prescott não ficava a lhe dever nada em termos de aparência.

Mesmo assim, não conseguia deixar de admirá-lo. Aqueles olhos castanhos — que de tão escuros pareciam quase negros — se encontraram com os seus, num olhar de igual admiração. Ela ficou observando, fascinada, as gotas de suor cintilando em seus cabelos negros e encaracolados. Um pequeno vinco descendo pelo canto da boca carnuda, talvez uma covinha, deu-lhe a vaga impressão de que ele sabia o que ela estava pensando. Um frêmito de inquietação percorreu-lhe a espinha, e o termo predileto de sua avó aflorou-lhe à mente: *topetudo!* Mas, diferentemente da maioria dos rapazes que conhecia, inclusive Prescott, não havia nenhum traço de convencimento naquele nariz romano e fronte bem definida... nada perdido ou enfraquecido através das gerações de "bons cruzamentos".

— Tony. Sargento Tony Salvatore. — Esticou a mão abrutalhada e morena. Tão logo lhe apertou a mão e apresentou-se, Skyler sentiu os calos duros envolvendo com firmeza seus dedos. — Escute, não se preocupe, não estou dando em cima de você ou qualquer coisa parecida. Apenas me sinto... em dívida.

— Você não me deve nada — retrucou ela. — Não deve mesmo.

— Certo. Mas que tal avaliarmos isso de acordo com o meu senso de justiça?

Skyler hesitou. E então, olhando fundo em seus olhos, teve a sensação perturbadora de que ele poderia estar enxergando algo além daquela recusa educada, talvez algo que soasse como uma tentativa escrupulosa de não parecer esnobe. *Ih, ele deve estar pensando que me acho boa demais para ele.* Em seguida, sentiu-se envergonhada por tal pensamento ter lhe passado pela cabeça. Agitada, respondeu exagerando um pouco a animação:

— Bem, se você se sente melhor assim, não vejo por que recusar.

Não sou esnobe, repetiu para si, *não sou mesmo*. É que nunca tivera a oportunidade de conhecer um rapaz como Tony Salvatore.

Ah, é? Então o que está te impedindo agora?, desafiou-se, da mesma forma como Mickey o faria.

Prescott, para começo de conversa, respondeu firme.

Não obstante, Skyler pegou-se olhando para as suas botas de montaria, certamente feitas sob encomenda, engraxadas até brilharem como ébano. A arma na cintura. O distintivo reluzindo na frente da camisa, logo abaixo do ombro. *Como deve ser namorar um policial?*, perguntou-se.

— Você está livre lá pelas quatro? — perguntou Tony. — Tem um bar a um ou dois quarteirões da estrebaria, entre a 42 e a Nona. Mulligan's, você conhece? — Vendo-a hesitante, acrescentou em seguida: — Olhe, se ficar fora de mão, a gente pode se encontrar perto de onde você mora.

Repentinamente acometida pelo pensamento desagradável de Tony no Red Quail, bar em Northfield que fazia o possível para parecer um pitoresco pub inglês, Skyler respondeu, decidida:

— O Mullingan's está bem.

— A gente se vê mais tarde, então — disse-lhe Tony, com um aceno, segurando as rédeas do cavalo e pulando para cima da sela com a mesma facilidade de um homem com metade do seu peso.

Ao olhar para a listra dourada descendo-lhe pelas calças de montaria até dentro da bota, Skyler sentiu um certo furor. *Diga a ele que você não pode encontrá-lo*, avisou-lhe a consciência. O que não seria propriamente uma mentira. Afinal, iria se encontrar com Prescott no Le Cirque às oito, e ainda tinha muito o que pensar antes disso.

Foi Mickey, no entanto, que arrumou a desculpa que ela estava procurando. A caminho de casa, de mãos firmemente dadas com Derek e Tricia, virou-se para Skyler e disse:

— Sabe o que seria muito legal? Se esse policial pudesse levar esses dois aqui para conhecer a estrebaria da polícia, na próxima vez que vierem para cá. Derek vai achar que morreu e foi para o paraíso.

Derek, não parecendo nem um pouco abalado por quase ter sido pisoteado, levantou a cabeça e arregalou os olhos.

— A estrebaria da *polícia*. Sério? Seria *demais*!

— Vou ver o que posso fazer — respondeu ela, com um certo ar de autoridade, em perfeito contraste com a inquietação que a consumia.

Por dentro, pensava: *Em que estarei me metendo?*

Decorridas exatamente duas horas, após deixar Mickey e as crianças no Terminal Grand Central, Skyler empurrava a porta pesada com maçaneta de metal da Taverna Mullingan.

"*Uma aventura pelo submundo*", por Skyler Sutton. Este pensamento bobo passou-lhe pela cabeça, enquanto esperava os olhos se acostumarem à penumbra do ambiente. Uma TV brilhava como um olho maligno acima do bar espelhado. Estava sintonizada num jogo de beisebol que era acompanhado com ávido interesse por uma maioria de homens torcendo em voz alta, acomodados nos bancos do bar e ao redor, nas mesas adjacentes. Após uma tacada, seguiram-se aplausos e uma saraivada de murros sobre as mesas revestidas com um verniz marítimo, já leitoso do tempo.

Se o Pres estivesse aqui comigo, perguntaria qual o placar e pegaria duas cervejas, como se não houvesse nada de estranho em estarmos aqui. Porque Prescott — apesar dos mocassins de duzentos dólares que usava sem meias durante o verão, do Rolex de ouro e aço inoxidável, do MG vintage que seus pais lhe deram como presente de formatura — não era esnobe. O que, pensou, sentindo-se mal, fazia dela uma bruxa ao ainda ter dúvida se merecia mais do que ele tinha a lhe oferecer.

Um rosto familiar surgiu naquele salão enfumaçado. Tony, agora de jeans e camisa pólo azul desbotada, exibia o torso e os braços musculosos. Tomada novamente por aquele frenesi, como um carro ligado no arranco, Skyler parecia ter se esquecido de que aquele encontro era de agradecimento, e *não* de namoro.

— Quer uma cerveja? — ofereceu Tony. — Não que tenha muita escolha. O vinho daqui mais parece fluido para isqueiro. — Pegou-a pelo cotovelo e conduziu-a até uma mesa ao fundo, onde não fazia tanto barulho.

— Está bem — ela respondeu. — Quer dizer, uma cerveja.

Tony desapareceu, retornando minutos depois com duas garrafas geladas de Heineken.

— Escute, não sei se já te agradeci oficialmente. — Sentou-se na cadeira do outro lado da mesa. — Conheço vários colegas que não fariam o que você fez com tanta facilidade. — Skyler observou-o tomar um longo gole da cerveja, o pomo-de-adão deslizando para cima e para baixo em seu pescoço musculoso. Quando ele abaixou o queixo, os olhares se cruzaram num sorriso camarada. — Você conhece mesmo cavalos. — Não era uma pergunta, apenas uma constatação.

— Eu monto praticamente desde que aprendi a andar.

— Então você deve morar perto de uma estrebaria.

— Cresci em Connecticut, Northfield, um pouquinho ao norte de Greenwich. Há uma escola de equitação perto da casa dos meus pais, onde fica o meu cavalo.

— Cavalo próprio, hein? — Skyler percebeu-o piscar os olhos e dar um sorriso malicioso. — Eu gostaria de poder dizer o mesmo sobre o Scotty, o cavalo que monto. Só que os cavalos de montaria são de propriedade exclusiva da polícia.

— Ganhei o Chancellor quando fiz quinze anos. Ele já está ficando meio velho para competir, mas ainda não sabe. Você deveria vê-lo pulando um obstáculo.

— Você se apresenta em competições? — *Agora* ele parecia impressionado.

Skyler concordou.

— Até agora só me apresentei no circuito de verão. Seria preciso seguir carreira se quisesse competir no circuito de inverno também. — Tomou um gole da cerveja. — E quanto a você... sempre montou?

Tony fez uma careta.

— Embora não pareça, depois do incidente de hoje, sim. Sempre tive contato com cavalos. Meu tio tem uma fazenda no Norte, onde eu passava o verão em criança. Desde que me entendo por gente, a única coisa que sempre quis fazer foi ganhar a vida no lombo de um cavalo. E aqui estou eu, trabalhando na Guarda Montada há oito anos. Antes disso, eu era patrulheiro no décimo distrito policial.

— Você deve ser bom no que faz. — Percebendo que seu comentário mais parecia uma insinuação, ficou ruborizada.

— Eu me viro — respondeu ele, sem nada de sugestivo na voz.

— Você prende muita gente? — ela perguntou, repentinamente curiosa em saber mais a seu respeito.

— Quando eu estava na décima, com certeza. Mas não muito agora. E por uma única razão: as pessoas na cidade têm medo de cavalo. É por isso que os usamos para controlar a multidão; não tem nada pior do que um cavalo de quase um metro e sessenta e cinco de altura vindo na sua direção. Na véspera do Ano-novo, por exemplo, todas as cinco tropas, cento e vinte oficiais, vão para Times Square, para o grande evento. Vou te contar, é um negócio!

— Deve ser mesmo. — *E se todos os guardas fossem como você, teriam ainda que controlar uma turba de mulheres em polvorosa.*

Skyler recostou-se na cadeira, sorrindo envergonhada pelo pensamento não muito digno de uma dama. Devia estar passando tempo demais com Mickey. Ou isso, ou toda aquela dúvida sobre ficar noiva a estava tirando do sério. Será que não podia bater um papo respeitável com um homem, sem imaginá-lo se debruçando na mesa para beijá-la?

A imagem do beijo disparou-lhe uma flecha tão real e veloz quanto um raio numa tempestade de verão.

Mais uma explosão rouca de euforia ecoou pelo bar, causando um sorriso constrangido no rosto bonito e animado de Tony.

— Aqui não é lugar para você — reconheceu com pesar. — Eu devia ter me tocado e te levado para um lugar melhor. É que venho aqui há tantos anos que nem reparo mais como isso aqui é uma espelunca. Você já se sentiu assim, tão acostumada com um lugar que nem vê mais como ele é?

— Mais do que eu gostaria. — A imagem de Prescott veio-lhe à mente, mas ela logo a expulsou.

— Quer outra cerveja? — Tony apontou para a garrafa na mesa, que, para sua surpresa, estava vazia.

Skyler observou-o ir até o bar, onde todos pareciam conhecê-lo. Vários homens o cumprimentaram com tapinhas nas costas, e um deles, um camarada robusto, com entradas na cabeça, jogou uma nota no balcão para lhe pagar as cervejas, negando-se veementemente a aceitar sua recusa. Por fim, Tony deu de ombros e, pegando as duas garrafas pelo gargalo com apenas uma das mãos, murmurou algo como "*a próxima é por minha conta*".

Na volta, Skyler percebeu que ele mancava um pouco.

— Você se machucou?

— Nada que um Advil ou qualquer remédio desses não cure. — Deu um sorriso largo ao colocar as cervejas sobre a mesa. Seus dentes pareciam muito brancos em contraste com o rosto moreno, observou ela, encantada.

— Quando eu tinha oito anos, quase morri ao cair de um cavalo.
Tony ficou sério de repente e assobiou.
— Você está brincando.
— Foi durante um salto que eu não tinha a menor condição de dar, mas estava determinada a provar que conseguiria.
— Hum, por que será que não estou nem um pouco surpreso? — Inclinou a cadeira para trás, observando-a com um olhar maroto; a cerveja suava em cima do seu joelho, formando um círculo úmido nos jeans, de onde ela não conseguia tirar os olhos.
Com esforço, voltou a mirá-lo no rosto.
— Eu arriscaria dizer que não tenho medo de aproveitar as oportunidades.
— Então somos dois.
Skyler, desconcertada com o rumo que a conversa parecia estar tomando, percebeu-se adotando uma postura afetada, reminiscência das aulas de etiqueta da escola para meninas da Sra. Creighton: costas eretas, ombros para trás, mãos sobrepostas. Só não conseguiu suprimir um leve sorriso ao imaginar um balãozinho de história em quadrinhos acima da sua cabeça: *"Minha nossa, o que o Prescott iria pensar?"*
Sentindo seu acanhamento, Tony disse, admirado:
— Se você não tivesse aproveitado aquela oportunidade hoje à tarde, alguém poderia ter se machucado.
Constrangida, Skyler deu de ombros.
— Sei como lidar com cavalos, só isso. O que não é mérito algum quando se passou mais tempo usando botas do que salto alto. Minha mãe tem um antiquário, mas ela costumava competir quando era mais nova. Foi assim que comecei a ter contato com eles. Meu pai é advogado. Ele não se aproximaria de um cavalo nem se o pagassem. Ele acha que sou maluca por querer estudar veterinária... mas nunca se intrometeu nas coisas que realmente quero.
— Cara esperto. Ele provavelmente sabe que iria se danar se tentasse. — Tony deu um risinho, apoiando novamente a cadeira nos quatro pés, produzindo um baque abafado no assoalho gasto.
— Bem, pelo menos ele não vai precisar me sustentar — brincou ela.

— Taí, quem sabe não vai ser você que vai acabar sustentando o seu pai? — Ele riu.

Skyler riu também, mas a afirmação jocosa de Tony trouxe à tona uma preocupação, relativamente recente, e que vinha martelando-lhe a cabeça havia alguns meses. Nada específico, nada que pudesse identificar... mas, ultimamente, observara os pais aos cochichos, mudando de assunto sempre que ela se aproximava. Sabia que a firma do pai tinha sofrido um abalo com a crise imobiliária dos anos oitenta e também ouvira uma conversa sobre redução do tamanho da empresa. Mas nada realmente sério.

Tony a observava, curioso. Temendo que tivesse adivinhado seus pensamentos, Skyler ficou vermelha.

— Meu pai não é o problema — confidenciou. — Minha mãe é que é. Sei que ela está decepcionada porque não estou seguindo carreira na equitação.

— Parece que, em parte, você também.

— Claro... mas é uma vida que pode acabar isolando as pessoas do resto do mundo. Muita gente que salta o ano inteiro faz isso simplesmente porque já está viciado, e porque pode bancar... mesmo sem ganhar prêmios.

— Não me parece tão ruim assim.

— Não, não é! Mas, veja bem, tem alguma coisa meio, digamos, *meio irreal* aí. — Em parte já calibrada pela cerveja consumida com o estômago vazio, em parte tomada por uma raiva totalmente inesperada com relação a Prescott, por querer mudar as regras no meio do jogo, adicionou, acalorada: — Não sou como eles. Sou educada, sei me comportar... mas por dentro sou... sou diferente.

— E por que você acha isso? — perguntou ele tranqüilamente, seu olhar cada vez mais interessado.

— Não sei. Sempre achei que tinha algo a ver com o fato de ser adotada. — Respirou fundo, para aliviar a pontada que sentia no estômago cada vez que tocava no assunto. — Não fui exatamente entregue para os meus pais num hospital bom e limpinho. Fui abandonada quando tinha mais ou menos uns três meses.

— E quanto à sua mãe... ela alguma vez apareceu?

— Não, a polícia tentou encontrá-la... mas acabou desistindo.

Skyler sempre se surpreendia com a própria dor cada vez que botava o dedo naquela ferida. Já não devia ter superado o trauma? Será que isso a atormentaria pelo resto da vida?

Percebeu a fixidez dos olhos escuros de Tony, como se esperasse por mais. Contudo, já havia falado muito. Baixou os olhos para as marcas de copos sobrepostas na mesa de madeira e relaxou um pouco quando ele começou a falar de si:

— Pois eu *preferiria* ter sido adotado. — Sua voz estava baixa e dura. — Assim, pelo menos, não sentiria medo de acabar como o meu pai.

— Ele era tão mau assim?

— Meu pai passou mais tempo atrás das grades do que em casa. — Tony entregou-se às reminiscências. — O que se poderia considerar uma bênção, pois, quando voltava para casa, via de regra ficava ocupado demais derrubando os móveis para perceber onde estava.

— Sinto muito. — Ela não sabia o que mais poderia dizer.

— Já passou — disse de forma brusca, provando justamente o contrário. Mas o dar de ombros que se seguiu, então, foi o de um verdadeiro sobrevivente, do tipo que não se deixa abater pelas vicissitudes da vida. — Ele morreu quando eu tinha catorze anos. Deu um jeito de levar um tiro. Falei que ele era tira? A única coisa boa que fez pela família foi ter deixado uma pensão para minha mãe.

— Acho que ninguém tem o que quer — murmurou ela.

— Pode crer.

Skyler olhou para as duas garrafas vazias sobre a mesa. Quando tinha tomado a segunda cerveja? Não se lembrava sequer de tê-la pego, mas, como sentia a cabeça leve e rodando, devia tê-la mesmo tomado. Afundou um pouco mais na cadeira, que parecia tombar suavemente para o lado.

— Você tem irmãos? — perguntou, para que ele continuasse a falar.

— Três irmãs, quatro irmãos... e o Jimmy.

— Quem é Jimmy?

— Jimmy Dolan, meu melhor amigo. Fomos criados juntos no mesmo quarteirão. E ficamos feito irmãos. Acho que sempre cuidei dele. — Seu rosto pareceu brilhar com uma súbita emoção, sob a luz âmbar de um letreiro luminoso pendurado na parede. — O Jimmy, bem, ele é gay. E lá em Canarsie, isso é o mesmo que ser aleijado, porque, de um jeito ou de outro, você vai acabar mesmo de muleta — disse endurecendo o olhar e contraindo os músculos da mandíbula.

Skyler pensou no Sr. Barrisford, um senhor muito alegre, dono de um antiquário em frente ao de sua mãe. A cidade inteira sabia que ele era gay, mas a maioria das pessoas era muito educada para deixar transparecer. O consenso tácito era de que, se ele realmente usava um cravo preso na lapela e falava de forma afetada, isso tinha mais a ver com o fato de ser inglês do que com qualquer outra coisa.

— Onde ele está agora?

— No hospital, com pneumonia. — Uma expressão feroz transformou aquele homem afável à sua frente num estranho que ela não tinha certeza se queria conhecer. — O Dolan tem Aids — explicou. — Não sei quanto tempo ele ainda vai viver, mas deixa eu te dizer uma coisa: se tem um lugar no paraíso para aqueles que passaram pelo inferno aqui embaixo, ele vai se sentar na primeira fila.

Sem pensar, Skyler colocou a mão sobre o seu punho cerrado em cima da mesa.

— Deve ser difícil para você também.

— E é. Mas o negócio é o seguinte: não deixo transparecer que sei como o caso é sério. Acho que ele precisa de pelo menos uma pessoa para se sentir à vontade, sem precisar agüentar um clima de velório. — Teve um sobressalto, lembrando-se repentinamente de onde estava. — Caramba, você nem me conhece e olha eu aqui reclamando da vida.

— Você não está reclamando — ela corrigiu-o. — E, além do mais, nem é de você que estamos falando.

Tony abriu um sorriso.

— Quanto a mim, nada a reclamar... a não ser que você queira que eu comece a falar da minha ex-esposa.

— Você já foi casado? — Por algum motivo, isso a surpreendeu. Ela o julgara um solteirão.

— Por quatro anos.

— E o que aconteceu? — ela perguntou, mesmo não sendo da sua conta.

— A Paula? — Ele balançou a cabeça. — O problema dela é que nunca conseguiu entender por que um cara formado em Direito se sente feliz em ser apenas um tira.

Skyler tentou disfarçar a surpresa. *Direito*? Não estava duvidando da sua inteligência... mas, ainda assim, não conseguia imaginá-lo saindo para trabalhar de terno e gravata. No entanto, começava a suspeitar de que ainda tinha muito a descobrir sobre Tony Salvatore.

— E por que você não quis trabalhar como advogado?

Com o olhar distante, ele continuou:

— Depois que quase me matei para conseguir me formar e passar na prova do Conselho, trabalhando durante a noite, assistindo aula quatro vezes por semana na St. John, e ainda estudando nos intervalos entre um e outro, é que me toquei que gostava mesmo era do desafio, e não das recompensas que deveriam vir depois dele. — Deu de ombros. — Nunca sonhei com nada dessas coisas: dúplex em condomínio de luxo, carro bacana, cartão da Bloomingdale's. Tudo isso era coisa da Paula, e ela nunca me perdoou por não bancar os luxos dela.

— Não há nada de errado em ser um tira — disse ela, com demasiada convicção.

— É, o problema é quando a gente fica falando demais sobre si mesmo e nem se dá conta de que está alugando o ouvido dos outros. — Abriu um largo sorriso e levantou-se preguiçosamente. — Vamos lá, deixa eu te levar para comer alguma coisa ou pelo menos tomar um café. Tem uma lanchonete aqui no fim do quarteirão que não é nada má.

Skyler o olhou dos pés à cabeça, a forma como as bainhas dos jeans surrados se ajustavam por cima das botas de caubói, tão justas quanto luvas; o brilho opaco da fivela do seu cinto que, de tão arranhada, parecia prata envelhecida; a camisa pólo azul com nuances mais escuras no lugar onde ficava mais esticada por causa do peito musculoso. Ao examiná-lo, percebeu também, em meio àquele estado de semi-embriaguez, que não era comida o que ela queria. Não era mais uma cerveja nem uma xícara de café. O que queria, na verdade, era simples. E também irremediavelmente complicado, porque ela era uma grandessíssima idiota.

Tentando afastar os pensamentos que tomavam forma em sua mente, concentrou-se em Prescott. Após o jantar, tinham planejado passar a noite na cidade, no apartamento do pai, no Central Park Oeste. Fariam amor ardentemente — como sempre faziam —, rolando na cama e gemendo. E um ou dois minutos depois, não mais do que isso, ela se sentiria estranhamente desconfortável, como a corda desafinada de um violino, até se convencer novamente de que Prescott tinha tudo o que poderia desejar de um companheiro.

Mas de nada adiantava pensar em Prescott. Não era ele que queria agora.

Queria...

— Você não prefere ir até o meu apartamento? — falou sem pensar. — Na verdade, o apartamento é do meu pai, mas ele não o está usando no momento. — Sentiu-se leve, de repente, como se sua cadeira tivesse se desintegrado e ela flutuasse no ar.

Tony inclinou a cabeça e enganchou os polegares no cós das calças, sorrindo sem saber ao certo como interpretar aquele convite. Skyler, logo entendendo o que se passava, imaginou como devia ter soado. Aos olhos dele, deveria ser mais uma patricinha acostumada a transar com o professor de tênis ou a se enfiar atrás do celeiro com um dos cavalariços. Meu Deus, por que tinha aberto a boca?

Mas Tony, ela observou, aliviada, não parecia julgá-la. Também não estava ávido para aceitar o convite.

— Acho que não seria uma boa idéia — disse devagar.

— Hã? — Ela manteve a calma, muito embora estivesse pegando fogo por dentro.

— Escute, vou ser bem direto — disse-lhe Tony, com uma sinceridade irritante: — Você é uma mulher linda e fina... e eu não saí com mais ninguém desde que me separei da Paula. Mas também não é por isso que vou me aproveitar de você. Não seria correto.

Correto? Pelo amor de Deus, *ela* é que o tinha convidado. Como ousava decidir o que era correto para ela?

— Me dê uma boa razão — ela desafiou-o, já tão envolvida que não tinha mais como tirar o corpo fora. Qual era mesmo aquela expressão de Duncan? Quem entra na chuva é para se molhar.

— Certo. — Ele manteve o olhar inalterado, suas íris negras indo certeiras ao fogo que a consumia. — Para começo de conversa, aposto um fim de semana em Atlantic City que você tem um namorado e não me falou.

Sentindo-se desmascarada, exatamente lá, naquele bar vagabundo, pelos olhos espertos e a língua afiada de um tira, Skyler baixou rapidamente o olhar, tentando esconder o sentimento de vergonha estampado em seu rosto.

— Ele não tem nada a ver com essa história — murmurou. — Tudo bem, esquece. Esquece o convite.

Tony ficou em silêncio por tanto tempo que ela supôs que estivesse tão constrangido quanto ela. Talvez fosse melhor ir embora. Levantar-se naquele exato momento e sair...

Mas, quando levantou os olhos, ao perceber que ele a contemplava com outras intenções, desejou-o ainda mais. Como se lutando consigo mesmo, Tony fechou os olhos e balançou a cabeça. Ao mirá-la novamente, estava sorrindo, arrependido, como se de uma piada que só ele conhecesse.

— Escute, vou te dar uma carona até a sua casa e ficamos por aí, certo?

— Combinado. — Skyler levantou-se com as pernas bambas. Nunca havia sentido nada parecido com Prescott, e isso a assustou.

Seu carro, um Ford Explorer verde, estava estacionado um quarteirão adiante. Tony desocupou o banco da frente, tirando de lá os jornais velhos, os copos de café e o cassetete da polícia, que parecia mordido por um cachorro. Durante todo o trajeto até a esquina da 62 com o Central Park Oeste, não trocaram uma palavra sequer. Quando chegaram ao edifício, Skyler beirava o pânico, achando que aquele flerte acabaria a qualquer momento. Ao mesmo tempo, sentia-se aliviada.

No entanto, em vez de apenas deixá-la em casa, Tony surpreendeu-a ao estacionar o carro numa vaga, miraculosamente disponível, em frente ao prédio. Enquanto seguiam pelo saguão de mármore, Skyler esforçou-se para não encará-lo. Se o fizesse, se sequer se *virasse* em sua direção, perderia o controle ali mesmo. Subiram no elevador em silêncio, sem se tocarem ou trocarem um olhar. Quando chegaram ao décimo segundo andar, Skyler tinha as pernas tão trêmulas que mal conseguia andar.

Somente quando tentava abrir, desajeitada, as várias fechaduras da porta do 12-C é que arriscou encará-lo... e, então, teve consciência da extensão do que estavam fazendo. Ele não era arredio como ela o julgara antes. Em seus olhos semicerrados, tão escuros quanto um eclipse lunar, na sua postura quase rígida, Skyler viu um homem que não ia para a cama com uma mulher há mais tempo do que julgava possível. Ele parecia faminto, receoso de dar a primeira mordida e não conseguir mais parar.

Ao entrar, Skyler sentiu um tremor delicioso percorrendo-lhe o corpo. *Isso é um sonho*, pensou. *E, nos sonhos, qualquer coisa pode acontecer.* Largou as chaves e a bolsa em cima da mesinha chinesa perto da porta e, sem pedir licença, deslizou os braços pelo pescoço de Tony. Sentiu o coração querendo sair pela boca, a respiração ficando ofegante.

Com a estranha hesitação de um menino, Tony passou os braços pela cintura dela e curvou-se para beijá-la.

Foi então que o menino deu lugar ao homem.

E Skyler sentiu seu apetite... sentiu-o se contendo, quando sua língua lhe varou a boca.

Nunca foi assim com o Prescott, pensou conforme ele puxou-lhe a cabeça para trás, passando os dedos fortes e brutos pelos seus cabelos. Não precisava fingir-se apaixonada. Não precisava nem mesmo *gostar* dele...

Precisava apenas *tê-lo*.

Ao ouvi-lo gemer e pressioná-la com o seu peso contra a parede, percebeu o quanto aquele homem a desejava. Tony deslizou as mãos pelo seu corpo, sentindo suas formas, pressionando os polegares em sua cintura. Ela sentiu quando o botão do cós dos seus shorts engatou em alguma coisa, provavelmente na fivela do cinto dele; a seguir, ouviu o barulho da fivela se soltando, até cair no assoalho.

Então, ao acariciá-la entre as pernas, Skyler sentiu o calor da sua mão, que, mesmo por cima dos shorts, fez com que se sentisse nua.

Nossa, poderia ele sentir como estava molhada... como o desejava desesperadamente?

De repente, sentiu-se envergonhada.

Como o Prescott se sentiria se entrasse lá naquele exato momento?

Porém, nada mais importava, além das sensações que estava experimentando. Tudo o que podia pensar então era naquele homem que a beijava, e que, dentro de poucos minutos, estaria dentro dela. Não fazia idéia do que aconteceria depois, pois com Tony estava entrando no terreno do desconhecido, numa maré cuja força e duração não saberia estimar.

Num suspiro profundo e trêmulo, Skyler desabotoou-lhe a camisa. Alguma coisa reluziu, uma medalha de prata aninhada sobre o borrão de pêlos negros e macios que lhe cobriam o peito. Passou o dedo sobre a imagem em relevo.

— O Arcanjo Miguel — murmurou ele. — O padroeiro dos policiais.

Viu-o tirar o resto das roupas, surpreendendo-se com o fato de que a nudez masculina, por si só, pudesse lhe dar tanto prazer.

Tinha a pele bronzeada, exceto as coxas e a parte superior dos braços, onde o uniforme a protegia do sol. Logo abaixo do seu mamilo direito, chegando quase até o umbigo, uma cicatriz dentada riscava-lhe a pele.

— Ferimento à bala — ele adiantou-se em responder. — O arcanjo Miguel devia estar olhando para outro lado nesse dia.

— Como... — Ela ia perguntar, quando ele pôs o dedo em seus lábios.

Concentrou-se, então, no chumaço de pêlos que lhe cobriam o peito. E entre as pernas também... minha nossa, nunca vira tantos pêlos. Tanto de *tudo*.

— Minha vez — disse ele, numa voz estranhamente grossa ao começar a despi-la.

Skyler sentiu uma vertigem subindo em espiral, como o vapor ascendendo de uma poça após uma tempestade de verão. Estava aturdida demais para fazer qualquer coisa, a não ser senti-lo tirando-lhe a camiseta, abrindo o zíper dos shorts. Apenas quando demonstrou dificuldade em abrir seu sutiã é que ela levantou os braços, levando seus dedos até os dele para ajudá-lo com o fecho.

À medida que se livrava da pilha de roupas amassadas, Tony a admirava como se fosse uma Vênus surgindo de dentro de uma concha entreaberta. Sentiu vontade de rir, até o instante em que ele tomou seus seios nas palmas das mãos, gemendo e estremecendo.

— Meu Deus, você é linda — murmurou.

No entanto, não eram apenas os polegares grossos brincando com seus mamilos que a estavam deixando tão excitada, mas a visão dos seus seios brancos em contraste com aquela pele mais morena; as gotinhas de suor como brilhantes cintilando nos pêlos que lhe cobriam o peito largo e a tatuagem de um coração dentro de uma guirlanda de folhas entrelaçando-se nos músculos do seu antebraço. Tony era tão diferente de Prescott, tão maravilhosamente selvagem e imprevisível, que ela respirou fundo, como se tivesse acabado de olhar para baixo e se visto oscilante na beira de um penhasco.

Até mesmo a textura da sua pele era diferente, áspera onde a pele de Prescott era lisa, os músculos dos seus braços espessos e trabalhados, como os de um boxeador. E o seu cheiro, de um suor limpo, com um leve toque do cheiro dos cavalos, como uma sela de couro após uma árdua cavalgada.

Dobrando os joelhos, Tony pegou-a pelas nádegas e suspendeu-a.

Ao enlaçá-lo com as pernas, Skyler viu o quanto ele estava excitado e começou a tremer. A seguir, ele a levou para a sala de estar e deitou-a no sofá, sobre o trapézio de luz que banhava o carpete ao entrar pela janela que dava para o Central Park, onde o sol se punha com um fulgor sombrio.

Sentiu então a trama macia do estofado em contato com sua pele, quando ele se deitou sobre seu corpo e foi se abaixando, beijando-a entre as pernas.

Skyler percebeu que arqueava os quadris e se contorcia de uma forma constrangedoramente indigna... mas seria impossível evitá-lo. Não conseguia parar as ondas de prazer, quase lancinantes, provocadas pelo movimento da sua língua. Não conseguia parar... ai, meu Deus... ai... estava mesmo gozando daquela forma? Com um homem que mal conhecia? O prazer envolvia todo o seu corpo, como óleo quente.

Momentos depois, quando tentou fazer o mesmo com ele, ele a segurou delicadamente pelos ombros, trazendo-a para cima, cara a cara com ele.

— Não — disse, deitando-a de costas e abrindo-lhe as pernas com os joelhos, os braços esticados ao lado do seu pescoço. — Quero gozar dentro de você.

— E quanto ao que você acabou de fazer comigo? — murmurou ela, sem conseguir disfarçar o tremor da voz.

Ele sorriu com ternura.

— Isso foi só o início. — Um facho de luz brilhou numa grossa listra sobre o seu peito, incendiando a medalha do Arcanjo Miguel, que balançava hipnoticamente em sua delicada corrente de prata.

De repente, um pensamento tirou-a do seu pasmo.

— Como é que vou saber se... não tem problema? — perguntou, porque, nos dias de hoje, é *preciso* perguntar.

Mas Tony não pareceu chateado.

— Fui supersincero quando disse que não estive com mais ninguém desde a Paula — respondeu com a franqueza de quem já havia presenciado muitas coisas piores na vida do que o constrangimento de uma garota superprotegida. — O que não quer dizer que não sentisse *vontade*. Mas, vendo o que aconteceu com o Dolan, percebi que não valia a pena ficar com qualquer pessoa. Então fiz o teste. Se você quiser ver o resultado...

— Não. — Mesmo que estivesse escrito em sangue num pergaminho, as palavras dele bastariam como prova de sua honestidade. — Também estou segura com relação a... a isso. Os seguros-saúde cobrem tudo hoje em dia. E também não precisa ter medo de me engravidar. Eu... eu já cuidei disso.

Mais cedo, antecipando a noite com Prescott, Skyler havia colocado o diafragma, para o caso de concordar em ficar noiva e os dois decidirem comemorar. Mas, dando-se conta, de repente, de como isso deveria ter soado aos ouvidos de Tony, sentiu o rosto queimar de vergonha.

Tony, no entanto, parecia apenas surpreso, como se ela fosse uma irmãzinha que o surpreendera com um jantar, quando ele nem sequer desconfiava de que soubesse cozinhar. Segurando-lhe o rosto com as mãos em concha, beijou-a ardentemente, o gosto dela ainda em seus lábios e em sua língua. Skyler sentiu um fio de saliva escorrer-lhe pela face. Não sabia se era dela ou dele. Não tinha importância. Estava tão excitada como se não tivesse gozado ainda, mais até, como se tudo aquilo tivesse sido apenas o aquecimento para o grande espetáculo.

Sentiu um momento de pânico no instante da penetração. O pênis era tão... nossa, era muito *grande*. Não que o de Prescott fosse exatamente *pequeno*... mas este... podia senti-lo entrando, cada investida provocando uma dorzinha pungente. Mas mal percebeu a dor. Estava com tanto calor que se o prédio pegasse fogo não sentiria também. Gozou novamente, numa explosão tão intensa de prazer que sua cabeça girou como estrelas executando uma dança louca por trás dos seus olhos fechados.

Tony gozou também, ruidosamente, arqueando o corpo para trás com um gemido tão alto que chegou a salientar os músculos do seu pescoço. Gotas de suor escorriam-lhe pela testa, caindo como beijos ardentes no rosto de Skyler, que atingia o orgasmo novamente.

— Nossa! — gritou assim que ele deixou-se cair cansado sobre ela. — É sempre assim com você?

— Foi demais para você? — Ele afastou-se, franzindo o rosto, preocupado.

— Não... ah, com certeza, não. É só que... eu não... bem, eu nunca... — ela gaguejou, achando melhor ficar calada a falar qualquer coisa naquele momento.

— É, eu sei o que você quer dizer. — Ele abriu um largo sorriso. — Como eu te disse, já fazia um tempo. — Cheio de ternura, em perfeito contraste com o que tinham acabado de fazer, puxou-a para perto de si, para perto do seu pescoço úmido, onde ela percebeu uma veia pulsando.

E agora?, perguntou-se, com um sentimento crescente de pânico. Já estava ficando tarde e teria de se encontrar com Prescott dentro de poucas horas. No entanto, não podia simplesmente pedir-lhe para ir embora.

Principalmente porque *não queria* que ele fosse embora.

Incrédula, e cada vez mais envergonhada, Skyler percebeu que o que queria mesmo era fazer tudo novamente. Após uns cinco minutos, rolou para cima dele de novo, enroscando uma perna na sua, e sentindo-se tão devassa quanto qualquer libertina de um filme estrangeiro.

Então era *isso* que Mickey vinha tentando lhe descrever, durante todos esses anos, desde que haviam menstruado pela primeira vez e começado a prestar atenção nos garotos? Nem mesmo a amiga, para quem o sexo era tão eletrizante e desafiador quanto uma prova de velocidade numa apresentação nível A, poderia ter tido uma transa mais excitante do que aquela.

— Tony... — murmurou em seu ouvido, segurando e apertando seu pênis.

Ele gemeu, e ela sentiu-o ficar rijo novamente.

Mesmo tendo sido *ela* a começar com a brincadeira, não conseguiu esconder a surpresa.

— Não sabia que um homem podia se recuperar tão rápido — comentou com um risinho.

— Você não me conhece — respondeu ele, sorrindo.

Fizeram amor mais duas vezes, antes de ela sair das profundezas da sua fantasia erótica e perceber que uma hora e meia havia se passado e teria apenas vinte minutos para se encontrar com Prescott.

Pres! Ai, meu Deus!

Fez a menção de sentar-se, mas Tony puxou-a gentilmente para si e enterrou o rosto em seu pescoço. Ela ficou assim, por alguns instantes, envolvida pelo seu cheiro e pelo ardor daquela transa, até se afastar gentilmente. Queria pedir-lhe para *ficar*, para não ir embora, mas, se não dissesse alguma coisa logo, se atrasaria. E não estaria sendo justa com Prescott, que nunca fizera nada para magoá-la.

Felizmente, Tony a livrou do constrangimento de precisar pedir-lhe para sair. Dando uma olhada no relógio, pulou da cama e começou a vestir os jeans.

— Nossa, você viu que horas são? Prometi ao Dolan que passaria no hospital durante o horário de visita. Preciso picar a mula se quiser chegar a tempo. — Olhou para ela, afivelando o cinto. — Posso ligar para você?

Percebendo uma certa hesitação em sua voz, Skyler perguntou-se se Tony teria as mesmas reservas que ela quanto a se envolverem mais do que até então. Teria também medo de mergulhar de cabeça em águas que poderiam tornar-se turbulentas?

Assim que rabiscou o número do telefone nas costas de um envelope sobre a mesinha ao lado do sofá, ouviu a voz da prudência perguntar: *O que você pensa que está fazendo? Para que vê-lo de novo? Mesmo que resolva não se casar com o Pres, mesmo que chegue a terminar com ele, o que mais esperar deste relacionamento, além de ser gloriosamente comida?*

Isso não lhe desagradaria. Mas, se continuassem a repetir o ocorrido daquela tarde, iriam acabar se apaixonando. E aí?

Não seria com o diploma de advogado que você se preocuparia quando o levasse para casa para apresentá-lo aos seus pais, e sim com a maneira como eles repararíam naquela medalha do Arcanjo Miguel, na forma como ele fala e, caso chegasse a tirar a camisa, na tatuagem no braço direito.

Skyler sentiu-se tomada de culpa. Como era hipócrita! Toda aquela história de desprezar o comportamento social em Princeton... o que era aquilo, senão uma forma de se sentir superior às colegas esnobes? De achar-se melhor do que garotas como Courtney Fields, famosa por seus comentários maldosos sobre as colegas de quarto, sobre a forma como se vestiam, falavam, comiam. E ela? Nem sequer chegava aos pés de Courtney, porque essa, pelo menos, mostrava como era.

Na saída, Skyler beijou Tony no rosto, com uma castidade quase cômica, depois do que tinham acabado de fazer. Talvez ele não lhe telefonasse. Talvez apenas se lembrasse daquela tarde como uma transa fabulosa e, simplesmente, tocasse a vida adiante. Parte dela queria que isso acontecesse. Outra parte desejava vê-lo outra vez.

Ele já havia quase saído, quando ela o chamou:

— Tony?

Ao virar-se sob o reflexo da luz vindo do hall, alguma coisa pareceu tremeluzir em seus olhos, algo sombrio e ilegível. Então ele sorriu, um sorriso que talvez parecesse arrogante em qualquer outra pessoa, mas *nele* cabia perfeitamente, assim como seus jeans de cintura baixa.

— Fica tranqüila — disse-lhe, como se tivesse lido sua mente. — Ninguém saiu ferido, é o que importa. Nós nos divertimos... mais nada. E não há nada de errado em relação a isso.

Assim que a porta se fechou, Skyler sentiu-se repentinamente, magicamente alerta. Era como se, na saída, Tony tivesse ligado uma fonte invisível de luz. O que antes estava escuro parecia iluminado agora. Sabia que resposta dar a Prescott. Não poderia se casar com ele, nem agora nem nunca. E já não sabia disso há bastante tempo? Será que um dos grandes motivos para ter ido para a cama com um perfeito estranho não era a necessidade de provar a si mesma o que seu coração se negava a admitir?

O que ela não contava era com a pessoa de Tony. As coisas que tinham acabado de fazer... as pistas que lhe dera sobre coisas até então desconhecidas. E, meu bom Deus, o estado em que ele a deixara: ofegante, com o coração acelerado, recostando-se na porta e escutando o barulho distante do elevador descendo até o térreo.

Capítulo Seis

Radiopatrulha Central Park... 10-30... pedestre assaltado na transversal 65... o elemento saiu do Heckscher Playground em direção ao norte... hispânico, cerca de um metro e oitenta, bigode... calças pretas, moletom verde...

O sargento Tony Salvatore e seu colega grandalhão, Duff Doherty, patrulhavam o lado sudoeste do Central Park quando o alerta ecoou no rádio sempre cheio de estática preso à sua cintura. Parando o cavalo, Tony atendeu ao chamado, levando o rádio até a boca:

— Armado?

— Elemento apontou revólver — crepitou a voz do outro lado.

— Ah, meu Jesus — soltou Doherty, trotando ao lado de Tony sob o sol do meio-dia do sábado mais quente de julho até então. Com duas rodelas enormes de suor debaixo dos braços da camisa azul do uniforme, e a cara larga e sardenta ligeiramente pegajosa de suor, continuou: — Vou te contar, esses caras... eles não têm o menor respeito mesmo. Ele não podia ter esperado eu ir embora?

Tão logo terminara seu último serviço na Washington Heights, onde dera uma batida nos camelôs, assumira aquele posto — do Central Park Sul até a 72, e da Quinta até o Central Park Oeste — com um sorriso largo naquela cara gorducha de Pimentinha. Com a mulher para dar à luz a qualquer momento, o que Doherty menos queria era que sua pressão arterial subisse. Mais essa agora!

— Vai ver ninguém falou para ele que não pega bem roubar durante o dia — gracejou Tony, mesmo sentindo um aperto no estômago.

Tinham acabado de atravessar a West Drive, na altura da 67, e estavam indo para o leste, ao longo da trilha que atravessava o norte do Sheep Meadow.

Apesar do calor escaldante, Tony estava animado, vendendo energia. Para ele, o Central Park, com seus oitocentos e quarenta e três acres bem no coração da cidade, desde a Rua 29 até a 110, era como uma fronteira urbana, do tipo que sempre liberava o caubói existente nele.

E havia uma explicação para isso, pois, para cada gramado bem cuidado, havia bolsões de mato selvagem em que não só podiam ocorrer, como ocorriam, todos os tipos de crime e assassinatos possíveis; para cada caminho calçado, via-se brotarem pedras de xisto que se erguiam como punhos de granito. Havia também o Ramble, aquela faixa de trinta e sete acres de bosques e colinas, que era um verdadeiro paraíso tanto para os ornitólogos como para os gays em busca de aventura, bem como o Harlem Meer, um lugar que só se patrulhava à noite com a mão no coldre.

Naquele momento, porém, conforme observava o campo aberto de Sheep Meadow (que uma vez servira de pastagem para ovelhas), Tony não encontrou nada mais ameaçador do que as queimaduras de sol que, com o cair da noite, afligiriam todos aqueles branquelas, na grande maioria crianças, refestelados com seus walkmans ou com um livro na barriga, sobre toalhas de praia ou de piquenique.

Fora isso, não viu muito movimento por lá, exceto algumas pessoas jogando Frisbee, um mendigo vasculhando o lixo e um jovem casal embolado embaixo de uma árvore, numa atividade que, caso não estivessem completamente vestidos, seria considerada ilegal.

Uma imagem aflorou-lhe à mente, um reflexo de sol na curva de um quadril pálido. E pensou: *Skyler*. As coisas que tinham feito naquele dia... nossa! Após quase um mês, embora não recordasse mais todos os detalhes, a força daquela tarde perdurava como a lembrança de um sonho inesquecível. Pelo menos uma vez por dia, até mesmo em horas esdrúxulas como aquela, pegava-se pensando nela, como o suvenir de uma viagem de que mal se lembrava, mas que sabia o quanto tinha sido boa.

É claro que lhe telefonara algumas vezes. Mas as conversas não chegaram a passar daquela naturalidade exagerada de duas pessoas fazendo o possível para não falar o que realmente sentem.

Tinham feito também alguns planos vagos de se encontrar, tomar um café ou um drinque, mas, por uma razão ou outra, eles não se concretizaram. Ora uma mudança no seu horário, ora um resfriado de verão ou um compromisso repentino.

Na semana anterior, quando ela telefonara perguntando sobre a possibilidade de ele mostrar a estrebaria da polícia aos sobrinhos de uma amiga, Tony ficou surpreso. Depois de todo esse tempo, não esperava vê-la novamente.

Amanhã seria o grande dia. Tinha combinado com Skyler e os sobrinhos da amiga de se encontrarem na estrebaria, às três e meia, tão logo acabasse o expediente. Nada demais, certo? Ficaria uma hora, uma hora e meia mostrando-lhes o lugar e iria embora.

Então por que estava suando, já que este suor não tinha nada a ver com o bandido que estava procurando?

Sabe o que está te perturbando, meu camarada? Você gostaria que aquilo não tivesse passado de uma transa, mas não foi isso o que aconteceu. Você quer esquecer a garota, mas não consegue.

Talvez porque soubesse muito bem que, para ela, aquilo não passara mesmo de uma transa. Um mero passatempo, cortesia de um cara que se seus pais o vissem se mudando para a casa ao lado, cairiam duros. Pois é, estava ressentido... ressentido por tudo o que tinha acontecido — o que o fez sentir-se como um verme, porque, mesmo sabendo que não devia ter ido até o apartamento dela, fora de livre e espontânea vontade.

Tirou-a então da cabeça, o que foi mais difícil do que deveria. Tinha assuntos *reais* para cuidar agora. Já havia perdido muito tempo pensando naquela relação desastrosa.

Uns cinqüenta metros adiante, onde o caminho dava num entroncamento, uma escultura de bronze de duas águias devorando um carneiro dividia a sombra de uma árvore com um vendedor de cachorro-quente. Tony puxou as rédeas do cavalo, pensando qual rumo tomar. O bandido poderia ter seguido em qualquer direção. Ou talvez não estivesse em lugar nenhum por ali.

— Vou até o Rumsey Playground — disse a Doherty. — Você dá uma olhada no lago. Ele deve ter se escondido lá na esplanada.

— Deixa comigo, sargento.

Assim que Doherty seguiu para a alameda, em direção a Bow Bridge, Tony virou o cavalo à esquerda, em direção ao Mall, e dobrou para o caminho nos fundos da concha acústica. *O cara já deve estar a meio caminho do Bronx*, especulou. Certamente, muitos deles tinham lugar nos programas de rádio, mas a maioria não era do tipo que a televisão mostrava. Eram bêbados, vadios, arruaceiros ocasionais e batedores de carteiras.

Não que um guarda montado também não tivesse seus momentos de glória. Como no dia do alerta 10-30, na 47, há dois meses, em que ele fora o primeiro policial a chegar ao local do crime: uma joalheria que tinha acabado de ser assaltada por dois bandidos armados. Chegando lá, Tony logo encontrou a mulher do proprietário estatelada no chão, sangrando por causa de um ferimento na perna. O proprietário, um hassídico de barba negra, que mais parecia um borrão de tinta preta sobre a pele branca como papel, olhava em pânico para a porta da frente. Um dos punks tinha escapado, mas o outro, de tão bêbado ou drogado, não fora tão rápido...

Tony lembrou-se de como tinha corrido para localizar o bandido, um rapazinho branco e magrela, caminhando armado pela calçada lotada de gente, em direção à Sexta Avenida. Lembrou-se de quando se ajeitou na sela para persegui-lo e ficou com a bota esquerda presa no estribo justamente no momento em que o garoto se virou para trás e, fulminando-o com o olhar, apontou-lhe a arma. Embora a pontaria do rapaz não parecesse boa, aquilo fora mais do que suficiente para lhe arrepiar os cabelos da nuca. Se Scotty tivesse se mexido naquele instante, se não tivesse permanecido completamente imóvel... *Mãe do céu*. Não gostava nem de pensar no que poderia ter acontecido.

Vista em retrospecto, a cena fora até cômica. Lá estava ele, saltando numa perna só, tentando ao mesmo tempo se equilibrar e pegar a arma: "Polícia! Abaixe a arma!", gritara, e, felizmente, o garoto dopado obedecera. Mas somente quando o rapaz já estava deitado de bruços no calçamento, com as mãos na cabeça, é que Tony conseguiu soltar a bota do estribo e respirar aliviado.

E para controlar uma multidão? Como se já não fosse difícil o bastante controlar as rédeas de um animal do tamanho de Scotty em ruas com toda sorte de armadilhas prontas para tirá-lo da jogada a qualquer momento — um guarda-chuva automático abrindo-se de repente, uma lufada de vento levando um jornal pelos ares, o vapor de um bueiro, o reflexo do sol num pedaço de vidro quebrado ou na calota cromada de um automóvel —, era preciso ainda conter uma torrente de corpos barulhentos aos empurrões.

Mesmo com a presença de toda a Guarda Montada, cada um dos cento e vinte oficiais das cinco tropas, há sempre, inevitavelmente, um engraçadinho que quer aparecer.

As lembranças trouxeram à tona a parada polonesa do mês anterior... e a cena de Skyler correndo atrás do pobre Scotty. Alta e magra, de shorts brancos, pernas compridas e longos cabelos loiros balançando de um lado para o outro, era uma imagem muito parecida com a de um livro de mitologia romana que tinha em casa sobre Diana, a Caçadora.

Nunca encontrara uma mulher como Skyler, nem mesmo as oficiais com quem trabalhava e que em nada ficavam a lhe dever em termos de bravura. Mas havia algo naquela combinação explosiva de sensualidade, inteligência e competência, junto com uma pitada de atrevimento, que tanto o divertia como o excitava.

Um movimento rápido, quase já fora do seu campo de visão, fez com que Tony voltasse bruscamente à realidade e se endireitasse na sela, examinando o alambrado que cercava o Rumsey Playground. Deve ser um esquilo, disse para si mesmo.

O Central Park era um verdadeiro zoológico, com colônias inteiras de esquilos cinzentos, bandos de pombos e de pardais, sem falar nos cachorros de todas as raças, que passeavam com seus donos. Além do mais, o parque estava sempre cheio de idosos caminhando, pais empurrando carrinhos de bebê, pessoas correndo e skatistas ziguezagueando por entre os transeuntes com seus shorts justos e joelheiras.

A seguir, Tony viu o bandido a cerca de uns vinte metros — um homem magro, com jeans pretos e moletom verde com capuz. Ele estava correndo pelo declive de grama entre o alambrado e o caminho onde Tony se encontrava, com uma das mãos em concha na frente do cós da calça, na qual se destacava uma protuberância que, certamente, não era a fivela do cinto.

Tony pegou o rádio.

— Alô, central... possibilidade de pegar o bandido saindo do Heckscher Playground, lado sul do Rumsey, avançando para leste, em direção à East Drive.

"Possibilidade" virou "certeza" assim que o ladrão avistou Tony, e, sem diminuir o ritmo, enfiou a mão debaixo do moletom para pegar a arma enfiada no cós da calça. *Jesus.*

Ao levar a mão ao coldre e tirar seu revólver Smith & Wesson .38, até então muito mais usado nos treinos de tiro ao alvo em Rodman's Neck do que em campo, Tony sentiu uma descarga de adrenalina espalhando-se por todo o seu corpo — um misto de retesamento, excitação e taquicardia que, em qualquer outra pessoa sem o seu preparo, sem falar no seu amor pelo perigo, teria se traduzido em pânico.

— Pare! – gritou.

O bandido apenas correu mais rápido.

Tony observou uma mulher pálida dar uma olhada, sobressaltada, por cima do ombro e arrancar o bebê do carrinho, uma adolescente de shorts tropeçar e bater numa lata de lixo.

Os bancos do parque, os postes de iluminação de ferro batido, o guarda-sol listrado de uma barraquinha de sanduíches passaram rapidamente por Tony, como um cenário móvel num palco onde ele, mesmo apressando Scotty a meio galope, parecia imóvel. Desejava ardentemente galopar com o cavalo a toda brida, mas seria muito arriscado: havia muitas pessoas no parque, e nem todas eram tão rápidas quanto as que tinham saído do caminho.

Apesar das árvores e da distância de mais ou menos uns quarenta metros, Tony conseguiu ter uma visão rápida, porém boa do bandido assim que virou a cabeça para trás: cabelos compridos e oleosos, bigode caído, vesgo, um bandidinho de merda que acabava de se formar na profissão. Exceto pela arma em sua mão, que não parecia ser nenhum revólver de seis tiros.

— Polícia! Largue a arma! — gritou Tony, ao mesmo tempo em que deu uma esporeada rápida em Scotty.

O grande baio acelerou de repente, passando como um raio pelo arvoredo que derramava sua sombra sobre uma extravagante estátua da Mamãe Ganso voando montada num ganso. Bom e velho Scotty, que apesar de, às vezes, parecer um pouco assustado, nunca decepcionava. Com os olhos grudados na figura de calças pretas e moletom verde que se movia como um relâmpago pelas árvores, quase meio quarteirão adiante, Tony, a cada solavanco, sentia-se afundar na sela já marcada pelo seu peso, como uma poltrona caseira. Os galhos se quebravam em sua cabeça, produzindo arranhões sonoros ao deslizarem sobre seu capacete. O cheiro de terra molhada subia-lhe até às narinas, à medida que Scotty ia arrancando nacos de grama úmida com os cascos, espalhando-os pelo chão como coágulos.

Por baixo do uniforme molhado de suor, Tony sentiu a cicatriz enrugada em seu peito começando a ficar quente como a brasa de um fogo já quase extinto.

Mas lá no fundo era frio o que sentia. A distância entre ele e o rapaz de pés alados que perseguia ficava cada vez mais curta, mas o camarada ainda estava a uns bons trinta metros de distância.

Observando o ladrão se enfiar no meio da fila de corredores e ciclistas que turbilhonavam East Drive, Tony rezou: *Meu Jesus, não me deixe perdê-lo.*

Sem mais nem menos, o idiota virou-se para trás com a arma apontada para Scotty... e, antes que Tony pudesse mirá-lo, ouviu o disparo do revólver. A bala arrancou um naco da árvore à sua direita e, espalhando cascas para todos os lados, como uma metralhadora potente, provocou uma onda de gritos de pavor conforme os transeuntes se dispersavam em busca de abrigo.

Tony sentiu o coração parar por um momento, então relaxou um pouco e, ainda ofegante, desabafou:

— Seu bandido de merda.

Scotty, agitando a cabeça, assustado, derrapou, quase chegando a tropeçar. A seguir, equilibrou-se novamente e retomou o ritmo, voando pelo caminho num tropel abafado e fazendo com que Tony pensasse, pelo calor que lhe subia pelas pernas, que suas ferraduras com garra de bório saltavam faíscas em atrito com o chão. A todo o galope, chegou à faixa gramada do outro lado, lançando-se por sobre um declive arborizado, de onde conseguiu avistar o brilho da água do lago logo abaixo... o ladrão estava indo exatamente para lá.

Assim que chegou ao Conservatory Water, deparou-se com várias pessoas sentadas nos bancos sob as sombras das árvores. No lago, uma regata de barquinhos de modelismo, que mais pareciam barcos de verdade, deslizava ociosamente, formando oitos na superfície prateada da água.

E, com o mesmo choque que lhe inspiraria a visão de um pivete pichando um quadro com um desenho obsceno, Tony viu o ladrão arruinar aquela paisagem bucólica com um salto acrobático que respingou água suja para todos os lados.

As pessoas sentadas nos bancos, sonolentas até então, começaram a gritar, a se esconder atrás das árvores, a correr para trás dos arbustos.

Num estado de alerta máximo, onde até mesmo os mínimos detalhes são importantes, Tony viu quando um picolé de uva foi jogado rapidamente para o lado e, como a cauda brilhante de um cometa roxo, sobrevoou o chão de pedras à sua direita; quando uma jovem de shorts listrados de amarelo tentou, aos soluços, soltar seu setter inglês da coleira amarrada no pé do banco, quando um pato selvagem passou voando numa impressionante explosão de penas.

Ao se aproximar do lago, Tony percebeu Scotty adotar um passo relutante, típico de um cavalo prestes a refugar.

— Nem pense nisso — resmungou, ofegante.

Com o sangue pulsando no rosto e no pescoço a cada batida dos cascos, Tony impeliu Scotty para dentro d'água com tanta força que, por um instante, parecia estar *levantando-o* com as próprias pernas

O lago não devia ter mais de um metro de profundidade, mas, no lombo de um cavalo, era como se andasse em areia movediça.

Um barquinho rodopiou à sua frente e encheu-se de água. Poucos centímetros adiante, o ladrão, com o moletom colado ao corpo e os cabelos oleosos balançando feito cordas, deu um safanão violento num barquinho altaneiro, que se despedaçou contra o pequeno aterro de pedra onde ficava o repuxo.

— Vai se foder, seu babaca! — berrou a criatura andrajosa e ensopada.

Com o instinto aguçado após anos patrulhando as ruas no lombo de um cavalo, Tony não demorou a esboçar uma reação, ao perceber que o garoto estava com a arma em punho. Batendo com os calcanhares nos flancos de Scotty e jogando o peso do corpo para trás, sentiu seu cavalo trêmulo e molhado, de quatrocentos e cinqüenta quilos, se empinar como uma onda gigantesca e formar uma rede fina de gotas d'água que pareciam pairar no espaço, girando como pequenos prismas de luzes coloridas.

Embora os gritos do rapaz tenham soado abafados aos ouvidos de Tony, como se vindos do fundo do mar, o estalo ruidoso dos ossos, à medida que Scotty avançava na direção daquela figura encolhida, pareceu-lhe tão claro e agudo quanto o barulho de gravetos secos se quebrando ao meio.

Na fração de segundo que levou para tomar fôlego e sacar a arma, Tony já estava saltando do cavalo e espalhando água em direção ao meliante, que, ainda consciente e curvado como um caranguejo, protegia o braço, desconjuntado, como se houvesse sido arrancado e reposto de qualquer jeito. O sangue que lhe escorria de um talho na testa floresceu como uma repugnante rosa vermelha na superfície espumosa do lago.

Tomado de ódio, o rapaz fulminou o sargento com os olhos negros, parecendo atingi-lo da mesma forma que a cusparada cheia de água suja lhe atingiu o pescoço. Baixando os olhos, Tony viu a arma que quase lhe estraçalhara as entranhas tremeluzindo no leito turvo, perto das suas botas.

— Parece que você resolveu brincar com o cara errado — disse-lhe, olhando orgulhoso para Scotty, que festejava a vitória tomando um bocado de água.

O ladrão gritou ao ser algemado.

Decorridos alguns minutos, Doherty, corado e sem fôlego, juntou-se a ele acompanhado de um reforço de meia dúzia de patrulheiros e uma ambulância. Vão cuidar dele no Hospital Bellevue, pensou. E depois que lhe enfiarem um gesso no braço, cuidarão, melhor ainda, na delegacia.

Após deixar Scotty na estrebaria, Tony passou o resto da tarde esperando o bandido sair do hospital, para, em seguida, levá-lo à delegacia, fichá-lo e registrar queixa. Quando voltou ao quartel e se preparou para ir embora, já eram quase nove e meia; ainda levaria uma hora e quinze minutos de carro até chegar em casa. Nem mesmo o acúmulo das horas extras, das quais poderia usufruir depois, foi capaz de melhorar o seu humor.

Quando estacionou o carro na frente de casa, uma casinha branca, modesta, numa rua tranqüila em Brewster — a cento e trinta quilômetros ao norte da cidade, no pacato Condado de Putnam —, ele estava tão cansado que tudo o que teve forças para fazer foi esquentar uma lata de sopa e cair na cama.

Quando o despertador tocou, às cinco da manhã, Tony, com a língua saburrosa e os olhos arranhando como se esfregados com lixa, podia jurar não ter dormido mais do que dez minutos. Então se levantou e, com uma caneca de café entre os joelhos, pegou a estrada novamente, rumo ao sul, para chegar a tempo da chamada das sete e meia.

Enquanto dirigia, com a cabeça pesada de tanto sono, como se estivesse de ressaca, um único e claro pensamento abriu caminho em sua mente: *Skyler... vou vê-la hoje.*

Era domingo, dia em que as pessoas normais iam à igreja, liam o jornal, jogavam golfe, telefonavam para os amigos e parentes. Tony não se lembrava da última vez que tirara um domingo de folga. Normalmente, não se importava com o seu horário maluco, mas, com a temperatura caminhando para a casa dos trinta e tantos graus, a *última* coisa que precisava, no final desta excursão especial de domingo, era da comoção que a visita de Skyler, inevitavelmente, iria provocar.

Skyler Sutton. Minha nossa! Até mesmo seu nome sugeria riqueza! Adotada ou não, sustentando tal sobrenome, precisaria ir muito mais longe do que o Museu dos Imigrantes de Ellis Island para encontrar seus ancestrais. *Só o que deve gastar em roupas por ano já me deixaria endividado pelo resto da vida. Ainda estou pagando os cartões de crédito da Paula!* Se bem que, pensou, muito provavelmente, qualquer um que se casasse com a Srta. Skyler Sutton levaria uma vida tranqüila, pois iria usufruir do patrimônio familiar intimamente relacionado a ela.

Tony achou melhor parar de pensar no assunto. O que *ele* tinha a ver com isso? Certamente, não era o tipo de homem que ela levaria a sério. E, no pé em que estavam as coisas, tinha mais a fazer do que ficar por aí, tentando se encaixar num mundo ao qual não pertencia e *não queria* pertencer.

Mesmo assim, só o fato de se lembrar de como ela se sentira em seus braços já o deixava excitado. Aquela beleza fria e suave, não tão fria quanto aparentava, aquela risada maliciosa, em perfeito contraste com todo o resto. Nossa... fora muito bom... a melhor de sua vida. Mas o que estava esperando? Um compromisso para o resto da vida? Para ela, aquilo não passara de uma transa sobre o feno, como a de Lady Chatterley e seu guarda-caça. Para ele, um brinde de champanhe após um longo período de abstinência sexual, ao qual se submetera desde o divórcio.

Dane-se ela, pensou. E então, uma vozinha irritante, bem lá do fundo, fez-se ouvir: *Você já disse isso, lembra? O problema é que você quer se encontrar com ela de novo.*

Com muita força de vontade, Tony conseguiu passar a manhã, e boa parte da tarde, sem deixar transparecer para os oficiais sob seu comando que tinha outros planos na cabeça, além de chegar em casa, abrir uma cerveja gelada e sentar-se numa poltrona confortável, em frente à TV. Mas, ao final de um longo e suado expediente — tinha patrulhado a Times Square, um verdadeiro inferno nesta época do ano —, o mero esforço de subir as escadas até o gabinete da tropa, em cima da estrebaria, deixou-o sem fôlego e aborrecido por não ter se lembrado de tomar um Advil para aliviar a dor nas costas que ainda o afligia.

Olhou para o relógio de pulso, um Swiss Army equipado com bússola e pulseira grossa de couro. Eram três e quinze. Skyler e a amiga chegariam em quinze minutos. Merda. Precisava disso da mesma forma que precisara de Paula e todos os seus sonhos de grandeza.

Ao mesmo tempo, Tony sentiu uma onda traiçoeira de calor chegando até a virilha, e ficou excitado. Para se controlar, visualizou-se tomando uma ducha de água bem fria, para, então, poder cruzar a porta de ferro no alto da escada.

O segundo andar era dividido em duas partes — uma sala enorme, do tamanho de um ginásio, de frente para a rua, onde ficava o quartel de toda a unidade montada, assim como os gabinetes do subinspetor e do tenente, e o gabinete da tropa B, na parte de trás, que era da metade do tamanho da outra sala, não tinha janelas e dava para os vestiários masculino e feminino, de onde Tony ouvia agora os doze oficiais recém-chegados do turno das sete às quatro da tarde caminhando de um lado para outro, gritando debaixo do chuveiro e batendo as portas dos armários.

Na sala de Estado — composta por uma escrivaninha e um arquivo de aço que, num ambiente menos utilitário, a caracterizariam como uma recepção —, o sargento-recepcionista, Bill Devlin, o cumprimentou com tanta simpatia que Tony até estranhou.

— E aí, Salvatore, ouvi dizer que você deu um mergulho outro dia. Garanto que o elemento não vai querer dar as caras se você o convidou para uma festinha na beira da piscina. — Grandalhão, a dois anos da aposentadoria e com mais histórias para contar sobre a tropa B do que qualquer outra pessoa, Devlin riu da própria piadinha.

— É, só que ele vai ficar em cana por algum tempo — respondeu Tony ao gracejo do outro enquanto assinava o ponto e ia para o vestiário.

Hora de tomar um banho rápido e trocar de roupa, antes de Skyler chegar. Só porque não ia fazer amor com ela isso não queria dizer que deveria recebê-la fedendo como se tivesse passado um mês na Penitenciária de Rikers Island.

Com uma calça jeans desbotada e uma camiseta da Guarda Montada com a inscrição "A Última Cavalaria Ligeira", Tony estava na baia de Scotty, fazendo-lhe uma massagem rápida com a toalha — que o cavalo adorava mais até do que um torrão de açúcar — quando Skyler apareceu.

— Tem alguém aí? — Tony a ouviu chamar.

Só o som da sua voz já era capaz de deixá-lo inebriado. E a visão dela, então, do outro lado do portão de ferro que separava a estrebaria da calçada, era ainda mais intoxicante. Ela estava com calças compridas brancas de algodão franzidas no cós por um cordão e uma blusa azul solta e fininha, parecendo esvoaçar, da mesma cor dos seus olhos. Tinha os cabelos dourados presos num rabo-de-cavalo e não usava nenhuma jóia, exceto um relógio de pulso com uma pulseira de couro liso. Embora tomado de desejo, Tony ficou impressionado com a visão de como ela estava abatida... com uns olhos fundos que levavam a suspeitar de algo mais sério do que uma ou duas noites de sono perdidas. Estaria doente? Seria esta a razão de não ter querido vê-lo antes?

De repente, sentiu-se envergonhado por tê-la julgado com tanto rigor. Mais do que isso, foi tomado por uma nova onda de ternura em relação a ela, pelo ímpeto de pegá-la nos braços e fazer de tudo para que se sentisse melhor.

Calma, cara, pensou. *Independente do que for, ela não precisa de você para ajudar. Ela tem um noivo rico para fazer isso por ela.*

— Eu estenderia o tapete vermelho, mas o único tapete que temos aqui é esse que você está pisando. — Lançou um olhar irônico para o feno espalhado na calçada onde ela estava.

Skyler sorriu.

— Não se preocupe, a Mickey e eu já estamos acostumadas.

Tony olhou para a jovem de cabelos escuros e olhos de cigana logo atrás de Skyler, dando a mão a uma criança de cada lado. As crianças eram tão parecidas que só poderiam ser irmãs. Eram miúdas e magrinhas e estavam bronzeadas como balas de caramelo. Encabuladas, ficaram em fila assim que o sargento abriu o portão para entrarem.

Tony abaixou-se para ficar da altura do garoto.

— A sua amiga me disse que você quer ser policial quando crescer — disse, como quem conversa com um velho amigo, repetindo tudo o que Skyler lhe dissera pelo telefone.

O garoto concordou com os olhos arregalados.

— Bem, então é melhor eu te mostrar o que te espera. — Estendeu o braço e cumprimentou-o com um aperto de mão. — Meu nome é Tony. Qual é o seu?

— Derek — respondeu baixinho.

— Não temos nenhum Derek na unidade; portanto, acho que poderíamos aproveitar você aqui — observou solenemente, sendo recompensado pelo rosto iluminado do garoto, brilhando como a árvore de Natal do Rockefeller Center.

Levantando-se com um estalo nos joelhos, Tony virou-se para cumprimentar a bela amiga morena de Skyler e sorrir para a garotinha que o espiava, tímida, atrás das pernas da tia.

— São lindas crianças — disse-lhe. — Você sempre toma conta delas?

— Não com a freqüência que eu gostaria. São filhos do meu irmão, e o John e eu não combinamos muito — respondeu ela e estendeu a mão para cumprimentá-lo. — Bem, sou a Mickey, e nós seremos velhos amigos, quer a gente se veja outra vez ou não. E pode acreditar no que vou dizer: o Derek vai ficar falando de você pelos próximos dez anos. O John nunca vai me perdoar por isso. — Sem um pingo de arrependimento, abriu um sorriso que, de tão brilhante, chegava a ofuscar em contraste com a pele morena.

Tony passou os quarenta e cinco minutos seguintes mostrando o lugar a eles. A reação das crianças, que passaram da curiosidade tímida à algazarra eufórica, fez com que nem sequer se lembrasse da cerveja gelada esperando por ele na geladeira de casa.

A garotinha, em especial, foi logo no seu ponto fraco. Quando ele a levantou para ter uma visão melhor do cavalo de Doherty, Commissioner — um capão negro de mais de um metro e setenta, com uma cicatriz que lhe corria de ponta a ponta do focinho e dava-lhe uma aparência de líder de gangue —, ela, sem medo algum, abraçou o pescoço do animal e encostou o rosto no dele. Impressionado, Tony podia jurar que o cavalo piscara o olho por baixo dos cachos escuros da menina.

Derek, ocupado enchendo as mãos de forragem e alimentando os vinte e cinco cavalos da estrebaria, fez com que Tony se lembrasse do próprio sobrinho, Petey, que nunca se cansava de brincar com as ferraduras no jardim da casa do tio Tony. Crianças. Elas são demais. Tony imaginou, melancólico, como seria sua vida, hoje, se aquele atraso na menstruação de Paula, que tanto os apavorara quando recém-casados, não tivesse sido apenas um alarme falso.

Tomou cuidado para não olhar para Skyler, pois não queria que ela lesse seus pensamentos. Que ela continuasse acreditando, como certamente acreditava, que ele não passava de um policial grosseirão, com uma queda por mulheres bonitas. Nenhum dos dois precisava estragar a ilusão com uma dose de realidade... como, por exemplo, a dele, de querer mais da vida do que uma parceira sexual para de vez em quando...

Então é isso? Bem, sendo assim, você não passa de um pobre cão uivando para a lua, Salvatore.

Quando o balde de forragem chegou ao fim e todo mundo já havia acariciado e admirado os cavalos, Tony conduziu as visitas para o andar de cima. No gabinete, passaram pelas vitrines onde ficavam as lembranças da Guarda Montada, desde o dorso de um cavalo em gesso até as fotos de regimentos antigos. Havia até mesmo uma foto de Michael Jackson posando ao lado de um guarda.

— Você atira nas pessoas? — perguntou Derek, admirado.

Tony pensou no pequeno incidente do dia anterior e respondeu:

— Só em último caso.

Havia uma lista completa de coisas que ele tentava evitar sempre que possível, como se embebedar na véspera do turno das sete às quatro, visitar ou telefonar para a mãe quando estava deprimido e deixar-se envolver com qualquer mulher que não o aceitasse do jeito como era, com as botas sujas de lama e coisas do gênero.

Arriscou uma olhada para Skyler, que parecia um pouco melhor do que quando chegara. Seu rosto estava ligeiramente mais corado e as olheiras tinham se suavizado um pouco. Quando ela ficou de costas para a vitrine iluminada, ele teve um vislumbre dos seus seios através da blusa fininha e ficou tomado por um desejo quase doloroso. Droga! Por que tinha de ser tão gostosa assim? O que tinha ela de tão especial? Por que o simples fato de estarem na mesma sala já o deixava maluco?

Neste instante, o pesadão Duff Doherty, rosado e reluzente após o banho, saiu do vestiário e acenou, ligeiramente envergonhado, para o sargento.

Tony, sabendo que o colega ainda se sentia culpado por não tê-lo ajudado a capturar o bandido no dia anterior, aproveitou a deixa e, agarrando-o pelo braço, levou-o para um canto, onde perguntou baixinho:

— Escuta, você se importaria de levar os meus amigos para conhecer a sala de arreamento? Preciso dar uma palavrinha com aquela moça ali. — Gesticulou em direção a Skyler.

Doherty deu-lhe uma piscadela cúmplice.

— Claro, sargento.

Tony não se preocupou em dizer-lhe que Skyler não era sua namorada. Deixou-o pensar o que quisesse. Os tiras casados (aqueles que não viviam por aí traindo as esposas) lavavam a alma imaginando que homens como ele saíam com uma mulher diferente todas as noites. Não que ele não saísse com garotas. Na verdade, tinha um encontro, no próximo sábado, com uma garota, Jennifer, que conhecera por intermédio de um amigo. Ela era dona de uma butique, e um pedaço de mulher.

O problema era que, agora, olhando para Skyler, ele não sabia mais se os olhos de Jennifer eram castanhos ou azuis, se seus cabelos eram curtos ou na altura dos ombros... ou se ela também tinha aquele cacoete adorável de passar a língua por entre os lábios, como Skyler fazia agora.

Quando ficaram sozinhos no gabinete, miraculosamente vazio naquele momento, e seus olhos se encontraram — os dela tomados por uma emoção indecifrável —, Tony sentiu um nó no estômago, como se uma mão invisível estivesse apertando suas entranhas. Aquela sensação era mais do que excitação sexual. Mais do que tinha direito de ser, uma vez que eles não passavam de dois perfeitos estranhos.

— Você foi ótimo com as crianças — disse-lhe ela. — Não sei como agradecer.

— Foi um prazer. São crianças maravilhosas.

— Parece que você tem prática.

— Quando a gente tem seis irmãos, aprende cedo, pode acreditar. — Vendo-a levantar os cantos da boca num sorriso tenso, Tony sentiu-se desproporcionalmente satisfeito. Ao mesmo tempo, teve mais certeza ainda de que alguma coisa a estava preocupando. Esticando o pescoço, arriscou: — Escute, Skyler... você está bem? Vai me desculpar por dizer isso, mas você parece péssima.

— Não precisa me bajular. — Ela forçou um sorriso, fechando a cara de repente, como se uma persiana tivesse sido abaixada sobre seu rosto.

— Ei, você não está doente ou qualquer coisa parecida, está? — Doente não seria a palavra certa, ela estava parecendo mais um zumbi.

— Estou bem. Mesmo assim, obrigada por perguntar — respondeu ela gentilmente, mas distante, e com um toque de frieza.

Por mais que sua intuição lhe dissesse para dar o assunto por encerrado, algo em si não lhe permitia fazê-lo. Diabo, que diferença fazia para ele se ela havia dormido tarde várias noites seguidas? Ou se tivera uma briga com o namorado — o que ele tinha a ver com isso? Ainda assim...

Um grupo de três oficiais chegando para o turno das quatro à meia-noite entrou de repente no gabinete, discutindo alto sobre os resultados de um jogo de beisebol, enquanto se dirigiam para a sala de arreamento.

Tony tocou no braço de Skyler.

— Vem cá... esqueci de te mostrar uma coisa.

A sala de ferragem ficava no térreo, do outro lado do muro leste, atrás da fileira de baias. Estava vazia, exatamente como Tony esperava que estivesse; o ferreiro da unidade estava vistoriando as tropas e não voltaria até a semana seguinte. Assim que o sargento levou Skyler para dentro da sala fria e sombria, parando ao lado de um cepo de árvore encimado por uma bigorna, como se fosse uma relíquia de outra era, sentiu o leve cheiro de queimado dos cascos e do ferro quente já esfriado há bastante tempo. Havia várias ferramentas penduradas na parede e um avental de couro enegrecido pendurado num cabide perto da forja. Podiam ouvir o murmúrio das vozes de Mickey e das crianças, do outro lado da estrebaria. Doherty tinha muito jeito com crianças e ia hipnotizá-las com suas histórias de guerra.

Tony dirigiu-se a Skyler, com uma expressão séria.

— Ouve só, se você está com algum problema, pode me falar. Eu gostaria de pensar que — pigarreou — ainda somos amigos, certo? Quer dizer, que o que aconteceu... não precisa acontecer de novo, se é isso que está preocupando você.

Skyler corou, fazendo com que ele se lembrasse do que já sabia, que embaixo daquela camada de gelo havia calor suficiente para queimar o couro de qualquer homem que ela permitisse se aproximar.

— Qualquer que seja o motivo, não tem nada a ver com você — disse-lhe, sem ser bruta.

— Claro — respondeu ele suavemente. — Assim como noventa e nove por cento do que acontece nesta cidade.

— Minha vida não é problema *seu*. — Tony pôde ver que as pontas daquela máscara de gentileza que Skyler usara até então estavam começando a se desprender. De repente, a máscara caiu por completo, e seus olhos azuis se encheram de lágrimas. — Desculpe... é que... tive uma semana horrível. Sei que você está tentando ser gentil, mas é verdade, não há motivo para se envolver nisso. Você só preferiria não ter... — parou de repente, quando Joyce Hubbard, uma das oficiais, enfiou a cabeça pela porta entreaberta.

— Olá, sargento — cumprimentou-o. Ela estava com as pernas à mostra e o cabelo avermelhado solto por cima dos ombros. — Ouvi dizer que o senhor bombou, hein? Parabéns! — Deu com os olhos em Skyler, e Tony percebeu uma interrogação por trás dos lábios sorridentes. Sabia que Joyce tinha uma quedinha por ele. E, para ser honesto, até que toparia, mas...

Mas o quê, seu idiota? O que você está esperando? A Joyce joga no seu time e já deixou bem claro que está a fim. Do que mais você precisa? De convite impresso?

— O que aconteceu? — perguntou Skyler, depois de Joyce ir embora.

— Nada demais, prendi um camarada no parque um dia desses. Qualquer dia eu te conto. Não agora. Você está precisando mais é de boas notícias. Disso e de um amigo.

— Um *amigo*... ah, meu Deus. Minha mãe costumava falar assim, nos seus tempos de ginásio. — Deu uma risada alta e aguda, que beirava a histeria.

De repente, Tony percebeu que *não devia* tê-la pressionado tanto. Observou-a se apoiar na parede, com os braços cruzados sobre o estômago, como se segurasse um pano mal costurado, prestes a se rasgar em dois.

— Desculpe, não entendi. — Tony sacudiu a cabeça.

— Ah, droga. Eu é que peço desculpas... esqueça tudo o que eu disse. — Skyler respirou fundo, numa tentativa insegura de recuperar o controle.

Foi quando Tony caiu em si e lembrou-se da voz irritante da ex-esposa ao anunciar que sua menstruação finalmente viera. *"Ela veio, portanto, parece que você não vai ser papai!"*

O chão que o suportara com tanta firmeza até o momento abria-se, agora, sob os seus pés.

— Você não quer dizer que... — Baixou o tom de voz: — É do seu namorado, não é?

Skyler olhou para outro lado.

— Olhe, esqueça, preciso ir agora. A Mickey vai pensar que você me prendeu ou sei lá o quê. — Deu um sorriso rápido e brilhante, capaz de enganar o juiz de um concurso de miss, mas não a ele.

Segurando-a pelo braço quando ela já passava por ele, perguntou:

— Você tem razão com relação a uma coisa... agora não é mesmo uma boa hora para conversar. A gente pode se encontrar mais tarde?

— Vou passar o resto da tarde com a Mickey e as crianças.

— E depois?

— Vou estar ocupada. — Skyler hesitou, e então acrescentou: — Além do mais, não vejo razão para nos encontrarmos.

Tony sentiu o sangue subir pelas veias e arrebentar como uma onda dentro do seu crânio. Caramba, ela *não via* razão? Tinha acabado de levar o maior fora. Por que simplesmente não aceitava?

Mas e se fosse *ele* o pai? Não poderia, simplesmente, deixá-la ir embora.

O que você tem a ver com isso? Foi só uma transa, ninguém saiu ferido.

Tony lembrou-se do pai, dos seus olhos vermelhos, lacrimejantes, e da teia de vasinhos rompidos que lhe cobria o rosto, parecendo o mapa do inferno ao qual ele submetia toda a família. Lembrou-se da noite em que quase teve de arrastá-lo à força para fora de um bar, para levá-lo para casa. Tinha doze anos, na época. Daquele dia em diante, jurou para si mesmo que jamais seria como ele.

Melhor seria não ser pai.

De qualquer forma, por que estava tão preocupado? Talvez ela não estivesse grávida coisa nenhuma. Talvez sua menstruação apenas estivesse um pouco atrasada...

Seja como for, compadre, você não vai sair para comprar charutos...

Talvez não, pensou, mas o rosto que via todas as manhãs no armário do banheiro não era um rosto do qual já tivesse se envergonhado, e queria que continuasse a ser sempre assim.

Olhando para Skyler com a mesma intensidade com que cerrara o punho forte sobre o peito, respondeu calmamente:

— Quase morri ontem. Também não teria havido razão para isso.

Encontraram-se no Central Park, mais ou menos uma hora antes do pôr-do-sol. Skyler estava esperando por ele ao lado da entrada vistosa do Centro dos Visitantes, e, a partir dali, foram caminhando até o carrossel, onde tiveram a sorte de encontrar um banco para sentar. O lugar estava lotado de crianças, mães, babás... o que pareceu irônico aos olhos de Tony, em virtude do assunto que estavam discutindo.

— Você tem certeza? — perguntou ele, após um momento de silêncio.

Skyler apertou os olhos, como se tentando focalizá-lo melhor, como alguém que sai de um quarto escuro e se expõe à luz do sol.

— Claro que tenho certeza — respondeu numa voz que parecia dizer *"Você acha que eu ia te envolver nessa, se não tivesse certeza?"*. — Fiz um desses testes caseiros. Na verdade, fiz três diferentes. O balconista da farmácia deve ter pensado que eu trabalho numa clínica. — Deu uma risada inexpressiva e continuou: — Estou me sentindo tão idiota. Juro que não sei como isso foi acontecer.

— Nem eu — respondeu ele com uma tranquilidade que contrastava com as batidas descompassadas do seu coração.

— Ah, não se preocupe, não vou perturbar você com essa história — rebateu ela, obviamente interpretando mal seu tom de voz. — Posso muito bem me virar sozinha.

Apesar da independência feroz, Skyler parecia estranhamente vulnerável naquele momento. Então passou pela cabeça de Tony que aquela jovem tão confiante, que resgatara seu cavalo e o levara para a cama naquela mesma tarde, não era, afinal de contas, a Diana da mitologia romana, mas alguém de carne e osso.

Tony sentiu-se tomado de compaixão... e algo mais. Algo que o fez lembrar-se daquela canção de Frank Sinatra: *"É essa velha lua matreira em seus olhos..."*

Só que a lua matreira não estava nos olhos dela, mas em algum lugar embaixo do seu umbigo. Olhando para Skyler, sentada ereta no banco, com os cabelos roçando no rosto, por causa da brisa, e os dedos se enroscando nervosamente sobre as coxas, Tony pensou que nunca quisera tanto algo na vida quanto tomar aquela mulher em seus braços.

— Não se trata de você poder se virar sozinha ou não — disse ele, escolhendo com cuidado as palavras. — Só preciso saber o que tenho pela frente.

— Eu não sei — respondeu ela, recostando-se no banco, com o olhar perdido no carrossel que girava com seus painéis espelhados, refletindo uma luz fria e metálica e tocando sua alegre melodia de caixa de música, num estranho contraponto com o clima tenso da conversa que levavam.

Um ambulante que vendia de tudo, desde pipoca até sorvete, atraiu um grupo de adolescentes, vários deles casais abraçados, e Tony pensou que, apesar das coisas que haviam feito no sofá do apartamento do pai dela, eles eram praticamente estranhos. Não obstante, aquela estranha adorável, de alguma forma, tinha-o impressionado muitíssimo.

— Ainda não consigo acreditar — disse ela. — Acho que, de alguma forma, isso vai... passar. Como um sonho ruim.

— A minha irmã Trudi disse a mesma coisa quando descobriu que estava grávida do filho caçula. Já com quatro filhos, a última coisa no mundo que ela precisava era de mais uma criança. — Sorriu, entortando a boca. — Mas sabe de uma coisa? Ele acabou sendo o melhor de toda a prole. É coroinha na Igreja de St. Stephen... mas é um capetinha também.

— Você está sugerindo que eu tenha este filho? — Skyler apertou os olhos.

Tony se sentiu afrontado. Pensou na estrebaria perto da sua casa em Brewster, onde criavam puros-sangues árabes. Uma das éguas fugira e voltara prenhe de um pangaré. O dono da égua, balançando a cabeça ao dividir sua aflição com Tony, parecera, naquela época, exatamente como Skyler agora.

— Não estou sugerindo nada — disse-lhe. — Meu Jesus, quem sou eu para dar palpite? Não sei nem o que dizer sobre o casamento, que dirá sobre filhos!

Observou Skyler acompanhar a sombra achatada de uma bicicleta com os olhos.

— O que eu sei é que não quero me casar agora — disse ela, com toda a naturalidade.

— E você também pensa assim com relação a um filho? — perguntou ele, cauteloso.

Um sorriso triste, e ao mesmo tempo doce, brotou em seus lábios. Skyler soprou os cabelos grudados no rosto.

— Fico pensando naqueles contos de fadas em que uma garota comum recebe poderes temporários ou qualquer outro tipo de encanto. É maravilhoso... mas, ao mesmo tempo, horrível. Porque agora ela tem uma responsabilidade enorme. — Fez uma pausa. — Talvez isso tenha alguma coisa a ver com o fato de eu ser adotada. Eu me sinto como se tivesse recebido um presente extraordinário por motivos que estão além do meu entendimento, e preciso descobrir o que fazer com ele.

Para Tony, essa era uma questão muito mais pessoal do que cósmica. Esta conversa, a possibilidade de ser pai, realizada ou não, estava surtindo um efeito tão bizarro que ele custou a perceber o que realmente sentia: perda. E assim que se deu conta, recostou-se no banco, estupefato. *Essa mulher que eu mal conheço está carregando um filho meu e não tem a menor intenção de me incluir em nenhum dos planos que está fazendo para ele.*

Lembrou-se, então, de como tinha ficado animado com a possibilidade de Paula estar grávida... e como fora preciso esconder sua ansiedade, sabendo que ela não compartilhava do seu entusiasmo.

— Me fale assim que você tomar alguma decisão. — Não fez questão de esconder a irritação na voz.

— Se você prefere assim. — Ela franziu as sobrancelhas, bem mais escuras que os cabelos. — O engraçado é que eu sei que o aborto seria a decisão mais lógica. Mas, quando penso nisso, fico arrasada. Não sei por quê. Não sei mesmo. Não sou religiosa ou coisa que o valha. E acho que toda mulher tem o direito de escolher o que é melhor para si. Talvez seja porque... quer dizer, de certa forma, não foi isso que a minha mãe fez comigo? Como se eu fosse um estorvo... algo de que ela queria se livrar logo. — Franziu ainda mais as sobrancelhas e seus olhos se encheram de lágrimas.

— Isso quer dizer que você imagina essa criança vivendo com os pais, sendo batizada, todas essas coisas? — perguntou devagar, com cautela.

Skyler piscou os olhos e encarou-o.

— Não sei o que quero dizer. Estou confusa, e não devo estar dizendo coisa com coisa. E você também não estaria aqui, agora, se eu tivesse pensado duas vezes antes de abrir a minha boca. — Analisou a expressão no rosto de Tony e disse: — Desculpe, é que não vejo razão para despejar tudo isso em cima de você. Quer dizer, nós mal nos conhecemos.

— Fica tranqüila. Eu não vou te pedir em casamento — disse-lhe, um tanto ríspido. Ao mesmo tempo, não parava de pensar: *Por que essa mulher? Por que não com qualquer outra que eu pudesse ter pedido em casamento?*

Skyler levantou-se, e ele percebeu que estava um pouco trêmula. Ao levantar-se também, Tony conteve o ímpeto de ampará-la.

— Bem — disse ela, limpando a garganta. — É melhor eu ir embora. — Deu-lhe um sorriso corajoso e artificial. — Olha, se isso serve de consolo, acho você um cara muito legal. Me desculpe por ter te metido nessa roubada.

Tony segurou-a pelo braço. Não sabia por que agira assim. Instinto, talvez. Como o garotinho que podia ver no carrossel agora, esticando-se sobre o cavalo de madeira para alcançar a argola de metal, sem a menor chance de êxito. Não estava preparado para o toque daquela pele aquecida pelo sol em contato com os seus dedos, nem a forma como se sentia dilacerado por dentro, como um incêndio se alastrando por uma favela. Tampouco estava preparado para o jeito de Skyler olhar para ele, desafiador e, ao mesmo tempo, estranhamente suplicante.

— Liga para mim — disse ele, de forma imperativa.

Com uma expressão séria, Skyler assentiu devagar com a cabeça.

Tony ouviu um gritinho frustrado e deu uma olhada no carrossel que parava agora; o garotinho estava chorando porque não tinha conseguido alcançar a argola. Quando olhou para trás, Skyler estava andando, determinada, pelo caminho arborizado que serpenteava em direção ao Central Park West, seus cabelos loiros tremeluzindo sob as árvores, como uma moeda no fundo de um poço dos desejos.

Nada nela dava a menor impressão de estar aberta a um relacionamento. Mas sua indisponibilidade fazia apenas com que ele a quisesse mais... e não só na cama. Aos poucos, Tony se deu conta de que, por mais improvável que pudesse ser — não, por mais *delirante* —, ele parecia apaixonado.

E isso não acontecia há muito tempo. Até mesmo no início do relacionamento com Paula, quando tudo ia bem entre eles, não sentira nada que se assemelhasse àquela emoção — o sangue correndo quente e frio, uma excitação física incessante e o medo de que tudo aquilo fosse apenas o início de algo muito maior pela frente.

Ele era um tira. Estava acostumado a todos os tipos de emergências e perigos, mas, pela primeira vez em muito tempo, sentia-se sem chão e a milhas de qualquer coisa que se assemelhasse à terra firme.

Skyler tiritou de frio e abraçou-se. Devia estar fazendo quase trinta graus, mas parecia estar andando sob uma cachoeira gelada, que rugia em seus ouvidos, puxando-a para baixo. *Meu Deus, por que fui contar para ele?*

Se pelo menos o bebê fosse de Prescott.

Mas, se Prescott fosse o pai da criança, você não estaria andando por aí agora, estaria pensando nos preparativos para o casamento. Será que isso seria mesmo melhor? Você já não está cansada dessa vida?

Assim, pelo menos, qualquer que fosse sua decisão, ela seria *sua*.

E quanto ao Tony, ele não tem direito de opinar?

Skyler deu uma olhada por cima do ombro e teve uma vaga visão dele, em pé no meio do caminho, observando-a com os polegares pendurados nos bolsos da calça jeans. Com olhos negros, lábios carnudos, camiseta justa realçando os músculos bem definidos e botas gastas na altura dos dedões, ele se parecia muito com o tipo de homem de que sua mãe, certamente, a aconselharia a manter a devida distância.

Mesmo assim, sentiu uma emoção curiosa com relação àquele tira. Uma emoção que tinha mais a ver com o que sentia por ele do que com o que a mãe desejaria ou não para ela. Não sabia explicar. A atração que aquele homem exercia sobre ela era inegável, tão poderosa que quase chegava a ser celestial, como a influência da lua sobre as marés. Quando estava sentada no banco, achou que morreria de tanta vontade de que ele a abraçasse.

O pai do meu filho. Explorou aquele pensamento surpreendente da mesma forma que o faria ao sentir um siso rasgando sua gengiva. Ainda não sentia dor, mas sabia que poderia vir a sentir, e muita.

Sentiu uma leveza repentina e curiosa dentro de si, como se seus órgãos vitais se afastassem para abrir espaço para o bebê crescendo dentro dela. *Um bebê.*

O pânico, como uma torrente gelada, percorreu-lhe o corpo.

Começou a suar frio, até se perceber encharcada de suor. Uma cólica repentina quase fez com que se dobrasse. Parou, escorando-se no tronco de uma árvore, as farpas do córtex entrando nas palmas das suas mãos.

Não preciso decidir agora, disse para si mesma, ao tomar o caminho que circundava o restaurante Tavern on the Green. *Ainda tenho uma ou duas semanas pela frente.* Seu coração, no entanto, continuava disparado.

Pensou naquelas previsões astrológicas idiotas dos jornais e imaginou como seria a sua: "Forças externas, além do seu controle, exigem muita cautela nas próximas semanas."

Virou para o Central Park Oeste, atravessando a rua no sinal. O apartamento do pai ficava a apenas um quarteirão dali e, de repente, um banho frio e roupas fresquinhas pareciam a solução para todos os seus problemas — pelo menos por ora.

Quando entrou no elevador, lembrou-se da última vez em que fora àquele apartamento: o dia em que estivera com Tony.

Meu Deus, se ela pudesse imaginar.

Fechou os olhos, recostando-se na parede de nogueira do elevador, quando então a imagem de Tony aflorou-lhe à mente. Tony. Imóvel no parque, parcialmente sob a sombra, com o olhar parado, um raio de sol riscando-lhe o braço onde tatuara um coração cercado por uma guirlanda de folhas. Um guarda que jurara proteger todos os cidadãos contra o mal e que não podia fazer nada para protegê-la, agora, do sentimento de terror que a dominava.

O que vou fazer? Seria muito egoísmo sequer fingir que posso criar uma criança sozinha.

Pensou então nos pais, em como isso os afetaria. Quando o choque da gravidez passasse, logo se acostumariam com a idéia. Especialmente o pai, que sempre implicava com ela, dizendo o quanto estava ansioso para ser avô. A mãe seria menos veemente... mas Skyler já podia imaginar a súplica silenciosa em seus olhos, difícil de suportar.

Mamãe. Ah, meu Deus.

Como vou falar para ela que não vou ficar com o bebê?

Skyler queria morrer... assim não teria de enfrentar o olhar suplicante da mãe, o coração sofrido por não ter podido encher a casa de crianças, como sempre sonhara. O pior de tudo seria ver aquela mulher, que nunca ferira uma única alma em toda a sua vida, prestes a ser ferida por quem mais amava e confiava no mundo.

Capítulo Sete

— Kate, você quer que eu ligue para Nova Orleans e veja o que está atrasando aquele embarque?

Kate, ajoelhada ao lado da penteadeira vitoriana que arrematara no dia anterior, no leilão em Rhinebeck, tentou prestar atenção ao que Miranda lhe dizia.

— Hã? Ah, sim. Não tem pressa. Faz... o quê? Uma semana. Um espelho frágil daqueles leva um dia inteiro só para empacotar.

Tirou a gaveta do lugar e, passando o polegar ao longo dos entalhes, examinou-a em busca de sinais de reparos recentes. Por fim, olhou para Miranda, que, sentada à escrivaninha eduardiana com espaço para duas pessoas, do outro lado da loja acolhedoramente atravancada, separava a papelada amontoada em cima de um blotter de couro.

Da posição em que estava, Kate podia conversar com Miranda enquanto trabalhava no quartinho dos fundos, fazendo o que mais gostava de fazer: lixar, tingir e polir aqueles tesouros escondidos, dando-lhes vida nova ao fazê-los brilhar.

Miranda franziu a testa, numa mistura de preocupação e irritação.

— Kate! Faz mais de um *mês*. Você foi para Nova Orleans no final de junho. Foi quando arrematou aqueles brincos de brilhantes para dar de presente de formatura para Skyler, lembra?

Miranda era mesmo um anjo, sempre preocupada com os mínimos detalhes, pensou Kate. Era mais "mãe" do que gerente da loja, embora não parecesse nem uma coisa nem a outra. Alta e magra (do gênero "toda magreza é pouca"), tinha os cabelos castanho-avermelhados e brilhantes enrolados para dentro, na altura dos ombros, presos por uma faixa que combinava perfeitamente com suas roupas. Trajava uma calça de pregas cinza-amarronzada e uma blusa mostarda de tricô que combinava com um cardigã jogado por cima dos ombros.

Kate percebeu que ela também estava usando o alfinete vitoriano que lhe dera no seu aniversário de quarenta e nove anos, em abril, e ficou satisfeita de ver que ele não acabara jogado dentro de uma gaveta.

Por mais que a amiga gostasse de antiguidades, as duas estavam sempre em desacordo na hora de comprá-las. Miranda dava preferência a objetos de arte, artesanato e móveis de carvalho inspirados nas missões espanholas, enquanto Kate preferia móveis vitorianos e art nouveau. O resultado era uma loja abarrotada, com uma mistura eclética que de alguma forma funcionava e, talvez, servisse de razão para que ficasse aberta até mesmo durante o inverno, quando os turistas e veranistas de fim de semana já haviam voltado para a cidade.

— Nossa... faz tanto tempo assim? — Kate assoprou os cabelos colados na testa e sentou-se sobre os calcanhares.

— Francamente, Kate! — bronqueou Miranda. — Você está assim há uma semana, confundindo os números de telefone, trocando as faturas de lugar, esquecendo seus compromissos! A Sra. Teasdale esperou por você durante uma hora ontem, e eu *sei* que você marcou com ela às duas, porque ouvi. — Recostou-se no encosto de couro da cadeira giratória, analisando Kate com a perspicácia de quem já havia criado quatro filhos sozinha. — É a Skyler, não é? Você ainda está deprimida porque ela saiu de casa.

Kate botou, cuidadosamente, a gaveta no lugar e, levantando-se com o auxílio da bengala, sacudiu a poeira invisível da parte de trás da saia.

— Bem... é, de certa forma, sim — admitiu, mancando até a porta do ateliê. — É que foi assim tão de repente, só isso. Gostaria que ela tivesse nos preparado antes.

— Lembre-se de que a Anne tinha só dezoito anos quando foi morar com o namorado — salientou Miranda. — E se você lembrar bem, fiquei meses à beira de um ataque de nervos. Aliás, essa é uma época da minha vida de que não me recordo com muito carinho — acrescentou irônica. — Mas sabe que, no final, não foi nada tão horrível assim? Olhe só para a Anne agora, com três crianças lindas.

— Se eu achasse que, pelo menos, iria ganhar um netinho, creio que não ficaria chateada — brincou Kate, sem saber o quanto essa afirmação iria atormentá-la nas próximas semanas.

Miranda deu uma risadinha.

— A Skyler tem vinte e dois anos, mas uma cabeça de quarenta. Ela vai ficar bem. E não vai ficar na rua da amargura. Você não disse que a sua mãe deixou aquela casinha para ela? — argumentou Miranda.

— Ah, sim, mas não é este o problema.

— E qual é, então?

— É que...

Kate parou. Até onde poderia falar com Miranda? Eram amigas há mais de trinta anos, mas havia coisas que não se contava nem para as melhores amigas. Miranda tinha razão, em parte; Kate estava *mesmo* se sentindo um pouco de lado nas últimas semanas, desde que Skyler avisara, de repente, que iria se mudar para a cabana da avó.

Gipsy Trail ficava a apenas vinte minutos de carro de Northfield; Skyler ia e voltava da clínica veterinária para a escola de Duncan, onde estava treinando para o Hampton Classic, e ia todos os dias para casa. Ainda assim, parecia que a filha estava mais longe do que quando estudara em Princeton.

Mas isso era apenas parte da história. O que Kate achava ainda pior do que a súbita mudança de Skyler era *a razão* por trás disso. Certamente, ela havia percebido a atmosfera tensa na casa dos pais... aquela sensação de que algo muito grave estava para acontecer. Will quase não ficava mais em casa e, quando o fazia, estava sempre enfronhado em seus papéis ou ao telefone com clientes. Até mesmo o chalé em Cape Cod, para onde iam todo Primeiro de Maio, desde que Skyler era bebê, permanecera fechado este ano.

Que desperdício!, Kate pensou. Talvez até fosse para lá este ano, sem Will. Veria se Skyler poderia se ausentar por alguns dias.

No entanto, sabia que escapar não adiantaria nada. Não era isso o que sempre fazia?

Há meses que ela e o marido fingiam estar tudo bem. Se ele estava passando por problemas no trabalho, Kate achava que o mercado imobiliário não atravessava uma boa fase — o que podia acontecer de vez em quando —, ou que ele estava, apenas, precisando se esforçar um pouco mais para dar a volta por cima.

Mas Kate sabia, também, que havia algo por trás disso. E na semana anterior, suas suspeitas foram confirmadas. Enquanto falava ao telefone com o contador, Tim Bigelow, Will ficou tão envolvido na conversa que nem percebeu a porta do escritório aberta. Kate, passando pelo corredor, parou, atraída por algo que ouvira; uma frase que saltara sobre ela como uma sombra na parede que se materializasse em um assassino.

— Minha nossa, Tim, e se a gente quebrar...

Apenas uma frase fora de contexto, mas o suficiente para transfixá-la de medo.

Então, por que não enfrentá-lo e dizer que você sabe que a firma está mal, pior do que ele admite?, perguntou uma voz interior. *E oferecer-se para ajudar como for possível?*

Contudo, o que mais poderia oferecer, além de apoio moral? A renda do antiquário era muito pequena, e o verdadeiro motivo pelo qual tinha aberto a loja era o de fazer o que mais gostava: comprar antigüidades. "O hobby da Kate", era como Will costumava chamar a loja, sempre a deixando um pouco irritada. Ainda assim, seria ridículo imaginar que sua contribuição para o orçamento da família pudesse salvá-los de uma séria crise financeira.

Até mesmo com o cheque que recebia todos os meses do fundo de investimento da avó, sua renda total cobriria somente as despesas da casa. Não daria nem para pensar em manter a Orchard Hill, o BMW, o Volvo, o cavalo de Skyler, o chalé em Cape Cod. Sem falar nas passagens de primeira classe, nos jantares em restaurantes caros, nos ternos sob medida de Will e na sua paixão por arte e antigüidades.

Mas quão séria poderia ser a situação? Procurou tranqüilizar-se. A Sutton, Jamesway & Falk estava no mercado imobiliário há mais de quarenta anos e o pai de Will tinha sido um dos sócios fundadores.

A firma não só tinha enfrentado os altos e baixos do mercado, como, ao longo dos anos, crescido o suficiente para ocupar um andar inteiro de um prédio empresarial, de propriedade da própria firma, na esquina da Park Avenue com a 48.

Era verdade que a empresa nunca se recuperara totalmente dos milhões gastos nos anos setenta, quando o projeto da City Island fora por água abaixo, e que, mais recentemente, Will e os sócios estavam sentindo os efeitos da retração do mercado dos anos oitenta — consórcios imobiliários em baixa, prédios comerciais no centro da cidade praticamente vazios, shopping centers luxuosos e caros demais para o bolso da clientela.

Uma firma menor, com certeza, não teria sido capaz de suportar tantas perdas... mas e a Sutton, Jamesway & Falk? Uma possível falência seria algo como... bem, como se a igreja episcopal que ela e Will freqüentavam fechasse as portas.

Mas quão séria poderia ser a situação?

O suficiente para reduzir seu marido a uma sombra de si mesmo, admitiu, tristonha. O suficiente para mantê-lo dias fora de casa, fazendo serão, trabalhando até tarde todas as noites e ficando na cidade para levar clientes em potencial para jantar. E como uma sombra, Will, de certa forma, parecia achatado e cinzento. Tinha emagrecido tanto que seus ternos pareciam ter sido feitos para alguém do dobro do seu tamanho.

Se ela, ao menos, tivesse algo mais a lhe oferecer além de massagens no pescoço e canecas de chá! Se tivesse coragem para, pelo menos, enfrentar a situação!

E o que, pelo amor de Deus, está acontecendo?, perguntava aquela voz que a atormentava.

Kate esforçou-se para analisar os fatos. A julgar pelo que tinha ouvido, a firma devia mesmo estar à beira da falência.

Ah, meu Deus...

Sentiu um aperto no peito que a fez levar a mão ao coração, numa paródia inconsciente das damas vitorianas à beira de um desmaio. Viu Miranda olhar curiosa para ela e esforçou-se para abaixar a mão. Não, não podia dividir suas suspeitas com a amiga. Não que fosse incapaz de compreender; Miranda, com certeza, tanto a apoiaria como seria discreta. Kate sabia que não era esse o problema, e sim o seu próprio julgamento do que era cabível e apropriado — seu hábito antiquado de pôr os bois na frente da carroça. Não podia contar-lhe o que estava acontecendo em casa, porque, antes, precisava enfrentar o marido.

Você precisa falar com ele, aquela voz interior insistia. *Faça com que lhe conte tudo.*

— Minha avó começou a caducar quando tinha mais ou menos a minha idade. Deve ser hereditário — disse Kate, esquivando-se da curiosidade de Miranda com uma naturalidade tão forçada que se sentiu a pior das impostoras.

— Bem, que pensamento mais reconfortante. — Sorrindo, Miranda arqueou as sobrancelhas bem depiladas, pintadas a lápis.

— Nunca me senti como uma mulher de meia-idade, talvez eu tenha pulado esta parte e, agora, estou me sentindo velha — disse Kate, forçando um sorriso.

— Fale por você — respondeu Miranda, com um muxoxo, mas atingindo o efeito desejado: sua atenção mudou dos problemas de Kate para o papel que estava procurando em cima da mesa. — Onde foi que coloquei aquele formulário da alfândega?

Kate voltou para a penteadeira no ateliê, percebendo um pedacinho do ornamento que precisava ser colado de novo. O revestimento estava um pouco fosco também; pediria a Leonard para lhe dar um novo acabamento, tão logo terminasse de lixar o sofazinho que prometera entregar naquele dia. Também pediria a ele para ver a perna bamba da cadeira que estava encostada na parede. Nossa, havia tanto a fazer!

Olhou para um par de candelabros de prata embalados em palha de papel, que havia chegado na mesma remessa de Rhinebeck. Eram da época georgiana, com os pés lavrados, divididos em três partes, e tinham chineses com casacos floridos suportando as hastes. Ao cuidar deles,

Kate sentiu a emoção que as coisas antigas despertavam nela. Talvez simplesmente *por serem* antigas, pensou, gostando da idéia de suas luminárias, relógios, cadeiras e cristaleiras atravessarem o tempo, apesar de tão delicados.

Atravessar o tempo, sim.

Sentiu uma pontada inexplicável de nostalgia.

A voz interior se insinuava: *Você não está preocupada só com a firma, está? Há uma outra casa de marimbondos em que você está com medo de pôr a mão.*

Pensou na distância, jamais assumida, que ultimamente tomava conta da cama que dividia com o marido, uma convidada fria, indesejada, mas que ambos estavam com muito receio de mandar sair. Será que ele não fazia a menor idéia de quanto isso a magoava? Será que imaginava que, ao deixá-la de lado, sem nem mesmo aninhar-se a ela, estivesse lhe prestando algum favor? Ah, se ao menos tivesse coragem de...

— Você viu o polidor de prata? — perguntou Kate, por cima do ombro, interrompendo os próprios pensamentos. Passando espremida por entre cadeiras encaixadas umas no encosto das outras, penteadeiras, mesinhas de apoio cobertas de pó e uma estante de livros com vários vidros faltando na porta, caminhou determinada até o velho baú onde guardava seus cacarecos — panos de pó, latas de polidor, remates perdidos, puxadores de gavetas há muito considerados como entulho.

Kate sentiu uma pressão em seu ombro e surpreendeu-se ao ver Miranda às suas costas.

— Kate, se eu puder ajudar de alguma forma... você sabe que pode contar comigo. Não sou muito boa para dar conselhos, mas sou ótima ouvinte.

— Eu sei — ela respondeu, virando logo a cabeça para que a amiga não visse seus olhos lacrimejantes.

— Com licença, a senhora poderia me dar uma informação sobre aquelas cadeiras na vitrine? — perguntou uma jovem olhando em volta da estante de livros que separava o escritório e o ateliê do resto da loja. Tinha mais ou menos trinta anos. Bonita e discreta, vestia jeans desbotados e uma camisa de tricoline bem passada, com um cachecol Hermès elegantemente acomodado dentro do decote. Grata pela interrupção, Kate se apressou em atendê-la.

A mulher, que se apresentou como Ginny Hansen, estava reformando a velha casa de veraneio, na esquina da Washington com a Chestnut.

Kate observou as amostras de papel de parede e de estofamento que a jovem lhe mostrara e a ajudou a escolher um tecido para o jogo de seis cadeiras Sheraton de que havia gostado. Deu-lhe, também, algumas sugestões acerca das cortinas, e a desencorajou quanto a um aparador que, na sua opinião, ficaria muito pesado naquela sala de jantar.

— Você é muito atenciosa! — Ginny não parava de se desmanchar em elogios, enquanto Kate preenchia a nota fiscal. — Parece até a minha mãe... ela é tão boa em dizer o que combina bem. Ela iria *adorar* esta loja. — Ginny fez uma pausa, mordendo o lábio inferior. — Você gostaria de dar uma passada na minha casa, para ver o que eu e o meu marido estamos fazendo?

— Seria um prazer — respondeu Kate, com sinceridade. — Leve o meu cartão. Ligue quando quiser.

Desde moça, causava esse efeito nas pessoas. Talvez fosse alguma coisa em seu rosto, como a convidativa placa pendurada na porta, dizendo: "Pode entrar, estamos aqui!", que a tornava acolhedora. Ou talvez a bengala, que a fazia parecer mais acessível, pois o sofrimento normalmente faz com que as pessoas se tornem mais compassivas. Mesmo assim, quanto mais velha ficava, mais desconfortável se sentia com a idéia de ver-se como uma sábia senhora de cabelos grisalhos.

Será que é porque você sabe a verdade? Que não é tão sábia e digna quanto parece?

Mais uma vez, em seqüência àquela velha lembrança, veio a dor surda que surgia na cintura e descia até o quadril, onde explodia num paroxismo lancinante. *Ellie.* Sua cabeça aloirada próxima à de Skyler, então envolta em bandagens. A semelhança entre as duas, tão evidente que qualquer um teria percebido. Onde estaria ela agora? Teria tido os filhos que desejava? Teria a lembrança da filha perdida se esvaecido com o passar dos anos?

Seria ótimo se fosse verdade, não seria? Assim, você não se sentiria tão culpada.

Kate resistiu bravamente àqueles pensamentos sombrios que passeavam livremente em sua cabeça. Não adiantava ir *tão* longe naquele beco sem saída. Ela conhecia cada tijolo, cada pedra do chão, cada vulto sombrio e cada soleira escura. Não havia saída, tampouco a possibilidade de retroagir. Era melhor nem chegar perto. Em vez disso, ocupou-se com os candelabros empanados que estava prestes a polir, e que abandonara quando Ginny Hansen apareceu.

O resto do dia passou depressa.

A remessa da Goldberg Gallery, de Nova Orleans, chegou exatamente na hora em que Miranda estava ao telefone reclamando o pedido. A Sra. Otto deu uma passada por lá, querendo que Kate fizesse uma proposta para um aparelho de chá que ela teimava ser da época georgiana, mas que Kate via, claramente, que era do fim da época vitoriana. Leonard chegou com o sofazinho reformado e levou a penteadeira vitoriana e a escrivaninha Biedermeier que Miranda tinha comprado no mês anterior, num leilão no Maine. Butler, o gatinho da loja, apareceu com um rato todo ensangüentado de presente para Kate. E, em meio a todo este movimento, apareceu Skyler.

Feliz, e mais do que aliviada, Kate correu para recebê-la. Não tinham chegado exatamente a brigar, apenas trocaram algumas palavras atravessadas quando ela decidira sair de casa. E também estava fria e distante nos últimos dias.

Kate a abraçou.

— Ah, querida! Por que você não me ligou dizendo que vinha?

— Nem eu mesma sabia que viria. Saí da clínica e ia para casa quando resolvi dar uma passada aqui para ver como você estava. Oi, Miranda! Olá, Butler... está com saudade de mim? — Abaixou-se para pôr no colo o gato preto que se enroscava em suas pernas.

Skyler parecia muito bem, até mesmo feliz, mas Kate sentia claramente que alguma coisa estava errada. Desde a última vez em que a vira, a filha emagrecera e empalidecera. E como suas maçãs do rosto estavam acentuadas! Kate sentiu vontade de gritar de desespero e exigir que ela lhe dissesse, de uma vez por todas, o que estava acontecendo. Em vez disso, olhou ansiosa para o relógio; eram quase cinco horas, daria para aproveitar a oportunidade e chamá-la para jantar em casa. Então, quando estivessem sentadas na varanda com seus copos de chá gelado, Skyler talvez lhe contasse o que estava acontecendo.

De uma coisa Kate tinha certeza: independentemente do que tivesse feito Skyler mudar-se, e do que a estivesse fazendo parecer tão doente, havia algo mais sério do que a princípio supusera. Apavorada, sentiu um bolo se formar em seu estômago, mas tomou cuidado para não deixar transparecer. Não podia deixá-la perceber como estava preocupada; isso apenas a afastaria mais ainda.

Então fez uma análise discreta da filha, em pé, à porta, com Butler refestelado no colo, como um saco de balas de goma. Vestia jeans grandes demais e um suéter de algodão largo, também muito pesado para o calor opressivo de agosto. O pó-de-arroz não escondia as olheiras, e seu sorriso não enganaria uma criança de cinco anos.

— E a geladeira antiga da vovó... você consertou? — perguntou a mãe, tentando parecer despreocupada. — Se tiver mudado de idéia e quiser aceitar uma geladeira nova, ainda dá tempo de irmos até a Sears, antes de fechar. Aí — falou casualmente —, a gente pode também dar uma passada no mercado e comprar alguma coisa para levar para casa e jantar mais cedo.

Skyler revirou os olhos.

— Mãe, não passei aqui para escolher geladeira. A velha está funcionando bem. É só o congelador que não está bom, mas eu quase nunca uso. — Ofereceu o braço à mãe. — Que tal *eu* convidar você para jantar?

— Uma outra vez — respondeu, dando palmadinhas na mão da filha. — Como o seu pai vai trabalhar até tarde esta noite, acho melhor nós duas ficarmos em casa, onde vai estar tranqüilo. Quero saber como vão as coisas.

Kate podia *sentir* alguma coisa terrivelmente errada. Skyler estava tão quieta. Enquanto passavam pela cidade, ficou olhando para a filha mergulhada em seus pensamentos, até mesmo quando sorria e assentia com a cabeça, em resposta à sua conversa forçada.

Você Acredita em Destino?

Assim que dobrou para o estacionamento do mercado, reteve um suspiro. Precisaria ser um pouco mais paciente, só isso. Skyler, que sempre fizera as coisas do seu jeito e quando achava que era a hora certa, mais cedo ou mais tarde acabaria se abrindo.

Kate alegrou-se um pouco ao ver o antigo carrinho de mão que os donos da loja tinham comprado dela há alguns meses. Estava bem na frente, com a pintura novinha e transbordando de gerânios e beijos-americanos. Seria preciso dar uma palavrinha com o Sr. Kruikshank para dizer como ficara bonito.

Do lado de dentro, o estilo do mercado era rústico. Tinha divisórias feitas com a madeira de um velho celeiro e cestas de palha em vez de plástico.

Ela manobrou o carrinho de compras pelos corredores apinhados de produtos lustrosos, temperos e molhos elaborados para saladas e massas, propositadamente comprando mais do que seria capaz de comer em um mês. Mesmo sabendo que esse ato de rebeldia seria em vão, podia, ao menos, ter a satisfação de imaginar as maravilhosas refeições em família que iriam partilhar, não podia?

Levaram quatro sacos grandes de compras e um saco de batatinhas calabresas para a salada que pretendia fazer mais para o final da semana.

Durante o jantar, Skyler apenas beliscou a comida e logo empurrou o prato para o lado. Quando tentou persuadi-la a comer mais, Kate sentiu-se extremamente desapontada e precisou conter-se para não mandá-la terminar a refeição.

Mais tarde, foram para a varanda dos fundos, onde se sentaram nas cadeiras de palha estofadas com tecido William Morris. Tomaram chá gelado e comeram uns moranguinhos da região, tão doces como jujubas. Belinda, com o focinho grisalho, apareceu em passos silenciosos e se acomodou com um grunhido de satisfação aos pés de Skyler. Kate observou-a por alguns momentos a roçar os pés descalços no seu lombo negro, antes de pôr-se a contemplar a vista.

O sol estava se pondo por trás das montanhas distantes, incendiando as copas das árvores e traçando um caminho dourado pelos campos onde os cavalos pastavam quando Kate ainda era criança e vivia na

Orchard Hill. Observando o terreno que subia em direção ao pomar, Kate vislumbrou, por entre os galhos das macieiras carregadas de maçãzinhas verdes, a velha estrebaria de pedras coberta de musgo. Fora lá que abrigaram o primeiro pônei de Skyler, antes de ela começar com as aulas na Fazenda Stony Creek. Lembrava-se daquela égua Shetland muito dócil, cujo único defeito era a tendência a correr muito próximo à cerca, no que Kate suspeitava ser uma sutil tentativa de livrar-se de sua jovem amazona.

Meus Deus, eu conseguiria suportar a falência da firma de Will. Acho que até mesmo à perda dele eu conseguiria sobreviver. Mas, ah, eu não agüentaria se alguma coisa acontecesse à minha filha...

Este pensamento, chocante em toda sua intensidade, pareceu surgir do nada. Colocou o copo de chá gelado em cima da mesinha ao lado, sentindo-se tão trêmula e fraca que deu graças a Deus por estar sentada.

Olhou para Skyler, mas a filha olhava adiante, para um horizonte longínquo que somente ela podia ver.

Estaria pensando em Prescott? Soubera, através de Nan Prendergast, que ele ficara noivo de uma garota que conhecera em Yale. A cidade inteira já devia saber. E mesmo não estando apaixonada por ele, devia ser um choque descobrir ter sido substituída com tanta facilidade após apenas dois meses.

Kate estava mais conformada com o rompimento dos dois do que qualquer pessoa pudesse presumir (inclusive Nan Prendergast). Sempre soubera que Skyler não o amava. E quando se tem certeza disso, qual é a melhor solução?

Mas tome cuidado, meu bem, pois, uma vez acostumada a esse tipo de amor, você não vai se contentar com pouco. Sentiu uma pontada de nostalgia, ao pensar no marido e na época de recém-casados. Como, às vezes, ficavam a manhã inteira na cama, explorando o corpo um do outro, como se mapeando um território desconhecido. E como uma vez, após terem feito amor, perdera o controle e chorara em seus braços, com toda a intensidade daquele sentimento... e a clara consciência de que nunca, nunca, poderia deixá-lo extinguir-se.

Mas, de alguma forma, *havia* deixado. Ou, talvez, aquele a quem votava tal sentimento houvesse deixado de merecê-lo ao longo do caminho.

Com os olhos fixos numa corça correndo na sombra que circundava uma fileira de olmos distantes, Kate pegou-se praticamente desejando experimentar com maior intensidade a sensação de perda... assim, descobriria alguma fagulha entre as cinzas. Mas aquela tristeza fora perdendo a força com o passar dos anos, não passando, agora, de uma vaga e entorpecida nostalgia

Em seguida, todos aqueles pensamentos sobre Will sumiram da sua cabeça. Repentinamente respirando fundo, Skyler anunciou:

— Mãe, estou grávida.

Por um momento, Kate não tomou consciência das palavras da filha, que pareceram flutuar junto com os sons indistintos do anoitecer tardio, do resmungo baixo de um trator deixando os campos de volta para casa, do cantar dos grilos, do silvo de um esguicho de água. Então, deu-se conta do que ouvira.

Afundou com tanta força na cadeira, como se alguém tivesse sentado em seu colo, que o velho vime chegou a estalar em protesto.

Com muito esforço, olhou para a filha e perguntou num tom de voz que teria soado razoável, caso houvesse conseguido respirar:

— Prescott?

Skyler apertou os lábios.

— Não.

Kate controlou-se para não submetê-la a um interrogatório cerrado. Não tinha bem certeza se queria ouvir a resposta *àquela* pergunta, pelo menos por enquanto.

— De... de quanto tempo?

— Nove semanas.

— Ah, Skyler... — Kate, com os olhos marejados, tomou as mãos frias e inertes da filha. Então era *isso* que ela estava escondendo.

Skyler franziu as sobrancelhas, como sempre que ficava à beira de explodir em lágrimas.

— Eu sei, mãe. E acredite, não há nada que você possa me dizer que eu já não tenha dito a mim mesma. — Virou os olhos vermelhos e aflitos para Kate. — Está com ódio de mim?

— Ódio de você? Ah, querida... — Esforçou-se para prender o choro. Engolindo em seco, disse, numa voz sem entonação que traía sua férrea determinação de parecer calma: — O importante agora é decidir o que vamos fazer.

Juntamente com o sentido de resolução, veio o controle. Não podia se deixar abater agora da mesma forma que o fizera quando, há muito tempo, Skyler quase morrera; tinha de permanecer forte para a filha.

Skyler recostou-se na cadeira, soltando as mãos das de Kate.

— Mãe — disse baixinho, mas com firmeza —, essa não é uma decisão para você ou o papai tomarem por mim.

Kate também se recostou na cadeira, sentindo-se confusa e ferida. Como Skyler podia, simplesmente, fingir que isso não lhe dizia respeito? Ora, era um absurdo imaginar que...

Uma voz, clara e pura como água corrente, disse-lhe: *Ela está certa. Preciso parar de tentar controlar a vida dela.*

De repente, lembrou-se do início da sua gravidez... daquela sensação maravilhosa, uma vida crescendo dentro dela. Depois que o médico lhe dera a boa notícia, ficou dias sob uma aura de felicidade, como um marinheiro seguindo a luz de um farol distante. O bebê dentro dela era aquela luz, e ela, o farol. Podia senti-la brilhando dentro de si, um brilho constante, silencioso, como a promessa de um porto seguro... e de um novo começo.

No entanto, por mais que amasse e quisesse aquele bebê, por mais difícil que fosse imaginar uma mulher que não partilhasse dos mesmos sentimentos, o que mais importava, agora, era a filha sentada ali ao seu lado. Filha não do seu útero, mas do seu coração.

Por favor, Senhor, dê-me forças para agir certo com ela.

— O bebê... — começou a falar, sentindo novamente um nó na garganta. — O bebê que eu estava esperando, quando sofri aquele acidente... eu nunca teria me submetido à cirurgia se houvesse uma chance, por menor que fosse, de salvá-lo. — Fez uma pausa, lutando consigo mesma, até se sentir calma o suficiente para continuar. — Mas... cada situação é diferente, e você também é uma pessoa diferente. Se você decidir... interromper a gravidez... estarei ao seu lado.

Skyler deu um longo suspiro e olhou para além da mãe, para onde os campos ondulados sumiam por entre as sombras das árvores.

— Eu não vou fazer um aborto, mãe — disse suavemente. — Eu... eu decidi dar o bebê para adoção.

— Dar o bebê para adoção? — Kate ficou tão embotada que tudo o que pôde fazer foi repetir as palavras de Skyler.

— Eu já me decidi — continuou Skiler, num tom de quem precisa encerrar o assunto, e *rápido*, enquanto ainda tem forças para tanto. — Nas últimas três semanas, só tenho pensado nisso.

Kate sentiu alguma coisa explodir dentro de si, como um vidro exposto a alta temperatura.

— Mas você... você... você não pode simplesmente fazer isso — gritou indignada. — Um bebê não é um cachorrinho. É sangue do seu sangue... como é que você tem coragem de sequer *pensar* uma coisa dessas?

— Mãe... não adianta. — Um raio do sol poente atingiu em cheio o rosto de Skyler, fazendo com que seus olhos lacrimejantes brilhassem como fogo.

De repente, Kate ficou em silêncio.

— Eu sei que vai ser difícil quando chegar a hora — a voz dela tremia. — Mas também sei que vai ser melhor para o bebê. Eu simplesmente não estou pronta para ser mãe.

— Seu pai e eu a ajudaremos. Nós tomaremos conta dele até você se sentir pronta. — Kate sentiu o tom de súplica na própria voz, mas não conseguia se controlar. — Ah, querida, você *tem* de reconsiderar. Vamos pensar em alguma coisa que seja boa para todos nós. É claro que vamos. Somos uma *família*.

Skyler sacudiu a cabeça, mantendo a mesma expressão grave no rosto.

— Eu conheço você, mãe. Você insistiria para eu voltar para casa. E, comigo na escola, você tomaria conta do bebê o tempo todo. Eu acabaria me sentindo duas vezes culpada por não estar aqui, tomando conta dele e por estar te dando este trabalho.

— Eu não me importaria — insistiu Kate, veemente. — Além disso, nós temos a Vera para ajudar, e também poderíamos contratar uma babá.

— Mãe... não.

Kate começou a protestar, mas o olhar de Skyler a fez parar. Em vez disso, sugeriu:

— Por que a gente não fala sobre esse assunto mais tarde, quando a poeira estiver assentada?

— Tudo bem — concordou. — Mas não vai adiantar. Eu não vou mudar de idéia. Só preciso saber se posso contar com você e o papai para... — Hesitou, a voz quase lhe faltando. — Sei lá... para me darem apoio, acho.

Kate levantou-se, sentindo-se mais leve, mais forte, mesmo sem qualquer razão para se sentir assim. Puxando a filha para um abraço, murmurou com os lábios próximos a seus cabelos sedosos:

— *Isso* eu posso prometer, com certeza.

Pôde sentir, pelas costas tensas e trêmulas de Skyler, que ela estava fazendo o possível para não chorar. Com esforço, conteve os carinhos e murmúrios maternais que fluíam naturalmente dela, como o sangue que flui de um coração.

Ficou pensando em como contar para Will e qual seria sua reação. Será que os aproximaria ou os separaria ainda mais? Será que seria o catalisador que acabaria com seus medos e ressentimentos inconfessos ou seria a gota d'água?

De uma coisa Kate tinha certeza: não podia mais ficar esperando sentada — por qualquer que fosse a solução que tivera a esperança de cair do céu.

Tinha de agir.

Tinha de falar com Will sobre Skyler... e fazê-lo dizer se suas suspeitas acerca da situação da firma eram verdadeiras. Caso contrário, como poderia, com toda honestidade, oferecer a Skyler a segurança de que ela precisaria, caso pensasse melhor e os deixasse tomar conta do seu bebê?

Mais uma vez, sentiu a força de algo mais profundo e mais forte do que qualquer coisa que pudesse definir. Uma correnteza invisível levando-a para longe, para um lugar que tinha apenas uma vaga noção de onde ficava. A única coisa que sabia era quando e como sua jornada tinha começado, há quase vinte e dois anos, num dia gelado de novembro, quando apertara aquele bebê forte contra o seu coração sedento; um bebê roubado dos braços de outra mulher.

Kate ouviu os passos abafados de Will na escada e olhou para o relógio ao lado da cama. Onze e meia. Fechou o livro que não conseguira ler e desligou o rádio que não conseguira ouvir. A única coisa que não teve dificuldade em fazer foi permanecer acordada. Duvidou que até mesmo um sedativo a fizesse dormir agora, dada a forma como seu coração estava disparado.

Serei forte o bastante para isso?, temeu. *Será que realmente preciso saber a verdade sobre a nossa situação financeira quando ainda não me recuperei da bomba que Skyler soltou sobre mim?*

Tinha passado as últimas horas pensando seriamente sobre o assunto e chegara à conclusão de que, doesse o quanto doesse, ela e Will precisariam agüentar. Skyler jamais cairia em si com os pais nos seus calcanhares; ela era muito teimosa. Precisava de um pouco de liberdade, se quisessem que houvesse uma mínima chance de tomar a decisão correta.

Para se acalmar, Kate olhou à sua volta, por todo o quarto, seu porto seguro. Pousou os olhos na madeira envernizada do armário austríaco, com um casal de pombinhos se beijando, entalhado acima das portas... no jogo de cadeiras Hunzinger ladeando a janela que dava para seu jardim de rosas... na sua coleção de bolsinhas antigas de crochê bordadas com miçangas na parede acima do revestimento de lambri azul. Numa reportagem que a revista *Country Living* publicara sobre a Orchard Hill, na primavera anterior, boa parte fora dedicada à descrição daquele quarto: "Uma preciosidade da era vitoriana", escrevera o editor. Mas, assim como o brilho gelado das pedras preciosas, a beleza daquele quarto jamais substituiria a falta de calor que sentia, noite após noite, quando se deitava na cama, com saudades do marido e dos braços dele ao seu redor...

A porta se abriu devagar e Will apareceu sob a luz que vinha do corredor. Kate observou aquele rosto desprotegido e sentiu-se desencorajada pelo que viu. Como ele parecia cansado! Grisalho, com os ombros caídos, com a pele enrugada e inchada em torno dos olhos.

Não obstante, sua determinação inquebrantável, o ar autoritário que mantinha até mesmo nas tarefas mais simples, estava ali presente: na forma como atravessou o quarto a passos largos, na maneira precisa como tirou os sapatos (certificando-se de colocar a forma correspondente dentro de cada um, antes de guardá-los no closet) e a gravata (que pendurou cuidadosamente, em vez de jogá-la no encosto da cadeira). Havia até mesmo uma ordem para esvaziar os bolsos: primeiro a carteira, então o chaveiro, depois o estojo de prata com os cartões de visita e, finalmente, os trocados.

— Eu podia ter telefonado — disse ele, aproximando-se para lhe beijar o rosto. — Mas achei que você já estaria dormindo. Espero que não esteja acordada apenas esperando por mim.

Com um suspiro, Kate se recostou nos travesseiros.

— Eu não conseguiria dormir, mesmo que tentasse — disse-lhe com sinceridade. — Hoje foi um dia daqueles.

— Me conte o que houve.

Com o sorriso de quem, ultimamente, não vive nenhum dia que não seja "um daqueles", Will apertou-lhe os ombros antes de se afastar. Observando-o tirar, cuidadosa e metodicamente, a roupa e escovar os fiapos do paletó antes de pendurá-lo no closet, Kate sentiu uma urgência repentina. A necessidade de se livrar daquele peso, antes que ele lhe abrisse um buraco no peito.

— Will...? — começou, hesitante, esperando que ele parasse de fazer o que estava fazendo e se virasse para ela. Mas ele continuou como estava, como se ela não tivesse falado nada. Tomando coragem, Kate insistiu, mesmo estando ele ainda de costas, em pé, em frente à cômoda, enfiando a perna direita e, então, a esquerda, dentro da calça do pijama recém-passado. — Will, nós precisamos conversar.

Devagar, apenas com a calça do pijama, virou-se para a esposa; um homem de cinqüenta e dois anos, com cabelos e bigode espessos cor-de-estanho, ainda belo o bastante para atrair olhares de mulheres com metade da sua idade. Até recentemente, fazia ginástica quatro vezes por semana, e a prova disso eram os músculos trabalhados do peito e dos braços, que não combinavam com o atual caimento dos ombros e os vincos de cansaço em cada lado da boca.

— Desculpe, Kate, tenho andado tão envolvido com os meus próprios problemas que não tenho lhe dado atenção ultimamente. — Aproximou-se e sentou-se ao pé da cama. — Alguma coisa em especial?

Sua resposta a surpreendeu. Mas não era isso o que sempre a impressionava com relação ao marido? Não importava o quanto estivesse cansado, sempre encontrava tempo para assumir mais alguma tarefa, se a julgasse de algum proveito.

Mas será que sou apenas mais uma tarefa?, perguntou-se. *Mais um problema a ser resolvido?*

— A Skyler veio aqui hoje... — ela começou, hesitante. — E veio com uma notícia preocupante. — Inspirou o ar, sentindo-se como se enchesse os pulmões com água. — Ela está grávida, Will.

Seguiu-se um momento de silêncio, durante o qual Will ficou olhando petrificado para ela, seus olhos azul-acinzentados cheios de incredulidade, a boca trêmula sob o bigode bem aparado em face dessa nova e absurda notícia.

— *Grávida?* — berrou, finalmente. — Mas não é pos...

— É possível sim — Kate o interrompeu, sentindo-se um pouco irritada em ter de afirmar o óbvio para um homem tão inteligente quanto ele.

— Mas...

Kate preparou-se para a reação dele:

— Mas isso não é o pior. Ela decidiu dar o bebê para adoção.

Um calor começou a subir pelo pescoço do marido, até chegar ao rosto, e, por um momento, Kate teve medo de que ele estivesse à beira de um enfarte. Mas ele levantou-se de um pulo e, de repente, estava quase meio metro mais alto do que um segundo antes.

Correu até onde estava o telefone, na mesa-de-cabeceira ao lado de Kate.

— Pouco me importa se vou acordar aquele garoto. Ele vai me ouvir, e em alto e bom som. Se ele pensou por um minuto que...

— Isso não tem nada a ver com o Prescott — informou Kate, com uma calma que a surpreendeu. — Ele não é o pai.

— Jesus Misericordioso! *Quem* é, então? — Abaixou as mãos e lançou-lhe um olhar de fogo, como se, de alguma forma, a culpa fosse dela.

Irritada, Kate respondeu:

— Não sei... e acho que, a essa altura dos acontecimentos, não precisamos saber. O que mais importa, agora, é ajudarmos a nossa filha a passar por essa situação.

— Só vou lhe dizer uma coisa: ela não vai dar nenhum neto meu para adoção. *Isso* está fora de questão. — Com um gesto de desprezo pela hipótese, começou a andar de um lado para outro em frente à cama, enrugando o tapete Aubusson, há mais de cem anos na família de Kate. — Ela vai voltar a morar conosco, é claro. Vamos transformar seu antigo quarto num quarto de bebê, e ela pode ficar no quarto de hóspedes. — Kate percebeu, pela forma como reduzia os passos e pela nova expressão em seu rosto, que ele estava começando a gostar da idéia. — Daqui a mais ou menos um ano, os Ellis não vão mais precisar da babá deles, e o Godwin me disse que ela tem o maior jeito com crianças.

— Will, ainda é cedo demais — Kate disse-lhe gentilmente. — Ela ainda não está pronta para ser persuadida. Precisamos lhe dar tempo. Quando ela já tiver pensado bastante no assunto, pode ser que decida nos procurar.

— Pensando no quê?

— Ela tem suas razões... e, por enquanto, temos de respeitá-las. Não se trata somente do fato de ela não se sentir pronta para ser mãe. — Desviou os olhos dele. — Acho que também tem a ver com... com o fato de acreditar que a mãe a abandonou. Skyler tem medo de ser como *ela*. Mas não foi isso que aconteceu. Se ela soubesse a verdade...

— Pare com isso, Kate. — Virou-se, pálido, com as mãos tão apertadas que as veias e os tendões em seu pescoço se salientaram num relevo dramático. Falando baixo, como se alguém lhe arrancasse as palavras, disse entre os dentes: — Pare de romancear. Como é que podemos saber que tipo de mãe ela era? Vivendo daquele jeito, expondo a Skyler a... a sabe Deus o quê. Como podemos saber que as coisas não aconteceram do jeito que nos disseram?

— Ah, Will. — Kate percebeu, de repente, que o que imaginara durante todos esses anos como uma aversão profunda do marido por assuntos dolorosos era, na verdade, algo muito mais sério. *Ele não tinha apenas varrido o assunto para debaixo do tapete. Fizera de conta que nada acontecera.*

Lembrou-se de Grady Singleton. Seu monograma bordado nos punhos da camisa, cabelos grisalhos e aparência mais condizente com a de um ator de novelas do que com a de um advogado, do tipo que se envolve em falcatruas.

Podia vê-lo debruçando-se sobre a mesa. "Seu pai e eu nos conhecemos há muito tempo, Will... fomos colegas em Yale." Seu sorriso era afável, confidencial. "Há um código de honra entre nós, de Yale, no sentido de ajudarmos uns aos outros. É por isso que, quando o Ward me disse que vocês estavam querendo adotar um bebê, fiz uma coisa que, tecnicamente, não deveria ter feito. Passei-os à frente de uma lista de espera de clientes meus, que me agarrariam pelo pescoço se soubessem disso. Eu disse ao Ward que iria passá-los à frente... se vocês estiverem interessados, é claro." Sua voz mudou para um sussurro. "Olhe só, tem um bebê..."

Um bebê que você, convenientemente, deixou de informar que havia sido seqüestrado, seu idiota. Bem, funcionou, pois nós nos deixamos engrupir... em troca de uma quantia gorda o bastante para ajudar você a construir uma casa em Sanibel, onde ouvi dizer que você é uma das feras do golfe.

— Não temos prova alguma, Kate, portanto, vamos deixar isso pra lá — disse-lhe com o mesmo tom autoritário que costumava usar com seus empregados ao lhes dar uma bronca. Ao mesmo tempo, porém, olhava para ela de uma forma diferente e perturbada, quase defensiva.

De repente, aquele homem forte, cheio de recursos, com quem estava casada há vinte e cinco anos, para quem sempre olhara com admiração e sempre julgara confiável, transformara-se em alguém que ela não tinha mais certeza se seria capaz de olhar diretamente nos olhos.

Kate sentiu-se abandonada. O momento mais importante da vida deles, e eles nem conseguiam conversar a respeito. Mas isso não era novidade. Teria o marido, alguma vez, parado para pensar no peso terrível que carregara sozinha todos esses anos? Agora lá estava ela precisando, também, lidar com a gravidez de Skyler, em busca do equilíbrio delicado entre os seus anseios e os de sua filha. E não teria o ombro de Will para chorar, a não ser que se unisse a ele e concordasse em ir contra a decisão da filha.

Sentiu uma raiva crescente. Justificada, porém assustadora.

— Deixar esse assunto pra lá não o fará desaparecer! Se você fizesse idéia... idéia das noites que passo em claro pensando sobre isso — levou as mãos ao rosto tão quente como se estivesse febril.

— Independentemente do que tenha mesmo acontecido, isso já é passado, Kate! — ponderou Will. — E o problema da Skyler não tem nada a ver com o da adoção.

Kate abaixou as mãos e olhou para ele.

— Nós já fizemos o papel de Deus uma vez, Will. E eu não vou fazer isso de novo. Não vou interferir na decisão dela.

— A Skyler não passa de uma criança. Ela não sabe o que está fazendo!

— Ela tem vinte e dois anos, é adulta o bastante para tomar as próprias decisões. — Permaneceu firme, apesar do tremor que sentia por todo o corpo, como um entorpecimento assustador.

— Então é isso? Você vai simplesmente cruzar os braços diante do que está acontecendo? — Jamais ouvira aquele tom irônico na voz do marido. Pelo menos, não em relação a ela.

Então começou a tremer incontrolavelmente e puxou a manta rendada até o peito. Sentiu-se sem rumo, a bússola que a mantivera em curso por todos esses anos parecia ter desaparecido, deixando-a apenas com o seu senso de direção, possivelmente não muito confiável.

Apenas um pensamento permanecia claro em sua mente, como uma lua cheia que lhe iluminasse o caminho. *O Will tem razão com relação a uma coisa: o que aconteceu, anos atrás, não pode ser desfeito. Fizemos algo terrível que nada que façamos agora vai ser capaz de apagar... mas podemos aprender algo com isso. Podemos tentar ser, senão melhores, pelo menos mais maduros.*

— Cruzar os braços? Não, Will, o que estou propondo não é *isso*. — Estamos apenas lutando por causas diferentes, e só.

De repente, sentiu-se tão cansada... cansada demais para falar sobre qualquer outro assunto que ele lhe estivesse escondendo. Que importância tinham os problemas financeiros em comparação com o bem-estar da única filha deles? E agora, também, do neto deles? Mesmo assim, alguma coisa a estava incitando, forçando-a a agir de uma vez, antes que aquela porta entreaberta se fechasse novamente.

Esforçando-se para olhá-lo nos olhos, para seu marido querido e confuso, com apenas as calças do pijama listrado e os braços cruzados sobre o peito nu, disse-lhe com ternura:

— Will, você tem sido um bom marido durante todos esses anos, às vezes bom até *demais*. Quase sempre você tenta me proteger com o seu silêncio, mesmo quando a verdade seria o caminho mais fácil. Mas está na hora de pararmos com esse jogo. Nós dois já estamos muito velhos para isso. — Cobrou o que ainda lhe restava de determinação e disse: — Eu sei sobre a firma. Sei que está pior do que você deixa transparecer. E quero ajudar.

Will olhou-a boquiaberto, como se ela tivesse acabado de se oferecer para equilibrar o orçamento nacional. Então, com um suspiro, deixou-se afundar na cama, ao seu lado.

— Kate, não se trata de um assunto em que você precise se envolver agora — disse-lhe, cansado. — Não vou negar que as coisas não andam muito bem, mas... estou dando um jeito.

— Pode deixar que vou escrever essas palavras no seu epitáfio: "Aqui jaz William Tyler Sutton. Ele deu um jeito" — respondeu, azeda.

— Ah, Kate, pelo amor de Deus...

— Chega! — gritou. — Pelo menos uma vez na vida faça isso por nós. *Me diga* o que está acontecendo, mesmo que tudo o que eu puder fazer seja ouvir. Sou boa ouvinte. Talvez até tenha uma sugestão que valha a pena.

Kate observou-lhe a mandíbula contraída, enquanto ele contemplava o belo tapete a seus pés. Por fim, respirando fundo, ele admitiu:

— Está bem, foi você que pediu. A verdade é que não sei se vamos ter dinheiro para cobrir a folha de pagamento do próximo mês.

As palavras dele fizeram-na finalmente cair em si com um impacto quase físico. Ah, meu Deus, *tão* sério assim? No entanto, controlou o ímpeto de explodir num milhão de perguntas ansiosas. Em vez disso, disse simplesmente:

— Eu quero ajudar.

— Não vejo como você possa ajudar — disse-lhe ele, desta vez com a voz respeitosa e um olhar de consideração.

— Quanto seria necessário para sair do aperto?

— Algumas centenas de milhares de dólares, pelo menos. E isso daria, apenas, para a folha de pagamento e para os custos operacionais, o suficiente para nos impedir de falir. Não cobriria nenhum dos empréstimos bancários.

— Mas daria para vocês conseguirem se manter até... as coisas se normalizarem novamente?

— Esse projeto de Braithwaite, em que estou me matando de tanto trabalhar, se der certo, vai render vários milhões. Mas, com uma parceria limitada num projeto dessa magnitude, envolveria grandes investidores, altos riscos e outras tantas variáveis. — Com a testa apoiada nos dedos, ele esfregou os polegares na pele inchada sob os olhos. Franzindo a testa, pensativo, acrescentou: — Eu talvez precise de mais um mês. Dois, no máximo.

Kate sentou-se na cama e inclinou-se para frente, colocando a mão sobre o pijama esticado no joelho do marido. Tivera uma idéia muito simples e, ao mesmo tempo, audaciosa. Mal podia acreditar que não pensara nisso antes.

— Will, podemos hipotecar a Orchard Hill.

— Kate. — Will franziu mais a testa. — Eu não tenho o direito de lhe pedir isso.

— Você não está me pedindo nada. *Eu* é que estou oferecendo. Pense no assunto. — A fazenda já havia sido quitada, desde a época dos pais dela; portanto, não deviam um centavo sequer. E não mais do que dois anos atrás, a casa e o terreno tinham sido avaliados em quase quatro milhões.

— Eu *já pensei* nisso — disse-lhe sério. — Mas e *você*? Kate, você já imaginou o que pode acontecer se a firma não se recuperar... se não conseguirmos saldar nossas dívidas?

Inundada de pânico frente a tal possibilidade, fez o possível para conter-se. Tentou imaginar como seria ter de sair dali; não poder mais se sentar na varanda, nas manhãs agradáveis, para tomar café e assistir ao nascer do sol acima das árvores, não poder mais passear pelo pomar e colher uma cesta de pêssegos maduros para fazer tortas, ou sentar-se em frente à lareira, durante o inverno, observando as velhas vidraças cobertas de neve. Não sentir mais o aroma da madressilva invadindo a varanda no verão ou o cheiro da cidra das maçãs caídas na grama, perfumando o ar do outono. Não ter mais os chapins e os tentilhões indo e vindo do beiral do telhado ao construírem seus ninhos; não ver mais as pegadas delicadas dos animais na neve recém-caída.

A simples possibilidade de precisar abrir mão de tudo aquilo era como uma faca perfurando-lhe o coração. E como poderia pedir a Skyler para lhes confiar o seu bebê com tanta coisa em risco? Todo o tesouro que a Orchard Hill tinha para oferecer a uma criança não poderia deixar de influenciar a decisão da filha. Sem isso...

Sentindo que o pânico começava agora a transbordar, controlou-se rapidamente. O que seria mais importante? Uma casa ou as pessoas que nela moravam? Além do mais, ela não deixaria nada de ruim acontecer. Se aquele plano não desse certo, bem, pensariam em outra coisa. Ela sabia que Will já havia vendido boa parte dos fundos de investimentos da família, mas ela ainda tinha os seus e, embora tivesse aprendido, desde pequena, que o patrimônio era sagrado, poderia lançar mão dele em último caso.

Encorajada por esta idéia, disse baixinho:

— Vamos fazer isso, Will.

Ele agora a encarava com um olhar que beirava a admiração. Kate sempre soubera que ele a amava — de uma forma distraída e difusa, como se ela fosse uma fonte de luz em cujo valor ele não tivesse de pensar muito. Mas isso era diferente. Agora, ele realmente a estava *ouvindo*.

— É uma idéia — disse ele devagar. — Mas por que a gente não pensa melhor?

— Você tem razão. — Kate observou-o levantar-se e ir para o banheiro da suíte. Esperou-o voltar para a cama com o paletó do pijama abotoado, antes de desligar a luz do abajur.

Estavam deitados lado a lado no escuro, sem se tocar, imersos nos próprios pensamentos e medos, quando Will quebrou o silêncio:

— Você sempre me surpreende, Kate.

Ela sentiu uma onda de prazer que pareceu aquecer-lhe o travesseiro, de onde via a sombra rendada das árvores no teto.

— É mesmo?

— Pode crer

A seguir, ele abraçou-a, permitindo-lhe o prazer de sentir seu calor, seu cheiro familiar e afundar o rosto em seu pescoço.

— Vamos sair dessa, Will — ela sussurrou. — Seremos uma família novamente.

Estava pensando em Skyler naquele momento e sabia que ele também. Mas nenhum dos dois tocou em seu nome.

Momentos antes de dormir, Kate pegou-se pensando, mais uma vez, naquele homem desconhecido, pai do seu neto.

Quem seria ele? O que significava para Skyler?

E, acima de tudo, será que amava sua filha?

Capítulo Oito

Das cinco unidades da Guarda Montada, a sede da tropa B era a que ficava mais no centro — na 42, um quarteirão ao leste da rodovia do lado oeste —, mas, quando Tony desceu do jipe em frente ao prédio de dois andares, onde constava a inscrição NYPD em azul, parecia ter saltado no centro de Beirute, tamanho era o seu cansaço. Tinha acabado de passar as outras tropas em revista, ou de "preencher o diário de bordo", como era conhecida essa sua responsabilidade como sargento, e estava moído. Por mais estranho que pudesse parecer, um dia inteiro de trabalho fora da sela de um cavalo deixava-o mais exausto do que um dia duro de montaria. Além disso, era setembro e devia estar fazendo mais de quarenta graus. Setembro? Que piada! Parecia estar entrando num banho turco.

Mas não era esse o verdadeiro motivo de ele sentir-se tão mal. O que o estava atormentando era o que o atormentara no dia anterior, e no anterior a este, e, sem dúvida, o que o atormentaria no dia seguinte.

Skyler estava grávida de três meses, começava a aparecer. Estava também mais linda do que nunca. E mais atraente, se é que era possível. Como sabia? Procurando saber.

Inventando sempre uma ou outra desculpa, há semanas vinha passando na casa dela em Gipsy Trail, que, por sorte (ou azar, dependendo do ponto de vista), não ficava a mais de quinze minutos de carro da sua própria casa em Brewster, e não era assim tão fora de mão.

Mas ela não precisava saber que ele ia até Albany somente para vê-la, mesmo que fosse só por uma hora. Assim como também não precisava saber que o fato de *não* vê-la deixava-o ainda mais enlouquecido do que o de vê-la. Por isso estava tão ansioso naquele dia: tinha prometido passar lá, no dia seguinte à tarde. Só isso. Mas, como ainda teria de esperar um dia e uma noite para isso, pensava nela o tempo todo.

Além do mais, havia o bebê. O *seu* bebê. E quanto mais pensava na idéia da adoção, mais isso lhe ficava atravessado na garganta. Para piorar as coisas, ela o deixara de fora da sua decisão. Mas será que ele deveria mesmo ficar de braços cruzados e deixar seu filho ou filha ser mandado para sabe-se lá onde? Quem poderia dizer que tipo de pais ele ou ela teria? E se acabasse com um pai como o seu?

Aquela cogitação era mais do que podia suportar no momento. Varreu os pensamentos confusos para debaixo do tapete e disse a si mesmo que iria esperar um ou dois dias e ver se parariam de incomodá-lo tanto.

Ao chegar à estrebaria, a primeira coisa que lhe chamou a atenção foi o grande capão negro na calçada, amarrado ao portão de entrada. Logo o reconheceu como sendo o novo cavalo que, num curto espaço de tempo, tinha se tornado o terror da Tropa B.

Mais uma situação complicada, pensou, mas, pelo menos, uma com que conseguiria lidar. Rockefeller, assim chamado em homenagem à Fundação Rockefeller, que o havia doado, tinha, na sua primeira semana de trabalho, derrubado um dos oficiais, Vicky De Witt, e mandado o oficial Rob Petrowski para o hospital com uma rótula esmigalhada. E, como se não bastasse, Rocky não mostrava qualquer sinal de arrependimento.

Tony, parando no meio do caminho, deu uma olhada no valentão.

— Se você está pensando em *me* derrubar, companheiro, não sabe o que tem pela frente — advertiu ao cavalo, que o olhou indiferente, sem saber que encontrara um cavaleiro à altura. Tinha planos para aquele cavalo. Em vez de montar Scotty, sairia para trabalhar com Rocky no dia seguinte. É isso aí, Rocky e ele teriam um encontro decisivo. E no final do expediente, se aquele diabo negro não se convertesse, um dos dois sairia morto.

Isso era tudo de que precisava para parar de pensar em Skyler. Agora, do que Tony não estava gostando era da idéia de ainda ter de lidar com os podres que o caso havia trazido à tona.

Uma semana atrás, quando o subinspetor Fuller, então em comando, quisera ceder Rocky para um dos quatro patrulheiros que tinham acabado de se graduar pela Remonta, após três meses de instrução intensiva para integrar a Guarda Montada, Tony fora terminantemente contra a idéia. Eles ainda precisariam de mais alguns meses na unidade, antes de montar um cavalo nervoso como aquele. Fuller apenas assentiu e registrou a discordância.

Quando já era tarde demais, Tony percebeu que a jogada tinha sido outra.

O subinspetor, ao receber ordens superiores para fazer cortes no pessoal, ficou à cata de qualquer desculpa, por mais esfarrapada que fosse, para demitir dois daqueles oficiais quando havia outros, bem debaixo do seu nariz, camaradas como Lou Crawley e Bif Hendricks, que sempre davam um jeito de permanecer no quartel ou no jipe, principalmente nos dias de chuva — executando trabalho burocrático, fazendo as vezes de motorista do subinspetor ou entregando forragem —, em vez de sair para patrulhar no lombo de um cavalo.

Na opinião de Tony, partilhada pela maioria dos seus vinte e cinco subordinados — homens e mulheres trabalhadores e corajosos —, a situação era uma bosta.

Foi com pesar que percebeu a expressão de tristeza no rosto sardento de Pete Anson, tão logo recebeu a notificação de desligamento da Guarda Montada, antigo sonho da sua vida; o rapaz parecia à beira das lágrimas. Sem falar em Larry Pardoe, o brutalhão todo tatuado, que ficou de fato com os olhos marejados, embora tentasse inutilmente secá-los.

Não, isso não era justo... e ele não podia ficar parado, de braços cruzados. Sabia que não poderia bater de frente com Fuller, mas nada o impediria de mover alguns pauzinhos em surdina. No mínimo, ficaria de olho naquele gorducho do Crawley, que, diferentemente do Hendricks, não tinha a desculpa de estar a apenas um ano da aposentadoria; tomaria nota de todas as suas desculpas fajutas e mancadas — assim, Fuller perceberia a situação. Transferiria Crawley para outra unidade e o substituiria por Anson ou Pardoe? Pensaria no que fazer...

Mas, quando o sargento perguntou por Crawley, na estrebaria, onde o pessoal do turno das quatro à meia-noite estava se preparando para sair, ninguém o tinha visto. Pior ainda, ninguém parecia surpreso por isso.

Tony subiu até os gabinetes no segundo andar. Aquele cheiro penetrante da estrebaria podia ser sentido até a porta de metal. Ao entrar na sala espaçosa onde ficava o quartel da Unidade Montada, continuou ainda a sentir aquele ar viciado cheirando à amônia, cortesia do NYPD, cujo sistema de ventilação ultramoderno consistia num ventilador sobre o parapeito de uma janela aberta.

Foi logo saudado por Bill Devlin:

— Olá, Salvatore... você perdeu a festa.

— O que aconteceu?

Devlin, um veterano de vinte e três anos cuja barriga de cerveja escondia uma compleição tão forte quanto a de um trator, balançou a cabeça.

— O Fuller está com a macaca de novo. A prefeitura deve estar na cola dele, pois o homem, sem mais nem menos, resolveu pegar no pé de todo mundo. Ele está dizendo que a gente é relaxado, faz as coisas de qualquer jeito, que a gente age como se estivesse cagando e andando. Disse também que vai cortar a hora extra. Agora, me diz uma coisa: como é que vou me virar para sustentar uma mulher e duas crianças só com o meu salário?

— Vai fazer rodeio — brincou Tony. E lembrando-se de Crawley, perguntou: — Você viu o Lou? Era para ele estar trabalhando no turno das quatro à meia-noite, mas ninguém lá embaixo sabe onde ele está.

— É porque, há mais ou menos uma hora, ele disse que estava passando mal — contou-lhe Devlin, sacudindo a cabeça, revoltado. — Aquele merda pede tanta licença por causa de doença que ou vão botá-lo na rua, ou vão ter de começar a dar folga para o pessoal cada vez que ele reclamar de uma pelezinha solta na cutícula.

O telefone tocou e Devlin atendeu:

— Unidade Montada. Sargento Devlin falando. Ah, sim, oi, Sally. Você recebeu, é? Imagina, não precisa agradecer. Escuta, não posso falar agora. Eu te ligo assim que terminar. A gente se fala mais tarde. — Desligou e sorriu constrangido para Tony. — Mulheres. Você manda flores para elas no aniversário, e elas acham o máximo. Sorte a sua ainda não ter sido fisgado. Pelo menos até agora. — Deu uma piscadela.

— Tem razão — concordou bem-humorado, mas a imagem de Skyler veio à sua mente, inundando-lhe o peito com um desejo sombrio e incontrolável.

Como podia estar apaixonado por uma mulher que mal conhecia? Uma mulher com quem tinha ido para a cama só uma vez, embora inesquecível, e com quem tinha tantas chances de se relacionar quanto de ganhar na loteria?

Uma mulher que planejava dar um filho seu para outra pessoa?

Era isso o que o estava incomodando. E, da mesma forma que não iria desistir fácil de Anson e de Pardoe, decidiu que também não ficaria de braços cruzados, deixando Skyler fazer tudo sozinha.

De repente, passou-lhe pela cabeça que não era mesmo *obrigado* a ficar de fora. E se encontrasse um casal, pessoas que conhecesse e em quem confiasse, para adotar o bebê? Será que Skyler o acusaria de estar se intrometendo? Provavelmente. Mas não era por isso que deixaria de *tentar*. Ela *teria* de ouvi-lo. Assim, poderia imaginar quem cuidaria do seu filho, dia após dia; quem franziria os olhos de contentamento a cada gracinha que ele ou ela dissesse.

Quando foi assinar o ponto, Tony deu uma olhada na lista do pessoal escalado para o turno das sete às quatro no dia seguinte. Havia um esquema detalhado para a prefeitura, onde haveria uma passeata pela luta contra a Aids. E a solicitação de pelo menos seis oficiais para um festival de jazz no Central Park. Se Crawley, que estava escalado para este turno, não aparecesse por causa de mais uma doença imaginária, até mesmo Fuller tomaria alguma atitude.

Ele estava mais do que aborrecido, já estava *passado*. Tinha gente lá fora que estava realmente doente. Gente como Jimmy Dolan, que daria tudo para ter saúde e encarar um dia de trabalho...

— Estou indo embora — disse a Devlin, dirigindo-se para o vestiário.

— Por que a pressa? — quis saber o gorducho. — Não vai embora, não. Faz uma boquinha aqui comigo. A Sally botou comida suficiente para seis.

— Você *come* por seis — brincou Tony. — Mas obrigado mesmo assim. Eu bem que te acompanharia, mas preciso visitar um amigo no hospital. — Dolan fora hospitalizado no dia anterior, para se recuperar de outra infecção pulmonar. Certo dia, dissera-lhe que passava tanto tempo lá, ultimamente, que faria novos cartões de visita botando o endereço do hospital para contato. Mas Tony sabia que aquilo não era assunto para brincadeira.

Decorridos dez minutos, após ter tomado banho e trocado de roupa, quando já estava quase cruzando o portão da estrebaria, viu Joyce Hubbard, excepcionalmente atraente com calças de montaria e os cabelos sedosos, soltos por cima dos ombros. Pelo canto dos olhos, viu quando ela diminuiu o passo na esperança de pararem para conversar, mas ele apenas sorriu, acenou e seguiu em frente.

Tudo bem que Joyce era de arrasar, pensou ao atravessar a rua na direção de onde seu carro estava estacionado. O problema era que, ultimamente, não conseguia prestar atenção nela ou em qualquer outra mulher, a não ser em Skyler. Todas as manhãs, acordava excitado como um adolescente, pensando somente nela. Sonhava com ela. Era como uma doença maluca, do tipo para o qual não há remédio, somente a esperança de que passe sozinha.

Vai passar sim, assim como vão encontrar uma cura milagrosa para a Aids e o Dolan vai dançar o Quebra-Nozes *no Natal.*

Quando Tony entrou no quarto de Dolan, quinze minutos depois, viu que seu amigo não estava sozinho. Sua terapeuta, a Dra. Nightingale, estava numa cadeira ao lado da cama. Assim que o viu, Ellie levantou-se para cumprimentá-lo.

— O Jimmy me disse que estava à sua espera. — Sorriu afetuosamente e apertou-lhe a mão com ambas as suas.

Aos quarenta anos, com um jeito franco e um olhar firme, Ellie era uma mulher atraente, e naquele dia, de calças jeans, camiseta e cabelos presos, parecia muito mais jovem. Mais acessível. Na verdade, ela lhe lembrava alguém que ele conhecia, mas não sabia dizer quem.

Tony olhou para a cadeira onde ela estivera sentada e viu um livro. Devia estar lendo para Dolan, cuja visão estava falhando, embora não gostasse de admitir.

Sensibilizado pela sua atenção, lembrou-se de algo que ela lhe dissera na última vez em que se encontraram, há dois meses, quando Jimmy estivera no hospital com pneumonia. Lembrou-se de que, lá pelas tantas, após o médico de Dolan pedir-lhes licença por um momento, ele e a Dra. Nightingale estavam dividindo uma barra de cereais da máquina automática do solário, quando, após alguns minutos de conversa formal, Ellie surpreendeu-o ao comentar: "É uma pena o comportamento dos pais do Jimmy."

Tony lembrava-se de ter apenas sacudido os ombros, evitando dizer o que pensava sobre a família de Dolan — o que só poderia ser expresso com palavras muito grosseiras para os ouvidos da doutora.

Sem mais nem menos, numa voz triste, bem diferente do tom profissional adotado na presença de Dolan, confidenciou-lhe: "Faz anos que eu e meu marido tentamos adotar uma criança. Talvez, por isso, seja tão difícil para mim entender como uma mãe pode virar as costas para o próprio filho."

Observando-a, agora, enquanto ajudava Dolan a arrumar os travesseiros, Tony repetiu mentalmente aquelas palavras: *"Faz anos que eu e meu marido tentamos adotar uma criança."* Ainda estariam tentando? Dois meses não era tanto tempo assim; portanto, podia presumir que estivessem. Talvez já tivessem encontrado um bebê.

Talvez não.

Então Tony teve uma idéia. Idéia que ficou rodando na sua cabeça como uma moeda caída na calçada.

Será que ela...?

Será que *Skyler*?

Só há uma maneira de saber, pensou, e é perguntando. Encontrando uma maneira de ficar a sós com ela para ver como se sentia em relação ao assunto.

Tudo bem que não a conhecia direito, mas, de acordo com Dolan, ela só faltava caminhar sobre a água. Talvez fosse arriscado, porque mesmo se a doutora se interessasse, Skyler talvez não. Mesmo assim, valia a pena tentar.

Seu instinto de policial para avaliar as pessoas era quase infalível e, neste momento, alguma coisa lhe dizia que aquela mulher era o que estava procurando. Que ela seria a mãe ideal.

De repente, percebeu com quem a Dra. Nightingale se parecia: com Skyler. Tinham o mesmo tom de pele, a mesma compleição. Talvez por isso tivesse pensado nela para adotar o filho deles...

— Ouça, doutora, a senhora poderia fazer um trabalho dos diabos aqui. Que nem um caixeiro-viajante, só que, em vez de ir de porta em porta, a senhora iria de quarto em quarto. Pense nisso, uma mina inesgotável de angústia. — Jimmy, apoiado numa pilha de travesseiros, parecia um daqueles bonecos que as crianças desenham com riscos no lugar de tronco e membros, a cabeça grande demais para o corpo mirrado e um sorriso brilhante colado no rosto. — Só que, quando estão enfiando uma agulha nas suas tripas ou um tubo no seu traseiro, aí você não dá a mínima se a sua mãe gostava mais do outro irmão, ou se o seu pai o enchia de palmadas porque você brincava de boneca quando tinha cinco anos.

Ellie pegou o livro de poesias que estava lendo para ele e colocou-o na mesa ao lado da cama.

— Embora eu já esteja com o meu tempo todo tomado, vou pensar na sugestão. — Olhou de soslaio para Tony, irônica, e, então, para o relógio de pulso. — E por falar nisso, é melhor eu ir andando. Tenho uma consulta às seis e meia e, se não comer alguma coisa antes, não vou me agüentar nas pernas.

— Tem certeza de que não quer ficar para a apresentação? — Os olhos azuis de Jimmy brilharam. — Depois do jantar é que as coisas começam a acontecer. São os espetáculos noturnos. Não são como os musicais da Broadway, mas têm uma tremenda audiência por aqui.

— Da próxima vez, reserve uns lugares na primeira fila para mim — disse-lhe ela.

— Dolan, você não pára nunca? — Tony estava sorrindo. Olhou para Ellie e disse: — Sabe o que esse cara me disse outro dia? "Você não sabe o que está perdendo, Tony. Vinte e quatro horas de serviço de quarto com vista para o rio e a companhia do Bob Barker." Só que eu estou fora — acrescentou. — Prefiro mil vezes uma suíte no Plaza.

Ellie olhou para os dois homens, tão diferentes um do outro e, ainda assim, tão companheiros. Tony, com seus jeans justos e desbotados, esbanjava saúde e ostentava masculinidade. Jimmy, reduzido a pouco mais de um par de olhos azuis que brilhavam com mais ardor a cada dia, enquanto o resto do corpo definhava, podia morrer amanhã. No entanto, nenhum dos dois parecia se preocupar com a disparidade.

Tony massageava levemente o ombro de Jimmy, que, sem perceber, virava o tronco para o lado do amigo, como um broto de uma planta em direção ao sol.

Ellie mal o conhecia, mas imaginava-o como uma pessoa muito mais complexa do que deixava transparecer. Raramente falava de si próprio e, nas poucas ocasiões em que tiveram a oportunidade de conversar, ele parecia mais interessado nela do que na possibilidade de conseguir uma consulta grátis. Perguntara-lhe sobre sua profissão e como era trabalhar com pacientes com Aids; falara um pouco também, contando-lhe como Jimmy a tinha em alta estima.

Atualmente, mais do que nunca, Ellie apreciava a companhia de pessoas honestas e leais. Na verdade, por mais que estivesse ocupada e saísse com Georgina e outras amigas, sentia-se sozinha.

Certa época, imaginara que não conseguiria ficar seis dias sem Paul, e já haviam se passado seis meses. *Como vou agüentar?*, perguntava-se todas as manhãs, certa de não conseguir terminar o dia sem ele, vendo-se cambaleando num grande vazio, sem qualquer indicação de que rumo seguir, apenas pondo um pé na frente do outro. Mas de alguma forma conseguira prosseguir.

Paul e ela falavam-se regularmente pelo telefone e viam-se de vez em quando. Chegaram até mesmo a ir algumas vezes a um colega especializado em terapia de casais. Mas não adiantava, bastava ela ter um dia ruim, um dos seus pacientes soropositivos piorar ou simplesmente sentir-se solitária, que o problema resumia-se em não tê-lo ao seu lado. Não tê-lo para abraçá-la, para massagear-lhe os ombros ou fazer-lhe uma xícara de chá. Procurá-lo no meio da noite e encontrar seu lado da cama esticado, vago, frio.

Até mesmo naquele momento, com o marido no outro lado da cidade, lidando com tipos de pacientes totalmente diferentes daquele à sua frente, tudo o que desejava era sentir o calor dos seus braços. Seu coração doía terrivelmente, como se estivesse partido. Doía-lhe até mesmo respirar fundo.

Ellie observou Jimmy pegar o livro de poesia com as mãos visivelmente trêmulas.

— Uma saideira, doutora?

Sem muita disposição para falar, ela assentiu. Pegou o livro e o abriu em um dos seus poemas favoritos. Hesitante, começou a lê-lo.

No meio do poema, levantou os olhos e viu que Jimmy estava quase dormindo. Fechando o livro, olhou para Tony e fez sinal em direção à porta. Apanhando seus pertences, seguiu-o até o corredor. Quando estava para lhe dizer que precisava ir, Tony interrompeu-a, colocando a mão em seu braço.

— Posso lhe pagar um jantar? — perguntou. — Vou ficar por aqui até o Jimmy acordar; não posso oferecer nada melhor do que a lanchonete, mas a senhora me faria um grande favor em não me deixar comer sozinho. — Pensando melhor, acrescentou: — A não ser que a senhora precise ir para casa...

— Ainda tenho um pouco mais de uma hora até a consulta — respondeu ela com um sorriso brilhante excessivamente jovial. — Vai ser um prazer jantar com você... e a lanchonete está bem. Durante os meus quatro anos no St. Vincent, praticamente vivi de comida de lanchonete.

— Sério? Sorte a sua ter sobrevivido.

— Sou uma mulher forte.

Somente quando se sentou à mesa da cafeteria, com uma bandeja contendo um pedaço de carne inidentificável boiando em molho marinara, é que percebeu como estava com fome. Longe de Paul, suas refeições tinham se reduzido a boquinhas feitas aqui e acolá quando o estômago roncava e a deixava envergonhada, ou quando simplesmente já se sentia quase sem forças. Era bom sentar-se à mesa novamente com um homem, mesmo que a mesa fosse de fórmica e o homem, um mero conhecido.

Talvez o que a atraísse com relação a Tony fosse o seu jeito firme. Ele passava a impressão de alguém com quem se poderia sempre contar, sob qualquer circunstância; alguém que não viraria as costas quando a situação ficasse preta. E isso era algo de que ela estava precisando no momento.

— Você tem sido um grande amigo para o Jimmy. Quem dera que todos no grupo tivessem alguém assim.

Tony sorriu um pouco sem graça, como alguém que não gosta muito de receber elogios.

— É, mas faço de conta que não percebo a gravidade da situação. — Deu uma garfada no que Ellie reconheceu como sendo uma almôndega. — E como a gente evita tocar no assunto, acredito que o Jimmy já tenha feito algum comentário.

— Falamos sobre diversas coisas — disse ela, cuidadosa em manter o sigilo profissional.

— Olha, doutora, vejo isso da seguinte forma...

— Por favor, me chame de Ellie — interrompeu-o.

— Está bem. Deixa eu te falar uma coisa, Ellie. — Apoiou-se sobre os cotovelos, com uma expressão tão intensa que ela precisou conter o impulso de se encolher na cadeira. — Devo ser a única pessoa na vida do Dolan que sabe direitinho tudo o que ele passa, ao vivo e em cores. E não é nada muito bonito, pode acreditar. Se a gente não fala muito sobre o assunto, é porque é melhor assim. Escuta, o cara *sabe* que está morrendo. Para que gastar o pouco tempo dele falando sobre doença, em vez de falar das coisas que poderiam lhe dar uma razão para continuar a viver?

Ellie sorriu.

— Sua mãe teve um filho inteligente.

— Minha mãe? — Tony deu uma risadinha vaidosa. — Esperteza é com ela mesmo. Nunca acabou os estudos, mas a danada conseguia reconhecer um mentiroso ou trapaceiro a um quarteirão de distância. Qualquer um que tentasse passar a perna em Loretta Salvatore podia se considerar um felizardo se saísse com os tímpanos intactos e o cabelo repartido do mesmo lado.

— Ela mora por aqui?

— Mora em Rego Park. Há dois anos, foi morar com a minha irmã e o marido para ajudar a tomar conta das crianças. Só não me pergunte se ela é feliz. Minha mãe passou o diabo quando meu pai era vivo.

— Parece que você teve uma infância difícil.

Tony deu de ombros e olhou para outro lado. A cafeteria estava lotada a esta hora do dia, mas Ellie sequer havia percebido. Estava ocupada demais prestando atenção em Tony... e no que estava sentindo naquele momento; a sensação de que ele queria lhe dizer alguma coisa, algo mais além da sua infância.

De repente, ela teve certeza de que seu convite para jantar não tinha sido assim tão espontâneo. Por algum motivo, queria ficar a sós com ela. Seria alguma coisa com relação a Jimmy? Será que queria uma opinião profissional sobre algum problema particular? Problemas com a esposa ou a namorada?

Percebeu que nem sabia se ele era casado ou não. Uma olhada rápida no dedo anular da mão esquerda logo lhe mostrou que não, mas uma marquinha quase invisível entregava que já havia usado aliança e não fazia muito tempo. Divorciado? Teria deixado a esposa ou ido embora a seu pedido? Será que ainda a amava? Será que ela o amava?

De repente, Ellie imaginou Paul no lugar de Tony. Aqueles primeiros anos de recém-casados, durante seu período de residência no Hospital Langdon. Quantas vezes tinham almoçado juntos na cafeteria?

E com que freqüência iam para lá, apenas para ficarem juntos no meio do dia, de mãos dadas, sussurrando as coisas maravilhosas que fariam quando chegassem em casa?

Podia quase sentir o calor das mãos do marido sobre as suas, as irregularidades da pele irritada de tanta escovação. Imaginou-o acenando para uma das enfermeiras, uma moça bonita com um cardigã amarelo jogado sobre os ombros... bela o bastante para uma olhada mais cuidadosa. Mas Paul nunca olhara para outra mulher a não ser *ela*. E ela sabia, apenas pelo jeito como ele olhava para sua boca enquanto falava, que era a única mulher do mundo com quem ele sentia vontade de fazer amor.

Seu sentimento de perda, naquele momento, foi tão profundo que Ellie precisou firmar os cotovelos na mesa para não desabar. A este sentimento seguiu-se a raiva, poderosa, inclemente, arrebatadora.

Por que, por que tem de ser assim? Claro que também vejo o lado dele. Mas, se realmente me amasse, voltaria para casa. Ele entenderia.

Não podia desistir de querer uma criança, assim como não podia parar de respirar.

Tony deve ter sentido a mudança do seu humor, pois logo se aproximou e perguntou, solícito:

— Ei, Ellie... você está bem?

— Está tudo bem — respondeu ela, em tom objetivo. — Acho que eu não estava com tanta fome quanto pensei. — Empurrou a bandeja intocada para o lado. — Desculpe, Tony, mas preciso mesmo ir. A não ser que — disse com uma casualidade estudada — você queira falar alguma coisa comigo.

Tony pareceu hesitar; então, abaixou o garfo e disse:

— Na verdade, quero sim. O negócio é o seguinte: eu estava pensando... — Pigarreou. — Você me disse, uns meses atrás, alguma coisa com relação a você e seu marido quererem adotar uma criança. Eu queria saber se ainda estão interessados.

Ellie sentiu uma roda dentada amassando-lhe o peito, fazendo seu coração disparar, até conseguir se controlar novamente. Esforçou-se para manter a calma, calma que lhe vinha instintivamente quando se sentia ameaçada. No entanto, não havia nada a temer naquele homem que a estudava atentamente com seus olhos escuros, do outro lado da mesa. O que a apavorava era a esperança brotando novamente em seu coração, como um cristal delicado. Uma esperança que poderia ser facilmente estilhaçada, como já fora várias vezes.

— Por que você quer saber? — perguntou, cautelosa.

Tony desviou o olhar, seu rosto bonito e com mandíbulas bem definidas e um perfil romano fechando-se de repente.

— É que conheço uma garota que está grávida, pouco mais de três meses.

Ellie sentiu os mesmos sintomas: falta de ar, pés e mãos frios, uma comichão na nuca.

— Uma amiga sua? — perguntou, tão calma, que nem parecia ela.

— É, pode-se dizer que sim.

— Sei.

— Não, *não sabe*. — Tony passou os dedos pelos cachos grossos que lhe caíam sobre a testa. Estava tão tenso que Ellie quase podia ouvir os músculos e os tendões se distendendo como cabos de aço de uma ponte suspensa. Então, obrigou-se a relaxar. — Desculpe, é que isso está me deixando tão nervoso que não consigo mais ver nada direito. Quer saber a verdade? Ela é mais do que uma amiga... e, ao mesmo tempo, menos, se é que me entende. A gente só se viu uma única vez.

Ellie permaneceu calada. Sentiu um zumbido fraco nos ouvidos e ficou com as mãos suadas de repente. *Não se anime*, advertiu-se. *É cedo demais. Você ainda não sabe nada sobre essa menina.*

— Essa amiga, ela sabe que você está falando comigo? — perguntou baixinho.

Tony deu uma risada curta, forte.

— De jeito nenhum. Ela iria arrancar a minha cabeça por não ter falado com ela antes. Ela é... bem... ela gosta das coisas do jeito dela.

Seus olhos, mais negros do que o normal, como uma ruela escura numa noite sem luar, estavam dizendo mais; diziam que havia vários níveis de emoção por trás do que lhe revelava.

Mas ele, ao menos, estava sendo honesto; estava botando as cartas na mesa, ela reconheceu. Será que queria se envolver nesta história? Uma garota que não conhecia e que talvez nem quisesse *vê-la*? Ousaria se arriscar a nutrir novas esperanças numa situação em que as chances de sucesso eram tão remotos?

Mas a resposta, quando veio, foi tão óbvia que ela nem sequer hesitou:
— Estou interessada sim.

Tony balançou a cabeça devagar, sem tirar os olhos dela. Desta vez, Ellie sentiu-se claramente estudada, não por um futuro pai, mas por um tira que tinha a obrigação de analisar com cuidado qualquer pessoa de quem se aproximasse.

— Mas vou ser honesta com você — continuou, com os punhos cerrados sobre o colo. — Meu marido e eu estamos separados. — Era melhor falar de uma vez. Se ele desse para trás agora, estaria lhe poupando dias, talvez semanas de dores de estômago nervosas.

Então pensou em Paul e imaginou qual seria sua reação. É claro que ele não levaria fé. Mas, se por algum milagre, esse bebê se tornasse realidade, voltaria para casa, não voltaria? Não tinha a menor dúvida de que ele a amava. Restava ver se ainda a amava o bastante para tentarem constituir uma família, mais uma vez...

Tony franziu a testa, deixando claro que isso não estava no programa.
— E você ainda quer um bebê? Mesmo para criar sozinha?
— Mais do que tudo neste mundo.

Tony deve ter percebido a intensidade do seu desejo, pois a olhou com uma compreensão além das palavras. Ellie, por sua vez, deduziu que ele também sabia muito bem o que era desejar demais alguma coisa.

Estava trêmula quando pegou a bolsa. Em algum lugar distante de sua mente, percebeu que sua mão parecia agir por livre e espontânea vontade enquanto vasculhava por entre seus pertences, como um trombadinha em busca de dinheiro. Carteira, chaves, batom, caneta. Por fim, encontrou o que procurava, o estojo de couro onde guardava seus cartões de visita. Tirou um cartão, anotou o número do telefone de casa e o entregou a Tony.

— Qualquer hora — disse, ofegante, embora tentasse disfarçar. — Diga à sua amiga que ela pode me ligar a qualquer hora do dia ou da noite. Se eu não estiver em casa, ela pode deixar uma mensagem na secretária eletrônica. Diga a ela que ficarei aguardando.

Às seis e quarenta e cinco da manhã seguinte, o sargento Tony Salvatore estava sentado à mesa da sala de reuniões da Tropa B, folheando as páginas na sua prancheta, enquanto se preparava para fazer a chamada. Seus pensamentos, no entanto, estavam a milhas dali. Nem sequer estava vendo as mesas à sua frente, com seus ocupantes sonolentos — oficiais do turno das sete às quatro jogando conversa fora, enquanto aguardavam a programação do dia. Estava pensando no seu encontro com Skyler no final da tarde... e imaginando como lhe contaria sobre sua conversa com Ellie Nightingale.

Skyler não iria gostar de saber que ele havia falado com Ellie sem consultá-la primeiro. Gostaria menos ainda de saber que ela não tinha marido. Mas que diabo, ela lhe devia isso, pelo menos *conhecer* aquela mulher, dar-lhe uma chance. Afinal, o filho era dele também.

— E aí, sargento, soube alguma coisa sobre o cara esfaqueado na 42? Ele sobreviveu?

Tony levantou os olhos e viu Gary Maroni empoleirado no canto da sua mesa. Maroni, transferido do décimo distrito mais ou menos na mesma época que ele, não parecia importar-se nem um pouco com o fato de que Tony tivesse sido promovido a sargento e ele não. Estava comendo uma rosquinha doce enquanto espanava, distraído, o açúcar caído no seu uniforme. Era realmente espantoso, pensou Tony, observando a compleição magra e as faces encovadas daquele camarada que todo mundo chamava de Olívio Palito. Ele podia comer o próprio cavalo e, ainda assim, ficar como um padre faminto ansioso pela ceia de domingo.

— Morreu na hora — respondeu secamente. No dia anterior, ele e Tony tinham sido os primeiros a prestar depoimento. A cena fora de dar engulhos — a vítima tinha sido degolada com uma garrafa quebrada. Briga de gangue, talvez. Não sabia ao certo, pois não tinha perseguido o criminoso. Estava ocupado demais tentando conter os curiosos, aqueles urubus que se empurravam para ver de perto o ocorrido.

— Meu Jesus... também, com todo aquele sangue...

— Pegou bem na jugular — acrescentou Tony.

— Eu não teria nem encostado no cara, mesmo se visse que tinha chance de sobreviver. Um delinqüente daqueles, no mínimo tinha Aids.

Embora o uso de luvas no socorro de vítimas com ferimentos abertos fosse o procedimento padrão, Tony ficou irritado com a insinuação de Maroni de que a doença era exclusividade dos viciados, dos pervertidos e das "bichas", que, com certeza, pertenciam à pior das categorias. Mas ficou de boca fechada. Maroni era estúpido demais para refletir sobre o assunto.

— Soube da Joyce Hubbard? — Maroni, percebendo a expressão do sargento, mudou rapidamente de assunto.

— O que tem ela?

— Ficou noiva de um colega da Tropa A, Kirk Rooney. Ouvi dizer que estão planejando um casamento de arromba. Estou surpreso por ela não ter falado com você.

Tony não estava surpreso, mas também não podia evitar um certo sentimento de culpa. Desde que conhecera Skyler, no início do verão, quase não conversara mais com Joyce. A verdade era que quase não a notara mais. Já estavam em setembro, e ela havia ficado noiva sem que ele soubesse.

Quando ela apareceu, minutos depois, antes da chamada, Tony foi cumprimentá-la. Joyce, ficando da mesma cor dos seus cabelos avermelhados, desviou logo o olhar.

— Obrigada — respondeu baixinho. — Sei que parece uma decisão apressada, mas eu e o Kirk... a gente já se conhece há algum tempo.

Seus olhos eram mesmo bonitos, pensou Tony, quando ela arriscou encará-lo. Verdes e com pontinhos dourados. Pernas bonitas também, do tipo que chamam a atenção mesmo quando a dona não está a cavalo. De culotes azuis, botas pretas sob medida, camisa do uniforme passada à perfeição e cabelos presos numa trança, poderia posar para um daqueles pôsteres de campanha de recrutamento.

— Já marcaram a data?

— Ainda não. A mãe dele quer que a gente se case na primavera, quando então vai poder convidar metade do Brooklyn. — Revirou os olhos. — O Kirk e eu... preferíamos não esperar. Queremos ter filhos logo.

Tony sabia, pelo seu cadastro, que ela tinha trinta e um anos. Fazia sentido querer ter filhos e casar com um policial, alguém com quem teria tudo em comum. Muito mais sentido do que aquele pseudo-relacionamento maluco que ele tinha com Skyler Sutton.

— Bem, diga ao noivo que ele é um homem de sorte — disse-lhe Tony, sentindo uma afeição repentina, quase melancólica, por ela.

Joyce ficou vermelha como um pimentão, parecendo prestes a se debulhar em lágrimas. Então, olhou-o franca e intensamente e Tony percebeu, pelo brilho do seu olhar, que deveria ter ficado de boca fechada. Também desejou que tivesse sido esperto o bastante para se apaixonar por ela: mulher da mesma idade, do mesmo meio, com quem poderia fazer amor após o turno das quatro à meia-noite... alguém que o compreenderia.

Havia algo mais na expressão daquela moça, algo que o estava deixando visivelmente desconfortável. Seus olhos falavam: *Diga apenas que me quer...*

Tony desviou o olhar, examinando a relação de tarefas em sua mão. Joyce entendeu o recado e, com uma expressão dura e sombria, disse-lhe numa voz artificialmente doce:

— Diga você mesmo, pessoalmente. Você vai ao casamento, não vai?

— Claro. — Tony olhou para o relógio na parede e contou as cabeças presentes. Doze no total, alguns ainda enfiando a camisa dentro das calças e afivelando o coldre. Localizou Crawley, atarracado como um hidrante, os cabelos curtos e grisalhos ainda molhados do banho, que esperara até o último minuto para tomar. Parecia muito animado para alguém que tivesse passado o dia anterior de cama. Tony sentiu uma pontada de desapontamento. *Pena que ele não está de cama hoje também; assim, eu teria uma prova concreta para usar contra ele.*

A seguir, berrou:

— Douglas! Posto 21, almoço às onze... Tamborelli, posto 22, almoço às onze e meia... Smith, preciso de você e do Doherty para fazer entrega de feno para a tropa D... — E assim continuou até o final da lista, terminando como de costume: — Vocês conhecem as normas. Nada de aceitar descontos nas refeições. Nada de presentes... a não ser que eu esteja na parada.

Seu sorriso foi saudado por um coro de gemidos brincalhões. Mais um dia, mais uma jornada, mais um monte de problemas para resolver. E no final do expediente, pensou, levaria um coice. Não do cavalo, mas da mulher por quem tivera a infelicidade de se apaixonar.

Ele e Maroni ficaram com os postos 16 e 17, que cobriam a Times Square. Maroni montava Prince, um baio arisco, com uma mancha escura em volta do olho dando-lhe um ar de pirata e que não tinha nada em comum com o cavalo que seu companheiro montava agora. Tony, ao virar Rocky para a direita na 42, percebeu que o grandalhão não queria obedecer-lhe, corria de lado a cada buzinada de um carro, lançava-lhe um olhar ameaçador cada vez que ele o pressionava entre suas pernas, com a força de tenazes.

Mas o sargento não lhe deu moleza. Mantendo as rédeas ligeiramente frouxas, preferiu fazer peso com o dorso e as pernas, forçando o cavalo a obedecer-lhe. Quando chegaram a um cruzamento e o cavalo negro começou a corcovear, Tony apertou-o com as esporas e jogou o peso do corpo para trás, para mantê-lo no lugar.

Lidar com cavalos era fácil, pensou, até mesmo com cavalos brutalhões como aquele. Era com as mulheres que não sabia lidar direito. Bastava ver como tinha se dado mal com Paula, casando-se com alguém com quem não tinha quase nada em comum. Agora lá estava ele, repetindo o mesmo erro... apaixonando-se por uma mulher que tinha engravidado logo no primeiro encontro, antes mesmo de passar o efeito da cerveja. A única diferença era que ele e Skyler não iriam se casar. E, no momento, a única coisa que lhe cabia fazer era certificar-se de que seu filho fosse criado adequadamente e recebesse todo o amor que uma criança merece.

Cai na real, Salvatore, você só está tentando compensar aquilo que o seu pai nunca foi capaz de te dar.

Mas esta era uma situação completamente diferente. Seu filho ou filha talvez nunca viesse a saber quem ele era. Provavelmente, cresceria pensando que ele não se preocupara o suficiente nem para telefonar ou escrever uma carta.

Tony sentiu um bolo no estômago, e sentiu-se aliviado por estar usando óculos espelhados que lhe escondiam os olhos.

Enquanto patrulhava a Times Square, com seu número infinito de bares e lanchonetes, procurou não pensar em todos os problemas que causaria à criança, tampouco em todas as coisas que queria dizer a Skyler sobre o que era crescer odiando o próprio pai.

Na esquina da Broadway com a 45, levantou o cassetete para cumprimentar outra veterana das ruas. Maxie, de calças rosa-choque colantes e um tomara-que-caia de lantejoulas, acenou de volta. Uma pobre coitada, pele e osso, dentes estragados e uma afeição tão especial por cavalos que Tony sentiu-se grato por não estar trabalhando na delegacia de costumes. Não se divertia nem um pouco em prender vítimas da própria vida.

Ao meio-dia, ele e Maroni encontraram-se para almoçar. Sammy, que tomava conta da garagem subterrânea onde eles sempre amarravam os animais, já estava à espera com uma cenoura para cada um. Cara esperto, sabia a quem bajular — na Montada, raro era o tira que atendia às necessidades do seu cavalo antes das suas. Tony agradeceu ao funcionário e fez um esforço mental para não se esquecer de lhe dar uma boa gorjeta no Natal.

— O que aconteceu com a sua ex-mulher? — perguntou Maroni, enquanto aguardavam pelos sanduíches no balcão — peito de peru com pão integral para o sargento e um Supertudo para Maroni. — Você está pagando pensão?

Há semanas que não pensava em Paula; precisou esforçar-se para lembrar-se direito do rosto dela.

— É o que ela mais queria na vida — respondeu, surpreso por não sentir mais o rancor que o acompanhara durante tanto tempo. — Mas o advogado dela sugeriu que pedisse uma indenização única.

— Ui! Deve ter sido de lascar.

Tony deu de ombros.

— Tenho outras coisas com que me preocupar.

— É, já percebi. — Deu-lhe uma olhada significativa. — É alguém que eu conheço?

— Duvido — disse Tony, acrescentando, com uma risada: — Na verdade, eu diria que as chances de vocês se conhecerem são as mesmas de você botar alguém em cana nos próximos dez anos.

— Não quer apresentar para os amigos, né? — Maroni deu uma mordida enorme no sanduíche, revirando os olhos de prazer.

— Não é isso não — respondeu Tony.

— Tá bom. Já entendi. — Balançou a cabeça, ficando sério. — É sempre a mesma história com você, Salvatore. Sempre segurando as cartas bem pertinho para ninguém ver. Você é o único cara da tropa que não sabe para que serve o vestiário. É para tirar sarro, é para isso que serve. Passar a mão nos peitinhos e nas bundinhas... e depois sair contando vantagem.

Tony nunca sabia quando podia levá-lo a sério, portanto, normalmente, o ignorava. Conseguiram chegar ao final do expediente sem prender ninguém, nem quebrar o pescoço, e, quando estavam voltando para a estrebaria, no final do expediente, Tony percebeu que até aquela neblina espessa, que enclausurara a cidade durante toda a semana, como um balde emborcado, tinha finalmente se dispersado.

Quarenta e cinco minutos depois, quando se dirigia ao norte pela Henry Hudson, admirando os primeiros vestígios do outono nos tons vermelhos e dourados das árvores frondosas que ladeavam a ampla avenida, ocorreu-lhe que aquele dia, talvez, não acabasse tão mal. Estava ansioso para ver Skyler; até aí nada de novo. Mas, embora tivessem assuntos a resolver, talvez pudessem, também, apreciar a companhia um do outro.

Acabou lembrando-se do irmão: Dominic estava organizando uma reunião familiar e insistira para que ele levasse aquela mulher misteriosa para conhecerem. Tony não contara a Dom e a Carla que Skyler estava grávida. A única coisa que o irmão e a cunhada queriam ter certeza era de que ela não se parecia em nada com Paula, de quem não gostavam nem um pouco.

Skyler não era como Paula. Mas que seria capaz de aceitar a sua família? Irmãos, irmãs, cunhados, sobrinhos? Eles eram um bando muito barulhento, xingavam, Dom bebia demais, Carla gritava com as crianças, mas todos eram capazes de dar a roupa do corpo para ajudar qualquer outro membro da família. Tony jamais se desculparia por eles, nem com Skyler nem com a rainha da Inglaterra.

E mesmo se ela os aceitasse bem, será que ele gostaria da família *dela*? Já estava acostumado àquele tipo de gente. Pessoas que, mesmo da calçada, olhavam-no com desprezo, montado em seu cavalo. Da mesma forma que uma dondoca, pouco tempo atrás, pedira-lhe, autoritária, que lhe chamasse um táxi quando saía da Bergdorf Goodman. Ou como quando se vira cercado por madames com vestidos de grife e homens de smoking, que, durante uma angariação de fundos para a Guarda Montada, no Tavern on the Green, mataram a curiosidade sobre o seu trabalho, para deixarem-no de lado em seguida. Na verdade, não queriam saber nada sobre *ele*.

Não, não dava para se imaginar junto com Skyler. Seria o mesmo que se ver morando numa montanha no Tibete, ou voando num foguete para a Lua. A dificuldade estava em enviar aquela mensagem para o seu coração, que, por alguma razão, não percebia as evidências.

Tony saiu da 84 e entrou na Rota 312, onde o asfalto dava lugar a estradas arborizadas, ladeadas por pastagens e casas de madeira, típicas dos livros infantis. Do outro lado da cidade, ao norte do reservatório, a estrada subia consideravelmente, serpenteando por entre o Parque Estadual Fahnstock. Dirigiu devagar, temeroso de que algum cervo surgisse na vegetação rasteira, onde o caminho gramado dava lugar a um bosque denso.

Quando chegou ao alto, virou para uma estrada estreita e estacionou em frente à sede de toras, de dois andares, com vista para um descampado. Não havia nenhuma placa anunciando o Gipsy Trail Club — sendo a lógica da coisa, pensou, a de que quem ainda não conhecesse o lugar certamente não teria nada a fazer ali.

No entanto, embora se sentisse um pouco deslocado, Tony não pôde deixar de sentir-se encantado com o que via. O lago, onde os cisnes deslizavam sobre o reflexo da própria imagem, as trilhas que se estendiam pelos mil e setecentos acres de propriedade do clube e as casas — algumas verdadeiros palácios, estranhamente consideradas cabanas — escondidas no meio das árvores.

Tony encontrou Skyler na estrebaria, do outro lado do trutário, conduzindo seu cavalo a meio galope pelo picadeiro. O animal era um belo capão castanho, com cerca de um metro e sessenta centímetros, que deslizava pela arena como manteiga no pão. Embora ela, de perneiras de couro e suéter larguinho amarrado à cintura, por cima da calça jeans, estivesse linda e corada, foi a facilidade com que montava a cavalo que o deixou sem fala. Enquanto a observava com sua graça elegante e esvoaçante, com os cabelos claros refletindo a luz vermelha e dourada do sol poente, Tony — que, como os caubóis, montava sem firulas, interessado apenas em fazer seu serviço — percebeu, mais uma vez, o abismo existente entre eles.

Ficou encostado na cerca, observando-a em silêncio, até que ela o avistou e aproximou-se.

— Por que você não avisou que tinha chegado? — ela perguntou, num leve tom de censura.

— Estava ocupado olhando você — disse-lhe, acrescentando, preocupado: — Ei, tem certeza de que não tem problema? Quer dizer, para o bebê e tudo mais.

Skyler desmontou, resmungando:

— Não estamos mais no século dezenove, Tony. As grávidas não ficam mais confinadas na cama, a não ser sob orientação médica. Além do mais, estou pegando leve.

— Sem saltos?

Ela já ia se irritando, quando resolveu pensar melhor.

— Quase levei um tombo na minha última apresentação — admitiu. — Depois disso, decidi que era melhor parar até... até não ter mais problema. — Deu-lhe um sorriso, fazendo um trejeito com a boca que não escondia de todo a angústia que sentia. — O meu treinador quase teve um ataque quando eu lhe disse a razão. Não sei se por pudor ou porque ficou zangado de me ver ferrar com o que ele acha que seria uma grande carreira no hipismo. Bem, de qualquer forma, vou hospedar o Chancellor aqui durante o inverno. — Deu palmadinhas no pescoço do capão. — Pelo menos *ele* não está reclamando.

— O Scotty consideraria ter morrido e ido para o paraíso.

— Escute, por que a gente não dá uma volta antes de escurecer? John pode preparar um dos cavalos para você. — Skyler gesticulou em direção à estrebaria, inspirada no estilo Adirondack, uma versão reduzida da sede do clube, com um telhado de telhas fininhas de madeira, cobertas por musgo. Dois gatos refestelados aproveitavam os últimos raios de sol em frente à porta dupla que dava para o picadeiro.

Tony teve o ímpeto de lhe lembrar que tinha passado a maior parte do dia no lombo de um cavalo; era assim que *ganhava a vida* e, nas horas livres, não sentia muita vontade de brincar de senhor rural. Mas, ah, que se dane! Concordou e entrou na estrebaria.

John, parecendo mais um ator grisalho e aposentado do que um cavalariço, deu-lhe uma égua Appalloosa ainda em ótima forma para sua idade avançada. Mesmo assim, tão logo Tony a encilhou, não pôde deixar de rir diante da diferença entre Penny e o cavalo que montara horas atrás. Essa era uma das coisas que mais gostava com relação ao seu trabalho: os cavalos da Guarda Montada podiam não ser tão atraentes, mas estavam acostumados a ser montados por profissionais, e a prova estava ali. Era só colocar Rocky num lugar daqueles, com um bando de recreadores, pensou, que ele se tornaria uma ameaça.

— Há uma trilha muito bonita atrás da minha cabana... um lugar lindíssimo nesta época do ano — disse-lhe ela ao vê-lo todo equipado. Skyler abriu um sorriso e tomou o caminho de terra batida que serpenteava por trás do lago protegido pelas copas dos bordos e olmos.

Tony pensou: *Alguma coisa está errada*. Lindo dia, linda trilha. Parecia até propaganda de revista, bom demais para ser verdade. No bairro em que ele crescera, quando alguém engravidava uma garota, ela não saía por aí fazendo comentários sobre a paisagem como se nada tivesse acontecido. Ela provavelmente ficaria um caco, mas, pelo menos, estaria sendo um caco *sincero*.

Tony, não muito convencido de que era seguro Skyler andar a cavalo, ficou de olho nos buracos e nos galhos baixos. Seguiram silenciosamente pelo bosque, chegando até um pântano onde tudo o que se ouvia eram os cascos afundando na lama, até a altura dos jarretes. Quando uma revoada de faisões se ergueu do alto juncal com gritos estridentes, assustando os cavalos, Tony, instintivamente, usou sua égua para bloquear a passagem de Skyler, cujo cavalo, dançando nervoso, já estava pronto para disparar.

— Bom trabalho — disse ela com uma pitada de ironia, à qual Tony pareceu não dar muita atenção.

Sem nada responder, pensou em como podia sentir-se tão irritado com uma mulher e, ao mesmo tempo, desejar puxá-la da sela e fazer amor com ela exatamente ali, no chão, em meio às folhas e flores silvestres pisoteadas.

Ao chegar até onde a trilha se dividia no alto da montanha, Skyler tomou o caminho de volta para a estrada principal. Já estava quase escuro quando chegaram à estrebaria, e o friozinho do anoitecer já se fazia presente.

Tony permaneceu em silêncio enquanto desmontavam e levavam os cavalos para as baias. A estrebaria estava deserta; John já devia ter ido embora. Ouvia-se apenas o som dos cavalos mastigando prazerosamente as forragens e balançando o rabo contra as divisórias de madeira.

Estava ensaboando as mãos na pia funda e enferrujada da sala de arreamento, quando se deu conta do olhar de Skyler. Então sorriu e comentou:

— Você está me olhando como se, de repente, não soubesse quem sou.

— Acho que não sei mesmo. — Apontou para sua cintura. — Isso é o que estou pensando?

Baixando os olhos, Tony viu que seu moletom tinha subido e se enganchado no revólver, um Smith & Wesson .38, enfiado no cós das calças jeans. Dando os ombros, disse-lhe:

— Nunca se sabe...

— Eu ainda não tinha visto.

— Talvez você nunca tenha olhado.

— Por que diabos você precisa andar armado num lugar como este? — Abriu os braços num gesto que abarcava o revestimento macho-e-fêmea do lugar, suas fieiras de baias caiadas.

— Como já disse, nunca se sabe. — Secou as mãos numa toalha áspera pendurada num gancho enferrujado acima da pia.

— Armado e perigoso. Uau!

Skyler estava rindo agora, e o gosto acre que subiu de repente pela garganta de Tony estava lhe dizendo que ela não ria por achá-lo, assim, tão divertido. Então ele se virou devagar para aquele rosto que, sob a luz da lâmpada, com os olhos mergulhados em sombras, parecia o de uma criminosa sob interrogatório — arrogante, desafiador, mas, no fundo, um tanto assustado.

Com um movimento súbito, ele a segurou pelos braços, fazendo-a estremecer de susto. Após certificar-se de ter atraído sua atenção, disse-lhe numa voz baixa e firme, que pouco deixava transparecer daquele coquetel sombrio se formando dentro dele — uma mistura de raiva e desejo com uma pitada de amargura.

— Há duas coisas que um tira deve ter em mente. Primeira, *eles* podem ver a gente, mas a gente nem sempre pode vê-los. Segunda, a gente nunca baixa a guarda. — Soltou-lhe os braços, deixando duas manchas úmidas nas mangas de seu suéter. — Tem mais, vamos deixar uma coisa bem clara entre nós. Não gosto desse tipo de brincadeira. Se você não quer mais que eu venha aqui, fala logo e não fica de gracinha.

Skyler ficou olhando para ele como se para um perfeito estranho caído de pára-quedas à sua frente. Tony sentiu a raiva diminuir, mas, ainda assim, fez o possível para continuar o assunto, não deixá-lo morrer, pois sabia que, por trás daquele comportamento, havia algo muito pior.

— Não sei sobre o que você está falando — respondeu ela devagar.

— Sabe sim. — Manteve a voz agressiva de propósito. — Para você, eu sou uma ressaca de vodca, daquelas que não deixam esquecer que todo pileque tem o seu preço. Só que essa ressaca não vai embora assim, sem mais nem menos. — Voltou o olhar para sua barriga, já despontando por baixo da roupa.

Skyler jogou a cabeça para trás, soltando faíscas pelos olhos.

— Quem foi que pediu para você se envolver? Você mal me *conhece*!

— Acontece que, mesmo quando a gente não pediu ou *desejou* alguma coisa, nem sempre é fácil virar as costas e ir embora.

— E é a mim que você vem dizer? — Pôs a mão na barriga, dando uma gargalhada irônica.

Tony ficou olhando para aquele rosto que, embora ruborizado, permanecia impenetrável.

— O que estou tentando dizer é que, se você mudar de idéia e decidir ficar com o bebê, vou ficar do seu lado — murmurou. — Vou fazer de tudo para você e a criança terem toda atenção.

— Tony...

— Espera. Você vai me ouvir agora. Não estou falando de a gente se casar ou de qualquer outra coisa idiota dessas, não precisa se preocupar. Isso não tem nada a ver com a gente. — Mentira... mas, deixa pra lá, pensou.

— O que você está pensando? — ela quis saber.

— Você está me olhando como se eu tivesse uma carta escondida na manga. — Entortou a boca num sorriso. — Escuta aqui, Skyler, sou um cara como outro qualquer... sou isso que você está vendo. Se eu te prometer alguma coisa, pode confiar. E o que estou prometendo é que, se você decidir ficar com o bebê, o nosso filho vai *saber* quem é o pai dele.

Seguiu-se um breve silêncio, quebrado apenas pelo ruído abafado de um casco contra um estábulo móvel. Então, Skyler, soltando faíscas pelos olhos, acrescentou, desafiadora:

— Não vou mudar de idéia.

— Às vezes, a gente muda sem perceber — respondeu ele calmamente, sem insistir no assunto.

Skyler permaneceu calada. Apenas olhava para ele, sentindo esvair-se aquela fúria estranha que não o tinha como verdadeiro alvo, deixando-a com uma expressão que Tony podia somente descrever como tristeza.

Por fim, afirmou impaciente:

— Tony, estou cuidando do assunto, certo?

Embora ele não acreditasse muito no que ouvia, tudo o que disse foi:

— Se você diz. — Esperou um pouco antes de perguntar: — Já falou com alguém sobre... a adoção?

— Ainda tem muito tempo para isso — disse ela, irritada.

— Eu queria saber se você tem alguém em mente.

— Por quê? *Você* tem?

Arrependeu-se por tê-la jogado na defensiva. Inspirando fundo, respondeu, tranqüilo:

— Tem aquela senhora. Lembra que eu te falei sobre o meu amigo, o Dolan? Bem, ela é a psicóloga dele. E faz um tempão que está tentando adotar uma criança. Falei com ela outro dia... sobre a gente... sobre o nosso filho. Ela está interessada... e gostaria de se encontrar com você.

Skyler voltou a soltar faíscas pelos olhos.

— E o que você sabe sobre ela, além de ela ser a psicóloga do seu amigo?

— Sei que ela é gente boa.

— A minha cabeleireira também.

Tony esforçou-se para manter a calma e o tom de voz equilibrado.

— Tudo o que estou pedindo é para você falar com ela; para tomar um café, mais nada. — Hesitou. — Mas ainda *tem* outra coisa. — Mais cedo ou mais tarde isso viria à tona; seria melhor falar de uma vez.

— O quê? — Ela apertou os olhos.

Contraindo as mandíbulas, ele falou:

— Ela e o marido... eles não estão, exatamente, vivendo juntos agora.

Skyler cruzou os braços.

— Então pode esquecer.

— Você não quer, ao menos, falar com ela?

— Para quê?

Tony perdeu a cabeça. Aquela infusão escura que sentia crescer por dentro rompeu as paredes frágeis do seu controle:

— Porque estou *pedindo*. Por isso. — Sua voz severa ecoou nos ouvidos de Skyler. — Precisa mais? Pelo amor de Deus, Skyler, goste ou não, esse bebê é meu filho também.

Ele se sentiu como se seu ventre se dilacerasse num rombo grande o bastante para enfiar o punho. Por que ela não dizia nada? Por que ficava ali, parada, olhando para ele como se *ele* não tivesse nada a ver com o assunto?

Percebeu, então, que ela estava se acalmando.

— Acho que não vai me tirar nenhum pedaço — concluiu finalmente.

Tony jogou o peso sobre os calcanhares surrados das suas botas de caubói. Tinha vencido... a primeira batalha. Mas o que isso provava? Nada. Exceto que Skyler se importava o suficiente com o bebê para aproveitar a oportunidade de conhecer alguém que talvez se encaixasse no perfil que procurava. Seu sentimento com relação a ele, se é que tinha algum, estava tão bem guardado quanto a arma que ele trazia em sua cintura.

Skyler permaneceu cabisbaixa, enquanto se dirigia para a sala de arreamento, temerosa de que Tony olhasse em seu rosto e descobrisse o que estava pensando.

Mas o que havia de tão terrível em apaixonar-se?

Tudo... tudo o que se possa imaginar, pensou, arrasada.

Não se sentiriam bem na companhia dos respectivos amigos. A família dele, provavelmente, a consideraria esnobe apenas por ser rica. E a família *dela* se esforçaria tanto para aceitá-lo que todos os seus esforços surtiriam exatamente o efeito contrário. Haveria casamentos, batizados e formaturas onde um ou outro se sentiria deslocado. E nos restaurantes, haveria aquele momento constrangedor em que ele pediria a conta e ela insistiria em pagar, simplesmente por ter mais dinheiro. Eles nem mesmo gostavam do mesmo tipo de música — ele ouvia rock e country e tudo o que sabia sobre óperas era que elas acabavam quando uma gorducha cantava.

Não, isso nunca daria certo. Além do mais, ela não o amava de verdade, apenas *imaginava* que sim.

Os hormônios. Com certeza eles eram a explicação para toda aquela loucura. Depois que o bebê nascesse, sua vida voltaria ao normal.

Havia escrito para a faculdade de veterinária da Universidade de New Hampshire, e eles tinham permitido que ela se matriculasse no início do próximo semestre. Até mesmo seus pais, por mais confusos e chateados que pudessem estar, voltariam às boas com ela. E Tony? Ele pararia de bancar o guarda-costas e voltaria a ser apenas um tira. Logo se esqueceria dela.

Continue pensando assim. Talvez você acabe se convencendo.

A dura verdade, pensou, desesperada, era que os hormônios pareciam ser parte de um pacote. Ela não estava apenas começando a ter intenções com relação a Tony, estava também se afeiçoando ao bebê. Ultimamente, tudo era capaz de sensibilizá-la — a propaganda de uma operadora telefônica com uma criança ligando para a avó para lhe desejar feliz aniversário; a vitrine infantil da Gap, com macacões e tênis de brim; as fotos de bebês angelicais nas revistas do consultório da sua ginecologista.

Skyler precisava ficar se lembrando, a toda hora, que estava fazendo a coisa certa. Não estava fugindo. Não estava abandonando seu bebê. Ele teria tudo o que merecia. E, acima de tudo, o que mais merecia eram pais carinhosos em condições de educar uma criança.

Então, por que tinha concordado em se encontrar com a amiga de Tony? Sem um marido, o que fazia aquela mulher mais capaz de criar um filho do que *ela própria*?

Não é porque ele te convenceu, e você sabe disso. Você está fazendo isso porque ele pediu.

Sentindo o peso de uma mão em seu ombro, Skyler virou-se para trás. Tony, parado, analisava-a com uma expressão tão séria que ela se lembrou dos filmes em que um policial aparece com a notícia de um trágico acidente.

— Se quiser, vou com você — ofereceu-se.

— Aonde? — Por um momento, hipnotizada pelos seus olhos escuros, tão negros que poderia mergulhar neles sem nunca tocar o fundo, Skyler sentiu-se confusa demais para pensar.

— O nome dela é Ellie. Ellie Nightingale.

Skyler balançou a cabeça para voltar à realidade.

— Obrigada, mas prefiro ir sozinha. — Quanto mais não fosse, porque não conseguia pensar direito quando Tony estava por perto. Bastava olhar para ele, como fazia agora, para ficar com os joelhos bambos.

E ele estava tão perto que dava para sentir sua respiração quente contra sua pele fria. Ao ver a corrente brilhando em seu pescoço, sem saber bem o que fazia, Skyler puxou-a para fora do moletom e analisou o relevo na medalha, a imagem do Arcanjo Miguel de asas bem abertas. No verso, dizia: "Proteja o meu marido."

— Foi a minha ex-mulher que me deu, assim que a gente se casou — ele explicou.

— Deve ter funcionado. — Ela não ousava olhar em seus olhos, temerosa de que ele percebesse o quanto o desejava. Um desejo tão ardente que mais parecia uma doença. Sentia-se tão envolvida que chegava a sentir uma leve naúsea por estarem, assim, tão perto.

Tony deu uma risadinha irônica e desfechou:

— Não é muito fácil se livrar de mim. Acho que você já percebeu, né?

— Tony... — Ela levantou a cabeça e suspirou. — Sei que você se sente responsável e quer fazer a coisa certa. Dou o maior valor a isso, dou mesmo. Mas, sinceramente, eu não te interpretaria mal se você parasse de vir aqui.

— Você acha que eu venho só por isso? — perguntou ele numa voz baixa e grave, capaz de arrepiar-lhe os cabelos da nuca.

Não era hora de ser tímida ou evasiva, percebeu Skyler. Além do mais, para quê? Não teriam se metido nessa encrenca caso fossem indiferentes um ao outro.

— Não adianta negar que existe uma certa química entre nós — confessou ela. Química? Esse era o eufemismo do século. Aquilo mais parecia o resultado desastroso de um experimento de algum cientista maluco.

— É, não adianta — concordou ele, sua boca curvando-se num trejeito irônico.

— O que não significa que a gente deva tomar alguma atitude — ela se apressou em esclarecer.

— A menos que a gente queira — respondeu ele, sem segundas intenções. — Enquanto isso, não vejo problema algum em sermos amigos, você vê?

Skyler via muito problemas, mas não fez nenhuma objeção. Em vez disso, desandou a falar:

— E amigos *fazem* coisas juntos... como... ir a shows. E à ópera. Você gosta de ópera? Eu adoro tudo o que se relaciona à ópera. Já te falei que a minha favorita é *La Traviata?* — Percebeu que falava compulsivamente, mas não conseguia parar.

Tony assistindo à ópera... você ficou doida? *Provavelmente ele iria odiar... e você iria acabar zangada com ele.* Mas talvez fosse isso o que queria... *provar* a si mesma, que não tinham nada em comum. Era uma atitude infantil e equivocada, mas, no momento, precisava desesperadamente de qualquer coisa capaz de quebrar aquele poder que ele parecia exercer sobre suas emoções.

— Nunca fui a uma ópera. Mas estaria disposto a tentar — respondeu ele com uma seriedade que despertou nela uma estranha ternura.

— Tudo bem — tornou ela, pensando se o tinha julgado mal.

— Meu irmão, Dominic, está organizando um superjantar em família qualquer dia desses. E eu gostaria que você fosse comigo. — Ela abriu um rápido sorriso. — Como amiga.

— Combinado. — Ela ficou tímida de repente... mais tímida do que ficara naquele dia, no sofá do apartamento de veraneio do pai, quando fizeram amor pela primeira vez.

De repente, Skyler lembrou-se de Tony nu, moreno, cabeludo, o contato do seu corpo, o calor que emanava dele. Sua boca... atrevida, insistente.

Sentiu as pernas ligeiramente trêmulas e precisou apoiar-se na parede à direita da porta aberta da sala de arreamento. Pensou na arma enfiada em sua cintura e, contra todas as suas sagradas convicções liberais, sentiu uma ligeira excitação. *Devo estar ficando louca*, pensou.

No entanto, em vez de soltar a medalha, usou-a para puxá-lo para si. Viu-o bambolear em sua direção, as pálpebras semicerradas. Sentiu aqueles braços à sua volta, aquele corpo firme e musculoso — corpo com o qual sonhara mais vezes do que se dera ao trabalho de contar — empurrando-a contra a parede. Aquele hálito quente contra sua boca. O contorno da arma pressionando o volume de sua barriga.

— Skyler...

De repente, ela imaginou a arma disparando. Um clarão intenso e uma dor dilacerante. *O bebê.* Skyler soltou a medalha e afastou-se abruptamente.

Entrando na sala de arreamento, tirou as perneiras de couro e guardou-as dentro do baú. Do outro lado da porta aberta, podia ouvir Tony andando de um lado para outro, guardando suas coisas, os saltos das botas produzindo um som oco em contato com o chão de cimento. Sentiu-se péssima, com uma dor no peito, como se a arma tivesse disparado *de verdade*. Queria dizer alguma coisa, qualquer coisa capaz de quebrar aquele silêncio constrangedor.

Mas ficou muda.

Ao saírem, Tony enfiou a mão no bolso da calça e tirou a carteira de couro trabalhado, gasta pelo tempo e moldada pela forma do seu quadril. De lá, tirou um cartão de visitas também ligeiramente curvo.

A maneira como lhe entregou o cartão foi quase profissional.

— Você escolhe a hora e o lugar, e ela vai estar lá.

Skyler concordou, repentinamente cansada. A questão não era onde, mas *por quê*.

Porque não havia absolutamente nada no mundo, pensou, que a fizesse deixar aquela mulher adotar o seu bebê.

Capítulo Nove

Foi Ellie quem sugeriu o lugar. Na parte da tarde de um dia de semana, entre o almoço e a hora do rush, o café, no segundo piso da Livraria Barnes & Noble, na Rua 21 com a Sexta, raramente ficava cheio, e os fregueses, em sua maioria, estavam com o nariz enfiado num livro. Ninguém estava prestando muita atenção na bela quarentona de blusa branca de gola rulê e blazer azul-marinho, sentada à mesa próxima ao gradil de ferro fundido, que olhava ansiosa para as escadas, como se já prevendo que a pessoa pela qual esperava não apareceria.

Ellie pensou: *Só mais cinco minutos. Se ela não aparecer, vou ligar. Talvez tenha entendido mal a hora ou confundido a data. Talvez tenha esquecido.*

Tentando parecer calma, ficou olhando para os clientes que passeavam por entre as prateleiras e para os que relaxavam com um livro na mão, acomodados nos sofás macios da livraria. A megastore, com seus conjuntos aconchegantes de mesas e cadeiras, seus metais polidos e madeira escura brilhante, ocupando mais de um acre do piso térreo, parecia a biblioteca de um solar inglês. A música de Erik Satie soava hipnotizante, tranqüilizadora. Mas Ellie não estava tranqüila. Estava suando na nuca, e o guardanapo que viera junto com sua xícara de chá estava todo amassado. Olhou para o relógio. Tinham marcado às três e já eram três e quinze.

Você Acredita em Destino?

E se ela não aparecer? Meu bom Deus, faça com que ela venha. Acho que eu não agüentaria ter outra decepção.

A jovem parecera muito sincera ao telefone. Confiante, articulada. Nada parecida com as adolescentes ariscas com que estava acostumada a lidar, a maioria abandonando as bonecas para ter filhos, sem muita experiência de vida entre uma coisa e outra. Ellie achara Skyler Sutton cheia de vigor... embora sua conversa também a tivesse deixado confusa e um pouco insegura.

Sutton. Aquele nome lhe parecia familiar, como alguém que se lembrasse vagamente de uma coluna social no jornal... ou de uma lista de patrocinadores no verso de um programa de ópera.

A lista de candidatos dela devia estar cheia de Mensans atuantes nas igrejas e na sociedade, felizes no casamento e fisicamente fortes. Deviam adorar animais e ter experiência com crianças. O que Skyler Sutton quereria com uma psicóloga sobrecarregada de trabalho e com o casamento prestes a desmoronar?

Ellie pensou também em coisas a seu favor. Era culta. Sabia lidar com as pessoas. Não era tão velha. Estava em ótima forma, embora com as coxas um pouco flácidas. E, mais importante do que tudo, queria desesperadamente uma criança. Mais do que sucesso, dinheiro ou bajulação e, aparentemente, até mesmo mais do que um marido, o que queria era um bebê.

Seria *este* bebê? A razão lhe dizia que não... mas seu instinto a empurrava para uma direção oposta.

Lembre-se, você não procurou por ela, ela veio até você. Talvez isso queira dizer alguma coisa.

Destino? Sorriu, pensando na reação de Georgina. Já haviam conversado sobre isso, claro... e a amiga lhe avisara para não confiar muito em sinais e símbolos.

"É como dar a volta a uma escada, em vez de passar por baixo dela... ou acreditar que você só tem sorte durante algumas fases da lua", Georgina lhe dissera recentemente, durante um jantar, num bistrô elegante no Upper East Side. "Sinto muito, querida, mas é por causa da superstição que você ainda não conseguiu o que quer. Lá no fundo, você acredita que existe *uma* só criança destinada para você."

Quando Georgina lhe disse era isso, Ellie achara que não fazia o menor sentido, mas, agora, sentia-se inquieta. E se a amiga tivesse razão? Acreditaria, inconscientemente, que Bethanne, de alguma forma, voltaria para ela? Teria esta crença, de alguma maneira, influenciado o curso de alguns eventos aparentemente aleatórios?

— Dra. Nightingale?

Ellie levou um susto e ergueu os olhos.

Sua primeira impressão daquela moça foi a de uma beleza estonteante — elegante e atlética, esbelta, com olhos tão azuis e cristalinos como as águas de um lago na montanha, e uma fartura de cabelos loiros, sedosos, caindo um pouco abaixo dos ombros. Estava sem maquiagem, com jeans, camiseta, jaqueta larga de camurça e uma mochila de lona pendurada no ombro. Não pareceria deslocada numa universidade cara, não fosse o ar de maturidade, um tanto precoce para sua idade. Havia alguma coisa na sua postura — cabeça erguida, braços cruzados na altura do peito e uma aparência de mulher bem resolvida que Ellie logo percebeu.

Tomada subitamente por uma onda de pânico, Ellie levantou-se desajeitada e estendeu-lhe a mão.

— Skyler? Que bom que você veio.

— Desculpe o atraso. Fiquei presa no trânsito. — Sua voz, pessoalmente, era ainda mais elegante do que parecera ao telefone, uma mistura de tons suaves que descia tão bem quanto o chá adocicado que estava tomando.

— O importante é que você está aqui agora. — Ellie sorriu, disfarçando a ansiedade. — Sente-se, por favor.

A jovem permaneceu de pé. Ellie percebeu que Skyler a analisava com certa simpatia. Mesmo assim, sentiu-se como uma borboleta rara espetada num quadro de cortiça. Uma estrofe do poema *A canção de amor de J. Alfred Prufrock* veio-lhe à mente: "Os olhos que te fixam numa frase formulada de uma frase." Será que se encaixava no perfil? Estaria qualificada? Contorceu-se enquanto o murmúrio das vozes, o chiado da cafeteira, o tinido dos pratos e das xícaras se fundiram num ruído indistinto.

Tudo o que Skyler disse foi:

— Você é mais nova do que eu esperava.

Ellie relaxou um pouco.

— Quando você chegar à minha idade, vai perceber que uma mulher de quarenta não é assim tão velha — disse com um sorriso, arrependendo-se em seguida. Teria soado condescendente?

Mas Skyler agiu como se não tivesse ouvido. Por fim, acrescentou:

— Estranho... mas sinto como se já nos conhecêssemos de algum lugar.

— Pode ser — respondeu Ellie, pensativa. — Faço palestras nas universidades, de vez em quando. Onde você se formou?

— Em Princeton, mas não é isso. — Skyler piscou e balançou a cabeça, como se procurando algo em sua memória. — Bem, talvez você apenas me lembre alguém. Não importa. — Acomodou a mochila embaixo da mesa e sentou-se em frente a Ellie.

— Quer comer alguma coisa? — perguntou Ellie. — Eles servem sopa e sanduíches, se você estiver com fome.

Skyler revirou os olhos.

— Não, obrigada. Atualmente, quando consigo comer uma bolacha salgada, já me dou por satisfeita. Mal posso me lembrar da última vez que realmente *apreciei* uma refeição. Uma xícara de chá seria ótimo.

Ellie levantou-se e foi até o balcão, retornando, minutos depois, com uma caneca de vidro fumegante. Colocou-a diante de Skyler, sentindo-se estranhamente solícita, como se devesse ficar assoprando o chá para esfriá-lo ou insistindo para que fizesse um esforço e comesse *alguma coisa*. Mas isso era ridículo, pois nem conhecia aquela menina.

— Ainda me lembro dos três primeiros meses da minha gravidez — disse Ellie. — Mais enjoada impossível. Nada parava no meu estômago. Até mesmo essa goma dos selos postais me fazia correr para o banheiro. — Deu uma risada curta, então imaginou se "senso de humor" constava na lista de pré-requisitos daquela mulher. Desejou que sim.

Mas Skyler não estava sorrindo. Estava olhando para Ellie, que, desta vez, teve certeza de que dissera algo inapropriado. Estaria fazendo pouco de um assunto que deveria ser tratado como algo sério e doloroso?

— Mas pensei que... quer dizer, o Tony não me disse nada sobre... — hesitou Skyler, ficando vermelha.

Ellie logo entendeu, e se arrependeu. Por que não tinha ficado de boca fechada?

— Eu tive uma filha — explicou, percebendo, agoniada, que havia falado no passado. Recostou-se na cadeira e suspirou. Por onde começar? Até onde ir? Como condensar décadas em minutos? Olhou para uma atendente robusta e idosa, com o nome Bea Golden escrito no crachá, e sentiu um desejo súbito de estar no lugar daquela mulher. Bea Golden, com seus cabelos grisalhos e encaracolados, e acesso a tantos livros, talvez tivesse uma resposta. Eleanor Porter Nightingale não tinha.

— Escute, não precisamos falar sobre isso, se você não quiser. — Skyler enrolou uma mecha do cabelo no dedo, parecendo quase tão desconfortável quanto Ellie. Ao mesmo tempo, Ellie sabia que, se não segurasse aquela oportunidade, e se não o fizesse *naquele momento*, a perderia para sempre.

— O nome dela era Bethanne — disse simplesmente. — Ela foi seqüestrada.

Skyler ficou calada durante um longo tempo, assimilando o que ouvira. Ellie percebeu-a ficando pálida e, quando conseguiu falar, sua voz foi pouco mais do que um murmúrio:

— Ela... ela nunca foi...?

— Não, nunca a encontraram.

— Meu Deus. Isso é... — Mordeu o lábio e baixou os olhos. — Isso é a pior coisa que pode acontecer a alguém.

— E foi.

— Sinto muito.

— Já faz muito tempo.

— Têm coisas que a gente não supera nunca. Nunca.

Skyler levantou a cabeça, os olhos flamejantes e, naquele instante, Ellie teve novamente a estranha sensação de uma conexão entre elas. E não somente ela, Skyler também. Um friozinho percorreu-lhe o corpo.

Num impulso, perguntou-lhe em voz baixa:

— Skyler... você tem certeza de que é isso o que deseja? Você está mesmo preparada para abrir mão desse bebê?

Toda a cordialidade que havia se estabelecido entre ambas desapareceu naquele momento. Skyler contraiu-se e respondeu friamente:

— Tenho minhas razões.

— Está bem — respondeu Ellie, embora ainda cismada.

Skyler, porém, parecia arrependida.

— O Tony falou que você é uma boa pessoa — disse, mais branda.

— Espero que seja verdade. — Ellie sorriu desanimada. A música do primeiro andar mudara de Satie para Scarlatti e parecia levá-la, indefesa, como uma folha ao sabor do vento.

— O que ele falou *de mim*? Me deixe adivinhar. Que sou neurótica, metida e, quase sempre, um saco, certo?

A posição de Skyler naquele momento, desengonçada como a de uma adolescente — corpo descaído para a frente, cotovelos fincados na mesa, queixo apoiado nas mãos, rosto afogueado pela emoção, fosse qual fosse, que tentava desesperadamente ocultar —, destoava tanto da confiança que irradiara ao chegar que Ellie na mesma hora se desarmou.

— Acho que ele prefere que eu julgue você por mim mesma — disse Ellie gentilmente.

— Ah, bem... claro. — Skyler desviou o olhar, franzindo a testa.

Mesmo com o coração apertado, Ellie decidiu que chegara a hora de correr o risco que tanto temia; não havia outra saída. A verdade surgiria um dia, portanto, era melhor saber logo o que iria acontecer. Assim, poderia evitar semanas, talvez até meses de angústia.

Então, preparou-se e disse:

— Para ser honesta, fiquei surpresa de você ter ligado. O Tony deve ter lhe dito que meu marido e eu estamos separados. — Esperou. Sentia-se tão frágil quanto um cristal fino capaz de se estilhaçar com uma respiração mais forte...

— Para falar a verdade, ele disse sim — confessou Skyler.

— E isso não a desanimou? — Ellie manteve a voz calma, embora, por dentro, o coração palpitasse.

— Quer saber a verdade? Eu não estaria aqui se ele não tivesse insistido — admitiu, esforçando-se por não parecer grosseira.

— Entendo. — Ellie tentou não desanimar. Afinal de contas, sabia que aquilo tinha mesmo poucas chances de dar certo. Para que se aborrecer, então? O que seria mais um rasgo num coração já dilacerado?

— Olhe, não é nada contra *você*. Mas acho melhor quando uma criança cresce com a mãe *e* o pai.

— É, é o ideal. — Hesitou, sem saber o que dizer. Com cuidado, acrescentou: — O Paul e eu... nós ainda nos amamos muito. Tenho esperanças de conseguirmos nos acertar.

— Mas prefiro não contar com isso, e tenho certeza de que você entende.

Ellie cerrou os punhos e os escondeu sob a mesa, fora da vista de Skyler. Aquela mesma humilhação! Sempre se sentia como se precisasse implorar, vender sua imagem como se fosse uma enciclopédia. Não faria mais isso, não de novo. Se não fosse para acontecer, tudo bem. Não forçaria a barra.

— Entendo que você queira o melhor para o seu bebê — disse tranqüila.

— E quem não quer? — Skyler exclamou; a seguir, encostando-se na cadeira e tapando os olhos com as mãos, murmurou: — Sinto muito... eu não devia ter concordado com ele. Vir aqui foi um erro.

Tudo ao redor delas ficou quieto, tão quieto que Ellie podia ouvir o roçar das páginas que os clientes viravam, debruçados sobre suas xícaras de café. Inúmeras páginas, inúmeras palavras, sem que nenhuma fizesse sentido para ela.

— Neste caso, não vejo motivo para continuarmos com essa conversa — concluiu numa voz seca e profissional.

Mas, por dentro, estava fervilhando. Sentiu uma vontade repentina de agarrar aquela garota, sacudi-la por ter tido a coragem de fazê-la ir até lá, enchê-la de esperança, para então dizer que tudo não passara de um engano. Sentiu-se febril, uma marca de suor se formou embaixo dos braços. O aroma de café, há pouco perfumando o ambiente, provocava-lhe, agora, um gosto acre na língua. Antes de dizer qualquer coisa da qual pudesse arrepender-se depois, Ellie arrastou a cadeira para trás e levantou-se.

Skyler a deteve, segurando-a pelo pulso.

— Desculpe — repetiu.

— Não precisa se desculpar.

— Isso é muito difícil para mim. — Soltou-a, acrescentando: — Sabe de uma coisa? Não sei exatamente o que estou procurando. Espero saber quando encontrar.

— Você vai saber — respondeu Ellie, começando a apiedar-se da moça.

— E sou adotada. Meus pais são maravilhosos, mas... eu sempre quis saber sobre *ela*. Minha verdadeira mãe. Por que ela... decidiu não ficar comigo. Por que ela... — Skyler hesitou, a expressão cautelosa. — O que estou tentando dizer é que quero que o meu bebê saiba que eu, pelo menos, me preocupei em encontrar o melhor lugar para ele.

— Como os seus pais se sentem com relação a essa história? — Ellie não resistiu a perguntar.

— Minha mãe não está muito satisfeita, mas está tentando ser compreensiva. Meu pai não consegue se acostumar com a idéia. É o neto dele. Você não tem noção de como ele é... — Skyler suspirou e bebericou seu chá.

— Dá para entender a posição deles. — Ellie levantou o canto da boca num sorriso irônico. — Sou a sua primeira?

— Minha primeira o quê?

— Entrevista.

— Ah, sim. — Ajeitou-se na cadeira, sentindo-se desconfortável. — Já falei com um casal, mas não gostei do marido. Ele ficou me chamando de querida, como se eu fosse filha dele. Foi antipatia à primeira vista.

— Eu teria pedido licença e ido embora. Não tenho a menor paciência com idiotas, sinto muito.

Skyler deu um sorriso tão inocente que, mesmo contra a sua vontade, Ellie se enterneceu.

— O que fiz, de certa forma, foi mais do que um gelo. Quando veio a conta do almoço, arranquei-a da mão dele e paguei.

Mais uma vez, Ellie sentiu algo familiar... era quase palpável. Teriam se encontrado antes?

— Você não se parece, nem um pouco, com a mulher com quem *falei* por telefone — disse-lhe Ellie com franqueza. — Na verdade, acho difícil acreditar que você não teria condições de educar uma criança, mesmo na sua idade. — E daí se Skyler se ofendesse? O que tinha a perder?

Mas, desta vez, ela não se sentiu ofendida.

— Na verdade, não vejo isso como uma questão acerca do que *eu* posso ou não fazer. Estou pensando é no bebê — murmurou ela.

Ellie preferiu ficar calada depois de ouvir isso. Nos minutos seguintes, as duas tomaram chá, unidas no que pareceria um silêncio companheiro para quem as visse de longe. Mas o que os passantes não podiam ver eram as lembranças terríveis que enxameavam na mente de Ellie.

Quando as lembranças ficaram insuportáveis, ela começou a falar:

— Eu tinha dezessete anos e, na maior parte do tempo, não conseguia acreditar que estava mesmo grávida. A idéia de um bebê era tão... tão esmagadora. No começo, quando descobri, quis morrer. — Nunca confessara isso para ninguém, nem mesmo para Paul ou Georgina. Na verdade, bloqueara aquele sentimento até aquele instante.

Quando olhou para Skyler, viu que seus olhos estavam cheios de lágrimas.

— Sei que estou fazendo a coisa certa... só não esperava me *sentir* assim. — Soluçou.

— Você pode optar por ficar com o bebê. Ainda dá tempo de mudar de idéia.

— Todo mundo me diz isso. Mas *não vou* voltar atrás.

— Bem, sendo assim, desejo-lhe muito boa sorte. — Ellie não conseguia pensar em nada mais para dizer. O gosto da decepção era tão forte que mal conseguia suportá-lo, como uma erva amarga que tivesse ingerido. Pôs-se de pé, e o movimento pareceu durar uma eternidade, como se ocorresse em câmara lenta. Então, acrescentou, numa voz contida: — Posso dar um conselho? Não tome nenhuma decisão ouvindo apenas a cabeça. Ouça o coração. Ele vai saber guiá-la.

Skyler balançou a cabeça lentamente, pensativa, antes de responder:

— Quando eu era bebê, a pessoa que devia ter se preocupado comigo, mais do que qualquer outra no mundo, me abandonou. Não quero fazer isso com o meu filho.

Ellie viu uma lágrima escorrer-lhe pelo rosto e sentiu um desejo incontrolável de secá-la, um desejo tão intenso que a deixou perturbada. O que aquela jovem significava para ela? Por que se preocupava tanto, mesmo após ter sido rejeitada com todas as letras?

— Tenho certeza de que você não fará isso — respondeu sinceramente.

Estava a meio caminho da escada quando sentiu alguém pôr a mão em seu cotovelo. Virou-se e viu Skyler, seu belo rosto desprovido de toda a cautela que o revestira até então.

— Dra. Nightingale, espere. Eu estava pensando se... se a senhora se importaria... quer dizer, se eu não achar um casal... se a senhora gostaria de conversar de novo.

Ellie sentiu um ímpeto de alegria totalmente irracional. Pouco importava se aquela esperança que lhe ofereciam era mínima, se acabaria como mais uma miragem no deserto onde há tanto tempo se encontrava. Ou se Skyler levaria semanas, meses, até se decidir. O que importava era que Skyler Sutton, e não ela, tinha posto a bola em jogo. Tudo o que lhe cabia fazer, agora, era pegá-la.

Lutando contra as lágrimas que ameaçavam vencê-la, respondeu:

— Você sabe onde me encontrar.

Quando chegou ao consultório, Ellie telefonou para Paul. Não teria coragem de lhe contar o ocorrido. O que diria? Que alguém tinha lhe dado uma mínima esperança, só isso? Que se sentira estranhamente ligada àquela garota? Não, tudo aquilo teria de esperar. A razão pela qual estava ligando era mais básica: simplesmente precisava ouvir sua voz.

— Ellie! Você não vai acreditar, mas eu ia mesmo ligar para *você*. — Embora Paul parecesse sincero, ela não sabia se deveria *acreditar* nele. —

Passei o fim de semana com os meus pais, em Sag Harbor, e eles não pararam de perguntar por você. Então resolvi telefonar para saber como vão as coisas. — Havia uma impessoalidade em seu tom animado que provocou um leve calafrio em Ellie.

— Na verdade, eu queria sair para jantar hoje à noite — sugeriu, só vindo a perceber o quanto contraíra os ombros quando deu um jeito no pescoço. — Você tem razão. Já faz algum tempo que a gente não se fala — acrescentou suavemente.

Combinaram encontrar-se na Cafeteria da Union Square. Ainda assim, Ellie sentiu-se mais desolada do que antes de falar com ele. Era como se tivesse conversado com um velho amigo, alguém que não via há décadas e, provavelmente, passaria outras tantas sem ver.

Teria percebido uma certa hesitação na sua voz, quando o convidara para jantar? Estaria ele saindo com alguém? Estremeceu só de pensar nisso. Não, ele teria lhe contado se estivesse namorando. Além do mais, ele a amava, certo?

No momento em que entrou na cafeteria e o viu sentado junto ao balcão comprido do bar de mogno, seu coração se descompassou de ansiedade. Ele parecia um pouco mais magro do que da última vez, várias semanas atrás. E havia algo de reservado na forma como estava sentado, debruçado com os cotovelos em cima do balcão, as costas retas, um copo de uísque entre as mãos. Parecia um viajante cansado, ciente de que, se parasse por um instante sequer, não conseguiria seguir viagem.

Aproximando-se furtivamente, tocou em seu cotovelo.

— Paul?

Ele virou-se, dando-lhe um sorriso tão cauteloso quanto sua postura.

— Olá. Vão nos chamar assim que a mesa estiver pronta. — Olhou-a mais detalhadamente. — Você está bem. Emagreceu?

— Eu ia dizer o mesmo. Dá para perceber que a lanchonete do hospital não melhorou muito desde a última vez que comi lá. — Sentou-se num banco ao seu lado e pediu um gim-tônica.

Então olhou à sua volta. Havia dois vasos de flores enormes, um em cada canto do balcão lustroso onde se debruçava. Ouviu o ruído indistinto das pessoas conversando, quebrado pelo zumbido ocasional do liquidificador do barman.

— Lembra da última vez que estivemos aqui? — Paul perguntou, descontraído. — As mesas estavam todas ocupadas, então tivemos que comer aqui no bar. Exatamente como na Lanchonete Empire, e não num lugar onde pagaríamos quarenta dólares por pessoa.

Ela sorriu.

— Lembro que tomamos um pileque de *margaritas*. — Ele estava usando um blazer de *tweed* que ela o ajudara a escolher na Paul Stuart. Cinza mesclado com azul, da cor dos seus olhos. Sentiu o coração apertado. — Como vão as coisas? Algum novo caso interessante?

— Um anão com acondroplasia. O pai sofre da mesma doença, mas a mãe é normal.

— Como assim, "normal"? *Quem é normal?* — Tomou um gole da bebida, fazendo uma careta por causa do ardor do gim. — Desculpe. Só estou nervosa. Não sei mais como me comportar na sua frente.

Sentiu uma tontura crescente, seguida por um formigamento no nariz. Pegou a bolsa, de onde tirou um lenço. Da última vez em que estivera com Paul, conseguira conter as lágrimas até entrar no táxi de volta para casa. Chorara tão alto dentro do carro que o coitado do motorista não sabia se a levava para casa ou para uma clínica psiquiátrica.

Paul tirou os óculos e os limpou cuidadosamente com o guardanapo, antes de colocá-los de volta. Ele não era uma rocha, Ellie percebeu, com um prazer perverso. No entanto, quando olhou para ela, seus olhos azuis estavam desprovidos de emoção.

— Continuamos no escuro, não é? — perguntou ele, suavemente.

— Esperando para ver que rumo as coisas vão tomar.

— E quando eu gritar para alguém acender a luz?

— Ellie...

— Eu sei, eu sei. Prometi a mim mesma que não iríamos tocar nesse assunto. — Tomou um gole longo o bastante de sua bebida para que começasse a experimentar uma leve sensação de euforia. — Mas é difícil. Olho para você e... ah, meu Deus, lá vou eu de novo. Não, *não* vou começar. Vamos falar sobre outra coisa que não o nosso casamento, para variar. Vamos fingir que esse é o nosso primeiro encontro.

Lentamente, um sorriso agridoce brotou nos lábios de Paul.

— Nosso primeiro encontro? Como você desmaiou no nosso primeiro encontro, acho que não é uma boa idéia.

— Não se preocupe — respondeu ela, azeda. — Sou muito mais forte hoje do que naquela época.

Uma mulher levantou-se do banco ao lado e esbarrou-lhe no braço, fazendo com que quase derramasse a bebida. À sua risadinha feminina, coquete, seguiu-se um resmungo grosso do parceiro. Ellie secou o copo com o guardanapo, grata por qualquer distração que desviasse seus olhos flamejantes dos de Paul.

Ele gentilmente pousou a mão no seu pulso.

— Não foi no nosso segundo encontro que fomos assistir o Stanley Turrentine, no Vanguard?

— Nunca vou me esquecer. Ele tocou saxofone como eu jamais o vira tocar antes. Vimos duas apresentações seguidas, lembra?

— Ficamos até a hora de fechar, às duas da manhã, e depois não conseguimos achar um táxi.

— Era Domingo de Páscoa. Estávamos tão encantados que nem lembramos.

Paul ficou sorrindo, perdido em seus pensamentos, enquanto terminava o uísque com soda. Quando esvaziou o copo, pediu outro. A seguir, como quem troca o terno por uma roupa mais confortável, perguntou:

— E como vão as coisas? Aquele casal que recomendei ligou para você?

— Você está se referindo aos Spencer? — perguntou. — Estive com eles na semana passada. Com certeza você já sabe que eles não estão muito bem.

— E quem estaria? Foi o terceiro filho prematuro. E este viveu mais do que os outros, o que não tenho muita certeza se foi bom. — Hesitou e, então, completou: — Eles estavam brigando muito, por isso eu os aconselhei a procurar ajuda. Principalmente a Liz. Ela achava que Deus a estava punindo por alguma razão.

Ellie já conhecia a história. Tinha passado a consulta inteira ouvindo e oferecendo lencinhos descartáveis para Liz, que chorava descontrolada, enquanto o marido mantinha o olhar fixo num ponto a distância. Preferia que Paul não a tivesse lembrado dos Spencer e de sua terrível perda. Sentiu uma vontade súbita de jogar o copo no espelho do bar e destruir aquela imagem sua e do marido, sentados lado a lado, porém distantes.

Como se percebesse seu estado de espírito, Paul mudou de assunto:

— Adivinha quem me ligou outro dia? O Jerry Berger. Meu colega de quarto em Berkeley... acho que você o viu uma vez numa conferência. Ele agora está trabalhando na Comissão Fulbright.

— Um baixinho careca? Aquele que deu em cima de mim na festa de Natal, na casa do Fletcher e da Louisa?

— Você o está confundindo com o Alan Tower, que não chega aos pés do próprio sobrenome. — Inclinou a cabeça e, com um olhar entre divertido e incrédulo, perguntou: — Ele deu mesmo em cima de você?

— Eu não sabia se ria ou se jogava o coquetel de camarão na cabeça dele.

— Aquele filho-da-mãe.

— Isso é algum caso de ciúme retroativo? — provocou ela.

— Se eu sentisse ciúme de cada homem que já se engraçou com você, estaria pior do que estou.

Ellie quis assegurar-lhe de que não estava saindo com ninguém, que nem pensava nisso. Ao mesmo tempo, um lado seu queria puni-lo, fazê-lo sentir-se mal. Decidiu, então, não dizer nada.

Foram salvos pelo *maître*, que os acompanhou até a mesa, numa área rebaixada e aconchegante atrás do bar. Ellie passou uma vista-d'olhos pelas outras mesas. Todos os outros comensais pareciam ser casais. Ao lado deles, um casal de meia-idade estava com as mãos entrelaçadas em cima da mesa, os rostos iluminados pela luz de uma vela. Ellie sentiu uma inveja tão profunda que teve vontade de passar uma borracha nos últimos seis meses e fingir que ela e Paul estavam tão felizes quanto aquele casal.

O garçom apareceu em seguida para anotar o pedido do vinho. Alto, lábios estreitos e cabelo escorrido penteado para trás, Ellie logo se lembrou de Jeremy Irons no papel de Claus von Bülow, no filme *O Reverso da Fortuna*, e cutucou Paul, que, também percebendo a semelhança, piscou para ela. Exatamente como nos velhos tempos, pensou afetuosamente, apesar de como se sentia.

Tinham acabado de jantar quando Ellie lembrou-se de perguntar:

— A propósito, como anda o seu bebê milagroso?

Paul abriu um sorriso e fez sinal para o garçom, ou para Claus von Bülow, no outro lado do salão.

— O Theo? Foi para casa já há algumas semanas. Dois quilos e setecentos gramas de bebê! Ele tem uma deficiência pulmonar, por causa do tempo que ficou no respirador, mas, considerando tudo o que passou, está em ótima forma.

— A mãe deve estar radiante. — Ellie teve a sensação de que seu peito fora fisgado por um anzol que, se puxado com força, rasgaria a pele delicada em que se enterrara.

— Serena está nas nuvens. Tantos anos de provações e, finalmente, a recompensa. — Paul olhou-a cautelosamente e acrescentou em voz baixa: — Parece que estamos tentando tapar o sol com a peneira. — Tirou os cabelos da testa com um gesto rápido, nervoso.

— Falar sobre o assunto não vai necessariamente fazê-lo desaparecer — lembrou-lhe ela. — Nós já tentamos, lembra?

— Sinto a sua falta, Ellie — disse ele, com a voz embargada.

O rosto de Paul, tão querido, tão infeliz, dissolveu-se numa cortina de fumaça. Mas, quando Ellie falou, sua voz estava estranhamente firme:

— Paul, quero voltar a viver com você. Não dá mais para ficar fingindo que não somos casados. Quero você em casa, na nossa cama, na nossa *vida*, droga!

— Ellie, também quero isso mais do que tudo na vida, mas...

— Mas só se for do *seu* jeito — terminou por ele. — Já falamos várias vezes sobre isso. Você está me pedindo para desistir de algo sem o qual não posso viver. — Piscou para focalizá-lo melhor.

— Tudo bem. Eu não devia ter tocado no assunto. — A conta chegou e, sem conferi-la, Paul entregou o cartão de crédito ao garçom.

Ellie respirou fundo.

— Falei com uma moça hoje. Ela foi indicada por um amigo de um paciente. Foi *ela* que me procurou, Paul. Foi como... como o destino batendo à minha porta. — As palavras escaparam-lhe da boca; mesmo se quisesse, não teria forças para contê-las.

Paul desviou o olhar, seu rosto contraído de dor.

— Ellie, não. Não posso.

Mas já era tarde demais.

— Ah, Paul, senti uma *ligação* tão forte entre nós. Foi como... como se, depois de todos aqueles anos tropeçando no escuro, eu finalmente conseguisse ver agora. Seja lá o que surgir daí, sinto que esse encontro estava predestinado. Essa menina apareceu na nossa vida por alguma razão. — Baixou a voz, percebendo estar prestes a transbordar de excitação. — Paul, por favor... só mais essa vez. Se você me ama de verdade, me ajude.

Seu coração estava acelerado e, apesar de todo o vinho, não conseguia parar de tremer. Paul, por outro lado, estava tomado de raiva.

— Então foi por isso que você quis me ver hoje — disse com voz áspera e pausada. — Por que não disse logo?

Ele tinha razão em sentir-se enganado, pensou. No fundo, ela sabia que não conseguiria guardar para si o que acontecera. Mas não era só isso. Também sentia saudade dele. E o amava... embora, no momento, estivesse tão furiosa que poderia lhe dar um tapa.

— Talvez eu tivesse contado, se você não dificultasse tanto as coisas. — Ellie estava quase perdendo o controle, mas não queria fazer escândalo, não lá, no meio de todas aquelas pessoas, algumas das quais, já percebera, estavam olhando, curiosas, para eles. Controlando a voz, implorou: — Paul, prometa que vai pensar no assunto. Será que é pedir muito?

— Não faço outra coisa nos últimos dez anos *a não ser* pensar nisso — respondeu. — E se você quer saber, *é* pedir muito sim. Mesmo se eu decidisse entrar nessa com você, onde iríamos parar? Que garantia temos de que isso vai dar certo?

— Que garantia tinha a Serena Blankenship de que sairia do hospital com o bebê nos braços?

— A diferença — disse ele devagar — é que o Theo é filho dela.

O impacto de Ellie foi tal que era como se ele tivesse lhe dado um murro.

— Como você tem coragem de me dizer uma coisa dessas? — gritou, sem se importar se o casal na mesa ao lado poderia ouvi-la. — Depois de tudo o que aconteceu comigo?

— É exatamente isso — ele interrompeu-a. — Com *você*, Ellie. Com *você*. Eu nunca tive um filho, portanto, não conheço esse sofrimento. — Suas palavras afiadas cortaram-na como uma serra.

Ellie levantou-se tão bruscamente que se sentiu como se houvesse sido arrebatada do chão e agora pendesse de um lugar muito alto, seu corpo balançando no ar. Desta nova posição, que lhe permitia uma visão do marido diferente de qualquer outra que experimentara antes — triste, perdido, desafiador —, resolveu dar a última cartada, arriscar tudo. Respirando fundo, perguntou:

— Se eu prometer que vai ser a última vez... você aceita?

Embora não estivesse mais com raiva, ele balançou a cabeça, abatido.

— Eu gostaria de poder acreditar em você, Ellie. Mas mesmo que você esteja sendo sincera, eu não vou, *não posso*, entrar nessa novamente. Não vou passar nem mais um dia com essa espada de Dâmocles sobre a minha cabeça.

— Isso não vai durar para sempre — argumentou ela, veemente. — Pelo amor de Deus, Paul, o que você tem a perder? Já estamos separados mesmo! Me diga, *o que mais temos a perder?*

Seu rosto foi tomado por uma emoção que ela jamais vira antes, uma dor que a fez reconhecer-se nele. Pela primeira vez, via no rosto do marido o reflexo do seu próprio sofrimento, profundo, permanente, sustentáculo da sua busca aparentemente infindável por preencher o vazio deixado pela perda da filha.

— Eu ainda amo você, Ellie — disse ele com a voz doce e embargada. — E tenho pavor de que até isso se perca.

Ficaram em silêncio, um silêncio quebrado apenas pelo tinir dos talheres junto aos pratos e pelas vozes misturadas numa harmonia de romance, tanto celebrado quanto recuperado. Apenas os dois continuavam perdidos, como dois andarilhos sem rumo.

— Então acho que não há mais nada a dizer.

Preciso sair daqui, pensou ela. E se não o fizesse naquele momento, explodiria em lágrimas na frente de todos.

Mas, à medida que dava as costas, olhou para trás.

Paul não havia se movido. Permanecia parado, olhando para ela, um olhar agonizante que a fez lembrar-se dos filmes antigos onde o mocinho chega ofegante à estação e vê o trem da amada partindo.

Só que nos filmes, pensou, *o mocinho sempre corre atrás do trem.*

Capítulo Dez

Após uma hora e meia de viagem, arrastando-se pela via expressa engarrafada de Long Island, Tony e Skyler, finalmente, chegaram a Massapequa.

Era a última semana de outubro, e o tempo tinha esfriado consideravelmente. Como Tony não levara o carro para consertar o aquecimento, Skyler, apesar da calça grossa, camiseta, blusa e suéter, estava com os dedos das mãos e dos pés gelados. Mais frio ainda sentiu assim que estacionaram em frente ao chalé onde Dominic morava com a mulher e os três filhos.

Não vou me adaptar, pensou ela, sentindo um nó no estômago. *Eles vão se perguntar o que estou fazendo aqui... o que o Tony está fazendo com uma mulher grávida que nem mesmo é namorada dele. Por que concordei em vir?*

Em vez disso, Skyler perguntou:

— Por que alguém faria um churrasco neste frio?

— Isso é coisa do maluco do meu irmão, sempre atrasado. — Tony deu uma risada, sem se sentir ofendido. Percebendo que ela tremia, abraçou-a tão logo saíram do carro. — Não se preocupe, não vamos comer do lado de fora. A loucura dele não chega a tanto.

A casa, por si só, levantou-lhe um pouquinho o ânimo; parecia a ilustração de um livro seu da primeira série. Sob a sombra de olmos e bordos enormes, que atapetavam o gramado com suas folhas amarelas e vermelhas, o chalé ficava no final de uma rua sem saída, apropriadamente chamada de *Passeio dos Olmos*.

Acompanhando Tony pelo caminho que levava ao quintal, Skyler avistou a fumaça por cima da cerca e sentiu o odor da carne grelhada.

Na janela, o adesivo de um esqueleto de Halloween, com as pontas já começando a se enrolar, e na balaustrada da varanda, vasinhos de barro com repolhudos crisântemos amarelos e brancos, enfileirados como coelhinhos numa barraquinha de tiro ao alvo.

O nó se apertava no estômago. Seria aquele encontro com a família de Tony, simplesmente, uma forma de provar a si própria que podia lidar com a situação, que podia dividir a mesa com qualquer pessoa?

Ou a prova definitiva de que Tony não é a pessoa certa para você?

Percebendo seu estado de espírito, ele abraçou-a ainda mais forte.

— Calma. Ninguém vai te perturbar com perguntas. Tudo o que eles sabem é que você é uma amiga.

— O que você falou sobre o bebê? — perguntou baixinho.

— Nada. Isso é com você. — Sorriu encorajador.

Skyler percebeu como ele se esforçara para ficar especialmente bonito para a ocasião: jeans estonados, camisa de flanela e um pulôver que não disfarçava muito bem o volume da arma na cintura. Desejava-o e odiava-o ao mesmo tempo. Por que tinha de ser tão sexy?

Pensou então na forma como ele se sentira, na semana anterior, quando fora com ela ao Metropolitan (sem dúvida estimulado pelo mesmo senso equivocado de desafio) assistir *As Bodas de Fígaro*. Sentado ao seu lado, como um menino que se esforça ao máximo para ficar quieto na igreja, Tony era a imagem do desconforto dentro de um terno com as mangas centímetros mais curtas que os braços.

Durante os intervalos, aproveitava para ler o programa, e depois lhe fazia perguntas inteligentes. No entanto, quando Skyler arriscou lançar-lhe um olhar furtivo, ao subir a cortina no segundo ato, soube que jamais esqueceria aquela expressão em seu rosto: os olhos vidrados de quem ouve a esposa contar a mesma história pela centésima vez. A certa altura, viu-o levar a mão à boca na tentativa de disfarçar um bocejo; noutra, pegou-o de olhos fechados.

De início, teve vontade de dar uma bolacha nele e, em seguida, de dar uma bolacha em si própria. Também, o que estava querendo ao levá-lo para assistir à ópera? Que ele se sentisse instantaneamente enlevado pela música que ela se acostumara a ouvir desde criança? Que, ao ler três parágrafos da sinopse, se apaixonasse pelo libreto que ela sabia praticamente de cor?

Agora, a conversa era outra, e era ela quem precisaria se adaptar. Não apenas isso. Teria também de escolher entre inventar uma desculpa sobre o bebê ou falar a verdade. Céus, o que aquela família acharia se descobrisse que estava grávida dele e pretendia dar o bebê para adoção?

Pensou em Ellie Nightingale e em como um encontro rápido, que ocorrera há semanas, afetara-a tanto. Desde então, entrevistara outros quatro casais e, sem saber bem o motivo, nenhum deles lhe agradara. Não sentira aquela mesma ligação que tivera com Ellie.

Em horas incabíveis, enquanto escovava os dentes, ou segurava um filhotinho trêmulo para que a Dra. Novick administrasse uma vacina, ficava imaginando Ellie embalando um bebê, *o seu* bebê, protegendo-o de qualquer mal.

Não conseguia deixar de sentir que aquela mulher, casada ou não, amaria seu filho mais do que qualquer outra pessoa.

Mesmo assim, ainda não lhe telefonara. Ainda não estava segura dos próprios sentimentos — e se estivesse enganada? Por alguma razão, lembrou-se do pai, da sua abordagem metódica com relação a tudo, a mão firme com que governava a vida. Lembrou-se da conversa sincera que tiveram, certa vez, quando tinha quatorze anos e estava triste porque um garoto não gostava dela: "Se você quiser, posso conversar com ele."

Não, independentemente de quanto o amasse, não queria ser como o pai, tão preocupado com o óbvio, com o racional, que quase nunca percebia o essencial. Por outro lado...

— Ei, Tony, chega aqui! Quero que você prove a minha salada de batatas! O Dom está dizendo que está faltando sal! — alguém gritou com uma voz rouca e alta o bastante para ser ouvida num jogo dos Yankees.

Assim que passaram pelo portão, a primeira pessoa que Skyler avistou foi uma mulher baixinha, de cabelos castanhos — e a quem jamais atribuiria aquele vozeirão de árbitro de futebol —, acenando para Tony, da porta da varanda. Com leggings, blusa larga e listrada, franjinha e rabo-de-cavalo balançando infantilmente, ela desceu correndo os degraus da varanda e beijou-o nas duas bochechas.

Tony retribuiu os beijos e acenou para o homem corpulento, com calça jeans e moletom do New York Knicks, em frente à churrasqueira. Dom, com entradas no couro cabeludo e uma barriguinha começando a despontar por cima do cós da calça, era uma versão mais gorda do irmão.

— Ei, Dom! Você é o único cara que conheço que distribui costeletas no Halloween — brincou Tony.

— E em que outra data posso reunir toda a família sem a patroa ficar me atazanando a idéia, dizendo que está atravancando a cozinha? — respondeu ele da churrasqueira, que ficava nos fundos do pátio, rodeado por zimbros e beijos-americanos.

— Pode um negócio desses? Parece até que não fiz nada o dia inteiro — intrometeu-se a cunhada, revirando os olhos. Voltando-se para Skyler, estendeu-lhe a mão. — Oi, sou a Carla. Estávamos loucos para te conhecer. Não que o Tony tenha falado muito de você, mas exatamente porque não falou. — Baixou os olhos para aquela barriga quase imperceptível, e uma leve surpresa despontou em seu rosto redondo e sardento.

Sentindo um calor subir-lhe até o pescoço, Skyler, em pânico, olhou para Tony, que, batendo de leve no ombro da cunhada, salvou-a do constrangimento.

— Ei, não olha pra mim não. Já te falei sobre a Skyler. Ela é minha amiga. Só estou dando uma força até o bebê nascer.

Colocando as coisas nesses termos, sem explicar ou mentir, Tony conseguiu passar ileso pelo olhar especulador da cunhada e entrar em casa.

Na cozinha grande e arejada, onde cada centímetro da bancada e do fogão estava ocupado por vasilhas, panelas e tigelas, Carla enfiou o garfo numa saladeira gigantesca e ofereceu uma batata para Tony, que a declarou perfeita. Então, foi a vez Skyler, que, embora achasse faltar um pouquinho de sal, confirmou que estava deliciosa.

Ao sair da cozinha, à direita, e olhar para a mesa comprida, com mais lugares do que teria achado possível acomodar, Skyler, sentindo novamente aquele nó no estômago, perguntou-se quantas pessoas *teria* a família de Tony.

Ao chegarem à sala de estar, escura e mal decorada, onde os móveis de estilos diferentes pareciam ter acabado de chegar de um showroom, Skyler surpreendeu-se ao encontrá-la vazia. Uma espiada rápida para a salinha ao lado, repleta de crianças assistindo à televisão, empoleiradas num sofá puído, revelou logo o esquema da casa. Era na sala de TV que a família se reunia; a sala de estar era para as visitas.

Percebendo o contraste, Skyler indagou-se se, até o momento, dera o devido valor ao gosto de sua mãe, à forma como transformava todos os cantos de sua casa grande e antiga em peças convidativas e aconchegantes.

Conforme circulava com Tony e era apresentada aos membros da família, sentia-se tão desconfortável quanto os sofás e poltronas de onde eles se levantavam para cumprimentá-la. Os irmãos e cunhados eram simpáticos, mas, de repente, como se alguém apertasse um botão, toda a espontaneidade desaparecia, os gestos ficavam presos, estudados. Sentiam que ela era diferente; não sabiam exatamente como, mas o abismo estava lá, inegável, intransponível.

A mãe de Tony foi a única pessoa que não disfarçou seus sentimentos. No momento em que a Sra. Salvatore levantou-se para saudá-la, Skyler logo percebeu a luzinha do alarme de segurança começando a piscar.

— Finalmente nos conhecemos. O Tony fala muito na senhora — cumprimentou-a, apertando-lhe a mão miúda e enrugada.

Miúda, com cabelos negros e ondulados começando a encanecer, e o rosto curtido de quem conhece as agruras da vida, Loretta Salvatore, cujos olhos escuros pareciam ainda mais fundos por efeito do delineador marrom, analisou Skyler da cabeça aos pés, com a mesma acuidade entediada de um agente funerário a medir um caixão.

— O meu Tony falando muito? — riu, desdenhosa. — Você deve ser muito especial para ele te contar a vida dele. Para a gente aqui, arrancar uma palavra é quase como arrancar um dente.

— Eu sou boa ouvinte — respondeu Skyler.

Repousando os olhos na barriga de Skyler, ela acrescentou:

— Então deve ser paciente também. E isso é bom, pois você vai mesmo precisar de muita paciência quando esse bebê nascer. — Entortou os lábios estreitos num sorriso malicioso. — O Tony não falou que você estava de barriga.

— É para o final de março — respondeu Skyler, demasiadamente confusa para saber o que falar.

Loretta Salvatore segurou-lhe a mão esquerda e olhou sem a menor cerimônia para o seu dedo anular, onde deveria haver uma aliança.

— É uma pena... uma moça bonita assim sozinha, sem marido. Não é de admirar que o meu Tony esteja cuidando de você. Ele é um bom rapaz. — Com uma naturalidade que mal disfarçava o tom irônico de sua voz, perguntou ainda: — Vocês se conhecem há muito tempo?

Antes que Skyler se atrapalhasse para responder, o irmão caçula de Tony levantou-se do sofá.

— Você não vai dar um descanso para a moça, mãe? Assim ela vai achar que nós somos do FBI. — Eddie, de cabelos claros e olhos fundos, não se parecia em nada com Tony, mas, claramente, herdara sua habilidade para acalmar as pessoas. Sorrindo para Skyler, perguntou: — Quer uma Coca-Cola?

— Água, se não for incômodo. — Percebeu o tom afetado de sua voz e corou de vergonha. Olhou desesperada em busca de Tony, mas ele havia desaparecido. Um gritinho alegre de criança atraiu sua atenção para a sala da TV, onde finalmente o viu brincando com os sobrinhos. O querido tio Tony. Será que ele não percebia que ela estava em apuros?

Antes mesmo de Eddie sair do lugar, sua esposa — Vicky, Nicky? — levantou-se e foi até a cozinha, de onde retornou, momentos depois, com um copo de água gelada. Sem nada dizer, entregou-o a Skyler, que agradeceu e pensou: *Ela ficaria tão mais bonita sem todo esse cabelo em volta do rosto! Alguém devia lhe dizer isso.*

Sentiu-se imediatamente envergonhada dos próprios pensamentos. O que tinha ela a ver com os cabelos daquela moça?

A meia hora seguinte passou com excruciante lentidão. Os homens foram para a sala ao lado assistir a uma partida de futebol na TV, e Skyler ficou sozinha com a mãe e as irmãs de Tony, que iam e vinham da cozinha para ajudar Carla. Quando se ofereceu para ajudar, olharam para ela como se tivesse dito algo muito bonitinho, mas não lhe deram atenção. Foi então que Gina, a mais bela das três irmãs, percebendo seu constrangimento, atribuiu-lhe a tarefa de dobrar os guardanapos.

— Menino ou menina? — perguntou, dando uma olhada para a sua barriga. Seus cabelos negros e encaracolados eram curtos, e ela realçava o visual com brincos de argola e uma blusa tomara-que-caia que exibia seus ombros naturalmente bronzeados. — Eu nunca quis saber. É como se perdesse a graça, você não acha? O importante é que tenha cinco dedos em cada mão e cinco em cada pé, certo?

Skyler lembrou-se de como tinha desviado o olhar enquanto a Dra. Firebaugh fazia a ultra-sonografia. Deitada na mesa de exames, tudo o que sentira fora vontade de enfiar a cabeça embaixo do jaleco engomado da médica e chorar sem parar. Imaginara o bebê enroscado como um gatinho adormecido dentro da sua barriga. Não precisava saber se era menino ou menina. Não precisava adicionar nada àquele sentimento de perda que crescia a cada dia.

— Qual a idade dos seus filhos? — perguntou, passando para um assunto mais seguro.

Estavam na sala de jantar, entre a mesa rústica e um aparador no mesmo estilo — este encimado por dois pratos Currier & Ives e um vaso em vidro lapidado com cravos artificiais. Do ângulo em que se encontrava, Skyler podia ver a cozinha, onde a Sra. Salvatore desenformava a gelatina e Carla segurava a porta para Dom passar espremido, com uma bandeja de costeletas grelhadas.

— Três e cinco — respondeu Gina. — E não acredite se alguém lhe disser que ter um é tão fácil quanto ter dois. Todo dia de manhã, quando estou desgrudando massinha de modelar do chão da cozinha, juro que vou ligar as trompas. — Segurou Skyler pelo braço e levou-a para um canto, onde ficariam parcialmente escondidas por uma cristaleira que abrigava a linda coleção de estatuetas de biscuit de Carla. Numa voz baixa e simpática, perguntou:

— Escute, você pode dizer que não é da minha conta, mas qual é a sua e a do Tony? Vi o jeito como ele olha para você; portanto, não me venha com essa história de "bons amigos".

Skyler não tinha dúvidas de que não adiantaria mentir para aquele par de olhos afiados. Além de desconfiar que Gina percebia como se sentia em relação a Tony, intuía, também, que ela sabia ser ele o pai daquele bebê.

O volume oscilante das vozes, misturado com o abrir e fechar das gavetas e o tinir de pratos e tigelas, fazia-se audível da cozinha. E o coro empolgado dos homens na sala de TV deixava claro que o time favorito tinha marcado um gol.

Skyler respirou fundo e deu uma olhada para se certificar de que a Sra. Salvatore não estava por perto.

— É uma situação complicada — suspirou.

Gina inclinou a cabeça.

— Por quê?

— Porque não vou ficar com o bebê.

Gina apertou os olhos escuros, mas não fez comentários. Tudo que disse foi:

— O Tony sabe dos seus sentimentos por ele?

Ciente de que enrubescera, Skyler baixou os olhos para os guarda-napos já dobrados.

— Na verdade, isso não tem importância. O que sentimos um pelo outro não tem nada a ver com essa história — respondeu gentilmente.

Provavelmente não veria mais a irmã de Tony, portanto, qual o problema de colocar a situação em pratos limpos? Mesmo que Gina corresse para contar a Tony o que acabara de ouvir, nada mudaria. Nada mesmo.

— Engraçado — retrucou ela, devagar. — Antes de eu e o Johnny casarmos, vivíamos brigando. O pai dele nunca gostou muito de mim... e a mãe, bem, você não ganha pontos com a Mama Catalano se não for à igreja nos domingos e nas primeiras sextas-feiras do mês. O Johnny vivia atrás de mim, querendo que eu parasse de usar roupas decotadas e batom vermelho. "E será que dava para me fazer o favor" — imitou-o — "de guardar os seus palavrões para si?" — Fez um gesto insolente. — Sabe o que eu disse para ele uma vez? "Ou você manda os seus pais se foderem... ou não vai mais foder comigo." — Abriu um largo sorriso. — E aqui estamos nós, dez anos depois.

Gina se parecia tanto com Tony que Skyler desatou a rir. Então, baixando a voz, confidenciou-lhe:

— Acho que a sua mãe não gostou muito de mim.

— Ah, não liga para isso não. Ela só está protegendo o filho. Ela não engolia a Paula nem com um copo d'água... mas você não se parece nada com ela. — Após uma rápida análise, acrescentou ainda: — Para falar a verdade, eu jamais imaginaria você como o tipo dele. Esse bebê é dele, não é?

Skyler concordou.

— Foi um acidente. — Ficou vermelha de novo.

Gina suspirou.

— E quando não é?

No minuto seguinte, foram todos chamados à mesa.

Skyler, cercada pelos Salvatore, cunhados e filhos, todos falando ao mesmo tempo, sentiu-se deixada de lado. Ninguém estava lhe dando muita atenção, exceto para, ocasionalmente, oferecer-lhe mais uma porção de costeletas, salada de repolho ou de batatas. As crianças gritavam e faziam careta, enquanto os adultos limpavam-lhes o molho do queixo e enxugavam da mesa os respingos de leite.

Tony, como principal atração da festa, estava sentado à cabeceira. Enquanto a mãe, à sua direita, prestava atenção a cada palavra sua, Gina e Carla, à esquerda, cochichavam sem parar. Skyler, que por um breve e doloroso momento percebeu ser ela o assunto, só relaxou quando Gina, por fim, piscou e simulou o movimento de um zíper fechado na boca.

Laura, a cunhada de Tony, fizera torta de chocolate para a sobremesa. Skyler, embora satisfeita, forçou-se a engolir algumas garfadas da iguaria, que estava de uma doçura enjoativa. Tony também deixou a maior parte de sua fatia no prato, o que não passou despercebido: quando a cunhada gorducha veio recolhê-lo, deu-lhe uma bronca, sem, no entanto, manisfestar o menor aborrecimento ao levar o de Skyler.

Quando finalmente chegou a hora de ir embora, Skyler estava exausta, embora não houvesse se excedido em nada; quase não conversara com ninguém, exceto com Gina. Tampouco comera em demasia. Apenas o esforço de tentar se adaptar a um ambiente ao qual não pertencia fora o suficiente para cansá-la, concluiu, ao se despedir de todos.

De volta ao carro, sentiu-se como se seu rosto estivesse prestes a se partir em dois, de tanto que sorrira.

Então, recordando as aulas de boas maneiras da escola, e já a pouco mais de um quilômetro da casa de Dom, virou-se animada para Tony.

— Foi ótimo.

— Que nada. Você se sentiu mal o tempo inteiro! — Tony olhou-a divertido, embora seus olhos mostrassem um certo desapontamento.

— Não o tempo *inteiro*! — admitiu.

— O que foi? A Gina te encheu de perguntas?

— Gostei da sua irmã. Não foi ela que...

Tony contraiu a boca e manteve os olhos fixos na estrada. Os últimos raios sépia do pôr-do-sol davam lugar a um crepúsculo lilás, e os faróis dos carros floresciam por entre a névoa do entardecer como promessas sussurradas ao vento.

Após cerca de dois quilômetros, onde as casas eram maiores e mais recuadas da estrada, Tony estacionou num terreno baldio e, tão logo desligou o carro, virou-se para Skyler.

— Eles são boa gente. Falta um pouco de verniz... mas não é isso que está pegando, é? — Na escuridão crescente, acentuada pela sombra das árvores gigantescas em que estava imerso o automóvel, os planos e ângulos do rosto de Tony sobressaíam com uma intensidade dramática. Nada mais se ouvia, além do ruído do motor do carro esfriando.

— Não — respondeu ela, tentando evitar as lágrimas. — Tony, não sei quais eram as suas expectativas, mas não deu certo. Eu não me encaixo.

— E quem pediu para você se encaixar?

— Eu pensei que... — tentou ainda, olhando para ele.

— Presta atenção — disse com a voz grave. Aproximou-se, banhado pela sombra oscilante da árvore sob a qual estacionara, e o seu cheiro bom, seu suor limpo, o perfume do couro e da flanela gasta por sucessivas lavagens inundaram-na de desejo. — Eu amo a minha família. Eles não são perfeitos. Na maioria das vezes, são um pé no saco. Mas o importante é que ninguém se mete na minha vida. Não dou a mínima se eles não gostaram de você ou se você não gostou deles. Eles vão acabar se acostumando. E, mesmo que não se acostumem, não é isso que vai atrapalhar a gente.

A gente? Desde quando tinham virado *"a gente"*? Arrepiada, Skyler pôs os braços em volta do corpo, tremendo com o frio que anunciava o fim daquele longo e glorioso veranico. A presença de Tony, tão perto e, ainda assim, tão distante, deixava-a louca. Desejava-o tanto que o mero pensamento de não mais se tocarem era quase insuportável. Sentia o corpo todo intumescido, sensível, o sexo úmido.

— Tony... — tentou falar, quando ele a interrompeu colocando o dedo calejado e quente sobre sua boca. O contato de sua pele com a dela fez com que quase ficasse tonta.

Logo estavam se beijando e, ah, meu Deus, como ela queria que aquilo durasse para sempre! A pressão doce dos seus lábios, o movimento gentil da sua língua, o toque macio dos seus cachos em suas mãos. Tony gemeu e, puxando-a para tão perto quanto a distância entre os bancos permitia, prendeu-a no círculo quente e forte dos seus braços. Skyler podia sentir-lhe os músculos do pescoço e do peito, conforme ele pressionava o corpo contra o dela.

Apesar das três camadas de roupa, sentiu-se nua quando Tony segurou-lhe os seios com as mãos em concha. Seu calor, aquele calor inacreditavelmente natural, estava-a incendiando. E os seus mamilos, extremamente sensíveis com a gravidez, responderam imediatamente, emitindo pequenos impulsos elétricos por todo o corpo. Meu Deus... teria ele idéia do que fazia com ela? Do quanto ela o desejava... o suficiente para fazerem amor naquele momento, dentro do carro, como se tivessem dezesseis anos?

Como conseguiria resistir? Como poderia viver sem aquele homem, sem o seu toque, sua boca, sem aquelas palavras sussurradas em seu ouvido?

Ao mesmo tempo, uma voz que vinha lá do fundo a alertava: *Você se sente assim agora... mas como será daqui a alguns anos, quando a emoção não for a mesma? O que vai fazer? Vai sorrir ao comer a torta enjoativa da cunhada dele? Não vai se importar quando ele dormir no meio da* Tosca? *E, por falar nisso, por quanto tempo você vai continuar fingindo que não se importa em vê-lo arriscar a vida na rua, dia após dia, para ganhar um décimo do que você ganha sem fazer absolutamente nada?*

Pensou no camarote da família durante o Campeonato Nacional de Hipismo, onde todos se reuniriam na semana seguinte. Passara-lhe pela cabeça convidá-lo para uma das apresentações, mas sabia, agora, que seria uma idéia ridícula. Ele não se encaixaria na família dela da mesma forma como ela não tinha se encaixado na dele. Não, era melhor parar logo com essa brincadeira de fingir que poderiam encaixar uma peça quadrada num vão redondo.

Skyler afastou-se, experimentando a sensação de que seu corpo era dilacerado. Com uma das mãos trêmulas no rosto dele, sussurrou:

— Se eu soubesse... ah, meu Deus, se eu soubesse...

— Soubesse o quê? — Sua voz saiu num resmungo baixo, em meio ao silêncio.

— Que seria assim. Que nós... — Ficou com a voz embargada. — Tony, não posso. As coisas estão confusas demais para mim. O bebê. A *minha* família. Isso iria apenas... apenas piorar a situação.

Agora era Tony que se afastava alguns centímetros, embora, para Skyler, parecesse estar a milhas de distância. Um carro passou em alta velocidade, e o clarão do farol iluminou momentaneamente seu rosto. Neste instante, Skyler percebeu como ele também a desejava, profundamente, intensamente, e de mais maneiras do que poderia imaginar. Mais do que desejava saber. Era quase apavorante a intensidade da emoção que irradiava daquele rosto vinciano, com seus traços fortes e pálbebras semicerradas.

— Está bem — disse ele numa voz fria e distante, como o vento que soprava no abismo aberto entre eles. — Mas tem mais uma coisa. E isso não tem nada a ver conosco ou com nossas famílias. É esse negócio da adoção. Antes de você se decidir sobre qualquer pessoa, quero saber quem é essa pessoa. Quero saber quem vai educar o meu filho. Você pode fazer isso por mim? — Estava com o queixo trêmulo, e ela percebeu algo brilhando no canto de seu olho.

Skyler concordou. Devia isso a ele. Desde o princípio, Tony não lhe pedira muito, apenas *ficara* ao seu lado. Também não a pressionara com relação à Dra. Nightingale. Deixara que ela se decidisse.

Tony não precisava saber que ela estava inclinada a decidir-se por Ellie, ou que pensava muitas vezes nela. Isso apenas levantaria suspeitas, e ela ainda estava longe de tomar qualquer decisão.

— Combinado — falou, mantendo os pensamentos em segredo.

Eu amo você.
Eu quero você.
Isso está me matando.

O Picadeiro de Meadowland Brendan Byrne sempre fora para Skyler como a Cidade de Esmeraldas no final da Estrada de Tijolos Amarelos. Durante toda a sua vida, sonhara em, algum dia, competir no Campeonato Nacional de Hipismo. Desde que se entendia por gente, imaginava-se voando por sobre aqueles obstáculos gloriosos, montada num cavalo lindo, de dar água nos olhos. Quando adolescentes, ela e Mickey acompanhavam avidamente todos os campeonatos, colecionavam recortes de jornais e de revistas e discutiam, em detalhes, as várias estratégias que usariam em cada percurso. Os eventos amadores, até os mais prestigiados, eram apenas um aquecimento perto daquele grande evento.

Sentada à mesa com a família no camarote dos patrocinadores, bem acima das fileiras na arquibancada, Skyler ficou olhando para o picadeiro, para o arco de treliça decorado com rosas de seda que marcava a entrada do percurso, para os obstáculos de salto que, de tão bonitos, mal pareciam de verdade: obstáculos de largura e verticais, brancos e vermelhos, decorados com crisântemos amarelos e brancos; uma mureta, imitando tijolos, decorada com festões de hera; e um obstáculo com varas dispostas em forma de escada, emoldurado por réplicas de colunas de pedra. No meio, ficava o Waterloo, duas cercas tão próximas uma da outra que os cavalos não tinham mais do que meio galope entre elas. Certamente seria aquele o obstáculo onde aconteceria o maior número de quedas e refugos. Skyler sentiu uma contração involuntária dos músculos das pernas, como se *ela* mesma fosse saltá-los, um a um.

Tal pensamento quase a levou às lágrimas.

Este ano, pela primeira vez, *teria* tido chance de se classificar, caso não estivesse...

Grávida.

Esta palavra martelava em sua cabeça como uma tecla dissonante num piano.

Estou grávida.

Agora visível, aquela condição a assombrava onde quer que fosse e em tudo o que fizesse. Os colegas da clínica veterinária lhe perguntavam se não era "perigoso" ficar em pé o dia inteiro. As mães paravam-na no supermercado, ávidas por discutir os benefícios do método Lamaze sobre o Bradley, do peito sobre a mamadeira. Começara até mesmo a receber malas-diretas — anúncios de roupas infantis, um formulário para assinar uma revista para gestantes, até ofertas de seguros de vida por telefone.

Mas Skyler prometera tirar tudo isso da cabeça naquela noite. Porque aquela noite era especial, era o Grande Prêmio, e Mickey estaria se apresentando. E já que ela mesma não podia competir, nada melhor do que ver a amiga realizar o sonho que haviam compartilhado juntas por tanto tempo.

Ela sabia que, para Mickey, aquilo era mais do que apenas a realização de um sonho, era uma necessidade. Seria a sua primeira temporada montando para a Sra. Endicott e, caso não se saísse bem, poria em risco as chances de competir nas categorias abertas da próxima estação. Mickey não teria como bancar sozinha os custos exorbitantes da inscrição, nem a guarda e o transporte do seu cavalo. Como ela mesma lhe dissera, havia muita coisa em jogo naquele campeonato.

De onde estava, Skyler podia ver a rampa que levava dos bastidores para a área dos competidores. Esticou o pescoço e logo avistou a figura familiar da amiga, montada num belo cavalo negro — o premiado puro-sangue holandês da Sra. Endicott.

— Ela só vai livrar aquele segundo salto se for muito devagar — disse preocupada. — O Toledo não é muito bom nos obstáculos de largura, ele precisa de tempo para se acalmar e pegar o ritmo do galope.

— Se outra pessoa pode comandá-lo, a Mickey também pode — acrescentou Kate, ao seu lado.

Recostando-se na cadeira em volta da mesa de onde era recolhido o jantar, Skyler desejou estar competindo junto com Mickey naquele momento. No íntimo, imaginava-se sentindo o calor do cavalo sob suas pernas; Chancellor agitando-se em meio aos outros cavaleiros que andavam em círculos apertados à sua volta. Quase podia sentir o cheiro das baias: pesado, morrinhento; cheiro de cigarro, de estrume, de lubrificante para os cascos, suor de cavalo e suor humano. Via-se voando sobre os obstáculos, sentindo a adrenalina de uma aterrissagem perfeita...

Subitamente, imaginou seu cavalo tropeçando e arremessando-a para fora da sela.

Por instinto, levou as mãos à barriga e sentiu os olhos umedecerem. *Ah, bebê, o que vai acontecer? Quem vai tomar conta de você?*

Lembrou-se mais uma vez de Ellie Nightingale. Estava pensando mesmo em procurá-la de novo, principalmente para ver se aquela ligação estranha que sentira da primeira vez ainda persistiria... mas, de alguma forma, isso não lhe parecia justo. Apenas daria esperanças a ela. *E se eu acabar escolhendo outra pessoa?*

Pegou-se pensando nervosa nos dois casais que entrevistara naquela semana, por recomendação de um advogado, amigo de Mickey. O gerente administrativo e sua esposa, professora de ginástica, pareciam o ideal. Ambos espontaneamente simpáticos, alegres, sem intenção de impressioná-la. Marcia nascera sob efeito de DES, estrogênio sintético tomado por sua mãe durante a gravidez, e não conseguia ter filhos.

Queriam uma família numerosa. Planejavam adotar crianças mais velhas também, até mesmo deficientes. Skyler percebeu, no entanto, quando o marido de Marcia desviou os olhos e apertou os lábios. Ele, claramente, não parecia animado com a idéia de uma criança de muletas estragando o *seu* retrato de família. *E se o meu bebê tiver algum problema?*

O segundo casal era mais velho, quase cinqüenta anos. Tinha uma casa em Scarsdale e uma firma lucrativa de softwares. Roliça e grisalha, a esposa parecia garota-propaganda da Betty Crocker. Tendo perdido o único filho, anos atrás, num acidente de motocicleta, estavam desesperados para ser pais novamente. Mas Diane já estava na menopausa.

Skyler nem precisou de tempo para resolver. Não queria que seu bebê crescesse à sombra de um irmão morto.

Segundo John Morton, o advogado de Mickey, não havia motivos para preocupação. A procura era muito maior do que a oferta. E ele lhe arrumaria tantas entrevistas quantas ela julgasse necessárias. Além do mais, ainda lhe restavam alguns meses.

Skyler sentiu o peito pesado, uma falta de ar, como se, de repente, se encontrasse à beira de um abismo. Decidiu não pensar no assunto. Morton estava certo, não precisava se apressar, pensaria nisso mais tarde. Neste momento, sentia-se bem. Muito bem, aliás.

Que exagero!, admitiu. Estava tão ansiosa com o que Tony chamara de "esse negócio da adoção" que nem conseguia raciocinar direito. Dormir bem era coisa do passado. Sequer conseguia assistir à televisão ou ler uma revista sem se levantar toda hora e ficar andando de um lado para outro.

Franzindo o cenho, tentou concentrar-se no picadeiro. Os funcionários apressavam-se em deixar tudo pronto para o grande evento, o *Fault and Out*, ou a desclassificação por falta, onde uma única queda significava que o participante estava fora. Três quartos da arquibancada estavam ocupados e, agora, todos olhavam para o garanhão castanho reluzente que passava pelo portão de entrada.

Skyler observou a amazona de jaqueta azul-marinho e culotes beges entrar e dar uma volta pela arena. Seu cavalo empinava e corcoveava. Em seguida, uma voz masculina bem modulada anunciou: "Número 18,

Sultão de Suffolk, hanoveriano de onze anos montado por Casey Stevens..."

Sultão galopou para o primeiro obstáculo, uma vertical, e quase parou, antes de saltá-lo como um coelho, e arrancar expressões de pesar da audiência. A seguir, os obstáculos de largura, a escada e as verticais traiçoeiras, com menos de meio galope de distância entre uma e outra. Casey, como uma novata, parecia querer terminar logo para não perder o embalo, em vez de tentar fazer o percurso com segurança. Vendo-a saltar os obstáculos com um décimo da perícia de que era capaz, Skyler ouviu Duncan comentar:

— Pior do que um cavalo ruim é uma amazona ruim...

— Ah, meu Deus, ela não vai conseguir saltar o último.

Skyler olhou para a mãe, que franzia a testa, consternada. Kate era a quinta-essência da elegância: calças pretas largas e colete, blusa de seda branca e lenço Hermès amarrado com muito gosto em volta do pescoço. Sua bengala descansava, discretamente, na parede, às suas costas.

Exatamente como previra, o cavalo bateu com a pata traseira e derrubou o bastão. Assim que dois funcionários correram para pô-lo no lugar, Casey Stevens, fazendo o possível para não parecer arrasada, guiou o cavalo de volta ao portão e foi aplaudida comedidamente pela platéia.

A seguir, foi a vez de um cavalo cinza, aparentemente muito pequeno para o alto cavaleiro que o montava.

— Este é o Henri Prudent... — sussurrou Kate respeitosamente. — *Agora*, vamos ver o que é saltar. Acredito que a esposa dele também esteja competindo. Imagine só se os dois forem juntos para o desempate.

— Se ele for um cavalheiro, vai deixá-la vencer — provocou o pai, que nunca fingira gostar desse tipo de evento. A única graça, a seu ver, era poder implicar com a mulher.

— Só se ele quiser se divorciar — disse Kate, rindo. — Ela jamais o perdoaria. Além do mais, ela tem tantas chances quanto ele.

Skyler olhou para um e outro, encantada de ver como estavam conseguindo contornar a situação. Sabia como andavam nervosos ultimamente, não só por causa do bebê, mas também por causa de problemas financeiros. Evitavam o assunto na frente dela, mas, às vezes, quando baixavam a guarda, dava para ver a preocupação estampada em seus rostos. No entanto, lá, em meio aos amigos e familiares, pareciam muito felizes, como se nada no mundo estivesse errado.

Skyler cerrou os punhos, frustrada. Se eles ao menos se abrissem com *ela*.

— De qualquer forma, vão dividir o prêmio — observou Reggie Linfoot, mexendo o uísque com o dedo roliço para misturá-lo ao gelo quase derretido. O velho Reggie... desde os oito anos Skyler adorava aquele vizinho, renomado autor de livros infantis que, certa vez, um pouco triscado (como de costume), subira na pereira do jardim de sua casa e lá ficara com ela, empoleirado no galho mais alto, como um gnomo velho e barrigudo.

— O Ian Millar é que vai levar o prêmio — disse tia Vera, com o tom autoritário de sempre, que dava a qualquer opinião sua o status de constatação. — Aquele puro-sangue dele é um fenômeno! — Vera era irmã de seu pai e a tia de quem Skyler menos gostava. Segundo Kate, a maior tragédia da vida dela era a falta de problemas e de decepções sérias (isso sem incluir os divórcios, pois ela jamais parecera ser muito ligada aos maridos); sendo assim, não devia ser mesmo fácil, para ela, sentir a menor compaixão pelos menos afortunados.

No fundo, Skyler achava que tia Vera sofria mais do que a mãe percebia. Só ter de olhar para aquela cara chupada de cavalo, enrugada, todas as manhãs no espelho era o suficiente para fazer qualquer um ter vontade de pular de uma ponte.

Voltou, então, a prestar atenção em Henri Prudent, evidentemente nervoso por ter sido eliminado num refugo. O próximo candidato, Ian Millar, voou pelo circuito, sem um arranhão sequer. Seria difícil batê-lo num desempate, pensou. Com o pescoço tão comprido como um filhote de girafa, sua égua era espetacular. Olhe só a forma como posiciona as patas quando salta! Imagine só como estará em um ano ou dois, depois de familiarizada com o circuito!

— Skyler, querida, é uma pena não estarmos aqui torcendo por *você*.

Skyler olhou para a macérrima Miranda, a melhor amiga e o braço direito da mãe, que a considerava com uma compaixão digna de campanhas sociais. Mesmo sabendo que não o fizera por mal, preferia que ela não tivesse atraído atenção para o que sua avó chamara de "seu estado". Cada vez mais se sentia como uma criança mandada de volta para casa da escola com alguma doença infecciosa.

— Eu adoraria estar lá, mas o regulamento não aceita uma amazona e meia — respondeu, ciente da rispidez na voz. Pelo canto dos olhos, percebeu que a mãe ficara vermelha. Kate, embora estivesse sendo extremamente compreensiva, não gostava de brincadeiras sobre o assunto. *Eu devia ter me lembrado*, pensou, sentindo-se culpada.

— A Skyler poderá voltar a treinar assim que... — Kate limpou a garganta e continuou, animada: — Se bem que vai estar muito ocupada com a faculdade e tudo o mais.

— Faculdade? — perguntou Reggie, piscando seus olhos embaçados pela bebida.

— Passei para o curso de veterinária da Universidade de New Hampshire — explicou Skyler. Percebendo que o braço cabeludo de Reggie estava quase escorregando da mesa, deu-lhe um tapinha discreto.

— E quanto ao bebê? Quem vai tomar conta dele, enquanto você estiver na faculdade? — perguntou uma voz rouca, que parecia a agulha de uma vitrola sobre um disco arranhado.

Todos os convivas olharam ao mesmo tempo para a anciã sentada à cabeceira da mesa. Era a tia-avó Beatrice, que ainda se lembrava da época em que as pessoas usavam *black tie* para assistir ao Grande Prêmio, muito antes de ser transferido do Madison Square Garden para o Meadowlands. Seu vestido bordado com canutilhos de azeviche tinha cheiro de naftalina. Com brincos de brilhantes e presilhas de casco de tartaruga adornando o cabelo branco-azulado, manteve os olhos azuis e úmidos vidrados em Skyler, à espera de uma resposta.

Skyler ajeitou-se na cadeira. Meu Deus, será que ninguém *contara* para a tia Beatrice?

A mãe, graças a Deus, sem alterar o olhar ou a postura, aperfeiçoada há décadas na escola para meninas da Srta. Creighton, respondeu com clareza e naturalidade:

— A Skyler não vai ficar com o bebê, tia Beatrice. Ela quer que ele seja criado por pais adotivos, *assim como ela.* — Enfatizou bem as últimas palavras.

Skyler deu uma espiada para o pai, que, com a cabeça baixa, olhava, circunspecto, para a programação em seu colo. Pobre do pai. Gostaria de poder lhe dizer alguma coisa que o fizesse sentir-se melhor. Ele não entendia por que ela estava agindo daquela forma, embora já lhe houvesse explicado inúmeras vezes. Mas assim era o pai, só via o que queria ver.

Tia Vera quebrou o silêncio constrangedor subseqüente ao pronunciamento da mãe:

— Alguém quer mais champanhe? — Tirou a garrafa do balde e levou-a pingando até o copo de Skyler.

— Para mim, não... as grávidas não devem beber, lembra?

A tia, com aquela cara comprida de cavalo, que parecia sempre arreganhar as narinas, ficou vermelha e falou:

— Honestamente, não entendo como você pode fazer um comentário tão... tão *frívolo* com relação a isso. Se você fosse minha filha, eu, eu...

— Já chega, Vera — Will interrompeu-a bruscamente, seu olhar flamejante ainda mais autoritário pelo cenho franzido e o bigode grisalho. Vera franziu os olhos, mas ficou calada.

Skyler recostou-se na cadeira, arrasada e um tanto constrangida. Tentaria se comportar bem pelo resto da tarde. Faria o possível. Faria isso pelos pais, não por ela.

Tudo o que você tem a fazer é agüentar firme, até poder ficar sozinha com a Mickey.

Mickey foi a última a saltar na prova de desclassificação por falta. Competiria, agora, com quatro cavaleiros que tinham zerado o percurso. Se também o zerasse, estaria no desempate com nomes como Ian Millar e Michael Matz. A possibilidade de a amiga chegar ao topo levantou-lhe um pouco o astral.

Assim que Mickey atravessou o portão de entrada, Skyler sentiu-se orgulhosa. Ela estava absolutamente magnífica com seus culotes pretos, jaqueta vermelha e os cachos presos por uma rede abaixo do capacete.

Ao contrário da expressão impassível dos rivais, trazia um grande sorriso que logo despertou aplausos e assobios na platéia. Mickey sabia agradar a audiência. Sempre soubera.

Seu cavalo, Holy Toledo, era o atual preferido de Priscilla Endicott, tão negro quanto o colarinho de veludo de um casaco de caça. Assim que Mickey atravessou o arco de treliças, Toledo dançou de lado, insinuando um pinote, dando-lhe a entender que faria tudo o que ela quisesse.

Mas agora não era hora de brincadeiras. Mickey o posicionou para o primeiro salto, uma mureta encimada por duas barras verticais.

— Vá com calma — sussurrou Skyler, ofegante. — Você não precisa fazer o melhor tempo, apenas limpe o percurso.

O cavalo voou sobre a mureta como uma brisa de verão. Mickey, por outro lado, com os cotovelos levantados e as pernas quase num ângulo reto, era o exemplo da deselegância. Mas não era a elegância que contava pontos nesse esporte, o que importava era limpar o circuito.

A seguir o oxer, o triplo... *meu Deus, que cavalo!* Perto dele, os outros ficavam parecendo cavalos de tração! A forma como parecia flutuar e pairar por uma fração de segundo acima dos obstáculos! E Mickey... ela estava extasiada, os aplausos, aquela excitação toda. Tudo o que precisava agora era limpar o percurso. Depois disso, se chegasse às finais, aí sim teria de ser a mais rápida dentre os outros finalistas.

Skyler aplaudiu até ficar com as mãos doendo, gritou até ficar rouca. Mais dois candidatos se apresentaram, deixando apenas três finalistas: Katie Prudent, Ian Millar... e Mickey. Estar entre aquelas duas feras era como fazer parte da Santíssima Trindade, pensou Skyler, assombrada. Mesmo se Mickey não ganhasse a faixa azul, já poderia morrer feliz.

Então, ao ver a amiga montar o puro-sangue, mais uma vez se sentiu extremamente orgulhosa, e, da mesma forma, ao vê-la quase derrubar umas das cercas traiçoeiras, Skyler experimentou todas as sensações que julgava estarem afligindo Mickey — taquicardia, dor de barriga e uma pressão forte nos ouvidos.

Mickey voou sobre o último obstáculo, encerrando com o circuito limpo e ficando em segundo lugar depois de Ian Millar. Priscilla Endicott devia estar nas nuvens. Depois dessa, Mickey poderia estabelecer suas próprias indicações. Mas o importante é que conseguira o que ambas tinham sonhado desde pequenas: participar do desempate no Grande Prêmio.

Tão logo Mickey chegou ao seu camarote, vermelha e suada após a premiação, Skyler levantou-se e deu-lhe um abraço apertado.

— Você foi maravilhosa! — disse quase chorando. — Estou tão orgulhosa.

— Ele não é incrível? — Mickey perguntou entusiasmada, concentrando todo seu orgulho em Holy Toledo. — Parece um sonho montar um cavalo como este. Você viu o que ele é capaz de fazer? Pois ele pode ir mais longe ainda. Mas não quero que ele se esforce muito, de uma só vez; depois que a gente voltar de Toronto, vou deixá-lo descansar até o verão seguinte... — Mickey deteve-se e, olhando bem a amiga, perguntou baixinho: — Você está bem? Estou te achando meio pálida.

— Estou bem. Só um pouquinho frustrada. — Estavam conversando num canto do camarote, afastadas dos outros, ainda à mesa.

— E quem não estaria? Você é muito jovem para se contentar em ficar só assistindo de camarote. Vem, vamos sair daqui. Vou te pagar uma cerveja.

— Prefiro uma Pepsi.

Skyler e Mickey desceram até o térreo e foram para um bar, felizmente não muito cheio, onde encontraram uma mesa vazia. Skyler sentou-se, dando um suspiro profundo, como se tivesse escapado por um triz de ser linchada pela multidão. Assim que a garçonete anotou seus pedidos, elas se entreolharam e trocaram um sorriso idêntico.

— Eu poderia morrer neste exato momento que morreria feliz, sem a sensação de estar deixando qualquer coisa para trás — disse Mickey, rindo.

— Exceto o "abençoado evento" aqui — respondeu Skyler, com acentuada ironia.

Mickey fez uma careta.

— Minha nossa, sou de uma falta de sensibilidade a toda prova. Nem perguntei como você está segurando a barra. E olha que a gente não se fala há *séculos*.

— Você tem andado ocupada — Skyler relevou. — E eu estou bem.

— Está mesmo?

Skyler contou-lhe sobre o último casal que tinha entrevistado, os Dobson, e sentiu-se recompensada pela cara de Mickey, que reforçava sua intuição. Mickey não aprovava a idéia de ela dar o bebê. Tempos atrás, num ato impensado de generosidade tipicamente seu, tinha até se oferecido para tomar conta dele, enquanto a amiga estivesse estudando.

"O que você faria com um bebê no circuito?", desafiara-a Skyler.

"Eu o carregaria para todos os lados nas costas, como as índias", respondera Mickey, confiante.

As duas sabiam que a idéia era ridícula, e Mickey tivera o bom senso de deixar o assunto cair no esquecimento.

— E quanto àquela senhora que você encontrou, já há algum tempo? A psicóloga que o Tony te apresentou. Gostei do jeito dela, pelo que você me contou. — Deu um longo gole na cerveja.

Skyler ficou tensa. Decidiu menosprezar, propositadamente, seu encontro com Ellie Nightingale, sem saber se até mesmo Mickey entenderia a sensação estranha que experimentara naquele dia. Deu de ombros e disse:

— Ela está para se divorciar, não faria sentido.

— Nada disso faz sentido — Mickey foi rápida em observar. — Minha nossa, quando a gente era criança, dava para *imaginar* o que está acontecendo agora?

— Você está fazendo exatamente o que queria — murmurou Skyler, com um nó na garganta.

— E *você* vai ser a melhor veterinária eqüina que existe — Mickey respondeu logo, acrescentando com brandura: — Depois que tudo isso passar.

Skyler, embora emocionada, estava prestes a explodir de frustração.

— Às vezes, acho que isso não vai acabar *nunca*. Olhe só para os meus pais, pelo amor de Deus. Papai está praticamente acabado. Ele nunca vai me perdoar por dar o neto dele.

— Ah, Skyler. — Mickey segurou-lhe a mão. — Durante toda a sua vida, você sempre tentou seguir regras, até mesmo quando não concordava muito com elas. Bem, agora que você decidiu agir desta forma, siga em frente. Faça o que *parece* certo para você e não o que faz sentido.

— Não preciso tomar nenhuma decisão agora.

— Ótimo. Saia de casa. Entreviste quantos casais quiser... mas não se deixe abater. Você não é uma pessoa qualquer, minha amiga; portanto, um filho seu também não pode ser adotado por uma família qualquer.

Skyler estava abrindo a boca para perguntar por que deveria aceitar conselhos de alguém que achava perfeitamente normal carregar um bebê nas costas, quando sentiu o bebê se mexer. Empertigando-se rapidamente, abriu a boca, surpresa, e pôs as mãos entrelaçadas por cima da barriga.

— Meu Deus, estou sentindo o bebê chutar. Não é só impressão não. É tão... — As palavras evaporaram, eram insignificantes demais para descrever a grandeza daquele momento. Algo tão maravilhoso, tão mágico, que ela parecia estar sob o efeito de um encanto.

— Talvez seja um sinal — disse-lhe Mickey, séria. — Talvez ele esteja tentando te dizer alguma coisa.

— Espero que sim. — Skyler suspirou, o momento mágico se esvaindo como o vislumbre de um arco-íris de dentro de um carro em alta velocidade. Sentiu-se, então, extremamente triste. — Porque eu daria tudo para não precisar tomar essa decisão sozinha.

—Você não está me ouvindo — bronqueou Georgina.

Ellie estava olhando pela janela do segundo andar da casa luxuosa de Georgina, contemplando a neve... neve que, naquele anoitecer prematuro de inverno, parecia cair dos postes de iluminação do Central Park Sul. Sorriu para a amiga, acomodada numa cadeira de balanço em frente à lareira, onde o fogo tentava pegar timidamente. Georgina fazia o possível para esconder sua irritação.

— Desculpe — respondeu Ellie. — Você estava me falando da conferência em Madri, alguma coisa com relação a um estudo sobre as poucas horas de sono dos pilotos. Você está insinuando que eu deveria parar de voar ou está apenas jogando conversa fora para me distrair?

— E *há* alguma outra coisa sobre a qual você gostaria de falar? — Com as pernas enroladas numa grande colcha de chenile amarela, Ellie imaginou Georgina como uma gata refestelada, mas pronta para dar o bote a qualquer momento.

Ela estava convencida de que a habilidade de Georgina em parecer tão relaxada era a grande responsável pelo seu sucesso no atendimento de pacientes particulares, além dos pacientes ambulatoriais da Clínica Psiquiátrica do Hospital St. Vincent.

Tinha também aquele consultório maravilhoso, em sua própria casa, na 70 Leste; um salão com porta corrediça que o separava inteiramente dos outros aposentos. Entulhado de objetos que ela mesma apelidara de "velharias de luxo" — luminárias de bronze com cúpulas de seda amareladas, enfeites de todas as partes do mundo, sofás e poltronas amontoados feito velhos gordos em frente à lareira que não parava de lançar fagulhas no tapete oriental surrado —, Ellie, desde a primeira vez que entrara lá, sentira-se em casa.

Exceto que, no momento, não havia lugar na face da Terra onde ela se sentisse confortável. *"Lar é onde mora o coração."* Conseguia visualizar o aforismo, como se o visse bordado em algum lugar.

Mas, se isso era verdade, então não tinha um lar. Pois seu coração queria estar com Paul, que havia fechado a porta para ela, e com um bebê, que ela desejava, mas não conseguia ter.

Sentiu quando cerrou os punhos. *Por que* Skyler Sutton não ligara mais? Já haviam decorrido quatro meses e nada. Ela sabia que era ridículo continuar tendo esperanças. A garota já devia ter escolhido outro casal... um casal simpático, amoroso, que daria tudo o que seu bebê merecia. Ainda assim...

Não conseguia esquecer aquela sensação, quase física, de que estavam intimamente ligadas, como se o destino as tivesse escolhido para protagonistas deste drama. Até mesmo agora, que o Dia de Ação de Graças há muito já ficara para trás e estavam na véspera do Natal, não conseguia esquecer o impacto estonteante que Skyler Sutton tinha lhe causado.

Nesta noite, 24 de dezembro, como fizera nos últimos oito anos, Ellie viera comemorar a véspera de Natal com Georgina. A diferença era que este seria o primeiro Natal que passaria sem o marido. Pensou nos sonhos que tiveram juntos — felizes ao lado da árvore, observando seu bebê puxar as fitas e rasgar os papéis de presente com as mãozinhas desajeitadas — e, sentindo-se tão triste quanto nos primeiros Natais após o desaparecimento de Bethanne, entendeu por que tantas pessoas deprimidas cometem suicídio nesta época do ano.

Rezou para que Georgina pudesse lhe proporcionar um pouco de conforto, uma luz para guiá-la pela tempestade emocional da qual não via saída. Sabia que não havia nenhuma cura milagrosa, que as respostas que procurava surgiriam dela mesma — afinal, era uma terapeuta, e das boas. Mas, às vezes, pensou, reprimindo o nó na garganta, às vezes, quando estamos em busca de respostas, tudo o que *precisamos* é de um ombro amigo onde possamos recostar a cabeça cansada e de palavras carinhosas para aplacar nossa dor.

— Do que adianta discutir as poucas horas de sono dos pilotos se não há nada que se possa fazer? — perguntou à amiga, com um toque de amargura insinuando-se em sua voz.

Georgina prendeu uma mecha de cabelos brancos que havia se soltado do coque mal trançado no alto de sua cabeça e, com um suspiro, admitiu:

— Talvez você tenha razão... mas não custa tentar. Minha querida, realmente detesto ver você tão infeliz assim.

Esforçando-se para não parecer tão mal, Ellie respondeu, com jovialidade:

— Não há nada de errado comigo que um marido e um bebê não resolvam. — Esticou-se para pegar o cardigã no encosto do sofá.

Com seus olhos experientes e perspicazes fixos em Ellie, Georgina uniu as pontas dos dedos e apoiou o queixo nelas.

— Às vezes, metade é melhor do que nada.

— Você está insinuando que eu deveria desistir da adoção? — perguntou Ellie irritada.

— Por que interpretar isso como uma rendição? — Georgina respondeu em cima do laço. — Ellie, você já considerou a possibilidade de estar há tanto tempo envolvida com uma mesma idéia que está deixando de ver outros tipos de compensação?

Se aquilo era conforto, preferia não aceitá-lo. Encolerizada, Ellie respondeu:

— Se você acha que vou me contentar em viver numa eterna lua-de-mel com o meu marido, fingindo que nada é mais importante do que isso... então devo estar deixando de ver alguma coisa *mesmo*.

— Minha querida, você sabe que o Paul não está querendo que o casamento de vocês seja uma eterna Shangri-lá. Você sabe que não é isso... e fica se sabotando, não querendo ver o que se esforça tanto para evitar.

— Pois me diga, por favor. O que é? — perguntou Ellie.

— A possibilidade de ser feliz mesmo *sem* filhos.

As palavras de Georgina caíram sobre Ellie como uma ducha gelada, deixando-a arrepiada.

— E por que eu estaria evitando ser feliz?

— Fugir da felicidade, normalmente, é uma forma de autopunição.

Ellie refletiu por um momento e disse devagar:

— Você acha que estou me punindo? Que ainda não me perdoei pelo desaparecimento da Bethanne? — Esboçou um sorriso tão sutil quanto a fina camada de neve acumulada no parapeito da janela. — Talvez. Mas, se for este o caso, acho que não tem cura.

— Nem mesmo com uma outra criança? — perguntou Georgina com um olhar matreiro, mas, ao mesmo tempo, mesclado com tamanha afeição e preocupação que Ellie ficou com os olhos rasos d'água.

Será que outra criança, após todos esses anos, permitiria que ela finalmente se perdoasse?

— Não sei — respondeu sincera. — O que *sei* é que nunca vou parar de procurar.

— Bem, então... assim seja. — Como não fazia seu gênero ficar batendo na mesma tecla, Georgina sorriu para a amiga, indicando que o assunto estava encerrado. Levantou-se e foi até a cristaleira onde guardava umas decantadeiras com Bordeaux, vinho do Porto, e, nesta época do ano, latas de biscoitos e panetones que recebia de presente dos pacientes. — Agora prove o panetone que a minha vizinha fez, junto com o seu Bordeaux. Está uma delícia, só não conte para ninguém, pois a Letitia adora ver a expressão de surpresa no rosto das pessoas que acham que não vão gostar do seu quitute.

Ellie aceitou um pedaço de panetone num guardanapo de papel.

— Se você está tentando me engordar, não adianta. Já tentei de tudo, e nada do que como parece ficar.

— Talvez você não esteja comendo o suficiente — observou a amiga, em tom de bronca. — Falando nisso, quais os seus planos para amanhã à noite? Não quero saber de você passando o Natal sozinha.

— Os Brodsky me convidaram para cear com eles, mas acho que só me chamaram porque a Gloria quer me apresentar o cunhado viúvo dela — contou, suspirando. — Eu disse que tinha outro compromisso. Não estou com a menor disposição para explicar minha situação com o Paul. Ninguém acredita que só estamos dando um tempo. Deve haver uma espécie de lei de prescrição para esta desculpa; depois de nove meses, ou vocês se acertam ou, então, você sai por aí dizendo que está desesperada para arrumar um namorado.

— Bem, então já está combinado. — Georgina serviu duas taças de vinho. — Você vem para cá. Se eu conhecesse alguns homens solteiros, eu os guardaria para mim, portanto, não precisa se preocupar com isso. E você não vê a minha filha há... quanto tempo faz? Séculos. Além disso, sou péssima cozinheira e pode ser que precise de uma mão na cozinha. Portanto, não vou aceitar recusas.

Ellie sabia muito bem que Georgina tinha razão, de modo que nem pensou em discutir. Ficar sozinha no Natal era deprimente demais. Além disso, Paul passaria a noite em Sag Harbor, com os pais. Entristeceu-se ao lembrar-se deles. Pobres John e Susan! Estavam tão tristes com aquela situação! Seria muito ruim para eles, assim como para ela, passarem o Natal separados. Quando os conhecera, num dia ventoso em janeiro, estava tão gelada que foi logo acolhida por um abraço caloroso e levada, às pressas, para o sofá aconchegante em frente à lareira, onde o pai de Paul ficou lhe aquecendo as mãos com suas palmas calejadas. Naquele dia, parecia que um grande engano cósmico tinha sido, finalmente, corrigido, pois Ellie logo reconheceu John e Susan como os pais que gostaria de ter tido durante toda a vida.

E agora, até mesmo eles haviam sido afastados dela.

Colocando seu pedaço de panetone mordiscado em cima de uma arca com tampo de vidro, que servia de mesinha de centro, Ellie levantou-se e foi até a janela. A previsão era de mais de dez centímetros de neve, e parecia que o tempo iria piorar até o anoitecer. Naquela escuridão leitosa do inverno, entremeada pelos postes de luz, Ellie viu um homem todo encapotado andando ao longo de um caminho aberto na neve por pegadas, ao longo da 72. Lembrou-se, então, de uma outra véspera de Natal, quando se detivera diante da Igreja St. John the Divine, seu hálito saindo em nuvens, as lágrimas queimando-lhe as faces geladas, a contemplar o presépio iluminado por refletores, do qual a estátua em tamanho natural do Menino Jesus, aparentemente, fora roubada.

Ellie respirou fundo e virou-se para Georgina.

— Eu adoraria vir para a sua ceia natalina. Mas só se você me deixar trazer minha torta de amoras e pecãs. É uma receita da minha mãe e, para falar a verdade, a única coisa boa que ficou da minha infância. — Esquivou-se de falar que era também a favorita de Paul, e que sentiria um certo prazer em privá-lo desta iguaria.

— Parece maravilhosa e engordativa, e tenho certeza de que vou adorar — respondeu a amiga. — Agora deixe de papo furado e me conte tudo o que está acontecendo. Não conseguimos conversar direito desde o dia em que você correu para cá em polvorosa por causa daquela garota que conheceu e com quem sentiu uma ligação muito forte. — Franziu o cenho, acentuando as rugas em torno dos olhos e da boca. — Espero que, em nenhum momento, você interprete minhas palavras como um sinal de desaprovação. Quero apenas o melhor para você, querida.

— Não tive mais notícias dela — respondeu Ellie, esforçando-se para não adicionar a palavra que estava na ponta da língua: *ainda*.

— Foi o que imaginei — tornou a amiga, tomando um lento gole de vinho. — Se você *tivesse* alguma novidade, eu, com certeza, já saberia. Estou apenas querendo saber se você ainda tem alguma esperança.

Ellie deu uma risadinha irônica.

— Em outras palavras, se acredito em milagres?

— Maria soube da sua gravidez inesperada, através do Arcanjo Gabriel — lembrou-lhe gentilmente a amiga. — Sei que uma behaviorista ferrenha como eu não deveria dizer isso, mas milagres *acontecem*.

Não sendo em absoluto o que esperava ouvir de uma amiga tão prática e realista, Ellie sentiu vontade de chorar. Neste momento, tudo o que queria era recostar a cabeça em seu ombro e fechar os olhos.

— Acho que você tem razão.

Milagres? A esta altura dos acontecimentos, estou topando qualquer coisa, até um boletim de TV em edição extraordinária.

Georgina refletiu rapidamente sobre o assunto e, então, perguntou:

— E aquele jovem do seu grupo de Aids de que você gosta tanto... o bailarino?

Ellie deu seu primeiro sorriso sincero da noite.

— O Jimmy Dolan? É impressionante como ele é duro na queda... embora muito da sua resistência eu atribua ao seu amigo, Tony. — Ela não lembrou Georgina de que Tony tinha lhe apresentado Skyler Sutton. — Por falar no Jimmy, prometi que iria vê-lo quando estivesse indo para casa. — Olhou para o relógio sobre a lareira. — É melhor eu ir logo, já está ficando tarde.

Faltavam exatamente dez minutos para as seis, e as duas, percebendo a duração da visita, desataram a rir. Uma consulta de cinqüenta minutos. Georgina a acompanhou até a sala principal e pelas escadas em caracol, até o hall estreito e ladrilhado. Assim que Ellie abotoou o casaco, a amiga, exalando perfume de jasmim, sua essência predileta, beijou-a e abraçou-a.

— Amanhã, te espero às quatro, pronta para a festa.

Surpreendentemente, Ellie não teve problemas para conseguir um táxi. Mesmo com as calçadas abarrotadas de gente fazendo compras de última hora, ela reuniu coragem e atravessou a rua com neve pelas canelas até a estação mais próxima de metrô. Talvez milagres acontecessem mesmo, pensou; até mesmo aquele táxi de bancos abalroados e sem aquecimento parecia um presente enviado do céu.

Quando chegou à quitinete de Jimmy, na Hudson Street, mais uma vez achou que via um milagre: ele parecia ter engordado alguns quilos desde a última vez que o vira no hospital. E como havia também perdido a última sessão, sua melhora parecia ainda mais evidente. Ele a recebeu com um salamaleque bem-humorado, sorrindo como se ela fosse a encarnação dos Três Reis Magos. Para combinar com a data, ou simplesmente por estar vivo para comemorá-la, vestia um suéter vermelho de gola rulê e suspensórios verdes, tão práticos quanto decorativos, pois seguravam as calças já grandes demais para ele.

— Feliz Natal. — Deu-lhe um beijo no rosto e tirou um presente de dentro da grande bolsa a tiracolo.

Jimmy ficou ao mesmo tempo encantado e sem graça.

— Não tenho nada para a senhora — disse, envergonhado.

— Tem sim e acabou de me dar. Não tenho palavras para descrever como é bom vê-lo tão bem assim.

Exultante, Jimmy conduziu-a pelo longo salão em "L" que servia de sala de estar, cozinha e dormitório. Assim que Ellie sentou-se no sofá, seu olhar foi atraído, como sempre, para os pôsteres de balé que decoravam as paredes. Seu favorito era uma ampliação de uma foto dele, no meio de um salto, com o dorso brilhando de suor e os braços esticados acima da cabeça.

— Abra — disse-lhe Ellie, sorrindo ao vê-lo desconcertado com o presente nas mãos, como uma criança grande ainda querendo acreditar em Papai Noel.

Ellie percebeu que suas mãos tremiam enquanto puxavam sem muita força o laço. Mas não era um tremor apenas de animação. Vendo-o afundar, frustrado, na cadeira, Ellie desejou não ter embrulhado tão bem o presente. Por fim, ele conseguiu abri-lo.

— São meias térmicas — explicou-lhe, assim que Jimmy suspendeu um par de meias de lã trançadas com fios de eletricidade e com bolsinhas de plástico nas sanfonas, onde acomodavam as baterias. Certa vez, Jimmy reclamara dos pés frios, que não se aqueciam por nada, independentemente de quantos cobertores usasse.

Ele sorriu, tirou os mocassins e as enfiou nos pés ossudos, que de tão pálidos e gelados estavam praticamente roxos.

— Obrigado, doutora. São demais. E se eu ficar com fome na cama, poderei tostar marshmallows nos dedos.

— Aproveite-as em boa saúde — disse em resposta Ellie, com um toque do humor negro que Jimmy parecia adorar.

— Saúde não é mais problema — disse ele, atirando o braço de espantalho para trás da cadeira onde estava sentado. — Tenho até conseguido ir sozinho ao banheiro.

— Falando sério... como você está?

— Um pouco melhor do que há algumas semanas, mas ainda mal — admitiu, deixando as brincadeiras de lado. — Mas estamos no Natal, e tenho apenas um pedido para Papai Noel. Quero ver a chegada do Ano-novo. Nada de chapeuzinhos, nada de champanhe, nada de agitar até o sol nascer. Se eu vir a bola descer na Times Square pela TV, já vai estar bom. Talvez até dê para ver o Tony, com os outros guardas, preservando a paz, a justiça e o *american way of life*. Acima de tudo, quero apenas erguer um brinde por ter sobrevivido mais um ano. — Deu um sorriso lento e doce que lhe iluminou o rosto, já tão devastado pela doença. — E quanto à senhora, doutora? O que *a senhora* vai comemorar?

— A esperança — disse baixinho, sentindo-se mais grata a ele do que conseguia expressar. Começara aquela noite fria pedindo a Deus um alívio para sua dor, e o encontrara ali, na presença de um homem à beira da morte.

— Esperança. Está bem, vamos brindá-la. — Levantou-se com esforço. — O ponche de ovos e a cerveja com especiarias acabaram, mas acho que consigo arrumar um pouco de vinho.

— Fica para outra vez — disse-lhe Ellie. — Acabei de sair da casa de uma amiga e já bebi minha cota natalina.

Em vez de beberem, Ellie passou a hora seguinte vendo um álbum de fotografias de Jimmy, enquanto ele se entregava às reminiscências dos seus dias no palco. Havia programas, recortes e mais recortes de críticas altamente elogiosas de jornais e revistas, fotos, como aquelas ampliações penduradas na parede. Ao admirá-las, Ellie, mais uma vez, lembrou-se de tudo que os pais de Jimmy estavam perdendo. Ela teria muito orgulho de tê-lo como filho.

Por fim, anunciou:

— Preciso ir para casa, está ficando tarde.

Abraçou-o cuidadosamente, como faria ao pegar uma jarra de cristal, com medo de estilhaçá-la. Ele retribuiu o abraço, contraindo o peito no que Ellie entendeu como uma tentativa de prender a respiração ou suprimir um soluço. Mas ele estava com os olhos secos, ao acompanhá-la até a porta. Ellie, sabendo o quanto sua visita significara para ele, ficou satisfeita por ter passado lá.

Ao chegar em casa, foi logo ouvir os recados da secretária eletrônica. Nenhuma mensagem de Paul... ou de qualquer outra pessoa. Sentiu-se arrasada mais uma vez.

Ligue para alguém, pensou, procurando animar-se. Lembrou-se de uma velha amiga da faculdade, Grazia, em Seattle, e pensou como seria bom tomar um banho, colocar um roupão, acomodar-se no sofá e jogar conversa fora tomando uma xícara de chá fumegante. Mas eram três horas de diferença de fuso horário entre Nova York e Seattle, e, como Grazia sempre deixava tudo para a última hora, devia estar correndo de um lado para outro para comprar os presentes a tempo.

Em vez de ligar para a amiga, sentiu o ímpeto de pegar o telefone e ligar para Paul. Mas tinha jurado que não faria isso. *Jurado*. Ligar para quê? Ele seria educado, simpático; ficaria até mesmo feliz em ouvi-la, como ficara no Dia de Ação de Graças. Falariam sobre o trabalho, sobre seus pacientes. Ela perguntaria pelos seus pais. Ele diria que estavam bem e os chamaria para falar com ela. John e Susan lhe desejariam de coração um ótimo Natal... e assim que desligasse o telefone, sentiria vontade de se matar. Então, iria para a cama e choraria até não agüentar mais.

Não posso me submeter a isso, pensou. Sem tirar o casaco, com a gola ainda salpicada de neve, que agora começava a derreter em manchas escuras de umidade, Ellie atravessou a sala e afundou no sofá. Fechando os olhos, permitiu-se abaixar a cabeça e deixar as lágrimas, contidas durante toda a noite, escorrerem por entre seus cílios.

No apartamento ao lado, alguém arranhava canções natalinas num piano desafinado. Quando *Noite Feliz* acabou, *Bate o Sino* começou. Sua cabeça latejava ao ritmo das teclas marteladas. Estava tão deprimida que chegou até a pensar em ligar para os pais e desejar-lhes um feliz Natal. Mas, como sempre fazia nas poucas vezes que a filha telefonava, a mãe se sairia com algum comentário do tipo: "Não são mesmo boas estas promoções que as companhias telefônicas fazem no fim do ano? Só assim mesmo que os parentes ligam para casa."

Então, o telefone tocou, provocando-lhe um sobressalto.

Paul?

Não, Paul não; sem saber direito o motivo, tinha certeza de que não era ele.

Ainda assim, com o coração acelerado, levantou-se desajeitada para atendê-lo e bateu com o joelho no tampo da mesinha de centro. Com a perna doendo, mancou até o telefone sobre o móvel japonês encostado na parede. Estava tremendo. Talvez fosse Georgina ligando para remarcar o horário do dia seguinte...

Ainda assim, encontrava-se num estado de tamanha tensão que teria uma crise de nervos, caso ele parasse de tocar.

Tão logo o atendeu ofegante, sabia quem estava ligando. Acreditava mesmo na existência de algo como o destino, como a Providência Divina ou que nome tivesse. Portanto, não ficou assim *tão* surpresa ao ouvir a voz do outro lado da linha, uma voz composta por três quartos de falsa jovialidade e um quarto de pânico.

— Aqui é a Skyler Sutton... lembra de mim? — Tomou fôlego rápido e continuou: — Sei que já faz um tempo, mas eu queria lhe desejar um feliz Natal... e dizer que gostaria de encontrá-la novamente. É sobre o bebê. Você ainda está interessada?

Capítulo Onze

— É uma Belter — disse Kate à senhora que examinava a delicada cadeira neo-rococó restaurada e estofada com veludo verde-garrafa e exposta num lugar de destaque na frente da loja.

— Sim, eu sei. — A matrona de uns sessenta anos, cabelos grisalhos e traje de *tweed*, que lembrava os caçadores do norte de Salem, empertigou-se e deu uma olhada na loja. Seus olhos azuis, cercados por rugas fininhas, reluziram. — É de 1860, se não me engano. Uma bela peça... onde você a conseguiu?

— Na Sotheby's, em Nova York. — Kate desencostou a cadeira da parede para mostrar-lhe melhor aquele espaldar exclusivo, uma técnica desenvolvida e patenteada por John Henry Belter, que consistia em lâminas de madeira superpostas e torcidas num motivo de festões. — Tenho o certificado de autenticidade, se a senhora quiser vê-lo.

— Não vai ser necessário. Na verdade, é para a minha filha. Ela coleciona móveis Belter e está vindo de Boston no final desta semana. A senhora poderia reservá-la?

— Claro. Até sexta-feira? — Kate raciocinou rápido. Prometera dar uma palestra durante o chá anual na Sociedade Histórica de Northfield, na quinta-feira, e a presidente, Carolyn Atwater, também tinha uma queda por móveis Belter. Não faria mal algum deixar escapar que mais alguém estava interessado. De qualquer forma, como já estavam em janeiro, e o Natal praticamente esquecido, as chances de vendas eram grandes. As pessoas estavam, novamente, mais concentradas em decorar a casa do que em comprar presentes. E, além do mais, aquela peça era *realmente* maravilhosa.

— Ah, a senhora faria isso? — perguntou a cliente, batendo as mãos em sinal de satisfação.

Kate sorriu.

— Será um prazer. — Anotou-lhe o nome e o da filha: Dora Keyes e Linda Shaffer.

Assim que Dora Keyes foi embora, com um tilintar alegre do sininho de bronze preso à porta, Kate sentou-se na otomana que fazia jogo com a poltrona bergère da época georgiana, parte do mostruário agrupado sob spots sutilmente posicionados para reproduzir a atmosfera de uma típica biblioteca de solar inglês. A seguir, soltou o ar até então preso nos seus pulmões e pensou:

Dora Keyes vai chegar em casa, telefonar para a filha e um dos seus netos vai atender o telefone. Então, ela vai perguntar: "Como foi na escola?" E o neto vai dizer: "Vovó, quando você vem aqui em casa? Estou com saudade."

Kate sacudiu a cabeça para afastar esses pensamentos. *E daí que ela seja avó?... Não tenho nada a ver com isso.* Sabia, no entanto, o que a incomodava: Skyler. A filha estava decidida a levar aquela... aquela idéia absurda adiante. Embora ainda não houvesse se decidido por nenhum casal para adotar seu bebê, Skyler lhe dissera por telefone, na noite anterior, que tinha uma pessoa em mente.

Quem *são* essas pessoas? Tivera vontade de perguntar. Mas, no final das contas, que importância isso tinha? Com certeza, seriam boas pessoas. Não era esse o problema.

Sua cabeça doía, como se houvesse um grupo de homens em miniatura trabalhando, martelando, serrando ininterruptamente em uma de suas têmporas. Pior ainda, não tinha com quem conversar. Miranda sempre fora compreensiva e solidária, mas discordava tanto da decisão de Skyler que era difícil para Kate não se sentir desleal com a filha ao discutir aquele assunto com a amiga. Também não podia falar com Will. Além de fingir que nada estava acontecendo, ele vinha trabalhando tanto nos últimos dias que parecia uma corda prestes a arrebentar. Portanto, cabia a ela, Kate, fingir que estava tudo bem e tentar impedir que sua vida desmoronasse.

Mas, ah, meu bom Deus, o que não daria por um ombro forte onde pudesse se recostar? Por que sempre sobrava para ela ter de lidar com as crises familiares? Por que era sempre o lendário salgueiro que se curvava ao vento, e não o poderoso carvalho? Talvez, se fosse um pouco mais parecida com o marido, se tivesse sido mais rígida com Skyler quando ela era menina, nada disso estaria acontecendo agora.

Ainda assim, ao contrário do que esperava, parecia que, quanto mais compreensiva tentava ser, mais a filha se afastava dela. Kate tentava não se sentir magoada. Dizia a si mesma que Skyler estava apenas tentando poupá-los dos detalhes dolorosos sobre os possíveis pais adotivos. Mas, ao mesmo tempo, sentia-se ressentida. Que atrevimento dela, não lhes contar nada! Nem mesmo apresentá-los ao pai da criança! Tudo o que sabia era o seu nome, Tony, e que era — logo o quê! — um policial da Guarda Montada.

Mas confrontar a filha faria apenas com que ela se afastasse mais. Era melhor agir com cautela, aguardar a oportunidade, um momento de fraqueza, quando Skyler precisasse dela e lhe pedisse conselhos. Kate era paciente. Precisava ser.

Dentro de uma hora se encontraria com a filha na propriedade Wormsley, ao norte de Mahopac, onde aconteceria um leilão no dia seguinte. Kate vira uma escrivaninha na revista *Art and Antiques Weekly* que seria perfeita para Skyler, em substituição a uma outra muito pequena em sua cabana. O que não lhe falara era que tinha visto, também, um lindo bercinho gradeado para o bebê, caso ela mudasse de idéia.

Claro que não faria nada óbvio demais, como chamar a atenção da filha para o berço. Mas, no dia seguinte, durante o leilão, daria um lance... e se o arrematasse, trataria de guardá-lo nos fundos da loja até o bebê nascer...

... só por precaução.

Enquanto seguia com sua caminhonete Volvo vermelho-tijolo pela Interestadual 84, passando pelos campos cobertos de neve e pelas fazendas esculpidas por gelo, Kate sentiu uma tensão crescendo em seu peito. Era praticamente a mesma sensação que experimentava quando atravessava o Túnel Lincoln, sabendo que logo ficaria enclausurada debaixo de um volume de água que exercia centenas de toneladas de pressão — água que poderia romper o teto de concreto a qualquer momento. Embora sua premonição beirasse o ridículo aos olhos de qualquer engenheiro, julgava-a possível. Pensava nisso durante todo o trajeto pelo túnel, até visualizar a luz do dia e rir do medo bobo.

No entanto, não haveria luz no fim *daquele* túnel. A sensação que tinha era de algo verdadeiramente terrível a caminho. Não atinava extamente com o que estava lhe provocando tamanho terror. Mas, afinal, o que de pior poderia acontecer? O que poderia ser mais terrível do que ter seu neto entregue a estranhos?

Ainda assim, o velho pensamento persistia em sua cabeça: *Durante todos esses anos, você sempre ficou à espera de que o outro sapato também caísse no chão. E talvez seja isso... uma espécie de "troco" divino. Você roubou a mãe verdadeira de Skyler e, agora, alguém vai roubar o seu neto de você...*

Sim, talvez fosse esse o seu maior medo: ter de admitir sua responsabilidade nessa história. Pois não é possível trapacear com os deuses sem ter de lhes prestar contas um dia. Havia brincado com o destino, e chegara a hora de pagar por isso.

Kate expulsou esses pensamentos de sua mente. Saiu da auto-estrada e pegou a estrada municipal até Wormsley. A propriedade ficava no final de um longo caminho de cascalho no meio de quatro acres de grama não-aparada e canteiros abandonados. Era um prédio enorme, um mastodonte com todos os excessos do estilo vitoriano, dotado das indefectíveis cumeeiras mofadas e torretas com a pintura descansando, a aparência do todo era a de uma grande dama arruinada.

Kate estacionou em frente à casa e, com o auxílio da bengala, seguiu pela trilha sulcada pelos carros que já haviam chegado. Minutos depois, estava folheando o catálogo no hall ladrilhado e cavernoso, quando alguém lhe deu um beijo gelado no rosto. Ao levantar os olhos, viu a filha com as bochechas coradas de frio, uma jaqueta curtinha de lã, um cachecol azul feito à mão, leggings pretas grossas e um suéter de tricô vários números acima do seu. Kate conteve o ímpeto de pôr a mão em sua barriga.

Meu neto, pensou com tanta dor que chegou a estremecer. Com quase sete meses de gravidez, Skyler reclamava da dificuldade de dormir à noite por causa dos chutes do bebê. Como podia senti-lo se mexer e não querer ficar com ele? Ficava tão perplexa com essa idéia que não conseguia tirá-la da cabeça.

— Quase virei errado naquela última encruzilhada — Skyler contou-lhe com uma risada, tirando o gorro de tricô, balançando a cabeça e espalhando os cabelos dourados pelos ombros. — Dá para acreditar? Já dirigi mais de mil vezes por estas estradas e, de repente, lá estava eu no sinal, sem saber para que lado virar.

— Isso é normal — respondeu Kate suavemente. — Você anda com muitas coisas na cabeça.

Skyler franziu levemente a testa, como se aquelas palavras carregassem outro sentido.

— Pode ser.

Kate sentiu vontade de abraçar a filha, apertá-la tanto até ficarem sem ar, e fazê-la entender, de uma forma que ia além das palavras, o quanto era profundamente, incondicionalmente amada. Em vez disso, ajudou-a a tirar o casaco e pendurou-o junto ao seu, no cabide atrás da porta.

Apoiando-se com mais força na bengala do que quando entrara, tomou-lhe o braço.

— Vamos dar uma olhada naquela escrivaninha? Eu trouxe o metro para vermos se vai caber na parede do... do escritório.

— *Não* é escritório, mãe... é um quarto de dormir — corrigiu-a. — Só porque não estou planejando transformá-lo num quarto de bebê não quer dizer que temos de agir como se alguém tivesse morrido.

Kate ficou pálida e, antes que pudesse se conter, respondeu:

— Isso é coisa que se diga? — Ao perceber os outros olhando para ela, baixou a voz. — Eu quis dizer que você vai usá-lo como escritório quando estiver na faculdade.

— Mãe, eu vou para New Hampshire.

— Mas você ainda virá para a cabana nos finais de semana e nos feriados. — Tomou cuidado para não deixar transparecer a esperança de que viesse passar as férias de verão em Orchard Hill depois do nascimento do bebê. Haveria espaço mais do que suficiente para os dois, caso mudasse de idéia.

Andaram por todo o aposento — no passado, um salão imponente; agora, com papel de parede descolado e as sancas descascadas. Os velhos tacos no chão estavam extremamente gastos, e os querubins esculpidos nas laterais da lareira de mármore pareciam queixar-se, silenciosos, dos lambris arranhados e das cortinas esfarrapadas. Por todos os lados, havia móveis etiquetados e amontoados desordenadamente. A velha Sra. Wormsley morrera sem deixar herdeiros, e sua propriedade, assim como tudo o que lá se encontrava, estava sendo leiloada para pagar os impostos vencidos.

Foi com surpresa que Kate percebeu que, apesar de a mansão estar em péssimo estado, a maior parte da mobília estava bem conservada. Talvez a Sra. Wormsley não tivesse dinheiro para os consertos caseiros, mas ela ou quem quer que cuidasse da casa não tinha poupado esforços na manutenção da mobília.

Kate marcou o número de um lindo armário de canto de nogueira nodoada, na xerox do catálogo que trazia enrolada debaixo do braço, antes de passar à escrivaninha que viera ver — uma antiga escrivaninha vitoriana de carvalho com tampo corrediço e apenas algumas lascas e manchas. Não tinha nada de especial, mas era prática e combinaria com o resto da mobília da cabana.

— Quanto vale? — perguntou Skyler.

— Entre mil e duzentos e mil e quinhentos dólares — respondeu a mãe, dando uma olhada no preço estimado impresso embaixo de uma breve descrição da peça. — Mas devo consegui-la por oitocentos ou novecentos dólares. Quase todos que estarão aqui amanhã serão comerciantes, e, como não a queremos para revenda, estaremos em melhores condições de regatear.

— Não sei não — disse Skyler, passando os dedos pela superfície empoeirada e abaixando-se para espiar dentro de um escaninho. — É muito dinheiro.

Kate pensou em se oferecer para comprá-la para ela... então pensou melhor. Não, Skyler nunca aceitaria. Por outro lado, tinha o fundo de investimento que recebera de presente da avó, assim que fora adotada. Ela só poderia mexer nesse capital quando fizesse vinte e cinco anos, dentro de dois anos e meio, mas, como responsável, Kate poderia autorizar qualquer retirada além dos juros com os quais Skyler se sustentava.

— Se você quiser, posso falar com o Ralph Brinker, lá no banco — disse à filha.

Skyler olhou-a intrigada e perguntou:

— Para quê? Ah, tá, aquele dinheiro. — Como se alguém pudesse esquecer um capital de quinhentos mil dólares. — Mãe, eu agradeço... mas não precisa. A minha escrivaninha está ótima.

Kate suspirou. Skyler nunca pedira nada, sempre fora assustadoramente independente, mas ela ainda nutria a esperança de que o tempo conseguisse aparar-lhe as arestas. A filha ainda precisava aprender que existia uma espécie de generosidade em receber, tanto como em dar.

Com o canto do olho, Kate avistou o berço, uma peça requintada do período Eastlake, com grades moldadas à mão e detalhes em ouro nos entalhes. Estranho, pensou, pois, até onde sabia, os Wormsley não tinham filhos. Teriam tido um bebê que não sobrevivera?

Sentiu o coração acelerar. A seguir, fixou os olhos em Skyler, desejosa de que ela, já andando em outra direção, se virasse e olhasse para o berço — queria *ver* sua reação.

Nem sempre temos uma segunda chance, meu bem. Quando uma oportunidade bater à sua porta, mesmo numa hora ruim, é melhor agarrá-la... caso contrário, ela talvez nunca mais volte.

Às vezes, é preciso mais do que simplesmente agarrá-la, pensou, tristonha.

Mas tudo o que Kate pôde fazer foi observar, impotente, a filha se afastar em direção a um quadro escuro de uma gôndola deslizando por um canal veneziano, sem sequer olhar para o berço. Sentindo-se extremamente desapontada, simplesmente circulou o número da peça no catálogo. Não importava o quão alto fosse o lance, estava determinada a comprá-la; para ela, aquilo representava a esperança de que Skyler mudasse de idéia.

Deram uma olhada nas outras peças, mas, salvo por uma fruteira de prata para centro de mesa, que só precisava de polimento, Kate não se interessou por mais nada. Após algum tempo, sentiu o quadril doer, e a filha parecia estar impaciente.

— Está com fome? — perguntou-lhe. — Podíamos comer alguma coisa naquela cafeteria de que você gosta tanto, lá na cidade. Ou voltar para casa.

— A Cat's Cradle? Eu seria capaz de comer meia dúzia daqueles bolinhos de cereja! — Ignorando a sugestão de voltar para casa, Skyler riu com pesar. — Meu Deus, acho que não parei de comer desde o dia em que deixei de sentir aqueles enjôos matinais. Já engordei quase sete quilos até agora, e ainda faltam dois meses!

Kate sentiu os músculos do rosto se paralisarem; então, para disfarçar, olhou logo para outro lado. Fingindo-se tranqüila, perguntou:

— O que a Dra. Firebaugh disse na última consulta?

— Segundo ela, estou tão saudável quanto uma égua. Ela quer que eu comece a praticar o Lamaze na próxima semana. — Skyler hesitou e continuou: — Pedi a Mickey para me ajudar.

— E quanto...? — Ia perguntar sobre Tony, mas pensou melhor. O que sabia do rapaz, além do fato de que ele e sua filha tinham ficado amigos? E se ele não quisesse nada além de amizade? Forçou um sorriso. — Parece que a Mickey sabe fazer um pouco de tudo.

— A pior parte vai ser tê-la comigo na semana anterior ao parto. Provavelmente, vamos ficar nervosas o tempo todo.

— Antes assim do que ficar em dificuldades, no meio do nada, sem ninguém para tomar conta de você, caso algo saia errado — a mãe lembrou-lhe secamente.

Skyler não disse nada.

Este assunto já estava mais do que esgotado; os pais queriam que ela se mudasse para a casa deles uma semana antes do parto, e ela insistia em fazer as coisas do seu jeito, o que significava ficar em Gipsy Trail, a vinte minutos de carro do Hospital de Northfield.

Kate ainda estava impaciente quando chegaram à cafeteria, onde conseguiram lugar num canto ensolarado, debaixo de dois quadrinhos na parede. Skyler ainda teria de lhe falar sobre os casais que vinha entrevistando, o que Kate, claramente, andava evitando também. Independentemente de quão maravilhosos e atenciosos fossem eles, nada perguntara sobre o casal escolhido para adotar seu bebê, até então. Não suportava o fato de eles terem nome e sobrenome, tampouco podia imaginar aquela decisão da filha deixando de ser uma simples ameaça para se tornar uma realidade.

Quando a garçonete veio, Kate pediu chá e um sanduíche de peito de frango grelhado, e Skyler, apesar de toda a conversa sobre seu apetite de leão, quis apenas sopa e um copo de leite.

Kate olhou-a preocupada. A filha podia falar à vontade sobre o quanto estava engordando, mas, na verdade, estava pálida e abatida.

Ela pode até estar irredutível quanto à sua decisão... mas não está feliz. Dava para ver os sinais: a forma como olhava para os lados, fitando tudo e todos, menos Kate, o nervosismo com que dobrava o guardanapo xadrez e o rubor em suas faces pálidas.

Kate esperou acabarem o almoço antes de fazer qualquer comentário. Limpando a boca com o guardanapo, reaplicou cuidadosamente o batom. Parecia se expressar melhor maquiada.

— Encontrei o Duncan hoje de manhã. Ele mandou lembranças — disse, fechando a bolsa. — Perguntou se você já se decidiu por um casal para adotar o bebê. Eu disse que sim, mas, francamente, Skyler, me sinto péssima por não ter a menor idéia de quem será.

Skyler baixou os olhos para a tigela vazia de sopa.

— Eu não tinha certeza se você iria aprovar.

Kate ficou alarmada. Aprovar? Ela não aprovava *nada* daquilo!

Não estava preocupada somente com a filha; preocupava-se também com a pressão financeira que ela e o marido estavam sofrendo. Embora tivessem conseguido evitar a falência com a hipoteca da fazenda, a firma ainda estava muito longe de sair do vermelho. Will estava lutando para ganhar tempo, mas, ainda assim, estavam com a corda no pescoço.

Pensou em como se sentira ao assinar os papéis da hipoteca de Orchard Hill, como se estivesse assinando a própria sentença de morte.

E agora talvez tivesse algo ainda pior para lidar.

— Não imagino você escolhendo alguém que não seja do nosso gosto. — Forçou um sorriso. Parecia estar mastigando gelo.

— Não que você não vá gostar dela — disse, tirando o cabelo do rosto e segurando-o para trás, um gesto nervoso seu que deixou a mãe ainda mais apreensiva. — É que... a Ellie e o marido estão separados.

Ellie?

Uma parte do seu cérebro deu o alarme, da mesma forma como faria se ouvisse uma sirene distante. Porém, logo se convenceu de que estava sendo paranóica. Mesmo assim, perguntou:

— Qual o sobrenome dela?

— Na verdade, é *Dra*. Nightingale, mas ela pediu para eu chamá-la de Ellie.

O alarme que então tentara desligar cravou os dentes em seu estômago. Não precisou puxar pela memória a imagem da jovem psicóloga estagiária que o destino se encarregara de pôr no seu caminho naquela noite aterrorizante, há quatorze anos, quando Skyler quase morrera. O incidente ainda estava claro em sua mente... tão claro quanto os quadrinhos na parede.

Kate estava consciente do zunido em seus ouvidos, como ondas do mar. E naquele mar de guardanapos xadrezes e madeira nodoada, sentiu-se flutuando levemente, enquanto os outros — garçonetes e clientes, o homem entregando um garrafão de água — ficavam para trás.

— Ellie Nightingale. — Em seu estado de quase embriaguez, repetiu o nome tão devagar e com tanto cuidado como se soletrasse uma senha do lado de fora de uma porta que temesse transpor.

— Não dá para esquecer um nome como esse. — Os lábios de Skyler se moveram, mas as palavras pareceram demorar uma fração de segundo até chegar aos ouvidos da mãe.

— Não. — Sentiu o sangue subindo-lhe pela face.

— Sei que pode parecer estranho, mãe, mas é quase como se a gente já se conhecesse... como se isso já estivesse escrito. Não consigo explicar, é uma coisa que só consigo *sentir*. — Olhou ansiosa para Kate. — Você alguma vez já se sentiu assim com relação a alguém?

Kate permaneceu abobada, imóvel, incapaz de falar.

Debaixo da mesa, apertava tão forte as mãos que parecia que os nós dos dedos iam rasgar-lhe a pele. A sensação flutuante de momentos atrás fora substituída por uma sensação de formigamento, como se parte dela houvesse estado dormente e agora voltasse, aos poucos, à realidade. Um pensamento persistia em sua mente, como uma notícia digital na parte inferior do vídeo anunciando, ininterruptamente, a chegada de uma tempestade.

Ela não pode descobrir. Ela não pode descobrir...

Mas Skyler sentiu algo estranho no ar, a mãe estava com o tronco descaído sobre a mesa, a testa franzida de preocupação.

— Mãe, você está bem?

— Estou... estou... estou bem. — Kate reuniu todas as suas forças para se controlar. — É que... sei que já conversamos sobre isso... mas não deixa de ser um choque, agora que realmente existe uma pessoa para levar o meu neto de mim.

Skyler estremeceu.

— Eu gostaria que você procurasse ver de outra forma.

— E de que outra forma eu *poderia* ver? — perguntou, satisfeita pela súbita raiva que a ajudou a voltar a si. — Skyler, entendo por que você está agindo assim, e já lhe disse que estou do seu lado para o que der e vier, mas não espere me ver feliz. E agora você está me dizendo que esta mulher nem mesmo é casada!

— Sei o que você está pensando. Também já refleti sobre isso. Mas acontece que confio nela. Se eu der o meu bebê para a Ellie, sei que ele ficará bem. — Fez uma pausa, seus olhos se encheram de lágrimas. — Mãe, você não entende? Eu preciso ter *certeza*.

Kate sentiu vontade de gritar que não existia essa tal certeza. A certeza, aprendera, iludia mais rápido aqueles que procuravam, desesperadamente, alcançá-la. Cada aniversário de Skyler fora comemorado como um marco numa estrada que se estendia em linha reta até onde a vista a alcançava. Agora, porém, percebia que, durante todo esse tempo, estivera apenas andando num grande círculo.

Certo, mas e se essa for uma chance de você se redimir?
Este pensamento não lhe saiu da cabeça.

Kate viu duas opções à sua frente, como no poema de Robert Frost, onde um bosque amarelo se bifurca em duas estradas. Poderia contestar a escolha; teria inúmeros argumentos para provar que Ellie seria a *pior* opção. Não seria nada difícil. Uma mulher solteira? O que Skyler estava *pensando*? Como mãe, tinha todos os motivos do mundo para ser contra!

Ao mesmo tempo, a voz persistente de sua consciência, como uma sentinela sempre alerta, sussurrou: *Cuidado. Se você tomar uma decisão errada agora, não vai haver retorno.*

De repente, soube qual caminho escolher. Iria respeitar aquele estranho golpe do destino. Talvez não tão estranho assim.

Mantendo o silêncio, poderia ajudar a consertar um erro terrível.

Inspirando trêmula, relaxando os dedos retesados um a um, e sentindo alfinetadas de dor nas juntas, pensou: *Me perdoe, Will.*

Numa voz equilibrada, longe de refletir aquele estado emocional inundando-a como uma enchente de águas escuras — medo, angústia, remorso, espanto e, sim, esperança —, respondeu:

— Fale mais... quero entender.

Para Kate, aquele foi o pior inverno de todos os tempos. Uma tempestade de neve atrás da outra, e sempre mais avassaladora do que a anterior. Estradas interditadas, liberadas e interditadas novamente. Correspondências e mercadorias entregues com atraso ou extraviadas. Houve uma grande procura por sal-gema nas lojas da região, e as únicas pás disponíveis para remover a neve eram as que se podiam pegar emprestadas, ou roubar. Pela primeira vez em mais de uma década, o Lago Glynden congelou — mas, com tanta neve amontoada em sua superfície, nem sequer pôde virar pista de patinação. Tanto na loja quanto na Main Street, o movimento ficou reduzido a quase nada. Até mesmo os tentilhões e os chapins, que normalmente vinham se alimentar nos comedouros espalhados pela fazenda, pareciam ter debandado.

Mesmo assim, havia momentos — quando olhava para o jardim, pela janela frontal, observando a neve apagar as marcas lamacentas da tempestade anterior — em que era tomada por uma calma maravilhosa, como se a neve fosse uma espécie de batismo e purificação dos pecados. Como se Deus, num amplo movimento de Sua mão, oferecesse ao mundo, e a ela, uma segunda chance.

O problema era que este sentimento não durava. Pouco depois, a depressão voltava lentamente a tomar conta dela. A perna e o quadril voltavam a doer, e Kate ficava contando as horas até a próxima dose do remédio.

Independentemente do quanto se mantivesse ocupada — e só Deus sabia o quanto havia a fazer, tanto na fazenda quanto na loja —, ela não conseguia espantar a inércia que se instalara em seus ossos como chumbo na ponta da linha da vara de pescar.

Até mesmo Will, quase sempre indiferente ao seu humor, começou a ficar mais solícito. Nas poucas vezes em que estava em casa, procurava evitar o nome de Skyler. Às vezes, surpreendia-a com uma xícara de chá quente e, aos domingos, separava suas partes favoritas do *Times* para que as lesse primeiro.

Não obstante, Kate jamais se sentira tão distante do marido. Ao saber que a futura mãe de seu neto seria ninguém menor do que Ellie, ele simplesmente se fechou em copas e recusou-se a falar sobre o assunto. Kate desejava ardentemente poder falar-lhe sobre aquela convicção estranha, quase religiosa, de que estavam tendo a chance de equilibrar a balança da justiça. Não fora por acidente que Ellie voltara às suas vidas. Até mesmo Skyler sentira algo inexplicável em relação a ela... e não sabia da missa a metade.

Mas o marido negava-se até mesmo a ver a existência de um erro a ser corrigido. E Kate, por sua vez, não conseguia explicar por que estava determinada a não deixar essa oportunidade incomum escapar.

De certa forma, sentia-se culpada por ter ressentimentos contra Will. Ele estava lutando uma guerra diferente, uma guerra da qual ela ainda não havia sentido o impacto total. Nem mesmo o risco considerável de perderem a Orchard Hill parecia-lhe real. Não morar mais lá?

Não poder mais olhar pela janela e espiar os guaxinins sentados sobre as patas traseiras, farejando os comedouros dos pássaros? Não ver mais o sol refletido nos pingentes de gelo pendurados no beiral do telhado, brilhando como diamantes? Isso tudo era inimaginável. Ainda assim, não dividira esses sentimentos com o marido, guardara-os somente para si.

Miranda era seu único conforto. Cada vez mais tomava conta da loja, livrando Kate dos assuntos mundanos e liberando-a para fazer o que mais gostava — comprar e restaurar. Miranda também, instintivamente, sabia quando devia falar sobre amenidades para livrá-la dos seus pensamentos aflitivos... e quando ouvir sem dar conselhos. Evitava falar sobre seu neto adorável ou perguntar sobre o berço coberto de lona, guardado no depósito da loja. E a amiga era, sem sombra de dúvida, extremamente discreta com relação a qualquer confidência que lhe fizesse.

Se *tivesse* perguntado, ela certamente teria lhe contado o quanto sofria ao saber que provavelmente jamais pegaria o neto no colo; não teria fotos como as dela coladas no gaveteiro. Teria lhe contado como chorava durante a noite, pensando em todos os aniversários que celebraria apenas em seu coração, todas as velinhas que não o veria soprar. Até mesmo Skyler parecia estar se afastando; raramente a visitava e nunca parecia muito satisfeita quando ela lhe telefonava.

Foi mais para o final de março, num amanhecer ensolarado, quando o mundo ainda parecia dormir sob um cobertor de neve, que Kate recebeu o telefonema pelo qual tanto ansiara e temera.

— Estou indo para o hospital — informou-lhe a filha, com uma calma exasperante. — Não se preocupe, mãe, por favor... ainda há tempo de sobra. Estou apenas sentindo as primeiras contrações, e a Mickey prometeu que hoje vai dirigir devagar.

— Encontro você lá — disse-lhe Kate, levantando-se da cama enquanto falava. — Vou trocar de roupa e avisar seu pai pelo celular. Ele está na cidade.

Estava extremamente agitada quando tomou banho e vestiu as calças e uma blusa preta de cashmere de gola rulê. Minutos depois, tirava o Volvo da garagem, rezando para não derrapar nem bater em nenhum monte de neve.

Esforçou-se para dirigir devagar, embora o coração estivesse acelerado e as mãos tão apertadas no volante que, em pouco tempo, sentiu os dedos dormentes. Lembrou-se de um pôster com um slogan dos anos sessenta (um slogan tão atraente quando falso, na sua opinião): "Hoje é o primeiro dia do resto de nossas vidas."

Como se estimulada pelo café tomado às pressas, Kate procurou acalmar-se, lembrando-se, a toda hora, de que o parto do primeiro filho geralmente ficava na categoria do "corre e espera". Mas tudo o que conseguia pensar era: *Preciso chegar lá a tempo*. A tempo de pelo menos ver — e quem sabe segurar — o seu neto, antes que fosse tarde demais.

Quando chegou ao Hospital Municipal de Northfield, uma enfermeira a acompanhou até a maternidade, no quinto andar. Ao entrar no quarto particular de Skyler, ficou surpresa ao ver que era acarpetado, com uma cadeira de balanço num canto e paredes amarelas decoradas com gravuras de Renoir, em contraste com o ambiente frio e esterilizado que esperava encontrar.

Skyler, vestindo apenas uma camiseta enorme, estava encolhida de lado na cama, enquanto Mickey esfregava sua lombar com movimentos circulares vigorosos. Com os cabelos presos num rabo-de-cavalo e meias felpudas rosa-choque, Skyler parecia uma adolescente, jovem demais para ter um bebê. Kate, com o coração quase saindo pela boca, teve de controlar o impulso de pôr a mão na testa da filha, como fazia quando ela tinha febre em criança.

— Mãe. — Skyler arqueou uma sobrancelha e sorriu.

— Estou aqui, querida. Posso fazer alguma coisa? — Afastou-lhe os cabelos da testa, que, de fato, estava quente e suada.

Skyler fez que não.

— A Mickey pensou em tudo. Trouxe até meu walkman, embora eu ache que Bruce Springsteen não vai ajudar muito... aaaaaai, mais uma agora. — Encolheu os braços e as pernas em volta da barriga; seu rosto estava alarmantemente vermelho.

Mickey olhou para Kate, seu costumeiro sorriso tranqüilo começando a parecer um pouco preocupado.

— Eu já disse a ela um milhão de vezes que assim ela ganha prática pra quando estiver ajudando uma égua a parir.

— *Meu Deus!* — Com a mesma rapidez de um nó de marinheiro se soltando, Skyler virou-se de costas, ofegante, com a testa e o buço molhados de suor. — É exatamente o que parece, que estou dando à luz um potrinho Percheron.

Kate sorriu ao passar uma toalha úmida em sua testa. E pôde ver, pela contração de dor ao redor de sua boca e por suas olheiras, que não era somente o parto que a assustava.

Ela ainda não sabe o que está por vir...

Kate devolveu a toalha à bacia e afundou na cadeira ao lado da cama.

— Seu pai deve chegar aqui a qualquer momento. Não foi muito fácil localizá-lo, mas ele está a caminho.

— Que bom. — Fechou os olhos com as pálpebras trêmulas. — Eu estava pensando...

— O quê? — Kate aproximou-se da cama.

— O Tony devia estar aqui — murmurou com voz pastosa, como se falasse dormindo. — Ele me pediu para avisá-lo... eu prometi. Mas, ah, não sei.

Kate sentiu um nó no estômago. Embora nunca o tivesse encontrado, podia imaginar como se sentiria. Ficar de fora do nascimento do próprio filho! Da mesma forma como ela ficara de fora da gravidez da filha. Independentemente dos seus sentimentos por Skyler, ele precisava saber que ela estava em trabalho de parto.

Então teve uma idéia: por mais superficial que fosse sua relação com Skyler, talvez ele quisesse aquele bebê. Se ele estivesse lá, talvez conseguisse persuadi-la a mudar de idéia. Ainda dava tempo.

Assim, você não estaria envolvida. Não seria você a responsável.

— Quer que eu ligue para ele? — perguntou baixinho.

Skyler virou a cabeça no travesseiro.

— Quero... não... ai, meu Deus, eu... ai! — Contraiu o rosto numa careta de dor.

Mickey olhou nos olhos de Kate e lhe disse por mímica labial que ela mesma ligaria, a seguir perguntando em voz alta:

— Você se importaria de ficar no meu lugar uns minutinhos, enquanto eu descanso um pouco?

A obstetra de Skyler entrou no quarto assim que Mickey saiu. A Dra. Firebaugh era uma jovem negra que, aos olhos de Kate, não parecia ter idade suficiente para ser bacharel, menos ainda para exercer a profissão de médica. Ao examinar Skyler, sua voz foi doce e acalentadora:

— Seis centímetros. Você está com mais dilatação do que eu esperava para o primeiro parto — disse gentilmente, com seu acentuado sotaque caribenho. — Está tudo bem. Os batimentos cardíacos do bebê estão estáveis e fortes. Não precisa se preocupar com nada.

Não se preocupar? *Será que ela não sabe?*, pensou Kate.

Will chegou pálido e ansioso assim que a médica saiu.

— Vai ficar tudo bem, pai. — Pálida e parecendo assustada, Skyler tratou de encorajá-lo, ao mesmo tempo em que se cobria com a colcha. — Não está tão ruim assim. Pelo menos, por enquanto. Eu consigo dar conta.

— Não sei é se *eu* consigo — brincou ele, embora não houvesse nada de engraçado na palidez de seu rosto e no olhar ansioso que lançava para a porta, certificando-se de que não havia sido trancada.

— Mãe, tire o papai daqui — implorou Skyler, forçando um sorriso — e encontre um leito extra para ele. — Tremeu com a chegada de outra contração.

Logo em seguida, Mickey voltou com uma expressão fechada e enigmática.

— Ela vai ficar melhor sem a nossa companhia durante alguns minutos — Kate disse a Will, sorrindo ao segurá-lo pelo braço. — Por que não tomamos um café?

Ele concordou e acompanhou-a até o corredor. No solário, sentaram-se para tomar uma xícara de café. Enquanto ele fingia ler o jornal, Kate fingia serem eles mais um casal de meia-idade, excitado com a chegada do neto. Não conversaram. Não havia nada a dizer. Tudo já havia sido decidido. Estranhamente, ele já parecia resignado com o fato de Ellie ser a mãe adotiva; ou isso ou simplesmente não tinha admitido aquela ironia cósmica... nem para si mesmo.

Kate sentiu uma curiosa compaixão pelo marido. Estava zangada por tê-la decepcionado, por ter-lhe atribuído toda a responsabilidade por um erro que os dois haviam cometido. Mas, ao vê-lo agora com a cabeça baixa, lendo o jornal com o olhar ausente, procurando por notícias a meio mundo de distância, ela percebeu, finalmente, que era preferível sofrer a ser cega. De alguma forma, sairia mais forte. Will, por outro lado, quando chegasse a hora da verdade, nem a veria se aproximando.

Ela aguardou até não poder mais; então, obrigou-se a esperar mais quinze minutos. Finalmente, levantou-se e pôs a mão no ombro do marido.

— Fique aqui enquanto vou dar uma olhada nela. — Surpreendeu-se com o modo como fora firme e autoritária, e ele deve ter sentido o mesmo, pois piscou, perplexo, antes de concordar e voltar a ler.

Assim que voltou ao quarto da filha, sentiu suas vigas de sustentação desmoronarem de repente.

Uma figura familiar estava sentada ao lado da cama, segurando a toalha úmida na testa de Skyler. Uma mulher que ela não via há quase quinze anos, mas cujo rosto a assombrava, dormindo ou acordada, quase todos os dias desde então.

Ellie não tinha mudado muito, percebeu logo, em alguma parte desgarrada de sua mente. Ainda se mantinha magra, embora tivesse mais algumas linhas finas em torno dos olhos e da boca. E uma tristeza nos olhos que o sorriso não era capaz de disfarçar.

Kate reprimiu uma risada histérica diante da *dramaticidade* daquela cena — incluindo o hospital como pano de fundo. Mas uma voz sensata e austera trouxe-a à razão: *Isto está acontecendo de verdade. O seu pior pesadelo, e você não pode fazer nada para detê-lo.*

Como se reproduzindo cruelmente a mesma atitude de Kate, Ellie estava segurando a mão de Skyler e umedecendo, gentilmente, seu rosto com a compressa úmida. Mãe e filha. O pensamento atingiu-a como um soco na cabeça, fazendo-a recuar e quase perder o equilíbrio. Aproximou-se, escorando-se na grade de ferro ao pé da cama, ao que sua bengala caía no chão.

— Onde está a Mickey? — perguntou numa voz alta e fina, que pouco se assemelhava à sua. Foi tudo o que lhe passou pela cabeça dizer.

— Ela já vai voltar. — Ellie soltou a mão de Skyler e levantou-se. Parecia confusa ao olhar para Kate, mas, mesmo assim, apresentou-se numa voz direta e firme:

— Bom-dia, sou Ellie Nightingale.

Um silêncio constrangido se instaurou entre ambas quando Ellie esticou-lhe a mão.

Com um sussurro entrecortado, Kate falou:

— Eu sei... nós já nos encontramos antes.— Ellie seria uma tola em não admitir isso, pensou. Decerto, não reconheceria Skyler, após todos aqueles anos, como a garotinha que, uma vez, confortara no hospital. No entanto, mais cedo ou mais tarde, teria de lembrar-se *dela*.

Claramente surpresa, respondeu:

— Seu rosto me é *mesmo* familiar.

— Faz muito tempo — disse Kate, com a boca seca e anestesiada de quem sai do dentista. — Nós nos encontramos no Hospital Langdon, em 1980. Você estava trabalhando lá, e minha filha chegou para ser operada às pressas.

Ellie empalideceu e deu um passo para trás.

— Meu Deus, eu tinha me esquecido. Mas agora que você falou... sim, *eu me lembro*. Faz tanto tempo, e eram tantos pacientes. Mas a sua filhinha... — Deu uma olhada em Skyler, como se a visse pela primeira vez. De repente, o sangue fugiu-lhe do rosto. Numa voz baixa e trêmula, disse: — Tudo... tudo faz sentido agora. A impressão de que já nos conhecíamos de algum lugar. Nós duas sentimos isso... desde o início.

Suas palavras causaram um arrepio em Kate.

Como é possível você olhar para Skyler e não perceber?, gritou uma voz em sua cabeça.

Mas não era bem assim. Lado a lado, elas tinham algumas semelhanças, reconsiderou, mas apenas se a pessoa olhasse com atenção. Os olhos azuis de Skyler eram mais claros, seus traços mais amenos, onde os de Ellie eram mais acentuados. Ellie tinha os lábios mais carnudos e os cabelos muito mais escuros. Apenas as mãos de Skyler entregavam o parentesco — eram cópias exatas das da mãe: grandes, como as de um homem, com unhas largas e quadradas nos dedos de pontas finas.

Kate tentou não encará-la, mas não conseguiu conter-se. Paralisada, ficou pasma, olhando para uma verruguinha no polegar direito de Ellie.

Foi Skyler quem quebrou o feitiço.

— Mãe, eu pedi a ela para vir — explicou, como que se desculpando. — Eu queria que ela estivesse aqui quando o bebê, o bebê *dela*, nascesse.

— Você prefere que eu espere lá fora? — Ellie perguntou olhando diretamente para Kate. Estava vestindo um suéter roxo que dava à sua pele clara uma palidez estranha, mas, mesmo assim, aparentava estar forte e tranqüila.

Ao seu lado, Kate sentia-se pequena, mesquinha, impotente.

— Não... claro que não — murmurou quase sem forças.

Para horror de Kate, parecia que Ellie estava prestes a chorar.

— Sei o quanto isso deve ser doloroso para você — disse com a voz baixa, carregada de compaixão. — Sei mesmo. Mas gostaria de lhe dizer que este bebê vai ser mais amado do que você pode imaginar.

Kate não soube o que dizer. Sentiu-se tocada pelo brilho do olhar de Ellie e pelo calor que irradiava de seu corpo. Queria esbofeteá-la, tirá-la a tapas do quarto. Ao mesmo tempo, queria se ajoelhar e pedir perdão. E quando de joelhos, clamaria também pela misericórdia de Deus... o seu Deus, que não só aparentava ter uma capacidade infinita de lhe infligir dor, como também um senso de humor cruel, doentio.

— Sinto muito — deixou escapar. Então, ao perceber que pensara alto, logo acrescentou: — Eu gostaria de saber o que dizer... mas parece não haver nada que possa tornar essa situação menos embaraçosa. Não posso lhe dar os parabéns. Eu gostaria que tudo tivesse acontecido de outra maneira, que nós não estivéssemos tendo essa conversa. Mas... eu... eu aceito a decisão da minha filha.

Ellie não respondeu.

Kate abriu a boca para dizer alguma coisa inócua, mas foi interrompida por um gemido baixo e agudo, que foi num crescendo até quase virar um berro.

Ao apressar-se até o leito da filha, viu-a se convulsionando em agonia, a espinha arqueada conforme tentava falar por entre os dentes.

— Acho que está na hora de eu fazer força.

Kate mal sentia a própria dor, como facas fatiando-lhe a perna. Como se a quilômetros dali, ouviu Ellie falar:

— Vou chamar a médica.

Skyler nunca experimentara nada como aquilo; uma dor pior do que a queda de um cavalo. Todo seu corpo queimava, e sua pélvis estava prestes a se quebrar como um ossinho da sorte ressequido. Meu Deus Todo-Poderoso, como as mulheres conseguiam *sobreviver*?

Precisava *expelir* aquela coisa...

Mas agora a vontade estava passando.

Assim que as cordas invisíveis que amarravam seu ventre começaram a afrouxar, percebeu Kate segurando-lhe a mão e experimentou a nítida sensação de que voltara a ser criança, segura nos braços da mãe que respirava próximo ao seu ouvido, transmitindo-lhe calma.

Teve uma visão pouco nítida da Dra. Firebaugh, ao pé da cama, e de Mickey instruindo-a sobre a respiração. Por Deus, Skyler, *respire*.

Mas alguma coisa estava errada. Alguma coisa não, *alguém*... estava faltando alguém.

Tony devia estar aqui, pensou, com vontade de chorar.

Mas já não o fizera sofrer o bastante? Já que não podia poupar a si mesma de todo aquele sofrimento, de desfazer-se do bebê, então, ao menos, poderia poupá-lo.

Sentiu outra contração a caminho, mais forte, mais dolorosa do que a anterior. E, desta vez, precisou *mesmo* fazer força. Curvou-se e ouviu um som de estourar em seus ouvidos, seguido por uma melodia alta e rápida, como milhares de anjos cantando.

A verdade veio à tona naquele momento... o que seu coração já sabia, mas a razão negava-se a aceitar. *Meu bebê. Nosso bebê. Meu e do Tony. Deus me ajude, eu não sabia o que estava fazendo.*

Como se estivesse se afogando, agarrou-se à mãe, sentindo o amor que ela sempre irradiara durante toda a sua vida, um amor nunca hesitante, nunca a mais de um palmo de distância. Queria isso para seu bebê também — aquela devoção de mãe, que não dependia de laços sangüíneos, apenas de generosidade de espírito e infinita capacidade de dar. Queria isso o suficiente para fazer o que já previa como o maior sacrifício de sua vida...

Kate segurou os ombros de Skyler, enquanto ela arfava e gemia.
— Vai dar tudo certo — disse suavemente. — Você vai ficar bem. Você é tão corajosa, querida. — Gostaria de poder dizer o mesmo sobre si própria. Sentia-se zonza, e mais do que ligeiramente insegura. O quarto girava ao seu redor, dando-lhe a sensação estranha de que estava submersa num aquário imenso.

Lembrou-se de como era na sua época, o isolamento terrível que as amigas descreviam: mulheres de quarentena, afastadas dos maridos, macas deslizando em alta velocidade da enfermaria para a sala de parto, bebês extraídos a fórceps do útero de mães sedadas. Olhava, maravilhada, para aquele espetáculo desordenado do mundo moderno. Olhando assim, não parecia um retrocesso à época das parteiras?

Ainda agora, como em gerações de mulheres antes dela, Kate segurava a filha em seus braços, sustentando-a enquanto se contorcia e gemia.

A seguir, a bolsa d'água se rompeu com um estalo, como um elástico arrebentando e ensopando o lençol.

Mickey continuava a dar instruções sobre a respiração.

A bela médica, de máscara e luvas cirúrgicas, inclinava-se para a frente espiando por entre os joelhos levantados de Skyler.

— Ai... *meu Deus*... eu não agüento mais! — gritou Skyler, seu rosto convulsionando.

— Agüenta sim. Faça força. *Agora* — orientou calmamente a médica.

— Eu tenho que... ai, meu Deus... não... não consigo... *dói demais*... — Suas palavras foram engolidas por um grito selvagem, que culminou num empurrão violento.

Kate, sentindo-se prestes a desmaiar, secou o suor da testa da filha. Com o canto do olho, viu Ellie, ao pé da cama, com uma expressão de encantamento. Embora estivesse a uma certa distância, parecia que ela e Skyler estavam conectadas de alguma forma, unidas por algum fio invisível que somente ela própria podia ver.

— A cabeça... estou vendo a cabeça! — gritou Mickey como se fosse *ela* a dar à luz, os cabelos encaracolados molhados e despenteados, o rosto afogueado.

— Relaxe um pouco agora e pare de fazer força — orientou a médica. — Preciso virar a cabeça. Isso. Só mais um impulso bem forte, Skyler. Vamos ver o que temos aqui.

Skyler fez força, soltando um grito animalesco que arrepiou os cabelos da nuca de Kate.

— É uma menina — alguém gritou, alguém com a voz parecida com a de Ellie, assim que o bebezinho, molhado e arrroxeado, deslizou por entre as pernas da mãe.

O bebê soltou o seu primeiro vagido.

Skyler começou a chorar. Esticou os braços tão logo a filha recém-nascida foi posta sobre seu peito, ainda com o cordão umbilical pendurado, e pôs a mão em concha na sua cabecinha molhada.

Kate, boquiaberta ao ver aquele bebezinho com uma cabeleira negra, sentiu-se como se estivesse dentro de um túnel, movendo-se rapidamente rumo a um foco de luz distante. Já ouvira dizer que assim é a morte, mas, agora, estava diante de uma assombrosa revelação divina: de que morrer e nascer são exatamente a mesma coisa, ambas uma forma de deixar fluir.

E era isso o que deveria fazer.

Kate permaneceu imóvel, mal ousando respirar, conforme Ellie se aproximava da cama com um olhar maravilhado e vidrado no bebê, agora envolto numa manta de algodão branco, nos braços da médica.

Se Ellie enterrasse um punhal em seu coração, então estariam empatadas... mas aquilo... aquilo era ainda pior. Ao observá-la chegando mais perto, os braços esticados, receosos, esperançosos, as maçãs do rosto salientes banhadas por lágrimas, Kate forçou-se a ficar olhando, sabendo que o marido não o faria. Era como uma obrigação, precisava assistir até o final. Não sabia exatamente por que ou por quem, sabia apenas que precisava fazê-lo.

Mas tão logo Ellie, abafando uma exclamação, pegou o bebê em seus braços, a avó desviou o olhar. Fechou os olhos. Estava certo... era justo... mas *doía*.

A única coisa que lhe restava de consolo — que a impedia de arrancar o bebê dos braços daquela mulher — era o motivo que a colocara naquela situação insuportável.

Eu ainda tenho a Skyler. Sempre terei.

E Skyler jamais precisaria saber do preço terrível que fora obrigada a pagar por ela.

Tudo o que Skyler sabia era como se sentia vazia. Oca, mais leve do que o ar. Como se tivesse sido esvaziada a colheradas e, agora, não sobrasse nada. Logo após todos saírem nas pontas dos pés para deixá-la dormir, recostou-se de costas na cama em companhia, apenas, dos seus pensamentos desoladores.

Lágrimas desceram-lhe pelos olhos, escorreram-lhe pelo rosto e pelos cabelos desalinhados. *Bebê... sinto muito... mais do que você possa imaginar... mas você não entende? Precisava ser assim. Eu seria egoísta ao ficar com você... de certa forma, tão egoísta quanto a mãe que me abandonou.*

O que Skyler não contara a ninguém era que, no último mês, tivera a intuição de que teria uma menina e, secretamente, dera-lhe o nome de Anna. Simples, porém forte, um nome que não sairia de moda. Um nome que sobreviveria décadas.

Anna, eu amo você. No meu coração, sempre serei a sua mãe.

Sufocando um soluço, fechou os olhos. Quando os abriu, viu um rosto familiar inclinado sobre ela, achando por um momento que tinha pegado no sono e estava sonhando. Então, uma mão larga e quente se sobrepôs às suas, cobrindo-lhe os dedos dobrados, como pétalas de uma rosa ainda por desabrochar.

— Tony. — O nome ficou-lhe preso na garganta, como o soluço que não ousara soltar.

Ele estava de costas para a mesinha-de-cabeceira que refletia a luz suave do sol. Sua figura sólida produzia uma sombra na parede, e seu rosto forte olhava para ela com uma ternura quase insuportável.

Com o dedo calejado, Tony percorreu o caminho de uma lágrima que lhe escorria pela têmpora. Seus olhos, negros como a noite, brilhavam com compaixão e com algo mais... com o sentimento de perda partilhada. Tony também perdera algo precioso: a chance de conhecer sua filhinha. Não tinha sequer tido o prazer fugaz de vê-la.

— Eu vim o mais rápido que pude — disse-lhe com a voz estranhamente grossa. — Estava com um destacamento no Brooklyn e só recebi o recado da Mickey quando voltei para a estrebaria. — Deu um sorriso. — Dois recados, aliás.

— Ah, Tony... — Skyler pegou-lhe a mão, alisando compulsivamente na tentativa de conter as lágrimas. — Ela... é uma menina, te contaram? Ela é tão bonita! Você devia ter visto. Aqueles cabelos escuros. Tão parecida com você!

— Skyler... meu Jesus... — Tony afundou no colchão e a segurou em seus braços ao vê-la chorar. Ele chorava também. Skyler percebeu seu corpo sacudir-se como se alguma força poderosa e invisível, além do seu controle, dominasse-o totalmente. Percebeu, também, que nem mesmo se vivesse cem anos ele seria capaz de esquecer aquela noite, esquecer a filha concebida no arroubo de uma paixão descabida... ou o amor que brotara milagrosamente entre eles, como uma folha de grama forçando passagem pela calçada.

Skyler entrelaçou os dedos em seus cabelos e apertou-lhe a cabeça firme contra o peito.

— Sinto muito. — Respirou fundo. — Eu precisei fazer isso, Tony, precisei... por *ela*. Por favor, não fique com ódio de mim.

— Skyler, eu não estou com ódio de você. — Respirando fundo, recuou, deixando à mostra o que aquele esforço supremo em manter o controle tinha lhe custado: os sulcos profundos em seu rosto, que não estavam lá no momento anterior, os olhos vidrados como cápsulas vazias de balas. — Meu Jesus, como é difícil! Eu só queria que... meu Jesus, que tudo tivesse sido diferente.

— Eu também — murmurou ela. — Ah, meu Deus, eu também.

Tony acariciou seus cabelos.

— Eu te amo.

Com a voz entrecortada, ela respondeu:

— Não diga isso, a não ser que você tenha certeza.

— Eu te amo — ele teimou.

— Não vai dar certo. Não podemos... Depois do que aconteceu hoje, como vamos conseguir nos encarar sem sentir... *isso*? — Ela enxugou uma lágrima com um gesto raivoso.

— Por mais estraçalhado que eu esteja por dentro, ainda é melhor do que fingir que isso nunca aconteceu. — Deslizou os dedos pelo seu rosto, deixando um rastro de arrepios em sua pele. — Me fale mais sobre ela — pediu-lhe baixinho. — Fale tudo o que você conseguir se lembrar.

E assim fez Skyler, que, sentindo-se vazia, à deriva, como uma jangada sobre um mar de auto-aversão e frustração, falou-lhe sobre o bebê a quem, secretamente, dera o nome de Anna.

Capítulo Doze

Pouco antes do meio-dia, numa segunda-feira iluminada e fria como um frigorífico, Tony estava montado em seu cavalo, na esquina da Rua 34 com a Oitava Avenida, esperando o sinal abrir. Ele e Grabinsky, oficial designado para acompanhá-lo, estavam prestes a parar para almoçar quando um Jaguar prata ultrapassou o sinal em alta velocidade e, cantando pneus, entrou ilegalmente na Oitava, quase batendo na pata traseira de Scotty. Tony sentiu quando o cavalo empinou assustado e o manteve firme entre as pernas para impedi-lo de sair em disparada. Pelo canto dos olhos, viu apenas aquele lampejo prateado ziguezaguear pela avenida.

— Babaca! — Seu desabafo riscou o ar gelado como um ponto de exclamação. Embora, há apenas um minuto, estivesse todo arrepiado por causa do frio fora de hora que surgira na última semana de abril, como a derradeira gargalhada do inverno, Tony sentiu uma fagulha de raiva atear-lhe fogo às entranhas e espalhar-se por todo o seu corpo.

Fazendo um sinal para Grabinsky, bateu com as esporas de metal nas costelas de Scotty. O cavalo partiu a meio galope e virou a esquina. Um quarteirão à frente, na 35, o sinal piscou de amarelo para vermelho, e o Jaguar reduziu a velocidade. *Agora eu te pego.*

Mas o motorista não parou. Desviou de um táxi que freara em frente e irrompeu pelo cruzamento. *Merda.* Tony galopou com o cavalo. Tentou enxergar o número da placa, enquanto o carro se dirigia para a

36, mas estava longe demais. Mantendo o ritmo, procurou afastar-se do tráfego, assim como esquivar-se dos carros e furgões estacionados em fila dupla à sua direita. O ritmo solavancado das ferraduras de bório teve um efeito galvanizador sobre ele. Parecia estar ligado a uma corrente elétrica que passasse sob o asfalto daquelas ruas tão conhecidas.

Raios de luz fria e forte abriam caminho por entre as construções e reluziam nos capôs e pára-brisas dos carros, ainda sujos da chuva de uma semana atrás. Graças ao visor do capacete, conseguiu manter os olhos fixos no pára-choque reluzente do carro, já a um quarteirão de distância. Se o sinal fechasse e o babaca não o ultrapassasse novamente, conseguiria pegá-lo.

Sua respiração vinha em rajadas de vapor quase ininterruptas. Lembrou-se do cassetete preso à sela e do .38 ao cinto. Embora não planejasse usá-los contra o infrator — exceto se ele bancasse o engraçadinho —, era bom saber que estavam à sua disposição.

Perdeu o Jaguar de vista, mas voltou a vê-lo quando o motorista virou à esquerda, para a 37. Jesus Cristo, ele estava fugindo.

Que macacos o mordessem se iria deixar isso acontecer. Imaginou o motorista como um daqueles executivos grã-finos, ou talvez um cirurgião... o tipo de camarada já tão acostumado a dar ordens e ser bajulado pelos outros que nem se lembrava mais de que a lei também se aplicava a ele. Certamente, aquele era o tipo de homem que torcia o nariz para qualquer rapaz que a filha lhe apresentasse, se o pobre coitado não mostrasse um contracheque de vários dígitos e não morasse num bairro chique, lá para o Upper East Side.

Num estouro de frustração, puxou a rédea direita com força e, jogando seu peso para o mesmo lado, fez Scotty disparar do meio-fio para a calçada. O baio cruzou a esquina, passando por entre um assustado vendedor de *pretzels* e uma mulher, que se agachou atrás de uma banca de jornal, como se estivesse sob fogo cruzado. Tão logo desceu da calçada, Tony viu um brilho prateado a meio quarteirão de distância. O Jaguar freou ao desviar de um caminhão estacionado em fila dupla, e ele, finalmente, conseguiu identificar a placa de numeração encomendada, luxo de poucos: NO 1 BOSS.

Ah, é? Veremos, pensou.

O motorista, que certamente o avistou pelo retrovisor, tomou uma das atitudes mais idiotas possíveis para alguém inteligente o bastante para ganhar dinheiro e comprar um carro daqueles — virando repentinamente à esquerda, talvez na esperança de se juntar a outros carros, entrou num estacionamento. Pois sim, como se um Jaguar prateado, com placa especial, fosse apenas mais um naquela parte da cidade!

Tony reduziu a passada do cavalo para trote ao descer a rampa de concreto. Scotty estava arfante, e Tony se curvou para acariciar-lhe o pescoço quente. Ao desmontar, exibia um sorriso. A julgar pela expressão apavorada do homem que saía cabisbaixo do carro deixado em ponto morto diante da cabine do atendente, seu sorriso não era extamente acolhedor. O sargento caminhou com ar despreocupado em direção ao motorista — um executivo de meia-idade, de terno risca-de-giz. Seu cabelo bem penteado combinava perfeitamente com a cor do carro.

— Temos um probleminha para resolver, companheiro. — Sua voz saiu seca e firme. — Na verdade, temos *vários* problemas. Primeiro — levantou o dedo indicador —, o senhor virou em local proibido; segundo — levantou o dedo médio —, ultrapassou um sinal vermelho; terceiro — levantou o dedo anular —, tentou fugir de uma autoridade. — Enrolando as rédeas no pescoço de Scotty, aproximou-se ainda mais. — Sorte a sua que ser babaca não é crime — acrescentou. — Mas deixa eu dizer uma coisa, doutor; se o senhor tivesse tocado num só fio da crina do meu cavalo, eu teria te enfiado as algemas tão rápido que o senhor não teria tempo nem de pensar.

— Escute aqui, você, por acaso, sabe com quem está falando? — perguntou o outro, indignado. — Você não pode falar comigo dessa forma. Isto é... é abuso de autoridade. — Tentou botar banca, mas seus argumentos foram tão inúteis quanto tentar encher um pneu furado.

Tony alargou tanto o sorriso que o homem deu um passo para trás. Pelo canto do olho, viu o atendente latino diante da cabine de vidro, hesitante, sem saber se devia ou não sair correndo em busca de abrigo. No momento certo, Scotty relinchou alto e bateu com um casco no chão, produzindo um baque brutal.

— Nem queira saber o que isso quer dizer — Tony advertiu-o tranqüilamente, mas com um tom tão significativo que o homem arregalou os olhos e calou a boca.

A seguir, pegou o bloco e, com traços bruscos, aplicou as multas. O figurão não iria para a cadeia, mas teria de pagar multas que deixariam seus óculos de grife embaçados.

Decorridos alguns minutos, enquanto trotava pela Oitava Avenida à procura de Grabinsky, ficou pensando sobre o incidente. Scotty agira como um campeão. E ele, sargento Salvatore, cumprira com sua obrigação, chegando até a descarregar um pouco da raiva que acumulara durante a perseguição. Então, por que ainda se sentia tão mal? E o que existia por trás daquele Jaguar que o incomodara tanto, muito mais do que se fosse um Toyota com selo de estacionamento de estudante, ou uma caminhonete coreana de entregas?

Você ficou possesso porque aquele Jaguar representa o que separa você de Skyler. E não estamos falando só de dinheiro, mas de tudo o que vem junto com ele. Restaurantes caros, compras na Avenida Madison, viagens para a Europa... e, é claro, um carro que vale duas vezes o que você ganha em um ano de trabalho.

Algo mais o estava corroendo por dentro. Algo que lhe doía no coração. A sua garotinha. A não ser por um vislumbre pelo vidro da maternidade, nem sequer a tinha visto. Sabia que ela era saudável, pesava quase quatro quilos e media quarenta e cinco centímetros.

Isso há um mês; agora, com Ellie, crescia a olhos vistos. O que ele não sabia é se, de pertinho, ela se parecia com ele ou com Skyler. Tinha cachinhos escuros como os seus, mas teria os olhos da mãe?

Uma pergunta ficou lhe martelando a cabeça: *Quanto tempo vou agüentar ficar fingindo que não me importo? Fingindo que ela não é uma parte de mim, e nem eu uma parte dela?*

Quando tomou banho, ao final do expediente, suas têmporas estavam latejando e sentia uma dorzinha insistente na garganta. Estaria para ficar doente? Mesmo após ter se enxugado e vestido os jeans e a camiseta, estava tão mal-humorado que até mesmo Joyce Hubbard, quando passou por ele nas escadas, saudou-o apenas com um "olá" resmungado.

Só mesmo o bundudo do Lou Crawley, mastigando um pãozinho de alho recheado com requeijão, diante do portão de entrada, parecia não perceber a nuvem negra sobre sua cabeça.

— E aí, sargento — chamou. — Tá sabendo o que rolou lá na Tropa F? Duas oficiais saíram no tapa. O Fuller teve de ir até lá para dar um esporro nelas. Eu queria ser um mosquitinho para ver o inspetor baixar o sarrafo naquelas duas piranhas.

Repentinamente, Tony perdeu o controle. Aproximando-se, agarrou Crawley pelo colarinho sujo de farelo de pão e, enjoado com aquela boca lambuzada de requeijão, disse quase grunhindo:

— Escuta aqui, seu gordo filho-da-puta. Mais uma gracinha dessas e eu te ponho pra fora daqui. Não vou descansar enquanto não sumir com você daqui pra sempre!

Crawley ficou atônito, o calor subiu-lhe pelas bochechas flácidas.

— Caramba, o que deu em *você*? O que foi que eu disse demais?

— Toma cuidado com essa boca suja, só isso! O que você faria se um babaca qualquer falasse assim da sua irmã? Ou da Joyce? — Aproximou-se e sentiu o bafo de alho do gorducho. — E mais uma coisa: se eu te pegar, mais uma vez, fingindo que está doente quando tem gente aqui que vai pra rua com a temperatura abaixo de zero e febre de quarenta graus, vou dar um jeito de te estrepar. Em grande estilo! Portanto, é melhor você se tocar!

Assim que saiu a passos largos, deixando Crawley de queixo caído, Tony sentiu-se um pouco culpado. Tudo bem que o gorducho merecia uma chamada... e se isso adiantasse para melhorar seu comportamento, maravilha. Mas acontece que Tony sabia perfeitamente que Crawley não era a única pedra no seu sapato.

Não conseguia afastar aquela sensação de que, de certa forma, tinha sido enganado. Tinha uma filha recém-nascida e queria alardear isso aos quatro ventos. Em vez disso, como o reserva de um timezinho merreca, fora relegado ao banco. Uma ova! Nunca que iria sumir de vista, sem ao menos dar uma olhadinha por cima do ombro. Não mesmo. E se algum dia a filha perguntasse pelo pai verdadeiro? Independentemente do retrato heróico que Ellie pintasse dele, sua filhinha, provavelmente, não acreditaria. Cresceria pensando que ele nem sequer tinha se importado em deixar o número do telefone. Meu Jesus.

Lembrava-se de cabeça do endereço de Ellie, constante da papelada da adoção que ele e Skyler tinham assinado. Sabia também que ela estava trabalhando em casa para poder cuidar do bebê. Certamente, ela não gostaria muito de vê-lo aparecer sem avisar... mas não se negaria a recebê-lo. Ele a considerava uma mulher íntegra, pronta para honrar seus compromissos. E, gostasse ou não, ela lhe devia essa.

Decorridos quinze minutos, Tony estacionava o carro numa vaga proibida, a meio quarteirão do apartamento de Ellie, na 22 Oeste. Para não ser multado, prendeu um cartaz no pára-choque do carro com o número do seu distintivo escrito a pilô em letras garrafais.

Subindo os degraus do número 236, abriu a porta pesada com o ombro, apertou o número do apartamento onde constava "Nightingale"... e esperou. Nenhuma resposta. Droga. Esperou mais um minuto e tocou de novo. Quando estava prestes a ir embora, ouviu uma voz feminina pelo interfone.

— Sim?

— Sou eu, Tony Salvatore. Posso entrar?

Ellie demorou uns bons segundos para responder. *Ela deve estar suando frio, imaginando o que vim fazer aqui.* Afinal de contas, a adoção só se concretizaria dali a cinco meses, e ela sem dúvida estava ciente de que, durante esse período, tanto ele quanto Skyler podiam voltar atrás, a qualquer momento.

Mas, ao entrar no apartamento de Ellie, sua primeira impressão foi a de uma calma acolhedora. Podia imaginar uma criança, qualquer criança — não apenas a sua — sendo feliz ali. Observou as pilhas de revistas e livros, os tapetes indianos espalhados entre sofás e poltronas que pediam para serem usados, para que as crianças pulassem neles. Os abajures e as luminárias criavam uma penunbra aconchegante no lugar. Na lareira, o acúmulo de cinzas comprovava seu uso.

Ellie estava com um aspecto cansado. Mas, mesmo sem sua costumeira elegância, com jeans, suéter largo e os cabelos presos num rabo-de-cavalo, parecia vibrar de alegria. Não apenas isso, parecia anos mais jovem, também, em comparação com a última vez em que a vira. Mais uma vez, Tony surpreendeu-se com a semelhança entre ela e Skyler.

— Desculpe a bagunça... eu não estava esperando visitas. — Cumprimentou-o reservada, embora acolhedora. De perto, ela cheirava a talco de bebê... um cheiro que despertou nele um sentimento inesperado de perda.

Tony deu-lhe um sorriso tranqüilizador, mas que em nada aliviou seu constrangimento.

— O bebê deve estar dando trabalho.

— Está, mas não o tipo de trabalho que eu me importe em fazer. — Seu rosto iluminou-se, derretendo a última das suas reservas. — Você nem imagina como ela é boazinha... — Controlou-se e lançou-lhe um olhar aflito.

Não, não imagino, concordou em silêncio. *Mas não porque não queira.*

Apoiando-se sobre um pé, e depois sobre o outro, Tony não sabia onde enfiar as mãos ou o que dizer. Finalmente, pigarreou e perguntou:

— Ela está dormindo agora?

— Está. — Dava para ver a hesitação em seus olhos e a forma como vacilou antes de perguntar em voz baixa: — Você gostaria de vê-la?

Tony ficou emocionado e, ao mesmo tempo, ressentido. Ninguém o tinha forçado a assinar aquele documento, mas, mesmo depois de tudo resolvido, aquela garotinha lá dentro ainda era *dele* e precisar pedir permissão para vê-la deixou-o com um gosto acre na boca.

— Não estou com pressa — disse, sem querer demonstrar avidez. — Se eu não estiver atrapalhando, será que podemos conversar um pouquinho? Eu aceitaria um café.

— Claro... sente-se... sente-se, por favor — disse, apressadamente, como se aliviada por ele não correr para tirar o bebê do berço. Apontou para o sofá repleto de almofadas de todos os tipos. — Eu a botei para dormir há umas duas horas; portanto, ela deve acordar daqui a pouco. Ela costuma funcionar como um reloginho. Ainda não fez nem seis semanas e já dorme a noite toda. — Sorriu exultante, como se lhe contasse algo surpreendente.

— Você está planejando voltar logo a trabalhar? — perguntou ele.

— Comecei a atender alguns pacientes aqui e já contratei uma babá, mas ela só vai começar no mês que vem. Até lá, espero estar pronta para ficar mais do que cinco minutos longe da Alisa. — Sorriu tristonha.

— Alisa. — Tony falou alto o nome da filha, pela primeira vez. — Não desgosto desse nome — disse, forçando uma naturalidade que mascarava a tempestade que se formava em sua mente. *Ele* deveria ter escolhido o nome da filha, ele e Skyler.

Parecendo perceber seu humor, Ellie levantou-se rapidamente do sofá, como se aproveitando a oportunidade de livrar-se dele por alguns instantes.

— Espere um minuto, vou passar um cafezinho.

Retornou, minutos depois, carregando uma bandeja com duas xícaras fumegantes e um pratinho de biscoitos, aparentemente caseiros. Tony sentiu-se constrangido por lhe dar tanto trabalho, mas, quando olhou para seu rosto, logo percebeu que ela precisara daqueles momentos para ficar sozinha e se recompor. Mesmo assim, suas mãos estavam trêmulas, as xícaras chacoalhando levemente em cima dos pires, conforme atravessava a sala.

Tony pegou a bandeja e a colocou em cima da mesinha de centro. Então, pôs gentilmente a mão em seu ombro e a puxou para o seu lado, no sofá.

— Escute. Não estou aqui para causar problemas. Só quero vê-la uma vez e pronto. Assim, um dia você vai poder dizer que o pai dela veio aqui. — Pigarreou, sentindo um nó na garganta.

— Eu *sei* que você se importa, Tony. — Parecia um pouco zangada, porém, mais com ela mesma do que com ele. — Mas você precisa entender... estou apenas... veja bem, esperei tanto tempo por isso que parece que ela sempre existiu para mim. Você não sabe... — Deteve-se, torcendo as mãos sobre o colo, os olhos marejados. — Vocês me deram o presente mais precioso do mundo. Não tenho palavras para exprimir a gratidão que sinto. *Por favor*, tenham certeza disso.

Ele concordou, momentaneamente incapaz de dizer qualquer coisa.

— Eu sei... mas é duro. Estou sentado aqui me perguntando como ela vai crescer sem um pai.

Ellie desviou o olhar.

— Tenho esperanças de que isso não dure para sempre.

— Seu marido? Desculpe me meter, mas, se ele queria tanto ser pai, por que não está aqui agora? — ele perguntou, irritado.

O sorriso desapareceu do rosto amável e forte de Ellie, e Tony pôde perceber uma batalha interna sendo travada entre o seu instinto de proteger a filha... e seu senso de obrigação para com ele.

Então, ela o encarou, seus olhos azul-claros sérios e pensativos.

— Sabe aquele ditado "gato escaldado tem medo de água fria"? O Paul precisa de tempo para se acostumar à idéia de que a Alisa está aqui para ficar. — Suspirou ao pegar a xícara de café. — Não estou querendo dizer que tenhamos um mar de rosas pela frente. Estamos separados há tanto tempo! Um bebê não iria, miraculosamente, resolver tudo. Mas estamos tentando.

Tony não sabia o que dizer. Pegou-se pensando em como já era difícil uma vida a dois, mesmo na melhor das circunstâncias, quando tudo estava bem, quando o relacionamento era equilibrado.

Como se Ellie tivesse lido seus pensamentos, perguntou:

— Você tem visto a Skyler?

— Ela anda meio deprimida — respondeu sincero, embora houvesse mais do que isso. A verdade era que Skyler não retornava suas ligações. — Não deve ser muito fácil se recuperar depois de ter um bebê. — Manteve a voz sob controle, mas estava mais preocupado do que admitia.

— Com certeza não é. — Ellie ficou com o olhar distante ao beber da xícara que segurava com as duas mãos. Então, ansiosa por mudar de assunto, perguntou: — Por falar em recuperação, estou preocupada com o Jimmy. Ele diz que está em ótima forma, que a contagem das células T está acima do esperado, mas, cada vez que o chamo para vir aqui ver o bebê, ele arruma uma desculpa.

Tony sentiu alguma coisa movendo-se e subindo até a superfície da sua mente, algo encharcado e rançoso, que se elevava como aquelas criaturas do pântano que costumavam assustá-lo nos filmes vagabundos a que assistia com Dolan, tarde da noite, quando eram crianças. Fazendo o possível para esconder o rosto do olhar inquiridor de Ellie, e do futuro que lhe parecia insuportável, perguntou:

— O Dolan? — Encolheu os ombros. — Consegui convencer o cara a deixar a faxineira fazer hora extra para tomar conta dele. Ela é uma ótima pessoa, já criou seis filhos sozinha e acha que o sol nasce e morre nele. Ele está bem. — Ellie não precisava saber como o amigo estava mal, já que ele preferia assim.

— Pelo menos, ele não piorou — disse ela, parecendo preocupada.

— Ele é bem mais forte do que aparenta.

— E quanto a você? Como *você* está? — perguntou, lançando-lhe um olhar direto.

— Vou levando. — O que, aparentemente, era verdade.

Após mais um silêncio constrangido, Tony olhou para o relógio.

— Minha nossa, você viu a hora? Olhe, preciso ir. Por que você não me deixa dar só uma olhadinha nela, para eu poder ir embora?

Sentiu uma dor no peito e uma secura nos olhos, típica de um longo período de estiagem antes de uma tempestade. Estava quase no seu limite. Sua filhinha ali, no outro quarto, mas, ao mesmo tempo, a anos-luz dele.

Ellie levantou-se e mostrou-lhe o caminho até o quartinho, agora banhado pelos últimos raios do sol poente. Não era espalhafatoso como o quarto das suas sobrinhas, todo rosa e cheio de babados. Prestou atenção nas paredes com estampas de nuvens e estrelas e num quadro do *Mágico de Oz*; viu também o ursinho de pelúcia em cima de uma prateleira laqueada branca, repleta de livros que ela, um dia, leria para sua filha. Assim que se aproximou silenciosamente do berço, Tony cerrou os punhos.

Ela estava coberta por uma manta cor-de-rosa, as bochechinhas tão redondas e gorduchas quanto a lua pintada na parede acima do berço; a boquinha entreaberta como se lhe jogasse um beijo. *Meu Jesus... Jesus Cristo*. Ao olhar para ela, Tony sentiu o chão mover-se sob seus pés e os joelhos tremerem. Por uma fração de segundo, o quarto ficou tão cinzento como a linha do horizonte de Nova Jersey.

Os cabelos de Alisa eram como os seus. Um grande tufo negro que se erguia, como um penacho no cocuruto. Como estava de olhos fechados, não pôde ver-lhes a cor, mas o formato do nariz, a forma determinada como mantinha o punho junto ao queixo, lembraram-lhe sua irmã Gina. Tony ficou sem ar.

Manteve a cabeça baixa, procurando esconder as lágrimas. Quando finalmente ia voltar-se para Ellie, viu que ela não estava mais à porta. Sentiu-se extremamente grato por isso, ciente do quanto devia ter sido difícil para ela ceder-lhe aqueles poucos minutos a sós com a própria filha.

Tony passou o dedo tão de leve pela bochechinha do bebê que ficou surpreso ao vê-la contrair o rostinho e balançar o corpo para os lados, como um hamster cavando um buraco. Levantando gentilmente a manta, abriu um sorriso ao ver suas perninhas compridas, do tamanho ideal para cavalgar.

Cobriu-a até os ombros e virou-se, fechando os olhos por alguns segundos. Não devia ter ido lá. Devia, desde o início, ter seguido o conselho de Skyler e evitado ao máximo aquele encontro.

Reunindo forças para sair, foi até a porta que dava para o hall, onde encontrou Ellie recostada na parede, com os braços cruzados sobre o peito. Ela empertigou-se, olhou-o rapidamente e desviou o olhar.

Antes de se dar conta do que fazia, Tony enfiou a mão por dentro da gola do blusão e pegou a corrente de onde pendia a medalha do Arcanjo Miguel. Ao puxá-la por cima da cabeça, a imagem do arcanjo com as asas abertas refletiu a luz do teto, dando a impressão fugaz de que levantaria vôo. Ficou segurando a imagem por alguns instantes, memorizando sua forma, pensando em todas as vezes que o Arcanjo Miguel o protegera. Seu grande protetor só o deixara na mão uma vez. Mesmo que o poder da medalha fosse fruto de superstição, tinha mais valor para ele do que qualquer outra coisa.

Sentiu um nó na garganta quase do tamanho da medalha que agora colocava nas mãos de Ellie.

— É para ela — disse com a voz tomada de ternura. — Para a minha filha.

Você Acredita em Destino?

Durante todo o trajeto para casa, Tony não conseguiu parar de pensar em Skyler. Meu Deus, como ela devia estar sofrendo. Se tinha sido difícil para ele se afastar da filha, para ela então, que a tinha carregado nove meses na barriga, devia estar sendo o fim do mundo.

Ela não devia ficar sozinha, pensou com a mesma clareza da placa que sinalizava o fim da Interestadual 84. *Ela devia ficar com alguém que sabe exatamente como ela está se sentindo.*

Pegando a saída, Tony parou num posto de gasolina, onde encontrou um telefone público. Discou o número de Skyler e, enquanto ouvia-o chamar, rezou para que, desta vez, *ela* atendesse ao telefone, e não a droga da secretária eletrônica.

— Alô? — Skyler atendeu animada, surpreendendo-o a ponto de quase fazê-lo desligar. Sua voz estava... bem... quase *alegre*. Como se nada na face da Terra pudesse incomodá-la.

Tony sentiu-se um completo idiota. Que diabos estava esperando? Uma donzela em apuros? Uma mulher à beira do suicídio? Essa não seria Skyler, nem de longe. Aquela noite no hospital, quando chorara em seus braços, não tinha sido ela mesma. Acabara de dar à luz, pelo amor de Deus. Mas agora, provavelmente com tudo resolvido na cabeça, iria apenas ficar com raiva dele por começar tudo de novo.

— Sou eu, Tony — falou numa voz equilibrada e simpática, esperando não deixar transparecer que seu coração estava a mil. — Estou ligando para saber como você está.

— Estou bem.

— Então por que não retornou minhas outras ligações? — Ele tentou disfarçar, mas o tom de acusação estava lá, enterrado como um prego enferrujado na terra fofa.

Após um silêncio, com um toque de frieza, ela respondeu:

— Tenho andado ocupada.

"Tão ocupada a ponto de não poder dar uma droga de um telefonema?", ele teve vontade de responder. Mas tudo o que disse foi:

— É... você também não ia conseguir me encontrar. Nas duas últimas semanas trabalhei em turno dobrado. Um destacamento enorme lá no Harlem.

— Harlem? — repetiu ela sem demonstrar interesse, apenas fazendo eco às suas palavras.

Tony limpou a garganta.

— Escute, estou ligando para saber se, por acaso, você gostaria de companhia. Quer dizer, se é que você não está muito ocupada... — não resistiu à alfinetada.

Skyler demorou tanto a responder que ele começou a pensar que havia desligado. Sentiu a velha semente de ressentimento, sempre próxima à superfície, começando a brotar dentro dele. Gostasse ela ou não, estavam juntos nessa. Será que ela achava que ele também não estava mal?

Finalmente, com uma relutância que o enfureceu, Skyler respondeu:

— Não estou fazendo nada de especial agora.

— Passo aí daqui a quinze minutos. — Ele desligou antes que ela pudesse protestar.

Enquanto dirigia, Tony começou a ficar ansioso. Estaria ela tão bem quanto parecia? Seria possível que aquela moça alegre com quem acabara de falar fosse a mesma que chorara convulsivamente em seus braços na noite em que dera à luz? Talvez... mas seu instinto de policial estava alerta. A situação o fez lembrar de uma mulher em Brownsville, para quem tivera de dar a notícia da morte do filho numa troca de tiros entre gangues. A mulher recebera a notícia calmamente, até mesmo lhe oferecera um café. Dias depois, ele soube que ela fora levada para o setor de psiquiatria do Hospital Bellevue, após um colapso nervoso.

Tony pisou fundo no acelerador. Minutos depois, estava subindo o caminho íngreme e arborizado até à cabana de cedro de Skyler. Avistou fumaça saindo pela chaminé rústica de pedras. Tão logo estacionou, percebeu que o estoque de lenha ao lado da varanda estava quase no fim e pensou em voltar, na primeira oportunidade, para cortar um pouco de lenha de umas árvores caídas no caminho. Se ela quisesse, é claro.

Assim que subiu os degraus da varanda, percebeu um movimento rápido da porta de vidro corrediça à sua direita. Embora não pudesse vê-la, exceto sua silhueta desfocada, sentiu que ela o observava. Os cabelos da nuca se arrepiaram. Quando ela finalmente abriu a porta, Tony precisou recorrer a todo o seu preparo psicológico como policial para não deixar transparecer como ficara espantado.

Ela estava tão magra que as calças e a camiseta enorme dançavam ao redor de seu corpo de forma patética. Jesus. Aquelas sombras arroxeadas sob seus olhos... parecia assistir ao início de uma daquelas óperas trágicas de que ela gostava tanto. Qualquer pessoa com *aquela* aparência, e que tivesse atendido ao telefone como ela o fizera, ou era uma excelente atriz, ou estava à beira de um ataque de nervos.

— Tony... oi. Entre.

Seu sorriso de boas-vindas, assim como seu rápido abraço, de nada serviram para aliviar-lhe a preocupação. Observando-a de perto, a forma como se adiantou para a grande sala de estar, descalça, apesar do piso de ardósia certamente gelado, Tony percebeu que o que considerara calma era, na verdade, outra coisa. Ela estava simplesmente... fora do ar.

Aproximando-se da lareira onde poucas toras ardiam em brasa em meio às cinzas, Skyler perguntou:

— Eu ia esquentar uma lata de sopa. Você quer?

Sopa? A senhorita vai me desculpar, mas está precisando mais é de uma transfusão de sangue.

No entanto, Tony tomou cuidado para não deixar transparecer sua preocupação. Fingindo-se relaxado, perguntou:

— Que tal, em vez disso, a gente sair para jantar?

— O restaurante mais próximo fica a meia hora de carro daqui — ela respondeu indiferente. — Além do mais, não estou com vontade de sair.

Aparentemente esquecendo-se da sopa, Skyler sentou-se na banqueta de couro surrado que fazia jogo com uma poltrona tão suja que parecia ter sido arrastada por trinta quilômetros de estrada de terra. Isso era uma coisa que Tony não conseguia compreender. Se a família dela tinha tanto dinheiro, por que não trocava todos aqueles móveis velhos e gastos?

Não só isso. Ela parecia não perceber que estava tão frio lá dentro quanto no Pólo Sul.

Sem pedir permissão, ele foi até a lareira e alimentou-a com mais dois pedaços de lenha, jogando-os por cima das cinzas. Em segundos, faíscas subiam em espiral e, a seguir, as primeiras chamas. O cheiro adocicado da fumaça inundou o ar e, à medida que a sala ia esquentando, Tony finalmente conseguiu relaxar um pouco.

Virando-se para Skyler, que contemplava o fogo com uma expressão ausente, de olhos vidrados, mais assustadora do que as manchas arroxeadas sob seus olhos, Tony percebeu, de repente, que a hora da brincadeira tinha chegado ao fim.

— Você está com uma aparência horrível. Quando foi a última vez que comeu?

Despertando daquele transe com uma expressão mal-humorada, Skyler ia abrir a boca para censurá-lo, mas apenas suspirou fundo e sacudiu a cabeça.

— Não ando com muita fome ultimamente.

— Isso é óbvio. A questão é: o que nós vamos fazer com relação a isso? — perguntou ele, sem conseguir disfarçar a raiva.

— Nós? — Desta vez, ela conseguiu reunir forças para mostrar uma fraca indignação. — Desde quando *você* toma conta de mim?

— Desde que você parou de fazer isso por conta própria.

Meu Deus, acharia ela que ele não se importava com o que tinha acontecido? Depois de todos os seus recados na secretária eletrônica, será que ela não parara para pensar, nem por um minuto sequer, em como ele devia estar preocupado?

Eu te amo, droga!, sentiu vontade de gritar. *Será que você também não consegue enfrentar isso?*

Antes que dissesse qualquer coisa da qual pudesse se arrepender, Tony foi até a cozinha, onde encontrou a geladeira e os armários praticamente vazios. Pegou alguns biscoitos salgados, uma lata de sopa pronta de cogumelos e a aqueceu com um restinho de leite da geladeira.

Colocando tudo numa bandeja, lembrou-se das inúmeras vezes em que fizera o mesmo para a mãe, quando se sentia tão cansada e deprimida que não conseguia levantar-se da cama. Quantas vezes preparara o jantar para os irmãos e levara um prato de sopa para ela, que a tomava em colheradas lentas, ritmadas, como se apenas para satisfazê-lo!

Vendo Skyler fazer o mesmo agora, Tony decidiu não ir embora até ter certeza de que seria capaz de cuidar de si própria. E sabendo o quanto era teimosa, não esperava conseguir isso facilmente.

No entanto, Skyler o surpreendeu com um sorriso tão genuíno quanto a cor que começava a surgir em seu rosto. Colocando a tigela vazia em cima da mesinha desconjuntada ao lado do sofá, disse-lhe:

— Obrigada, estou *mesmo* melhor agora. Acho que precisava forrar o estômago.

— É, e também precisa forrar os ossos. Quantos quilos emagreceu?

Skyler deu de ombros.

— Tudo o que sei é que eu pesava bem mais da última vez que subi na balança. — Deu uma risadinha rouca. — É impressionante, não é? A diferença de peso quando não se está com um bebê na barriga.

Ao vê-la desmanchar o sorriso e ficar com os olhos cheios de lágrimas, Tony sentiu uma dor avassaladora. Aproximando-se, levantou-a da banqueta e abraçou-a gentilmente, sentindo-a recostar a cabeça em seu ombro e sacudir o peito ao liberar um suspiro entrecortado.

— Está tudo bem — ele murmurou, sentindo o aroma dos seus cabelos por lavar. — Pode desabafar.

Skyler ergueu os braços, hesitante. Tony sentiu a pressão das palmas em seus ombros, não exatamente como se ela se abraçasse a ele, mas como se tentasse se proteger do que lhe causava tanta dor. Ele a abraçou apertado e ouviu seu gemido tão fraco que parecia ter vindo do lado de fora, do vento soprando por entre as árvores.

O gemido cresceu, aumentou de volume, até acabar num lamento estridente.

— Ah, Tony... é pior do que eu imaginava. — Soluçou. — *Tão* pior.

— Eu sei... eu sei — disse ele suavemente.

Ela afastou-se bruscamente, seus olhos fulminando-o como os dois sóis incandescentes de um planeta desabitado.

— Você *não* sabe. Não pode saber. Você não a carregou dentro da sua barriga. Você não a deu à luz. Não foi você que a deu... para outra pessoa. — Desatou a chorar. Quando conseguiu recompor-se, falou aos soluços: — Fico andando o dia inteiro como uma sonâmbula. Achei que conseguiria lidar com a situação... mas não consigo... — Perdeu o controle mais uma vez, despencando em seus braços. Tony a segurou e percebeu que ela se agarrava à sua camisa como alguém que, num esforço desesperado, se aferrasse a um torrão de terra para não cair dentro de um precipício.

Sem conseguir pensar em palavras para consolá-la, confortou-a com seu corpo, abraçando-a, embalando, acariciando-lhe a cabeça, deixando-a chorar, sabendo que precisava mais disso do que de comida, do que de sono.

Por fim, uma voz abafada soou rente à camisa umedecida por suas lágrimas:

— Tony?

Ele aguardou.

— Não consigo parar de pensar que cometi um terrível engano — falou num sussurro. — Talvez eu devesse... ter pensado mais no que seria melhor *para mim*, e não só para o bebê.

À falta de palavras, Tony engoliu em seco. Por fim, acabou dizendo o que achou que ela mais precisava ouvir:

— Você agiu certo. Não fique se martirizando.

— Agi? — Ela levantou a cabeça, e seus olhos vermelhos foram como uma punhalada no coração dele. — Não tenho tanta certeza assim.

— Você está se sentindo assim agora, mas daqui a um ou dois meses...

— Não! Não é isso! — ela gritou. — Em um ano, em *dez* anos, eu não vou me sentir diferente. Ah, Tony, o que foi que eu fiz? *Por Deus, o que foi que eu fiz?*

Com uma graça estranha, como um lenço de seda caído aos pés de Tony, Skyler dobrou-se, até cair de joelhos, a cabeça baixa sobre o tapete de fios trançados em frente à lareira. Sentada sobre os calcanhares, com os braços apertados em volta do peito, balançou-se para a frente e para trás, soltando gritinhos estranhos, ritmados.

Tony sentiu uma dor cortante no fundo da garganta. Mais do que isso... experimentou também um sentimento tão estranho que mal o reconheceu. Impotência. Sentia-se odiosamente impotente.

— Skyler? — Abaixou-se de frente para ela no tapete chamuscado, colocando as mãos em concha em seu pescoço fino e pálido.

Voltando a cabeça bruscamente para ele, olhou-o fixamente, os lábios separados e trêmulos. Sem um som, apenas os olhos abertos e cúmplices, levantou o rosto para ser beijada. Ao encostar em seu lábios,

Tony sentiu o fluxo ávido da sua respiração quase sugando todo o seu ar. Então estremecendo, sentindo que algo há muito tempo selado finalmente se libertava, deixou-se cair tão logo ela empurrou os quadris para a frente segurando-o, beijando-o, mordendo-lhe o lábio inferior como se querendo — mais do que isso, *precisando* — abrigar-se em seu corpo, perder-se completamente.

Tony sabia que deveria parar. Hora errada, motivo errado. Mas sabia, ao mesmo tempo, que tentar parar seria tão inútil quanto tentar recuperar a bala de um tiro já disparado. Sentia fluxos de calor tomando conta dele e, de repente, era *ele* quem a beijava freneticamente — suas faces, seu pescoço, o vão latejante de sua garganta. Segurou uma das mãos de Skyler e levou-a até a boca, lambendo-lhe lentamente a palma. Sobressaltada, ela sentiu um arrepio percorrendo-lhe o corpo.

Tony arrancou os botões da camisa dela, ficando quase sem fôlego ante o toque daquela pele nua sob seus dedos, o movimento das suas costelas, a penugem do seu busto em contato com seus polegares. Ao vê-la gemer e abrir os joelhos, lembrou-se da primeira vez, de como tinha ficado molhada, de como percebera isso através da costura dos seus shorts.

Enfiou a mão por dentro dos seus jeans e percebeu-a tão molhada quanto havia se lembrado. Desta vez, ela estava mesmo se *apertando* contra sua mão, balançando-se num ritmo selvagem, quase desesperado. Minha nossa.

Levado por uma necessidade mais poderosa do que qualquer outra que conhecera, Tony a deitou gentilmente de costas, onde ela ficou com a luz das chamas dançando por sobre seus seios nus. Percebeu que estavam volumosos, as veias visíveis sob a pele; aqueles não eram os seios de uma garota, mas de uma mulher que acabara de dar à luz. Sentiu um crescente pesar... o que apenas o fez querê-la mais.

Observou-a contorcer-se para tirar o jeans, ficando quase fraco de excitação ao ver aquelas pernas compridas se desnudando e se abrindo para ele. Rapidamente se despindo de suas calças e blusão, deitou-se sobre ela.

— Não... não dentro de mim — murmurou Skyler. Como se ele fosse capaz de fazê-lo depois do ocorrido na primeira vez.

— Não se preocupe — ele sussurrou em seu ouvido, ao deslizar pela curva úmida de seu ventre. Estava tão excitado que poderia gozar com o mais leve dos movimentos; precisava controlar cada músculo para isso não acontecer.

Ao sentir Skyler aninhada junto ao seu corpo, percebeu o quanto sua rija carnadura adolescente se tornara macia e arredondada. Escorregou a mão por entre suas pernas, segurando aquela elevação molhada, ambos se movendo no mesmo ritmo. Era estranho, mas, de alguma forma, bom. Os dois mergulhando, investindo um contra o outro, com a respiração entrecortada. Tony sentiu que perderia o controle quando ela arqueou as costas e se contraiu soltando um grito agudo. Ele gemeu e segurou-a, não mais se preocupando em tomar cuidado, sem nem mesmo notar se a estava machucando.

Naquele momento, como se seu clímax tivesse sido arrancado à força, Tony gozou em sua barriga. Pressionando seu corpo contra o dela, gritou:

— Skyler, ah, meu Deus, Skyler!

Num tremor convulsivo, ela o enlaçou com os braços e as pernas, enterrando o rosto em seu pescoço e desatando a chorar novamente. Tony sentiu que aquele rosto molhado, em conjunto com o seu sêmen quente e pegajoso entre seus corpos, selava-os de alguma forma.

— Eu a quero de volta — murmurou ela, feroz. — Tony, se eu não puder tê-la de volta, vou morrer. Não importa o que isso vai me custar. Cometi um erro terrível. Por favor, me ajude a pegá-la de volta.

Tony pensou em Ellie, em como ela lhe sorrira ao receber a medalha do Arcanjo Miguel de sua mão. Era o sorriso de uma mãe leoa, que não precisava de nenhuma medalhinha para proteger sua cria.

Jesus. Será que Skyler fazia a *mínima* idéia do que estava dizendo?

Relaxe, pensou. *Ela não está no seu estado normal.*

Mas alguma coisa lhe dizia que ela falava sério. Skyler poderia se arrepender daquela noite, de ter estado com ele, mas não mudaria de idéia sobre querer o bebê de volta.

Ele sentiu uma queimação lenta, ardente, espalhando-se pelo corpo... um sentimento estranho, quente e frio ao mesmo tempo, tendo ao sul o sofrimento e, ao norte, a esperança.

Achara que o pior já havia passado, mas, pelo visto, o pior ainda estava por vir.

Capítulo Treze

Choveu periodicamente pelo resto daquela semana cinzenta. O tempo variou entre a garoa e a chuvarada e não mostrou sinais de melhora até o entardecer de sexta-feira. Às quatro e meia, Ellie estava despedindo-se de Adam Burchard, um dos seus pacientes do grupo soropositivo, à porta do seu apartamento, quando percebeu que tudo ficara calmo de repente. As batidas constantes da chuva nas vidraças tinham finalmente cessado, e Alisa dormia completamente alheia às intempéries... na verdade, alheia a tudo, exceto aos braços que a resgatavam do berço quando chorava, e ao calor do peito onde se aconchegava ao tomar a mamadeira. Sua doce, doce Alisa, capaz de transformar até mesmo um dia chuvoso num motivo de celebração.

Ao ferver água para fazer um chá, Ellie percebeu que estava feliz. Em sua pequenina cozinha, olhou por cima do muro coberto de hera, no jardim dos fundos, e viu o sol abrindo caminho pelas nuvens e iluminando os narcisos. Recostou-se na parede onde ficavam penduradas as frigideiras de cobre e alguns anúncios antigos de fábricas de alimentos há anos fechadas, e sorriu. Passara tanto tempo sem experimentar nada parecido com a felicidade que mal reconhecia aquele sentimento. Era como se, durante todos aqueles anos, sempre tivesse lutado para acompanhar um ritmo desconhecido e, agora, a música fluísse naturalmente.

Se o Paul estivesse aqui para dividir esta felicidade comigo... Se ele voltasse definitivamente para casa, em vez de vir uma ou duas vezes por semana...

Se pudesse ver em seu rosto, ao olhar para Alisa, a mesma ternura que ela vira nos olhos de Tony! Mas ele erguera tantas barreiras que, talvez, nem fosse mais capaz de derrubá-las. Na última terça-feira à noite, quando lhe pedira, preocupada, para examinar umas brotoejas no braço de Alisa, ficara impressionada com o contraste entre a gentileza dos seus gestos e a expressão distante e fechada do seu rosto.

Em seguida, aquele momento de intensa felicidade que acabara de sentir esvaiu-se com a mesma velocidade daquele brilho rápido do sol, mais uma vez encoberto pelas nuvens. Com Alisa, agora, redimensionando totalmente seu conceito de tempo, Ellie sofria tão intensamente por cada precioso momento vivido como se lhe fosse roubado. Por isso, sempre que Paul estava para sair, sentia vontade de agarrá-lo pelo colarinho e gritar que ele, talvez, jamais, nunca mais, recuperaria tudo o que estava perdendo.

Sem falar no quanto ela sentia sua falta. Estavam separados há mais de um ano e não havia um dia sequer em que não o desejasse. No dia anterior, por exemplo, ao ouvir o solo preferido de Stan Getz no rádio, pusera-se a chamá-lo no quarto vizinho, até se dar conta da sua ausência. Pior ainda, na quinta-feira passada, quando encontrara uma amiga no supermercado, Betsy Wiggins, além de surpreendê-la com a notícia da sua separação, surpreendera-a mais ainda ao se debulhar em lágrimas em plena seção de congelados.

Ellie sabia que, se Paul entrasse em seu apartamento naquela noite, faria o possível para, desta vez, segurá-lo para sempre.

Por quê? Por que uma taça transborda... enquanto a outra está vazia?

O telefone tocou enquanto mergulhava um saquinho de chá numa caneca com água fervente. Correu para atendê-lo antes da secretária eletrônica. Temia que o barulho acordasse Alisa, e só Deus sabia como precisava usufruir daqueles poucos minutos de descanso para relaxar e saborear seu chá. Mas, quando pegou o telefone da parede acima da bancada, seu segundo pensamento foi "Paul".

Tomara que seja ele. Dizendo que pensou melhor, que precisa tanto de mim que nunca mais vai deixar nada interferir no nosso relacionamento. Nem mesmo um bebê que ainda corremos o risco de perder...

Mas, ao atender o telefone, a voz do outro lado da linha não era de Paul, e sim uma voz ofegante e alarmada, como a de uma criança pedindo socorro.

— Ellie, sou eu... Skyler.

Ellie sentiu um soco na boca do estômago.

— Skyler, o que houve?

Seguiu-se o silêncio, marcado apenas pelo som desesperado e pesado da respiração da jovem.

Tateando à procura do banco às suas costas, Ellie sentou-se. E embora seu coração batesse acelerado, esforçou-se para parecer calma:

— Skyler, você está passando mal? Precisa de um médico?

Skyler respirou fundo.

— Não... não é isso — disse, antes de despejar num jorro confuso: — Eu... eu apenas, bem, estou um lixo. Não consigo comer. Durmo o dia inteiro e não consigo descansar. Eu não sabia que seria assim. Eu não tinha idéia...

Ellie pensou, apavorada: *Isso não pode estar acontecendo de novo.* Então se lembrou de como se sentira ao dar à luz, a volubilidade do seu humor, os acessos de choro seguidos por momentos de euforia. Skyler deveria estar passando por aquele mesmo inferno, mas o caso dela era ainda pior, pois não ficara com nada em troca.

Se eu usar uma abordagem apropriada, ela vai se acalmar, pensou, esforçando-se para manter a compostura.

— Sei o que você está sentindo — disse-lhe gentilmente. — Depois que a minha filha... depois que ela foi tirada de mim, achei que não conseguiria sobreviver.

— Ninguém tirou a Alisa de mim. Fui eu que a dei.

— Porque você tinha os seus motivos.

— Não. Eu estava *errada*. — A voz firme de Skyler fez Ellie sentir um frio ziguezagueando pela espinha.

Foram somente os anos de prática em controlar as emoções que a impediram de gritar ao telefone "Agora é tarde demais, está me ouvindo? Tarde demais! Ela agora é minha, *minha!*". Em vez disso, Ellie enrolou o fio do telefone nas juntas dos dedos com tanta força que interrompeu a circulação.

— Entendo tudo o que está acontecendo e não posso, honestamente, dizer que isto vai passar... mas fica *bem mais fácil* com o tempo. — Procurou falar tranqüilamente, assim como tinha feito minutos antes com Adam Burchard, que sentara em sua sala de estar e chorara copiosamente, por cinqüenta minutos, ante o fato ineluctável de estar morrendo. — Skyler, realmente acho que você deveria procurar alguém. Conheço uma psicóloga, uma amiga minha e...

— Não preciso de psicóloga! — Skyler levantou a voz, alcançando um tom estridente, antes de transformar-se num sussurro suplicante. — Ellie, sei o quanto você a ama. E o quanto provavelmente vai me odiar por isso, mas... mas eu estava errada ao abrir mão dela, eu... eu a quero de volta.

Ellie olhou para sua mão, totalmente pálida por causa do apertado bracelete em espiral do fio de telefone. Sentiu os dedos formigando, uma sensação que a fez lembrar-se dos fogos de Quatro de Julho. Mas não havia fogo dentro dela, tudo o que sentia era frio.

— Sinto muito, mas agora é tarde. — A voz baixa, levemente anasalada, que brotou de dentro daquele poço de frieza em nada se parecia com a dela, mas com a de Ellie Porter, de Euphrates, Minnesota, que deixara o último vestígio de inocência enterrado em algum lugar empoeirado da estação rodoviária onde tomara o ônibus para Nova York... uma menina que, no espaço de uma única noite de inverno, descobrira o horror de perder uma criança.

E ela jamais deixaria isso acontecer novamente. Não se pudesse impedir.

— Você tomou essa decisão por conta própria — continuou ela, a compreensão dando lugar à raiva. — Eu não fui atrás de você, foi *você* que veio atrás de mim. Nunca lhe pedi nada, nunca interferi. Fui honesta com relação às minhas condições. Mas ela é minha agora. Minha.

— *Ela saiu de dentro de mim!* — gritou Skyler. — Eu a carreguei por nove meses dentro da minha barriga. Você acha que um mero pedaço de papel vai mudar isso?

Ellie percebeu, imediatamente, o quanto errara ao pôr Skyler na defensiva.

— Podemos falar sobre isso quando você não estiver tão alterada? Você marca a hora e o lugar, e nos encontramos. — Embora sua voz estivesse trêmula, tratou-a de igual para igual, como se fosse uma de suas colegas.

— Não vejo razão para nos encontrarmos — disse Skyler, resoluta. — Já me decidi.

— Mais um motivo então para nos encontrarmos. Se você não vai mudar nada, o que terá a perder?

— Pare com isso! — gritou Skyler, quase histérica. — Sei o que você está tentando fazer... mas não vai dar certo. Está me ouvindo? Não vai!

— Skyler, me ouça...

— *NÃO! Eu NÃO vou ouvir!*

Ellie foi acometida por um tremor tão forte que sentiu uma contração espasmódica nos músculos da panturrilha. Precisou até pressionar o telefone contra o ouvido, para impedi-lo de cair no chão. Num murmúrio baixo e rouco, perguntou:

— O que você quer de mim?

Após alguns momentos em silêncio, Skyler explodiu em soluços:

— Ah, Ellie... sinto muito. É tudo culpa minha. Meu Deus, sinto tanto! — Skyler desmoronou, e sua voz se dissolveu em soluços desesperados.

Ellie aguardou até os soluços diminuírem do outro lado da linha. Quando finalmente começou a falar, foi com a seriedade e a calma de uma profissional.

— Sente muito? Você não sabe o que é isso! Ao contrário de você, não pude me dar ao luxo de saber o que tinha acontecido com a minha filhinha... se ela estava segura ou até mesmo viva... se foi parar nos braços de pessoas decentes que lhe deram amor. — Seus olhos se encheram de lágrimas, lágrimas que conseguiu conter. — Não se passa um dia sequer sem que eu pense nela e deseje que esteja bem e feliz. Você, ao menos, sabe que a Alisa vai ser amada. Você sabe...

Ellie foi interrompida por um choro agudo vindo do quarto. Alisa tinha acordado.

Aterrorizada, quis pôr a mão sobre o bocal do telefone, para Skyler não ouvir seu choro. Mas estava fraca demais até mesmo para se mexer.

— Por favor, Skyler — implorou, ultrapassando o limite do razoável e da própria dignidade. — Não fique assim. Espere mais um pouco, uns dias pelo menos. Pense melhor...

— Acredite em mim, não tenho pensado em mais nada nessas últimas quatro semanas — sua voz estava trêmula. — Não adianta, estou o tempo todo enjoada. Eu me sinto como se tivesse sido... enganada. Pior, me sinto como se estivesse enganando a Alisa. Eu sei, eu sei o que você vai dizer... que os meus motivos para ter aberto mão dela ainda estão valendo. Mas é como se eu fosse uma pessoa diferente daquela que tomou a decisão. Tudo mudou agora... agora que sou mãe. Não dá para passar por cima disso, assim como também não dá para sufocar os meus sentimentos. — Respirou fundo e então falou as palavras que Ellie mais temia ouvir: — Se você tentar me impedir, só vai piorar as coisas para todos nós.

Alisa começou a gritar copiosamente lá do quarto.

— Preciso desligar. — Ellie desligou o telefone.

Por um instante, ficou imóvel no banco. Mesmo ansiosa para responder ao chamado da filha, não conseguia lembrar da ordem em que seus braços e pernas deveriam se mover; tudo estava embaralhado em sua mente. Apenas uma imagem lhe era clara: uma cestinha de vime vazia no canto da sala de um cortiço.

Levantou-se devagar, sentindo a cabeça começar a latejar e os músculos das pernas a pulsar de volta à vida com punhaladas de dor. Ainda assim, ao dirigir-se para o quarto do bebê, sentiu-se estranhamente leve, como se estivesse sendo transportada por um caminho feito de ar. Numa voz exageradamente exultante, que mal podia reconhecer como sua, gritou animada:

— A mamãe já está indo! Ah, esses berros, parece até que o mundo está se acabando!

Ao chegar ao quarto, tirou Alisa do berço e levou-a ao ombro, beijando-lhe os cabelinhos suados e colados nas têmporas. Sentiu-a acalmar-se e parar de se debater.

— Calma, a mamãe está aqui. Isso... assim está melhor, não está? Tudo vai ficar bem...

Um sentimento invadiu-a subitamente, provocando um grito tão angustiado que ela quase se dobrou em duas. Deu um passo para trás na tentativa de equilibrar-se e sentiu a menina agitar-se surpresa, seus soluços voltando a aumentar até se tornarem gritos estridentes.

Abraçando forte a filha contra o peito, enquanto a balançava de um lado para outro, Ellie jurou que, desta vez, qualquer pessoa que tentasse tirar aquele bebê dos seus braços teria de matá-la primeiro.

Mas não poderia lutar sozinha. E havia apenas uma pessoa capaz de ajudá-la.

Quando Alisa adormeceu novamente, Ellie a colocou no berço e saiu nas pontas dos pés. Ao pegar o telefone, sua mão já estava firme.

— Neonatal — atendeu uma voz de menina do outro lado da linha, que ela reconheceu de imediato como a voz de Martha Healey.

— Martha, é Ellie. — Procurou ser natural, como se não estivesse à beira de um colapso nervoso. — O Paul está por aí?

— Ele está passando visita — disse Martha, distraída. Ellie conseguiu visualizar a enfermeira-chefe miúda, que, por alguma razão, sempre lhe lembrava Judy Garland naqueles filmes antigos com Mickey Rooney. — Mas vou dar o recado. Ei — sua voz se alterou, ficando mais alerta —, esqueci de lhe dar os parabéns, mas você sabe como isso aqui fica enrolado de vez em quando. Como estão as coisas? E o bebê está bem?

— Ela é... é linda! — Por mais estranho que pareça, estava sorrindo.

— Pois sinta-se abençoada por ela ter cinco dedinhos em cada mão, cinco em cada pé e ter saúde. — Seguiu-se um silêncio constrangido, e Ellie quase conseguiu ouvir os pensamentos de Martha sobre o que julgava ser a grande fofoca do Deacon: *Pena essa situação entre você e o Paul.*

Então, respirou superficialmente. Não ousava inspirar fundo, com medo de ficar tonta.

— Obrigada. Diga a ele que liguei, certo?

𝒫assar visita à noite, no Deacon, não ficava muito longe de fazer uma triagem entre os feridos num campo de guerra. Paul liderava meia dúzia de residentes atribulados e sonolentos por entre um labirinto de incubadoras, oxímetros, monitores, armários e cabos elétricos necessários para manter tudo em funcionamento. Em meio a tudo isso, ficavam vinte e poucas vidas frágeis, em risco permanente, atendidas por quatro enfermeiras sempre correndo de um lado para outro. Nunca, nem por um segundo, qualquer uma das pessoas ali presentes esquecia-se de que um paciente poderia morrer a qualquer momento. A morte era a grande inimiga do Deacon, a linha de frente que sempre tentavam transpor, nem que fosse para prolongar a vida, mesmo quando a batalha parecia perdida.

— Dorfmeyer, por que você não dá uma olhada no prontuário do bebê da Srta. Ortiz? — Paul estava sentado sobre uma das seis mesas que serviam de posto de enfermagem. Olhou para o médico loiro e espinhento que se apoiava sobre o cotovelo, totalmente concentrado, estudando com o cenho franzido o prontuário preso à prancheta em suas mãos.

Havia um borrão de tinta azul em forma de botão de flor, decorando o bolso do jaleco de Cal Dorfmeyer, onde colocara, distraidamente, uma caneta destampada. Os outros cinco residentes, no entanto, ocupados em analisar os dados em seus prontuários, não o notariam ou se preocupariam com ele, nem mesmo se estivesse fantasiado de gorila. A habilidade e a velocidade com que tudo era posto em prática eram as únicas coisas que contavam.

O rapaz levantou a cabeça, e seu rosto espinhento ficou vermelho, como se tivesse sido pego desprevinido, o que Paul sabia não ser o caso. Aquele era um rapaz sério e inteligente. Antes de ser recrutado por Cornell, Cal Dorfmeyer, carinhosamente chamado de "Doogie Howser", em alusão ao jovem médico superdotado da série *Tal Pai, Tal Filho*, formara-se com honrarias em Harvard, na idade avançada de dezoito anos.

Limpando a garganta, o rapaz finalmente conseguiu falar:

— Décimo sétimo dia... peso: novecentos gramas... gasometria: pH 7,4 e PCO_2 de 40 mmHg — disse de memória em frente à incubadora onde um bebê de vinte e sete semanas aquecia-se sob uma lâmpada anexada a uma bateria de fios e tubos. — Medicamentos? Deixe-me ver. — Distraído, coçou uma espinha no queixo. — Ampicilina, quarenta miligramas a cada doze horas. A mesma dosagem de Cefotaxime. Nos últimos dois dias, teve várias bradicardias, mas um ultra-som da cabeça excluiu a possibilidade de hemorragia intraventricular.

— Você recomendaria a continuidade deste tratamento? — Paul testou-o.

Dorfmeyer não hesitou:

— Eu solicitaria outro ultra-som da cabeça. Apenas como medida de segurança. Acho também que deveríamos aumentar a alimentação. Eu daria mais um centímetro cúbico de Similac. Se isso não...

Antes de poder concluir, uma comoção originada no corredor irrompeu de repente pelas portas duplas da unidade neonatal, na forma de uma adolescente marrenta, de pele amarelada, grandes olhos brilhantes como nas pinturas de Margaret Keane e a postura de um galo de briga..

— Esses babacas de merda estão dizendo que não posso ver o meu bebê! Eu tenho o direito de vê-lo sim! — bramiu a garota com uma voz urrada, típica de alguém muito drogado para perceber que está gritando.

— Epa... a mãe do Ortiz. Lá vamos nós. — Paul ouviu Ken Silver resmungar. Até mesmo Silver, um rapaz musculoso, com um metro e oitenta de altura, parecia nervoso.

Ao longo dos anos, Paul adquirira experiência no trato com mães drogadas, mas nenhuma tão difícil quanto Concepción "Cherry" Ortiz. Desde o dia em que seu bebê, nascido de sete meses em conseqüência de seu vício em crack, fora levado às pressas para o Langdon, já quase sem respirar, Cherry Ortiz tinha feito de tudo para tornar a vida dos médicos do Deacon um verdadeiro inferno. O foco da sua raiva era uma ordem judicial que a impedia de ver o filho, ao qual não dispensava mais atenção do que dispensaria a um tíquete de estacionamento. Na sua batalha para passar pelas enfermeiras, empregava todas as suas táticas, desde gritos de histeria até lágrimas fingidas. Certa vez, chegara até a oferecer-se para fazer amor com um dos residentes, para ver se conseguia entrar na unidade.

Pelo canto do olho, Paul avistou Martha Healey aproximar-se com as mãos na cintura, como um general liderando sua tropa para o campo de batalha. Martha era ótima em administrar crises... mas diplomacia não era com ela.

Paul dirigiu-se rapidamente para onde estava a adolescente esquelética, pronto para enfrentar aquele bólido de avental cor-de-rosa que se aproximava. Uma fração de segundo antes que Martha pudesse agarrar a pobre infeliz, ele interceptou-lhe a passagem:

— Srta. Ortiz, sinto muito, mas a senhorita terá de esperar do lado de fora — disse-lhe com uma calma educada que mascarava um veio de aço em sua personalidade tão fino e afiado quanto um bisturi.

— Quem você pensa que é para falar comigo desse jeito? Você se acha o tal, o bambambã do pedaço! É o meu filho que está aí dentro! — Cherry sacudia a cabeleira com a violência ritmada de quem bate com a cabeça numa parede, suas mãos se agitando freneticamente no ar.

— Você devia ter pensado nisso quando estava grávida e se drogando — respondeu Martha, passando rapidamente por Paul para agarrar o braço da garota.

Como resultado, Martha quase teve o braço destroncado. Após se livrar da enfermeira-chefe, que se desequilibrou e caiu para trás por cima da pia de aço inoxidável, Cherry avançou contra Paul, como um gênio diabólico libertado de uma garrafa.

Com o branco dos olhos brilhando em volta das íris, seu olhar era frenético. Os dedos dobrados feito garras, e as unhas, à mostra. Paul, mesmo a alguns centímetros dela, mal conseguiu detê-la. Segurando-a pelos pulsos, apertou-os até fazê-la estremecer.

— Srta. Ortiz, a senhorita vai ter de esperar lá fora — repetiu com a mesma calma forçada. A única diferença, agora, era a pressão que exercia sobre seus punhos... punhos com ossos tão magros e frágeis como gravetos. Num tom sério, acrescentou: — Seu filho está muito doente. Ele pode morrer a qualquer momento. A senhorita entende o que estou dizendo?

Sentiu os pulsos da jovem se afrouxarem em suas mãos.

— Você está dizendo que ele pode morrer?

— É exatamente isso o que estou tentando dizer. E sei que a senhorita não gostaria que isso acontecesse.

— Não — respondeu com a voz rascante, lambendo os lábios pálidos e rachados.

— Sabemos que a senhorita ama o seu filho, mas as suas intervenções constantes estão apenas piorando a situação dele. Se a senhorita realmente quer ajudá-lo, vai nos deixar continuar com o nosso trabalho.

Lágrimas começaram a brotar dos olhos límpidos da jovem, que choramingou:

— Só quero vê-lo. Só isso. Eu sou a mãe dele.

Paul teve uma súbita inspiração.

— Martha, nós ainda temos aquela Polaroid por aqui? — Virou-se para a enfermeira, que, a centímetros de distância, fitava-o com um olhar de grande desaprovação. Nada que aquele projeto de adolescente pudesse lhe atirar na cabeça seria pior do que a ira da enfermeira Martha Healey. No entanto, após alguns instantes fuzilando-o com o olhar, Martha saiu a passos pesados e retornou, segundos depois, segurando a câmera a meio metro de distância, como se fosse um contêiner de material tóxico.

Paul pegou a máquina fotográfica e foi até a incubadora, onde tirou uma foto daquela criaturinha ínfima, que mal podia ser reconhecida como um bebê. A imagem revelada no papel mais parecia um esquilo anestesiado do que um ser humano. Mas, quando Cherry Ortiz viu a foto, ficou olhando para a imagem do bebê como se fosse a reprodução de um anjo de Rafael.

Paul observou Martha, que, com um riso sarcástico, encaminhava a adolescente, agora dócil, pela porta. Apesar de tudo, não podia deixar de sentir uma certa admiração por aquela desvairada. Ao menos, tinha coragem de lutar pelo que era dela.

E se fizesse o mesmo pelo seu casamento? Lutar por ele, em vez de ficar analisando-o até a exaustão? Tudo estava diferente agora que o bebê (ainda não conseguia chamá-la pelo nome) tinha entrado em cena. Poderiam, finalmente, ser uma família, como sempre haviam planejado. Então, o que o estava impedindo?

Paul não tinha certeza. Talvez fosse muito pessimista, ou estivesse cansado demais. Não estava pronto para acreditar que Alisa estava lá para ficar. E, mesmo que o processo de adoção fluísse sem problemas, uma folha de papel não iria, num passe de mágica, apagar todo o tempo que ele e a esposa ficaram separados. Aquilo não era — embora sempre desejasse o contrário — nenhum filme da TV, onde, no fim, o herói e a heroína caíam um nos braços do outro e a cena ia se apagando num lento *fade out*.

Não? Bem, isso é o que diz a sua consciência, meu caro. Que tal ouvir seu coração? Enquanto você dá para trás, cheio de medo de correr riscos, pode estar perdendo a melhor coisa que já aconteceu na sua vida.

Afastando o pensamento, Paul terminou as visitas e foi para a sala ao lado com Brad Elcock, o ortopedista pediátrico do hospital, para analisar os raios X de um bebê internado com o quadril fora do lugar. Assim que terminou com Brad, quase às nove horas da noite, percebeu que não comera mais nada além de um pedaço de pão, às pressas, na hora do almoço.

Estava de saída para a lanchonete, quando Martha apareceu correndo atrás dele, um tanto encabulada.

— Paul, esqueci de lhe dizer... sua esposa ligou há umas duas horas. Com toda aquela confusão, esqueci de falar.

Paul ficou tenso na mesma hora.

— Ela disse o que queria?

— Ela apenas pediu para você retornar a ligação.

Pelo olhar de Martha, Paul viu que a sua cabeça pululava de perguntas: Ele sabia que todos especulavam sobre o seu casamento, no Deacon. Mas Martha, casada e com dois filhos na escola primária, era muito discreta para bisbilhotar.

Um ano, pensou ele. Há mais de um ano saíra de casa. Um ano acumulando ressentimentos e acusações. E trilhando caminhos diferentes. Tempo suficiente para a grama não só crescer sob seus pés, mas engoli-lo.

Ainda assim, com mais freqüência do que gostaria de admitir, acordava no meio da noite, no quarto do apartamento mobiliado que alugara entre a 32 e a 31, sentindo tanta falta de Ellie que precisava controlar-se para não vestir uma capa de chuva por cima da cueca e sair correndo de táxi atrás dela.

Sentia saudade do seu perfume no travesseiro, das noites enfumaçadas e banhadas de gim-tônica e jazz no Vanguard e no Blue Note. Sentia saudade da forma como ela o cumprimentava de manhã, rolando na cama e enroscando sua perna nua na dele... da forma como levantava a cabeça numa gargalhada gutural, toda vez que ele dizia alguma coisa engraçada. Sentia saudade até mesmo da meia-calça dela secando na porta do boxe e dos saquinhos de chá sempre espalhados pela casa.

Acima de tudo, sentia saudade de saber que, no final do dia, ela estaria lá, naquele lugar calmo e aconchegante chamado "lar".

— Obrigado — agradeceu a Martha, mais seco do que pretendia.

Mas, antes que pudesse chegar ao telefone mais próximo, avistou uma figura familiar abrindo com o ombro as portas da unidade neonatal — uma mulher esguia, de cabelos cor-de-mel e um sorriso tão brilhante quanto as luzes fluorescentes. Trazia no colo o filho enrolado numa manta de crochê, de onde saltava um tufinho de cabelo acobreado. Paul sentiu-se subitamente mais leve, mais livre, como se estivesse na cadeirinha de uma roda-gigante que acabasse de sair do chão.

— Serena! — exclamou.

Correu em sua direção num arroubo de otimismo exagerado, o otimismo que conhecera quando era um jovem residente ainda encantado com a profissão. Já fazia algum tempo desde a última visita de Serena Blankenship, pelo menos alguns meses. Mas sempre que a via com Theo, lembrava-se de algo fácil de esquecer num hospital: que a vontade de Deus não era, necessariamente, imutável.

Serena sorriu-lhe exultante e dobrou a manta para baixo para mostrar o filho adormecido, do tamanho de um bebê de seis meses.

— Comemoramos o primeiro aniversário dele ontem — falou baixinho para não acordá-lo. — Ele não estaria aqui se não fosse por você. — Enfiou a mão dentro da bolsa a tiracolo, tirou um pacote de papel laminado. — Sei que não é muito, mas o mínimo que eu poderia fazer é trazer um pedaço do bolo para você.

Com um nó na garganta, Paul acariciou a bochecha redonda de Theo, macia como uma pétala de rosa. O bebê se mexeu e abriu os olhos azuis, estudando, interessado, o rosto do médico. Paul abriu um largo sorriso.

— Venham cá os dois. Vamos encontrar um lugar tranqüilo onde eu possa comer o meu bolo em paz. Não é sempre que comemoro um aniversário que nenhum de nós achou que iria comemorar.

Na sala que um dia fora organizada, mas hoje parecia um depósito, com arquivos e equipamentos médicos encostados contra a parede, Paul ajudou Serena a arrumar Theo no sofá, onde ele logo voltou a dormir. Não podia deixar de ver a ironia daquela cena. Quantas vezes tinha encontrado aquela mulher dormindo encolhida naquele mesmo sofá?

Seus olhares se entrecruzaram, e ela lhe ofereceu mais um sorriso radiante e acolhedor.

— Você está ótima — disse-lhe ele. Na verdade, mal podia acreditar como ela estava bem: os olhos azuis brilhantes, o rosto, uma vez abatido, agora rosado e irradiando saúde.

— Obrigada... você também — ela respondeu rapidamente, baixando os olhos.

Paul sabia que isso não era verdade. Na semana anterior, ao entrar numa Gap perto de seu apartamento, percebera estar vestindo o mesmo manequim de quando era adolescente — época em que era um verdadeiro fracote, pesando apenas quarenta quilos.

— E quanto aos exames do Theo? Estão todos normais?

— Está tudo certo... exceto a asma, como você já sabe. — Uma ligeira expressão de preocupação passou-lhe pelo rosto.

— E ele já está engatinhando?

— O Dr. Weiss disse que ele está na parte mais baixa da curva de desenvolvimento de uma criança da idade dele... mas que não é nada tão preocupante.

Paul acariciou-lhe o braço.

— Ele está certo. Dê tempo ao tempo. Um pequeno atraso não quer dizer que ele não vai conseguir se recuperar no final.

Serena premiou-o com um sorriso.

— Se recuperar? Você devia vê-lo... a forma como paquera as funcionárias do supermercado. Em matéria de charme, ele já está a anos-luz de muitos homens adultos.

— E quanto ao pai dele? Onde ele se encaixa nessa história? — perguntou Paul, desejando, em seguida, ter ficado de boca fechada. O que tinha a ver com isso?

Serena baixou os olhos e puxou um pedaço da manta azul que tinha caído sobre o joelho de uma das pernas excepcionalmente bem torneadas.

— Nós nos divorciamos há um mês. E, para falar a verdade, foi um grande alívio. O Dan nunca teve muita vontade de ter filhos. Sob alguns aspectos, vai ser mais fácil criar o Theo sozinha do que com o pai por perto. — Levantou os olhos com um sorriso hesitante. — Não se preocupe, vamos ficar bem.

— Nunca se sabe. Talvez você encontre alguém que dê um excelente padrasto — disse-lhe ele, num tom um pouco cordial demais.

Serena ficou vermelha como um pimentão. Então, à procura de algo para se distrair, pegou o pacote de bolo ainda nas mãos de Paul — que se esquecera do doce — e o desembrulhou agilmente.

— É bolo de cenoura. Eu mesma o fiz. O Theo acabou com mais bolo nos cabelos do que na boca, mas, mesmo assim, acho que gostou.

Paul partiu um pedaço com os dedos, percebendo que estava mais faminto do que imaginara.

— É o meu bolo predileto... como você adivinhou?

Ela sorriu.

— Pura coincidência!

Paul lembrou-se das fotos que vira na incubadora de Theo. A casa com seu jardim de grama alta, um Golden Retriever que mais parecia um alce refestelado sob o sol no jardim da frente, um casal idoso e distinto, pais de Serena, abraçados e brindando com champanhe o que soube ser a comemoração de quarenta anos de casamento.

Sempre que imaginava Serena naquele ambiente, ele se lembrava das histórias que a mãe lhe contava quando era criança: histórias de princesas em castelos distantes e de encantos que só podiam ser quebrados por príncipes valentes. Pensou em como seria bom ver-se transportado para um reino bem longe do caminho espinhoso do seu casamento e acordar numa cama sem lembranças boas ou ruins, ao lado de uma mulher com a qual não tivesse nenhuma história a dividir, a não ser aquela, onde ele fizesse o papel do caçador de dragões.

— Você gostaria de sair para jantar? — perguntou sem pensar.

Serena surpreendeu-se e ficou ainda mais vermelha.

— Eu estava indo comer alguma coisa na lanchonete, mas há uns restaurantes aqui por perto onde não há problema em levar crianças — apressou-se em dizer, sentindo-se como um homem mergulhando precipitadamente num lago antes de checar sua profundidade.

Serena fitou-o, ligeiramente confusa.

— Paul, você está me chamando para um encontro?

Estava? Bem, sim, achava que sim. Em algum momento daquele convívio, parara de vê-la como, simplesmente, a mãe de um paciente necessitada de conforto... para começar a vê-la como uma mulher que poderia confortá-lo. Sem dúvida, uma mulher muito atraente.

Agora, já havia ido muito longe. Com um sorriso constrangido, admitiu:

— Da última vez que fiquei nervoso assim, ao chamar uma mulher para sair, foi quando Nixon ainda era presidente.

— Espero que isso não seja nenhuma comparação — brincou.

— Você é muito mais bonita do que Nixon.

— Aposto que você diz isso para todas as mulheres.

— Só para as que me dão um pedaço de bolo.

Serena abriu um sorriso quase ofuscante. Então, com a mesma brusquidão, o sorriso se desfez. Olhou para ele com uma expressão séria, franzindo as sobrancelhas e contraindo os lábios.

— Paul, eu adoraria jantar com você, mas... — baixou a voz. — Mas não sei se é uma boa idéia. Você é casado.

— Na verdade, estou separado. — Sentiu-se um traidor. Como se estivesse apunhalando Ellie pelas costas.

Serena analisou sua resposta por um momento, antes de responder:

— Olhe, não o conheço direito — murmurou. — Mas uma coisa eu *sei*. Você não é o tipo de pessoa que desiste fácil. Se há alguma coisa, qualquer coisa, pela qual sente que vale a pena lutar, você vai até o fim.

— Desta vez, seu sorriso era de uma tristeza agridoce. — Eu não estaria aqui, agora, se você não fosse assim. E nem o Theo.

— Você está exagerando o meu mérito – disse ele, com naturalidade, grato pela oportunidade de levar a conversa de volta para um campo mais familiar. — Mas é no Theo que você vai precisar ficar de olho. Mais uns dois anos e ele vai ser o terror da vizinhança.

Serena revirou os olhos.

— E eu não sei? Ele já pega tudo que alcança. Outro dia, peguei-o enfiando um biscoito no meu CD-player.

Conversaram por mais alguns minutos, até Serena levantar-se e ajeitar a saia. Theo ainda estava dormindo, virado de lado. Estava chupando prazerosamente o dedo. Serena admirou-o em silêncio, antes de levantá-lo gentilmente até o ombro.

Paul ajudou-a com a bolsa e os acompanhou até o elevador. Ela ia apertar o botão do elevador, quando ele pegou-lhe a mão.

— Obrigado — disse baixinho.

Olhando para seu rosto suave e carinhoso, perguntou-se se iria lamentar não ter aproveitado a oportunidade de conhecê-la melhor... mas, ao mesmo tempo, teve certeza de que ela o impedira de cometer o que poderia se transformar num erro fatal.

— Adeus, Paul. — Ficou nas pontas dos pés para lhe dar um beijo no rosto e inundá-lo com seu perfume floral.

Ao observá-la entrar no elevador, Paul se encheu de determinação e voltou rapidamente para o hall do Deacon, para a ligação que sentiu um desejo premente de fazer.

Ellie estava lá há meia hora andando de um lado para outro, desde que Paul ligara sugerindo comida chinesa para o jantar. Ela não lhe falara sobre Skyler ao telefone, estava deixando essa conversa para depois, para quando pudesse olhar em seu rosto, sabendo-se a apenas um segundo de seus braços.

Ao mesmo tempo, preveniu-se: Não se mostre *desesperada demais... Isso apenas vai espantá-lo*. Daria a impressão de que somente agora descobrira o quanto precisava dele, quando, na verdade, sempre precisara, embora tivesse sido teimosa demais para deixá-lo saber o quanto.

No entanto, ao ouvi-lo bater à porta e vê-lo entrar com seu casaco azul-marinho e um sorriso curvo nos lábios, Ellie não se lembrou de uma palavra sequer do seu discurso ensaiado. Tudo, simplesmente tudo, sumiu-lhe da cabeça. Ficou parada, embevecida com sua visão, lágrimas de gratidão enchendo-lhe os olhos como um bálsamo, após horas devastadoras chorando em razão do telefonema de Skyler.

— Olá — cumprimentou-o. Apesar da água fria que jogara no rosto, ainda o sentia queimando. Daria para perceber que estivera chorando?

Cumprimentando-a com um beijo no rosto, ele disse:

— Você parece cansada. Tem certeza de que quer jantar? Podemos deixar para uma outra noite, se você preferir dormir cedo.

— Comida chinesa pronta não é exatamente a mesma coisa que sair para jantar no Carlyle. — Ela deu uma risadinha. — Entre e sente-se. Vou procurar os cardápios... devem estar por aí.

— Fique onde está — disse ele. — Sei onde eles estão... pelo menos onde estavam da última vez que os vi. — Tirou o casaco e foi até a mesa próxima à porta da cozinha, onde começou a remexer na gaveta de baixo.

Ellie parou para admirá-lo curvado sobre a gaveta, o cabelo sempre precisando de um corte, caindo-lhe na testa, os óculos de metal escorregando pelo nariz comprido. Sentiu-se preenchida por uma sensação de completude e de *lar* perante aquela visão. Ele parecia cansado também, mas estava corado de frio e trazia consigo uma vitalidade maravilhosa e acolhedora.

— Paul... — Sua voz emergiu de um murmúrio entrecortado.

— Estão em algum lugar por aqui, certo? A não ser que você os tenha jogado fora — respondeu sem se virar. Em seguida, endireitou-se e voltou-se vagarosamente para ela. — Ellie, o que houve? — perguntou, percebendo a dor que a esposa sentia no momento... dor que não podia mais esconder.

— Ah, Paul, está acontecendo tudo de novo. O bebê... — Suas palavras foram cortadas pelo pranto que lhe brotou no peito.

Paul entendeu de imediato. Ao vê-lo retesar-se levemente, Ellie passou por um momento de pânico, temendo que ele desse para trás e a deixasse sozinha com o seu drama.

Mas Paul não a decepcionou e acolheu-a em seus braços. Ellie sentiu a pressão dos botões gelados de sua camisa junto ao peito. Ele exalava cheiro de lã molhada, de sabonete misturado com iodo e, no fundo, de uma leve fragrância, quase indistinta, que era o seu próprio cheiro, o mesmo cheiro que exalava dos blazers e suéteres ainda guardados dentro do armário. Então sentiu um alívio imenso, misturado a um desejo tão pungente que chegou a achar que poderia matá-la.

— Você acredita em carma? — perguntou com o rosto colado na gola da sua camisa.

— Só em carma bom — ele murmurou.

— Talvez você estivesse certo... talvez isso não estivesse escrito no nosso destino. No meu destino. — Ellie fechou as mãos e apertou-as contra as costas do marido, lutando para não se debulhar mais uma vez em lágrimas. — Mas que droga, Paul! Não estamos mais falando sobre um bebê sem rosto. A Alisa é... é... minha. É o meu bebê.

— Eu sei.

Sabe?, duvidou.

— Não vou desistir dela — afirmou, segura. — Se eu não puder convencer Skyler a voltar atrás, vou brigar com ela na justiça.

O rosto de Paul estava sério. As lentes dos óculos, parcialmente embaçadas por meias-luas de umidade, escondiam-lhe ligeiramente os olhos. Lágrimas? Será que se importava com o bebê mais do que deixava transparecer?

Ellie lembrou-se da sua última visita, a forma como segurara Alisa com ternura e como ficara feliz quando ela o recompensara com um sorriso. Ao observá-los juntos, Ellie imaginou os três caminhando de mãos dadas pelo parque, num futuro não muito distante.

Sentiu uma farpa afiada cravar-se no coração.

Procurou pelo seu rosto, a respiração presa na garganta como algo sólido que pudesse fazê-la engasgar. Como mãe sozinha, seria difícil convencer qualquer juiz a lhe dar ganho de causa. Toda a sua vida dependia da resposta do marido à sua pergunta. Todo o futuro deles.

— Você vai me ajudar? — perguntou baixinho.

Paul balançou a cabeça. A forma como a olhou encheu-a de pavor.

— Ellie, sei o quanto você quer a Alisa, mas você precisa entender uma coisa: não há a menor chance, em termos legais. Já vi isso acontecer antes. Houve no hospital um caso de um bebê que um casal religioso tentou adotar e o juiz deu ganho de causa para a mãe adolescente, mesmo ela não tendo meios de mantê-lo, a não ser com o salário-maternidade.

Mas agora é diferente!, ela quis gritar.

Mas diferente em quê? Porque ela já conhecia e amava Alisa? A verdade era que Skyler, além de ser inteligente e capaz, tinha pais com uma situação financeira tão boa que nenhuma adolescente só com o curso primário, vivendo de salário-maternidade, jamais sonharia ter.

Ellie sabia que o marido tinha razão, mas, ao mesmo tempo, quis bater nele.

— Você está dizendo que não vai me ajudar? — Deu um passo para trás, apertando os olhos e sentindo um frio na espinha.

Paul ficou olhando para ela por um bom tempo antes de falar. Então, numa voz entrecortada de angústia, disse:

— Ellie, independente de tudo que aconteceu entre nós, e do tempo que estamos separados, uma coisa não mudou: eu amo você. E, provavelmente, vou continuar a amá-la, mesmo que você insista em lutar contra moinhos de vento pelo resto da vida.

Ellie conteve o sorriso que começava a se formar nos cantos da boca. Não podia se perder naquela felicidade que sentia brotar no fundo da garganta. Não ainda.

— É só mais esse moinho, Paul, e ele não é tão alto assim. Tudo o que estou pedindo é que você volte para casa... pelo menos até passar a audiência, se houver uma. Depois disso... bem, depois disso, a gente vê como fica, acho.

— Mesmo se eu voltar, você sabe que não há garantia de sucesso.

— *Quase* nada é melhor do que nada — lembrou-lhe. — E talvez a Skyler se sinta diferente quando vir que estamos juntos. Como uma família.

— Você realmente acha que isso vai acontecer? — Levantou uma sobrancelha, duvidoso.

Ellie pensou por um momento.

— Não, se ela se parece um pouco comigo, e eu acho que parece...
— Balançou a cabeça. — Não.
— Teimosa, hein? — Deu seu costumeiro sorriso descaído.
— Você ainda não viu nada. — Deu-lhe o braço. — Vamos falar sobre isso enquanto comemos. Acabei de pôr Alisa para dormir.

Encontrou um daqueles esquivos cardápios debaixo do catálogo telefônico na bancada da cozinha e o entregou a Paul.

— O Sung Lo Ho ainda não foi fechado pela vigilância sanitária? — brincou ele.

— A julgar pela fachada, não quero nem *saber* o que se passa na cozinha. Tudo o que sei é que a comida deles é boa. — Ocupada em tirar os pratos do armário acima da pia, Ellie virou-se tão repentinamente que quase esbarrou nele. — Ah, Paul — disse, largando os pratos ruidosamente sobre a bancada e abraçando-o. — Eu te amo tanto.

Paul afundou a cabeça em seu pescoço. Ellie podia sentir sua respiração se espalhando por entre seus cabelos e o aro dos seus óculos em contato com sua pele, como uma fatia de alguma coisa deliciosamente gelada e maravilhosa. Aquele corpo magro, em contato com o seu, e aquele coração batendo forte e veloz encheram-na de confiança. *Fique*, desejou ardentemente. *Não me deixe dessa vez.*

Sentiu-o estremecer, como se a profundidade do seu desejo fosse demais, até mesmo para ele.

— *Vou fazer* o possível. — Suspirou. — Não porque eu ache que vá ajudar. Mas porque você é minha esposa, e eu te amo. Que Deus me perdoe por dizer tal coisa, mas, se você me pedir para escalar o Monte Everest, eu escalo.

Uma onda de alívio invadiu-a, quase a levantando do chão, quando arriscou dizer-lhe:

— Talvez você caia.
— Talvez não.

Ellie recuou, oferecendo-lhe um olhar em que se mesclavam medo e esperança em doses idênticas.

— E se nós conseguirmos? — perguntou baixinho. — E aí?
— Aí estaremos no topo do mundo. — Sorriu e balançou a cabeça. — Mas não conte com isso, Ellie. Pelo amor de Deus, não conte com isso.

Capítulo Catorze

Ao seguir em seu Datsun pela longa estrada até a Orchard Hill, Skyler estava ligeiramente surpresa pela explosão de verde que tomara conta do lugar durante a sua ausência. Nos campos que via ficando para trás, pelos dois lados do carro, a grama primaveril cobria os espaços deixados pelo inverno. As sebes e os arbustos ostentavam coroas de um verde mais pálido, e os galhos das árvores estavam cheios de brotos. Estavam em meados de maio, e as ameixeiras que ladeavam a estrada estavam quase sobrecarregadas; o chão, coberto de pétalas caídas.

O que tinha acontecido com o mês de abril? O mês anterior e a primeira metade de maio pareciam ter passado como num sonho, do tipo que deixa você, ao acordar, com a sensação de ter o cérebro recheado de penugem de ganso. Conversara com Ellie há duas semanas — um confronto que a enchera de remorso, mas que em nada diminuíra seu desejo. Não, não um desejo, uma *doença*.

Não um tipo de doença que a mantivesse de cama ou a impedisse de trabalhar — de preparar o café-da-manhã, exercitar Chancellor, até mesmo voltar a exercer suas funções na clínica veterinária.

Mas esperava mais da vida do que simplesmente uma rotina tediosa de obrigações a serem cumpridas. E era por isso que estava indo para lá, não era? Tudo se resumia a uma única questão: precisava de ajuda.

Você Acredita em Destino?

Skyler lembrou-se do encontro com Verna Campbell, a competente advogada especializada em direito de família, que escolhera para assessorá-la.

"Na verdade, a gente nunca sabe", a corpulenta senhora a advertira. "Depende muito do juiz e da opinião dele sobre o assunto. Mas os precedentes são, esmagadoramente, a seu favor. Eu gostaria de requerer a custódia provisória, até termos o resultado da audiência. Provavelmente você não a obterá, mas não custa tentar."

O problema era que Verna Campbell, tida como uma das melhores, não cobrava barato.

Skyler tinha feito tudo o que podia para levantar os vinte mil dólares de depósito que ela lhe cobrara, mas não adiantou. Sem a permissão da mãe como responsável, ela não conseguiria mexer no capital do seu fundo de investimento. Nem mesmo a cabana em Gipsy Trail seria totalmente sua até completar vinte e cinco anos.

Após todo o sofrimento que lhes causara, detestava ter de recorrer a eles. Mas, por outro lado, o que estava pedindo? Nada que não viria a ser dela um dia. Portanto, não era um empréstimo.

Então, por que você está tão preocupada? Quando disser para que quer o dinheiro, ela vai se derreter toda e telefonar imediatamente para o banco. Vai pensar apenas em ter a neta de volta...

Mas, se não havia motivos para se sentir ansiosa, por que estava com o coração acelerado, sentindo um nó no estômago?

Skyler tremeu e ligou o aquecedor do carro. Independentemente da temperatura do lado de fora ou do quanto estivesse agasalhada, estava sempre com frio. Pensou no último verso de um poema de Emily Dickinson: *"E Zero nos Ossos."*

Zero. É o que sobra quando você subtrai um de um.

Sentiu uma dor no baixo ventre, quase uma cólica, como as que sentira durante o parto. Uma cena veio-lhe à mente: um peso quente e molhado contra seu estômago flácido, uma cabecinha escura procurando às cegas pelo seu peito.

Apertou o volante. *Meu Deus, ah, meu Deus, como pude fazer isso? Como pude abandoná-la?*

Lamentava, também, a dor que estava causando a Ellie. Nada disso era culpa dela; ela, mais do que ninguém, merecia ser mãe. Mas, embora sofresse com o infortúnio da outra, revirando-se na cama noite após noite, nenhuma dose de compaixão iria impedi-la de continuar com o que havia começado: o processo para reaver a própria filha.

Estranhamente, a única pessoa que sabia exatamente como ela se sentia era Ellie.

Ela sabe muito bem. Este é o problema. E, depois de tudo o que passou, você acha mesmo que ela vai medir esforços para impedir que isso aconteça novamente?

— Ela pode tentar o que quiser, mas não vai adiantar — falou alto dentro do carro aquecido.

Tem tanta certeza assim?, ecoou a fria voz da razão.

Não, não tinha. Pelo menos não cem por cento de certeza. Ninguém lhe apontara uma arma para a cabeça, forçando-a a assinar aquele documento, no qual cedia seus direitos de mãe, e o juiz, certamente, levaria isso em consideração. E Ellie... ah, meu Deus. Ellie lutaria com unhas e dentes. A coisa podia ficar séria. Poderia levar meses e, durante esse tempo, seria ela quem veria o primeiro dentinho de Alisa, o primeiro passo. Seria ela a montar um álbum de fotos e orgulhosamente mostrar Alisa para os amigos.

Skyler sabia que precisaria agir com rapidez e firmeza para Alisa não ficar mais ligada do que já estava a Ellie.

Até o dia anterior, não lhe passara pela cabeça a possibilidade de a mãe se recusar a ajudá-la. Mas, quando telefonou para perguntar se poderia passar lá naquele dia, a mãe logo percebeu alguma coisa errada no ar. Desde quando Skyler precisava pedir permissão para ir lá, principalmente num domingo?

"Ah, querida... *claro*", respondera-lhe entusiasmada. "Faz tanto tempo! E eu não estaria exagerando se lhe dissesse que seu pai e eu andamos muito preocupados com você." Parecera aborrecida, mas não reclamara por ela não ter ligado ou aparecido por lá antes. Então, perguntara sem rodeios: "O que aconteceu? Você não pode me adiantar do que se trata?"

Lutando contra as lágrimas, Skyler respirara fundo e confessara: "Mãe, cometi um erro terrível ao dar a Alisa. E estou tentando pegá-la de volta." Um longo silêncio seguira-se, durante o qual ficara ouvindo a respiração da mãe. "Mãe, você ouviu?"

"Ouvi." Mas sua reação fora muito diferente do que esperara. A mãe soara tão estranha... e não maravilhada como havia pensado.

Agora, ao ir vê-la, Skyler não conseguia evitar a decepção que sentira perante sua reação. De onde vinha aquele tom de desaprovação em sua voz? Será que a mãe estava aborrecida com ela por ter tomado uma decisão que levara todos a uma excursão pelo fogo do inferno... e agora estava fazendo exatamente o mesmo, só que de forma inversa?

Isso não era típico dela. Não fazia seu gênero julgar os outros. Mesmo assim, ao subir a ladeira de carro, Skyler não conseguia deixar de sentir-se ansiosa e também um pouco confusa.

Não tinha ela implorado para que não desse o bebê? Não apenas isso, estava no quarto também quando Alisa nascera... e as lágrimas em seu rosto não eram lágrimas de alegria.

Há alguma coisa errada, alguma coisa que ela não está me falando. Problemas entre ela e papai? Skyler sabia que até mesmo os casamentos felizes acabavam, às vezes por causa de problemas financeiros. Talvez a firma do pai estivesse pior do que imaginara...

A visão da velha estrebaria de pedras, descortinando-se por trás do vasto arvoredo, ajudou-a a relaxar um pouco.

Lembrou-se do seu primeiro pônei, e da mãe, com as mãos firmes e fortes em torno da sua cintura, levantando-a até a sela. Em sua mente, podia ver aquele rosto virando-se para ela, como uma margarida em busca do sol, aquele sorriso amoroso e encorajador.

Ela não vai me abandonar agora, pensou Skyler.

Ao chegar ao alto da ladeira, a casa surgiu como se a saudasse, branca e reluzente sob a luz do sol; as cumeeiras estavam cercadas de andorinhas voando ao redor de seus ninhos. As olaias de cada lado da varanda estavam quase sem flores e começando a se desfolhar. Abaixo delas, os canteiros estavam cheios de tulipas e jacintos que resistiam bravamente à invasão das flores-de-mel e cravinas. E as clêmatis roxas jorravam de dois vasos de bronze do século dezoito — grande "achado" da mãe, que a deixara entusiasmadíssima —, um de cada lado do caminho pavimentado que levava até a porta da frente.

Tão logo estacionou e saiu do carro, imaginou-se como alguém que visse a casa pela primeira vez — alguém desabituado ao luxo e que talvez se intimidasse com a evidente riqueza. Bem, talvez não exatamente se intimidasse, pois não conseguia imaginar Tony intimidado com nada ou ninguém. Admirado, talvez. Da mesma forma como qualquer pessoa de bem com a vida se sentiria ao parar no acostamento para contemplar uma bela vista.

Certamente, pouco se importaria com a reação de Tony, não fosse por duas razões incontestáveis: ele era o pai da sua filha... e ela estava perdidamente apaixonada por ele.

A lembrança da noite que passaram juntos na cabana veio-lhe à mente, assim como a sombra das chamas que dançavam na parede, enquanto faziam um amor selvagem, doce e vivificante. Lembrou-se do calor do fogo que parecera irradiar de dentro dela, tremulando logo abaixo de sua pele nua e molhada de suor. E como depois, ao retornar do banheiro, Tony viera com uma toalha umedecida em água quente para enxugar suas lágrimas e o sêmen em seu ventre. Como a levantara carinhosamente e a levara para a cama, onde se deitara ao seu lado e abraçara-a, simplesmente *a abraçara*, até fazê-la acreditar que o mundo, talvez, não estivesse prestes a acabar.

Mas qualquer que tenha sido a mágica usada por ele naquela noite para lhe restaurar as forças, não seria forte o suficiente para sustentá-los durante os dias e noites que estavam por vir. Não era apenas o fato de serem tão diferentes; era Alisa também. Era a consciência de que não estariam juntos se ela não tivesse engravidado. O namoro deles, se é que se podia considerar assim, não tinha sido regado a vinho, sorrisos e cartões de Dia dos Namorados... mas a dor e amargura. Que tipo de relacionamento poderia surgir daí?

Não pense em Tony, advertiu-se. *Alisa vem primeiro*. Ao cruzar o caminho de pedras até a casa dos pais, Skyler fez menção de pressionar as palmas das mãos nas têmporas, como já cansara de ver em centenas de filmes, mas, ao imaginar como pareceria teatral aos olhos de qualquer um que a visse, desistiu em seguida.

Encontrou a mãe na salinha junto à cozinha, que já servira de varanda da lavanderia, antes de a máquina de lavar e a secadora serem banidas para o porão. Agora, o tanque fundo e corrugado servia de estufa para as plantas doentes, e a bancada de azulejos estava cheia de vasos e brotos semeados em jardineiras. Trajando um avental de brim por cima de calças de veludo cotelê e uma camisa xadrez, Kate estava debruçada sobre um vaso de cerâmica, para onde transplantava as raízes de uma samambaia.

Erguendo o olhar assim que Skyler entrou, seu cenho concentrado dissolveu-se num sorriso feliz.

— Oi, querida. Já está na hora do almoço? Meu Deus, olhe só para mim, toda imunda! E nem sequer pensei ainda no que vamos comer... Skyler, qual é o problema? Ah, querida...

Naquele exato momento, tudo o que Skyler sentiu foi vergonha de estar lá, como uma menina de dez anos, os olhos molhados como as plantas que a mãe acabara de regar. Mas não conseguia evitar. Sempre que estava triste, a presença da mãe exercia aquele efeito sobre ela. Era como se apertasse um botão, um botão que fizesse as lágrimas jorrarem, lembrando-lhe que a mãe tinha uma fórmula para fazer com que tudo parecesse melhor.

Skyler aceitou a folha de papel-toalha que Kate colocou em sua mão e assoou o nariz, sentindo-se reconfortada com o cheiro dos vasos de cerâmica e das plantas que associava intimamente à idéia de lar.

— Jurei que não iria fazer isso — disse quase sem voz, balançando a cabeça, com nojo de si mesma. — Não vim aqui para chorar no seu ombro.

— Pelo amor de Deus, por que não? Não é para isso que servem as mães? — Deu um sorriso terno e acariciou o rosto da filha.

— É mais do que isso, mãe. Preciso da sua ajuda.

Kate largou a tesoura que usara para separar as raízes enroscadas da samambaia. Lavou as mãos, secou-as no avental e abraçou a filha.

— Venha, vamos sentar e comer alguma coisa. Podemos falar sobre isso durante o almoço.

Skyler notou várias ruguinhas finas em volta dos olhos da mãe, e também uma linha mais profunda entre suas sobrancelhas que não se lembrava de ter visto na última visita, há apenas algumas semanas. Seus cabelos castanhos, antes com alguns fios brancos, estavam, agora, praticamente grisalhos. Parecia também mais dependente da bengala, ao atravessar a varanda da lavanderia até a grande cozinha ensolarada.

Não é sempre que ela deixa transparecer, mas isso a pegou em cheio, pensou ao observar a mãe retirar uma panela de cobre do rack circular acima do jogo de facas. Ainda mergulhada em seus pensamentos, reconheceu: *É tudo minha culpa.*

Tomada de remorso, afundou na cadeira da mesa de carvalho onde costumavam tomar o café-da-manhã. Ocorreu que Vera tinha preparado alguns sanduíches e havia, também, uma sobra de sopa de aspargos da noite anterior, a qual a mãe aquecia agora. A mesa estava posta e havia um vaso com íris recém-colhidas no centro da toalha estampada. Minutos depois, Kate retornou com duas tigelas fumegantes e apetitosas. Skyler, há semanas sem conseguir comer direito, sentiu um apetite repentino e voraz.

— Sua avó costumava dizer que tudo fica pior com o estômago vazio — disse-lhe a mãe, sentando-se sorridente em frente a ela.

— As avós sempre acham que comida resolve tudo.

— E as mães? — Kate arqueou uma sobrancelha.

— As mães estão sempre citando suas mães.

De repente, Skyler pensou na possibilidade real de nunca conhecer sua filha, nunca se sentar à mesa da cozinha como ela e a mãe faziam agora. Talvez ela e Alisa nunca brincassem uma com a outra e revirassem os olhos ao ouvir velhos ditos familiares.

Em resposta imediata ao seu olhar aflito, Kate estendeu o braço sobre a mesa e pegou-lhe a mão.

— Minha querida, não sei o que dizer para confortá-la... tudo isso deve ser tão confuso para você.

— Não estou mais confusa. Apenas extremamente infeliz.

— Perder um filho não é fácil. Eu sei. — Seus olhos brilharam por um momento.

— Não se trata de perder a Alisa. Mas de pegá-la de volta. — Respirou fundo e disse: — Procurei uma advogada.

Kate recostou-se na cadeira com o olhar espantado.

— Uma advogada. Meu Deus, isso não é ir um pouco... longe demais?

Skyler se aborreceu com a incapacidade da mãe em captar a urgência da situação.

— O que mais eu poderia fazer? A Ellie não vai, simplesmente, devolvê-la. Já conversei com ela, e nós... bem, as coisas aconteceram da forma como eu previra. — Surpreendendo tanto a si própria quanto à mãe, acrescentou firme: — E sabe de uma coisa? Eu não a culpo. Eu faria exatamente a mesma coisa, no lugar dela.

Kate olhou para um chapim que voava de um lado a outro do comedouro acima do peitoril da janela. Por fim, voltou-se para a filha e disse numa voz estranhamente sem entonação:

— Eu também não a culpo.

Skyler encarou a mãe. Estava simplesmente concordando com ela... mas, por algum motivo, não podia deixar de ficar um pouco irritada. Por que não dizia logo como estava ansiosa para ter a neta de volta?

Talvez ela esteja com medo de nutrir esperanças, falou a voz da razão. *Talvez tenha receio de que você mude de idéia. Você precisa mostrar que está falando sério...*

— Mãe, preciso da sua ajuda.

— Que tipo de ajuda? — Kate ficou ligeiramente tensa.

— Não é o que você está pensando... não vou envolver você e o papai nessa confusão — Skyler apressou-se em explicar. — Eu... eu sei que vocês têm seus próprios problemas. — Era o mais próximo que chegaria de admitir que sabia como andavam preocupados com os problemas financeiros.

Kate olhou pesarosa para ela.

— Ah, querida.. eu *nunca* estaria tão envolvida com meus problemas a ponto de não poder te ajudar.

Skyler respirou fundo.

— Tudo que preciso é de dinheiro suficiente para pagar o depósito da advogada. Vinte e cinco mil dólares. — Antes que a mãe pudesse responder, acrescentou: — Não estou pedindo um empréstimo, apenas uma carta sua me liberando para retirar o dinheiro do meu fundo de investimento.

Kate pestanejou, como se Skyler tivesse lhe pedido para servir um pedaço de queijo da lua, e murmurou:

— Por que tanta urgência? Apenas comentamos sobre isso outro dia.

Skyler sentiu como se todo o seu sangue estivesse se congelando nas veias. Por que a mãe estava agindo assim?

Chocada com sua reação, Skyler comentou, com voz apagada:

— Achei que você iria ficar radiante.

— Em qualquer outra circunstância, eu *ficaria* — respondeu Kate, defendendo-se. — Mas... ah, querida, é tudo tão complicado. Você tem certeza de que sabe no que está se metendo?

— Você quer dizer, ao contrário de quando eu me deixei, infantilmente, engravidar? — respondeu ríspida.

A reação magoada no rosto da mãe fez com que imediatamente lamentasse sua resposta arrebatada. Ao mesmo tempo, tinha a impressão terrível e desconcertante de que ela estava se esquivando de alguma coisa. Por quê? O que esperava ganhar tentando dissuadi-la?

— Isso não é justo, e você sabe disso! Você se esqueceu de como eu e o seu pai fizemos de tudo para você não dar o bebê? E quando você se recusou a nos ouvir, nós não respeitamos a sua vontade? Portanto, não ouse me olhar com essa cara, como se eu tivesse deixado você na mão! Se alguém foi deixado na mão nessa história, fomos seu pai e eu.

Kate fora tão poucas vezes agressiva com ela que Skyler quase não a reconheceu. Desta vez, ao ver seus lábios apertados e a forma como estava tensa, a filha encolheu-se.

Saber que a mãe tinha razão apenas tornava tudo pior. Mais do que remorso, sentia vergonha da forma como tinha agido. Com um suspiro, falou:

— Mãe, eu sei que devia ter ouvido você. Eu estava tentando ser racional, tentando pensar no que seria melhor para o bebê. Achei que não poderia dar tudo que uma criança merece. Mas quem pode? Veja todos os sacrifícios que você fez por mim.

Os olhos de Kate se encheram de lágrimas e a tensão se esvaiu tão repentinamente como se um fio invisível tivesse sido puxado.

— Ah, querida, nunca me lamentei um minuto sequer. Eu teria feito qualquer coisa por você. Se você soubesse... — Mordeu o lábio, e uma lágrima escorreu-lhe pelo rosto, molhando o jogo americano rústico.

— *Eu sei*. E é por isso que eu nunca lhe pediria qualquer tipo de ajuda que representasse um sacrifício. Eu mesma posso escrever a carta, se você quiser. Só preciso da sua assinatura.

Kate estava segurando a borda da mesa com um olhar estranho e distante.

— Agora é tarde demais — disse numa voz baixa e entrecortada.

— Tarde demais? — Skyler repetiu, sem poder acreditar que tivesse ouvido direito.

Suspirando profundamente, Kate levou os dedos ao queixo.

— Sinto muito. — Desta vez, não ficou espaço para dúvidas. Skyler sentiu a resposta em suas entranhas, como uma faca afiada que corresse por sua espinha. No mesmo tom doce, porém implacável, a mãe continuou: — Eu gostaria de poder ajudar, mas não seria correto. Não seria justo com... com ela.

Skyler recostou-se na cadeira, chocada demais para reagir. Finalmente, gaguejou:

— Ellie? Você está se referindo a *Ellie*? Você nem a conhece!

— Sei o que ela deve estar sentindo. Você é jovem. Vai ter outros filhos. Mas esta é a última chance dela de ser mãe.

Skyler sentiu o sangue abandonando-lhe o rosto ao encarar aquela mulher à sua frente... a mãe que sempre amara e em quem sempre confiara, e que havia se transformado numa perfeita estranha.

* * *

Kate permaneceu imóvel. Achava que, se fizesse o menor movimento, se dobrasse o dedo, iria se estilhaçar como um cristal velho e frágil. Nada mais podia fazer para se livrar daquela onda avassaladora de emoção.

Sua angústia foi apenas aumentada pelo olhar chocado no rosto lívido de Skyler.

Eu disse isso mesmo?

As palavras, elas apenas... saíram-lhe da boca. Não havia planejado dizer nada daquilo e teria ficado chocada se alguém lhe sugerisse agir daquela forma.

Naquele dia no hospital, ao ver sua netinha recém-nascida aninhada nos braços de Ellie, quase ficara com o coração aos pedaços. E não havia um só dia em que não sentisse a dor daquela perda. Podia estar trabalhando em casa ou na loja, que o pensamento chegava. Então, precisava parar e respirar fundo, levar uma das mãos ao pescoço e a outra ao estômago, como se para proteger-se de um golpe.

Seria capaz de sacrificar tudo para ajudar Skyler a recuperar a filha. Venderia a Orchard Hill para lhe dar dinheiro do próprio bolso. Havia apenas uma coisa que não sacrificaria: sua consciência.

Recebera uma segunda chance e não poderia desperdiçá-la. Achava, agora, que não fora o destino que a unira a Ellie. Talvez, se fosse mais religiosa, dissesse ter sido a vontade de Deus. E talvez fosse mesmo. O que sabia, com certeza, era o que deveria fazer — isso estava claro como um dedo apontando-lhe o caminho para a redenção.

Olho por olho, dente por dente...

Uma criança por outra.

Com um esforço supremo, Kate procurou falar alguma coisa. Precisava tentar ajudar a filha a compreender, mesmo não podendo contar-lhe toda a história.

— Querida... se você tivesse pedido minha ajuda há três meses, eu enfrentaria um exército ao seu lado — disse com a voz fraca. — Mas agora é tarde demais. Alisa é filha dela, não posso simplesmente... — Engoliu em seco, acrescentando em voz baixa: — ... seria como... como matar aquela mulher.

Skyler estava sacudindo a cabeça; uma mecha dos cabelos loiros grudou no canto da boca então umedecida. Os olhos, agora fixados em Kate, eram como os de um mártir da Renascença, emitindo uma luz estranha e translúcida. Mas expressavam mais do que mero sofrimento. O olhar da filha era de um profundo sentimento de traição.

— E quanto à sua própria filha? — perguntou quase num murmúrio. — Isso está *me matando*. E você não se importa?

Kate queria tapar os olhos, protegê-los daquela luz torturada nos olhos de Skyler. *Ah, minha querida, se você soubesse!*

Em circunstâncias normais, moveria céus e terra para ajudá-la. Recusar seu pedido era como enterrar um punhal no coração, uma dor tão grande como a que Skyler experimentava agora. Mas não podia fazer isso... simplesmente *não podia*.

Ainda precisaria enfrentar Will. Ele ficaria furioso quando soubesse que se recusara a ajudá-la. Ficaria duplamente furioso, pois não estava em condições de fazer um cheque, como normalmente faria.

— Sinto muito — disse-lhe Kate, apertando os olhos e pressionando as palmas das mãos com tanta força que podia sentir os músculos dos braços tremerem. — Eu faria qualquer outra coisa... exceto isso. Não importa o quanto eu deseje ajudar, mas simplesmente não posso. Não espero que você entenda. Apenas que não se esqueça de como eu a amo. Amo você desde a primeira vez em que a peguei nos braços. Se alguém tentasse tirar você de mim, eu... — Abriu os olhos e encarou a filha. — ... eu teria morrido.

— Conheço esse sentimento. — A voz de Skyler saiu seca e fria.

— Querida, sei que é difícil e não estou sugerindo que você vá esquecer isso um dia. Há certas coisas na vida que a gente nunca esquece. Mas uma coisa eu posso garantir: a vida *continua*.

Skyler olhou triste para ela.

— É disso que eu tenho medo.

— *Vai* melhorar — disse-lhe Kate, sentindo-se uma traidora, uma vendedora de ilusões ao prometer tal coisa.

— Quanto a isso, você tem razão — concordou Skyler amargamente. — Mas não porque eu pretenda desistir e ficar lambendo a minha ferida. Vou conseguir dinheiro em outro lugar. Não importa o que tenha de fazer.

Kate pôs a mão sobre sua boca.

— Eu gostaria que você não falasse assim.

— O que você queria? Que eu desistisse só porque você não vai me ajudar?

— Não... eu sei que não — reconheceu Kate, balançando lentamente a cabeça. Tinha de admitir: ninguém jamais poderia acusar a filha de desistir facilmente dos seus objetivos. — Eu só preferiria que... que você não tomasse decisões precipitadas.

— Quanto tempo você e o papai levaram para decidir me adotar? — Skyler desafiou-a.

Kate sorriu e disse:

— Menos de um segundo. — Mas imediatamente se lembrou da angústia ao descobrir a verdade sobre o seu bebê.

E agora aquela terrível dívida estava sendo cobrada.

— Se você me ama tanto, por que não me ajuda? — Skyler apoiou os punhos nos lados da tigela de sopa que esfriava em cima da mesa. — Não estamos falando sobre princípios morais. É a minha filha, a sua neta. — Sua voz se elevou e falhou: — Você não pode, simplesmente, virar as costas para mim. *Você é minha mãe!*

— E sempre serei — lembrou-lhe Kate num fio de voz.

— Não! — Skyler estava tremendo, e sua expressão de mágoa era como uma flecha no coração de Kate. — Não conheço a minha mãe... mas não é você.

Kate viu, infeliz, a filha levantar-se, parar um momento para se recompor e virar as costas para ir embora. Sentiu vontade de engolir as próprias palavras e as de Skyler também; queria dizer ou fazer alguma coisa, *qualquer coisa* que preenchesse aquele abismo terrível que tinha se aberto entre elas. Desde sempre sentira medo de perdê-la... e isso estava finalmente acontecendo.

E, desta vez, não havia nada a fazer para impedir.

* * *

Você Acredita em Destino?

Ao sair da Orchard Hill, Skyler não sabia aonde ir, até perceber-se tomando a estrada para a Fazenda Stony Creek. Minutos depois, estava estacionando na vaga coberta de cascalho, próxima à estrebaria, e saindo do carro com as pernas tão bambas como nas primeiras vezes em que começara a montar.

Já estava entardecendo, e o sol formava sombras compridas que ondulavam por baixo da cerca do potreiro. As chuvas da primavera, em combinação com a pressão dos cascos dos cavalos pastando, haviam deixado o chão enlameado até a altura dos jarretes. Duncan, no entanto, já havia providenciado para que o picadeiro de treinamento fosse recoberto com uma nova camada de serragem.

A uma certa distância, Skyler logo avistou sua figura esguia e imponente em frente ao paiol que atendia os potreiros de todo o quadrante norte da fazenda, dando as direções para o motorista de um caminhão carregado de feno.

Mas não era de Duncan que ela precisava agora. Era de Mickey. E a amiga estava lá, onde passava quatro horas por dia — todos os dias —, treinando o novo cavalo da Sra. Endicott, Victory Lap, em salto e corrida, para o Hartsdale Classic, em West Palm Beach, previsto para o próximo mês.

Quando atravessou a estrebaria e o grande arco que levava ao picadeiro coberto, Mickey, montada num belo puro-sangue castanho, logo trotou até a cerca. Dando uma boa olhada no rosto inchado de tanto chorar da amiga, desceu do cavalo.

— Jesus... quem morreu? — perguntou, abrindo o portão.

— Deveria ter sido eu.

— Se a gente estivesse num filme, eu teria que te dar um tapa ou um trago de uísque e dizer: "É para o seu próprio bem" — não me lembro qual. — Mickey soltou uma risada gutural, disfarçando, em parte, sua preocupação.

— Você não sabe da missa a metade.

Mickey deu de ombros.

— Tenho certeza de que você vai me contar, assim que se sentir pronta.

Skyler agradeceu-lhe mentalmente por não pressioná-la. Tão logo observou a camisa suada da amiga, seus culotes enlameados e uma fita adesiva, imunda, enrolada no cabo do chicote, soube que tinha procurado a pessoa certa — alguém que não a sufocaria em compaixão. O que ela precisava, mais do que um ombro para chorar, era de uma boa dose de bom senso e conselhos práticos.

— Vamos lá, me ajude a desarrear este bicho e vamos conversar.

Chegaram à área da cavalariça logo na entrada da estrebaria, onde havia várias correntes em X presas em ambos os lados da parede. Mickey soltou a barbela da cabeçada sob a embocadura de Victory e a puxou para fora, engatando as correntes nas argolas.

Após esfregar o puro-sangue com uma toalha velha, limpou-lhe os cascos e escovou-lhe o abdômen. Minutos depois, com as rédeas sobre um ombro e a sela num dos braços, foi para a sala de arreamento, enquanto Skyler guiava o cavalo até sua baia. Ao inspirar o cheiro familiar de feno, serragem e esterco e ouvir os cavalos se movendo nas baias, sentiu-se um pouco melhor. Podia ouvir Duncan gritando do lado de fora, num dos potreiros mais afastados. Um dos empregados da estrebaria, um jovem de cabelos escuros que ela não se lembrava de ter visto por ali, deu-lhe um sorriso tímido ao empurrar um carrinho de mão cheio de varredura. Em resposta, ela se forçou a curvar os lábios num débil sorriso.

Encontrou-se com Mickey, perto das portas duplas que davam para uma área aberta, no lado leste da fazenda, onde ficava o picadeiro de treinamento. Ela fitava o campo com o olhar contemplativo, os braços cruzados languidamente sobre o joelho direito, os calcanhares sobre um banco de madeira onde já haviam se sentado, inúmeras vezes, lutando para enfiar as botas. Do lado de fora, uma nuvem escura, surgida do nada, despejava uma chuva torrencial que escorria pelos beirais do telhado, como frangalhos de uma cortina líquida.

Skyler jogou-se bruscamente no banco e viu Mickey acender um cigarro. Calada, a amiga apenas fumava e contemplava a chuva. O gato da estrebaria pulou para o seu colo e ficou ronronando com seus carinhos.

Mickey tirou um cigarro do maço amarfanhado dentro do bolso da camisa e o ofereceu a Skyler. Embora não fumasse, ela aceitou, em nome dos velhos tempos.

— É difícil, não é? — Mickey falou, por fim. — Eu te disse que ser mãe não era fácil.

— Como se você entendesse muito do assunto — respondeu Skyler, com um olhar desdenhoso, voltando a observar a fumaça subir em espiral.

— É, você tem razão, eu certamente seria um fracasso como mãe — concordou Mickey. — Você vai mesmo levar esta história adiante, não vai? Vai lutar por ela. — Embora Skyler tivesse lhe contado o que estava determinada a fazer, nem mesmo Mickey tinha muita certeza da *sua* determinação.

— Não tenho outra saída.

— Meu Jesus! — A expressão de Mickey era quase de espanto. — Cara, vou te contar, em matéria de fazer cagada, você é dez. Dez não, mil. Mas justiça seja feita: quando você enfia uma coisa na cabeça, corre mesmo atrás.

Ninguém poderia falar com mais conhecimento de causa, pensou Skyler.

— Segundo a minha mãe, isso é tanto uma bênção como uma maldição. — Deu uma tragada no cigarro com gosto de esterco ressecado.

— Isso quer dizer que você falou com ela sobre a grana?

— Acabei de vir da casa dela.

— E?

Skyler respirou fundo.

— Ela não vai ajudar. Não vai escrever a droga da carta para o banco.

— Não acredito! — Poucas coisas chocavam Mickey, mas a idéia de Kate, pessoa que sempre idolatrara, agindo dessa forma, era inacreditável. — Tem certeza? Quer dizer, será que você não entendeu mal?

— Tenho certeza. — Até mesmo para ela era difícil acreditar. Pensava e repensava o ocorrido, na esperança de ter entendido mal, de a mãe não ter, realmente, se recusado a ajudar. Mas não. A mãe tinha sido muito clara. Não havia como não ter entendido.

A realidade deixou-a arrasada, e ela foi descendo as costas pela parede, levando o gato ao peito. Estava com o coração dolorido e um vazio no estômago que nada poderia preencher. Sentia-se como se tivesse perdido não só a filha, como a mãe também.

De repente, sentiu uma saudade arrebatadora de Tony, do toque firme dos seus braços, do seu coração batendo forte junto ao dela... da sua simplicidade, que seria uma verdadeira bênção agora, em que sua vida fora virada do avesso.

— Não é só isso. Eu... eu disse umas coisas que não deveria ter dito — admitiu, a lembrança de suas palavras zangadas parecendo um veneno que só agora apresentasse seus efeitos. — Mas é que eu me senti tão... tão traída. Mickey, como ela pôde fazer isso?

— Ela deve ter te dado alguma explicação.

— Acho que tudo tem a ver com a minha adoção. Ela se identifica com a Ellie. Mesmo assim, não entendo. — Jogou o cigarro no chão de concreto já abalroado pelas batidas dos cascos dos cavalos. — Além disso, não sei o que fazer. Preciso do dinheiro.

— E quanto ao seu pai? Ele te dá o dinheiro, não dá?

— Claro que sim. Na mesma hora. — E embora soubesse que a família da amiga tinha problemas de sobra com dinheiro, hesitou, perguntando-se até onde Mickey deveria saber sobre as dificuldades financeiras do seu pai. — Mas não quero esmola deles. Quero resolver isso sozinha, com o meu próprio dinheiro.

— Se eu não fosse tão dura, te emprestaria.

— Eu sei. — Skyler suspirou.

Mickey olhou-a, matreira.

— Você pode pedir ao Tony. Aposto que ele daria um jeito de conseguir a grana.

— Esqueça — respondeu Skyler secamente. Este era um assunto sobre o qual não queria falar, principalmente com Mickey, que não entendia por quê, se era tão louca pelo homem, não estava dormindo com ele.

— Está bem, esqueça — disse, dando de ombros. — Alguma outra idéia?

— Eu poderia assaltar um banco.

— É muito arriscado. Além do mais, acho que uma condenada não tem direito à guarda dos filhos. — Fez uma pausa, dando a última tragada no cigarro antes de amassá-lo com o salto da bota, espalhando algumas brasas no chão. — Escute, tenho uma idéia melhor. Você pode ir para West Palm Beach comigo. O Hartsdale Classic é daqui a quatro semanas. Ainda dá tempo de você treinar, se realmente se dedicar.

Skyler encarou-a, estupefata.

— Você deve ter ficado maluca. Há meses que o Chance não salta. Ele ficou parado a maior parte do inverno. Não daria para prepará-lo até lá.

— O Grande Prêmio vai dar trinta mil dólares para o vencedor. — Mickey deixou a frase no ar.

— Poderia ser um milhão. Ainda assim, eu não teria a menor chance de ganhar.

Mickey deu de ombros.

— Bem, se você pensa assim, vai ver tem razão.

— Eu *sei* que tenho razão.

— Neste caso, vamos encerrar o assunto.

— O Duncan ia ter um chilique. E não tenho nem dinheiro para a inscrição. Eu...

— Pensei que tínhamos encerrado o assunto. — Deu-lhe um sorriso maroto.

— E encerramos. — Percebendo ter quase caído na armadilha de Mickey, achou melhor calar a boca.

— Quer mais um cigarro? — Mickey ofereceu-lhe o maço.

— Não, obrigada. — Skyler ficou em silêncio, o coração começando a acelerar só de pensar no que seria necessário para ficar em forma para uma competição de nível internacional como aquela. Mais do que dias inteiros de exaustão, mais do que os gritos de Duncan dizendo-lhe para treinar mais e mais, talvez até mais do que Chancellor fosse capaz de fazer, mesmo na sua melhor forma. Seria necessário, também, uma coisa que não experimentara até agora: o desejo de vencer por uma razão muito mais profunda do que a competitividade.

— O Duncan teria que concordar — disse-lhe Skyler. — Eu não conseguiria sem ele.

— Claro, mas você conhece o Duncan. Ele adora desafios.

— O Chancellor precisaria treinar muito. Os músculos das patas dele não são nem sombra do que eram um ano atrás.

— Ele volta logo à rotina. Ele é um campeão.

— E olhe só para mim. Nunca estive tão fora de forma. É uma loucura pensar que posso me recuperar. Para o verão, talvez eu estivesse pronta, mas, Mickey, para daqui a um *mês*?

— Para quando você precisa do dinheiro?

— Para ontem.

— Então?

— E não estamos nem falando sobre eu ganhar o dinheiro. Se eu me classificar, já vai ser um milagre.

— Mas o que está te impedindo de, ao menos, tentar?

Skyler refletiu por um momento e perguntou:

— Posso ficar no alojamento com você, em West Palm? Depois que eu arrumar o dinheiro para a inscrição e pagar para transportar o Chance, vou ficar completamente dura.

Mickey apertou os olhos cor-de-mel.

— Você não precisava que eu te convencesse a competir, não é? Na hora em que falei, você já sabia que iria.

— E tenho outra escolha? — Skyler observou o gato se desenrolar em seu colo e pular para o chão, disparando por entre as sombras. Um telefone tocava no escritório. A chuva estava quase parando.

Pela primeira vez em dias, semanas até, Skyler sentiu-se livre da sensação de impotência que a envolvia todas as manhãs, logo que acordava, e a rodeava como névoa até a hora de deitar-se.

... E a vaca pulou a lua.

A frase daquela cantiga de criança aflorou-lhe à mente e, apesar das batidas curtas e aceleradas do seu coração apavorado, percebeu que estava sorrindo. Será que conseguiria? Deus sabia que, desta vez, tinha um bom motivo para lutar. Por Alisa, pularia a lua no lombo de uma vaca... ou cairia tentando.

Mickey tinha razão com relação a uma coisa: Duncan estava disposto a tentar.

Por mais mal-humorado, brigão e exigente que fosse, por mais que reclamasse e protestasse, não resistiu ao chamado do dever conclamando-o para a oportunidade de recuperar aquelas pernas musculosas, hoje moles como geléia, e afiar aquele *timing* que tinha ido para o espaço. Dia após dia, quase sempre por oito horas seguidas, Skyler treinava com ele no picadeiro. Quando o tempo estava bom, treinavam do lado de fora; quando estava ruim, iam para a arena coberta. E Duncan estava sempre ali, implacável.

— Levante a cabeça! Quantas vezes já falei para você manter esse queixo ereto? — vociferava da mesma forma que fazia quando Skyler tinha dez anos. — E sorria, pelo amor de Deus, você deve passar a impressão de que está se divertindo. De que pular aquele obstáculo de quase dois metros é moleza!

Skyler tirara uma semana de licença da clínica para se dedicar em tempo integral aos treinos e sempre chegava exausta em casa. O nariz ficava queimado de sol, então descascava e queimava de novo. As sardas surgiram naquele rosto branco como neve. Com freqüência, acordava do seu sono profundo com câimbras nas panturrilhas, os dedos dobrados e o polegar para cima, como se estivesse segurando as rédeas do cavalo.

Após duas semanas, começou a notar a diferença. As partes flácidas do corpo começaram a se enrijecer novamente. Os gritos furiosos de Duncan foram dando lugar a comandos animados, com ocasionais cabeceios de aprovação quando ela acertava. Ele elaborava saltos cada vez mais altos e difíceis. E ela não mais desmontava no final do dia com as pernas trêmulas.

Indisciplinado como uma criança há muito tempo sem supervisão, Chancellor rebelou-se no início. Corcoveava em protesto às tentativas de Skyler em disciplá-lo e recusava-se a saltar obstáculos que, há um ano, transporia sem esforço. Mas, após um início difícil, finalmente se acalmou e pareceu até estar se divertindo. Mickey também tinha razão sobre isso: Chancellor era um campeão. E cavalos campeões adoram uma chance de se exibir.

Ao final da terceira semana, com Chance ligeiramente manco, Skyler passou vários dias extenuantes na estrebaria, aplicando compressas frias e cataplasmas em sua pata. Quando a Dra. Novick descartou a hipótese de tratar-se de um tendão arqueado, Skyler relaxou um pouco. Mesmo assim, ele precisaria ficar vários dias sem treinar... e isso, por si só, já era motivo para pânico. E se ele ainda mancasse quando estivessem de partida para o Hartsdale? Ela não poderia montá-lo. Todo o seu esforço iria por terra.

Felizmente, a pata de Chancellor ficou boa antes da segunda-feira seguinte. Respirando aliviada, Skyler tratou-o com tanto cuidado que ficou claro tanto para ela quanto para Duncan que, assim, não chegariam a lugar nenhum.

Sob recomendação da veterinária, Skyler começou a dividir seus treinos em duas sessões, uma com Chancellor e outra com um Warmblood alemão, Silver Trophy, uma das grandes expectativas de Duncan. Silver Trophy, embora não tão sintonizado com seus movimentos quanto Chancellor, tinha disposição e era forte. E acabou provando ser mais do que um substituto: impediu Skyler de ficar presa a uma só rotina, deixando-a impaciente à procura de formas sutis para corrigir sua performance.

Durante todo aquele mês extenuante, o que, no início, parecera ser uma maldição tornara-se uma bênção: o fato de sair da inércia e chegar todos os dias em casa tão exausta a ponto de nem conseguir pensar direito impediu Skyler de ficar pensando demais na mãe. Assim, tinha também uma ótima desculpa para não retornar suas ligações, pois quase nunca estava em casa.

Pensava *mesmo* era na filha. Cada músculo distendido, cada dor causada pelo uso de uma sela nova aproximava-a do seu objetivo. Não se incomodava com as horas e horas gastas dentro do picadeiro. Agüentava de bom humor as ordens de Duncan e os refugos de Chancellor. Porque tudo isso a deixava mais forte, pronta para enfrentar não apenas o desafio que teria pela frente, mas o que viria depois: a luta pela guarda da filha.

Ela se permitiu concentrar-se somente neste objetivo. Não admitia nem que Tony a visitasse. Ah, mas, na verdade, mais vezes do que supunha, principalmente após uma dia extenuante com Duncan, tudo o que desejava era a presença tranqüilizadora de Tony... suas mãos calejadas sobre seus ombros... sua abordagem direta sobre tudo, aquele sorrisinho sarcástico sempre se esboçando em seus lábios. Mas, cada vez que pegava o telefone para ligar para ele, forçava-se a desligar. Sua presença iria apenas distraí-la. Por mais que desejasse vê-lo, precisava manter-se firme até o campeonato.

Hartsdale. De repente, o que parecia distante ficou próximo. Dois dias antes de voar para West Palm Beach, Skyler ficou pechinchando com o motorista do caminhão que transportaria Chancellor, e, conseqüentemente, aumentando seu débito no cartão de crédito para conseguir os dois mil dólares para a inscrição. Quando pegou o avião na quinta-feira de manhã, sentiu um bolo no estômago.

Mas o avião nem precisou aterrissar em West Palm Beach, duas horas e meia depois, para sua tensão se transformar em genuína animação.

Ainda duvidava das chances de se classificar. Era mais fácil um camelo passar pelo buraco de uma agulha. Mesmo após todo aquele treinamento severo, não estava nem perto da boa forma de amazonas como Mickey, que competiam o ano inteiro. Mas, dane-se, não deixaria nada nem ninguém detê-la agora. Não se tratava mais só do dinheiro.

Perdendo ou ganhando, precisava competir e provar para si mesma que não era covarde. Pois, se não fosse capaz de enfrentar isso, como seria capaz de enfrentar os obstáculos que encontraria após Hartsdale?

Capítulo Quinze

A grande garça branca sobrevoou suas cabeças e, com uma investida graciosa, que parecia carregar o sol recém-nascido na ponta de uma das asas, desceu até pousar na borda do obstáculo rio, cercado de hibiscos, formando o ponto central do percurso do Grande Prêmio de Hartsdale.

Fazendo o percurso a pé, junto com Mickey, Skyler parou a uns dez metros da ave, que a observou com um ar altivo de pouco-caso, como se dissesse: *Não tenha muitas esperanças em se classificar neste evento. Você não tem a mínima chance.* Bom conselho, pensou. Era domingo e o Grande Prêmio aconteceria dali a uma hora. Longe de se sentir segura, embora tivesse feito pontos de sobra nas preliminares para se classificar, Skyler tinha certeza de que não conseguiria. Na sua opinião, os eventos dos dois últimos dias não tinham passado de uma espetacular maré de sorte.

Deu uma olhada no cenário excessivamente bucólico. O céu azul e sem nuvens, digno de um cartão-postal, permitiu-lhe esquecer como o clima estava quente e úmido.

Estendendo-se por acres de distância por todos os lados do estádio, com sua arena a céu aberto, a grama fresca se espalhava cintilante, como se compondo o cenário de uma cidade de contos de fadas — aquelas povoadas por garças e cercadas por hibiscos gigantescos. Ao norte, sobre uma elevação a menos de quatrocentos metros da arena, as estrebarias ao estilo da Nova Inglaterra formavam o perímetro externo da cidade de tendas — cavalariças improvisadas disputando espaço com os índios Winnebagos, trailers e sanitários — que surgia, de repente, por entre a cidade propriamente dita e o espaço da exibição. Uma nuvenzinha de fumaça saía da fornalha portátil do ferreiro ali presente. Observando-a evaporar naquele céu implacavelmente azul, Skyler não conseguiu deixar de pensar que suas chances de ganhar eram tão tênues quanto aquela fumaça.

Nas preliminares avançadas, mal se classificara em nono lugar, bem atrás de Mickey, em quinto, embora à frente de muitos outros participantes mais experientes.

No início da semana, nas seis barras, tinha feito um salto limpo, sendo apenas eliminada na prova de desclassificação por falta quando Chancellor se recusou a saltar o último oxer duplo. O Grande Prêmio desta manhã, no entanto, seria o grande teste. Estaria competindo com os melhores dentre os melhores, e nem mesmo a sorte seria suficiente para fazê-la chegar ao topo.

Numa tentativa de percorrer todas as bases, Skyler acompanhava Mickey e mais uma dúzia de cavaleiros e amazonas para mapear o circuito espalhado por meio acre de terra — oxers, verticais e triplos pintados de vários tons de turquesa e branco; muretas imitando alvenaria, feitas de tábuas de cabriúva e cercadas por laranjeiras-anãs; o obstáculo do rio, com aquele reflexo retangular do céu sobre a água, onde a garça montava guarda.

Caminhando devagar sobre a areia e as tiras de borracha, ela e Mickey mediam cuidadosamente as passadas que seus cavalos dariam antes de cada salto. Balançavam as varas em seus suportes, apertavam os olhos como apostadores experientes ao passarem pelos obstáculos de largura, duplos e triplos, estimando o melhor ângulo de aproximação. Ajoelhando-se para sentir o toque dos amortecedores de borracha de cada lado do salto do rio, Skyler sentiu o estômago roncar. Ainda não tinha tomado café-da-manhã e perguntava-se, em pânico, se teria condições de manter qualquer alimento no estômago.

Nunca se sentira tão nervosa assim antes de uma competição — o coração acelerado, a boca seca, as mãos suadas, todos os sintomas possíveis. Mas também nunca tivera tanto em risco.

— Sem querer te dar um banho de água fria, aí está o obstáculo que você mais teme — disse Mickey, apontando para o retângulo de água cintilante, precedido por uma cerca de sessenta centímetros —, a não ser que o Chancellor tenha tomado aulas de natação na Cruz Vermelha e eu não saiba.

— Tenho certeza de que ele não vai refugar — respondeu Skyler, com uma voz tão áspera que mal reconheceu como sua. Aprumando-se, levantou a aba do boné de beisebol que mantinha seus cabelos afastados do pescoço grudento e suado. Sentiu a cabeça rodar, como se tomada por uma vertigem, e ficou imóvel até a sensação passar.

Mickey, de camisa pólo vermelha e culotes bege com o joelho sujo de grama, virou-se para a amiga, protegendo os olhos do sol.

— Bem, se você chegou até aqui, é sinal de que tem boas chances de...

— ... eu não vou conseguir chegar até o desempate. Vou cair de bunda no chão. O Chance vai distender um músculo ou um tendão. — Skyler relacionou todas as faltas comuns num circuito tão difícil como aquele. O que ela não disse alto, pois era tenebroso demais até para *pensar*, era: *Se eu não ganhar o prêmio, só há uma forma de conseguir o dinheiro dentro do prazo que preciso: vendendo o Chancellor*. A idéia lhe passara pela cabeça há várias semanas, quando começara a treinar com Duncan. Seu cavalo valia no mínimo uns cinqüenta mil dólares, talvez até mais, se encontrasse um comprador ávido, precisando de um cavalo em cima da hora. E, por mais que amasse Chancellor, se não conseguisse o dinheiro de outra forma, seria forçada a fazer o inconcebível.

Era doloroso, como uma serra com dentes cegos e enferrujados cortando-lhe as vísceras. Perdera tanto em tão pouco tempo. Não podia nem pensar em perder Chancellor também.

Um latido alto interrompeu o curso dos seus pensamentos. Do outro lado do campo, correndo em sua direção, viu um Border Collie, que logo reconheceu como sendo o cachorro do cavalariço de Beezie Patton. Estava com as orelhas em pé, os olhos vidrados na garça que parecia não ter pressa em debandar. Somente quando o cachorro já estava bem próximo é que a ave desdobrou as asas, sem muito ânimo, e alçou vôo.

O cachorro diminuiu o passo e aproximou-se de Skyler, que se abaixou e acariciou-lhe as orelhas.

— Não fique triste, Ralphie — consolou-o. — Lembre-se, um dia é da caça e outro é do caçador. — Satisfeito, ele lambeu-lhe a mão e foi cheirar uma das laranjeiras-anãs dos vasos.

— É bom saber que você não perdeu o jeito de lidar com os outros — disse Mickey, inclinando a cabeça e prendendo o riso. — A universidade já respondeu se concorda em adiar o seu ingresso por um semestre?

— Ainda não, mas me esforcei tanto para convencê-los que acho que vão concordar.

— Acho que você tem problemas mais sérios no momento.

— Você está certa. — Manteve a voz tranqüila, não querendo mostrar como estava apavorada.

— Você se importa de eu perguntar onde o Tony se encaixa nessa história? — Mickey questionou-a cautelosamente.

Desde aquela tarde distante, quando Tony mostrara a estrebaria da polícia para seus sobrinhos, Mickey tinha-o em grande estima.

— Ainda não sei — respondeu Skyler, sincera. — Ele... ele está numa situação difícil. Afinal de contas, foi idéia dele me apresentar a Ellie. E se tem uma coisa que aprendi sobre o Tony, é que, quando ele dá a sua palavra, não costuma voltar atrás.

— Seria bom se vocês dois estivessem morando juntos — opinou Mickey.

Skyler deteve-se, virando a aba do boné para trás a fim de fulminar a amiga.

— Não tem graça.

— Não é para ter.

— Está bem. Era só o que me faltava agora. Morar com o namorado.

— Não estou dizendo que isso iria resolver os seus problemas. Você é perfeitamente capaz de resolvê-los sozinha. Mas ajudaria a melhorar esse seu mau humor. — Olhou de soslaio para a amiga.

— Você *sabe* muito bem por que estou assim. — A falta do bebê não só a deixava de mau humor, como, às vezes, lhe dava a impressão de que iria simplesmente enlouquecer.

As duas terminaram a caminhada pelo percurso e foram para além do estádio, na direção do acampamento semelhante aos dos ciganos, que ocupava vários quilômetros de grama.

O ferreiro, sem camisa, com perneiras à prova de fogo, estava inclinado sobre uma bigorna, martelando uma ferradura na forja a propano que montara perto da sua Range Rover. Apesar do ronco dos geradores, Skyler ouvia cavaleiros e cavalariços chamando-se pelos nomes, trocando insultos brincalhões e conselhos de última hora.

Homens e mulheres, de camisa de manga curta, estavam empoleirados em cima de caixas decoradas com tachas e carrocerias de caminhão, esmerando-se em limpar os cabrestos e as botas. O sol matutino reluzia nas embocaduras e nos bridões, nos estribos de ferro e nas fivelas das cilhas, e o ar cheirava a detergente para sela, a couro aquecido e a suor nervoso.

Embora Skyler e Mickey estivessem hospedadas num hotel próximo à estrada, estavam usando o trailer da Sra. Endicott — nababesco o bastante para acomodar uma estrela de música country e toda sua banda. No momento, porém, Skyler não estava pensando na geladeira cheia de champanhe e refrigerante. Tudo o que queria era uma boa ducha e um copo de água para molhar a garganta seca.

Então, pensaria no Grande Prêmio, que aconteceria em menos de uma hora. Não em perder, mas somente no que aconteceria se ganhasse.

— Vá na frente, vou dar uma olhada no Victory — disse-lhe Mickey, tão logo se aproximaram do trailer. No dia anterior, depois de saltar as seis varas, o seu puro-sangue tinha começado a mancar e, embora a veterinária tivesse dito não ser nada sério, Mickey não estava muito segura. Falando baixinho, para o caso de a dona do cavalo estar por perto, acrescentou: — Se o inchaço não tiver diminuído, não vou montá-lo, não importa o que ela diga.

Assim que seus olhares se cruzaram, Skyler sorriu em virtude da ironia da situação. Tocou o braço de Mickey, sabendo que, pela primeira vez — e talvez a última —, haviam invertido os papéis.

— Você pode se dar a esse luxo.

Mickey sorriu e afastou-se com um aceno.

Você Acredita em Destino?

A porta do trailer estava entreaberta, e Skyler ouviu alguém se movimentando lá dentro. Sra. Endicott? Um dos seus pretendentes? Diziam que a velhota — viúva de um homem que fizera fortuna no mercado de diamantes — era quase tão rica quanto a rainha da Inglaterra e, possivelmente, tinha tantos bajuladores quanto ela. Cautelosa, Skyler enfiou a cabeça no trailer antes de entrar.

Mas o homem musculoso, com jeans desbotados e botas de caubói surradas, sentado no sofá de couro, não era nenhum tiete à procura de alguém que impulsionasse sua carreira.

— Tony! — ela gritou, assustada, deixando a porta envidraçada bater.

Assim que se levantou, Tony pareceu ocupar todo o espaço do trailer. O que estava fazendo lá? Mais ainda, como tinha *chegado* lá?

Então se deu conta de que Tony devia ter pegado um avião somente para vê-la.

Skyler sentiu uma alegria singular, e uma pontinha de culpa, percorrer-lhe o corpo. Nas últimas quatro semanas, sentira mais falta dele do que teria achado possível. Mesmo quando enumerava todas as razões pelas quais não combinavam, todas as barreiras que encontrariam pela frente, não conseguia esquecer-se da sensação de estar em seus braços... o tecido macio de sua camisa lavada e abotoada por aquela mesma mão — mão estendida para ela agora, entre um olá e um dar de ombros — e da respiração curta que sempre antecedia o primeiro dos seus beijos.

— Eu estava passando por aqui — disse Tony, levantando o canto da boca num sorriso.

— Não me venha com essa. — Skyler não teve como conter o riso.

— Tudo bem, eu estava mesmo para tirar férias.

— Grande lugar você escolheu para passá-las. — Ela entrou e deixou-se cair na poltrona de frente para ele, tirando as botas enlameadas. — Você devia ter me avisado que viria.

— Para quê? Você diria para eu não vir.

— Tem razão, diria mesmo.

— Está vendo? Só que o sargento Salvatore aqui está mais acostumado a dar ordens do que a receber. De qualquer forma, aqui estou. Um dos cavalariços disse que era quase certo te encontrar no trailer. E uma senhora muito simpática disse que eu podia ficar te esperando aqui dentro.

— A Sra. Endicott... este trailer é dela — explicou. — A Mickey está montando um dos cavalos dela no Grande Prêmio.

Tony deu de ombros.

— Ela não deve ter me achado com cara de ladrão.

— Você é um policial!

— Sou mesmo. — Olhou-a desafiador.

— Preciso tomar uma chuveirada — Skyler anunciou abruptamente, e pôs-se de pé. Estava com a camiseta ensopada de suor e os shorts colando no corpo.

— Eu espero.

— Vou ficar muito ocupada depois. A competição começa em uma hora.

— Eu sei. Comprei o ingresso. — Afundou novamente no sofá, colocando os pés em cima da mesinha de centro. — Pode ir... ainda vou estar por aqui quando você acabar.

Skyler pôde sentir o calor de Tony fazendo o trailer parecer pequeno, seus olhos pedindo respostas que ela preferia não dar. Sentiu, então, o ímpeto de correr para o quarto.

— Tony, não preciso de companhia neste momento. Até pedi aos meus pais para não virem. Não é uma boa hora.

— Você podia ter me contado — disse ele com a voz seca e os olhos fixos em seu rosto. — O mínimo que você podia ter feito era me *contar* que precisava de dinheiro.

A mudança súbita no seu humor teve o efeito de uma nuvem tapando o sol, escurecendo-lhe a pele azeitonada e lançando uma sombra em seus olhos negros, o que deu a Skyler a sensação de que espiava para dentro do cano de um revólver prestes a disparar.

— Quem te contou?

— A Mickey, mas não fique zangada com ela. Eu praticamente a obriguei.

Skyler sentiu uma raiva súbita da amiga.

— Está bem, e se eu *tivesse* te contado? O que você poderia ter feito? Vamos supor que você quisesse mesmo ajudar. Onde conseguiria tanto dinheiro?

— A questão é que você não contou. — Ele bateu com os pés no carpete com tanta força que pareceu estremecer o chão de aço do trailer. — Foi logo achando que eu era daquele tipo de cara que, quando chega o dia do pagamento, já não tem um tostão. Você nem sequer me deu o benefício da dúvida.

— Tony. Realmente não preciso disso agora. — Sua voz falhou e ela pressionou as palmas das mãos nas têmporas que começavam a latejar.

De repente, com a expressão suavizada, Tony levantou-se e deu a volta pela mesinha, para pousar a mão em seu ombro. Skyler pôde sentir sua mão bruta, os dedos calejados, em contato com seu ombro nu. Quis recuar... mas ao mesmo tempo desejou que ele a abraçasse. O coração batia forte, tomado de desejo.

— Ei, escute. Sinto muito — disse ele. — Não vim até aqui para criar problemas para você. Não vim mesmo.

— Então para que você *veio?* — ela perguntou sem rodeios, olhando de alto a baixo para aquele homem que se achava na obrigação de cuidar dela, quer ela gostasse disso ou não.

— Vim por você — disse-lhe baixinho. — Por você.

Envolveu-a em seus braços, segurando-lhe a cabeça contra seu ombro musculoso. Ao encostar o rosto nas dobras quentes da sua camisa e sentir o frio da fivela ultrapassar o tecido fino da sua camiseta, Skyler sentiu apenas o quanto precisava dele, e a dor de saber que tinham começado pelo final... concebendo uma criança antes que pudessem, até mesmo, conceber amor um pelo outro, perdendo Alisa antes mesmo de se terem imaginado formando uma família.

Mas, enquanto se lamentava por todas as etapas que tinham pulado e por aquelas pelas quais não passariam, Skyler sentiu-se mais próxima de Tony do que nunca. E, mesmo que ele não pudesse lhe prometer nada, nem protegê-la da batalha que viria a travar com Ellie, ela, ao menos, tinha experimentado aquele carinho: braços fortes para confortá-la e um coração batendo forte contra o dela.

* * *

Primeiro, foram as lendas do hipismo.

Beezie Patton, neta do general George Patton. Michael Matz, Ian Millar, Kate Monahan Prudent e seu marido, Henri. Nomes que, para Skyler, eram como as faces esculpidas no Monte Rushmore. Como se já não fossem intimidadoras o bastante, havia também mais um monte de novos talentos, estrelas do salto como Mickey — cuja escalação para o próximo time das olimpíadas americanas era dada como certa — e Bettina Lerner, uma menina de dezoito anos de Roanoke, que abiscoitara a taça no La Quinta Classic, na Califórnia, no ano anterior.

Eram onze ao todo, onze entre trinta e dois — aqueles que tinham conseguido passar pelo desempate do Grande Prêmio, e por mais três rodadas angustiantes, marcadas por derrubes, quedas e refugos. Montada em seu cavalo, diante da arena de aquecimento, Skyler mal podia acreditar ter chegado até o panteão. Mas, agora, o estado onírico que a levara até lá estava se esvaindo. Estava tão nervosa quanto Chancellor, que sentia tremer entre suas pernas.

O vão onde se encontrava junto com outra meia dúzia de cavaleiros, alguns parados, outros andando em círculos estreitos, ficava a apenas uns quinze metros do estádio. Tendo um dos lados cercado por iúcas e palmeiras-anãs, tinha a vantagem de ficar entre o picadeiro de aquecimento e o portão de entrada para a arena. De lá, podia ouvir o rumor baixo dos aplausos, pontuado pelo estridor abafado da sirene e pela voz amplificada do locutor. Sua ansiedade era tamanha que se sentia quase paralisada.

Foi tudo um grande engano, pensou. *Daqui a pouco alguém vai me dizer que a contagem de pontos estava errada e não fui classificada no desempate.*

Com o coração acelerado, fechou os olhos e concentrou-se no seu talismã da sorte: o rostinho enrugado de Alisa, a forma como agitara sua mãozinha no ar antes de fechá-la sobre o seu dedo como uma estrelinha-do-mar.

A dor daquela perda assemelhava-se à de um bisturi rasgando-a ao meio. *Vou conseguir. Preciso conseguir.*

Mickey apareceu puxando Victory Lap pelas rédeas, e começou a lutar com a tira da cilha.

— Ele está querendo amarelar, esse cavalo idiota. — Deu-lhe um tapa na anca e olhou furiosa por cima do ombro. — Onde *está* a droga do cavalariço?

Skyler não se surpreendeu com o fato de ele não estar por lá; Mickey ficava tão eletrizada antes de uma competição que parecia um fio de alta tensão arrebentando, e ninguém em seu perfeito juízo ficava perto dela.

— Acho que ele está lá. — Skyler apontou para um grupo em volta de Diamond Exchange, o hanoveriano nervoso de Lisa MacTiernan. O grandalhão de pelagem cinza estava tentando empinar, e vários cavalariços procuravam detê-lo, enquanto Lisa praguejava e tentava controlá-lo com as rédeas.

O de sempre, pensou Skyler, sentindo-se um pouco mais relaxada. Ela não era a única à beira de um ataque de nervos. Todos estavam estressados.

Skyler voltou a atenção para Mickey, que já havia conseguido prender a cilha por conta própria e montara o cavalo com um salto único e certeiro. A ruga de preocupação entre suas sobrancelhas escuras e grossas já havia desaparecido, e ela trazia, agora, o seu costumeiro sorriso petulante ao se inclinar para acariciar o pescoço do puro-sangue.

— Pelo menos ele não está mancando. A veterinária disse que a pata dele já está boa. Ele só precisa de descanso. Depois dessa competição, vai ficar três meses no alojamento, se me deixarem opinar sobre o assunto.

— Você não vai levá-lo para Toronto? — perguntou Skyler.

Mickey baixou os olhos timidamente. Numa outra mulher, Skyler logo pensaria que aquele olhar dizia respeito a algum assunto relacionado a homem, mas, tratando-se de Mickey, só podia dizer respeito a uma coisa.

— A Priscilla está treinando um capão novo, um Westphalian. Ah, Skyler, espere só até vê-lo. Ele é tão maravilhoso! Branco como a neve, igualzinho ao do Milton — Mickey acrescentou em tom de segredo, evocando a lembrança do cavaleiro britânico que ganhara um milhão de libras em prêmios.

Skyler perguntou-se se Mickey, algum dia, se apaixonaria. Provavelmente não. Ela era casada com o hipismo.

Os cavaleiros e as amazonas se enfileiravam diante do estádio, e os cavalariços faziam os últimos ajustes nos equipamentos. Neal Hatcher, o cavalariço magrinho, de rabo-de-cavalo, que acompanhara Chancellor durante seu transporte, apareceu ao lado de Skyler para checar sua cilha mais uma vez. Assim que Neal puxou as tiras, Skyler deu uma olhada para o picadeiro, através do corredor coberto que dava para o portão de entrada. Uma visão parcial das arquibancadas revelou milhares de retângulos azuis se agitando feito pétalas ao vento, conforme a platéia se abanava com seus programas dobrados ao meio. Na cabine dos patrocinadores, as lentes das câmeras e dos binóculos refletiam a luz do sol.

Skyler pensou em Tony em algum lugar por lá, e seu coração acelerou para cem batimentos por minuto. Mesmo sem poder localizá-lo, sentiu-se subitamente amparada pela idéia de que ele estava torcendo por ela.

Como se a uma grande distância, ouviu Mickey dizer:

— Me desejem sorte! — A amiga era a segunda a saltar, mas não estava muito satisfeita com essa ordem, pois gostava de saber com quem estaria competindo e que tempo teria de bater. Era a emoção do desafio que a impulsionava.

Skyler se deu conta da ironia da situação. Iria competir com a melhor amiga por um prêmio que representava a diferença entre a vida e a morte, pelo menos metaforicamente falando. Embora tivessem conversado sobre como seria bom se ela vencesse, nada se falara sobre o que aconteceria caso Mickey ganhasse a faixa azul. A amizade delas sobreviveria, sem dúvida. Mas e Skyler, será que *ela* sobreviveria?

Minutos depois, a sirene tocou. Do estádio, Skyler pôde ver as pessoas virando a cabeça, inclinando-se para a frente, esquecendo-se do calor e do mormaço. Na cabine da imprensa e dos juízes, com suas bandeirolas listradas de amarelo e vermelho, todos pararam de falar e as câmeras entraram em ação.

Katie Monahan Prudent, montando Silver Skates, foi a primeira. Como amazona experiente que era, Katie parecia não produzir qualquer ondulação no ar ao voar em seu cavalo branco sobre triplos, oxers, sebes e verticais. Tinha um ritmo estável, até mesmo majestoso, e quase não passou de trinta segundos.

Mickey estava muito longe de bater o estilo elegante de Katie, mas, a julgar pelo rosto corado e pela boca apertada assim que entrou na arena, era possível perceber que não estava nem um pouco preocupada com sua aparência. Tudo o que importava para ela era a velocidade.

Victory Lap corcoveou várias vezes, e Mickey o deixou à vontade, para dar vazão à sua energia, enquanto o mestre-de-cerimônias fazia a apresentação.

— Nossa segunda competidora, Mickey Palladio, montando Victory Lap, puro-sangue de sete anos, de propriedade de Priscila Endicott, da Fazenda Sunnyhil, que bateu um recorde impressionante na última temporada...

Skyler desviou a atenção do locutor e observou a amiga saltar feito uma bala por cima do primeiro obstáculo, um muro decorado com um trabalho em *patchwork* ladeado por heras e azaléias. Pegou-se tanto torcendo por ela quanto desejando que derrubasse uma vara, perdesse uma passada, qualquer coisa que a impedisse de tirar o primeiro lugar.

Meu Deus, ela era tão rápida! Os espectadores, tensos, inclinavam-se para a frente. O sol a pino fazia com que a sombra curta de Mickey se ondulasse como um curso de água escura sobre o chão arenoso abaixo. Seus culotes estavam esticados por causa das nádegas empinadas. Os aplausos dispersos tornaram-se urros entusiasmados de admiração... mas Mickey não prestava atenção na platéia. Era uma guerreira em seu corcel, cavalgando a todo o vapor para a batalha.

Ela era demais.

Pela primeira vez em anos de amizade, Skyler invejou a amiga.

Olhe só para ela saltando aquele oxer duplo! Estava tão debruçada no pescoço do cavalo que era de admirar que não caísse de cara no chão. Agora, a porteira de losangos... e a cerca da Cervejaria Michelob, com suas garrafas de cerveja de mais de dois metros nas laterais.

Skyler podia jurar que vira fumaça subindo do lombo do cavalo. Até mesmo o obstáculo do rio, que tanto intimidava os cavalos, não pareceu perturbar nem um pouquinho o puro-sangue. Ele praticamente voou. Só mais um, um triplo e...

... lá foram eles, cavalo e amazona parecendo planar no ar, por um segundo excruciante, antes de aterrissarem do outro lado, numa pequena tempestade de areia.

Assim que Mickey, triunfante, deu uma volta com Victory pela arena, os números brilharam no painel eletrônico: 28,7 segundos. A platéia começou a urrar, as pessoas aplaudiram de pé, agitando seus programas.

Seguiram-se mais oito competidores. Cinco deles sofreram derrubes e refugos, e ninguém chegou perto do tempo de Mickey, exceto Ian Millar, montando Big Ben, com 28,9 segundos.

Então, chegou a vez de Skyler.

Por favor, Deus, só desta vez, me deixe ganhar, e não a Mickey...

Pouco antes do primeiro salto, Skyler andou em círculo com Chancellor. Dava para sentir como ele estava elétrico, pronto para disparar ao primeiro toque dos calcanhares. Manteve-o seguro entre as pernas, sentindo sua própria musculatura tremer.

A sirene tocou.

Skyler conduziu Chancellor a meio galope... rumo ao obstáculo *patchwork*, sentindo-o tenso ao saltar, acertando a vara de cima com a pata traseira.

Encolha as patas, Chance, advertiu-o silenciosamente assim que aceleraram em direção à vertical.

Como se tivesse lido seus pensamentos, Chancellor encolheu as patas no salto seguinte, os joelhos quase encostando no peito. E então deslizou por cima da vara superior, com centímetros de folga, e Skyler suspirou aliviada.

Mas um percurso limpo não seria suficiente. Precisava ser rápida, mais do que rápida. Precisava bater o tempo de Mickey.

Eram sete saltos no total, um mais difícil que o outro. Mas Chancellor não afrouxou o passo nem por um minuto. Ele fluía por entre um obstáculo e outro, nem uma pausa sequer ou passada em falso que pudesse indicar perda de velocidade. Melhor de tudo, ele estava concentrado. Com a precisão de um relógio, ele se movia em perfeita sincronia.

O sol, uma bola de fogo brilhante que lhe lançava os raios sobre a aba do capacete, fazia seus olhos arderem, mas ela nem ousava piscar.

Teve apenas uma mera visão da vara que acabara de saltar, antes de aterrissar novamente. Inclinou-se quando Chancellor se arqueou por sobre o oxer e foi logo recompensada pelo som abafado dos seus cascos no chão.

Assim que seu alazão voou por cima do obstáculo seguinte, uma cerca balaustrada ladeada por imensos buquês de buganvílias roxas, Skyler teve consciência de cada músculo seu se esticando, incitando Chance a ir mais rápido — mais e mais —, até parecer voar como Pégaso, elevando-se rumo ao sol. Estava tão inclinada para a frente que podia sentir o roçar áspero da crina em seu rosto.

Vamos lá... só mais dois... você consegue, menino...

O obstáculo do rio brilhou à sua frente. Chancellor ficou tenso por um momento, seus músculos contraídos; a seguir, lá estava ele sobre aquele tapete liso e esverdeado, seu reflexo achatado deslizando sobre o lençol de água azul-turquesa brilhante.

Skyler soluçou assim que ouviu os aplausos.

Estamos quase lá... quase livres.

Um último triplo, não mais do que um metro e quarenta de altura na vara mais alta. Mas, a apenas uma passada e meia do primeiro elemento — uma cerca um pouquinho mais baixa do que a seguinte —, quase não havia espaço para tomar impulso. Percebeu Chancellor hesitante, querendo parar. *Ai, não... agora não... estamos tão perto.*

Com o coração quase saindo pela boca, o corpo todo tomado por adrenalina, Skyler fincou os calcanhares em seus flancos. *Vamos. Vamos lá, Chance, você precisa...*

De repente, como uma pena flutuando acima da sela, ela ficou sem peso. Então, mais uma vez, a terra ficou longe, o sol parecia arrebatá-la para o céu, com seu brilho ofuscante. Uma inclinação ondulada, a batida vibrante dos cascos e Chancellor tinha saltado o segundo elemento, lançando-se para o terceiro e último. Skyler teve consciência das faces indistintas ficando para trás, das sombras achatadas e alongadas ondulando-se sobre o chão revolto aos seus pés.

Toc.

O som inconfundível da batida dos cascos na madeira arrancou-a de seu estado de euforia. Naquela fração de segundo, Skyler sentiu, sem ver, a vara superior chacoalhar no suporte. Seu coração quase parou. *Ai, meu Deus!*

Mas a batida pesada da vara no chão não chegou a ser ouvida; ouviu-se apenas o som dos aplausos animados quebrando sobre ela como uma onda oceânica.

De passagem, deu uma olhada no painel antes de ser cegada pela luz dos flashes e o reflexo do sol nas lentes das câmeras.

Vinte e oito ponto seis segundos. Um décimo de segundo mais rápida do que Mickey. *Ela havia ganhado!*

Do lado de fora do portão de entrada, tão logo desmontou com as pernas bambas, não teve nem tempo de pensar se a amiga ficaria com inveja, pois de repente lá estava ela, abraçando-a forte.

— Você conseguiu! — sussurrou por entre os cabelos que haviam se soltado do capacete, apesar da rede que os prendia. — Eu sabia que você conseguiria. Eu sabia.

Então, parecia que o mundo inteiro a cumprimentava com tapinhas nas costas, abraçava-a, queria tirar fotos suas. Alguém lhe deu um copo plástico com algo gasoso e amargo — cerveja, percebeu apenas depois de alguns goles. Sua cabeça rodava. Levantou o copo para Chance mergulhar o focinho e um coro de gargalhadas irrompeu, junto com uma explosão galáctica de flashes que quase a cegaram, deixando seus olhos nadando em pontos pretos.

Repórteres e equipes de TV se acotovelavam para chegar perto da vencedora. Skyler tentou ser coerente ao falar com uma jornalista de cabelos loiros — e que de tão duros pareciam à prova de torpedos — que a bombardeara com perguntas. Por que não tinha participado do circuito da última estação? Era verdade que parara de saltar para ter um bebê? Iria para o Torneio Fechado de West Palm Beach?

Virando-se de forma a ficar bem de frente para a câmera, Skyler respondeu enfática:

— Não, parei por aqui. Vou voltar para casa amanhã.

Foi então que avistou Tony, de camiseta vermelha, com a camisa jeans amarrada à cintura, tentando abrir caminho por entre a multidão. Ele estava sorrindo e segurando o que parecia ser uma garrafa de champanhe. Skyler sentiu o coração leve... tão leve quanto a brisa que soprava na sua nuca e parecia levantá-la como um balão de gás.

— Vou voltar para o meu bebê — acrescentou tão baixinho que tudo que aqueles que a assistiam puderam ver foram seus lábios se movendo como numa oração.

Já passava bastante da meia-noite quando Skyler desistiu de tentar dormir. Na cama ao lado, Mickey ressonava, indiferente ao zumbido do ar-condicionado jurássico e ao brilho berrante do néon do hotel, por trás da cortina fina que cobria a janela de frente para o estacionamento.

Skyler levantou-se, livrando-se dos lençóis molengas e úmidos como frios fatiados, e foi até o banheiro, onde vestiu uma calça jeans e uma camiseta limpa. Saindo do hotel, onde a temperatura estava pouco abaixo da de um banho quente, sentiu-se completamente desperta e animada.

A lua apareceu de trás de uma nuvem esgarçada e ela respirou fundo, fechando os olhos e agradecendo ao Deus generoso, para quem costumava rezar na igreja quando mais nova... mas que, nos últimos dez anos, tinha sido praticamente rebaixado a um papel secundário. Agora, no entanto, depois de tudo o que passara, estava claro para ela que a idéia de sermos seres sozinhos e desprotegidos na Terra é apenas uma ilusão... uma ilusão pela qual às vezes nos deixamos levar.

Meu Deus, sei que nem sempre agi certo, fiz o que queria sem pensar nas conseqüências. Me precipitei quando devia ter sido mais cautelosa. Por favor, Deus, me ajude a enfrentar a minha próxima batalha e a não causar sofrimentos desnecessários...

— Não se mova.

Era uma voz grossa, masculina. Com um sobressalto, Skyler se virou.

Tony. Ele estava a alguns centímetros dela.

— Tem um mosquito aí. Pronto... peguei! — Aproximou-se e deu um tapinha de leve em seu braço, logo acima do cotovelo.

Skyler ficou olhando para ele, agora com calça cáqui e camisa branca aberta no colarinho, em perfeito contraste com o tom moreno da sua pele.

Ela tremeu, mas não de frio. Devia, também, ter pedido a Deus para protegê-la contra aquele desejo que a acometia como labaredas de uma fogueira. O simples fato de saber que ele estava a um passo de abraçá-la... que estavam respirando o mesmo ar... que o suor reluzindo em sua testa, e por cima de sua boca, era fruto do mesmo calor que a fizera sair do hotel naquela noite — ah, Deus do céu, aquilo era mais do que suficiente para fazê-la subir uma montanha e uivar para a lua.

Mais cedo, quando sentira vontade de levantar-se e dar uma escapada até o quarto dele, resistira à tentação. Estar ao lado de Tony era como estar num navio à deriva, em alto-mar. No que se relacionava a Alisa, sim, precisava dele... mas o que ela *não* precisava, naquele momento, era daquele desejo ardente que ele lhe despertava.

— É tarde. O que você está fazendo de pé? — perguntou ela.

Tony deu de ombros.

— Eu ia perguntar a mesma coisa. Meu quarto fica a duas portas do seu. Ouvi você sair.

— Não consegui dormir. Na verdade, eu estava pensando em ir até a estrebaria para ver como o Chance está, depois de toda essa excitação.

Era exatamente o que parecia: uma desculpa para se afastar dele. Tony, porém, não a desafiou. Skyler ficou olhando para ele, para seus braços musculosos deixados à mostra pelas mangas enroladas para cima — músculos de quem montava a cavalo oito horas por dia, quatro dias por semana. Resistiu à tentação de passar os dedos pelo seu rosto barbeado. Com o coração acelerado, desviou o olhar antes que ele pudesse ler seus pensamentos.

— Eu levo você lá.

Skyler não protestou. Cruzando os braços para que não se encostassem nos dele, atravessou com Tony o estacionamento quase deserto, uma vez que a maioria dos cavaleiros e sua comitiva tinham levantado acampamento. Subindo na caminhonete Blazer que Tony alugara, Skyler perguntou-se se isso seria uma boa idéia... e viu que não. Definitivamente não. Mas, em algum lugar, uma roda havia sido posta em movimento, uma roda sobre a qual ela parecia não ter mais o menor controle. Podia senti-la dentro de si, rolando e rolando, como se desconectada da engrenagem que poderia lhe dar a chance de correr dali.

Ele esperou até chegarem à estrada para, então, falar:

— Você foi excepcional hoje — disse numa voz baixa e cheia de admiração. — Sei reconhecer um bom cavaleiro logo de cara, mas aquilo foi... foi mais do que boa montaria. Foi simplesmente demais.

— Obrigada novamente pelo champanhe — disse ela, sorrindo com o canto da boca. — Mas como você sabia que eu iria ganhar? Eu poderia ter perdido.

Tony deu de ombros.

— Tive um pressentimento.

Ela não lhe disse que a garrafa ainda estava fechada e que a estava guardando para um momento ainda mais emocionante do que o do primeiro lugar no Grande Prêmio de Hartsdale.

— Você veio de muito longe só por um pressentimento.

Tony lançou-lhe um olhar de esguelha e, a seguir, voltou a concentrar-se na estrada. Vários shoppings e postos de gasolina, entremeados por filas de palmeiras, iam ficando para trás de ambos os lados da estrada. O cruzamento que os levaria até as estrebarias ficava a pouco mais de um quilômetro dali, mas, para Skyler, o trajeto parecia tão infindável quanto a Trilha de Oregon. Andar de carro com Tony remetia-a àquela primeira vez, à tarde em que ele a levara até o apartamento de seu pai. Mesmo com o ar-condicionado na potência máxima, Skyler estava com muito calor e quase sem fôlego.

Decorridos dez minutos, estavam dobrando para uma estrada de mão dupla, onde ainda sacolejariam por alguns quilômetros antes de, finalmente, chegarem ao grande caminho de cascalho. No final deste caminho, ficava uma estrebaria labiríntica, capaz de acomodar mais de cinqüenta cavalos. De ambos os lados, havia anexos que variavam, de antigos celeiros à casa de fazenda, agora transformados em escritórios.

Àquela hora, não havia ninguém por lá. Até mesmo os cavalariços estavam dormindo. Nem sequer uma luz brilhava nas janelas do dormitório. Pintada de vermelho com contornos brancos (como se ficasse em Vermont, e não no meio do que um dia fora um pântano), a estrebaria estava deserta, exceto por uma figura longilínea que emergira das sombras, ao lado da entrada, tão logo Skyler e Tony desceram do carro.

— Olá, pessoal... está meio tarde para visitas, vocês não acham? — O vigia da noite, um senhor grisalho, parecia ter uns sessenta anos; tinha os traços fortes e a pele enrugada de quem ganha a vida trabalhando ao ar livre. Embora parecesse simpático, Skyler logo percebeu que não seriam convidados para uma cerveja gelada.

Aproximando-se, o homem apertou os olhos para vê-la mais de perto, quando então um sorriso torto de admiração tomou conta lentamente do seu rosto curtido.

— Macacos me mordam se a senhorita não é a moça que ganhou o troféu! Por favor, deixe-me apertar sua mão.

Skyler apertou-lhe a mão ressecada e calejada.

— Quero apenas dar uma olhada no meu cavalo — explicou-lhe. O homem apertou-lhe a mão mais uma vez e, a seguir, a de Tony, antes de abrir o enorme portão de duas folhas.

Um corredor, largo o suficiente para acomodar diversos cavalos, dava para uma grande área cimentada do tamanho de um pequeno ginásio, ladeada por fileiras de baias. Na parede de pinho atrás de Skyler, ficava a porta para a sala de arreamento, onde brilhava uma fraca lâmpada cor-de-âmbar.

Sob a luz amarelada, encontraram o caminho até a baia de Chancellor. Ela chamou seu nome baixinho, e sua cabeça apareceu, de repente, por cima da porteira branca, como se estivesse esperando por ela. Ele relinchou e esticou-se para afocinhá-la.

Ela o abraçou forte, apertando seu rosto contra o dele até ele agitar-se em protesto.

— É, eu sei, você está se achando, não está? — implicou, pegando um torrão de açúcar que sempre carregava dentro do bolso das calças.

— Você vai mimá-lo — disse-lhe Tony.

— Ele já é tão mimado que isso não faria a menor diferença.

— O Scotty também é assim. — Tony sorriu. — Dá um torrão para ele e ele quer a caixa inteira.

— Algumas pessoas são assim também — disse ela com uma risada.

— Eu conheço algumas — ele concordou. — Por outro lado, tem gente que dá as costas para as coisas, mesmo sabendo que vão ser boas para elas.

— Por que tenho a impressão de que você está falando de mim? — Skyler virou-se lentamente para encará-lo.

Tony deu de ombros.

— Se a carapuça serviu...

— Tony...

— Não diga nada — ele advertiu-a, ficando sério. — Já ouvi isso antes, lembra? Desde o começo, você nunca quis que eu tomasse parte. Tudo seria do *seu* jeito ou então não seria. E o seu jeito não deixava espaço para um tira com uma tatuagem no braço e um diploma de advogado empoeirado dentro da gaveta.

— Não é verdade — disse ela sentindo vontade de chorar.

— E agora estou vendo que você pretende educar a nossa filha da mesma forma, sozinha. — Skyler sentiu o tom raivoso naquela voz contida, como um diamante envolto em veludo negro. — Quer dizer, se você a *conseguir* de volta.

— Como assim?

— O juiz ainda não decidiu — lembrou ele friamente.

— É claro que eu vou consegui-la de volta. Eu sou a *mãe* dela.

— É simples, não é? — Tony foi para baixo da lâmpada fraca que pendia do teto, seu rosto consternado ficando em evidência. — Já está tudo planejado, tudo funcionando. Da mesma forma que você fez quando descobriu que estava grávida. Você tinha tudo na cabeça, tudo o que seria melhor para a criança. Agora, as coisas estão diferentes e, de repente, não sou mais tão dispensável. Você acha que vai pegar bem diante do juiz se eu estiver ao seu lado, se eu mostrar interesse pela criança. Mas que droga, Skyler, nunca te passou pela cabeça que eu me interesso *de verdade*? Que quero fazer parte da vida da Alisa, independente de você e de sua paixão pela alta sociedade?

Repentinamente vacilante, Skyler recostou-se na coluna de madeira às suas costas.

— Eu entendo que você se sinta assim — disse ela friamente. — Sinto muito.

— Sente pelo quê? Por não me incluir no seu grande plano para o futuro ou por eu ter engravidado você? — Tony deu um passo à frente e

Skyler quase pôde sentir sua respiração quente e temperada de raiva. Numa voz baixa e grave, acrescentou: — É isso aí, não é? Eu me encaixaria na sua vida tão bem quanto um cartão telefônico numa tomada.

Skyler respirou pela boca e apertou os nós dos dedos sobre o plexo solar. Um sentimento de afronta, intenso e sombrio, subiu-lhe até a garganta. Ele que fosse para o inferno. Por que tinha de lhe jogar isso na cara, justo naquele momento?

— Você quer que eu fique de joelhos e peça perdão? — perguntou, furiosa. — Nenhum de nós estaria aqui *tendo* essa conversa se alguém lá em cima não tivesse apertado o botão errado ou qualquer coisa parecida. Foi um acidente, um azar, eu ter engravidado. E não achei justo ferrar com duas vidas em vez de uma. — Exausta, fechou os olhos e suspirou. — Olhe, esqueça. Estou cansada demais para discutir com você. Vamos voltar antes que um de nós diga alguma coisa de que venha a se arrepender depois.

Deu as costas e seguiu em direção ao corredor entre as baias.

— Skyler, espere. — Tony agarrou-a pelo braço.

Ela soltou-se e saiu andando.

— Droga, Skyler, estou falando com você! — a voz dele estrondeou no silêncio, provocando um coro de relinchos nervosos.

Skyler continuou a andar, até chegar à porta fechada da sala de arreamento. Então, vendo Tony pelo canto dos olhos — a fúria estampada em seu belo rosto à medida que se aproximava a passos largos —, deteve-se. Desta vez, ele não tentou agarrá-la pelo braço. Em vez disso, com um resmungo frustrado, deu um soco na parede.

Um certificado emoldurado da Fiscalização Sanitária do Condado de Broward, então pendurado na parede, caiu no chão cimentado e explodiu em cacos de vidro. Skyler sentiu uma pontada no tornozelo esquerdo, como uma picada de abelha bem abaixo da bainha da calça, e olhou para os cacos brilhantes aos seus pés.

Então, teve a vaga sensação de algo quente escorrendo pelo arco do pé. Abaixou-se e, distraída, passou a mão no tornozelo. Seus dedos ficaram sujos de sangue.

Skyler estava surpresa demais para ficar chateada. Tony tinha feito aquilo? *Tony?*

Ele parecia mais chocado do que ela. Observando-o rapidamente, ela percebeu que ele estava duro e pálido feito cera, até se ajoelhar e examinar o corte.

— Jesus Misericordioso, Skyler, não tive a intenção de...

Ela estava parada, olhando apática para ele. Sob a luz fraca da lâmpada acima da porta, os cabelos densos e encaracolados de Tony brilharam como um antigo capacete trabalhado. Sentiu que ele a apoiava ao levantar-lhe o pé machucado e lembrou-se daquele primeiro encontro — Tony ajoelhado no meio da Quinta Avenida, enfiando-lhe o sapato no pé como um príncipe encantado moderno. Um *conto de fadas*, pensou, *no qual a princesa fica grávida e tudo dá errado*. Sentiu vontade de rir compulsivamente e precisou levar a mão à boca para se controlar.

Tony levantou-se com o olhar preocupado e pegou-lhe a mão. Abrindo a porta da sala de arreamento, encaminhou-a para dentro e tateou a parede em busca do interruptor. A luz se acendeu e iluminou a sala comprida e bem organizada com bancos e baús; as paredes estavam cheias de cabides de madeira de onde pendiam fileiras de selas brilhantes. Do teto, pendiam rédeas presas por ganchos; encostada na parede oposta, havia uma fileira de *lockers*. Tony conduziu Skyler até um dos bancos onde havia uma pilha de mantas recém-lavadas e dobradas.

— Senta aí — ordenou.

Skyler obedeceu. Atordoada, observou Tony ajoelhar-se e, cuidadosamente, retirar-lhe a sandália. O corte fora mais profundo do que tinha percebido, metade do pé estava coberto de sangue. Mas, no seu estado de transe, ela não parecia muito alarmada. Até mesmo a dor tinha diminuído para um tipo de latejamento.

Sem hesitar, Tony tirou a camiseta branca e usou-a para enxugar o sangue do seu pé. Skyler quis protestar, dizendo que ele nunca conseguiria tirar aquela mancha, mas não conseguia falar. Ficou olhando muda para ele, para aquelas costas e ombros musculosos brilhando de suor, para as gotas que brilhavam feito diamantes incrustados nos pêlos negros do seu peito avantajado.

— Dói? — perguntou.

— Nada que um Band-Aid não resolva. — Observando-o levantar-se à procura de uma caixinha de primeiros socorros, disse com uma risada trêmula: — Escute, não sou nenhuma donzela indefesa que Deus te designou para proteger.

Tony se virou. Os olhos escuros que fixou nela haviam perdido toda a compaixão.

— Você não dá a mínima mesmo, não é? — perguntou com a voz baixa de raiva.

— Não posso me dar a esse luxo... principalmente agora. — Suspirou fundo, numa tentativa de se acalmar. — Não preciso ser salva, Tony. Tudo o que quero de você é o seu apoio.

— A Ellie vai te enfrentar — ele advertiu-a. — Vocês duas são mais parecidas do que você imagina.

— E você acha que ainda não percebi? — Ela suspirou. — Foi assim que tudo começou. No momento em que nos encontramos, tive a sensação de que já nos conhecíamos de algum lugar... só que eu... — Balançou a cabeça para clarear a nebulosidade que se formara ao seu redor.

— Você está querendo que eu escolha de que lado vou ficar — disse ele sem tirar os olhos dela.

— Ela também é sua filha.

— Jesus Cristo, e você acha que eu não sei? — ele respondeu asperamente. Então, levantou-se e ajudou-a a ficar de pé.

De repente, estava beijando-a. Aquela respiração forte e fragmentada parecia atirar-lhe uma flecha de desejo no ventre. Ela também o beijava, sentindo o gosto da sua boca, mordendo-lhe levemente os lábios. Tony gemeu e apertou-a contra seu corpo, seus braços nus ficando tensos, relaxando um pouco, ficando tensos novamente.

Pare, gritou a voz da consciência.

Mas ela não conseguia parar. Estava paralisada pelo calor que a envolvia como um líquido dourado precioso... sentia-se tão impotente como se estivesse montada num cavalo em disparada.

Passou a ponta da língua pelo seu pescoço salgado e levemente, deliciosamente, ácido. Lambeu-lhe o pomo-de-adão e sentiu-o tremer em contato com sua boca. A pele do seu queixo estava áspera onde despontava a barba. Mordeu-o gentilmente... lá... e lá... por todos os lados.

— Skyler, ah, minha nossa...

Ele arrancou-lhe freneticamente a blusa, deslizando as mãos suadas por aquelas costas nuas, movendo as pontas dos dedos pela sua espinha. Ela sentiu aquele calor dourado brilhar em sua barriga e irradiar fogo para baixo... para as coxas... para as dobras dos joelhos. Num tipo de estupor, observou-o pegar a pilha de mantas dobradas de cima de um banquinho e espalhá-las no chão.

Assim que se deixou cair no tecido macio e acolchoado, o leve odor de cavalo — que desafiava qualquer sabão em pó conhecido — envolveu-a por completo, natural e confortante. Nem sabia mais se estava certa ao lhe dar esperanças, ao amá-lo mais do que já o amava. Tudo o que sabia — o único pensamento que seu cérebro conseguia processar — era que o desejava, *precisava* dele... e que negar este desejo seria como rejeitar comida quando faminta, rejeitar água quando sedenta.

— Skyler... Skyler... — ele murmurava seu nome repetidamente, pronunciando-o sílaba por sílaba.

Deus, aquelas mãos! As palmas quentes e ásperas, os dedos se movendo em círculos lentos por suas costas, suas costelas, seus seios. Mais uma vez, aquela respiração ofegante ao se abaixar para lhe beijar os seios, lambendo e chupando um mamilo de cada vez, fazendo-a se contorcer com um gemido. Gentilmente, abaixou seus jeans até os quadris, tomando cuidado para não tocar no pé ferido que, embora não mais sangrasse, ainda estava sensível.

Tony afastou-se um pouco para abrir as próprias calças. Após jogá-las sobre as roupas amassadas e amontoadas ao lado das botas de caubói, enfiou a mão num dos bolsos e tirou uma embalagem de camisinhas.

— Desta vez vim preparado.

— Seu cretino, então você já sabia — ela bronqueou-o de brincadeira.

— Só sei como me sinto do seu lado, só isso. — Ele olhou sério para ela, em busca dos seus olhos.

— Coloque-a, então — sussurrou ela.

— Tem certeza?

— Claro. A não ser que você queira me engravidar de novo.

— De jeito nenhum... não até eu saber o que é ser pai da filha que nós já fizemos — murmurou em seu ouvido.

Skyler estremeceu ao ouvir isso, mas, tão logo ele a puxou para si, não pensou em mais nada, a não ser na onda repentina de prazer enlouquecedor que ele lhe proporcionava. Abraçou-o com as pernas, levantando os quadris e trazendo-o para si o mais que podia. Aquele calor maravilhoso dos dois corpos se juntando molhava-a de suor e produzia um som abafado e pegajoso, à medida que seus corpos balançavam e se arqueavam. Seus seios formigavam como quando começara a produzir leite.

Tony acompanhava-lhe o ritmo, e eles se moviam juntos numa harmonia frenética. Estava tão dentro dela que Skyler podia senti-lo no centro do seu corpo, cada arremetida trazendo uma dorzinha deliciosa.

Skyler agarrou-se a ele; suas pernas tremiam incontrolavelmente. Então, sentindo-se levada... levada por um rio escuro e doce para um lugar onde nada mais importava além daquele momento, gozou, gozou como nunca, mordendo-lhe o ombro para abafar o grito de prazer explodindo dentro dela.

Tony, colado em seu corpo, gozou a seguir, soltando um gemido rouco e desencadeando um segundo clímax em Skyler, menos intenso, porém estranhamente mais satisfatório.

Após fazerem amor, ficaram parados, os corpos ainda unidos. Aos poucos, ao se dar conta de onde estavam, Skyler lembrou-se de que o vigia poderia surpreendê-los a qualquer momento. Contorcendo-se para sair de baixo de Tony, sentou-se e abraçou os joelhos.

Céus, e se tivessem sido pegos? Imagine só a manchete: *Skyler Sutton, vencedora do Grande Prêmio de Hartsdale, é pega trepando no chão da sala de arreamento.*

Vestiram-se em silêncio, quando então Tony encontrou a caixa de primeiros socorros. Habilmente, limpou e fez um curativo em seu pé e ajudou-a a calçar a sandália.

Do lado de fora, conforme atravessavam o caminho de cascalho na escuridão, Tony absteve-se de abraçá-la ou de segurar-lhe a mão. Skyler sentiu-se aliviada e ao mesmo tempo estranhamente desapontada.

Andaram mais de um quilômetro de carro ao longo da estrada escura e arborizada, quando ela finalmente disse baixinho:

— Tony. — Apenas isso, seu nome... como uma carícia.

— Sim?

Ela abriu a boca para falar, mas pensou melhor.

— Deixa pra lá.

Ele não insistiu. Sequer *olhou* para ela, exceto uma vez, em sua direção, para checar o tráfego antes de virar à esquerda.

Após alguns instantes, Skyler arriscou:

— Não estou esperando que você tome qualquer decisão agora sobre... sobre o lado que você vai escolher.

— Até onde sei, só tem um lado — e ele respondeu sem encará-la. — E vai ser o que eu achar melhor para a minha filha.

Ficou calado novamente. A luz dos faróis deslizava pela lateral do seu rosto e do pescoço onde um tendão sobressaía. Skyler tremeu e perguntou-se se o tinha, mais uma vez, subestimado.

Ele vai guardar segredo. Era isso o que faria. Não se apressaria em tomar qualquer decisão.

Ela teria de ser paciente, pois, se podia tirar uma lição de tudo aquilo, era a de que devia controlar seus impulsos. Não foram eles que a meteram nessa confusão?

Talvez. Mas Skyler não conseguia parar de pensar que, desde que o conhecera, havia uma força em ação que nenhum dos dois conseguia administrar. Uma força que, mesmo agora, o conduzia com uma fúria incontrolável.

Capítulo Dezesseis

Kate ficou olhando, paralisada, para o artigo do jornal, sem conseguir lê-lo. Estava na cozinha, sob o sol da manhã que entrava enviesado pelas partes de vidro abertas e formava um tapete de folhas sobre o chão de lajotas e os armários de madeira escura. Com a edição de 14 de junho do *Northfield Register* aberta sobre a mesa redonda de carvalho, o café em sua xícara de porcelana esfriava próximo ao seu cotovelo. Embora estivesse imóvel, as palavras enxameavam diante de seus olhos como insetos. Havia uma foto da filha, ao lado do cavalo, com um sorriso tão largo e brilhante quanto o troféu em suas mãos. "Conterrânea tira primeiro lugar no Grande Prêmio de Hartsdale Classic", dizia a manchete.

Kate sentiu uma sensação de enjôo. *Está decidido, então. Ela vai ter dinheiro para contratar a advogada.*

Ainda assim, quaisquer que fossem as conseqüências, e independentemente de quanto doesse ter sido excluída, Kate estava feliz com a vitória da filha. Seria tão fácil pegar o telefone e dizer-lhe como estava orgulhosa! E o quanto torcera por ela... mesmo sabendo o que aquele resultado significaria.

Ao mesmo tempo, preferia esquecer a vitória de Skyler. O que aparentava ser um triunfo levaria, apenas, a mais sofrimento no final. Embora tentasse convencer-se de que era muito cedo para chorar — nem oito horas da manhã ainda! —, seus olhos encheram-se de lágrimas.

Ainda teria o dia inteiro pela frente e o marido para despachar para o trabalho.

Will. Tão logo Duncan lhe avisara sobre a vitória da filha, Kate, apesar do ímpeto de chorar em seu ombro, recuara. Mais por orgulho, percebia agora. Orgulho misturado com inveja. Pois, embora Skyler tivesse, ostensivamente, ignorado seus telefonemas nas últimas semanas, sabia que ela se mantivera em contato com o pai, ligando a qualquer hora para o seu escritório. Não fora ele mesmo que lhe falara, alegre e tranqüilizador, "Está vendo, Kate? Ela não se afastou da gente..."?

Da gente? Será que ele não via? Será que estava tão cego acerca do mal que a filha lhe estava causando quanto com relação a Ellie?

— Bom-dia, Kate.

Ela levantou os olhos assim que o marido, surpreendentemente revigorado e descansado em seu terno cinza-claro, entrou na cozinha. Tinha recuperado parte do peso perdido durante o inverno, e seu rosto não estava mais encovado.

Ele tinha motivos para estar bem. Finalmente, fechara o contrato mais lucrativo de sua sociedade — um prédio comercial na 59 Oeste — e, agora, esperava apenas a tinta secar no papel. Embora o acordo estivesse longe de tirar a firma do vermelho, o negócio era justamente o impulso de que estava precisando. E, melhor ainda, conseguiriam pagar a hipoteca da Orchard Hill.

Não obstante, ainda tinha os olhos preocupados e a boca cercada por vincos de tensão. O que mais a impressionava era o seu cabelo. Estava denso como sempre fora, mas branco, branco-prata, como a colherinha de café encostada em seu pires. Decerto aquele cabelo lhe dava um ar de senhor distinto... a distinção não escondia o principal, que era o fato de se ter tornado um senhor.

A tensão pela qual passara, não só por causa dos negócios, como por causa de Skyler, tinha deixado suas marcas. E, conhecendo-o bem, conhecendo sua necessidade obsessiva de controlar tudo à sua volta, Kate não ficou nem um pouco surpresa — triste, talvez, mas não *surpresa* — ao vê-lo lançar-lhe um olhar frio. Ele a recriminava por ter se negado a ajudar a filha, mas, embora tivessem trocado algumas palavras rápidas, não ousou descarregar sua raiva sobre ela — aquele assunto continha em seu bojo uma infinidade de acusações tácitas. Ele não queria ser lembrado do que deviam a Ellie; no fundo, já deveria ter percebido, caso contrário, por que se esforçaria tanto por evitar qualquer menção ao seu nome?

— Tem café no bule. Quer que eu prepare alguma coisa para você comer? — ofereceu Kate. Belinda ressonava baixinho embaixo da mesa.

— Não se preocupe, vou parar para comer alguma coisa no caminho. — Espiou por cima do ombro da esposa, enquanto se dirigia à cafeteira em cima do balcão de mármore. Kate sentiu quando ele parou, abruptamente... e viu a foto de Skyler no jornal.

— É maravilhoso, não é? — ela perguntou, as palavras soando com falsa alegria, como teclas de um piano desafinado.

Kate sentiu o silêncio pesado do marido passando os olhos pelo artigo às suas costas. Finalmente, numa voz reprovadora, ele disse:

— Nós deveríamos ter ido lá, Kate.

Ela sentiu a nuca arrepiar, como se uma brisa gelada tivesse entrado pelas portas de vidro que davam para o jardim ensolarado, onde os arbustos de peônias pendiam com seus botões de flores do tamanho de pequenos repolhos, e os rebentos verde-claros das clêmatis trançavam-se num bordado que invadia e rodeava a sebe.

— Ela não nos convidou — Kate lembrou-lhe com delicadeza.

— O que você queria? Um convite impresso? Você deixou bem claro que nós não a ajudaríamos. E você conhece a Skyler, ela não é de pedir.

Kate suspirou e encarou-o.

— Will, já falamos sobre isso...

Os olhos dele faiscaram.

— Se você quer dizer que o assunto está encerrado, tudo bem, não vou discutir mais. Mas não pense, por um minuto sequer, que estou satisfeito com essa situação.

— Nem eu! — participou-lhe ela, tomada por uma súbita raiva. — Se a situação fosse outra... ora, eu teria vendido tudo para dar eu mesma o dinheiro a ela.

Will não respondeu... e o motivo do seu silêncio a deixou com mais raiva ainda. Ele estava dando para trás, não por ser educado e não querer discutir, mas porque não queria forçá-la a abrir aquela caixa de Pandora.

Com o coração pesado, Kate observou o marido servir-se de café. Mantinha os ombros tensos, numa postura intransigente... como era possível, após todos aqueles anos vivendo debaixo do mesmo teto, nunca ter percebido que, quando ficava furioso, seu pescoço parecia saltar por cima do colarinho, como um cão de guarda tentando livrar-se da coleira?

— O café está frio — ele comentou.

— Devo ter desligado a cafeteira sem querer. Aqueça-o por trinta segundos no microondas — recomendou Kate, indiferente.

— Eu tomo café no escritório — respondeu ele, com uma voz estudadamente calma.

Normalmente, teria se oferecido para passar outro café, mas naquela manhã nem sequer se mexeu na cadeira. E não era só por pirraça que não se levantara. Ah, por quê, *por que* as coisas têm de ser assim? Por que não podia ser como as outras mães, mães que dormiam o sono dos justos, que não se sentavam à mesa do café-da-manhã com a boca seca e o coração acelerado, tensas demais até para andar pela cozinha?

Não pense em você... pense no que Ellie deve estar passando agora. Kate podia apenas imaginar o que aquela mulher devia estar sentindo, sabendo que Alisa poderia ser tirada dela a qualquer momento.

Da mesma forma que lhe haviam tirado sua filhinha... a menina que ela e Will tinham escondido dela por todos esses anos.

Kate sabia que poderiam se passar meses antes de qualquer decisão ser tomada. Havia requerimentos a serem preenchidos, taxas a serem pagas, uma data a ser marcada para o julgamento. Mas, quando chegasse o dia, rezava para estar pronta para receber a sentença, qualquer que fosse.

Rezava por Skyler também... e, não podia negar, por Ellie.

Era a última sessão de Jimmy Dolan.

Sentada em sua poltrona na sala de reuniões do GMHC, Ellie olhou para Jimmy, desde agosto confinado a uma cadeira de rodas.

Estavam em meados de setembro, e ele parecia praticamente acabado — os olhos fundos e a pele enrugada como um pergaminho cobriam-lhe o corpo esquelético. Só não perdera o bom humor. Jimmy começara alegremente a reunião, anunciando que naquela noite faria a sua última apresentação.

— Não vale pedir bis, por favor. — Sorriu de orelha a orelha, seu rosto apenas uma sombra do que fora há dois meses.

— Não se preocupe, cara... vamos economizar os aplausos de pé para o seu funeral. — Armando Ruiz, com o peito à mostra sob a jaqueta de brim aberta e sem mangas, mantinha uma postura arrogante e desafiadora, como sempre... mesmo carregando um balão portátil que lhe abastecia de oxigênio através de cânulas enfiadas nas narinas.

Todos riram com sua piada. Naquela sala, o humor negro era mais uma regra do que uma exceção. A maioria daqueles homens, mais cedo ou mais tarde, confessava seu alívio por não precisar andar nas pontas dos pés ou falar baixinho. Rir na cara da morte, parecia, tinha um efeito estranhamente revitalizante.

Ellie olhou para aquele grupo diversificado que viera a conhecer e amar... e, no caso dos já ausentes, a lamentar. Após as oito semanas de licença para cuidar de Alisa — deixando o grupo nas mãos hábeis de um colega seu, Grant Van Doren —, voltara ao batente em julho, o mês mais quente do ano e também o de menor freqüência. Agora, já estavam no outono. Do lado de fora, as folhas começavam a cair e, lá dentro, o assunto era a despedida.

Será que o dia seguinte traria, também, mais uma despedida?, perguntou-se. A audiência estava marcada para as nove da manhã, no tribunal da Centre Street. Após três meses de petições, requerimentos, avaliações de assistentes sociais e audiências preliminares, finalmente chegara o dia...

Era como um pesadelo, o mesmo que vinha tendo, constantemente, nos últimos vinte e três anos. O sonho era sempre o mesmo. Nele, seguia um homem por ruas lotadas de gente... um homem agarrado a um bebê. A única coisa que mudava de um sonho para o outro era a identidade do bebê. Às vezes, era Bethanne... outras, um bebê sem rosto. Mas, nos últimos meses, o bebê que via nos braços daquele homem era Alisa.

Um pânico silencioso apoderou-se dela. Será que, algum dia, aplaudiria a filha em alguma peça teatral na escola? Acenderia dezesseis velinhas no seu bolo de aniversário? Veria a filha entrar vestida de noiva na igreja?

A idéia de tudo o que perderia, caso não ficasse com Alisa, causou-lhe uma dor aguda e causticante entre as costelas. Mas nada havia sido decidido ainda, lembrou-se rapidamente. Havia uma chance, embora pequena, de a sentença do juiz lhe ser favorável. E Paul estava ao seu lado.

Sim, Paul. Pensou na forma como ele voltara para casa, tão naturalmente como se nunca tivesse saído. É claro que houvera um estranhamento inicial, ressentimentos e tácitas queixas de deslealdade de ambos os lados. Mas essas arestas foram aparadas pela mão carinhosa e gentil do amor duradouro de um pelo outro.

Ellie sorriu ao lembrar-se da sua primeira noite em casa, quando voltara para sua cama. Como tinha sido bom... seus abraços, seus corpos se movendo num ritmo familiar, como uma melodia adorada. O desejo tão intenso que os deixara sem fôlego e molhados de suor.

"Paul", suspirara com a voz saindo num soluço. "Ah, Paul."

Com a cabeça aninhada em seu ombro, ouvira-o murmurar: "Nunca mais, não importa o que aconteça. Nunca mais vou deixar você."

Agora, sob aquela luz branca e fria da sala de reuniões, Ellie lutou para se apegar àquela sensação quente e maravilhosa de segurança que sentira nos braços do marido. Mas ela estava esmaecendo... esmaecendo como o sorriso no rosto de Jimmy. A imagem de Alisa perturbava sua calma de forma pesada e urgente.

Alisa. Meu Deus.

Amanhã, tranqüilizou-se. *Não preciso pensar nisso até amanhã.*

— Por falar no meu funeral, vocês estão todos convidados. — A voz fraca de Jimmy pontuou seus pensamentos. — Vou dar uma superfesta depois. Já está tudo planejado. Champanhe e caviar. Todos vão dizer que Jimmy Dolan morreu com estilo.

Ninguém precisava perguntar a data do funeral: era óbvio, a julgar por sua aparência e sua respiração deficiente, que não iria demorar. Sua saída do grupo dizia tudo. A luta, que travara com tanta bravura, estava prestes a acabar... ele, simplesmente, não tinha mais forças.

— E quem, se me permite, vai bancar esta superprodução? — perguntou Erik Sandstrom, parecendo uma caricatura do professor sério e culto, com o cabelo penteado para o lado e uma gravata-borboleta. — Seu amigo, Tony, suponho. Mas champanhe e caviar? Ele não acha isso um tanto macabro... como uma espécie de comemoração?

— Ora, e não é para comemorar? — Jimmy gracejou. — Vocês é que vão continuar segurando a batata quente, não eu. Quando a cortina baixar para o velho Jimmy, vocês podem apostar que, onde quer que eu esteja, estarei dançando.

— Você fala como se fosse fácil bater as botas — resmungou o barrigudo Daniel Blaylock.

Jimmy, afundado na cadeira de rodas, abriu um sorriso que fez Ellie pensar numa estrela de cinema envergando com aprumo os frangalhos de um traje outrora glorioso.

— Moleza — disse ele. — Difícil, meu amigo, é viver.

Claro que estava assustado, pensou Ellie. Mas estava lidando com a situação de um jeito só seu.... da mesma forma que ela teria de lidar com o que viesse a acontecer naquele tribunal.

O quanto ele sabia da sua situação? Até onde Tony havia lhe contado? Embora soubesse que isso não tinha importância, pensou em Tony. Onde ele ficava naquela história? Apareceria, amanhã, como testemunha, espectador... ou não apareceria? Ninguém sabia ao certo e, segundo seu advogado, nem mesmo Skyler.

— Serei enterrado num Mercedes SL100 vintage — disse Adam Burchard, rindo. — No meu túmulo vai constar "Cadáver a bordo".

Ellie ficou olhando para Adam, o terno de dois mil dólares e o Rolex de ouro com os quais se armava, na esperança de que as riquezas materiais o protegessem do futuro à sua frente.

— Do que adianta dar risada se você não tem ninguém para escutar? — perguntou Erik, tristonho.

— E quanto a Deus? Imagino que Ele tenha um ótimo senso de humor — respondeu Nicky.

— Não sei quanto a vocês, rapazes... mas, quando *eu partir*, a única coisa que quero é ter certeza de que o Robert vai receber metade de todos os meus bens. Não é muito, mas o meu velho, que se refere a mim como seu "filho bicha", não merece de jeito nenhum ficar com ela. —

Havia um brilho duro nos olhos escuros de Armando, ao cruzar os braços sobre o peito.

— Eis aí um ponto interessante — disse Ellie. — O que vocês fazem quando a vontade da família contraria a do parceiro de vocês?

— Você conhece o velho ditado: "A família em primeiro lugar" — disse Erik, no seu tom mais irônico.

Ellie, no fundo, ficou se perguntando se os laços familiares eram mesmo tão fortes. Após vários minutos de debate acalorado, olhou para o relógio e viu que era hora de parar. A sessão parecera rápida... mas incômoda. Assim como os homens à sua volta, deu-se conta, brusca e agudamente, de quão limitado era o nosso tempo na Terra... e quão cruel a escuridão que avança sorrateira.

Amanhã, pensou. *Se eu conseguir agüentar até amanhã...*

Estava se levantando da cadeira quando, por acaso, viu as marcas vermelhas de suas unhas nas palmas das mãos. Somente com muito esforço foi capaz de segurar o soluço entalado na garganta ao se abaixar para dar um abraço delicado no corpo frágil e devastado de Jimmy.

Atrás da colunata grandiosa e do saguão de mármore do tamanho de um anfiteatro, ficava a sala maltratada do tribunal, no quarto andar do número 55 da Centre Street, que, com seu piso de madeira gasto e paredes descascadas, remeteram Ellie ao tempo em que trabalhara no Waldorf-Astoria e entrara na sala de reuniões errada. Tudo naquele lugar parecia errado.

Eram nove horas da manhã, e o sol fraco, que entrava pelas altas janelas do East Side, não parecia promissor. Sentada à mesa de carvalho, aparentemente sem polimento desde a época do presidente Eisenhower, Ellie olhou para o mural lascado e desbotado na parede acima da tribuna do juiz — uma representação neoclássica da balança da justiça, com a figura de duas mulheres em trajes gregos, uma de cada lado de uma balança de bronze.

Justiça?, pensou. *Que justiça estará reservada para mim?*

Paul agitou-se ao seu lado e pôs a mão sob o seu cotovelo.

— Você está tremendo — sussurrou. — Quer o meu paletó?

— Obrigada, não estou com frio, apenas uma pilha de nervos. — Apertou a mão do marido com a sua, molhada de suor.

À sua direita, com uma cabeleira ruiva, encanecida e arrepiada, estava o advogado, Leon Kessler, de terno marrom amarrotado e uma gravata estampada que fazia curvas sobre a barriga descomunal. Leon mantinha o cenho franzido enquanto vasculhava dentro da pasta.

Ellie deu uma olhada breve na fila dupla de bancos às suas costas e ficou aliviada ao ver que não estava ocupada por mais de uma dúzia de testemunhas. Reconheceu a assistente social, uma jovem negra e bonita que a visitara em casa, e o psiquiatra indicado pelo juiz, um homem pálido, em cujo consultório passara duas horas extremamente desagradáveis.

Acenou com a cabeça para Georgina, anormalmente discreta num terninho bege cafona... e ficou satisfeita em ver que Martha Healey, da UTIN, tinha conseguido trocar o turno no hospital para testemunhar a favor da boa conduta de Paul.

Ao avistar Tony, nos fundos da sala, sentiu um certo alarme. De terno e gravata, ele parecia desconfortável e deslocado... mais do que isso, parecia evitar seu olhar. Um mau indício? Ellie sentiu-se ligeiramente enjoada. Se, ao menos, Tony resolvesse testemunhar na última hora a *seu* favor...

Sorte a sua se ele ficar totalmente fora disso, disse a voz da razão. Pois, caso unisse forças com Skyler, caso fosse até aquela tribuna e jurasse desempenhar seu papel na educação da filha... bem, então o juiz teria cada vez menos razões para conceder a guarda da criança a uma psiquiatra com mais de quarenta anos e um casamento instável.

Ellie cruzou os braços e dirigiu o olhar para a mesa ocupada por Skyler e sua advogada, uma senhora robusta. Skyler era a imagem da inocência juvenil. De saia azul reta e blusa branca, seus cabelos claros desciam pelo pescoço, presos por uma presilha larga de casco de tartaruga, mostrando ser exatamente o que era — uma jovem criada numa família rica e tradicional.

Ellie sentiu um fluxo curioso de afeição. *Que estranho*, pensou. *Eu deveria odiá-la... mas, por algum motivo, não consigo.*

Havia algo em Skyler Sutton... algo que não sabia o que era e que não tinha nada a ver com Alisa...

Skyler percebeu-lhe o olhar e virou-se em sua direção. Ficou vermelha e, parecendo envergonhada, baixou logo os olhos. No entanto, seus lábios firmes, quase desafiadores, continuaram da mesma forma. Ellie se retesou quando ela inclinou-se para falar com a advogada, que consentiu e rabiscou alguma coisa no bloco de anotações.

Verna Campbell, em seu discreto terno azul-marinho, fez Ellie lembrar-se daquelas mulheres ativas de meia-idade que mobilizam os vizinhos para comitês anticrime, encabeçam campanhas de arrecadação de fundos para causas feministas e impedem que prédios antigos sejam demolidos. Era corpulenta sem ser gorda, e as listras grisalhas em seus cabelos frisados pareciam ter sido feitas a pincel. Seu único toque de feminilidade era um colar de pérolas pendente sobre o grande busto. Parecia não apenas ser do tipo que não brinca em serviço, como também ser capaz de fazê-lo sozinha.

No banco exatamente atrás delas, estava um senhor bem-apessoado de meia-idade trajando um terno cinza, obviamente sob medida, que Ellie reconheceu como sendo o pai de Skyler. Seus cabelos espessos e grisalhos, junto com o bigode bem aparado, davam-lhe a aparência de um ator de cinema, um senhor ainda muito bem conservado, e pela forma como se portava, não deixava dúvidas de ser um homem acostumado a estar no comando. Mesmo enquanto conversava com a jovem à sua direita — a amiga espevitada de Skyler que a ajudara durante o parto —, ele movia os olhos pela sala, como um general planejando a próxima manobra militar.

Mas onde estava sua esposa? Não podia imaginar o motivo de sua ausência — a não ser em caso de doença grave — Kate não estava lá. A não ser...

... a não ser que ela não esteja preocupada, pois sabe que não tenho a menor chance.

Mantendo os braços cruzados, Ellie cochichou no ouvido de Paul, para que seu advogado não pudesse ouvir:

— Ah, Paul. Estou tão assustada. Não sei se vou conseguir.

— Alguém que eu conheço me disse, uma vez, que lutar contra moinhos de vento era o que sabia fazer de melhor. — Deu-lhe um sorriso encorajador. — Você não está pensando em desistir agora, está?

Ellie não respondeu. Sentia-se extremamente grata por sua presença, que já era, em si, uma espécie de triunfo.

— Todos de pé... o honorável juiz Benson vai presidir a sessão — ordenou o meirinho, um homem magro, de mais ou menos sessenta anos, com a barriga inchada caindo por cima do cinto, como um saco de batatas.

Ellie levantou-se tensa. Observando o juiz de toga preta subir à tribuna, sentiu uma pontada de decepção. O que aquele homenzinho mal-humorado, com duas fileiras de cabelo grudadas na careca tão lisinha quanto um bumbum de neném, poderia entender sobre o amor de uma mãe pelo filho? Ele mais parecia um bancário ao final de um dia de trabalho em que nada dera certo.

Entediado, o juiz leu o processo e gesticulou em direção à mesa da requerente.

Verna Campbell levantou-se imediatamente da cadeira, como um navio abrindo caminho pelas ondas.

— Meritíssimo — começou numa voz firme e autoritária —, na qualidade de representante da requerente, quero mostrar que minha cliente, quando tomou a decisão de dar sua filha, ainda no ventre, para adoção, estava sob forte pressão emocional. Jovem e solteira, julgou estar agindo em prol do que parecia ser o melhor para seu bebê. Devo enfatizar que ela não achou necessário procurar qualquer tipo de aconselhamento jurídico naquela época. — A advogada parou para tomar fôlego, dilatando dramaticamente as narinas. — Minha cliente, no entanto, que desde então se arrependeu profundamente de sua decisão, está preparada e disposta a assumir total responsabilidade pela criança. No que diz respeito à sua condição financeira, ela recebe uma pensão mensal, proveniente de um fundo de investimentos da família. Portanto, não é uma mulher sem meios de subsistência. Também acredito ser capaz de demonstrar, a contento, a absoluta sinceridade de minha cliente. Meritíssimo, Skyler Sutton é a mãe biológica desse bebê... e merece ser reconhecida como tal.

Mãe biológica. As palavras, escolhidas exatamente pelo seu efeito, ecoaram na cabeça de Ellie, que sentiu vontade de gritar que ela também tinha sido mãe biológica de uma criança... mas que amava Alisa tanto quanto amara sua filha, sangue do seu sangue.

O juiz Benson trazia um olhar irritado e impaciente, o qual Ellie não achou nada tranqüilizador, mesmo enquanto era dirigido para a advogada de Skyler.

— Antes de começarmos, senhora advogada, eu gostaria de fazer uma advertência. Com base nos depoimentos que li, parece haver muitas testemunhas... de ambos os lados — acrescentou, lançando uma olhada brusca na mesa da requerida. — E como tenho certeza de que as duas partes seriam capazes de reunir quantos amigos e parentes quisessem para testemunhar a favor do caráter ilibado dessas duas senhoras, eu gostaria de avisar de uma vez que estou propenso a perder a paciência se a situação sair de controle.

— Não vou me esquecer, Meritíssimo — Verna respondeu respeitosamente.

O juiz fixou seus olhos insípidos em Leon.

— Senhor advogado, o senhor gostaria de fazer o pronunciamento inicial?

Leon levantou-se; seu jeito de urso desajeitado e a aparência desarrumada fizeram Ellie estremecer. Mas ele era o típico advogado astuto; Ellie suspeitou de que fazia uso daquela aparência a fim de confundir as pessoas. Quando percebiam como ele era esperto, já era tarde demais.

— Meritíssimo, fico feliz que Vossa Excelência tenha levantado esse assunto. Eu não poderia estar mais de acordo. — Entrelaçando as mãos sobre a vasta barriga, Leon irradiava disposição. — O caráter da minha cliente fala por si só... e nós não temos nenhuma intenção de lançar suspeitas sobre o da requerente. Não duvido, nem por um momento, da sinceridade da Srta. Sutton ou de que suas ações iniciais tenham sido fruto de uma ingenuidade equivocada, e não de uma má intenção. Nossa principal preocupação, aqui, é decidir o que é melhor para a criança. —

Fez uma pausa, engrossando a voz: — Também não pretendo rasgar seda para a minha cliente ao dizer que é evidente o que ela tem a oferecer. Tanto ela quanto o marido são profissionais sérios, com uma renda mais do que adequada. E após anos enfrentando as provações de Jó no esforço de adotar uma criança, esse bebê vem até ela como... bem... como um milagre dos céus. Não podemos esquecer que foi a Srta. Sutton quem procurou a Dra. Nightingale. Ela estava em busca de pais afetuosos e responsáveis para criarem sua filha, e, embora, naquela época, a Dra. Nightingale e seu marido estivessem separados, a Srta. Sutton mostrou-se disposta a relevar este fato. Um erro? — Sério, o advogado sacudiu a cabeça leonina. — Acreditamos que a Srta. Sutton tenha agido apropriadamente, e que este tribunal deva apoiar sua decisão.

Ainda radiante, Leon sentou-se em sua cadeira de carvalho, com um suspiro de satisfação. Ellie sentiu a tensão no pescoço diminuir. Mas seria um erro ficar confiante demais. A brincadeira estava apenas começando. Agora mesmo, podia ver Verna Campbell colocando os óculos de leitura e consultando suas anotações.

— Meritíssimo, eu gostaria de chamar Michaela Palladio para depor — disse, observando-o por cima dos óculos.

A amiga de Skyler levantou-se e foi até a tribuna. Seus cabelos espessos e encaracolados, e suas pálpebras caídas, em conjunto com o cachecol vermelho enrolado por cima da gola da blusa, fizeram Ellie pensar numa cigana prestes a ser interrogada por um policial.

— Pode me chamar de Mickey... todo mundo me chama assim — disse numa voz gutural, típica de uma mulher muito mais velha, ao sentar-se no banco apainelado de carvalho, onde depunham as testemunhas.

— Mickey, como você descreveria sua relação com Skyler Sutton? — perguntou a advogada, levantando-se da cadeira e sentando-se na borda da mesa.

— Ela é minha melhor amiga — respondeu Mickey sem hesitar.

— Há quanto tempo vocês se conhecem?

Mickey sorriu.

— Desde os três anos. Éramos as únicas crianças na escola de equitação que ainda faziam xixi nas calças.

— Você diria que Skyler é uma pessoa segura e responsável?

— Ah, sem a menor sombra de dúvida. A senhora deveria ver a forma como ela cuida do cavalo dela. A Skyler... — Mickey franziu a testa, concentrando-se, como se quisesse escolher melhor as palavras. — Ela sempre teve jeito com os bichos. Eles *confiam* nela. Essa é uma das razões pelas quais ela vai ser uma boa veterinária.

— Ter jeito com os animais é uma coisa... mas um bebê é completamente diferente — observou a advogada, levantando uma sobrancelha. — O que a faz pensar que Skyler estaria apta a enfrentar os rigores da educação de uma criança?

— Ah... — Mickey endireitou-se na cadeira, como se surpresa por haver alguma dúvida a esse respeito. — Bem, acho que ela *estaria*, só isso. Quando ela decide fazer alguma coisa, não há nada que a faça voltar atrás. — Ao lançar um olhar furtivo para Skyler, Mickey percebeu a mancada que dera — afinal, do ponto de vista de Ellie, Skyler não tinha deixado de cumprir a promessa que fizera? Leal à amiga, Mickey acrescentou: — Skyler é a melhor amiga que alguém poderia ter.

Ellie sentiu-se encolher por dentro. Nenhum discurso decorado poderia ser mais impactante do que o testemunho sentido daquela jovem que, claramente, não era dada a rompantes emocionais. Outra coisa lhe passou pela cabeça, um pensamento sombrio que surgiu do nada: *Meu Deus, e se for verdade... e se a Alisa realmente devesse ficar com a mãe verdadeira?* Fora Skyler quem dera à luz Alisa. Acima de qualquer instinto, lamentava de coração o seu drama. Começou a suar e olhou ansiosa para Leon, assim que ele se levantou para interrogar Mickey, aproximando-se do banco com seu andar pesado.

Parando a alguns centímetros da testemunha, pigarreou.

— Srta. Palladio, a senhorita diria que sua amiga tem uma vida *privilegiada*?

— Se isso significa morar numa bela casa e cursar boas escolas, sim... mas, se o senhor está tentando insinuar que ela é uma garota mimada, bem, a resposta é *não*. — Os olhos de Mickey brilharam indignados.

— Mimada? — repetiu, sorrindo. — Eu jamais diria isso. Eu estava apenas pensando se a Srta. Sutton, devido à vida confortável que a senhorita descreveu, tem noção dos *sacrifícios* que teria de fazer. Como a Dra. Campbell apontou com muita propriedade, um bebê não é um cavalo. Não se pode, simplesmente, deixá-lo com um cavalariço e sair para se divertir.

— Protesto, Meritíssimo! — vociferou Vera. — Sinto-me ofendida com a insinuação de que os anseios de minha cliente sejam simplesmente... um *capricho*.

O juiz Benson inclinou-se para a frente, franzindo as sobrancelhas.

— Dr. Kessler, se o senhor tem algum ponto de vista a demonstrar, sugiro que o faça logo.

Leon balançou a mão, mostrando que tinha entendido, antes de voltar a fixar os olhos castanhos cintilantes em Mickey.

— Então, chegamos à conclusão de que a Srta. Sutton está longe de ser *mimada*. Mas a senhorita a descreveria como sofisticada? Alguém que não se deixaria iludir por qualquer pessoa?

— Eu diria que sim — respondeu Mickey cautelosamente.

— A senhorita diria que ela é uma pessoa esclarecida, capaz de tomar decisões inteligentes?

— Sim.

— Então a senhorita acredita que a decisão dela em escolher a Dra. Nightingale para criar seu bebê foi uma escolha inteligente?

Mickey hesitou.

— Bem... sim.

— A senhorita não acha que, talvez, ela tenha sido um pouco... qual é mesmo a palavra? *Ingênua?*

— Não, não acho.

— Então, concorda que ela fez uma boa escolha?

— Parece que sim... na época.

— E agora?

— Agora, não sei.

— Ah, alguma coisa fez a senhorita mudar de opinião com relação à Dra. Nightingale?

— Isso não tem *nada a ver* com a Dra. Nightingale.
— Sua amiga simplesmente mudou de idéia, não é?
— É.
— E quanto à Dra. Nightingale? Ela deve, simplesmente, concordar?

Ellie sentiu o coração bater acelerado ao observar Mickey baixar os olhos. Com o som abafado do sangue pulsando em seus ouvidos, ouviu a jovem hesitar:

— Não foi nada assim... calculado. A Skyler não pode evitar a forma como está se sentindo.

— E, com certeza, nem a Dra. Nightingale — Leon respondeu calmamente. — Obrigado, Srta. Palladio, isso é tudo.

Ellie notou uma pequena ruga no cenho de Verna Campbell. *Um a zero para Leon*, pensou, uma pontinha de esperança começando a brotar.

Viu também Skyler olhar para trás, por cima do ombro, e examinar, ansiosa, os fundos da sala, até pôr os olhos em Tony. Ficou olhando para ele por algum tempo, como se querendo lhe dizer alguma coisa. Mas Tony sustentou seu olhar, impassível, os olhos escuros tão brilhantes e ilegíveis quanto o clarão dos faróis no asfalto.

Até o momento, ele conseguira manter-se à margem de toda aquela confusão, recusando-se a tomar as dores de qualquer uma das duas. Mas o que aconteceria se resolvesse ficar do lado de Skyler? Ele amava a filha, Ellie sabia muito bem disso — tinha a medalha do Arcanjo Miguel como prova. Se testemunhasse a favor de Skyler, teria mais a ganhar do que permanecendo calado. E, independentemente de não estarem vivendo juntos, se Skyler ganhasse a custódia da filha, ele poderia desempenhar um papel atuante como pai.

O que o estava detendo?, Ellie perguntou-se. Seria lealdade a *ela*? Ou será que ele sabia de alguma coisa sobre Skyler que ninguém mais sabia?

Seguiram-se mais três testemunhas. Seu instrutor de equitação, cuja postura militar não conseguia disfarçar o óbvio desconforto. Uma colega de quarto de Princeton. Um antigo professor. Ninguém tinha nada a acrescentar, além do fato de Skyler ser uma pessoa maravilhosa, capaz e afetuosa.

E nenhum sinal de sua mãe ainda. O que estaria acontecendo? E quanto ao pai dela? Não tinha sido chamado para testemunhar. Haveria alguma razão para isso, além da óbvia — o fato de ele estar envolvido demais na situação para ser capaz de expressar uma opinião imparcial?

Ellie chamou a atenção de Leon e escreveu no seu bloco de rascunho: *E o pai?* O advogado respondeu arqueando uma sobrancelha grossa e sacudindo a cabeça.

Estaria Leon preocupado ou seria apenas imaginação sua? Ellie foi tomada por um desejo súbito de voltar correndo para casa, para ver Alisa, que ficara em casa com a babá jamaicana, a Sra. Shaw. Talvez pudesse fugir com ela para o exterior, onde ninguém as encontraria...

Ah, é? E quanto ao Paul... você o deixaria para trás também? E sua profissão?

Nada de pânico. Dentro em pouco, Leon chamaria suas próprias testemunhas, Georgina iria depor e Paul também. Então, viriam os peritos, a assistente social e o psiquiatra. Até o final da tarde ou, o mais tardar, na manhã seguinte, tudo estaria resolvido. Não obstante, ainda poderia levar dias, semanas, até o juiz dar a sentença.

Ellie estava quase convencida de que poderia respirar, quando Verna se pôs de pé.

— Meritíssimo, eu gostaria de chamar Skyler Sutton para depor.

Embora Skyler tenha ouvido seu nome alto, demorou um ou dois segundos até conseguir responder. Era como se o seu eu verdadeiro estivesse trancado dentro da concha fria e lustrosa que ela apresentara ao mundo, como aquelas bonequinhas russas que a avó lhe dera quando era criança — uma cabendo dentro da outra até chegar à menorzinha, do tamanho do polegar de uma criança.

Skyler levantou-se e foi até a tribuna. Estava ciente de que deveria manter a cabeça erguida e os braços soltos ao longo do corpo. O ar se deslocava silenciosamente ao seu redor. *Vai dar tudo certo.* Verna já não tinha lhe dito, mais de uma vez, como as probabilidades estavam a seu favor?

Dissera-lhe, também, que talvez não impressionasse bem o juiz o fato de sua mãe não estar lá. Nos casos em que a mãe biológica era jovem e solteira, a presença dos pais, demonstrando apoio, ajudava bastante. Por outro lado, Skyler não era propriamente uma menina. Há mais de um ano vivia sozinha, tinha sua própria renda e uma carreira pela frente.

O que Verna não contava era com a forma como Skyler se sentiria ao entrar no tribunal e ver o lugar vazio, ao lado do pai, onde sua mãe deveria estar.

Isso a incomodou novamente ao sentar-se no banco das testemunhas e ver os olhos pesarosos do pai. *Por que, mãe, por quê?* Nada ainda fazia sentido para ela. Quando se ama uma filha, luta-se por ela.

Mickey levantou o polegar em sinal de encorajamento, e Skyler sentiu uma onda de gratidão. O que seria dela sem a amiga?

Sentiu também o olhar de Tony, mas recusou-se a se virar para trás. Estava feliz por ele estar lá... mas, por outro lado, sua presença a estava deixando ainda mais nervosa. Estava consciente do coração acelerado e do suor acumulado entre os seios.

— Skyler, você ama sua filha? — Verna foi direto ao ponto.

Skyler aprumou-se.

— De todo o meu coração.

— Deixe-me abusar um pouco de sua paciência, Skyler, pois alguns de nós, talvez, tenhamos dificuldade em entender como uma mãe que diz amar sua filha poderia dá-la para adoção. Você poderia explicar?

Tinham ensaiado, cuidadosamente, o diálogo no escritório de Verna... mas agora, que se encontrava sob a luz dos refletores, Skyler sentia o estômago se torcer em pânico. Sem sentir, levou a mão trêmula até o rosto, quando lembrou de colocá-la no colo.

— Na época, achei que estava fazendo a coisa certa — disse ela baixinho.

— Certa para quem?

— Para o meu bebê.

— Sua decisão, então, não teve nada a ver com o que seria melhor para *você*?

— De certa maneira, teve — ela admitiu. — Eu tinha planejado voltar para a faculdade. E não sabia como iria conciliar os estudos com a maternidade. — Tinham ensaiado essa parte também. Verna achava que seria melhor se ela mesma reconhecesse isso do que ser pintada como uma pessoa egoísta e insensível pelo advogado de Ellie.

— E agora?

— Eu ainda gostaria de voltar para a faculdade, mas não precisa ser, exatamente, agora. E, quando voltar, poderei cursar menos matérias, para poder ficar o maior tempo possível com a Alisa. — Sentiu o olhar de Ellie, mas não ousaria olhar em sua direção, assim como não ousaria se jogar à frente de um carro em alta velocidade.

Me perdoe, implorou silenciosamente. *Jamais desejei te magoar.*

Verna posicionou-se estrategicamente em frente à tribuna, a fim de bloquear a visão entre as duas. Quando falou, sua voz foi gentil, porém firme, a voz de uma mãe complacente:

— Deixe-me ver se entendi direito. Por uma série de razões, você decidiu dar sua filha para adoção... e, de repente, você dá uma guinada de cento e oitenta graus e decide que a quer de volta. Skyler, você poderia nos dizer o que ocasionou esta repentina mudança de planos? — Verna permaneceu imóvel, esperando por sua resposta.

Skyler respirou superficialmente e respondeu:

— Honestamente? Eu não sabia do que estava abrindo mão. — As palavras podiam ter sido ensaiadas, mas não a emoção que as acompanhava ou as lágrimas que enchiam seus olhos... — Assim que a vi, eu soube, lá no fundo. Mas tive um parto demorado... estava cansada e tudo já estava combinado. Semanas depois é que tive mesmo certeza.

— Certeza de *quê*, Skyler? — Verna deu um passo estranhamente débil para a frente.

— De que eu morreria se não pudesse ficar com ela. — Uma única lágrima escorreu-lhe pelo rosto e caiu-lhe sobre o pulso, como a cera quente de uma vela acesa. A sala se dissolveu ante seus olhos.

— Obrigada, Skyler — Verna agradeceu gentilmente. — Não tenho mais perguntas.

Mas Skyler sabia que não tinha acabado. Agora, era a vez de Leon Kessler interrogá-la, e, embora estivesse preparada para responder a todas as perguntas e insinuações que ele provavelmente faria, estava nervosa e suando frio.

Verna lhe aconselhara a dar respostas simples e diretas, mas não havia nada simples ou direto em relação àquele homem grandalhão e amarrotado que se aproximava lentamente. Seus olhos castanhos brilhavam de contentamento e suas faces coradas formavam duas saliências brilhantes.

— Srta. Sutton — começou com seu jeito bem-humorado. — Talvez seja apenas eu, mas estou com um pouco de dificuldade de entender uma coisa. — Esperou um pouquinho e continuou: — A senhorita teve essa brusca mudança de comportamento... ainda assim, durante toda a sua gravidez, não deu nenhuma indicação para a minha cliente de que estaria pensando diferente. Como a senhorita explica isso?

— Na maior parte do tempo, bloqueei minhas emoções. Era mais fácil ficar... insensível.

— A senhorita sempre bloqueia seus sentimentos?

— Da forma como o senhor está falando, até parece que... — Skyler percebeu o olhar de advertência de Verna e deteve-se. — Não, acho que não. Geralmente, não.

— Mas, neste caso, a senhorita não sentiu nada. Não, desculpe-me, ficou *insensível*. — Tamborilou com os dedos na barriga e franziu os lábios. — Srta. Sutton, quantos casais a senhorita entrevistou, antes de se decidir pela minha cliente para adotar o seu bebê?

— Seis.

— E, ainda assim, a senhorita, escolheu a Dra. Nightingale, mesmo depois de ela lhe confidenciar que estava tendo problemas conjugais naquela época?

— Eu... eu tive uma boa impressão dela.

— Mesmo a situação dela estando longe de ser ideal?

— Sim.

— Quais são os seus sentimentos com relação à Dra. Nightingale, agora?

Skyler hesitou e depois disse:

— Tenho certeza de que ela tem tudo para ser uma boa mãe, mas não é essa a questão.

— E qual *é* a questão?

— A questão é — mordeu o lábio — que *eu sou* a mãe da Alisa. A mãe verdadeira dela.

— Entendo — assentiu circunspecto. — E o pai da criança? Ele tem alguma participação nessa história?

— O Tony e eu... nós não... bem, na época nós não... nosso relacionamento não é o que o senhor está pensando. — Skyler sentiu a pele do rosto esticada como se por efeito de um inchaço, perfeitamente consciente de como deveria estar parecendo agora: estúpida, leviana, do tipo que vai para a cama com homens que mal conhece.

— Não estou pensando nada, Srta. Sutton — respondeu ele brandamente. — Por que *a senhorita* não nos esclarece sobre a natureza do seu relacionamento com o pai do seu bebê? Tony Salvatore, não é?

— Nós somos apenas... — Skyler parou, sua cabeça rodando. O que Tony *era* seu? Amante? Amigo? Protetor? Nenhuma das opções anteriores? — Amigos — finalizou, sentindo-se uma traidora.

— Qual foi a reação dele quando a senhorita lhe disse que estava grávida?

Ela refletiu por alguns instantes.

— Ele ficou preocupado... quis ajudar.

— Quando surgiu o assunto da adoção, não foi o Sr. Salvatore que recomendou a Dra. Nightingale?

— Foi.

— E não foi ele que arrumou o encontro entre vocês?

— Foi.

— O Sr. Salvatore acabou concordando em abrir mão dos seus direitos de pai?

— Sim.

O advogado chegou bem perto dela, tão perto que Skyler pôde ver os pêlos das suas narinas.

— Então o Sr. Salvatore parece ser um homem que honra sua palavra. Será por isso que ele não está testemunhando a seu favor?

— Meritíssimo, minha cliente não pode responder pelo Sr. Salvatore! — protestou Verna.

Skyler olhou para Tony, imóvel feito uma pedra nos fundos da sala. Estaria zangado? Ao negar publicamente o amor deles, será que o tinha perdido para sempre?

Sentiu-se mal ante essa possibilidade.

— Está bem... está bem — Leon aquiesceu afavelmente, rodando sobre os calcanhares e batendo com as mãos às costas. — Mais uma pergunta, Srta. Sutton. Seus pais estão presentes neste tribunal?

— Meu pai está logo ali — ela respondeu, apontando para a primeira fila.

— E sua mãe?

— Ela... não pôde vir. — Gotas de suor escorreram-lhe pelas costas e pelo peito.

— Ah... e posso perguntar por quê?

— Eu... — Skyler sentiu vontade de gritar que não era da conta dele, mas isso, provavelmente, era o que ele queria. Em vez disso, disse com a voz fraca: — Prefiro não responder por ela.

— Acho estranho — comentou o advogado, como se ruminando sobre os mistérios do universo — que as duas pessoas supostamente mais interessadas nesta questão tenham resolvido não testemunhar a seu favor. Isso também não *lhe* parece estranho, Srta. Sutton?

— Meritíssimo! — gritou Verna, furiosa.

O juiz começou a falar alguma coisa que Skyler não conseguiu ouvir; era como se uma parede de vidro o separasse do resto do tribunal, uma parede através da qual, por mais que se esforçasse, era capaz de entender somente uma ou outra palavra.

— Abusando... eu avisei, Sr. Kessler... recesso...

Momentos depois, a maciça porta dupla abriu-se no fundo da sala e uma senhora elegante de meia-idade, com os cabelos castanhos agrisalhados bem arrumados num corte Chanel, atravessou o corredor por entre as fileiras de bancos.

Skyler sentiu algo ceder em seu peito, como a terra fofa que se desintegra após uma chuva forte.

A mãe parecia pálida e abatida num terninho Chanel *pied-de-poule*, e também mais curvada sobre a bengala. No entanto, apesar da dor visível, parecia composta.

Aliviada, Skyler sussurrou:

— Mãe.

Kate daria tudo para não estar lá. Mas, no fim, nada pudera detê-la.

Fizera o possível, é claro. Tentara convencer-se de que, caso se mantivesse ocupada, não pensaria no que estava acontecendo a quilômetros de distância, num tribunal em Nova York. Fora para a loja, onde acabara de chegar uma remessa de Kansas City, uma estante Biedermeier. No entanto, tão logo soltou o primeiro grampo do caixote, ouviu uma voz clara lhe avisando:

A Skyler precisa de você.

Pouco importava se a filha *queria* ou não a sua presença. Havia espaço apenas para um pensamento em sua mente: *Eu sou a mãe dela.*

Sabia que Will não deixaria de ir... apesar disso, a visão dele foi perturbadora. Para quem estava de fora, parecia (como sempre parecera) que Will era forte e ela não. As pessoas diriam que ela se arrastara até lá, que a pobre e frágil Kate se forçara a suportar aquele sofrimento, apenas para salvar as aparências. Mas estavam todos errados. *Ela* era a forte dos dois, forte o bastante para enfrentar a verdade.

Já fiz concessões demais ao longo dos anos, pensou ao deixar-se cair no banco ao lado do marido, mal olhando em sua direção.

Não as faria mais. Qualquer que fosse o resultado, não mais se calaria perante o marido. Ele poderia se esconder da verdade o quanto quisesse... mas isso não a obrigaria a fazer o mesmo.

Kate ficou olhando para Skyler, que parecia assustada ao descer da tribuna. A filha lançou-lhe um olhar especulativo, como se esperando por algum sinal ou gesto seu. Com um leve meneio de cabeça, Kate deixou claro que não estava lá para depor, apenas para lhe dar apoio.

A única pessoa naquela sala para quem não conseguia olhar era Ellie. Assim que foi chamada para depor, Kate manteve os olhos baixos, fixos na bengala encostada ao seu lado no banco.

Que vergonha, repreendeu-a a voz da consciência, forçando-a a levantar os olhos.

Ao se encaminhar para a bancada, Ellie parecia calma. Caminhou a passos largos, a cabeça erguida, os ombros para trás; trajava um terninho com uma estampa xadrez desmaiada e um broche prateado Paloma Picasso na gola. Tinha muito a perder para revelar o pânico profundo que deveria estar sentindo naquele momento, pensou Kate.

De todas as emoções que esta mulher lhe despertara ao longo de duas décadas, nenhuma fora tão forte quanto a admiração que sentia agora, observando-a enfrentar o tribunal com a elegância e a dignidade de uma rainha.

— Dra. Nightingale, a senhora tem outros filhos? — perguntou-lhe o advogado, inclinando-se para a frente com as mãos sobre o peito, as pontas dos dedos encostadas.

Ellie ajeitou-se na cadeira e limpou a garganta antes de falar. Ainda assim, sua voz saiu pastosa e um tanto rouca:

— Sim... uma filha, Bethanne. Mas não tenho como saber se ela ainda está viva.

Fez-se um silêncio pesado no tribunal, tão espesso quanto gelo.

Kate sentiu uma dor pungente cortar-lhe o peito. Ah, Deus do céu, como podia suportar aquelas palavras? Lançou um olhar furtivo para o marido, admirada com sua frieza. Era como se Ellie fosse uma perfeita estranha... alguém que ele jamais tivesse visto. Pela primeira vez em quase trinta anos de casamento, Kate sentiu vontade de bater nele.

— Sei que isso deve ser doloroso para a senhora, Dra. Nightingale, mas será que poderia nos dizer o que houve com a sua filha? — o advogado pediu-lhe gentilmente.

— Ela tinha só quatro meses... — Sua boca começou a tremer. — Eu estava morando com a minha irmã. Trabalhava à noite, enquanto

Nadine tomava conta de Bethanne. Uma noite cheguei em casa e... — fechou os olhos por um momento — ... ela tinha desaparecido. Tinha sido raptada pelo... namorado da minha irmã. A polícia o procurou, mas ele não deixou pistas...

O advogado esperou que ela se recuperasse, para, então, continuar:

— E durante todos esses anos, a senhora nunca soube o que aconteceu com ela?

— Nunca.

— Sr. Kessler — interrompeu o juiz, impaciente. — Tenho certeza de que a Dra. Nightingale merece o respeito de todos aqui presentes, mas qual o nexo, se é que existe algum, desse incidente com o caso em questão?

— Meritíssimo, minha cliente é uma mulher que, claramente, conhece a dor de perder um filho. Ela não entrou nessa situação por entrar. Ela não resolveu adotar a filha da Srta. Sutton impelida por um alarme de última hora do seu relógio biológico. Suas razões foram puras e tiveram início numa vida tomada pelo desejo de ser mãe: a maternidade representa tudo para ela.

Kate fez de tudo para permanecer sentada. Sentia os olhos quentes e secos e um gosto amargo na língua.

O advogado olhou novamente para Ellie.

— Dra. Nightingale, sei que o seu casamento passou por um período difícil. A senhora pode nos falar um pouco sobre isso?

— Vou tentar. — Seus lábios tremeram num sorriso hesitante. — Quando Skyler me procurou, meu marido e eu estávamos separados. Nós nos amamos muito... mas, na verdade, *estávamos* estressados. Tentamos, por vários anos, ter um bebê e, como não conseguimos, começamos a pensar em adoção.

— O que, pelo visto, não ficou só no pensamento?

— Não. Chegamos perto duas vezes, mas, na hora H, as mães mudavam de idéia. — Fez uma pausa. — Meu marido é o diretor da Unidade Intensiva Neonatal do Hospital Langdon. Ele lida com a vida e a morte todos os dias, com bebês vivendo por um fio. Acho que tudo isso... foi muito para ele. Nós dois precisávamos de um tempo.

Leon Kessler apertou o lábio superior com seu dedo grosso.
— A senhora poderia nos descrever o seu casamento, agora?
Dando uma olhada em Paul, com as mãos apertadas sobre a mesa, Ellie respondeu numa voz clara:
— Estamos mais juntos do que nunca.
— Obrigado. — Kessler acenou com a cabeça para a advogada de Skyler.
Kate ficou tensa ao ver Verna Campbell levantar-se com seus cômodos escarpins de saltos baixos e aproximar-se da tribuna. O olhar que dirigiu a Ellie a fez lembrar-se do dia em que fora demitida do emprego. Tinha dezesseis anos e estava começando a trabalhar na Macy's, na época do Natal, quando sua chefe, uma mulher de cabelos brancos, autoritária e mal-humorada, passou-lhe uma descompostura, na frente de todos, por ter dado um troco errado. Ao demiti-la, seu sorriso fora semelhante ao de Verna agora — um sorriso capaz de cortar vidro.
— Estou encantada em saber que a senhora e seu marido estão superando suas dificuldades — disse sem qualquer emoção. — *Quando*, exatamente, vocês reataram?
— Há uns dois meses — respondeu Ellie, propositadamente vaga.
— Isso foi antes ou depois de minha cliente lhe dizer que havia mudado de idéia?
Ellie hesitou por um momento e respondeu:
— Acho que depois. Não me recordo exatamente do dia.
Mentira, pensou Kate. Mas justificável.
Verna, surpreendentemente, perdeu a deixa. Então, como um lobo cercando a presa para matá-la, perguntou em voz baixa:
— Dra. Nightingale... quantos anos a senhora tinha quando sua filha, Bethanne, foi, supostamente, raptada?
— Dezoito. — Ellie fez um ar contrariado. — E não há dúvida alguma quanto ao seu rapto.
— Hummm... a senhora disse que a sua irmã tomava conta dela naquela época?
— Meritíssimo... — Kessler começou a protestar, mas o juiz o interrompeu com um gesto categórico.

— Sr. Kessler, foi *o senhor* que começou com o assunto — vociferou. — É justo que a Sra. Campbell possa continuar com ele.

Aborrecido, o grandalhão sentou-se novamente.

— A senhora estava trabalhando — Verna deu uma olhada em suas anotações — no Teatro Loews State, na Broadway com a 45... como bilheteira? — Era preciso ser justa, pensou Kate, a advogada tinha, claramente, feito o dever de casa.

— Exatamente.

— Sua irmã estava desempregada na época?

Ellie hesitou antes de responder:

— Na verdade... sim.

— Dra. Nightingale, como era possível vocês conseguirem sobreviver, as três, somente com seu salário?

— Com dificuldades. — Sorriu tristonha.

Verna deixou o silêncio se estender, ganhar volume. Então, numa voz baixa e mortífera, perguntou:

— A senhora sabia que sua irmã... como direi... vendia seus serviços?

Ellie ficou pálida, as pálpebras trêmulas. Então, empertigando-se ainda mais, respondeu:

— Sim, eu sabia que minha irmã recebia... alguns homens. Mas não era sempre, e ela... ela era discreta.

— A senhora está me dizendo que, mesmo morando naquele apartamento minúsculo, a senhora não se *incomodava* que homens estranhos entrassem e saíssem toda hora de lá?

— Não era assim. E, de mais a mais, como já expliquei, eu não tinha escolha. Era muito jovem, e meus pais haviam deixado claro que eu não era bem-vinda em casa.

— Dra. Nightingale, a senhora não ficava nem um pouco preocupada com os efeitos que o comportamento da sua irmã poderia ter na sua filha?

— É claro — respondeu ríspida. — Eu economizava cada centavo que podia para ter a minha própria casa.

— Mas, enquanto isso, a senhora ia trabalhar todas as noites e deixava a sua filha de quatro meses sob os cuidados de uma prostituta?

— Ela era minha irmã. — Ellie ficou ainda mais pálida e visivelmente trêmula.

— Dra. Nightingale, de acordo com os registros policiais, o homem que a senhora descreveu como namorado da sua irmã era, na realidade, um cafetão. A senhora sabia disso?

— Não... de início, não. Mas, depois, sim.

— A senhora disse à polícia, na época, que ele havia batido diversas vezes na sua irmã.

— Disse.

— Então, ele também era violento?

— Eu... eu nunca vi nada acontecer, mas...

A voz de Ellie, tão cuidadosamente modulada, tinha, agora, a cadência das grandes planícies, e, pela primeira vez, Kate percebeu, por trás daquela aparência profissional, conquistada a duras penas, a pobre adolescente que ela fora um dia.

Kate imaginou Ellie mais jovem, descendo do ônibus em Port Authority, com um bebê nos braços, os olhos vermelhos após um dia e uma noite inteiros de viagem. O bebê, irritado, e ela tentando acalmá-lo, ao mesmo tempo em que olhava ao redor, esforçando-se ao máximo para se orientar.

Ellie está lendo o verso de um envelope amassado. Sabe que aquele é o endereço da irmã, mas não faz a menor idéia de onde fica. São duas horas da manhã, e não dorme há dias. Está apavorada. Tudo, naquele lugar imenso e agitado, a intimida. Poderia pegar o metrô, mas já ouviu várias histórias sobre mulheres assaltadas e violentadas nas estações. Um táxi está fora de questão, muito além do que pode pagar. Finalmente, ela vê um mapa na parede e percebe que a casa da irmã não fica tão longe. O inverno está se aproximando, e ela precisa carregar, sozinha, o bebê e uma mala pesada. Mas vai dar um jeito. Chegou até lá, não chegou? De alguma forma, sempre deu um jeito...

Kate acordou do seu devaneio com um soluço dissonante. Olhou aterrorizada para Ellie, que, chorando copiosamente, afundava o rosto nas mãos.

— *Não!*

Demorou uma fração de segundo para perceber que o grito tinha saído dela. De alguma forma, mesmo sem perceber, estava de pé. Ouviu um burburinho abafado ao seu redor, como o rumor de ondas quebrando a distância. Observou Ellie levantar o rosto lívido e aflito em sua direção. Todos no tribunal olhavam para ela.

Então, aconteceu o inesperado. Era como se ela, finalmente, escancarasse a porta que mantivera trancada durante todos aqueles anos — mas, em vez de se deparar com os corpos das esposas de Barba Azul, encontrara algo maravilhoso: uma sensação de leveza e liberdade que não sentia desde quando era garota, quando voava como o vento no lombo de um cavalo.

Numa voz firme e clara, que mal reconheceu como sua, gritou:

— A Ellie não fez nada de errado. *Eu* sou a culpada. Meu marido e eu. Porque, Deus do céu, Skyler não é nossa filha. É filha da Ellie.

Capítulo Dezessete

Certa vez, anos atrás, em uma visita à Califórnia, Ellie passara pela experiência de um terremoto. De início, não lhe parecera nada demais, apenas um pequeno tremor, como a vibração de um trem de metrô passando por baixo da terra — exceto quando se lembrou de que não havia metrô em Monterey. De repente, a janela do chalé que ela e Paul tinham alugado começou a tremer e a emitir um som parecido com o de dentes batendo.

A seguir, quando olhou para fora, viu algo que fez seu estômago despencar até as pernas: o caminho calçado estava se levantando... ondulando-se, como uma cobra gigantesca, semi-enterrada no gramado.

Ellie caiu sobre o assento da janela tão bruscamente como se tivesse sido atingida nos joelhos por um golpe de caratê. O universo tinha parado, todas as regras estavam suspensas, e ela ficou sem ter ao que se apegar, nenhum lugar seguro para ir.

O terremoto durou apenas dez segundos, mas deixou-lhe uma impressão indelével. Naquele breve momento, aprendera a lição mais assustadora da vida: não existem coisas preestabelecidas. Pois, se mesmo a terra sólida pode se transformar num dragão serpenteando perante seus olhos, então nada, absolutamente nada pode ser dado como definitivo.

Ellie sentia-se, agora, da mesma forma como se sentira então... exceto que o abalo sísmico das palavras de Kate não podia ser visto. Em algum lugar no seu âmago, um zunido profundo estava se transformando num estrondo. Sua cabeça flutuou quilômetros acima do corpo.

— Meu Deus! — ofegou.

A galeria dos espectadores, com suas fileiras de bancos de carvalho repletos de rostos chocados, foi ficando cinza e indistinta, como uma cena vista pelo espelho retrovisor de um carro atravessando um túnel. Por um momento, Ellie achou que iria desmaiar.

Então, ela se viu atravessando aquele túnel, até a sala se alargar novamente... e a parte do seu cérebro que parecia ter se desconectado voltou de estalo ao lugar. Ellie agarrou-se à moldura que debruava o painel de carvalho da bancada das testemunhas, usando-o como ponto de apoio para levantar-se. Ao descer, torceu dolorosamente o tornozelo e ficou surpresa ao perceber que, afinal de contas, não estava suspensa no ar.

Isso não está acontecendo, pensou.

Então por que o juiz está batendo o martelo... e por que todos parecem ter se transformado em colunas de sal? Até mesmo Kate parecia chocada, como se não acreditasse que aquelas palavras tivessem lhe saído da boca. Contornou a balaustrada que separava a galeria do resto do tribunal, e caminhou tensa em direção a Ellie, seus olhos como dois orifícios queimados e abertos numa folha de papel branco.

Estaria falando a verdade?

Não. Impossível. Eu saberia.

Então, com a força de um martelo descendente, percebeu que tudo se encaixava. A idade de Skyler. O fato de ela ter sido adotada. E olhe só para ela. Ellie arriscou um olhar para a jovem sentada à mesa da requerente, o rosto privado de cor, mas ainda assim... Deus do céu, era só olhar...

Como pudera não ter visto?

Ellie sentiu alguém ampará-la pelos cotovelos, conforme descia os degraus da tribuna. Virou-se em câmera lenta e viu Paul ao seu lado; seus olhos cinzentos, por trás das lentes sujas dos óculos, olhavam incrédulos para ela.

Bocas se abriam e fechavam. Leon, com o rosto vermelho como um pedaço de carne-seca; a bruxa da advogada de Skyler com os cabelos em pé. Vozes zumbiam e ressoavam em seus ouvidos como se estivesse tentando se comunicar por telefone com um transatlântico em alto-mar.

— Posso falar com você... a sós? — ecoou uma voz clara como o tinir de um sininho de vento.

Ellie piscou e focalizou o rosto angustiado de Kate, um rosto perfeitamente ovalado, os traços bonitos e finos. Seus olhos castanho-claros estavam cheios de lágrimas, como gotas de chuva após uma tempestade.

E, mesmo embotada, Ellie a seguiu. Kate parou apenas uma vez, tão logo se aproximou da cadeira onde Skyler segurava o pescoço, confusa e atordoada. Encostando a bengala na mesa de carvalho, segurou com as duas mãos o rosto pálido da filha e assim ficou por alguns momentos, como se dissesse: *Eu te amo e vou explicar tudo, assim que você estiver pronta para ouvir.*

Skyler ergueu o rosto atônito para olhar a mãe, e Kate murmurou algo baixo demais para Ellie poder ouvir; então, recolheu a bengala e foi em direção ao corredor central, lançando um olhar de desdém para o marido ainda sentado.

Do lado de fora do tribunal, o corredor cheirava à fumaça dos grupos de fumantes, reunidos como fugitivos ao longo das paredes. Mas Ellie pouco se importou ao sentar-se no banco ao lado de Kate. Houve um momento de silêncio constrangedor; então, Kate tocou-lhe as costas... um toque tão leve e gelado como uma brisa vinda da janela. Seus olhos, vermelhos e sem maquiagem, emanavam um brilho estranho, tão hipnotizante como um acidente na estrada que atrai o olhar dos motoristas.

Ellie conseguiu encontrar voz para perguntar:

— Há quanto tempo você sabe?

— Desde sempre — respondeu-lhe Kate. — Não no primeiro momento... mas juntei as peças pouco depois. Você estava nos jornais. E eu... eu soube. Deus me perdoe, mas eu soube. — Deteve-se para pressionar o dedo na têmpora, os olhos luminosos e abatidos fixos em Ellie. — Fiquei chocada demais para fazer qualquer coisa no primeiro momento. Pensei em chamar a polícia. Mas todas as vezes que pegava o telefone... o meu bebê... o seu bebê — fez um esforço visível para se corrigir. — Eu sempre dizia: "Só mais um dia. Vou esperar até amanhã. Vou ficar com ela só até amanhã. Deixe-me ficar com ela só mais um dia". E assim foi... os dias foram passando e eu sempre dando desculpas. Então, ela começou a falar "mamãe". E nasceu o primeiro dentinho. E, de repente, lá estava ela ficando de pé e pegando tudo o que podia... Não sei quando me convenci de que não ia mais avisar à polícia. Acho que, durante o tempo todo, fiquei esperando que alguém descobrisse e a levasse embora. Mas um dia percebi que isso não iria acontecer...

— Seu marido... ele sabia? — Ellie perguntou num soluço.

— Sim, sabia. — Um brilho sombrio cintilou no fundo dos seus olhos. — Mas ele encarava a coisa de outra maneira. Ele era.... é incapaz de reconhecer qualquer coisa que tenha decidido apagar da memória. — Deu um sorriso triste. — Às vezes, eu gostaria de ser mais parecida com ele.

Ellie lutava para arrumar os pensamentos em sua mente, mas era muita coisa de uma só vez — como se montasse um quebra-cabeça no escuro. Até que a peça que estava procurando às cegas apareceu de repente.

Devagar, perguntou:

— Aquele dia no hospital, quando nós nos conhecemos... você sabia quem eu era?

Kate fechou os olhos e fez que sim.

— Todos esses anos! — Ellie cobriu o rosto.

— Sei que não posso pedir a você para me perdoar. — A voz de Kate, fraca e doída, penetrou por entre as mãos em concha de Ellie. — O que eu fiz. O que *nós* fizemos, o Will e eu... foi um crime... não apenas um crime imperdoável. Foi um pecado terrível.

Ellie levantou a cabeça e disse com certo encantamento:

— Eu sabia que ela não estava morta! Eu *sentia* de alguma forma. Ah, meu Deus, Bethanne. Todo esse tempo... — Foi então que percebeu a situação. Se Skyler era sua filha, isso queria dizer que... — Eu sou *avó* da Alisa. — Forçou-se a pronunciar as palavras, embora parecesse não ter mais ar nos pulmões.

Kate concordou mais uma vez.

— Você entende, agora, por que eu não podia ficar do lado da Skyler? — Kate recostou-se na parede, levando as mãos cerradas ao rosto. — No início, quando ela me disse que era você quem ia adotar o bebê... bem, você pode imaginar... — Por cima dos nós dos dedos brancos e ossudos, os olhos cintilantes de Kate consideraram Ellie com algo semelhante a assombro. Numa voz rouca, perguntou: — Você acredita em destino?

Ellie pensou por um momento e respondeu:

— Se não acreditava antes, acredito agora.

— Isso não pode ser apenas uma coincidência — continuou Kate, num jorro ofegante. — Quando percebi que... quando entendi que alguma coisa, uma força, seja Deus ou o que for, estava por trás disso... bem, foi como se eu estivesse tendo uma segunda chance, você entende? Eu jamais poderia mudar o que havia feito, mas, finalmente, tinha a chance de devolver, pelo menos, uma parte do que havia tirado de você.

— Sangue do meu sangue... — Os fatos estavam se acomodando em sua cabeça.

— Quando a Skyler me disse que tinha mudado de idéia... — Kate engoliu em seco... — eu quis ajudá-la. Ela é minha filha, e nós estávamos falando da minha neta. Mas eu... eu não consegui. Também não podia ficar contra ela. Por isso, decidi simplesmente ficar de fora.

— Por que você mudou de idéia?

— Não sei ao certo. — Kate parecia confusa. Então se aprumou no banco e disse: — No caminho para cá, eu disse a mim mesma que ia me sentar e assistir calada. Mas, agora, percebo que não agüentaria, independentemente das conseqüências. Eu precisava falar a verdade, porque isso estava me matando.

Ellie ficou olhando para aquela mulher, deixando o terremoto vibrar e bramir. Lembrou-se do dia, meses depois — ou apenas semanas? —, em que percebeu que seu bebê talvez nunca mais fosse encontrado, que jamais veria Bethanne novamente. Nunca mais sentiria seu cheirinho delicioso de leite... ou sua boquinha sugando seu seio. Tremera tanto que fora obrigada a engatinhar até a cama, os joelhos encolhidos sobre o peito debaixo das cobertas, balançando de um lado para o outro, enquanto gemia e chorava.

— Todo esse tempo... ah, meu Deus. — Ellie abraçava-se, agora, numa vã tentativa de parar de tremer. De repente, sentiu ódio, uma fúria incontrolável de Kate, e gritou:

— *Você sabe o que eu passei?* Não, claro que não sabe! Você teve o privilégio de, simplesmente, se sentir culpada, enquanto eu... — Sentiu um nó na garganta e, quando finalmente conseguiu falar, foi numa voz típica de Euphrates, a voz da mãe, dura, implacável, carregada da lembrança das cercas caídas de arame farpado e das caminhonetes abandonadas no quintal coberto de mato. — Eu vivia feito um zumbi. Comia e dormia. Trabalhava e ia para a faculdade. Mas não estava viva. Não conseguia nem sentir. Doía demais. Meu Jesus. Meu bebê. *Ela era o meu bebê.*

Ellie começou a chorar alto, sem tentar cobrir os olhos ou enxugar o nariz. Kate permaneceu com os olhos fixos nela, também com vontade de chorar, mas sem ter coragem. Não merecia sequer o conforto das lágrimas.

Numa voz apagada e entrecortada, acrescentou:

— Sei que não há nada que eu possa dizer para mudar o passado. Mas agora que Skyler sabe a verdade, acho que nunca será capaz de me perdoar, ou ao pai. Se isso lhe servir de consolo...

Ellie se pôs de pé tão rápido que o chão oscilou de forma alarmante, fazendo com que quase perdesse o equilíbrio. Recompôs-se e pensou: *Bethanne*. De repente, o passado não importava mais... nem Kate... nem o que pudesse acontecer a seguir. Uma onda de pura compreensão quebrou sobre ela, deixando uma única concha perfeita e brilhante na areia molhada da sua consciência: sua filha estava na sala ao lado, do outro lado daquelas portas.

— Preciso ir — disse Ellie, com a urgência de quem precisa correr para pegar um trem prestes a partir.

— Por favor... — Kate começou a falar.

Ignorando-a, Ellie deu as costas e saiu empurrando as portas de vaivém para dentro do tribunal.

A primeira coisa que lhe chamou a atenção foram os dois advogados reunidos em frente à bancada: Leon, agitando os braços, e Verna com seus cabelos arrepiados. Alguns centímetros acima deles, o juiz parecia, simplesmente, desnorteado, como se não pudesse acreditar no que estava acontecendo no seu tribunal.

A alguns passos da mesa da requerida, Paul conversava com Georgina. Ao ver a esposa entrar, ergueu os olhos em sua direção. Alto, com os ombros ligeiramente caídos, paletó de *tweed*, camisa de denim recém-passada e cabelos desalinhados roçando a gola... o amor que reluziu em seus olhos, como a luz de um farol em mares revoltos, encorajou Ellie a continuar andando. E ela seguiu em frente, um pé na frente do outro, até ficar cara a cara com a jovem que se aproximava, em passos hesitantes.

Skyler parou a poucos centímetros dela.

— É verdade? — perguntou. O horror em sua voz foi como uma adaga no coração de Ellie.

Ela não quer me aceitar. O pensamento ribombou em sua mente.

— Bethanne. — Voltou a chorar e enxugou as lágrimas com a manga do terninho. — Eu jamais pensei que a veria de novo.

O rosto de Skyler ficou embaçado, então voltou ao foco, com manchas vermelhas de raiva.

— Não acredito em nada disso! — gritou. — Você *não pode* ser a minha mãe!

— Estou tão chocada quanto você, acredite em mim — disse-lhe Ellie baixinho. — Mas é verdade. Tudo se encaixa.

— Não... NÃO...! — Skyler balançava a cabeça violentamente.

— Skyler, me ouça — Ellie murmurou, embora sentisse vontade de gritar — Seu nome verdadeiro é Bethanne. Você foi tirada de mim quando tinha quatro meses. Seus dentinhos estavam começando a nascer. E... ah, meu Deus, isso é tão difícil... — soluçou por alguns segundos antes de poder continuar. — Eu te amava tanto. Quando vi que nunca mais ia encontrar você, foi... foi como o fim do mundo.

— Isso é loucura! — protestou, elevando a voz a um tom quase histérico. — Você está inventando esta história só para ficar com a Alisa. Minha mãe — olhou aflita para Kate — se enganou. Ela confundiu você com outra pessoa. Minha mãe *verdadeira* me abandonou!

Ellie cambaleou como se tivesse levado um murro.

— Eu nunca, nunca faria uma coisa dessas! Ah, meu Deus... você não pode imaginar o que tem sido a minha vida durante todos esses anos. — Soluçou. — Imaginando onde você estaria... se estava sendo bem tratada, se era amada...

Skyler levantou o rosto desprovido de cor, branco como a lua cheia à mercê das correntes leitosas de um céu nublado e sem estrelas. Um lampejo de compreensão tremeluziu sombrio em seus olhos.

— Tudo o que sei é o que me disseram. — Sua voz era fria... fria como o olhar que dirigia a Kate, que acabara de entrar no tribunal com os braços em torno do corpo.

— Qualquer coisa que tenham lhe dito... foi mentira. Se eu soubesse onde encontrá-la, nada no mundo teria me impedido de pegar você de volta. Nada.

Ellie deu um passo trôpego à frente. Segurou Skyler pelos ombros e a puxou, tensa e relutante, para aqueles braços que, durante tempo demais, tinham doído com o vazio... braços por onde o choque do reconhecimento fluía agora, livre e vigoroso como um rio.

Com um grito abafado, Skyler recostou a cabeça no ombro de Ellie. Apenas um minuto. Um momento único e precioso.

Então, desvencilhou-se bruscamente e saiu com a cabeça baixa. Ellie sentiu vontade de correr atrás dela... mas sabia que não era o momento. Ficou onde estava, observando-a, agoniada, passar por Kate e sair porta afora.

Foi Tony quem a deteve. Surgindo do nada, ele a segurou pelos pulsos e puxou-a para si. Deixou-a debater-se à vontade, até cair soluçando em seus braços; então, ele a abraçou como Ellie gostaria de ter feito — com uma ternura reconfortante, sem nada pedir em troca. Acariciou sua cabeça e murmurou algo em seu ouvido ao qual ela assentiu. Parecendo um pouco mais tranqüila, ela passou-lhe os braços pelas costas e pousou as mãos em seus ombros largos.

Ellie viu que Tony amava sua filha. Uma pequena bênção no meio de todo aquele caos, mas sentiu-se grata por ela. Se ela própria não podia confortar Skyler, pelo menos havia quem pudesse.

Quando sentiu os joelhos se curvarem um pouco, Paul logo apareceu para passar o braço por sua cintura. Precisara ser forte a vida inteira e, agora, o simples fato de poder encostar a cabeça no ombro do marido parecia-lhe o maior luxo do mundo.

Não posso desmoronar. A filha era praticamente uma estranha para ela, alguém que ela queria, desesperadamente, conhecer. Precisaria ser um pouco mais paciente. Na hora certa, Bethanne voltaria para ela. Sim, *Bethanne*... e não aquela jovem que todos conheciam como Skyler.

Ainda assim, não havia nada no mundo que Ellie desejasse tanto naquele momento quanto ficar com a filha, a filha que tanto desejara, por quem tanto *sofrera*.

Mas não era hora. Ainda não.

Espere até ela estar pronta. Espere.

Capítulo Dezoito

Skyler agarrou-se a Tony, a pressão firme dos seus braços e do seu corpo como a única coisa à qual podia se apegar num lugar onde tudo tinha sido virado de cabeça para baixo.

— Amor, escute, vai ficar tudo bem — murmurou ele ao seu ouvido. — Eu estou aqui... estou aqui pelo tempo que você precisar.

Mas as palavras de Tony foram abafadas pelos urros dos seus próprios pensamentos. *Eles mentiram para mim! A mamãe e o papai... eles me fizeram acreditar que eu tinha sido abandonada. Como puderam fazer uma coisa dessas com a própria filha?*

Bem, não era mais filha deles. E, pelo visto, nunca tinha sido.

Apenas Tony lhe parecia familiar. *Eu te amo*, quis dizer.

Mas quem era *ela*? Skyler Sutton ou...

... ou esta outra pessoa chamada Bethanne? Alguém que ela não conhecia. Meu Deus... ah, meu Deus...

— Skyler, ah, minha querida, me deixe explicar, por favor...

O feitiço maligno que parecia ter sido jogado sobre ela foi quebrado pela voz da mãe. Skyler desvencilhou-se do aconchego dos braços de Tony e virou-se para encará-la.

Kate estava a poucos centímetros, as mãos cerimoniosamente pousadas sobre o cabo da bengala, com um olhar que Skyler jamais vira antes. Era o olhar desesperado de uma mulher pendurada num despenhadeiro, segura apenas pelas próprias unhas.

Incapaz de suportar a intensidade daquele olhar, Skyler desviou os olhos da mãe e mirou o pai, logo atrás, sentado no banco, com o rosto escondido nas mãos.

Pasma pela enormidade daquela traição, voltou-se novamente para a mãe, que não movera um músculo sequer, nem mesmo para enxugar a lágrima que lhe descia devagar pela face.

— Você mentiu para mim. O tempo todo você sabia que eu não tinha sido abandonada. — Sua voz, embora baixa, era gelada.

— No início, não. Quando levamos você para casa, sabíamos apenas o que nos tinham dito. Foi só quando vi a sua mãe no jornal... a sua mãe... — Kate parou para inspirar fundo. — Ah, Skyler, sei que nada vai justificar nossa omissão quando percebemos o que tinha acontecido... mas nós... nós não podíamos nem pensar em perder você. Acredite, eu...

— Por que eu deveria acreditar em você? — explodiu Skyler. — Até quando precisei da sua ajuda para pegar a Alisa de volta, você mentiu para mim. Quando se negou a me ajudar, disse que era por causa da Ellie, mas não era nada disso. Você e o papai... vocês só estavam se protegendo! — Desviou do olhar angustiado da mãe e cobriu o rosto com as mãos para se proteger do ardor dos seus olhos.

— Ah, querida... — disse Kate com a voz trêmula. — Era *você* que nós queríamos proteger.

Skyler abaixou as mãos.

— Você chama *isso* de proteção? Jogar toda essa história na minha cara, na frente de todo mundo? Por que não vendeu a história para o *Times* enquanto só você a conhecia? — Deu uma risada amarga.

O último vestígio de cor sumiu do rosto de Kate.

— Sinto muito... eu não esperava que você descobrisse a verdade assim. Sinto mais do que você pode imaginar. Por tudo. Mas, independentemente do que você possa estar pensando de mim, quero apenas que acredite numa coisa: eu te amo. Sempre amei.. e sempre vou amar. Eu sou sua mãe.

Mas Kate *não* era a mãe dela, e sim Ellie.

De repente, Skyler sentiu-se encurralada, como se estivesse num elevador parado entre dois andares. Ninguém para ouvir seus gritos. Logo ficaria sem ar.

— Preciso ir embora daqui — disse alto, sem se dirigir a ninguém em particular.

Mas, antes que pudesse ir longe, Verna apareceu afobada. Como se Skyler fosse um cavalo chucro prestes a disparar, a advogada segurou-a pelo braço e puxou-a para um canto.

— O juiz vai nos conceder um recesso... mesmo sem *nunca* ter presenciado qualquer coisa parecida com isso. Temos até depois da manhã, quando então ele vai querer nos encontrar na sala dele. Sexta-feira de manhã, bem cedo. — Embora falasse calmamente, estava chocada, puxando seu colar de pérolas com força, aparentemente sem perceber as manchas vermelhas de irritação que apareciam em seu pescoço.

— Sexta-feira — Skyler repetiu, com a voz apagada.

Sentiu a mão firme da advogada em seu braço.

— Vá para casa, descanse... ponha as idéias no lugar. Vou fazer o mesmo. — Verna passou a mão trêmula pela testa e soltou um suspiro. — Eu achava que já tinha visto todo tipo de drama familiar... mas *este* é digno de entrar para o *Livro dos Recordes*.

Mickey aproximou-se de Skyler assim que Verna se dirigiu para o outro lado.

— Se você precisar de mim... estou aqui — murmurou a amiga. Mas Mickey estava tão consternada que Skyler a abraçou sem saber quem confortava quem.

— Ah, Mickey, nada disso faz sentido — gritou num soluço engasgado. — Se eu não der o fora daqui, vou explodir. Preciso ficar um pouco sozinha... preciso pensar.

No entanto, tão logo saiu do tribunal, percebeu que não estava sozinha. Tony a seguira até os elevadores. Não conversaram, nem ele tentou tocá-la. Seus passos ecoavam em harmonia, à medida que cruzavam a rotunda de mármore e atravessavam as portas envidraçadas do outro lado da entrada abobadada.

Sentir a brisa de outono do lado de fora foi como mergulhar numa água fresquinha, deliciosa. Skyler tremeu, desejando ter trazido um casaco. Aliás, desejava muitas coisas naquele momento. Mais do que tudo, desejava que sua vontade de conhecer a mãe jamais tivesse se realizado. A antiga praga chinesa veio-lhe à mente: *Tome cuidado com o que você deseja... você pode acabar conseguindo...*

— Vamos para algum lugar onde possamos conversar — disse-lhe Tony no alto da escadaria de mármore que dava para a calçada.

Skyler começou a protestar:

— Tony, acho que não posso...

Ele segurou-lhe as mãos, olhando bem dentro dos seus olhos.

— Confia em mim?

Skyler forçou um sorriso.

— E eu tenho escolha?

— Não, se você se importar com o futuro da nossa filha.

Mesmo sem saber o que ele queria dizer, ela concordou.

Estava cansada demais para discutir. Somente após caminharem meio quarteirão ao norte da Centre Street e dobrarem a esquina para a Worth Street, perguntou:

— Onde estamos indo?

— Chinatown. Conheço um restaurantezinho onde não vamos encontrar ninguém conhecido.

O único lugar onde ela queria estar agora era em casa. Mas a cabana ficava a mais de uma hora de carro e, de repente, a perspectiva de se perder num mundo totalmente desconhecido pareceu-lhe instigante. Não apenas isso, como, para seu espanto, estava com fome.

Mas, embora o lugar ficasse a menos de cinco minutos a pé, ela, enfraquecida pelo choque, estava quase se arrastando quando chegaram à Mott Street. Surpresa, Skyler viu-se repentinamente no meio de uma aglomeração de pedestres asiáticos, cujas vozes se misturavam num murmúrio agudo e ininteligível aos seus ouvidos.

Tony desviou-a do caminho de um homem com um avental branco manchado empurrando um carrinho de mão, e também de uma banca que avançava pela calçada, como uma cornucópia fantástica de flores e frutas.

Finalmente, chegaram a uma fachada estreita e banal — quem piscasse passaria direto por ela —, com um cardápio plastificado caindo aos pedaços, quase todo em chinês, exposto na vitrine embaçada. Tony abriu a porta e entrou, seguido imediatamente por Skyler.

Era hora do almoço e o restaurante estava lotado, todas as mesas e reservados ocupados por grupos exclusivamente asiáticos. Mas o dono, um chinês idoso e enrugado, ao reconhecer Tony, fez surgir num passe de mágica um reservado no fundo do restaurante para ele. Skyler sentou-se de bom grado no assento gasto.

— Eles têm um ótimo ensopado de camarão aqui — disse-lhe Tony ao receber o menu.

Skyler concordou.

— Quer conversar sobre o assunto? — perguntou ele.

Skyler riu, uma risada tão amarga que lhe arranhou a garganta.

— Para dizer o quê? Pelo visto, tenho uma família que deveria aparecer nesses programas de auditório da TV. Só me resta, agora, descobrir onde me encaixo nessa história toda.

— Você está num puta rolo — ele concordou amavelmente. Essa era uma das coisas de que ela gostava em Tony: o fato de tirar de letra acontecimentos que chocavam a maioria das pessoas. Talvez isso se devesse ao fato de ser um tira. Num só dia de trabalho patrulhando as ruas, via muito mais coisas estranhas do que a maioria das pessoas em toda a sua vida.

— De certa forma, as coisas começam a fazer sentido — disse ela pensativa, percebendo alguma coisa sólida tomar forma em meio àquela nebulosidade. — Aquela sensação que tive, desde o começo, com relação a Ellie... como se nós nos conhecêssemos de algum lugar. Foi algo quase sobrenatural. — Lançou-lhe um olhar admirado. — Se eu acreditasse nessas coisas, diria que nada disso aconteceu por acaso.

— Talvez não... mas isso não vai levar você a lugar algum. A questão é: o que você vai fazer agora? — Tony ficou sério. — Na minha opinião, você tem duas opções — disse-lhe, levantando dois dedos da mão direita. — Uma, deixar o juiz decidir. Talvez ele tenha um coração mole e decida que a Ellie merece uma compensação depois de toda essa barra que ela enfrentou. Ou talvez ele decida que é melhor esperar a poeira baixar e, enquanto isso, mande a Alisa para um orfanato.

Skyler estremeceu. O juiz podia *fazer* isso? Não parecia provável, mas, a essa altura, *tudo* podia acontecer.

Pelo canto dos olhos, ela viu o garçom aproximar-se da mesa. Tony fez sinal para ele não vir naquele momento.

— E qual é a outra opção? — perguntou ela com a voz ainda mais trêmula.

Tony recostou-se na cadeira, analisando-a com os olhos semicerrados.

— A gente podia tentar resolver isso por conta própria.

Skyler ficou olhando para ele.

— A gente?

— É... você e eu. Tomei uma decisão lá no tribunal. Não vou mais ficar sentado de braços cruzados.

— E... o que... o que você tem em mente? — ela gaguejou.

— Quero que a gente forme uma família. — Sua voz firme, direta e implacável não combinava com aquelas palavras. Skyler, por um momento, ficou sem saber se tinha ouvido bem.

Então, entendendo o que ele queria dizer, sentiu-se como se atingida por um raio, por uma descarga de eletricidade que de tão intensa foi quase dolorosa. Atordoada, precisou agarrar-se à borda cromada da mesa para não cair.

Finalmente, apesar das palavras presas em sua garganta, perguntou:

— Tony, você está me pedindo em casamento?

— É o que parece, não é? — Ele deu de ombros. Skyler, porém, percebeu não haver nada de casual com relação aos seus sentimentos

Esfregou as têmporas. Sua cabeça estava rodando.

— Não sei o que dizer.

— Diga *sim*. — Ele levantou um canto da boca, no esboço de um sorriso.

— E depois? Você acha que o juiz vai ficar impressionado porque nós cometemos *dois* erros em vez de um? — Tudo veio à tona de uma só vez. — Do jeito que você está falando, parece que isso é tão fácil quanto eu pular no lombo do seu cavalo e cavalgar com você rumo ao horizonte... mas, Tony, casar pode ser mais um problema do que uma solução.

— Problema? Que droga, Skyler, se você não percebeu ainda, tenho uma novidade para te contar: eu te amo. Não me pergunte por quê.

Pode ter certeza, até agora nada disso passava pela minha cabeça, assim como não passava pela sua. — Aproximou-se dela, chegando tão perto que ela pôde sentir a respiração dele contra sua boca, quente como um beijo. — Se você não sente o mesmo por mim, é só dizer, e eu vou sumir tão rápido da sua vida que você não vai ver nem a minha sombra. É só dizer. Diz que não quer tentar viver comigo e com a nossa filha.

Skyler baixou a cabeça, apoiando-a sobre as mãos. O que diria? Que não o amava? Estaria mentindo. Por outro lado, não seria justo dizer que conseguia imaginá-los como marido e mulher. Eram tão diferentes, suas vidas tão separadas quanto dois satélites que, por acaso, se cruzassem no espaço.

— É que eu... eu não estou conseguindo pensar direito agora — murmurou.

— Você tinha razão com relação a uma coisa: esse assunto não diz respeito só a nós dois — disse-lhe ele com a voz firme. — Se você não encarar a realidade, pode acabar perdendo a Alisa também. Vamos lá, Skyler. *Enfrente a situação.*

Skyler levantou a cabeça abruptamente, sentindo um nó no peito.

— Como? Nem sei mais quem sou. Sou uma tal de Bethanne. Nem meus pais são quem eu pensava. Nada na minha vida faz sentido agora. Só *sei* de uma coisa, Tony: não posso me casar com você.

Tony ficou em silêncio por alguns instantes. Pauzinhos chineses tiniam nas tigelas e terrinas de arroz frito chiavam, acompanhados por um coro de vozes chinesas aumentando e diminuindo de volume num ritmo incessante.

Finalmente, numa voz baixa e direta, ele perguntou:

— Você quer dizer agora ou *nunca*?

Ela queria abraçá-lo, agarrar o que era sólido. Após aquela reviravolta repentina e absurda de uma hora e meia atrás, a única coisa que lhe parecia clara era o amor que sentia por ele. Amava-o. Loucamente. Verdadeiramente. Apaixonadamente. Queria-o na cama... à mesa... no chuveiro... andando a cavalo ao seu lado pelas trilhas atrás da sua cabana.

Mas querer uma coisa não é o mesmo que poder tê-la. E, às vezes, mesmo quando se consegue o que quer, as coisas não são da forma como se imagina. Era o caso dela e de Ellie. Desde que se estendia por gente, ansiava encontrar sua mãe verdadeira, mas nunca, nem em um milhão de anos, poderia imaginar que as coisas acabariam *daquele* jeito.

Ficou olhando para Tony do outro lado da mesa, com uma compaixão tão grande que, momentaneamente, nenhum outro pensamento passou-lhe pela cabeça.

— Tudo o que posso prometer é que você não vai ficar de fora da vida da Alisa. Ela precisa de um pai. Eu errei em não entender isso antes.

— Você quer dizer em fins de semana intercalados, no dia seguinte ao Natal... esse tipo de coisa? — Tony franziu os olhos negros, enraivecido.

— Eu... eu ainda não pensei como.

— Nem precisa — ele afirmou, categórico. — Vejo isso todos os dias: pais solteiros com seus filhos no McDonald's, nos parques, no zoológico. Estão sempre com a mesma cara, como se perguntassem "Estamos nos divertindo, não é, crianças?". — Balançou a cabeça, cheio de desprezo. — Não é isso que quero para a *nossa* filha.

Skyler ficou tensa.

— Tony, me deixe perguntar uma coisa. Seja honesto comigo. Se eu não tivesse engravidado, você me pediria em casamento?

Ele ficou olhando para ela, pensativo.

— Talvez não, mas a vida é assim, não é? Nem sempre as coisas acontecem do jeito que a gente planeja... a gente está sempre levando rasteira da vida. Só que não adianta ficar pensando como as coisas poderiam ter sido, tem mais é que juntar os caquinhos e tocar pra frente.

Ao ouvi-lo, Skyler percebeu a sabedoria das suas palavras. Mas ainda demoraria um pouco até conseguir juntar todos os caquinhos da sua vida. Não obstante, tinha um caquinho, brilhante, puro, embora afiado o bastante para tirar sangue, que ela podia segurar na mão, mesmo quando todo o resto continuava espalhado no chão.

Seus olhos se encheram de lágrimas.

— Eu te amo — disse ela.

— Então, casa comigo.

— Não posso.

— Porque sou um tira?

— Sim e não — ela respondeu sinceramente. — Não quero que você seja diferente. Mas encare a realidade, até a sua família me odeia.

Tony olhou surpreso para ela.

— De onde você tirou essa idéia? A Carla não pára de falar em você! Está sempre me pedindo para te convidar para jantar. E os outros? — Deu de ombros. — Eles têm a vida deles. Não se metem na minha.

— Você nem *conhece* a minha família — ela lembrou-lhe, acrescentando com amargura: — Como se *eu* a conhecesse.

— É porque você tem vergonha de me apresentar para eles? — Ele mirou-a com seu olhar frio de policial... um olhar que faria até a testemunha mais durona tremer nas bases. Skyler deve ter hesitado, porque, a seguir, Tony desviou os olhos e disse: — Deixa pra lá. Esquece o que falei.

— Tony... — Ela pegou-lhe a mão por cima da mesa. — Isso não tem nada a ver com a doida da minha família. Mas *comigo*.

— É sempre a mesma história, não é? — A voz dele saiu áspera ao responder à própria pergunta: — Você.

Skyler recuou como se tivesse levado um tapa.

— Não posso ser diferente, nem você.

— A diferença é que estou disposto a aceitar isso.

— Sinto muito, Tony.

Que Deus a ajudasse. Ele nunca saberia o quanto ela lastimava. O quanto lhe doía olhar para ele e saber que nunca dividiriam o que tantas vezes imaginara. Mesmo se ele permanecesse em sua vida por causa de Alisa, ela sempre teria aquele sentimento de algo precioso fora do seu alcance.

— Não vou pedir de novo — disse ele.

— Eu sei.

Tomada por uma exaustão mais profunda do que qualquer outra que sentira, Skyler fixou o olhar na mesa de mármore cinza e, após um minuto, ergueu a cabeça com ar cansado e perguntou:

— Você se importa se a gente não almoçar? Não estou mais com fome.

Dando de ombros, Tony pôs-se de pé.

Assim que saíram, Skyler quis desesperadamente que ele segurasse sua mão. Contrariando toda a razão, desejou retirar cada palavra que dissera. Em algum universo paralelo, eles *eram* casados. Marido, mulher e uma filha. Uma família.

Mas Tony manteve distância, caminhando longe dela o suficiente para que nem sequer seus cotovelos se encostassem.

Skyler passou por umas janelas embaçadas onde havia filas de patos defumados pendurados feito soldados mortos. Mal percebeu os camelôs com ofertas baratas de cachecóis, cintos e bonés de beisebol... ou as lojas para turistas com balões chineses, estátuas de Buda e jaquetas bordadas. Como num sonho, desviou-se da banca de alumínio de um peixeiro que molhava a calçada com uma mangueira e observou uma variedade de frutos do mar que jamais vira antes sobre um leito de gelo moído. Em meio a essas impressões, um pensamento surgiu, claro como os raios de sol entre os prédios amontoados à sua volta:

Preciso ser forte... por Alisa. Ela é a minha única família...

Capítulo Dezenove

O interfone soou assim que Ellie pôs o bebê para dormir.

Sabendo que não seria Paul, pois, além de ter a chave de casa, ainda ficaria no hospital por uma ou duas horas, Ellie puxou o cobertor por cima de Alisa e correu para atendê-lo.

Sem saber direito o motivo, sentia o coração disparado e um gosto amargo na garganta. Aqueles dois últimos dias tinham deixado suas marcas. Desde aquela manhã surrealista no tribunal, não tinha conseguido dormir mais de uma hora direto. Comia apenas o que conseguia manter no estômago e, mesmo assim, só quando percebia estar prestes a desmaiar de fraqueza.

A única coisa que não lhe saía da cabeça, todos os minutos do dia, era a oração insistente: *Por favor, meu Deus, traga-a para mim... faça com que ela me aceite...*

Agora, tudo dependia de Skyler (como era estranho pensar nela com esse nome!). Instintivamente, sabia que teria de esperar que a filha *a* procurasse, do seu jeito, no seu tempo... e que qualquer pressão sua poderia afastá-la ainda mais. Mas, após ter esperado vinte e três anos, parecia-lhe injusto, desumano, ainda ter de esperar um só dia sequer.

E se Skyler nunca aparecesse? Por causa de Alisa, talvez achasse doloroso demais... ou tarde demais... ou...

Eu agradeceria se você lembrasse que Deus não é surdo. As palavras da mãe, tantas vezes repetidas durante sua infância, estavam gravadas de maneira indelével em sua mente. Mas somente agora Ellie podia ver a sabedoria nelas contida.

Não tinha Ele ouvido suas preces com relação a Paul?

E parecia, agora, que Deus estava prestes a responder-lhe às preces uma segunda vez, pois a voz do outro lado do interfone era de Skyler.

— Ellie? Posso entrar? Precisamos conversar...

Ao apertar o botão para abrir a porta, Ellie sentiu uma onda de alegria. Seu bebê, sua criança seqüestrada, tinha, finalmente, voltado para ela.

No entanto, menos de um minuto depois, quando Skyler apareceu à porta com uma fisionomia inexpressiva, quase fechada, Ellie sentiu sua esperança sublime se esvair.

— Posso entrar? — perguntou Skyler numa voz fria, porém educada.

— Claro. — Ellie manteve a porta aberta. — Você chegou mesmo numa boa hora. Acabei de pôr Alisa para dormir.

Os olhos de Skyler se acenderam, mas ela não fez qualquer comentário.

— Tem um minuto livre para conversar?

Um minuto? Depois de todos esses anos?

Ellie quis gritar, chorar, abraçar a filha tão forte até suas costelas quebrarem, mas controlou-se e, simplesmente, acompanhou-a até a sala, onde lhe ofereceu um lugar no sofá. Então, sem nada dizer, foi até a cozinha e trouxe uma garrafa de Chablis gelado. *O que Skyler queria?* Estava extremamente ansiosa ao levar as taças para a sala de estar e colocá-las sobre a mesinha de centro.

Não obstante, não pôde deixar de admirar a beleza da filha. Como era esguia, forte, como tinha os traços bonitos! Tudo o que queria naquele momento era abraçá-la apertado e dizer o quanto sentira sua falta durante todos aqueles anos.

Observou a filha pegar a taça tão rapidamente que quase a derrubou, tendo de segurá-la para que não caísse. Então, levou-a à boca, lançando em direção a Ellie um olhar ansioso.

— Desculpe... estou um pouco nervosa — disse e deteve-se. — Na verdade, nervosa é apelido. Quando já estava vindo para cá, quase dei para trás. Por isso não liguei antes... eu queria ter a liberdade de mudar de idéia. E também — acrescentou, acanhada — uma parte de mim tinha a esperança de você não estar em casa.

— Estou feliz por você ter vindo — murmurou Ellie, do fundo do coração.

Como parecia tranqüila! Tão civilizada! Mas Ellie estava tremendo quando afundou na poltrona ao lado da filha.

— É tão estranho. — Skyler abaixou a taça, olhando para ela. — Nós duas conversando, como se fôssemos conhecidas que não se vêem há algum tempo. Mas a verdade é que não consigo agir de outro modo. Duvido que até mesmo os papas da auto-ajuda soubessem lidar com uma situação dessas.

Esboçou um sorriso irônico, fazendo Ellie sentir um aperto no coração. Como se parecia com Jesse! Durante todos esses anos, pensara no pai de Skyler pouquíssimas vezes, e sempre que o fazia era com desprezo. Lembrava-se dele, agora, com uma pontinha de nostalgia, como ele sabia ser cativante e engraçado às vezes.

— Gostaria de saber que conselhos eles dariam — Ellie respondeu por responder.

— Ah, provavelmente algo como "esqueça e perdoe".

Ellie sabia que ela se referia a Kate, mas, mesmo assim, sentiu uma pontada de culpa. Queria explicar: *É verdade que eu jamais deveria ter deixado você com Nadine... mas, na época, eu achava que não tinha escolha. Independentemente do quanto você tenha me odiado ao longo de todos esses anos, nunca deixei de amá-la e querê-la de volta, nem uma vez sequer...*

Ficaram ouvindo os passos do morador do andar de cima e as bicadas constantes de um pombo na janela do pátio. O vento soprava do lado de fora por entre as folhas ressequidas das árvores-do-céu, fazendo um barulho de água corrente.

Por fim, Skyler respirou fundo e disse:

— Acho que não adianta ficar dando voltas. Vim aqui hoje para ver a Alisa. — Seus olhos se encheram de lágrimas. — E para ver se você e eu... se nós duas conseguimos chegar a um acordo.

— O que você tem em mente? — Ellie perguntou lentamente.

Desde que soubera que Skyler era sua filha, desejava que as duas, de alguma forma, se unissem novamente — uma forma que incluísse Alisa também. Ainda não sabia como; tinha, voluntariamente, evitado pensar no assunto. E agora, vendo o olhar tenso de Skyler, sabia o porquê: o perigo residia, como sempre, em nutrir esperanças.

Mas no instante em que pensou em tudo o que estava em risco, em todas as formas como Skyler poderia partir seu coração, Ellie sentiu uma necessidade brutal de se aproximar da filha, de dar a ela o que apenas uma mãe pode dar: amor absoluto e incondicional.

— Eu queria que... — Skyler parou, enrubescendo. — Ah, sei lá! Acho que eu queria que *você* tivesse todas as respostas. Deus sabe que não tenho idéia do que fazer. Ainda estou me acostumando com a idéia de você ser minha mãe.

Mãe. Aquela única palavra, pronunciada por Skyler, provocava uma reação mais poderosa do que qualquer homenagem. Ellie sentiu-se sem ar de repente e, como se fizesse uma promessa, pressionou a mão no peito.

Em voz baixa, contou toda a sua história a Skyler... parando apenas quando chegou ao fim e quando as bicadas do pombo na vidraça deram lugar ao suave sussurro da chuva.

— Eu tinha tanta certeza de que a encontraria! Mesmo depois de todos terem perdido as esperanças — completou. — Encontrar você se tornou uma obsessão. Toda vez que eu via uma garotinha da sua idade, loirinha e de olhos azuis, eu me perguntava se era minha. — Ellie passou a mão trêmula nos olhos. — Não sei quando parei de procurar... acho que foi na época em que nos encontramos pela primeira vez. Eu poderia ter percebido a verdade, aquele dia no hospital... mas a sua mãe, quer dizer, a Kate, ela me impediu. Veja bem, eu simplesmente não podia imaginar ninguém amando você tanto quanto eu.

Skyler ficou séria.

— Ela sabia o tempo todo. É isso que não consigo perdoar. Os meus pais... eles *sabiam*.

Não cabia a Ellie defender Kate. Nem mesmo um santo poderia esperar que ela lhe oferecesse a outra face. A única coisa que lhe ocorreu dizer foi:

— É, eles sabiam.

— Agora entendo... como você deve ter se sentido. É como me sinto com relação a Alisa, cada minuto do dia. Só não sei se posso... bem... se alguma coisa pode fazer com que recuperemos todos esses anos perdidos.

— Não precisamos recuperar nada. Podemos começar a partir de hoje. — Ellie deu um sorriso doce e tristonho.

Skyler afundou nas almofadas segurando a taça com as mãos em concha. Em seu rosto pálido brotaram manchas vermelhas, e seus braços ficaram arrepiados sob ao suéter de mangas curtas.

— Me fale sobre o meu pai. Como ele era?

Ellie deu de ombros.

— Da última vez que tive notícias, ele tinha se aposentado do Exército e estava morando em Minneapolis. Mas, como você já deve ter percebido, nós não mantemos contato. — Acrescentou com ar casual: — Que eu saiba, ele não tem filhos.

— E quanto aos *seus* pais? Eles ainda vivem?

Ellie concordou, tomando cuidado para manter sua expressão o mais neutra possível.

— Eles ainda estão morando na mesma cidade onde nasci, a uma hora de Minneapolis. Mas, se você está pensando em escrever ou telefonar, não fique muito otimista. Eles pouco se interessam por mim; portanto, não imagino que se interessariam pela minha filha. Quando eu disse para a minha mãe que estava grávida, ela me expulsou de casa.

Skyler ficou com um olhar perturbado e distante, como se lembrasse da reação muito diferente de Kate quando soubera que ela estava grávida.

— Imagino que não tenha sido fácil para você — murmurou.

— Não foi. Mas há uma coisa da qual nunca me arrependi... de ter tido você. — As lágrimas brotaram, embargando-lhe a voz. — Mesmo quando tiraram você de mim, quando teria sido muito mais fácil esquecer, nunca desejei que você não tivesse nascido.

Skyler ficou olhando para ela e, mais uma vez, Ellie sentiu aquela ligação inexorável do primeiro dia em que se viram no café da livraria. Ainda assim, temeu forçar demais a situação e espantar a filha. Por um minuto, sentiu-se impotente.

Então, soube o que fazer. Levantando-se silenciosamente da poltrona, cruzou o hall e foi até o quarto de Alisa, que dormia a sono solto de bruços e gemia baixinho, como se sonhando com perigos que poderiam surgir à sua frente. Sem pensar, Ellie retirou-a gentilmente do berço e levou-a para a sala. A pele de Alisa exalava um perfume de talco, e o seu tufinho de cabelos roçou no queixo de Ellie, despertando nela um fluxo cego de amor.

E de medo também. A que estaria se expondo?

E se Skyler desse uma olhada na filha e concluísse que não poderia dividi-la com outra pessoa?

Mas Skyler, agora de pé para vê-la melhor, não se apressou em arrancá-la dos braços de Ellie. Ficou muito calma, uma expressão de êxtase surgindo em seu belo e atormentado rosto.

Ellie disse baixinho:

— Está aqui. Por que você não a pega no colo?

No momento em que Skyler a segurou, Alisa acordou sobressaltada e abriu os olhinhos. Ellie ficou tensa, na expectativa de que seu rostinho ficasse vermelho e enrugado. Mas Alisa não chorou, ficou quieta, seus olhos azuis examinando o rosto da moça que a segurava.

— Ela é tão linda! — Skyler suspirou enlevada.

— Como a mãe.

Neste momento, Skyler levantou o rosto e as duas mulheres trocaram um olhar que não carecia de explicação.

— Obrigada — ela agradeceu, com os olhos brilhando.

— Há muito tempo, fiz uma promessa — confidenciou Ellie. — Prometi que, se algum dia eu te encontrasse, faria o possível para que você nunca mais sentisse a dor de ser afastada da própria família.

Skyler ficou calada pelo que pareceu uma eternidade, mas, quando finalmente falou, sua voz foi clara e firme:

— Quando eu estava vindo para cá, não sabia direito o que queria... mas tenho certeza agora. — Fez uma pausa, franzindo um pouco a testa, e respirou fundo. — Quero que nós duas cuidemos da Alisa. Quero que ela cresça conhecendo a *ambas*.

Ellie esforçou-se para absorver aquelas palavras que pareciam patinar na superfície de sua mente. Era como se seu coração tivesse parado de bater. Parecia não acreditar no presente maravilhoso que lhe era oferecido.

Então, seu coração levantou vôo, a terra rangeu em seu eixo e ela pensou: *Nunca serei capaz de perdoar a Kate... mas sou grata a ela por me devolver uma filha tão lúcida quanto bonita, tão bondosa quanto forte.*

Por um momento, permitiu-se o luxo de analisar abertamente a bela mulher que sua filha tinha se tornado, antes de baixar os olhos para o bebê em seus braços; uma visão que trouxe um sentimento de alegria tão inesperado que a deixou com um nó na garganta.

— O Rei Salomão — lembrou-se Ellie, com um sorriso contido — apostou que a mãe verdadeira abriria mão da criança para não deixá-la ser partida ao meio. — Fez uma pausa para enxugar os olhos. — Eu teria feito o mesmo se achasse que isso poderia acontecer. Não quero metade... quero *vocês duas*.

Alisa começou a chorar, e Skyler levou-a ao ombro com tanta habilidade como se sempre o tivesse feito. Mesmo assim, quando olhou por cima de sua cabecinha, com seu tufinho sedoso, semelhante aos pêlos de um gatinho, deu um sorriso trêmulo para Ellie.

— Preciso aprender tanta coisa! — disse, com um certo nervosismo na voz. — Nunca cuidei de um bebê.

— Não se preocupe... você vai se sair bem — assegurou-lhe Ellie.

Tão naturalmente quanto um momento após o outro, como uma pulsação após a outra, Ellie levantou-se e aproximou-se da filha, sentindo um elo luminoso se formando ao redor delas: mãe, filha, neta. Um inteiro ainda maior e mais forte do que a soma de suas partes.

E Ellie, que nos seus piores momentos não acreditara que o sol pudesse surgir novamente num dia como aquele, sentiu algo diferente em seu coração, algo que há muito tempo julgava morto, um sentimento tão pouco familiar que não soube defini-lo logo de início. Então o reconheceu... e sorriu ao perceber como uma concepção tão simples podia lhe parecer tão estranha.

Sou abençoada, pensou.

Na sexta-feira, às nove, todos se encontraram na sala do juiz: Skyler e sua advogada, Leon Kessler, Ellie e Paul, que trazia Alisa em seus braços compridos, fresquinha do banho, cheirando a talco, com uma jardineira florida e sapatinhos-boneca brancos.

O encontro foi mais uma formalidade, uma vez que Ellie e Skyler já haviam chegado a um acordo sobre a guarda da menina. Seria necessário apenas acertar alguns detalhes. Os avós ficariam com Alisa de segunda à quinta, e a mãe ficaria com ela o resto da semana. Quanto aos feriados, tinham planejado passar juntos pelo menos parte do Natal e da Páscoa, o que significava que Alisa estaria com todos.

Skyler adiaria seu ingresso na faculdade por mais um ano. Neste ínterim, pretendia mudar-se da cabana para a cidade.

Apesar de ter posto o apartamento à venda, o pai — com quem falara apenas uma vez desde o ocorrido — oferecera-lhe o local até que fosse vendido. Skyler, não muito satisfeita com essa parte do acordo, diante do relacionamento estremecido com a família, aceitara, relutante, mas somente até encontrar um lugar para morar no West Side, perto de Ellie e Paul.

Skyler e Ellie concordaram que todas as questões de maior relevância acerca de Alisa seriam vistas em conjunto. E quando descordassem, uma terceira opinião, designada por ambas as partes, seria ouvida.

O único assunto pendente era Tony.

Quando o juiz perguntou sobre o seu papel na educação da criança, Skyler, parecendo sofrida, respondeu:

— Ele quer estar presente o máximo que puder.

Ellie, embora preocupada, abstinha-se de lhe fazer cobranças. Não gostava nada da forma como Skyler parecia se fechar cada vez que o nome de Tony vinha à baila, como se estivesse fisicamente se contraindo. Às vezes, parecia estar prestes a chorar.

O que há de fato entre eles?, perguntava-se.

Um dia, saberei, pensava.

Enquanto isso, a única coisa de que tinha certeza... a coisa que a fez deixar a sala do juiz Benson tão leve como se deslizasse por sobre um tapete de ar era que, de uma forma ou de outra, e por menos ortodoxa que pudesse parecer, teria finalmente a família com que sempre sonhara.

Capítulo Vinte

O turno das quatro até a meia-noite, pensou Tony, podia parecer o mais longo da sua vida, quando passado dentro de um hospital.

Sentado ao lado do leito de Doherty, num quarto do St. Vincent, tentou se concentrar na revista que folheava, uma edição antiga da *Field & Stream* que havia pego no saguão. Embora ainda não fossem onze horas, sentia dificuldade em manter os olhos abertos. Olhava para o loiro Doherty adormecido com o braço engessado; o grandalhão tinha caído do cavalo, horas antes, e acabara na mesa de cirurgia com o cotovelo aos pedaços e várias costelas quebradas. Tony até entendia a lógica da polícia de que um tira ferido em serviço deveria ser escoltado vinte e quatro horas por dia... mas, neste caso, a chance de algum marginal ressentido invadir o quarto de Doherty era tão grande quanto a de Elvis Presley levantar do túmulo. O único risco que seu amigo sardento corria era o de derrubar as paredes com seu ronco.

Com certeza, o sargento poderia ter passado essa função para um de seus subordinados, mas com meia dúzia de oficiais em casa por causa de uma gripe, a tropa ficaria desfalcada para cobrir o acontecimento daquela noite: uma vigília à luz de velas em prol da luta contra a Aids, em frente à prefeitura. Portanto, lá estava ele quase enlouquecendo ao pensar em Skyler.

Você Acredita em Destino?

Durante toda a semana, ficara ansioso para ligar para ela. Queria ver Alisa, pegá-la em seus braços sem se sentir como se estivesse pedindo um favor. Já pensava num futuro próximo — o dia em que sua garotinha o veria chegar e correria para ele, para recebê-lo com um grande sorriso nos lábios.

Ao mesmo tempo, não sabia se já estava pronto para encarar Skyler. Nem sequer podia *pensar* nela sem sentir um terremoto nas entranhas. Não conseguia olhar para ela sem desejá-la — na cama e em todos os lugares. Imaginava ter sua foto na carteira junto com a de sua filha. Ver seu reflexo no armário do banheiro, espiando-o por cima do ombro enquanto se barbeasse pela manhã. Suas botas de montaria enlameadas ao lado das dele no closet.

Não, era melhor esperar mais uma ou duas semanas até a poeira baixar. Por que se infligir todo aquele sofrimento? Poderia acabar com uma úlcera, como a que Lou Crawley agora afirmava ter. Tony esboçou um sorriso, lembrando-se de como tinha conseguido baixar a crista de Crawley ao lhe reservar aquele cavalo enorme, Rocky. Após várias semanas arremessado para fora da sela — numa das vezes, quase levando um coice na cabeça —, Crawley pedira, oficialmente, para ser enviado de volta para seu antigo distrito.

Quem lhe dera que pudesse resolver seus problemas com Skyler tão facilmente assim. Doía-lhe imaginar a vida longe dela e da sua filhinha. Doía tanto que, às vezes, não conseguia dormir... mesmo após oito horas no lombo de um cavalo, debaixo de chuva.

— Sargento? Telefone para o senhor. É uma mulher e diz que é urgente.

Tony olhou para a atendente negra e esbelta em pé sob a luz que entrava pela porta entreaberta.

Assentiu com a cabeça e fez menção de pegar o telefone ao lado da cama, quando se lembrou de que todas a ligações, após o expediente, voltavam para a mesa da telefonista. Teria de atender a ligação no posto de enfermagem, próximo ao corredor. Após tanto tempo sentado no mesmo lugar, levantou-se da cadeira meio tonto.

Então, ocorreu-lhe: Skyler. Só podia ser ela. Com o coração acelerado, saiu apressado do quarto. Mas, quando apertou a tecla piscante do telefone, a voz do outro lado era outra.

— Tony... ah, graças a Deus encontrei você. — Era Ellie e parecia ter chorado. — A empregada do Jimmy tentou falar com você mais cedo, mas não conseguiu, então ela me ligou. Vim para cá o mais rápido que pude... — Fez uma pausa e respirou fundo. — Tony, sinto muito, mas... ele faleceu.

Tony sentiu as palavras atingirem-no com força. O Dolan morto? Já esperava por isso... de certo modo, até mesmo rezara por isso. Mas ouvir a notícia e saber que não iria mais passar na casa dele na manhã seguinte, a caminho do trabalho, com uma rosquinha quentinha e uma xícara do café que ele gostava tanto... meu Jesus... parecia que...

— Tony? — A voz de Ellie infiltrou-se em seus pensamentos.

— Estou indo para aí.

Tony deu uma ligada rápida para a estrebaria, para pedir a Grabinsky, o oficial de plantão, que encontrasse alguém para substituí-lo, e correu para o elevador. Seu coração batia acelerado, enquanto apertava insistentemente o botão do elevador. Não havia razão para correr, nenhuma razão, mas, de repente, parecia ter urgência em ver Dolan... para lhe prestar a última homenagem.

Prestar a última homenagem? De onde tinha tirado essa frase? De um livro, provavelmente, pois não conhecia ninguém que falasse dessa forma, exceto, talvez, Skyler. Mas tinha tudo a ver. Dolan *merecia*, pelo amor de Deus.

Com a respiração entrecortada, já estava a meio caminho do estacionamento quando se deu conta, mais uma vez, de que *jamais veria o amigo de novo*. Apressou o passo e quase caiu, buscando apoio no capô de um Cadillac DeVille, sua lataria fria estalando sob o peso de suas mãos. Sentiu uma pressão aumentando na ponte nasal — lágrimas para as quais não estava preparado, lágrimas de que não precisava agora.

— Merda! — Bateu com as mãos no capô do carro com força suficiente para fazer o pulso doer.

Soltou um soluço engasgado. Não contariam mais histórias sobre o bairro onde haviam crescido... não passariam mais as sextas-feiras à noite tomando cerveja e jogando sinuca na Taverna O'Reilly. Não ouviria mais Jimmy implicar com ele, dizendo que a única razão pela qual tinha se tornado policial era que assim seria pago para chutar o traseiro dos outros.

Por outro lado, também não veria mais o amigo morrer devagar, um pouco a cada dia, até não ter mais nada a que se agarrar.

Nos dois dias seguintes, Tony conseguiu telefonar para todos os nomes da agenda de Dolan, a maioria de dançarinos, e mais algumas outras poucas pessoas do bairro que crescera, que ainda mantinham contato com ele. Após três ou quatro tentativas, finalmente conseguiu contatar seu irmão mais novo, Chuckie, o único naquela família desprezível que não o tinha ignorado. Faltava apenas falar com o pessoal do grupo de terapia, mas Ellie dissera que cuidaria disso.

Na quinta-feira, conforme cumprimentava os convidados na entrada florida do estúdio de dança na 19 Oeste, Tony não pôde deixar de pensar como o amigo dera um jeito de fazer as coisas à sua maneira, oferecendo uma festa em vez de um funeral. Tudo tinha sido preparado por ele, cujo último desejo era ser lembrado não com um ataúde e lágrimas, mas com champanhe, risadas e boas lembranças. Os amigos começaram a chegar, um a um, e olhar ao redor, para o salão de paredes espelhadas, para as mesas com arranjos de frésias e bocas-de-leão.

O garçom desfilava com bandejas de prata cheias de canapés e taças transbordantes de champanhe. E o que mais impressionou Tony foi a rapidez com que os rostos sombrios foram logo substituídos por expressões de alívio e até mesmo de gratidão.

O instinto infalível de Dolan de saber como agradar uma platéia não havia morrido com ele, admirou-se Tony. Observou as ampliações — estas, idéia sua — penduradas nas paredes, fotos da época áurea de sua carreira como bailarino, onde parecia desafiar a lei da gravidade.

Ah, companheiro, vou sentir saudade. Tony levantou um copo de cerveja imaginário para o amigo e sorriu para sua imagem refletida na parede espelhada.

Vários colegas do grupo de terapia de Dolan se aproximaram e se apresentaram. Um homem alto e atraente, com um terno de *tweed*, chamado Erik Sandsrom, que lecionava História em Fordham. Um jovem porto-riquenho, conhecido como Mondo, com uma bandana vermelha amarrada na cabeça. Um tipo executivo de Wall Street, num terno risca-de-giz e sapatos Ferragamo, que levantou o punho perante uma foto ampliada de Dolan no palco, quando fazia uma reverência para a platéia que o aplaudia de pé, no State Theater.

Vários bailarinos do antigo grupo de dança de Dolan — homens flexíveis, musculosos e mulheres delicadas que pareciam deslizar por rodinhas invisíveis — estavam agrupados em volta do piano, ao canto, onde o irmão de Dolan tocava uma versão alegre de "Make Someone Happy". Grandalhão e robusto, ao contrário do delicado Dolan, Chuckie vestia uma camisa azul quadriculada, com as mangas enroladas e um boné de beisebol que Tony reconheceu como sendo de Dolan. Embora estivesse sorrindo, havia lágrimas em seus olhos.

As irmãs de Tony, Carla e Gina, apareceram quando Chuckie começava a tocar "Send in the Clowns". Carla beijou o irmão no rosto; sua produção era o avesso do que se esperaria ver num velório tradicional — uma calça justa e um suéter comprido com a estampa de um urso-panda. Quando eram crianças, ela costumava ficar atrás dele e de Dolan, como um cachorrinho perdido... mas Dolan, lembrou ela a Tony, jamais a mandara embora.

Ellie chegou em seguida, num vestido vermelho-vivo, e deu um abraço forte em Tony.

— De vez em quando, eu me apego demais a um deles. O Jimmy era especial. Vou sentir saudade dele.

Tony sentiu um nó na garganta. Pegou duas taças de champanhe de uma bandeja e, erguendo um brinde, disse:

— A Dolan! Meu amigo, se você não estiver numa posição de destaque no paraíso, a Igreja Católica te deve uma indenização.

— Você acredita em Deus? — perguntou Ellie.

— Claro que sim... em todos os Natais, Páscoas e alguns domingos, dependendo do meu humor. E você?

Ellie revirou os olhos.

— Quando era criança, fui tantas vezes obrigada a ir à igreja que desejei nunca mais entrar em outra. Mas ultimamente acho que Deus, talvez, seja apenas vítima de péssimos relações-públicas. — Curvou os lábios para cima.

Sabendo que ela se referia a Skyler — e o quanto se sentia abençoada por tudo o que acontecera —, Tony deu-se conta, de repente, de uma faixa invisível apertando-lhe o peito. Ficou olhando para a distante janela norte no alto do Empire State, que cintilava acima dos edifícios comerciais ao longo da Quinta Avenida.

— Tony, você está bem? — Ellie tocou-lhe o braço.

Tony sorriu e balançou a cabeça.

— Deve ser o champanhe. Não estou acostumado, só bebo cerveja... pergunte à sua filha.

Ellie olhou confusa para ele.

— Você e a Skyler...? — Hesitou, acrescentando baixinho: — Sei que não é da minha conta, mas não consigo deixar de me preocupar.

— Você quer saber se estamos nos entendendo? — Bufou. — Estamos, como Martini e Rossi — não dá para dizer quem é quem. — Indicou com um gesto o copo vazio de Ellie. — Quer mais uma?

Ela recusou.

— Obrigada, mas não posso me demorar. A Sra. Shaw está cuidando da Alisa e precisa ir ao dentista. — Ellie o fitou séria por um momento, antes de acrescentar: — Tony, tem mais uma coisa. Eu normalmente não dou conselhos, nem mesmo para os meus pacientes. O meu trabalho é ajudar as pessoas a acharem as próprias soluções. Mas, com você, vou abrir uma exceção. — Seus olhos lembraram Tony dos olhos de Dolan, com um brilho quase ofuscante, como se olhasse diretamente para o sol. — Tony, se você ama Skyler, não a deixe escapar. Procure-a. Já percebi o olhar dela quando fala de você. Mas ela ainda é jovem, acha que a vida é um mapa que traçamos sozinhos. Não sabe que, às vezes, precisamos ir aonde ela nos leva.

Tony deu de ombros.

— Talvez ela tenha razão. Talvez a gente seja mesmo muito diferente um do outro.

— Você pensa mesmo assim?

— Que somos diferentes? Claro. — Refletiu por uns instantes. — Não que isso tenha impedido a gente de se ver até o momento.

— Então, não deixe que impeça agora. — Ficou olhando para ele por alguns instantes, e então desviou o olhar.

Tony ficou por lá mais uma ou duas horas, até os convidados começarem a ir embora. Poucos pareciam ter chorado, e Tony sentiu vontade de sacudi-los, embora quisesse chorar também. Quase podia ouvir Dolan, com seu jeito gozador, ralhando com ele: "Não enche, cara."

Com certeza absoluta, Jimmy Dolan não iria esperar sentado a pessoa amada bater à sua porta, pensou Tony.

Então, o que você está esperando? Desde quando você fica sentado, quando poderia estar fazendo alguma coisa?

Desde que desisti de pensar que podia consertar tudo o que dava errado, Tony mesmo respondeu.

Esta noite iria trabalhar no turno da meia-noite às sete... e, de repente, viu-se ansioso para subir em seu cavalo e sair pela madrugada, para as ruas, por onde podia andar de olhos fechados e enfrentar problemas que não tinham nada a ver com os seus. Assim, não pensaria em Skyler. Não precisaria pensar em nada, além do próprio trabalho.

Mas por volta de uma hora da manhã, não foi o senso de dever que o fez parar seu cavalo em frente a um toldo festonado azul no Central Park Oeste, no prédio em que ele e Skyler tinham feito amor pela primeira vez.

Desmontando junto ao meio-fio, guiou Scotty até a calçada. O porteiro, um rapaz apático com um pomo-de-adão do tamanho de um puxador de gaveta, ficou boquiaberto ao vê-lo amarrar o cavalo numa das colunas de alumínio que sustentavam o toldo. Porém, quando Tony lhe pediu para interfonar para o apartamento de Skyler, ele obedeceu prontamente, como se tivesse levado um chute no traseiro.

— Se ela estiver em casa, peça para me encontrar aqui no saguão. — Skyler, provavelmente, estaria dormindo, pensou. Ele a acordaria.... e ela não ficaria muito satisfeita por ser obrigada a descer. Mas ele não podia deixar Scotty parado, sozinho, na calçada.

Decorridos alguns minutos, quando Skyler saiu do elevador com uma expressão sonolenta e uma capa de chuva marrom por cima da camisola, ele teve vontade de dar um soco em si mesmo. Ela parecia preocupada. E por que não estaria? Devia estar pensando que só podia ser uma emergência para fazê-la descer àquela hora da madrugada.

— Tony, o que foi? Aconteceu alguma coisa? — Pegou-o pelo braço e puxou-o para perto de duas cadeiras de espaldar alto ao lado de um console de mármore.

— Eu precisava te ver, só isso.

— A uma e meia da manhã? Você ficou *maluco*? — Deu um passo para trás e olhou para ele com um misto de incredulidade e indignação.

Estava com os cabelos despenteados e os olhos não de todo abertos. O cheiro de talco de bebê chegou até ele. Embora soubesse que Alisa estava com Ellie naquela noite, podia imaginar Skyler na cama, com o bebê dormindo em seu braço. Sentiu o coração apertado.

— Digamos que sim — resmungou em voz baixa, quase sussurrando. — Fiquei tão maluco que não consigo parar de pensar em você.

— Tony, pelo amor de Deus, eu estava dormindo...

Ele a pegou levemente pelo pulso.

— Ah, é? Bem, desculpe se te acordei. Mas, falando nisso, deixe eu te fazer uma pergunta. Quantas noites você fica acordada, olhando para o teto, mesmo quando está tão cansada que não consegue nem ver direito? Quantas vezes você acorda às quatro da manhã se sentindo como se alguém tivesse estacionado uma Land Rover com o motor ligado em cima do seu peito? Pois bem, deixa eu te dizer uma coisa: se o seu pior problema é ser acordada a uma e meia da manhã por um cara que não consegue ficar mais uma hora sem te ver, pode se considerar uma mulher de sorte.

Skyler estava totalmente desperta agora.

— Precisamos passar por tudo isso de novo? — perguntou numa voz baixa e atormentada. — O que você quer de mim? — Era o apelo de alguém à mercê do agressor.

Por um instante, ele quase deu para trás. *Esquece*, pensou. *Esquece tudo.*

Mas algo lá no fundo não o deixou desistir.

— Eu quero você comigo. Se você não me ama, é só dizer, e essa vai ser a última vez que falamos no assunto.

— Eu já disse que eu...

— É, você disse que me amava. Mas que diabo isso *quer dizer*? Existem muitas maneiras de amar, Skyler. Existe aquele amor que a gente sente depois de umas cervejas, ou quando está com tesão e aparece alguém no momento certo. Mas esse não é o mesmo amor dos casais de velhinhos de mãos dadas nos bancos da praça. Ou de um cara andando a cavalo à meia-noite no Central Park, sem pensar noutra coisa a não ser numa mulher dormindo do outro lado da rua.

— Ah, Tony... — Os olhos dela se encheram de lágrimas.

— Só que você não vê, não é? Como podia ser bom. Você está ocupada demais olhando só para o lado ruim.

— Bem, *um* de nós precisa fazer isso — disse ela com um toque de impaciência na voz. — Veja só os meus pais: eles têm *tudo* em comum e mal falam um com o outro. E o Paul e a Ellie? Se amam muito, mas quase se divorciaram.

— Nós não somos eles. Nós somos *nós*.

— Eu sei — ela concordou baixinho. Deu vários passos para trás, arrastando os chinelos no chão de lajotas. — Escute, acho que a gente devia ficar um tempo sem se ver. Vou falar com a Ellie... e combinar com ela um jeito de você visitar a Alisa lá na casa dela. Só por enquanto. Vai ser melhor assim. Boa-noite, Tony — despediu-se e, abafando um soluço, foi embora.

Observando as portas do elevador se fecharem, Tony sentiu-se como a última pessoa a bordo de um navio prestes a afundar.

De repente, soube o que deveria fazer. Indo a passos largos em direção ao porteiro atrás da escrivaninha, puxou conversa:

— Você sabe alguma coisa sobre cavalos?

O rapaz, que parecia ter uns dezessete anos, fez que não, sacudindo com veemência a cabeça.

— Tudo o que sei é que é melhor ficar longe deles — respondeu, obviamente com medo de Tony pedir-lhe para ficar de olho em Scotty.

Esquece, pensou Tony. Precisaria pensar em outra saída. Não podia deixar Scotty com o garoto e, além do mais, aquela coluna de alumínio não seria capaz de segurar um pastor alemão com vontade de fugir, que dizer, então, de um cavalo assustado com mais de quatrocentos quilos?

— Esse prédio tem elevador de serviço? — perguntou, saindo do prédio e desamarrando o cavalo.

O porteiro concordou.

— Lá atrás, à direita. Mas precisa ter chave — respondeu sem se mover para ajudar.

Tony sorriu. O garoto, certamente, já havia visto muitos filmes policiais e não apareceria com a chave até ouvir a palavra mágica. Satisfeito em fazer sua vontade, Tony brandiu o distintivo e, na sua melhor versão do Detetive Sipowicz de *Nova York contra o Crime*, gritou:

— Polícia! — Não estava lá muito correto, mas por que não dar o pacote completo ao rapaz?

A reação foi imediata.

Momentos depois, a chave na mão, Tony estava guiando o cavalo para dentro do elevador de serviço, grande o bastante para abrigar todos os móveis de uma quitinete. Mesmo assim, percebeu que Scotty começou a ficar assustado, quando as portas se fecharam. Apertando firme as rédeas, acalmou em voz baixa o cavalo trêmulo.

O elevador, subindo devagar e rangendo, parecia não chegar nunca. Tony sentiu que começava a suar. Jesus, dava para descobrir a cura para a difteria no espaço de tempo que aquele caixote velho estava levando para chegar até o décimo segundo andar.

Após uma eternidade, as portas se abriram com um estrondo. Uma senhora idosa, arrastando um grande saco para a lixeira — só podia ser uma daquelas criaturas notívagas que resolvem fazer uma faxina na casa quando não conseguem dormir —, deu uma olhada em Scotty e soltou um grito.

Tirando o cavalo do elevador, Tony levantou a mão e cumprimentou-a, sorrindo ao imaginar a história que ela teria para contar aos netos.

— Investigação policial — explicou.

Embora Scotty batesse alto com os cascos no chão de concreto, as portas que davam para o corredor — que, supôs Tony, deviam servir às cozinhas dos apartamentos, àquela hora provavelmente desertas — permaneceram fechadas.

Quando bateu à porta do apartamento de Skyler, ela demorou um minuto para abrir.

Mas, tão logo a abriu, seus olhos atônitos se fixaram em Tony, então em seu cavalo, e em Tony novamente. Por fim, murmurou:

— Você enlouqueceu de vez?

Skyler havia tirado a capa de chuva e, com a luz brilhando ao fundo, Tony pôde ver através da malha fina de sua camisola... a mera silhueta do seu corpo, mas foi o suficiente para deixá-lo com os joelhos bambos.

— Vamos colocar a coisa nos seguintes termos: não estou aqui numa chamada de emergência — respondeu.

— Vou chamar o zelador — ela ameaçou, ficando rubra de raiva. — Tenho certeza de que isso é contra a lei.

— Você está se esquecendo de que eu sou da polícia.

— Você... você... — ela balbuciou.

Antes que pudesse concluir o que queria dizer, Tony prendeu calmamente as rédeas na maçaneta da porta e tomou Skyler em seus braços. Ela tentou resistir, mas apenas por um momento, quando, então, rendeu-se; a silhueta tentadora que ele vira momentos atrás era, agora, uma forma sólida e quente colada a ele, fazendo com que o calor em sua virilha lhe subisse por todo o corpo.

Beijando-a, sentindo seus lábios ficarem úmidos e macios junto aos seus, Tony teve uma vaga consciência da velha senhora, no final do corredor, olhando boquiaberta para eles.

Afastando-se abruptamente, Skyler explodiu em lágrimas.

— Está tudo bem — ele murmurou, abraçando-a e ouvindo os estalos do couro, conforme ela afundava a cabeça em sua jaqueta. — Vai dar tudo certo.

— Como você pode ter tanta certeza? — Ela soluçou.

— *Vamos* fazer dar certo. — Tocou sua face molhada na esperança de levantar o astral. — Ei, você não vai me convidar para entrar?

Skyler olhou séria para ele.

— Você esqueceu o que aconteceu da última vez em que eu te convidei para entrar?

Tony não hesitou em responder gentilmente:

— O que aconteceu foi que nós fizemos um bebê, uma linda garotinha.

Skyler ponderou por um instante, empurrando uma mecha de cabelo para trás da orelha. E então surgiu o sorriso que ele estava esperando... brotando em meio às lágrimas, com todo o esplendor de um arco-íris após uma tempestade.

— Parece que nós temos o hábito de pôr a carroça na frente dos bois, não é? — Riu-se.

Tony deu uma olhada em Scotty e abriu um sorriso.

— Não estou vendo nenhum carro de boi.

Ela semicerrou os olhos.

— O que será que isso quer dizer?

— Que está na hora de nos casarmos.

Skyler suspirou.

— Ah, Tony, você não se cansa de me pedir em casamento?

— Eu preferiria que fosse de outro jeito... eu me cansar de você tanto dizer sim.

— Preferiria, é?

— O que posso dizer? Não sou o tipo de homem que desiste fácil.

— Nem eu — disse ela.

Ficaram em silêncio, um de frente para o outro, na soleira da porta, enquanto Scotty bufava, impaciente. Skyler estava com os braços cruzados sobre o peito e, em algum lugar na cozinha arrumada e bem projetada, um relógio tiquetaqueava baixinho.

Após um rápido e fundo suspiro, ele perguntou:

— Então... posso ou não entrar?

Skyler hesitou o suficiente para acelerar ainda mais aquele coração. Então, ainda sorrindo, escancarou a porta o bastante para poder passar um cavalo... e um tira maluco que sabia reconhecer uma boa oportunidade tão logo ela aparecia.

Capítulo Vinte e Um

Kate esfregou o nariz com o punho por causa da poeira que subia quando lixava os móveis — neste caso, uma verdadeira preciosidade, uma mesinha dobrável que havia adquirido num leilão no Maine. O removedor de tinta costumava encher-lhe os olhos de água e, além de desencadear crises de sinusite, já lhe corroera as luvas de borracha. O que a corroía também era saber que Leonard teria feito de bom grado aquele serviço para ela, e que devia estar louca por não tê-lo deixado.

É isso que você entende por autopunição?, repreendeu-se. *Você acha mesmo que este flagelo vai trazer a Skyler de volta?*

Bobagem. Estava apenas fazendo o que tinha de ser feito. Leonard andava reclamando de artrite, e ela não queria sobrecarregá-lo. Está certo que poderia ter encontrado uma outra pessoa para executar o trabalho. Era isso que Miranda teria feito. Kate podia até ver a amiga com o telefone na mão, apertando os números com a unha elegantemente afiada e pintada. Mas, se tivesse passado o serviço para qualquer outra pessoa, pensou, não teria como evitar a companhia do marido à noite...

Recuou sobre os calcanhares e avaliou seu progresso. Já havia lixado quase toda a base com as dobradiças, a qual, sem aquelas camadas de verniz fosco, apresentava um brilho suave. Aquela mesa fora mesmo um achado, e ela a comprara por uma ninharia. Então, por que não estava mais feliz? Anos atrás, estaria exultante.

Porque, pensou, *é difícil ficar exultante quando se está longe de tudo o que mais se ama na vida.*

Aquelas camadas grossas de mentiras e negações eram coisa do passado. Assim como também o era o medo de, um dia, cruzar o caminho de Ellie — seu pior pesadelo já havia se tornado realidade, e ela havia sobrevivido. Até mesmo o ressentimento que sentira por Will, nos últimos meses, também passara. Ele era, como vários homens que conhecera, "pedra e tesoura" com relação ao trabalho, mas "papel" com relação às crises familiares.

Imaginou o marido no mesmo lugar onde o havia deixado há uma hora: sentado em sua poltrona favorita na salinha ao lado da sala de visitas, com a pasta no colo, dando uma olhada na papelada do seu mais novo projeto, um empreendimento multimilionário de quatorze acres de terra, numa região portuária em Nova Jersey, que prometia tirar a empresa da crise financeira. Will deveria estar vibrando, mas parecia indiferente, abatido e com o olhar distante, como se perdido em algum ponto do espaço.

— Vou à loja para adiantar alguns trabalhos. Se você sentir fome, tem um guisado no forno. É só aquecê-lo no microondas.

Will piscou, olhando para ela como se fosse uma estranha pedindo informações numa estação de trem.

— Ah, claro, está bem. — Então, lembrando que eram casados, e que os casais costumam jantar juntos, perguntou: — Você não vai jantar em casa?

— Provavelmente não. — Kate experimentou uma vaga sensação que poderia ser de aborrecimento, mas que era, sobretudo, de tristeza.

Ainda amava o marido, ou, pelo menos, achava que sim. A história deles era complicada e profundamente enraizada no amor que nutriam pela filha e pela vida que haviam construído. Mas onde seu amor fora, muitas vezes, dependente e até mesmo obcecado era, agora, terno, quase maternal. Nos últimos dias, chegara até mesmo a pensar no marido como uma criança doente, precisando de cuidados.

— Bem... estou indo — disse com falsa objetividade. — Me ligue se... — Desistiu de dizer o que não era necessário.

Me ligue se a Skyler ligar. Não me deixe, nem um minuto a mais, me consumindo por não saber se ela, algum dia, vai nos perdoar.

— ... se precisar de alguma coisa — concluiu.

Will, justiça fosse feita, entendeu que ela não se referia à sua possível dúvida sobre quantos minutos deveria deixar o guisado no forno, ou à possibilidade de alguma amiga sua telefonar. Ele concordou, e a pele em torno do seu queixo — que ultimamente começara a ceder como a bainha descosturada de um casaco fora de moda — se contraiu momentaneamente. Kate sabia que ele também estava sofrendo.

E agora lá estava ela, ajoelhada num pano todo manchado de verniz, na pequena oficina ao lado da loja escura, respirando a poeira que provavalmente lhe causaria câncer, ou, na melhor das hipóteses, aumentaria o buraco da camada de ozônio.

A vida continua, pensou, *embora não como antes.*

Seria necessário apenas acostumar-se. Precisaria aprender a não correr mais para atender ao telefone, cada vez que tocasse, pensando na filha. Teria de parar de folhear os álbuns lotados com fotografias de Skyler. Aos cinco anos, com seu novo pônei; no Hampton Classic, com sua primeira faixa azul; de beca e capelo, na formatura em Princeton...

Ah, Senhor, será que conseguiria suportar? Saber que tinha uma filha e uma neta e não podia vê-las... Skyler não retornara nem uma ligação sua e, a única vez que conseguira falar como ela, deparara com uma voz fria e distante.

Ellie passou por isso, lembrou-se, impiedosa. *E agora você está sentindo exatamente o que ela sentiu. Você está colhendo o que plantou, o que você merece.*

Mas precisava doer tanto? Teria de carregar essa culpa para onde quer que fosse, como uma pedra pontiaguda dentro do sapato? Não mereceria nenhum crédito pelas coisas boas que havia feito, pelo amor verdadeiro que a levara a agir?

Num ataque de desespero, arrancou as luvas e as pendurou no gancho na parede. Mas, quando tentou levantar-se, sentiu uma dor aguda nos quadris, tão forte que, ao se erguer, vacilante, achou que iria desmaiar. Começou a ver manchas à sua volta, a sala pareceu encolher, como se estivesse vendo tudo por um olho mágico. Cambaleou e escorou-se num carrinho de chá vitoriano.

A sala voltou lentamente às devidas proporções, mas sua visão continuou embaçada. Levou as mãos ao rosto e percebeu que estava molhado. Droga. Tinha prometido a si mesma, tinha *jurado* que não iria mais chorar. Isso era tão... indigno. E tão desnecessário. Não traria a filha de volta. Não mudaria nada.

Foi mancando cuidadosamente até o banco de pinho, onde sua bengala estava encostada. Descansaria um pouco, e então iria para casa.

O toque da campainha a assustou, fazendo com que se movesse bruscamente e, sem querer, derrubasse a bengala no chão. Quem poderia ser a essa hora? Era tarde demais para entregas.

A porta da frente parecia estar a uma distância inalcançável, a loja era um labirinto de formas semi-iluminadas, com cantos pontiagudos e garras afiadas prontas para derrubá-la no meio do caminho. Pelo vidro chanfrado e oval da porta, avistou uma figura esguia, parcialmente iluminada, com uma capa de chuva presa por um cinto.

O coração dela disparou. Reconheceria a filha em qualquer lugar, apenas pelo seu jeito — apoiando o peso em cima de um quadril, um ombro mais baixo que o outro.

Ignorando a dor latejante, apressou-se até a porta e empurrou o velho trinco com a mão.

— Skyler! — Precisou controlar-se para não transbordar de alegria.

A filha entrou ressabiada, inclinando-se para dar um rápido beijo na mãe. Um beijo educado, nada mais. Kate teve vontade de abraçá-la, mas manteve-se consciente de que deveria se conter.

Já não se falavam havia dois meses, e a primavera não passava de uma vaga lembrança. As forsítias e os narcisos já haviam florescido e murchado. As rosas estavam começando a desabrochar e, no pomar, as frutas começavam a despontar. A égua favorita de Duncan, Tilly, daria cria a qualquer momento.

Kate lembrou-se de quando o parto difícil de uma égua fazia Skyler sair correndo do ônibus da escola, louca de expectativa, com a bolsa escolar batendo no quadril, os cabelos esvoaçantes como fitas ao vento.

Ah, o que ela não daria para reviver aqueles dias... ter a filha morando com ela novamente, feliz por ser amada!

Kate deu uma olhada no relógio, surpresa ao ver que já eram nove horas. Não tinha percebido que já era tão tarde. Pouco se importava com o tempo ultimamente.

— Você gostaria de uma xícara de chá?

— Seria ótimo.

Kate a conduziu até os fundos da loja, um canto atrás de sua mesa onde mantinha uma chaleira elétrica no alto de um arquivo de duas gavetas, atulhado de caixinhas de chá e pacotinhos de açúcar. Enchendo a chaleira com a água do bebedouro ao seu lado, sentia-se feliz em poder se ocupar com alguma coisa. Assim, era forçada a ficar calma e não flutuar até o teto, como aqueles cachos de balões de gás que as pessoas recebem nos aniversários.

Skyler, como se não quisesse ficar muito à vontade, empoleirou-se no braço de uma poltrona de espaldar alto e ficou observando a mãe com aquela expressão paciente de quem espera uma tempestade passar.

Finalmente, sem conseguir conter-se por mais um segundo sequer, falou sem pensar:

— Estou tão feliz de você estar aqui! Você não faz idéia de como senti saudades suas.

Skyler permaneceu séria e em silêncio.

Com os olhos lacrimejantes, Kate disse a única coisa que lhe restava dizer:

— Faço uma idéia do que você está pensando de mim. Mas, acredite, não há nada por que você me culpe pelo qual eu já não tenha me culpado antes. E o pior de tudo é que o que fiz não tem desculpa. Não tenho como pagar a você pelo que fiz... ou à Ellie. A única coisa que posso dizer é que sinto muito. Eu deveria ter contado, anos atrás.

Skyler continuou a olhar friamente para a mãe.

— E por que você contou a verdade? Poderia, simplesmente, ter mantido segredo.

Kate já havia se perguntando a mesma coisa várias vezes. E ainda não sabia a resposta. O melhor que pôde responder foi:

— Na verdade, passei anos com medo do que aconteceria se eu contasse tudo... mas acho que cheguei a um ponto em que tinha mais medo ainda do que aconteceria se eu não contasse.

— Do que aconteceria com a Ellie?

O quadril latejante de Kate forçou-a a sentar-se na cadeira diante da escrivaninha.

— Comigo. Eu não poderia viver nem mais um minuto se deixasse a Ellie sair daquele tribunal sem saber a verdade.

— E o papai? Ele também pensava assim?

Kate ficou em silêncio. Não iria se desculpar por ele. Mas sabia, pela expressão da filha, que não seria necessário. Skyler amava o pai, mas sabia das suas limitações.

Talvez eu possa aprender alguma coisa com ela, pensou Kate. *Posso aprender a enxergá-lo melhor e amá-lo apesar dos seus defeitos.*

A chaleira começou a apitar, e ela levantou-se com dificuldade para despejar a água em duas canecas. De costas para a filha, perguntou, fingindo despreocupação:

— Como vai a Alisa? Deve estar enorme. — Entregando uma caneca a Skyler, concluiu, suave: — Os bebês crescem tão rápido.

O rosto de Skyler se iluminou.

— Ela está começando a ficar de quatro. É tão divertido olhar para ela. Fica vermelha como se estivesse fazendo flexões.

— Daqui a pouco vai estar engatinhando.

— Está quase, só que, na maioria das vezes, fica se arrastando de barriga no chão. O Tony a apelidou de "Alisartixa", porque ela parece uma lagartixa no chão. Você precisa ver!

Eu adoraria, pensou Kate.

— Você e o Tony vão...? — Ia perguntar, quando então parou. Tinha ouvido o marido dizer que eles estavam noivos, mas sentiu-se constrangida ao tocar no assunto. A filha se casar, e ela ser totalmente excluída, parecia algo impensável.

— Nós ainda não marcamos a data — Skyler se esquivou.

Ou será que você está dizendo isso para não precisar me convidar para o casamento?, pensou Kate, quase desesperada.

— Bem, isso é maravilhoso.

— Acha mesmo? — perguntou Skyler, como se ainda tivesse dúvidas sobre o casamento.

— Claro.

— Você não se opõe?

— E por que me oporia?

— Bem, você sabe...

— Por que ele não é "um de nós"? — Kate sacudiu a cabeça devagar. — Ah, Skyler, desculpe se eu te ensinei a pensar assim. Mas, acredite, não foi de propósito. O mais importante é o amor e o respeito. É claro que é sempre mais fácil quando o casal tem a mesma criação, mas isso não é nenhuma fórmula para a felicidade. Se você ama esse homem, e se ele ama você, então vocês podem fazer dar certo.

Skyler suspirou.

— Não vai ser fácil.

— Nenhum casamento é fácil. — Kate fez uma pausa, e então acrescentou, melancólica: — Seu pai e eu raramente brigávamos. Nem precisávamos. Concordávamos em quase tudo. Mas acho que teria sido melhor se *tivéssemos* brigado. As coisas não teriam se deteriorado. Teríamos aprendido a ser mais honestos um com o outro.

— Você quer dizer com relação a Ellie?

— Com relação a ela... e a outras coisas.

Kate tentou beber o chá, mas estava com a mão trêmula; um pouco de água quente caiu sobre as articulações dos dedos e a queimou. Ela colocou a caneca em cima da mesa e levou a mão até o rosto, esforçando-se para não ceder às lágrimas que, ultimamente, pareciam uma cachoeira por trás dos seus olhos, sempre prestes a vazar.

— Mãe...

A voz de Skyler fez Kate empertigar-se na cadeira e endireitar os ombros. Ergueu o queixo, da mesma forma como faria para equilibrar um copo com água até a boca, sem deixá-lo transbordar. Então esperou, sem dizer nada.

Finalmente, respirando fundo, Skyler continuou:

— Não sei se algum dia vou ser capaz de perdoar você, mas o estranho é que... *eu te entendo*. Se estivesse no seu lugar, se tivesse sido com a Alisa... não tenho dúvida de que teria feito exatamente a mesma coisa.

Você Acredita em Destino?

— Nós fazemos coisas terríveis em nome do amor. — Kate piscou e uma lágrima rolou-lhe pela face.

— E tudo poderia ter sido pior — disse Skyler baixinho, mantendo a mãe presa pelo brilho fixo de seu olhar. — Eu poderia não ter sido amada, ter crescido sem uma mãe sempre ao meu lado... *isso* sim teria sido a pior coisa que poderia ter me acontecido.

Kate não ousava nem respirar; se movesse um músculo, poderia quebrar o encanto. Em vez disso, ficou parada, olhando admirada para a filha adotiva que tinha amado e criado como se fosse sangue do seu sangue. *Você é filha da Ellie*, pensou, *mas há algo de mim em você também. Porque eu amei você do fundo do meu coração.*

Kate arriscou um suspiro curto.

— Você e o Tony deveriam vir jantar aqui na semana que vem — disse, acrescentando cautelosamente: — Eu gostaria de conhecê-lo... e a Alisa também.

— Quinta-feira seria um bom dia... vou buscá-la hoje à noite — disse Skyler, baixando o olhar com uma timidez incomum. Então, disse as palavras que Kate não ousara proferir para reclamar um direito seu:
— Ela também é *sua* neta.

Kate bebeu o chá, ainda escaldante. Colocou a caneca em cima da mesa e, com a voz tão baixa e embargada que mais parecia um sussurro, respondeu:

— Eu jamais pensei nela de qualquer outra maneira.

— Eu sei, mãe.

Kate iluminou-se.

— Ela está mesmo engatinhando? Ah, mal posso esperar para vê-la! Vou ver se tenho bastante filme na máquina.

— Tudo o que eu queria é ser tão calma com ela como você foi comigo — disse Skyler com um riso nervoso. — Mas até quando estou arrancando os cabelos, perguntando o que vou fazer, não consigo ralhar com ela. É engraçado, não é? Como é fácil amar um filho... mesmo quando parece que, na metade do tempo, a gente não sabe o que está fazendo.

— Amar é a única coisa para a qual não se precisa de prática. — Kate deu um sorriso trêmulo.

Um olhar ansioso brilhou nos vivos olhos azuis de Skyler.

— Mas e quando a gente ama o filho do fundo do coração... e, mesmo assim, não é o suficiente?

Kate pegou a caneca de cima da mesa repleta de papéis ainda por serem separados e sobre os quais Miranda faria um escândalo se ainda estivessem lá quando chegasse. Provou cautelosamente o chá, agora na temperatura certa. Nem quente demais, nem frio demais — como a lágrima solitária que lhe escorreu pela face e acompanhou a curva do maxilar, até cair-lhe no colo.

— Nunca é o suficiente — disse Kate, com uma sabedoria conquistada a duras penas. — Independentemente do quanto você se esforce, não vai conseguir acertar sempre, nem resolver todos os problemas de um filho. Também não vai poder dar tudo aquilo que gostaria que ele tivesse. — Sorriu... um sorriso de extraordinária ternura que, assim como um metal precioso em liga com aço, trazia consigo um tipo de dor que só uma mãe conhece. — O segredo, filha, está em tentar.

Este livro foi impresso no
Sistema Digital Instant Duplex da Divisão Gráfica da
DISTRIBUIDORA RECORD DE SERVIÇOS DE IMPRENSA S.A.
Rua Argentina, 171 - Rio de Janeiro/RJ - Tel.: (21) 2585-2000